Ein Traum für zwei

Leonora Herzberg

1. Auflage 2022

ISBN: 979-8-839-15440-7

Laura Wartschinski c/o Block Services
Stuttgarter Str. 106 70736 Fellbach

Weitere Ausgaben

Dieses Buch ist auch als E-Book sowie als
gebundene Ausgabe verfügbar.

ISBN der gebundenen Ausgabe:

979-8-839-15203-8

Kontakt

mail@leonoraherzberg.com

Bücher der Autorin, Newsletter
und weitere Informationen unter:

www. leonoraherzberg.com

www.facebook.com/LeonoraHerzberg

KAPITEL 1

~ Iris ~

Iris wünschte, sie wäre in einem Albtraum.

Mit Albträumen konnte sie umgehen. Seit sie als Kind herausgefunden hatte, dass sie ihre eigenen Träume steuern konnte, hatten die unheimlichsten Monster und Ängste ihren Schrecken verloren. In ihren Träumen hatte sie die Kontrolle, und ihr konnte nichts Schlimmes geschehen.

Doch das hier war kein Traum, das hatte sie überprüft. Mehrfach. Nein, das hier war die Realität. Ein Flur im Institut für Neurowissenschaften, eine Tür mit einem kleinen Schild, auf dem stand: *Prof. Carolin Adler.*

Sie atmete tief durch und klopfte an.

»Herein.«

Die Stimme war weich und klangvoll, doch die Sprecherin machte sich nicht die Mühe, den Hauch von Gereiztheit zu verbergen, der darin mitschwang. Professor Adler hatte offenbar wichtige Arbeit zu erledigen, und sie schätzte es nicht, wenn man sie grundlos unterbrach.

Aber Iris hatte einen guten Grund. Leider. Sie tat es für ihre beste Freundin. Iris wäre lieber eintausend Albtraumkreaturen entgegengetreten, als die Professorin zu konfrontieren—aber sie konnte Emily nicht im Stich lassen.

Also öffnete sie die Tür und trat ein.

Das Büro war hell und so aufgeräumt, dass es fast leer wirkte. In der Mitte stand der Schreibtisch, eine dünne Glasplatte auf schlanken Beinen. Darauf lagen ordentlich ausgerichtet ein paar Bücher, eine Dokumentenmappe aus schwarzem Leder, Stifte und ein metallenes Lineal, auf dessen scharfer Kante das Sonnenlicht glänzte. Das

Zentrum des Ensembles war der Laptop, auf dem Professor Adler soeben mit konzentrierter Miene tippte.

Iris schloss die Tür hinter sich, blieb unschlüssig stehen und warf einen Blick zu der Frau am Schreibtisch. Professor Adler war erst Anfang dreißig und technisch gesehen *Junior*-Professorin, doch die kantige Brille mit dem Metallrahmen, der dunkelgraue Hosenanzug und der strenge Knoten, in dem sie ihr blondes Haar trug, ließen sie älter erscheinen. Iris kam sich in ihrem bunt gestreiften Wollpullover sofort unpassend gekleidet vor.

Professor Adler blickte auf, eine Augenbraue leicht hochgezogen.

»Also?«, fragte sie. »Wer sind Sie, und wie kann ich Ihnen helfen?«

Sie war schön, auf eine ernste, ruhige Art. Das machte Iris nervös.

»Ich bin Iris Lemberg, ich studiere hier im Master Psychologie. Aber es geht nicht um mich, sondern um eine Freundin von mir. Emily Schönlein. Sie hat ein Modul an einer anderen Uni belegt, und sie muss das für ihren Studiengang hier anrechnen. Sie braucht es dringend, weil…«

Professor Adler hob die Hand. Iris verstummte.

»Der Fall ist mir bekannt. Warum ist Frau Schönlein nicht selbst hier, sondern schickt stattdessen Sie vor?«

Iris suchte nach einer Umschreibung, die Professor Adler nicht beleidigen würde. »Ich glaube, sie ist zu höflich und wollte Sie vermutlich nicht stören.«

Das war eine Untertreibung. Emily hatte eine ausführliche E-Mail mit ihrem Anliegen geschrieben. Doch Professor Adler hatte ihre Bitte mit einer einzigen Zeile abgeschmettert. Also hatte Emily sich gar nicht erst getraut, herzukommen.

Aber Iris wusste, wie viel für ihre Freundin auf dem Spiel stand, und war entschlossen, es zumindest zu versuchen.

»Sie war also zu höflich«, sagte Professor Adler, und ein spöttischer Ton schlich sich in ihre Stimme. »Aber Ihnen macht es nichts aus, unhöflich zu sein?«

»Nein—ich meine, doch!«

Iris' Wangen wurden heiß. Sie wich dem durchdringenden Blick der stahlgrauen Augen aus. »Sie sollten sich ihre Sicht der Dinge zumindest anhören.«

»Und wie kommen Sie zu der Ansicht, dass ich das nicht getan hätte?« Professor Adlers Tonfall wurde schärfer. »Frau Schönlein hat ein Seminar zu statistischen Methoden belegt, dass offensichtlich ein weitaus geringeres Verständnis quantitativer Methoden verlangt als unser Modul *Diagnostik und multivariate Verfahren*. Daher kann sie damit unmögliche ihre diesbezüglichen Fähigkeiten nachweisen.«

Iris schüttelte den Kopf. »Aber Emily beherrscht diese Methoden! Und es ist wichtig. Wenn Sie das Seminar nicht anerkennen, muss Emily bis zum nächsten Wintersemester warten, wenn die Vorlesung wieder bei uns angeboten wird. Das heißt, sie muss ihre Promotion um ein halbes Jahr verschieben. Und ohne Promotion kann sie im Herbst ihren Forschungsaufenthalt in den USA nicht antreten!«

Professor Adlers Gesicht mit den scharf geschnittenen Wangenknochen blieb kühl und unbewegt. »Das hätte Ihre Freundin sich früher überlegen sollen. Alles, was hier zählt, ist ihre Leistung. Machen Sie sich keine Illusionen, dass Sie mich mit Ihrer kleinen Geschichte rühren können. Ich behandle alle Studenten gleich, und ich mache keine Ausnahmen.«

»Aber sie hat es sich überlegt! Der Professor, der vor Ihnen an diesem Lehrstuhl war, hat ihr versprochen, dass sie das Seminar anrechnen kann!«

Professor Adlers Nasenflügel weiteten sich, und sie schnaubte leise. »Dann ist es bedauerlich, dass er offensichtlich einen niedrigeren Standard ansetzt. Ich hingegen erwarte ein gewisses fachliches Niveau von zukünftigen Doktoranden. Und dieses hat sie bedauerlicherweise nicht nachgewiesen.«

Sie erhob sich. Iris spürte, dass sie kurz davor war, aus dem Büro geworfen zu werden. Professor Adlers Geduld war offensichtlich erschöpft.

Doch Iris wusste, dass Emily talentiert und fähig war, dass sie eine großartige Doktorarbeit schreiben würde, wenn man sie nur ließ. Es wäre einfach unfair, ihre akademischen Ziele wegen einer reinen Formalität zu ruinieren.

»Wenn Sie wüssten, was Emily kann, würden Sie das anders sehen!«, sagte sie in einem verzweifelten Anflug von Kühnheit.

»Ist das so?«, sagte Professor Adler. Ihre Lippen kräuselten sich spöttisch. »Und Sie können das besser einschätzen als ich?«

Iris sah zu Boden. Natürlich dachte sie das nicht. Professor Adler war intelligent, erfolgreich und kannte ihr Fachgebiet in- und auswendig. Iris war nichts weiter als eine unbedeutende Studentin, und wenn die Professorin wüsste, wie wenig sicher sie sich ihrer Sache war, hätte sie vermutlich über sie gelacht und sie sofort hinausgeworfen. Aber sie versuchte, sich das nicht anmerken zu lassen. Auch wenn es ihr schwerfiel, während ihr Herz raste und ihre

Kehle sich zusammenzog. »Nein, das denke ich nicht. Aber haben Sie ihre Masterarbeit gelesen?«

»Nein. Warum sollte ich?«

»Sie benutzt multivariate Verfahren für ihre Analyse. Und sie hat eine 1,0 dafür bekommen. Also beherrscht sie diese Methoden auf einem Niveau, das ganz bestimmt für die Vorlesung reichen würde.«

Professor Adlers Blick wurde durchdringender. War das Interesse, das da aufblitzte? Oder bloß Ärger darüber, dass Iris sich ihr immer noch widersetzte?

»Und was qualifiziert Sie dazu, dieses Urteil zu treffen? Haben Sie auf diesem Gebiet promoviert? Erleuchten Sie mich. Was war Ihr Thema?«

»Äh, nein. Ich, also, ich schreibe gerade an meiner Masterarbeit…«

Sie machte den Fehler, aufzublicken, und Professor Adlers stählerne Augen bohrten sich gnadenlos in ihre.

»Ich nehme an, Sie selbst sind ein unentdecktes Genie und werden in Kürze zu diesem Thema eine bahnbrechende Forschungsarbeit vorlegen.« Professor Adlers Stimme triefte vor Sarkasmus. »Haben Sie vielleicht Interesse daran, meinen Lehrstuhl zu übernehmen? Dann können Sie alle Entscheidungen über die Studenten treffen, ganz wie Sie es für richtig halten.«

»Das wollte ich damit nicht sagen…«, sagte Iris. Jetzt war sie zu weit gegangen. Sie hatte Professor Adler beleidigt und sich noch dazu schrecklich blamiert. »Ich meine nur, wenn Sie Emilys Masterarbeit lesen würden, dann würden Sie sehen, dass sie das wirklich kann. Ich verspreche es.«

Die Professorin sah sie einen Augenblick lang an, einen seltsamen Ausdruck in den Augen—eine Mischung aus Spott, Irritation und Neugier.

»Sie versprechen es. Sie scheinen sich Ihrer Sache ja absolut sicher zu sein.«

»Das bin ich«, sagte Iris.

Professor Adler schwieg einen Augenblick. Iris wartete mit klopfendem Herzen. Sie hoffte inständig, dass sie jetzt nicht alles nur noch schlimmer für Emily gemacht hatte.

»Dann werde ich mir diese Masterarbeit wohl ansehen müssen. Es kann schließlich nicht angehen, dass ein junges Talent an unserem Institut sich nicht frei entfalten kann.«

Sie klang noch immer spöttisch, doch Iris wagte es, ein wenig Hoffnung zu fassen.

»Sie werden ihr also eine Chance geben?«

»Wenn sich herausstellt, dass sie ihre Qualifikationen im Bereich der multivariaten Verfahren eindeutig demonstriert hat, werde ich in Erwägung ziehen, das Seminar anrechnen zu lassen.«

Iris atmete auf. Doch Professor Adler war noch nicht fertig mit ihr.

»Sie kann sich bei Ihnen für das feurige Plädoyer bedanken. Und für die unerträgliche Beharrlichkeit.«

Iris sah verlegen zur Seite.

»Im Übrigen, was ist eigentlich Ihr Schwerpunkt? Auch die neurokognitive Psychologie?«

Iris nickte. »Genau.«

»Und Sie sind auch bald mit dem Master fertig?«

»Ja. Mir fehlt nur noch eine Vorlesung.«

Iris hoffte, dass Professor Adler keine weiteren Fragen stellen würde. Über ihre eigenen akademischen Leistungen sprach sie nur sehr ungern. Doch die Lippen der Professorin verzogen sich nur zu einem dünnen Lächeln. »Nicht zufällig die Vorlesung *Bildgebung des zentralen Nervensystems*?«

»Doch«, sagte Iris und ahnte Übles.

»Das trifft sich gut. Dieses Modul werde ich im nächsten Semester geben.«

Iris unterdrückte ein Stöhnen. Das konnte doch nicht wahr sein. Sie und Emily würden Professor Adler wieder unter die Augen treten müssen. Jede Woche würden sie in ihre Vorlesung kommen und diesen prüfenden Blick auf sich spüren.

Professor Adler lächelte nun noch breiter. »Wie überaus erfreulich. Ich hoffe, ich werde dann noch mehr Kostproben von Ihren scharfsinnigen Beobachtungen erhalten. Zögern Sie auch nicht, die anderen Studenten an Ihren Einsichten teilhaben zu lassen. Ich bin sicher, die zukünftige Professorin Iris Lemberg kann uns allen viel beibringen.«

Iris' Wangen glühten vor Scham.

Wieder wünschte sie, all das sei ein Traum. Dann könnte sie sich einfach unsichtbar machen. Oder aus dem Fenster springen und davonfliegen, um dieser peinlichen Situation zu entrinnen.

Doch es blieb ihr nichts anderes übrig, als sich verlegen zu räuspern und dem Blick der Professorin auszuweichen, bis diese endlich Erbarmen hatte und sie entließ.

»Ich freue mich schon auf unsere Zusammenarbeit«, sagte sie und reichte Iris die Hand zum Abschied. Ihre Finger waren schmal und feingliedrig, doch ihr Händedruck war beinahe schmerzhaft fest.

»Wir sehen uns in der Vorlesung.«

»Ja. Vielen Dank noch mal«, murmelte Iris, und floh aus dem Büro.

KAPITEL 2

~ Carolin ~

Carolin Adler saß an ihrem Schreibtisch. Nur das Licht einer kleinen Lampe und das Glühen des Monitors erhellten den Raum. Mit einem Füllfederhalter machte sie sich kurze Notizen auf einem Blatt Papier, ehe sie wieder zur Maus griff und etwas weiter scrollte. Es war schon spät, doch Carolin war es gewohnt, bis lange in die Nacht hinein zu arbeiten.

Sie las Emily Schönleins Masterarbeit. Es ging um Erinnerungen und Vorstellungen, und darum, welche Muster der elektromagnetischen Aktivierung sie im Gehirn auslösten. Emily hatte solide Arbeit geleistet, das musste Carolin zugeben.

Ein leises Maunzen ertönte zu ihren Füßen, doch Carolin las weiter.

…die resultierenden Beta-Koeffizienten stellen die Hirnaktivität zu einem bestimmten Zeitpunkt dar…

Eine große Katze sprang auf ihren Schreibtisch und stieß ein energisches Miauen aus.

»Was ist denn—oh. Es ist Zeit fürs Abendessen, hm?«

Die Katze auf ihrem Schreibtisch warf ihr einen anschuldigen Blick zu und miaute erneut. Ihre buschige, weiße Halskrause, die an eine Mähne erinnerte, verlieh ihr einen königlichen Ausdruck. Und diese Königin war nicht gerade erfreut, von ihrer einzigen Untertanin vernachlässigt zu werden.

Carolin legte den Füller weg und stand auf. Mit einem eleganten Satz sprang die Katze auf den Boden und lief ein paar Schritte voraus zur Küche. Dann schaute sie zurück, um zu sehen, ob Carolin ihr folgte.

»Schon gut, Cassandra. Ich komme.«

Wenn ihre Katze sie nicht daran erinnern würde, hätte Carolin schon häufiger eine Mahlzeit vergessen, weil die Arbeit sie zu sehr gefangen nahm. Ihre Forschung, die Vorlesungen für die Studenten, die Betreuung ihres Doktoranden und all die anderen Verantwortlichkeiten nahmen kein Ende. Dazu kam der Druck, auf ihre Kollegen einen guten Eindruck zu machen, um schließlich eventuell die große Chance auf eine Festanstellung als Professorin auf Lebenszeit zu bekommen. Neben all diesen Pflichten blieb kaum eine Minute für sie selbst übrig.

Carolin öffnete eine Dose Futter und füllte Cassandras Napf. Dann ging sie zum Kühlschrank und bereitete sich selbst ein Abendessen zu. Sie liebte es, zu kochen, wenn sie die Zeit fand. Doch an diesem Abend beschränkte sie sich auf einen Salat mit Thunfisch, hartgekochten Eiern und Oliven.

Ihre Gedanken kehrten zurück zu der Masterarbeit, die sie eben noch durchgearbeitet hatte. Emily hatte tatsächlich einige sehr anspruchsvolle Methoden angewandt. Ihre Forschungsleistung ging weit über das Mindestniveau hinaus. Aber all das hätte ihr nicht viel geholfen, wenn Iris nicht gewesen wäre, um für sie einzutreten.

Carolin lächelte beim Gedanken an die nervöse Studentin. Es war ausgesprochen süß gewesen, wie Iris versucht hatte, unter Carolins spöttischem Blick die Fassung zu bewahren. Wenn sie ehrlich war, musste Carolin zugeben, dass sie mit ihr gespielt hatte. Sie hatte nicht widerstehen können. Das Erröten der hübschen Studentin war einfach zu bezaubernd gewesen.

Natürlich nahm sie das eigentliche Thema trotzdem sehr ernst. Und sie respektierte auch Iris' Mut, immerhin hatte sie sich ihr gegenüber behauptet, wo andere längst davongelaufen wären.

Carolin beendete ihr Abendessen und räumte den Teller weg. Dann holte sie das Katzenspielzeug hervor. So eng ihr Terminkalender auch gefüllt war, sie nahm sich jeden Tag mindestens eine halbe Stunde Zeit für Cassandra.

Sie ließ eine graue Stoffmaus an einem Faden über den Boden ihres geräumigen Wohnzimmers huschen. Sofort war Cassandras Aufmerksamkeit geweckt. Sie schlich sich an das Beutetier an, ihre Schnurrhaare zuckten. Sie duckte sich, wartete auf den perfekten Moment—und schon stürzte sie sich auf das Spielzeug. Sie rollte damit über den Boden, traktierte sie mit den Vorderpfoten und den Zähnen. Dann blickte sie auf und sah zu Carolin, mit einem Ausdruck, den diese nur als selbstzufrieden interpretieren konnte.

»Ich weiß, du bist eine fantastische Jägerin«, sagte Carolin schmunzelnd. »Noch eine Runde?«

Sie zupfte an dem Faden, und die Maus machte einen kleinen Satz. Sofort verfiel Cassandra wieder in ihr Jagdfieber.

»Du kennst dich aus, nicht wahr? Du weißt, wie es in der Welt läuft«, sagte Carolin leise. Sie ließ die Maus ein paar Zentimeter weiter wandern. »Entweder man ist das Raubtier…oder man ist die Beute.«

Carolin zog die Maus unter dem Klavierhocker hindurch und auf das Sofa. Cassandras goldene Augen folgten ihr gebannt.

»Das sollte Emily auch dringend verstehen«, sagte Carolin. »Sie wird es nicht weit bringen, wenn sie nicht lernt,

Verantwortung für sich zu übernehmen. Ein nettes Mädchen wie Iris wird nicht immer da sein, um ihre Kämpfe für sie auszutragen.«

Die Katze ließ sich von Carolins Worten nicht bei ihrer Jagd stören und schlich sich weiter an.

»Sie muss lernen, dass sie auf sich allein gestellt ist. Genau wie Iris. Sie sollte sich auch lieber auf ihre eigene Karriere konzentrieren, statt sich um andere zu sorgen.«

Alle Muskeln in Cassandras Körper spannten sich an. Carolin erkannte das leichte Zucken ihrer Nase, das einem Angriff vorausging. Nur einen Herzschlag später schoss ein sechs Kilogramm schwerer Katzenkörper mit erstaunlicher Präzision durch die Luft und landete genau auf der Stoffmaus.

»Okay, okay«, sagte Carolin schmunzelnd. »Du gewinnst.«

Cassandra rollte sich über das Sofa und kaute an der Maus. Sie genoss ihren Triumph, dann kam sie zu Carolin, um ihren Kopf an ihr zu reiben und sich die ihr zustehenden Streicheleinheiten zu holen. Carolin fuhr mit der Hand durch ihr seidiges Fell. Cassandra begann zu schnurren. Sie verwandelte sich innerhalb weniger Augenblicke von einer tödlichen Jägerin zu einer anhänglichen Schmusekatze.

Carolin seufzte leise. Ihr war solche Unbekümmertheit nicht vergönnt. Sie hatte eine Masterarbeit durchzuarbeiten, dann musste sie eine Vorlesung planen und irgendwann auch an ihrem eigenen Forschungsprojekt arbeiten, bevor jemand anderes ihr zuvorkam. Das Leben einer Katze war so viel einfacher. Sie musste nur fressen, schlafen, Stoffmäuse ermorden und sich verwöhnen lassen. Und als wäre das nicht unfair genug, sah sie auch noch unfassbar elegant dabei aus.

»Du hast es gut, hm?«, sagte Carolin und schmunzelte, während sie Cassandra am Hals kraulte.

Doch sie war nicht ernsthaft neidisch. Sie hatte sich ihr Leben schließlich so ausgesucht. Und sie würde niemals etwas daran ändern.

Carolin saß in ihrem Büro, als ein Klopfen an der Tür ertönte.

»Herein«, rief sie, und fühlte sich an die gleiche Situation vor wenigen Tagen erinnert. Fast hoffte sie, die nervöse junge Frau in dem farbenfrohen Pullover wiederzusehen, die sich hinter ihrem kastanienbraunen Haar versteckte. Doch statt Iris war es eine andere Studentin, die in das Büro trat.

»Emily Schönlein«, sagte sie und streckte die Hand aus.

Sie hatte lockiges rotblondes Haar und trug eine ausgeblichene Jeans mit Rissen. Ihre ganze Haltung wirkte lässiger als die von Iris, und sie war Carolin bei Weitem nicht so sympathisch. Aber das spielte keine Rolle. Hier ging es allein ums Fachliche.

»Gut, dass Sie hier sind«, sagte Carolin und schüttelte ihre Hand. »Ich wollte mit Ihnen über Ihre Masterarbeit sprechen.«

Emily sah verblüfft aus. »Ich dachte, es geht um die Anrechnung—«

Carolin machte eine ungeduldige Handbewegung. »Das hat sich erledigt. Ich habe Ihre Masterarbeit gelesen und bin zu dem Schluss gekommen, dass Sie Ihre Methodenkenntnis ausreichend demonstriert haben, und werde der Anrechnung des Seminars zustimmen. Aber dafür habe ich Sie nicht hierher bestellt.«

»Wow. Okay, wieso dann?«, fragte Emily.

»Haben Sie bereits in Betracht gezogen, Ihre Masterarbeit als Fachartikel umzuschreiben und bei einem Journal einzureichen? Ihre Ergebnisse sollten unbedingt publiziert werden.«

Emilys Gesicht hellte sich auf. »Oh, ja. Meine Betreuerin, Professor Wagenbauer, arbeitet schon mit mir an einem Entwurf.«

»Kann ich den sehen?«, fragte Carolin.

»Natürlich, also wenn Sie wollen…«

Emily kramte einen kleinen Laptop aus ihrer Tasche heraus, klappte ihn auf und zeigte Carolin das Dokument.

»Da sind jetzt überall noch Markierungen, wo ich noch etwas ändern will—«, begann sie, doch Carolin brachte sie mit einer Geste zum Schweigen. Sie überflog den Text.

»Wessen Idee war es, Vorstellungen und Erinnerungen zu vergleichen?«

»Das war meine.«

»Und wer hat die Studie entwickelt?«

»Professor Wagenbauer hatte die Probanden schon wegen ihrer Studie zum Hippocampus und dem Gedächtnis im Labor, und da habe ich die Gelegenheit ergriffen.«

»Das meine ich nicht. Den Stimulus, die Aufgaben, die Sie gestellt haben.«

»Das habe ich mir überlegt.«

»Verstehe.«

Carolin nahm das Dokument noch einmal in Augenschein. »Wenn Sie tatsächlich die Idee hatten und den Großteil der Arbeit gemacht haben, sollten Sie als Erstautorin erscheinen, und nicht Professor Wagenbauer.«

Emily riss die Augen auf. »Im Ernst?«

»Natürlich«, sagte Carolin. »Sie müssen Ihren eigenen Wert erkennen und verteidigen.«

Carolin selbst hatte viel zu lange gebraucht, um das einzusehen, und sie wollte, dass Emily diese Lektion so schnell wie möglich verstand. Sie durfte nicht aus falsch verstandener Loyalität heraus ihre eigene Karriere zurückstellen.

»Sie haben die wissenschaftliche Arbeit erbracht, also erhalten Sie auch die Erstautorenschaft. Gehen Sie zu Professor Wagenbauer und sagen Sie ihr das.« Kurz zögerte Carolin, ehe sie die nächsten Worte aussprach. »Sie können ihr auch sagen, dass ich zu diesem Schluss gekommen bin.«

Carolin unterdrückte einen Anflug von Sorge. Professor Ursula Wagenbauer hatte seit über einem Jahrzehnt ihre Professur an diesem Institut inne. Sie würde auch in dem Komitee sitzen, das in einem Jahr darüber entschied, ob Carolin ihre Juniorprofessur fortsetzen durfte. Es war sicher keine gute Idee, es sich mit ihr zu verscherzen.

Doch genauso war es falsch, dass Professor Wagenbauer die Lorbeeren für die Forschung erntete, die ihre Studentin erarbeitet hatte. Emily hatte das Recht, ihre eigenen Ergebnisse als Hauptautorin zu veröffentlichen. Carolin würde nicht zulassen, dass ihr dieses Recht genommen wurde, nur weil eine Professorin glaubte, sich das erlauben zu können.

Sie nickte Emily mit so etwas wie kühler Freundlichkeit zu, die sie ermutigen sollte. »Gehen Sie zu Ihrer Betreuerin und besprechen Sie das. Professor Wagenbauer wird es einsehen, wenn Sie Ihre Argumente gut vorbringen. Aber schicken Sie bloß nicht wieder Ihre Freundin vor!«

Emily lächelte verlegen. »Mach ich nicht. Danke, Professor Adler.«

»Gut. Das wäre dann alles.«

KAPITEL 3

~ Iris ~

Iris tauchte hinab. Kaltes, klares Wasser strömte um ihren Körper, als sie nach unten glitt. Unendliches Blau umgab sie. Kleine Luftbläschen stiegen auf und strömten der Oberfläche entgegen. Unter ihr huschten glitzernde Leiber dahin—ein Schwarm Fische, auf deren Schuppen das Sonnenlicht glänzte. Als Iris sich ihnen näherte, stoben sie davon.

Sie tauchte noch tiefer. Um sie herum wurde das kühle Blau dunkler. Sie sah Quallen, die träge durch die Leere schwebten und in allen nur denkbaren und undenkbaren Farben zu leuchten schienen: türkis, orangerot, sonnengolden und ultraviolett. Sie schwebten schwerelos durch das Nichts, wie seltsame, fleischige Raumschiffe, und Iris betrachtete sie fasziniert.

Plötzlich fiel ein Schatten auf Iris. Kälte erfasste sie und drang tief in ihre Knochen. Sie blickte auf und sah die Silhouette eines Hais. Furcht packte sie und ließ ihr Herz schneller schlagen. Die Schwanzflosse des Hais zuckte, und er drehte sich. Nun kam er auf sie zu.

Iris versuchte, ruhig zu bleiben. Sie wusste, dass ihr nichts geschehen konnte. Sie würde es nicht zulassen. Sie sah auf ihren Körper herab und ließ ihn unsichtbar werden, transparent wie das Wasser um sie herum. Dann fiel ihr ein, dass Haie sich auf ihren Geruchssinn verließen. Sie entschloss sich, völlig unaufspürbar zu werden. Dann wartete sie ab.

Der Hai kam näher. Sie konnte seine stahlgrauen Augen sehen, die über sie schweiften, und seine Kiemen, die sich weiteten, als er das Wasser einsog. Sein Blick erinnerte sie an etwas. Doch sie konzentrierte sich darauf, dass der Hai sie nicht sehen und nicht riechen konnte.

Er kann mich nicht finden.

Der Hai drehte ab und verschwand.

Iris atmete erleichtert auf. Sie entschied sich, noch tiefer zu tauchen, hinab ins Dunkel, wo sie sich sicher fühlte. Weiter und weiter sank sie nach unten, ließ alle Wasserwesen hinter sich zurück. Ihr Herzschlag wurde langsamer, als die Anspannung nachließ. Die Schwärze umfing sie. Eine Weile schwebte sie durch diese undurchdringliche Finsternis. Dann sah sie kleine Lichtpunkte, wie Sterne, die unendlich weit entfernt glommen. Und sie wusste, dass es Galaxien waren.

Am Rande ihres Sichtfelds sah sie quallenartige Raumschiffe, die langsam kontrahierend durch die Dunkelheit schwebten, auf einer Reise zu den fernsten Sternen. Iris fasste einen Spiralnebel ins Auge. Seine kühlen,blauen Ausläufer drehten sich um ein rotglühendes Zentrum. Sie schwamm darauf zu. Der leuchtende Wirbel wurde immer größer und heller.

Wie wohl das Herz der Galaxie aussehen würde?

Iris glitt langsam vom Schlaf in den Wachzustand hinüber. Sie genoss für ein paar Augenblicke die Dunkelheit, die ihr ein Gefühl von Geborgenheit gab, und die Bilder des Traums, die noch immer vor ihrem inneren Auge tanzten. In ihren Träumen fühlte sie sich wohl. Sie konnte bestimmen, was darin geschah. Ganz im Gegensatz zur Wirklichkeit, über die sie manchmal beängstigend wenig Kontrolle hatte.

Außerdem gab es in den Träumen niemanden, der über sie urteilte. Niemand, den sie enttäuschen könnte. Die Fische und die Galaxien kümmerte es nicht, ob sie im echten Leben erfolgreich war oder versagte. Sie existierten einfach nur.

Doch irgendwann musste sie, wie jeden Morgen, der Realität gegenübertreten. Widerstrebend öffnete sie die Augen und richtete sich auf.

Ihr kleines WG-Zimmer war eng und vollgestopft. Ein Nachttisch passte nicht hinein, deshalb fanden ihr Wecker und ein paar Bücher ihren Platz auf dem Klavier. Iris griff nach einem Notizbuch und einem Stift und schrieb ihren Traum auf. Dann ging sie ins Bad und schließlich in die Küche, um sich Frühstück zu suchen.

»Morgen!«, sagte Lukas, ihr Mitbewohner, der gerade Cornflakes in eine Schale schüttelte. Er trug ein schwarzes Shirt mit bunten Tetris-Blöcken darauf.

»Morgen«, murmelte Iris, gähnte und schaltete den Wasserkocher an, um sich Kaffee zu machen. Das alte Gerät begann zu zischen und zu blubbern. Iris starrte auf die kleinen Luftblasen, die darin aufstiegen, noch immer halb in Gedanken bei ihrem Traum.

Die Tür zu Emilys Zimmer flog auf.

»Hey«, krächzte sie. »Müsst ihr so früh schon Lärm machen? Manche Leute wollen ausschlafen.«

Ihr rotblondes Haar war zerzaust, und sie hatte dunkle Schatten unter den Augen.

»Du siehst ja furchtbar aus«, sagte Lukas. »Bist du krank?«

»Krank? Pah. Ich möchte mal sehen, wie du nach einer Nacht im *Apocalypse* und knapp drei Stunden Schlaf aussiehst.«

Die dunklen Flecken waren also nichts als verwischter Eyeliner.

»Aus dem Weg«, grummelte Emily. »Muss duschen.«

Sie drängte sich an Lukas vorbei, der ihr kopfschüttelnd nachsah.

»Mach dir nichts draus«, sagte Iris. »Das ist typisch für Neurowissenschaftler vor dem Frühstück. Solange wir keinen Kaffee hatten, sind wir praktisch Zombies.«

»Das erklärt eure Gier nach Gehiiiirn.«

Iris lachte. Sie griff nach ihrer Kaffeetasse, nahm einen großen Schluck und schloss genießerisch die Augen. Wunderbar, wie dieses völlig legale Aufputschmittel ihr Nervensystem anregte.

»Na, neues Semester, neues Glück?«, fragte Lukas.

»Mal sehen«, sagte Iris. »Ich muss nur noch ein Modul belegen. Aber es ist bei Professor Adler.«

»Warum machst du so ein Gesicht?«

»Sie ist…etwas einschüchternd«, sagte Iris. »Sie hat hohe Ansprüche. Ich habe Angst, dass sie mir auf den letzten Metern noch meine Note ruiniert.«

Sie nahm noch einen Schluck Kaffee. Sie wollte ihren Eltern nicht erklären müssen, dass es auch in ihrem zweiten Studium nicht zu einem glatten Einser-Abschluss gereicht hatte. Aber die Sorge um ihre Note war nicht das größte Problem.

»Und sie hat diesen Blick«, versuchte Iris zu erklären. »Wenn sie dich anschaut, denkst du: Okay, das war's, ich bin tot. Letzte Nacht habe ich von einem Hai geträumt, der ihre Augen hatte. Das war gruselig.«

Lukas lachte. »Okay, das klingt furchtbar.«

»Ja. ich habe dann lieber vom Weltall geträumt.«

Er sah sie neugierig an. »Wie meinst du das, 'lieber'? Das kann man sich doch nicht aussuchen.«

»Doch. Also ich kann das schon. Ich weiß meistens, dass ich träume. Und dann konzentriere ich mich einfach darauf, was ich will, und es passiert. Man nennt das 'luzide Träume'.«

»Das ist ja cool!«

Seine Begeisterung brachte Iris zum Lächeln. Sie vergaß manchmal, wie ungewöhnlich ihre nächtlichen Traumreisen waren. Sie hatte nie davon erzählt, weil es ihr ganz normal vorkam.

»Und man kann dann alles machen?«

»Klar. Was immer du dir vorstellen kannst. Solange du nicht vergisst, dass du in einem Traum bist, oder aus Versehen aufwachst.«

»Das heißt, ich könnte im Traum fliegen?«

»Klar. Das mache ich ständig.«

»Genial. Du hast so eine Art Superkraft!«

Iris schüttelte den Kopf. »So würde ich das nicht nennen. Man kann es ja lernen!«

Ihre Unterhaltung wurde unterbrochen, als Emily zurück in die Küche kam, ein großes Handtuch um den Kopf gewickelt. Sie schnappte sich den Orangensaft aus dem Kühlschrank.

»Hey, Iris, freust du dich auch schon auf unsere Vorlesung bei Professor Adler? Bereit, dem Tiger gegenüberzutreten?«

Iris stöhnte.

»In ihrem Traum war sie ein Hai«, sagte Lukas.

»Ein Hai, noch viel besser«, sagte Emily grinsend. »Wie hast du es bloß geschafft, dass sie mein Seminar angerechnet hat?«

»Ich hatte wahrscheinlich Glück. Habe einen guten Tag erwischt oder so.«

»Jedenfalls hast du dafür einen riesigen Gefallen bei mir gut.«

Emily prostete ihr mit dem Orangensaft zu und stürzte ihn herunter.

»Das ist schon okay«, sagte Iris. »Hauptsache, ich muss nie wieder in ihr Büro.«

»Ja, das hoffe ich auch. Was die armen Menschen durchmachen, die eine mündliche Prüfung bei ihr haben! Oder stell dir vor, sie würde deine Abschlussarbeit betreuen.«

Emily schüttelte sich vor gespieltem Grauen. »Na ja, der Haifisch wird uns schon nicht auffressen. Gehen wir dann nachher zusammen los?«

Die Vorlesung *Bildgebende Verfahren* bei Professor Adler fand erst am Nachmittag statt. Iris und Emily fuhren mit der S-Bahn zur Uni. Sie waren früh dran, und Emily holte sich noch ein Sandwich von einem Bäcker. Iris hatte keinen Hunger.

»Geh doch schon mal vor und reserviere uns Plätze. Am besten ganz hinten.«

Iris nickte. Scharfzüngige Fragen der Professorin, die ihre Unsicherheiten ans Licht zerrten, waren das Letzte, was sie jetzt brauchte.

Sie ging in Richtung des Instituts. In der Pause zwischen den Vorlesungen strömten viele Studenten nach draußen, um sich ihr Mittag oder einen Kaffee zu holen. Sie hatten ihre Winterjacken ausgezogen und genossen die ersten warmen Strahlen der Aprilsonne.

Iris kam an einem kleinen japanischen Imbiss vorbei, der vor allem von Mitarbeitern der Uni besucht wurde. Ihr Blick schweifte über das Fenster, als sie plötzlich Professor Adler entdeckte.

Die Professorin saß drinnen an einem Tisch, zusammen mit jemanden, der den Rücken dem Fenster zugewandt hatte. Sie trug eine cremefarbene Bluse und hatte ihr Haar zu einem Knoten gebunden. Ihre elegante Hand gestikulierte wortgewandt, um ihren Punkt zu unterstreichen.

Ihr Anblick faszinierte Iris. Sie wusste, sie sollte nicht hier stehen und starren. Doch Professor Adler hatte einfach etwas an sich, das sie gefangen nahm. Da war diese ernste Tiefe in ihren Augen, die Iris geradezu unwirklich vorkam.

Unwirklich…

Iris blickte auf ihre Hände herab und zählte ihre Finger. Fünf. Gut.

Professor Adler griff nach den Essstäbchen, hob mit geübter Präzision ein Nigiri auf und führte es zum Mund. Sie hatte einen dezenten Lippenstift aufgetragen. Iris musste daran denken, dass der Fisch zwischen ihren Stäbchen irgendwann einmal durch die Tiefen der Meere geschwommen war. Er hätte nie damit gerechnet, hier zu enden, zwischen diesen blassroten Lippen.

Dann sah Professor Adler auf. Ihre grauen Augen erfassten Iris, zu schnell, als dass Iris sich hätte abwenden können. Sie hob die Augenbrauen, dann neigte sie den Kopf, als wolle sie Iris spöttisch grüßen.

Iris Wangen wurden heiß. Wie unerträglich peinlich. Hastig setzte sie sich in Bewegung, stolperte beinahe und ging weiter. Sie ließ das Sushi-Restaurant hinter sich zurück. Der amüsierte Ausdruck in Professor Adlers Augen verfolgte sie.

Nach dieser Begegnung musste Iris ihre Ankunft im Hörsaal bis zur letzten Minute hinauszögern. Auf keinen Fall wollte sie riskieren, von Professor Adler angesprochen zu werden. Also ging sie zur Bibliothek, um dort ein paar Minuten verstreichen zu lassen. Sie streifte zwischen den Regalen entlang.

Was ist bloß in mich gefahren? Ich kann sie doch nicht so anstarren!

Zugegeben, mit ihren hohen Wangenknochen und dem ernsten Gesicht war Professor Adler eine klassische Schönheit, und sie besaß eine natürliche, selbstverständliche Eleganz. Doch was Iris den Atem raubte, war der scharfsinnige, durchdringende Blick in ihren Augen. Professor Adler war intelligent, und sie wusste es. Iris konnte nicht sagen, ob sie sie mehr dafür bewunderte oder darum beneidete.

Das war allerdings kein Grund, sich so peinlich aufzuführen. Sie vergrub den Kopf in den Händen und seufzte.

Es war ja normal, ein wenig für eine Professorin zu schwärmen. Das passierte sicher vielen Studenten. Keine große Sache. Aber eigentlich müsste Iris einen präfrontalen Cortex besitzen und somit in der Lage sein, ihr eigenes Verhalten zu steuern, statt blindlings irgendwelchen Impulsen zu folgen.

Iris massierte sie ihre Stirn, genau da, wo dieser unzuverlässige Teil ihres Hirns lag. Wo war die emotionale Regulierung, wenn man sie brauchte? Und, wenn sie schon dabei war, wo war ihr Urteilsvermögen? Ausgerechnet Professor Adlers Aufmerksamkeit auf sich zu ziehen, war die denkbar schlechteste Idee, die sie seit langem gehabt hatte. Das konnte nicht gut enden.

Als Iris den Hörsaal erreichte, war die Tür bereits geschlossen. Die Vorlesung hatte angefangen. Sie würde sich hereinschleichen müssen. Iris öffnete so behutsam wie möglich die Tür.

»Übungen im neurologischen Labor finden jeweils dienstags und donnerstags statt«, sagte Professor Adler gerade. Sie stand an der Tafel und schrieb die Zeiten auf. Etwa ein Dutzend Masterstudenten, die meisten etwas jünger als Iris, saßen im Raum verteilt.

Sie entdeckte Emily in der letzten Reihe, schloss behutsam die Tür und ging die Treppe hinauf, als Professor Adlers Stimme erklang.

»Ah, Frau Lemberg. Wie schön, Sie auch hier zu sehen. Sie kommen gerade zum richtigen Zeitpunkt.«

Iris erstarrte.

»Bevor wir mit dem Stoff anfangen, sollten wir uns miteinander vertraut machen. Ich möchte Sie alle gern kennenlernen und sehen, was in Ihnen steckt. Beginnen wir doch gleich mit Ihnen, Frau Lemberg.«

Ein unangenehm heißes Kribbeln breitete sich auf Iris' Wangen aus. Professor Adler schenkte ihr ein dünnes Lächeln, das sie kein bisschen ermutigte.

Das hatte sie jetzt davon. War das die Rache für ihr Starren vorhin? Wenn ja, hatte Professor Adler zielsicher ihren wunden Punkt getroffen. Iris hasste es, vor Publikum zu sprechen. Vor allem über sich selbst. Sie stand nicht gern im Mittelpunkt.

»Ich heiße Iris Lemberg«, sagte sie widerstrebend. »Ich studiere Psychologie mit einem Schwerpunkt auf kognitive Neurowissenschaften.«

»Natürlich, wie alle hier im Raum«, sagte die Professorin mit einer ungeduldigen Handbewegung. »Geben Sie mir etwas mehr, womit ich arbeiten kann. War das schon immer Ihr Ziel?«

»Nein, eigentlich nicht. Ich habe erst Medizin studiert.«

»Interessant. Und warum der Wechsel?«

»Ich weiß nicht«, sagte Iris. »Ich dachte, dass Neurowissenschaften besser zu mir passen. Es war so eine Art Bauchgefühl.«

Professor Adler hob die Augenbrauen. »Ah, also ein Bauchgefühl. Warum dann nicht innere Medizin? Gastroenterologie vielleicht?«

Iris errötete. »Nein. Das macht mein Vater schon. Das ist nicht so mein Ding.«

Tatsächlich wäre ihr Vater wesentlich eher geneigt, stolz auf seine Tochter zu sein, wenn sie ihm in seinen Fußstapfen gefolgt wäre und etwas Anständiges studiert hätte. Und mit 'etwas Anständiges' meinte er Medizin. Doch das würde Iris jetzt sicher nicht vor dem ganzen Vorlesungssaal aussprechen.

»Ich habe mich einfach dafür interessiert, wie das Hirn funktioniert. Unsere Gedanken, Gefühle, unsere Persönlichkeit—alles hängt damit zusammen, was sich im Gehirn abspielt. Das fand ich schon immer spannend.«

Professor Adler neigte den Kopf ein winziges bisschen. Die Andeutung eines Nickens, zum ersten Mal ohne Spott. »Ich denke, da stimmen wir Ihnen alle zu. Haben Sie schon Ihre Masterarbeit begonnen?«

»Sie ist so gut wie fertig.«

»Und was ist Ihr Thema?«

»Traumatische Erinnerungen und belastende Träume.«

Professor Adler hob die Augenbrauen. »Interessant. Vielleicht erzählen Sie uns mal in der Vorlesung davon.«

Iris schüttelte den Kopf. Auf keinen Fall. Die anstehende Verteidigung, bei der Iris ihr Thema gegenüber ihrem Betreuer und einer kleinen Handvoll Zuschauer vortragen musste, war schon schlimm genug. Sie musste sich nicht auch noch Professor Adlers gnadenloser Kritik aussetzen.

»Danke, Iris. Suchen Sie sich einen Platz.«

Erleichterung durchflutete Iris. Sie ging zu einem der Plätze ganz hinten am Fenster, neben Emily.

»Wow«, flüsterte Emily, »Die wollte es ganz genau wissen, hm? Meinst du, die kann dich nicht leiden?«

Iris sagte nichts, sondern ließ sich auf den Stuhl fallen. Sie hoffte, dass sie von jetzt an Professor Adlers Aufmerksamkeit entgehen würde.

Der Blick der Professorin streifte durch den Raum. Sie fragte der Reihe nach die anderen Studenten nach ihren Hintergründen, ihren Schwerpunkten und Interessen. Die meisten beantworteten ihre Fragen wesentlich selbstsicherer als Iris. Aber sie waren ja auch nicht derartig kalt erwischt worden.

Iris hörte kaum zu. Stattdessen beobachtete sie Professor Adler, die hoch aufgerichtet neben dem Dozentenpult stand und zuweilen ernst nickte. Sie wirkte konzentriert und zugleich distanziert. Schließlich schloss die Professorin selbst die Runde.

»Mein Name ist, wie Sie wissen, Carolin Adler. Ich habe in Frankfurt studiert und meinen Doktor in Neurowissenschaften gemacht. Später war ich als Postdoc am Wisconsin Institute for Sleep and Consciousness und an der University of California in Berkeley.«

Die Namen der Orte, die sie aufzählte, klangen fremd und zugleich verlockend. Professor Adler war keine zehn Jahre älter als sie und hatte all diese Erfahrungen gemacht, an diesen renommierten Universitäten geforscht. Sie hatte Kontakte geknüpft und bedeutende Beiträge für die Wissenschaft geleistet. Iris fragte sich, ob sie selbst auch nur annähernd das Potenzial dazu hatte. Es war schwer, sich das vorzustellen.

»Und nun habe ich die Ehre, für Sie die Vorlesung zur Bildgebung des zentralen Nervensystems zu halten«, beendete Professor Adler ihre Vorstellung. »Wir befassen uns in dieser Vorlesung mit direkten sowie indirekten Methoden, um die Aktivität eines Hirns zu messen, bildlich darzustellen und daraus Rückschlüsse auf die neuronale Aktivität zu ziehen. Es bleibt zu hoffen, dass die Aktivität der Neuronen hier im Raum dabei ebenfalls hoch sein wird.«

Ein nervöses Lachen kam von den Studenten.

»Wir beginnen mit der Theorie. In zwei Wochen starten dann die vorlesungsbegleitenden Übungen im Schlaflabor, in denen Sie lernen, die Geräte zu benutzen und die Daten richtig auszuwerten. Aber heute verschaffen wir uns zunächst einen Überblick über das Themengebiet.«

Professor Adler schob die Tafel nach unten und schaltete den Beamer an, der die Folien zu ihrem Vortrag an die Wand projizierte. Sie begann mit der Einführung, und einige der Studenten in den ersten Reihen machten sich eifrig Notizen. Auch Iris senkte den Kopf und schrieb mit.

Emily hingegen lehnte sich nach vorne und flüsterte einem gutaussehenden Studenten in der Reihe vor ihr etwas zu. Er lachte leise und strich sein halblanges Haar zurück, um ihr zu antworten.

»Zu den direkten Methoden gehört die Elektroenzephalografie, kurz EEG«, erklärte Professor Adler. »Wie Sie wissen, ist unser Gehirn ein elektrisches

System. Alle Aktivitäten, wie Wahrnehmungen und Gedanken, basieren letztendlich auf Neuronen, die elektrische Signale senden. Diese Aktivität können wir messen, indem wir Elektroden an der Kopfhaut anbringen und die Spannungsschwankungen aufzeichnen. So sieht das aus.«

Die Projektion an der Wand zeigte mehrere zackige Kurven wie bei einem Erdbeben-Frühwarnsystem. Mit EEGs hatte Iris sich bereits in ihrer Masterarbeit beschäftigt. Sie warf einen Blick auf ihre Hände und zählte ihre Finger. Fünf. Sie sah kurz nach vorne, um sicherzugehen, dass die Professorin nicht in ihre Richtung blickte, hob eine Hand, hielt sich die Nase zu und versuchte, gleichzeitig einzuatmen. Es klappte nicht.

»Wenn ich um Ihre Aufmerksamkeit bitten dürfte«, erklang die scharfe Stimme von Professor Adler.

Iris zuckte zusammen und ließ die Hand fallen.

Doch der missbilligende Blick der Professorin war nicht auf sie gerichtet, sondern auf Emily. Deren leises Kichern erstarb auf der Stelle, und auch der Student vor ihr verstummte.

»Emily Schönlein«, sagte die Professorin, »Ihre exzellente Masterarbeit lässt vermuten, dass Sie sich mit diesem Thema besonders gut auskennen. Ihr Kommilitone profitiert sicher von Ihren Erläuterungen. Aber lassen Sie uns doch alle teilhaben.«

»Oh. Ähm, ja…«, druckste Emily herum.

»Als Sie soeben hochkonzentriert meiner Vorlesung gefolgt sind, welche Frequenzen waren da bei Ihnen vermutlich vorherrschend?«

Emily warf einen hilfesuchenden Blick zu Iris.

»Ich war wach und, äh, fokussiert, also waren es…ähm…«

Iris senkte den Kopf, sodass ihr Haar vor ihr Gesicht fiel, und schrieb unauffällig ein griechisches Zeichen auf ihren Schreibblock.

»Gamma-Wellen!«, platzte Emily erleichtert heraus.

»Ganz genau. Ich hoffe, dabei bleibt es auch weiterhin.«

Emily nickte hastig, und die Professorin wandte sich wieder ihrem Stoff zu. Iris bemühte sich den ganzen Rest der Vorlesung über, so unauffällig wie möglich zu bleiben. Das Letzte, was sie wollte, war Professor Adlers prüfenden Blick auf sich zu spüren, oder, schlimmer noch, von ihr nach ihren Kenntnissen ausgefragt zu werden. Am liebsten hätte sie sich völlig unsichtbar gemacht, wie in ihrem Traum, als sie dem Hai entronnen war. Oder sie wäre einfach aus dem Fenster geklettert und davongeflogen.

Doch das hier war die Wirklichkeit, und daraus gab es kein Entkommen.

KAPITEL 4

~ Carolin ~

In der dritten Vorlesungswoche wurde der April ungewöhnlich sonnig und warm, als wolle er einen Vorgeschmack auf den kommenden Sommer geben. Carolin saß beim Frühstück an ihrem Esstisch, vor sich eine große Tasse Kaffee und eine Schüssel mit Joghurt und Früchten. Von der Terrasse her wehte eine laue Brise herein, und die Vögel im Garten zwitscherten aus vollen Kehlen.

Doch sie hatte ihr Essen kaum angerührt. Ihr Laptop stand aufgeklappt auf dem Tisch, und sie starrte mit gerunzelter Stirn auf den Bildschirm, die Gedanken ganz bei der Arbeit.

Ihr momentan einziger Doktorand, Erik, sollte diese Woche zu einem Termin bei ihr erscheinen. Und er hatte ihr noch immer nicht den aktuellen Stand seiner Arbeit geschickt—obwohl sie ihn mehrfach darum gebeten hatte. Wie sollte sie ihm so Feedback geben?

Ich erwarte Ihren Zwischenstand bis spätestens Dienstag um 18.00, tippte sie, und fügte eine Unterstreichung unter dem Wort ‘spätestens’ hinzu.

Natürlich würde er, wenn überhaupt, erst in der letzten Minute seinen Entwurf schicken. Das würde bedeuten, dass sie am Dienstagabend noch lange in die Nacht hinein beschäftigt sein würde. Aber das war unausweichlich.

Carolin schickte die Mail ab und nahm einen großen Schluck Kaffee. Dann rieb sie geistesabwesend über ihr Handgelenk und ging in Gedanken durch, was an diesem Tag noch alles zu tun war. Sie gab die Vorlesung in *Methodenlehre* für die Bachelorstudenten, danach *Bildgebende*

Verfahren für die Masterstudenten. Außerdem musste sie an einem wissenschaftlichen Artikel arbeiten, und…

Sie wurde abgelenkt, als etwas Großes sich am Rande ihres Sichtfelds bewegte. Sie drehte den Kopf und sah ihre Katze, die soeben mit einem Satz auf einen Sessel sprang. Von dort starrte sie durch die Glasfront nach draußen in den Garten. Meisen hüpften auf den Zweigen herum, und Spatzen pickten und scharrten am Boden. Cassandra fixierte die Vögel und folgte jeder ihrer Bewegungen.

»Du kriegst sie nicht, die sind draußen«, sagte Carolin amüsiert.

Das kümmerte Cassandra allerdings kein bisschen. Die Katze hielt den Blick fest auf die Vögel gerichtet, während sie von dem Sessel herabstieg und sich heranpirschte. Sie näherte sich einem Blumentopf mit einem großen Farn darin und duckte sich unter die Wedel wie ein Luchs im Urwald. Ihre goldenen Augen fixierten die vermeintliche Beute.

»Ich wünschte, meine Studenten wären so konzentriert wie du«, murmelte Carolin. In ihren Vorlesungen hielt sie immer nach klugen Köpfen Ausschau, nach intelligenten, vielversprechenden Nachwuchsforschern, die das Zeug zu einer Karriere in der Wissenschaft hatten. Doch bisher war ihre Suche nicht sonderlich erfolgreich gewesen. Und langsam wurde das zu einem Problem.

Ihr Doktorand Erik war so unzuverlässig, dass sie ihm keinerlei Verantwortung übertragen konnte. Sie hatte nur eine einzige wissenschaftliche Mitarbeiterin, Dr. Jeong, die sie bei Forschungsprojekten und bei der Lehre unterstützte. Eigentlich brauchte Carolin dringend studentische Hilfskräfte und Doktoranden, die ihr einen Teil der Aufgaben abnahmen. Sie sollten Fragen der Erstsemester beantworten, Tutorien halten und Klausuren korrigieren, ihr vielleicht auch bei Studien und Literaturrecherche zur Hand gehen. Carolin musste selbst genug publizieren, um das Evaluationskomitee davon zu überzeugen, dass sie für eine Festanstellung infrage kam, und das war unmöglich zu schaffen, wenn sie nicht einmal einen einzigen zuverlässigen Doktoranden hatte, der sie unterstützte.

Um dreizehn Uhr schloss Carolin die Tür zum Vorlesungssaal auf und trat ein. Hinter ihr strömten die Masterstudenten in den Raum. Sie legte ihre Tasche auf das Pult, holte ihre Notizen heraus und ließ dann den Blick über die etwa zwei Dutzend Gesichter schweifen.

Wer hier im Raum hatte Potenzial? Wer stellte kluge Fragen, dachte einen Schritt weiter und konnte Zusammenhänge erfassen? Wer würde die Lücken in der bestehenden Forschung erkennen, oder sogar völlig neue Ansätze entwickeln?

Ihr Blick schweifte über eine Studentin in der zweiten Reihe, die gebannt auf ihr Smartphone starrte. Eine Gruppe von drei anderen unterhielten sich lachend über eine Party am letzten Wochenende. In der Mitte saßen zwei Studenten mit zerzaustem Haar in Jogginghosen, die so aussahen, als hätten sie die Nacht durchgemacht. Carolin konnte sich nicht erlauben, so auszusehen, selbst wenn sie bis in die frühen Morgenstunden arbeitete. Im Gegensatz zu ihren Studenten achtete sie immer auf eine makellose äußere Erscheinung, um sicherzugehen, dass sie respektiert wurde.

Sie entdeckte Emily Schönlein in der vorletzten Reihe. Sie hatte immerhin eine sehr vielversprechende Masterarbeit geschrieben. Doch gerade beugte Emily sich nach vorn, um einen attraktiven Studenten zu begrüßen, wobei sie mit den

Wimpern klimperte und absichtlich einen guten Einblick in ihren tiefen Ausschnitt gewährte. Carolin seufzte innerlich.

Neben Emily saß Iris Lemberg, heute in einer smaragdgrünen Bluse, die wunderbar mit ihrem kastanienbraunen Haar harmonierte. Carolin hätte gerne Blickkontakt mit ihr aufgenommen, doch Iris saß direkt am Fenster und blickte gedankenverloren nach draußen, als wäre sie überall lieber als hier im Vorlesungssaal.

Carolin fiel es schwer, die zurückhaltende Studentin einzuschätzen. In den ersten drei Vorlesungswochen hatte sie mehrmals versucht, ihr etwas von ihrem Wissen zu entlocken. Doch Iris hatte immer nur mit kurzen Sätzen geantwortet und es vermieden, jemals richtig auf ein Thema einzugehen. Dann senkte sie jedes Mal wieder den Kopf und verschwand hinter ihren Haaren.

Es konnte nicht daran liegen, dass es ihr an Interesse oder Intelligenz mangelte. Bei ihrer ersten Begegnung hatte Iris noch voller Eifer und Überzeugung Emilys Arbeit verteidigt. Das passte nicht dazu, dass sie sich jetzt so zurückhaltend verhielt.

Carolin seufzte und warf einen Blick auf die Wanduhr. Es war Zeit, die Vorlesung zu beginnen.

»Wenn ich um Ihre Aufmerksamkeit bitten dürfte…«

Es wurde still im Raum. Carolin straffte sich. Ihre klare Stimme trug mühelos durch den ganzen Raum.

»Bisher haben wir verschiedene Techniken der Bildgebung des Hirns besprochen. Heute beschäftigen wir uns mit einigen konkreten Anwendungen dieser Techniken im wissenschaftlichen Kontext. Das Ziel ist, dass Sie die beschriebenen Studien analysieren und erkennen, wo methodologische Probleme vorliegen, welche die Validität der Ergebnisse beeinträchtigen können. Schließlich sollen Sie selbst solche Fehler vermeiden.«

Carolin begann die Vorlesung mit einigen grundlegenden Erklärungen. Die meisten Studenten folgten ihren Ausführungen halbwegs aufmerksam. Doch als sie einen Blick auf Iris warf, sah sie, dass diese den Kopf in die Hand gelegt hatte. Und wenig später schloss sie sogar ihre Augen. Wie enttäuschend.

»Kommen wir nun also zu unserem ersten Beispiel«, sagte Carolin. »In der Studie von Miller geht es um Hirnaktivität während verschiedener Schlafphasen. Mittels einer EEG-Untersuchung wird zwischen Tiefschlaf und REM-Schlaf unterschieden.«

Sie sah zu Iris. Ihre Augen waren noch immer geschlossen, ihr Kopf ruhte auf ihren Händen. Es sah ganz danach aus, als döste sie während der Vorlesung.

»Versuchen Sie gerade, diesen Zustand praktisch zu demonstrieren, Iris?«

Iris Augen flogen auf, und sie blinzelte verwirrt.

»Nein. Tut mir leid, Professor Adler.«

»Oder ist Ihnen vielleicht langweilig?«

Iris blickte beschämt auf ihre Hände herab. »Nein. Ich habe nur gestern Nacht noch an einer Präsentation gearbeitet. Für meine Verteidigung.«

»Verstehe«, sagte Carolin kühl. »Das ist löblich. Aber wenn Sie gute Forschung machen wollen, müssen Sie stets konzentriert arbeiten. Die Wissenschaft an sich kümmert es nicht, ob Sie gut geschlafen haben. Wenn Sie einen Fehler machen, vielleicht die Daten falsch interpretieren oder auch nur ein Vorzeichen vertauschen, sind ihre Resultate ruiniert. Und damit möglicherweise auch der Respekt Ihrer Forscherkollegen.«

Iris' Schultern sackten herab.

»Ja«, sagte sie.

Carolin tat sie einen Augenblick lang fast leid. Aber sie wollte Iris zu den Leistungen anspornen, zu denen sie tatsächlich fähig war. Und Carolin hatte selbst die bittere Lektion gelernt, dass sie sich keine Schwäche leisten konnte, wenn sie erfolgreich sein wollte. Je schneller Iris das lernte, desto besser für sie.

»Also«, sagte sie, und bemühte sich um einen ermutigenden Ton, »Rufen Sie uns doch noch einmal in Erinnerung, was wir über Bewusstseinszustände und Hirnaktivität wissen.«

Iris atmete tief ein und sammelte sich kurz. Dann begann sie, mit leiser Stimme zu sprechen.

»Im Tiefschlaf haben wir vor allem Wellen mit niedriger Frequenz, sogenannte Delta-Wellen. Während der Traumphasen können wir aber auch Gamma-Wellen messen. So ähnlich wie im Wachzustand.«

Carolin nickte. »Richtig. Warum ist das so?«

»Weil das Bewusstsein teilweise aktiv wird. Wir erleben Träume wie die Wirklichkeit. Unser Gehirn nimmt Sinneseindrücke wahr, und wir denken, dass wir uns bewegen und handeln. Natürlich tun wir das nicht wirklich, weil alle Signale an die Muskeln, sich zu bewegen, unterdrückt werden, außer den Augenbewegungen. Aber im Gehirn simulieren wir, dass wir umherlaufen, oder sprechen, oder fliegen. Deswegen kommt uns der Traum real vor. Die Hirnaktivität ist prinzipiell die gleiche wie im Wachzustand.«

»Sehr schön«, sagte Carolin zufrieden. Iris war zweifellos intelligent, und nun hatte sie endlich etwas mehr als nur einen Satz gesagt. Vielleicht konnte sie ihr in Zukunft noch mehr entlocken. Sie wandte sich wieder der Vorlesung zu.

»Und wir können durch transkranielle Stimulation diese Bewusstseinszustände auch beeinflussen«, sagte Carolin. »Kommen wir also nun zurück zu dieser Studie. Wir sehen, dass hier ein EEG an den Versuchsteilnehmern durchgeführt wurde und verschiedene Frequenzbereiche untersucht wurden, um den Effekt des Experiments zu messen. Die Forscher testen dabei multiple Hypothesen auf dem gleichen Datensatz.«

Sie warf einen Blick in den Raum, um zu sehen, welche ihrer Studenten bereits ahnten, worauf sie hinauswollte. Die zwei Studenten in Jogginghosen blickten ratlos drein, als hätte Carolin soeben auf Chinesisch mit ihnen gesprochen. Aber sie hatte weder die Zeit noch die Geduld, alles dreimal zu erklären.

»Hierbei kommt es zu einer Kumulierung des Alpha-Fehlers. Wenn man nur genug verschiedene Hypothesen auf den gleichen Daten testet, steigt die Wahrscheinlichkeit, dass eine von ihnen rein zufällig als zutreffend erscheint.«

Ihre Augen wurden schmal. »Falls einer von Ihnen diesen Fehler in einer Arbeit machen würde, die ich betreue, würde ich Sie sofort durchfallen lassen. Wer auch immer hier für den Peer-Review-Prozess zuständig war, sollte vielleicht lieber über eine Karriere als Bäcker oder Gärtner nachdenken.«

Die Studenten lachten nervös. Carolin wandte sich der Tafel zu, um die statistischen Details des Problems zu erklären und mit den Studenten eine mögliche Korrektur des Fehlers zu erarbeiten.

Als die neunzig Minuten vorbei waren, beendete sie die Vorlesung mit einem letzten Hinweis.

»Diejenigen unter Ihnen, die Interesse daran haben, die neuesten Entwicklungen auf dem Gebiet der Neurowissenschaften zu verfolgen, sollten zur Ringvorlesung kommen. Ab heute jede Woche montags um fünfzehn Uhr im großen Hörsaal. Nehmen Sie das als persönliche Empfehlung, und falls Sie eine wissenschaftliche Karriere anstreben, als Verpflichtung.«

Und damit entließ sie die Studenten.

Natürlich folgte Carolin ihrer eigenen Regel und betrachtete die Ringvorlesung auch selbst als Pflichtveranstaltung. Jede Woche würde ein angesehener Wissenschaftler von einer anderen Universität sein Forschungsthema präsentieren und für Fragen und fachliche Diskussionen zur Verfügung stehen. Dies war eine wichtige Gelegenheit, um auf dem neusten Stand zu bleiben und Kontakte zu knüpfen.

Der Hörsaal war brechend voll. Carolin ließ ihren Blick über die Zuhörer schweifen. Da waren viele ihre Kollegen, aber auch Studenten aus den niedrigeren Semestern. Der Vortrag musste auf breites Interesse gestoßen sein. Sie hielt nach Iris Ausschau, konnte sie aber nicht entdecken.

Sie setzte sich neben Hana Yeong, ihre wissenschaftliche Mitarbeiterin, und begrüßte sie.

»Das Studentenfeedback von letztem Semester ist übrigens jetzt ausgewertet«, informierte Hana sie.

Die Umfragen wurden als Maßstab für die Qualität der Lehre herangezogen, und das bedeutete, dass sie für Carolins Chancen auf eine dauerhafte Professur wichtig waren.

Carolin versuchte, sich ihre Anspannung nicht anmerken zu lassen. »Wie sind die Ergebnisse?«

»Du hast Bestnoten, was Lehrmethoden, Klarheit und Verständlichkeit angeht. Und die Gliederung des Stoffes war sehr nachvollziehbar.«

Carolin gestattete sich ein kleines Lächeln.

»Aber die Studenten haben auch angegeben, dass das Tempo und der Schwierigkeitsgrad zu hoch waren. Einige haben sogar geschrieben, dass sie sich nicht getraut haben, Fragen zu stellen. Du bist auch auf der Liste der beliebtesten Dozenten recht weit hinten.«

Carolin schnaubte. »Das liegt daran, dass ich ihnen keine Faulheit durchgehen lasse. Ich habe eben gewisse Ansprüche.«

Hana sah sie zweifelnd an. »Aber wie willst du beweisen, dass du gut bist?«

»Ich werde das Evaluationskomitee mit meinen Resultaten überzeugen, und nicht mit einem lächerlichen Beliebtheitswettbewerb. Die Studenten müssen mich nicht mögen. Aber wenn diejenigen, die in meinen Kursen waren, am Ende exzellente Abschlussarbeiten schreiben und gute Forschungsleistungen erbringen, kann das Komitee wohl kaum leugnen, dass meine Lehre erfolgreich war.«

Carolin blickte sich noch einmal im Raum um. Wo steckte Iris bloß? Ihre Abwesenheit ärgerte Carolin. Sie hätte gedacht, dass eine intelligente Studentin wie sie solch eine Gelegenheit ergreifen würde.

In diesem Moment trat der Gastdozent auf die Bühne, und das Gemurmel im Raum erstarb, als sich die Aufmerksamkeit auf ihn richtete. Er war ein junger, sportlicher Typ mit sonnengebräunter Haut und einem strahlenden Lächeln.

»Hallo allerseits«, sagte er und verbeugte sich in mehrere Richtungen, als sei er der Host einer Talkshow. »Ich bin

Doktor Alessandro Pereira de Sousa, aber bleiben wir doch bei Alessandro. Ich freue mich, dass so viele von Ihnen sich für mein Thema interessieren. Vielleicht liegt es ja daran, dass es uns alle auch ganz persönlich anspricht.«

Er drückte einen kleinen Knopf auf einer Fernbedienung, und der Beamer warf seine Präsentation an die Wand. *Der Effekt von Schlafmangel auf die Kognition*. Ein paar Zuhörer glucksten belustigt.

»In meiner Forschung beschäftige ich mich mit der Notwendigkeit von Kaffee für eine wissenschaftliche Karriere. Wer kennt das nicht—da hat man in der Nacht zuvor noch mit Kollegen ein Bier getrunken, es ist spät geworden, und am nächsten Morgen hat man so einen dicken Kopf und quält sich durch einen Artikel, von dem man kein Wort versteht.«

Zustimmendes Gemurmel und Schmunzeln bestätigten, dass die Zuschauer genau wussten, wovon er sprach. Alessandro grinste. »Tja, so ging es mir auch. Also dachte ich mir, mach ich doch eine Studie zu dem Thema. Dann kann ich die Nacht zuvor was trinken gehen und morgens total verkatert sein—und habe gleich Feldforschung betrieben!«

Die Zuschauer lachten.

Carolin fand das weniger amüsant. Überarbeitung, Schlafmangel und Burnout waren ein Problem für viele Wissenschaftler, und darüber Witze zu reißen, macht es nicht besser. Aber sie musste eingestehen, dass Alessandro wusste, wie man die Aufmerksamkeit des Publikums gewann.

Je weiter er seine Arbeit ausführte, desto mehr beschlich sie ein ungutes Gefühl. Alessandros Thema passte exzellent zu Carolins Institut und ihrem Fachgebiet. Und gelegentlich machte er kleine Anmerkungen, die darauf hindeuteten, dass er sich schon mit dem einen oder anderen Kollegen ausgetauscht hatte.

Versuchte er, ihr die Stelle wegzuschnappen, auf die sie hinarbeitete?

Alessandro kam von einer renommierten Universität in Brasilien, doch er hatte noch keine Festanstellung, und das Institut in Berlin wäre für ihn ein mehr als attraktiver Karrieresprung. Das bedeutete jedoch, dass er Carolins direkter Konkurrent war.

Carolins Augen wurden schmal, und sie lehnte sich nach vorne. Sie verfolgte seine Präsentation mit höchster Konzentration. Als er schließlich zum Ende des Vortrags kam und die Fragerunde eröffnete, hatte sie bereits ihre erste Kritik parat. Seine Forschungsmethoden waren ihrer Ansicht nach unsauber. Doch Alessandro schenkte ihr ein strahlendes Lächeln und antwortete ebenso lässig wie ausführlich. Die Fragen der anderen Zuschauer waren voll überschwänglicher Begeisterung für Alessandros Forschung. Das mulmige Gefühl in Carolins Magengegend wurde stärker. Sie war jederzeit bereit, einem fachlich besseren Kollegen den Vortritt zu geben, doch nun fürchtete sie, allein wegen Alessandros Charisma den Kürzeren zu ziehen.

Es ist nur ein Gastvortrag, sagte sie sich. Vermutlich würde er nicht länger als eine Woche in Berlin bleiben und dann würde sie nichts mehr von ihm sehen.

Als die Fragerunde vorbei war, verabschiedete sich Alessandro. Die Zuhörer strömten zum Ausgang.

In der Menge vor sich entdeckte Carolin plötzlich eine smaragdgrüne Bluse. Iris war also doch hier! Neben ihr ging Emily, auch von hinten eindeutig an ihrem rotblonden

Locken zu erkennen. Auf dem Weg zur Tür kam Carolin bis auf einige Meter an die beiden heran.

»Das war echt spannend, oder?«, sagte Emily gerade. »Dieser Allessandro ist witzig.«

»Ja, ich habe gar nicht gemerkt, wie die Zeit vergangen ist«, stimmte Iris zu.

»Ich wünschte, wir hätten ihn in unserer Vorlesung. Das würde viel mehr Spaß machen als mit unserem Hai.«

»Emily!«, sagte Iris schockiert.

Emily lachte. »Was ist? Du hast selbst gesagt, dass sie ein Hai ist. Und es stimmt doch. Wie sie dich heute fertig gemacht hat, weil du müde warst, das war einfach mies.«

Das war es also, was sie von ihr dachten? Carolin spürte einen seltsamen Stich in ihrer Brust, den sie nicht zuordnen konnte.

Normalerweise war es ihr egal, ob ihre Studenten sie mochten. Aber sie wollte nicht, dass Iris sich ihretwegen schlecht fühlte. Sie wollte ihr doch nur helfen. Sie dazu bringen, ihr Potenzial zu verwirklichen.

Aber dafür musste sie erst einmal an sie herankommen.

KAPITEL 5

~ Iris ~

In den nächsten Tagen sah Iris Professor Adler überall auf dem Campus. Es war fast schon unheimlich.

Vielleicht lag es daran, dass Iris sie selbst von hinten sofort erkannte—ihre hochgewachsene Gestalt, die aufrechte Haltung, die langen Schritte. Oder vielleicht suchte Iris auch unbewusst nach ihr.

Sie wartete gerade an einer Ampel, da sah sie die Professorin auf der anderen Seite stehen, eine Mappe mit Unterlagen unter dem Arm und einen dampfenden Kaffeebecher in der Hand. Sie sah ungeduldig aus, als sei selbst diese kleine Verzögerung eine inakzeptable Störung.

Als Iris ein paar Tage später ihren Einkauf für das Wochenende im Supermarkt direkt am Campus erledigte, entdeckte sie auch dort Professor Adler, die frischen Fisch, Bio-Tomaten und edlen Weißwein kaufte. Iris waren ihre eigenen Fertignudeln und Schokoladentafeln so peinlich, dass sie sich hinter den Regalen versteckte, bis Professor Adler gegangen war. Als Iris an der Kasse stand, überlegte sie, dass es gar nicht so lange her sein konnte, dass die Professorin selbst studiert hatte. War sie damals auch so chronisch knapp bei Kasse gewesen wie Iris jetzt, und hatte sich jeden zweiten Tag von Toast und Tütensuppe ernährt? Iris konnte es sich kaum vorstellen. Es passte nicht zu dem Bild, das sie von Carolin hatte.

Dann saß Iris eines Nachmittags im Lesesaal der Bibliothek an ihrem Laptop. Sie wollte die Materialien für die Vorlesung in *Bildgebende Verfahren* durcharbeiten, also öffnete sie Professor Adlers Website. Statt aber zum

Abschnitt 'Lehre' zu navigieren, folgte sie einem Impuls und öffnete den Lebenslauf. Daneben war ein Foto abgebildet, das eine ein wenig jüngere Carolin Adler zeigte, wie sie strahlend in die Kamera lächelte. Iris konnte sich nicht erinnern, dass sie Professor Adler jemals richtig hatte lächeln sehen, und der Anblick traf sie unvorbereitet. Sie sah ganz anders aus, wenn sie glücklich war. Ihre Gesichtszüge waren so viel wärmer und weicher.

Vielleicht war das Bild auch schon vor langer Zeit aufgenommen worden. Sie öffnete ein Browserfenster und startete eine Bildersuche. Eine Reihe von Fotos erschien. Manche zeigten sie vor einer Tafel, wo sie etwas erklärte, in anderen stand sie neben anderen Forschern aus ihrer Arbeitsgruppe. Iris öffnete das Gruppenfoto, und zwei Dinge fielen ihr sofort ins Auge. Erstens war Carolin unbestreitbar die schönste Frau auf dem Bild. Sie trug einen anthrazitgrauen Hosenanzug, der sich perfekt und ohne die kleinste Falte an ihren schlanken Körper schmiegte. Ihre ebenmäßigen Gesichtszüge, die hohen Wangenknochen und der klare, direkte Blick hoben sie unter den anderen hervor. Und zweitens war da dieser Mann mit dunklen Locken, der neben ihr stand und sich zu ihr lehnte. War er ihr näher, als das für einen Kollegen üblich wäre? Oder bildete Iris sich das nur ein?

Plötzlich hörte sie hinter sich ein leises Schnauben. Sie fuhr herum und sah Professor Adler hinter sich stehen—ganz dreidimensional und real. Sie musterte Iris über den Rand ihrer kantigen Brille hinweg.

»Ich bitte Sie«, sagte sie mit gedämpfter Stimme, die dennoch klar und deutlich zu verstehen war. »Von allen Themen, die Sie recherchieren könnten, bin ich nun wirklich nicht das Interessanteste.«

»Ich habe nicht—«, stammelte Iris. Sie merkte, wie ihre Wangen rot anliefen. »Ich meine, ich wollte nur die Vorlesung herunterladen.«

»Natürlich«, sagte Professor Adler. Sie neigte den Kopf, wie um sich zu verabschieden, und ging dann ohne ein weiteres Wort an Iris vorbei. Ein leichter Fliederduft blieb in der Luft zurück. Iris starrte ihr regungslos nach, bis Professor Adler im Kopierzimmer verschwand.

Nach dieser peinlichen Begegnung konnte Iris sich auf gar nichts mehr konzentrieren. Noch dazu schlief sie schlecht und hatte absurde Alpträume. Es waren nur noch zwei Tage bis zu ihrer Verteidigung, und nun wurde sie nervös.

Iris versuchte, noch einmal ihre Präsentation durchzugehen. Eigentlich kannte sie ihren Vortrag schon fast auswendig, aber sie hasste es, vor Publikum zu sprechen, und musste daher auf Nummer sicher gehen. Sie schaltete eine Playlist mit klassischer Klaviermusik ein, stellte ein Glas Wasser bereit und beseitigte alle Ablenkungen. Doch es half nichts. Ihre Augen glitten über die Vortragsfolien, ohne sie richtig zu lesen. Und ihre Gedanken kehrten immer wieder zu Professor Adler zurück.

Das wird eine Katastrophe.

Wenn sie übermorgen genauso durcheinander war, würde sie alles vermasseln.

In diesem Moment klopfte es heftig an der Tür.

»Ja?«

Emily platze herein. Sie strahlte übers ganze Gesicht.

»Iris! Ich muss dir was erzählen!«

Sie lief auf Iris zu und stolperte dabei über eine Kiste voller Bücher.

»Autsch! Ehrlich mal, wie lange willst du den Kram noch behalten?«

Es waren die alten Lehrbücher aus ihrem Medizinstudium, das Iris vor fünf Jahren abgebrochen hatte. Iris hatte immer noch Schuldgefühle deswegen.

»Sorry. Ich räume sie bald weg. Was wolltest du erzählen?«

Sofort kehrte das breite Grinsen auf Emilys Gesicht zurück. »Ich habe die Zusage bekommen! Ich gehe im Herbst ein Semester in die USA!«

Emily stieß ein begeistertes Quietschen aus und machte einen Hüpfer. Iris lachte, stand auf und umarmte sie. Für drei glorreiche Sekunden war sie so froh für ihre Mitbewohnerin, dass sie alles andere vergaß. Emily hatte es geschafft! Sie hatte ihren Traum wahrgemacht.

»Welche Uni ist es geworden?«, fragte Iris.

»Das Wisconsin Institute for Sleep and Consciousness. Die machen echt gute Forschung!«

Damit waren die drei Sekunden vorbei. Das war eine der Universitäten, an denen Professor Adler früher gearbeitet hatte. Schon dachte Iris wieder an die Professorin mit ihren durchdringenden grauen Augen und ihren scharfzüngigen Fragen, und ihr Magen zog sich zusammen.

»Glückwunsch«, sagte sie trotzdem. »Ich bin sicher, das wird wundervoll.«

»Und wie! Das ist der Beginn meiner großartigen Karriere!«

Iris lächelte. Sie wünschte, sie hätte nur halb so viel Selbstvertrauen wie Emily.

»Das muss gefeiert werden!«, sagte Emily. »Komm! Zeit für eine WG-Party!«

»Ich weiß nicht«, sagte Iris zögernd.

»Ich habe Burger und Pommes geholt!«, sagte Emily. »Ich kann sie schon riechen!«

Sie hatte recht. Der warme Duft nach Fleisch und geschmolzenem Käse drang bis in Iris' Zimmer, und ihr Magen knurrte.

»Aber ich muss noch meine Präsentation üben«, sagte Iris. »Wie wär's, wenn ich in meinem Zimmer esse, und ihr zwei macht euch einen schönen Abend?«

»Kommt nicht infrage«, sagte Lukas, der soeben in der Tür auftauchte. »Iris, du brauchst dringend eine Pause. Du weißt, dass man sich mit zu viel Vorbereitung einen Vortrag ruinieren kann?«

»Er hat recht«, sagte Emily heftig nickend. »Du musst außerdem deine Kräfte regenerieren, damit du übermorgen fit bist! Und ich habe dir den Burger mit Extra-Käse mitgebracht!«

»Okay«, gab Iris sich geschlagen.

Die Burger waren fantastisch. Als sie fertig gegessen hatten, leckte Emily sich genüsslich die Salzkrümel der Pommes von den Fingern.

»Das war göttlich«, seufzte sie zufrieden.

»Mega lecker«, bestätigte Lukas, und auch Iris stimmte dem Lob zu.

»Was machen wir jetzt?«, fragte Emily. »Wie wär's mit einem Film?«

»Oder wir könnten was spielen«, schlug Lukas vor und deutete auf seine Konsole. Emily war sofort Feuer und Flamme, und auch Iris war einverstanden. Vielleicht würde es ihr helfen, Professor Adler für ein paar Minuten aus ihren Gedanken zu verbannen.

»Ich werde euch alle fertigmachen!«, versprach Emily. Lukas reichte jedem einen Controller und startete ein Cartoon-Rennspiel. Fröhliche Musik erfüllte das Zimmer, und alle drei wählten ihre Charaktere. Iris entschied sich für eine Märchenprinzessin auf einem Motorrad.

»Los geht's!«

Sie starteten das Spiel. Bald darauf hallten das Lachen von Emily und Lukas und die Soundeffekte durch die Wohnung. Emily, die einen bunten Monstertruck als Fahrzeug gewählt hatte, versuchte, Lukas von der Strecke zu drängen, doch dieser entwischte ihr und zischte mit einem Booster davon.

Iris versuchte, sich auf das Spiel zu fokussieren, doch ihre Gedanken kehrten immer wieder zu ihrer Masterarbeit zurück. Sie fragte sich, was Professor Adler davon denken würde, wenn sie sie lesen würde. Wahrscheinlich würde sie Iris Arbeit für nutzlos halten und dutzende Fehler darin entdecken. Iris schauderte, als sie sich an die scharfe Stimme erinnerte, mit der Professor Adler die Arbeit des Gastdozenten kritisiert hatte. Wenn schon Dr. Alessandro ihrem strengen Blick nicht standhalten konnte…

In diesem Moment verschätzte sich Iris in einer Kurve und rutschte von der Strecke.

»Konzentrier dich mal«, sagte Emily, »Sonst werden wir Lukas nie schlagen!«

»Sorry«, sagte Iris. »Ich krieg diese blöde Verteidigung einfach nicht aus meinem Kopf. Ich denk mir die ganze Zeit, dass das vermutlich überhaupt nichts bringt, was ich da mache.«

»So ein Quatsch«, sagte Emily. »Du beschäftigst dich mit Trauma-Patienten, das ist doch mega wichtig. Vielleicht hilft deine Arbeit irgendwann mal, neue Therapien zu finden!«

Iris seufzte. Der Gedanke war ein schöner Traum. »Ich glaube nicht, dass das realistisch ist. Ich untersuche ja nur ein paar Daten, ich habe keine grundsätzlich neue Idee. Ich würde echt gerne jemandem helfen. Aber ich weiß nicht, wie.«

»Was hast du denn erwartet? Dass du mit siebenundzwanzig schon Krebs geheilt hast?«

Emily schaffte es irgendwie, mit Iris zu diskutieren und trotzdem einen komplizierten Sprung auszuführen. Sie lieferte sich jetzt ein Kopf-an-Kopf-Rennen mit Lukas. »Deine Forscherkarriere fängt doch gerade erst an! Und Lukas, aus dem Weg, oder ich mach dich platt!«

Lukas hielt lachend dagegen.

»Forscherkarriere wäre schön«, sagte Iris. »Aber ich weiß nicht mal genau, was ich nach meinem Master machen soll.«

»Promovieren, dachte ich?«

»Ja, aber worüber? Ich habe kein Thema, und außerdem kein Stipendium.«

Emily schoss knapp vor Lukas über die Ziellinie. »Ha!«, rief sie triumphierend und riss ihre Faust in die Höhe. Dann klatschte sie mit Lukas ab. Einige Sekunden später trudelte auch Iris' Prinzessin auf dem Motorrad im Ziel ein.

»Hör mal, Iris«, sagte Lukas. »Wolltest du nicht mal an was anderes denken? Nur einen Abend lang?«

»Klar, aber ich krieg das alles einfach nicht aus meinem Kopf.«

Emily schüttelte den Kopf. »Lukas, wir brauchen ein besseres Spiel. Hast du was Härteres?«

»Klar«, grinste er.

Er wechselte das Spielmodul und startete ein Kampfspiel, bei dem die Charaktere sich mit bunten und explosiven Spezialfähigkeiten attackierten. Lukas erklärte die

Kombinationen von Knöpfen, die man drücken musste, um bestimmte Effekte zu bewirken, doch kaum hatten sie angefangen, begann Emily einfach wie wild auf alle Knöpfe gleichzeitig zu drücken. Begeistert stellte sie fest, dass das richtig gut funktionierte.

»Das ist ja einfach!«, sagte sie.

Iris kam es überhaupt nicht einfach vor. Die ersten zwei Runden verlor sie haushoch gegen Lukas präzise Kombo-Angriffe und Emilys unvorhersehbares Chaos. Doch in der dritten Runde hielt sie sich eher aus dem Kampf heraus und setzte nur gelegentlich ihre Spezialkräfte ein, bis Lukas und Emily beide in einer großen Explosion erledigt wurden und sie als Siegerin hervorging.

»Das war mies!«, protestierte Emily lachend.

»Nicht schlecht«, sagte Lukas anerkennend.

»Ich hatte einfach Glück«, wehrte Iris ab.

»Noch eine Runde?«, fragte Lukas.

»Wartet mal kurz«, sagte Emily. Sie hatte eine Nachricht auf ihrem Handy. Rasch tippte sie eine Antwort. Dann sah sie grinsend zu ihren beiden Mitbewohnern.

»Ratet mal, wer das war«, sagte sie.

Iris kannte den selbstgefälligen Ausdruck auf ihrem Gesicht nur zu gut. »Ein attraktiver Verehrer?«

»Volltreffer. Der heiße Typ aus der Vorlesung, der vor uns gesessen hat. Ich habe ein Date. In dreißig Minuten.«

Sie sprang auf. »War schön mit euch! Ich muss mich fertig machen!«

Nachdem Emily gegangen waren, saßen Lukas und Iris noch eine Weile am Küchentisch ihrer WG. Sie unterhielten sich, aber Iris war kaum bei der Sache.

»Iris? Ich wollte dich etwas fragen«, sagte Lukas schließlich.

Iris sah auf. »Hm? Was denn?«

Lukas zögerte kurz. Für einen Moment war da ein seltsamer Ausdruck auf seinem Gesicht. Doch dann schüttelte er leicht den Kopf. »Ach, es ist nur…Du hast doch von diesen luziden Träumen erzählt. Ich habe mich gefragt, ob ich das auch lernen könnte.«

»Oh. Ja, klar. Das kann man lernen.«

»Kannst du mir erklären, wie es funktioniert? Wie macht man das?«

Iris warf ihm einen Blick zu. Wollte er sie nur von ihren Sorgen ablenken? Doch er sah ehrlich neugierig aus.

»Es ist eigentlich ganz leicht«, sagte sie. »Das Wichtigste ist, dass man ein Traumtagebuch führt. Damit trainiert man, sich an Träume zu erinnern. Und es führt dazu, dass man auch länger und detaillierter träumt, und das ist natürlich hilfreich.«

»Okay, soweit logisch.«

»Wenn man dann träumt, dann weiß man das ja normalerweise nicht. Man merkt erst später, dass es ein Traum war. Man muss also lernen, wie man herausfindet, dass es ein Traum ist. Dafür gibt es solche Tests, die heißen Realitätstests.«

»Wie in *Inception*?«, fragte er. »Mit dem Kreisel?«

»So ungefähr. Es gibt aber bessere Zeichen. Zum Beispiel zählt man seine Finger. Im Traum sehen Hände häufig komisch aus, und man hat oft sechs oder sieben Finger.«

»Freaky«, sagte Lukas, offensichtlich fasziniert.

»Ja«, sagte Iris. »Was man auch machen kann, ist zu versuchen, sich die Nase zuzuhalten und trotzdem zu atmen. Häufig klappt das in Träumen, und dann weiß man, dass man gerade nicht wach sein kann. Oder man versucht, ob man mit dem Finger durch ein festes Objekt hindurchfassen kann, zum Beispiel durch die andere Hand.«

»Cool. Aber was ist, wenn ich vergesse, das überhaupt zu probieren?«

Iris lächelte. »Das ist ein sehr wichtiger Punkt. Man muss sich angewöhnen, das immer und überall zu machen. Mehrmals am Tag, in allen möglichen Situationen. Dadurch wird es zu einer Angewohnheit, und man hat eine höhere Chance, dass man es im Traum probiert und dann merkt, dass man träumt.«

»Und du machst das auch?«

»Ja. Meistens mache ich sogar mehrere Tests, um ganz sicher zu sein.«

Iris blickte auf ihre Finger herab und zählte ihre Finger. Eins, zwei, drei, vier, fünf. Sie versuchte, durch die zugehaltene Nase zu atmen, aber es klappte nicht. Dann warf sie noch einen Blick auf die Uhr an der Wand, sah weg und sah noch einmal hin, um sicherzugehen, dass immer noch die gleiche Uhrzeit angezeigt wurde.

»Und?«, sagte Lukas. »Traum oder Realität?«

»Realität«, sagte sie. »Aber das darfst du mir natürlich nicht glauben. Es könnte ja sein, dass *du* gerade träumst!«

»Stimmt.« Er lachte, und probierte die Realitätstests selbst aus.

»Und was mach ich dann, wenn ich weiß, dass ich träume?«

Iris lachte und breitete die Arme aus. »Dann machst du, was immer du willst!«

Später am Abend lag Iris in ihrem Bett und blickte hinauf zu dem Poster über ihr an der Wand. Es zeigte eine fantastische Unterwasserwelt voller fremdartiger Kreaturen. Es gehörte zu einem Videospiel, das Iris nie gespielt hatte—ihre Eltern waren immer strikte Gegner solcher Zeitverschwendung gewesen—aber sie liebte das Poster trotzdem, weil es ihre Fantasie beflügelte. Lukas hatte es ihr vor ein paar Jahren zum Geburtstag geschenkt.

Als sie an diesem Abend mit ihm über Träume geredet hatte, waren ihre Sorgen für eine Weile verschwunden. Doch jetzt, da sie hier im Dunkel lag, kehrte die Anspannung zurück. Iris dachte an ihre Verteidigung in zwei Tagen und an die Vorlesung mit Professor Adler am Tag danach, die ihr fast noch schlimmer vorkam. Wenn sie sich vorstellte, dass sie der Professorin wieder gegenübertreten würde, schlug ihr Herz schneller und ihr Magen verknotete sich.

Professor Adler hatte etwas an sich, dass Iris jegliche Sicherheit nahm. Sie schien alle ihre Schutzschilde zu durchbrechen und direkt in sie hineinzublicken. Iris fühlte sich unwohl unter diesem Blick, der sie so gründlich durchleuchtete. Sie hatte Angst, was Professor Adler sehen würde—genauer gesagt, was sie *nicht* sehen würde. Sie würde erkennen, dass Iris keinerlei besondere Begabung besaß, dass sie unbedeutend und langweilig war. Sie würde sich verächtlich abwenden.

Iris überlegte, ob sie die Vorlesung vielleicht einfach aufgeben sollte, um Professor Adler zu entkommen. Für dieses Semester war es zu spät, in eine andere Vorlesung zu wechseln. Aber im nächsten Semester konnte sie die Punkte irgendwo anders bekommen. Das würde allerdings heißen, dass sie ein halbes Jahr länger für den Master brauchte.

Trotzdem—niemand konnte sie zwingen, in Professor Adlers Vorlesung zu gehen. Wenn sie es nicht wollte, musste sie ihr nie wieder begegnen.

Iris dachte darüber nach. Und ihr wurde klar, dass diese Vorstellung beinahe noch unerträglicher war. So sehr sie Professor Adlers spöttischen Blick auch fürchtete…irgendwo in ihr war ein Teil, der sich danach sehnte. Den die kühle Aura der Professorin nicht abschreckte, sondern verlockte.

Warum tue ich mir das an? dachte sie und stöhnte. Sie drehte sich herum und drückte ihr Gesicht in das Kissen. Doch in dieser Nacht dauerte es noch lange, bis sie einschlief.

KAPITEL 6

~ Carolin ~

Am Mittwoch saß Carolin in ihrem Büro und korrigierte die Abgaben der Erstsemester. Eigentlich hatte sie mehrere Fachartikel durchzuarbeiten und musste auch an einer eigenen Publikation schreiben. Doch die Lehre ging nun einmal vor.

Es war schon zehn Minuten nach eins, als sie einen Blick zur Uhr warf und feststellte, dass ihr Doktorand Erik zu spät zu seinem Termin bei ihr war. Sie überprüfte ihre Mails, doch da war keine Nachricht von ihm. Er hatte ihr nicht einmal seinen aktuellen Entwurf geschickt.

Carolin seufzte entnervt und setzte ihre Arbeit fort. Als sie mit den Korrekturen fertig war, war es zwanzig nach eins, und von Erik keine Spur.

Carolin massierte ihre Schläfen. Ein schwacher und doch störender Kopfschmerz plagte sie seit diesem Morgen. Vermutlich nur die Überlastung.

Da Erik nicht aufgetaucht war, hatte sie eine gute Stunde zusätzlicher Zeit, die sie nicht eingeplant hatte. Sie hätte eine Pause machen können, aber sie hasste es, sich unproduktiv zu fühlen. Sie musste an ihrem Artikel arbeiten und ihn für ein Journal einreichen, bevor ihr andere damit zuvorkamen.

Doch vielleicht konnte sie sich ausnahmsweise eine kleine Unterbrechung gestatten—nur, damit ihr Kopfschmerz sich beruhigte und sie danach besser arbeiten konnte. Sie warf einen Blick in den Kalender ihres Instituts und fand einen interessanten Eintrag.

13:30: Iris Lemberg, Verteidigung der Masterarbeit. Thema: Traumatische Erinnerungen und belastende Träume.

Perfekt. Das war genau das, was sie jetzt brauchte. Sie würde sich ausnahmsweise eine Ablenkung gönnen und endlich herausfinden, was wirklich in Iris steckte.

Die Tür zu dem Besprechungsraum stand offen, als Carolin eintrat. Iris war gerade damit beschäftigt, den Beamer einzustellen. Eine Handvoll von Zuschauern hatten sich bereits im Raum verteilt. Die Verteidigungen der Abschlussarbeiten waren öffentlich, doch üblicherweise erschienen nur der Betreuer, seine Mitarbeiter und vielleicht noch ein paar Freunde des Studenten.

Carolin ließ sich auf einem freien Stuhl nieder. Iris drehte sich um, entdeckte Carolin—und erbleichte. Gleich darauf starrte sie hinunter auf ihre Hände und spreizte kurz die Finger, als wollte sie sicherstellen, dass sie noch da waren. Als sie wieder aufblickte, vermied sie jeden Blick in Carolins Richtung. Sie wirkte regelrecht erschüttert.

Ihre heftige Reaktion überraschte Carolin. Sie hatte nicht gedacht, dass ihre bloße Anwesenheit Iris so nervös machen würde. In diesem Moment kam Iris' Betreuer in den Raum und sagte: »Na, sind alle bereit? Dann kannst du loslegen, Iris.«

Iris nickte. Sie räusperte sich und trat vor die Zuschauer. »Also, Hallo. Und, ähm, Herzlich Willkommen zur Verteidigung meiner Masterarbeit.«

Iris begann, ihr Thema zu erklären. Carolin lehnte sich in ihrem Stuhl zurück und beobachtete sie. Iris hatte heute ihr Haar zu einem Pferdeschwanz zurückgebunden. Das stand ihr gut, fand Carolin, denn so konnte man mehr von ihrem Gesicht sehen. Sie hatte weiche, sanfte Züge und eine Stupsnase, die sie fast niedlich wirken ließ. Doch ihre haselnussbraunen Augen wurden von dunklen Wimpern eingerahmt und besaßen eine ernste Tiefe.

Natürlich spielte all das absolut keine Rolle. Nur ihre fachliche Leistung zählte.

Carolins Kopfschmerzen waren verschwunden. Sie verfolgte aufmerksam jedes Wort von Iris, die anfangs noch etwas stockend und unsicher sprach. Sie hatte sich mit Patienten beschäftigt, die unter posttraumatischem Belastungsstörungen litten, und untersucht, welche Rolle Albträume für den Heilungsprozess spielten. Während sie ihre Arbeit präsentierte, wanderte ihr Blick von einem der Zuschauer im Raum zum nächsten. Nur die Richtung, in der Carolin saß, vermied sie.

Nun kam sie zu ihrer statistischen Auswertung. Carolin achtete darauf, ob sie irgendwelche Fehler in ihrer Methodologie finden konnte. Doch Iris hatte äußerst sorgfältig gearbeitet, und Carolin konnte keinen Makel finden.

Schließlich endete der Vortrag, und Iris sagte: »Herzlichen Dank für Ihre Aufmerksamkeit. Ich freue mich auf Ihre Fragen.«

Carolin lehnte sich nach vorn und hob eine Hand. Iris Gesicht zuckte kurz, als befürchtete sie Schlimmes, doch sie nickte ihr zu, um sie zum Sprechen aufzufordern.

»Danke für die Präsentation«, sagte Carolin. »Wenn ich dich richtig verstehe, argumentierst du, dass Albträume zwar eine Konfrontation mit dem traumatischen Ereignis darstellen, aber keine heilende Wirkung wie bei einer Konfrontationstherapie im Rahmen einer Psychotherapie haben.«

»Richtig«, sagte Iris. »Bei den meisten Patienten verschlimmern die Albträume nur die Belastung, helfen aber nicht bei der Verarbeitung des Traumas.«

»Ist das ausnahmslos der Fall?«

»Nicht ganz. Bei manchen Patienten ändern sich die Trauminhalte, werden weniger bedrohlich, und das könnte Teil der emotionalen Verarbeitung sein.«

»Hast du dich denn mit Interventionen beschäftigt, die den Krankheitsverlauf beeinflussen könnten?«

Carolin wusste, dass diese Frage über das eigentliche Thema von Iris Arbeit hinausging. Aber sie wollte sie auf die Probe stellen und sehen, wie sie mit unvorhergesehenen Herausforderungen umging.

Iris zog die Stirn kraus und überlegte einen Augenblick. Sie sah unglaublich süß dabei aus.

»Ich habe eine Hypothese gelesen, dass man die Traumphasen unterbrechen könnte, um die Entwicklung von wiederkehrenden Albträumen zu verhindern. Soweit ich weiß, ist das aber bisher noch nicht belegt.«

»Was würdest du spekulieren?«, hakte Carolin weiter nach.

Iris' Betreuer warf Carolin wegen dieser unkonventionellen Frage einen irritierten Blick zu, doch sie achtete nicht auf ihn, sondern konzentrierte sich ganz auf Iris.

»Ich denke, wenn man Träume so beeinflussen könnte, dass das traumatische Ereignis als weniger belastend empfunden wird, könnte das bei der Heilung helfen. Wenn zum Beispiel jemand nach einem Überfall davon träumt, in einer dunklen Gasse verfolgt zu werden. Dann könnte man therapeutisch versuchen, den Traum so zu ändern, dass er weniger schlimm ist. Zum Beispiel, dass der Verfolger sich als guter Freund herausstellt.«

Carolin nickte zustimmend. Iris' kreativer Ansatz gefiel ihr.

»Eine beeindruckende Arbeit«, sagte sie. »Da steckt noch viel Potenzial drin.«

Sie schenkte Iris ein Lächeln. Iris Augen leuchteten auf. Ihre ganze Haltung wurde selbstbewusster, sie richtete sich auf und schien ein paar Zentimeter zu wachsen.

»Danke sehr!«

Iris' Betreuer und sein Mitarbeiter stellten noch ein paar Fragen zu Iris' Methodologie. Carolin war ganz auf Iris konzentriert, die ihrem Betreuer aufmerksam zuhörte, dann leicht den Kopf zu einem Nicken senkte und ihre Antwort formulierte. Mit fließenden Gesten unterstrich sie ihre Worte und beendete ihre Antwort mit einem kleinen Lächeln.

In diesem Moment erkannte Carolin, dass sie sich gleich mehrfach in Iris getäuscht hatte. Sie war alles andere als eine durchschnittliche Studentin. Und sie war keineswegs einfach nur hübsch—sie war eine wunderschöne junge Frau.

Carolin murmelte eine Entschuldigung und stand auf. Sie verließ den Raum, ging mit langen Schritten zum Ausgang und sog draußen die Frühlingsluft ein. Solche Gedanken sollte sie gar nicht erst denken. Es war falsch, Studenten auf diese Weise zu sehen. Es war unprofessionell.

Doch jetzt, da sie Iris in diesem Licht gesehen hatte, konnte sie es nicht mehr vergessen.

KAPITEL 7

~ Iris ~

Iris schreckte aus dem Schlaf hoch. Ihr Herz pochte heftig, und ihr Atem ging schnell. Der Rücken ihres Shirts war von Schweiß durchtränkt. Die Bilder ihres Traums standen ihr noch deutlich vor Augen. Sie tastete nach dem Lichtschalter und nach ihrem Traumtagebuch und begann zu schreiben.

Sie hatte geträumt, dass sie ihre Masterarbeit verteidigte. Professor Adler war da und stellte ihr Fragen, genauso wie sie es auch in Wirklichkeit getan hatte. Doch im Traum war Iris stumm und konnte ihr nicht antworten. Professor Adler schüttelte enttäuscht den Kopf.

Iris merkte, wie sich unter ihr ein Abgrund öffnete, der bis hinunter in die Tiefsee führte. Sie war von Wasser umgeben. Die Zuschauer fragten sie, warum sie nicht schwimmen konnte. Hilflos schlug sie um sich, doch sie begann nach unten zu sinken. Kurz bevor sie in dem Loch verschwand, sagte Professor Adler: »Denk nach!«

Und in dem Moment wurde es ihr klar.

Ich kann doch überhaupt nicht unter Wasser atmen.

Iris schaute auf ihre Hände, um ihre Finger zu zählen. Doch statt Fingern hatte sie hellblaue Flossen.

Das hier ist ein Traum. Ich kann tun, was ich will.

Sie verwandelte ihre Hände in Düsen und schoss aus jedem einen Strahl von Wasser nach unten. Der Druck katapultierte sie hinauf, und sie schoss der Oberfläche entgegen. Das Letzte, was sie hörte, war Professor Adlers Stimme.

»Das könnte ein Durchbruch sein!«

Dann durchstieß sie die Wasseroberfläche.

Iris musste sich überwinden, die letzten Worte aufzuschreiben. Es war schon etwas peinlich. Aber Traumtagebücher waren privat, und niemand anders würde sie jemals lesen. Viel wichtiger war, dass ihr gerade ein Gedanke gekommen war.

»Ich glaube, ich habe eine Idee für meine Promotion!«, platzte sie heraus, als sie in die Küche kam. Lukas goss sich gerade Milch in eine Schüssel mit Cornflakes.

»Echt? Was ist es?«, fragte er.

»Ich habe doch diese ganzen Artikel über Patienten mit Traumata und Albträumen gelesen. Ich habe mir gedacht, dass man doch vielleicht den Patienten beibringen könnte, luzide zu träumen. Dann könnten sie ihre Träume verändern und sie wären dann weniger schrecklich!«

»Das klingt super«, sagte Lukas. »Würde das funktionieren?«

»Ich glaube schon. So bin ich dem Hai entkommen, weißt du noch?«

Er lachte. »Der Professorinnen-Hai. Stimmt!«

»Natürlich müsste man dafür erstmal den Menschen dabei helfen, ihre Träume zu erkennen. Aber ich habe da schon ein paar Ideen.«

»Und das würde auch nicht alles nur noch schlimmer machen? Wenn sie dann noch mehr über ihre Träume nachdenken?«

Iris schüttelte lebhaft den Kopf. »Ich denke nicht. Es gibt da diese Therapie, die man benutzt, um Albträume zu behandeln. Man spricht das Traumszenario durch und verändert es so, dass es nicht mehr so beängstigend ist. Meine Idee ist so ähnlich, nur, dass ich es direkt *im Traum* machen würde.« Sie strahlte, als der Plan immer konkretere

Formen annahm. »Man könnte ganz direkt die Kontrolle übernehmen und den Albtraum harmlos machen. Ich kann nicht fassen, dass ich da nicht schon früher darauf gekommen bin!«

»Es klingt genial«, sagte Lukas.

»Es gibt so viele Menschen, die unter Albträumen leiden. Manche haben schlimme persönliche Krisen, oder waren in einem Unfall, oder sind das Opfer eines Verbrechens, und die Träume machen es dann noch schlimmer. Wenn man diesen Menschen helfen könnte, das wäre doch fantastisch!«

»Ja, das wäre mega gut«, stimmte Lukas zu.

Iris fühlte sich plötzlich befreit und glücklich. Zum ersten Mal hatte sie eine Idee, die tatsächlich Potenzial hatte. Und ein kleiner Funke Hoffnung nistete sich in ihr ein. Vielleicht würde sie ja einen wertvollen Beitrag leisten? Steckte womöglich doch mehr in ihr, als sie gedacht hatte?

Am Wochenende fuhr Iris mit dem Zug zum Haus ihrer Eltern. Wie immer, wenn sie durch das Tor auf das große Grundstück trat, machte sich Beklemmung in ihr breit. Sie prüfte, dass ihre Bluse ordentlich zugeknöpft war und ihr Haar nicht von der leichten Frühlingsbrise zerzaust wurde. Sie ermahnte sich, den Rücken gerade zu machen und zu lächeln. Dann ging sie in den Garten, wo ihre Mutter Barbara gerade ein weißes Tuch auf dem großen Tisch ausbreitete.

»Ah, Iris, meine Liebe!«

Sie begrüßte Iris mit einem Schmatzer auf die Wange. »Wie geht es dir? Du musst deine Blusen bügeln, Liebes. Die hier ist voller Falten.«

»Mir geht's gut. Danke, Mama.« Iris überging den Kommentar. Ihre Mutter fand immer etwas zu kritisieren. »Kann ich dir mit dem Essen helfen?«

»Ach, wenn du so freundlich wärst. Stell doch schon mal das Geschirr hin.«

Iris half ihrer Mutter, Teller, Besteck und die Schüsseln mit dem Essen nach draußen in den Garten zu tragen. Von der Terrasse aus konnte man über den gepflegten Rasen blicken, an dem Springbrunnen mit der kleinen Engelsstatue vorbei bis hin zu den sorgfältig gestutzten Hecken, die die Grenze des Grundstücks markierten. Die Hummeln brummten in den Hyazinthen. Auch die prächtige Magnolie war kurz davor, ihre Blüten zu entfalten. Iris machte ihrer Mutter ein Kompliment für den schönen Garten. Ihre Eltern hatten sie dazu erzogen, höflich zu sein, und sie wusste, dass Barbara sich sehr darüber freute.

Als das Essen fertig angerichtet war, riefen sie auch Iris' Bruder Philip und ihren Vater Jens herbei.

»Ah, das sieht mal wieder köstlich aus, Frau Doktor Lemberg«, sagte ihr Vater schmunzelnd und gab seiner Frau einen Kuss auf die Wange.

»Kartoffelsalat nach deinem Lieblingsrezept, Herr Doktor Lemberg«, sagte Barbara. »Und Bouletten für Doktor Lemberg Junior.«

Philip grinste. »Danke. Du machst sie am besten.«

Iris seufzte leise. Ihre gesamte Familie bestand aus Ärzten—ihr Vater war Gastroenterologe, ihre Mutter Dermatologin, und ihr Bruder kurz davor, seine eigene Kinderarztpraxis zu eröffnen. Iris war die Einzige am Tisch, die sich nicht 'Doktor Lemberg' nennen konnte.

Jens tat sich Kartoffelbrei und Würstchen auf, während Philip zu den Bouletten griff. Sie setzten das Gespräch über die Praxisgründung fort, dass sie offenbar schon vorher geführt hatten.

»Kommst du auch gut zurecht?«, fragte Barbara an Iris gewandt. »Wie ist es in deiner WG?«

»Lukas und Emily sind nett«, sagte Iris. »Emily geht demnächst für ein halbes Jahr in die USA.«

»Ach, schön. Und bekommst du dann eine neue Mitbewohnerin?«

Iris schüttelte den Kopf und nahm sich etwas von dem Kartoffelsalat.

»Nein, Emily will ihr Zimmer trotzdem behalten. Sie kommt zwischendurch mal zu Besuch zurück.«

»Schade. Sonst hättest du eine nette junge Dame kennenlernen können. Oder hast du vielleicht schon jemanden?«

»Nein, Mama. Immer noch single.«

Barbara seufzte bedauernd. Iris' Eltern hatten schnell akzeptiert, dass sie lesbisch war, aber sie waren sehr besorgt darum, sie in einer festen Beziehung zu sehen.

»Und sonst? Hast du alles, was du brauchst?«, fragte ihre Mutter.

»Es geht schon«, sagte Iris. »Nicht so gut wie früher natürlich.«

»Du meinst, als wir dich noch unterstützt haben? Das war für dein erstes Studium«, sagte Barbara und warf ihr einen tadelnden Blick zu. »Philip haben wir auch nur das erste Studium finanziert. Du hast dich eben entschieden, noch etwas anderes zu machen. Das musst du dir dann selbst erarbeiten. Man muss irgendwann auf eigenen Beinen stehen.«

»Du hättest ja auch bei der Medizin bleiben können, wie dein Bruder«, sagte ihr Vater. »Das wäre vernünftiger gewesen.«

Iris presste die Lippen zusammen. Philip war während seines gesamten sechsjährigen Medizinstudiums von ihren Eltern finanziert worden, sie hingegen hatte nach drei Jahren zur Psychologie gewechselt und seitdem keine Unterstützung mehr bekommen. Das war unfair. Aber sie wusste, dass andere Studenten überhaupt nichts von ihren Eltern bekamen. Und Philip konnte nichts dafür, also wollte sie auch keinen Streit deswegen anfangen.

»Ich suche mir vielleicht bald eine Stelle als Studentische Hilfskraft«, sagte sie. »Dann geht das schon. Ich habe übrigens diese Woche meine Masterarbeit verteidigt.«

»Ah! Wie lief es?«, fragte Philip.

»Sehr gut!« Iris erzählte kurz von ihrem Vortrag und von der überraschenden Anwesenheit von Professor Adler. »Und meine Note für die Arbeit ist damit auch eine 1,0.«

Sie sah ihre Familie erwartungsvoll an.

»Das ist schön«, sagte ihr Bruder.

Jens stieß nur ein zustimmendes Brummen aus. »Und wie sieht's mit der Abschlussnote aus?«

»Die weiß ich noch nicht, Papa. Vielleicht auch eine eins. Aber ich muss doch noch ein Modul machen, bevor ich das weiß.«

Die Vorlesung bei Professor Adler. Wenn sie Pech hatte, würde die Professorin ihre Prüfung so schwer machen und so streng bewerten, dass Iris auf den letzten Metern doch noch eine schlechtere Gesamtnote bekam. Dann würden ihre Eltern ihr wieder vorhalten, dass der Wechsel ein Fehler gewesen war.

Iris wollte nicht, dass sie glaubten, sie hätte ihr Leben und ihre Karriere vermasselt. Sie wollte ihnen beweisen, dass sie etwas erreichen konnte, und dass sie keine Enttäuschung war.

»Ich habe auch inzwischen eine Idee für meine Promotion!«, fügte sie hinzu. Sie hatte auf dem Weg im Zug hierher Fachartikel gelesen und sich seitenweise Notizen gemacht. Sie fühlte sich hochmotiviert. Also erzählte sie von ihrer Idee, Menschen zu helfen, ihre Albträume zu verändern.

»Das könnte vielen Patienten helfen!«, schloss sie.

»Das ist ja sehr schön, Liebes«, sagte Barbara. »Aber ist das auch wissenschaftlich?«

»Was meinst du damit?«, fragte Iris und runzelte die Stirn.

»Na das mit diesen Träumen«, sagte Jens und biss von einem Würstchen ab. »Ist das nicht so ein pseudowissenschaftlicher Kram?«

»Überhaupt nicht. Luzide Träume sind wissenschaftlich nachweisbar. Man kann die Hirnströme messen und am EEG sehen, dass ein Proband gerade schläft. Und wenn er träumt und dabei luzid wird, dann macht er ein Signal mit den Augen. Er schaut so nach links, rechts und wieder nach links. Die Augenmuskeln sind ja als einzige nicht gehemmt, während man schläft. Man sieht dann also die Bewegungen. Und damit kann der Träumer signalisieren, dass er gerade weiß, dass er träumt.«

Als sie vor einigen Jahren zum ersten Mal davon gelesen hatte, war ihr das ziemlich genial vorgekommen. Doch ihre Eltern schienen weniger beeindruckt.

»Hm«, machte ihr Vater. »Da geht man jetzt also hin mit diesen Elektroden am Kopf und sagt den Leuten, sie sollen was Schöneres träumen. Gibt es nichts Wichtigeres, was man erforschen könnte?«

»Das sind Trauma-Patienten, Papa«, sagte Iris. »Die leiden sehr unter den Albträumen.«

»Dann stimmt doch was nicht mit ihnen«, sagte Jens. »So fundamental. Vermutlich müssten diese Traumata nur mal richtig aufgearbeitet werden. So neumodischer Schnickschnack mit Verhaltenstherapie und Elektrostimulation, das ist doch alles Humbug.«

Er spießte sein Würstchen mit der Gabel auf. »Man müsste rausfinden, was bei diesen Leuten schiefgelaufen ist. Mit einer richtigen tiefenpsychologischen Analyse. Dann gehen auch die Träume weg. Aber heutzutage hält man den Leuten ja lieber die Hand und bemitleidet sie, statt dass man sie kuriert.«

»Papa«, sagte Philip. »Das ist jetzt aber nicht dein Fachgebiet.«

»Schon gut«, sagte Iris leise. Ihre Schultern sanken herab.

Sie wünschte sich nur ein kleines bisschen Anerkennung. Aber egal, was sie tat, es passte ihren Eltern nicht.

Vielleicht war es eine dumme Idee. Vielleicht bekämpfte sie mit den Albträumen wirklich nur die Symptome, statt die eigentlichen Ursachen anzugehen.

Vielleicht war jede Idee, die sie jemals gehabt hatte, von Anfang an zum Scheitern verurteilt.

»Liebes, jetzt sitzt doch aufrecht«, mahnte ihre Mutter. »Und nimm es nicht so schwer, was dein Vater gesagt hat. Möchtest du uns nachher was auf dem Klavier vorspielen?«

»Lass das mal lieber Philip machen«, sagte Iris. »Er ist besser in sowas.«

KAPITEL 8

~ Carolin ~

»Hallo Carolin. Na, auf dem Weg zur Mittagspause?«

Carolin drehte sich um, als sie die vertraute Stimme hörte.

»Norbert! Schön, dass du wieder hier bist.«

Sie trat auf den älteren Professor zu. Unter einer wollenen Strickjacke trug er eines seiner bunt karierten Hemden, die schon damals, als er ihre Promotion betreut hatte, sein Markenzeichen gewesen waren. Er war genauso groß und dünn, wie sie ihn in Erinnerung hatte. Nur sein Bart war jetzt völlig weiß.

Aus ihrem Händeschütteln wurde so etwas wie eine Umarmung. Er lachte und tätschelte ihr den Rücken. »Ja, habe mir eine kleine Auszeit gegönnt. In meinem Alter muss das mal sein.«

»Wo warst du denn?«

»Wandern, in den Alpen. Fantastische Luft, und die Steinadler! Sowas habe ich noch nie gesehen.«

Er lachte zufrieden. Carolin spürte einen Hauch von Wehmut. Sie hatte seit Jahren keinen richtigen Urlaub mehr genommen. Aber sie war eben in der Phase ihrer Karriere, in der sie absolut alles geben musste. Norbert hingegen hatte so viel erreicht, dass er sich den Urlaub redlich verdient hatte.

»Aber jetzt bin ich wieder da. Mache noch ein paar Kurse für die Bachelorstudenten, betreue die eine oder andere Abschlussarbeit, wonach mir so der Sinn steht. Und bei dir?«

»Ach, viel zu tun, wie immer.«

»Na, hast du Zeit für ein kleines Mittagessen? Dann kannst du mir davon erzählen! Ich war mit Ursula verabredet, das macht dir doch nichts aus?«

»Kein Problem.«

Sie trafen Professor Ursula Wagenbauer im Foyer des Instituts. Selbst von hinten erkannte Carolin sie sofort an ihrer untersetzten Statur, den hochgesteckten Haaren und den schweren goldenen Ohrringen, die ständig hin- und herschwangen.

Ursula und Norbert überließen Carolin die Wahl eines Restaurants. Doch als sie den japanischen Imbiss betraten, in dem Carolin am liebsten aß, sah Ursula sich mit einem kritischen Blick über den Rand ihrer Hornbrille hinweg um.

»Haben die hier auch normales Besteck?«

»Sie haben auch Messer und Gabeln«, beruhigte Carolin sie.

Sie bestellte Sushi, während Ursula mit Bratnudeln vorliebnahm und Norbert eine Suppe wählte.

»Wie läuft es so als Juniorprofessorin?«, fragte er Carolin.

»Ich habe unglaublich viel Arbeit«, gestand sie ein. Dann fügte sie schnell hinzu: »Aber natürlich macht es auch sehr viel Spaß.«

Vor Ursula musste sie zeigen, dass sie motiviert und voller Energie war.

»Wie lange noch?«, fragte Norbert.

»Noch ein Jahr, dann kommt die Zwischenevaluation. Wenn die positiv ist, geht es nochmal drei Jahre.«

Sie lächelte und schob sich ein Nigiri in den Mund. Ursula würde Teil des Evaluationskomitees sein, also musste Carolin einen guten Eindruck machen.

»Das schaffst du sicher«, sagte Norbert zuversichtlich. »Und was hast du gerade alles zu tun?«

»Ich muss Forschungsgelder einwerben, die Vorlesungen vorbereiten und studentische Hilfskräfte finden. Und ich arbeite an einem Artikel zum präfrontalen Cortex, den ich bald einreichen muss.«

Sie lächelte Ursula zu. »Ich weiß nicht, wie du das machst. Du hast immer diese unvergleichliche Ruhe.«

»Ach, das kommt mit der Zeit«, sagte Ursula und winkte ab. »Weißt du, ich halte seit zwölf Jahren die gleiche Vorlesung. Irgendwann ist man nicht mehr so nervös deswegen.«

Carolin runzelte die Stirn. Sie war nicht *nervös*. Und sie hoffte doch sehr, dass Ursula ihre Vorlesung auch an den neuesten Stand der Forschung anpasste?

Ursula deutete mit der Gabel auf Carolin. Durch die Brillengläser wirkten ihre dick geschminkten Augen noch größer als sonst.

»Wenn ich dir einen Rat geben kann: Du solltest aufpassen, dass du dich nicht überschätzt. Manche denken, dass sie mehr leisten können, als eigentlich in ihnen steckt, und dann kippen sie um. Das war's dann mit der Professur, und mit der Karriere.«

Carolin lächelte. »Natürlich. Aber mach dir um mich keine Sorgen, Ursula. Mir geht es wunderbar.«

»Ich mein ja nur«, sagte Ursula. »ich habe gehört, dass du mal fast einen Zusammenbruch hattest. Sowas kann man nicht riskieren. Gerade Frauen sind davon schnell betroffen.«

»Was auch immer du gehört hast, ist maßlos übertrieben. Ich habe einmal einen Vortrag zu dem Thema gehalten, mehr nicht.« Damals hatte sie mehr preisgegeben, als gut für sie war. Ein Fehler, den sie niemals wiederholen würde.

Unbeirrt lächelnd fügte sie hinzu: »Ich bin mehr als bereit für die Herausforderung.«

»Sicher, was immer du sagst«, sagte Ursula. Doch ihre Augenbrauen wanderten zweifelnd nach oben. Carolin hielt ihrem Blick stand. Schließlich wandte Ursula sich wieder ihren Bratnudeln zu und wickelte sie auf die Gabel, als seien es Spaghetti.

»Um Carolin musst du dir doch keine Sorgen machen«, sagte Norbert unbekümmert. »Sie ist eine Kämpferin. Die kriegt nichts klein.«

Er lächelte sie an, und Carolin erwiderte das Lächeln, diesmal voll echter Dankbarkeit.

In diesem Moment vibrierte das Smartphone in ihrer Tasche. Sie warf einen Blick darauf—und eine plötzliche Kälte erfasste sie.

Nein. Das darf nicht sein.

»Entschuldigt mich kurz.«

Carolin stand auf und ging zu den Toiletten. Dort holte sie ihr Smartphone heraus und öffnete die Mail. Sie stammte von einem der bedeutendsten Journals in Carolins Fachbereich und informierte darüber, welche wissenschaftlichen Artikel in der aktuellen Ausgabe publiziert wurden. Ganz oben auf der Liste stand: *Adler, D.—Gedächtnis, Schlaf und der Präfrontale Cortex.*

Carolin wurde schwindlig. Sie drückte eine Hand gegen die kühle Fliesenwand, um sich abzustützen.

Das war praktisch exakt das Thema ihrer eigenen Arbeit, die sie für das gleiche Journal hatte einreichen wollen. Doch jetzt war es zu spät.

Die Tür zur Toilette ging auf. Carolin zuckte heftig zusammen.

Es war nur eine Studentin, die an ihr vorbei zu den Kabinen ging. Carolin atmete durch und versuchte, klar zu denken. Sie durfte sich vor Ursula nichts anmerken lassen. Keine Schwäche zeigen.

Sie kühlte sich die Stirn mit etwas Wasser. Dann straffte sie die Schultern, ging zurück zu ihrem Tisch und lächelte. »Ich habe gerade gesehen, es ist gleich eins. Es war mir eine Freude, aber ich muss zurück an die Arbeit.«

Sie verabschiedete sich von Norbert und Ursula und ging zurück zum Institut. Mit jeder Sekunde wurden ihre Schritte schneller und ihr Herz pochte heftiger, bis sie schließlich beinahe rannte. Sie nahm zwei Stufen auf einmal die Treppe hinauf, stürmte in ihr Büro und schloss die Tür hinter sich.

Kaum war sie allein, sackten ihre Schultern herab. Ein Schluchzen entrang sich ihrer Kehle. Sie verbarg das Gesicht in den Händen.

Ein halbes Jahr Arbeit, alles umsonst! So viele Nächte lang hatte sie sich gezwungen, zu arbeiten, wenn ihre Augen schon vor Müdigkeit schmerzten. Es hatte nicht gereicht. Sie war zu spät gekommen.

Sie hätte die Veröffentlichung gebraucht. Sie musste in einflussreichen Fachzeitschriften publizieren, wenn sie als Wissenschaftlerin erfolgreich sein wollte. Aber niemand würde ihren Artikel nehmen, wenn jemand anders praktisch die gleiche Arbeit vor ihr erledigt hatte. All ihre Mühe war wertlos.

Ihr Blick wurde verschwommen, als ihr Tränen in die Augen stiegen. Sie ging zu dem großen Fenster und schloss die Jalousie. Niemand durfte sie so sehen.

Sie presste ein Taschentuch gegen die Augen und ließ sich in den Stuhl fallen.

Sie hätte sich mehr anstrengen müssen. Sie hätte nicht ihre Zeit mit Emilys Masterarbeit verschwenden sollen. Oder mit Iris' Verteidigung. Stattdessen hätte sie noch disziplinierter arbeiten müssen. Ein Schluchzen schüttelte sie. Sie war so unerträglich enttäuscht von sich selbst.

Endlich beruhigte sich ihr Atem. Sie wischte sich über die Augen.

Es hatte keinen Zweck, davor wegzulaufen. Sie würde den Artikel ansehen.

Sie lud die Vorabversion herunter und las die Zusammenfassung. Die Methodologie war etwas anders als bei ihr, aber die Forschungsfrage war praktisch die gleiche, und die Resultate stimmten mit ihren überein.

Großartig, dachte sie bitter. Das bedeutete, dass ihre Ergebnisse vermutlich korrekt waren. Nur nützte ihr das jetzt nichts mehr.

Sie scrollte hoch zur Liste der Autoren. Das war der größte Unterschied. Während Carolin ihre Studie zu zweit mit ihrer Mitarbeiterin Hana durchgeführt hatte, waren in dieser Arbeit ein ganzes Dutzend Autoren und Co-Autoren genannt. Mit so einer Forschungsgruppe könnte Carolin in zwei Monaten schaffen, wofür sie jetzt ein halbes Jahr brauchte!

Dann blieb ihr Blick am ersten Namen in der Liste hängen.

Adler, D.

Natürlich. Sie lächelte gequält. Ausgerechnet er.

Es war nicht das erste Mal, dass Daniel den Ruhm für etwas einstrich, woran sie geforscht hatte. Hatte er diesmal selbst den Hauptteil der Arbeit geleistet, oder hatte er das den Co-Autoren und Mitarbeitern überlassen?

Carolin schüttelte den Kopf. Solche bitteren Gedanken waren zwecklos. Sie hatte viel von Daniel gelernt. Zum Beispiel, dass sie nur gewinnen konnte, wenn sie absolut alles gab und keine Kompromisse einging. Und dass sie bereit sein musste, andere Wünsche und Ziele aufzugeben. Er hatte ihr diese wertvollen Lektionen mitgegeben, und dazu noch seinen Nachnamen. Ansonsten war nichts mehr von dem übrig, was sie einst verbunden hatte.

Carolin atmete tief durch. Das alles lag hinter ihr. Sie würde sich nicht geschlagen geben, vor allem nicht ihm.

Sie zog die Schublade ihres Schreibtisches auf und nahm eine kleine Kiste mit Make-up und Wattepads heraus. Sie stellte einen Klappspiegel auf, entfernte sorgfältig das verlaufene Mascara, kaschierte die Rötung und trug neues Make-up auf. Kurz darauf verriet nichts mehr ihre Schwäche.

Und das war auch höchste Zeit, denn sie musste zur Vorlesung für die Erstsemester aufbrechen. Sie griff nach ihrer Tasche und verließ das Büro.

Auf dem Gang traf sie noch einmal auf Norbert. War er zufällig hier, oder hatte er auf sie gewartet? »Carolin«, sagte er. »Ich habe gerade eine Mail bekommen.«

Seine Stimme klang besorgt. Er musterte sie, als suchten sie in ihrem Gesicht nach etwas.

»Ja, ich auch«, sagte Carolin. »Die neue Ausgabe sieht vielversprechend aus.«

»Ich habe den Artikel gesehen, über den präfrontalen Cortex im Schlaf«, sagte er.

Er hob die Hand, als wolle er ihren Arm nehmen, doch als Carolin sich nicht rührte, ließ er sie wieder sinken. »Es tut mir leid, Carolin. Das war wirklich Pech. Ich wünschte, er wäre dir nicht zuvorgekommen.«

Sie hielt den Kopf hoch erhoben und zwang sich zu einem kleinen Lächeln. »Aber warum denn. Ich bin sicher, er hat großartige Arbeit geleistet und sich die Publikation redlich verdient. Ich werde es nachher genauer lesen.«

»Bist du sicher?«

»Natürlich«, sagte sie. »Die Wissenschaft schreitet voran, genau wie es sein sollte. Ich muss weiter, ich habe eine Vorlesung.«

Er trat beiseite und ließ sie passieren. Doch sie spürte seinen sorgenvollen Blick in ihrem Rücken.

KAPITEL 9

~ Iris ~

Nach dem Besuch bei ihren Eltern fehlte Iris jede Lust, sich mit den Lehrbüchern oder irgendwelchen wissenschaftlichen Papieren zu beschäftigen. Sie erledigte ihre Aufgaben für die Vorlesung. Aber ihre Promotionsidee ignorierte sie. Was hatte es überhaupt für einen Zweck? Sie würde sowieso nichts erreichen.

Vermutlich hatten ihre Eltern recht. Sie hätte ihrem Rat folgen sollen, statt stur ihren eigenen Weg zu suchen. Dann hätte sie jetzt immer noch eine Freundin, einen sicheren Job und einen Plan für die Zukunft.

Es war Mittwochnachmittag, als es laut an ihrer Tür klopfte.

»Kann ich reinkommen?«, fragte Lukas.

»Von mir aus.«

Er öffnete die Tür.

»Iris, was machst du?«

»Genau das, wonach es aussieht. Ich liege auf meinem Bett.«

»Wir hatten Pläne! Weißt du noch—der Spieleabend?«

Das hatte Iris völlig vergessen. Lukas hatte Emily und sie zu einem Brettspiel-Abend am Institut für Informatik eingeladen, den er mit ein paar Kommilitonen organisiert hatte. Aber Iris wollte jetzt viel lieber in ihrem Selbstmitleid versinken, als Mensch-ärger-dich-nicht zu spielen.

»Ich habe keine Lust. Ich bin müde. Vielleicht gehe ich früh schlafen.«

»Blödsinn. Es ist gerade erst halb acht.« Lukas kniff die Augen zusammen. »Oder denkst du, dass du mehr Spaß hast, wenn du träumen gehst?«

Iris sah zur Seite. Sie fühlte sich ertappt.

Ja, sie hatte gehofft, dass sie bald einschlafen und etwas träumen würde, was sich besser anfühlte als die Realität. Jetzt schämte sie sich dafür.

»Ehrlich, Iris?« Er schüttelte den Kopf. »Dafür gibt es Gras.«

Sie sah ihn schockiert an.

Er lachte. »Ich weiß, dafür bist du zu gut erzogen. Vergiss, was ich gesagt habe. Aber was ist eigentlich los? Immer noch die Sache mit deinen Eltern?«

Sie hatte erwähnt, dass der Besuch nicht besonders gut gelaufen war.

»So in der Art. Nichts, was ich jemals getan habe, war nützlich oder erfolgreich. Kein Wunder, dass sie mich nie besonders mochten.«

»So ein Blödsinn«, sagte Lukas mit Nachdruck. »Ich würde dir ja sagen, dass das wie eine ganz miese Einstellung klingt. Aber du bist hier die Psychologin. Das solltest du selbst wissen!«

Lukas hockte sich vor ihr Bett, um auf Augenhöhe mit ihr zu sein.

»Iris, hör mal. Du bist intelligent, attraktiv, sympathisch und du wirst sicher eine großartige wissenschaftliche Karriere haben. Jeder, der dich kennt, weiß das. Also hör auf, dich so fertig zu machen, und komm mit.«

Sie seufzte. »Das ist echt lieb von dir. Ich schätze, ich wäre keine gute Freundin, wenn ich dich jetzt hängen lasse.«

Er grinste. »Ganz genau.«

Iris hatte sich den Spielabend der Informatiker bei weitem nicht so laut und lebendig vorgestellt. Musik dröhnte durch die Fachschaftsräume. Überall standen niedrige Tische und alte, bequeme Sofas, zwischen denen die Gäste sich ihren Weg bahnten. In einem kleinen Nebenzimmer standen stapelweise Getränkekisten mit Bier und Limonade. Die Informatiker waren ein bunt gemischter Haufen, von eher ruhigen Brillenträgern über lautstarke Typen mit Pferdeschwanz bis hin zu Frauen mit bunt gefärbten Haaren und Superhelden-Shirts.

»Oh, das ist soo viel besser als bei uns«, raunte Emily an Iris gewandt.

Iris war klar, was sie meinte. In der Psychologie war nur ein Viertel der Studenten männlich. Hier war das Verhältnis umgekehrt, und Emily war sofort in ihrem Element. Sie flirtete schamlos mit einem athletischen Studenten mit Bart. Er genoss die Aufmerksamkeit, war aber nebenbei in ein intensives Gespräch mit zwei anderen vertieft, in dem es offenbar um die Gründung eines Start-ups ging.

Iris zog es vor, am Rand zu stehen und die Atmosphäre aufzunehmen. Ihre Eltern hätten beim Anblick der Party sicher die Nase gerümpft. Die Sofas hatten Risse in ihren abgesessenen Polstern, auf dem Tisch war ein Kaffeefleck, und in einem Regal stand eine bunte Mischung von Tassen in allen möglichen Formen und Größen, bedruckt mit Logos von Videospielen, mathematischen Witzen und albernen Sprüchen. Wenn ihre Eltern sie hier sehen könnten, würden sie glauben, dass sie völlig die Kontrolle über ihr Leben verloren hatte.

Aber Iris mochte die lockere Atmosphäre. Manche der Studenten arbeiteten sogar noch während der Party an irgendwelchen Projekten und schrieben an Code, während andere mit gelben Mateflaschen in der Hand über sie hinwegstiegen. Trotzdem schienen sie alle blendend miteinander zurechtzukommen.

»Okay, Zeit für Spiele!«, sagte Lukas. »Womit wollen wir loslegen?«

Er öffnete einen Wandschrank, der bis oben mit den Pappschachteln von Brettspielen vollgestopft war. Nach einer kurzen Diskussion fiel die Wahl auf Risiko. Lukas legte das Spielbrett auf den Tisch, verteilte Würfel und Spielfiguren und erklärte die Regeln. Es war erstaunlich simpel. Man musste nur würfeln, Figuren setzen und die Welt erobern.

Iris begann ihren Kriegszug in Afrika und eroberte sogleich Spanien.

»Das ging schnell!«, sagte Lukas etwas perplex, als er das Territorium an sie abgeben musste.

»Anfängerglück«, sagte sie lachend.

Wenn es Glück war, hatte sie unwahrscheinlich viel davon. Iris sammelte eine Übermacht von Truppen an und setzte ihren Siegeszug durch Europa fort. Währenddessen schloss Emily, die in Asien angefangen hatte, eine Allianz mit dem Spieler in Südamerika, und gemeinsam eroberten sie Nordamerika von zwei Seiten.

Iris war so in ihre eigene Strategie vertieft, dass sie kaum merkte, dass Emily inzwischen auf dem Schoß ihres Verbündeten saß, ihm immer wieder etwas ins Ohr flüsterte und kicherte.

Bald blieb Lukas nur noch eine kleine Insel, denn Iris hatte den ganzen Rest von Europa erobert.

»Keine Sorge, du kannst dableiben«, sagte Iris.

»Blödsinn, jetzt greif mich an!«, sagte Lukas. »So geht das nun mal.«

»Aber das ist doch gemein!«, wehrte Iris ab.

»Na und? Du bist die Stärkere. Wenn du mich besiegst, hast du ganz Europa und Afrika, und du kannst vielleicht gewinnen!«

Iris zögerte.

Lukas sah ihr in die Augen. »Weißt du, Iris, manchmal muss man sich durchsetzen, wenn man vorwärtskommen will. Du kannst nicht immer nur danach gehen, was andere denken. Manchmal musst du einfach für dich selbst kämpfen!«

»Na gut«, sagte Iris. Sie lächelte und griff nach den Würfeln.

Es war schon halb zwei, als Emily, Lukas und Iris sich auf den Heimweg machten.

»Das hat echt Spaß gemacht«, sagte Iris. Sie fühlte sich jetzt leichter als vorher. Vielleicht lag es an dem seltsamen Mategetränk—sie war Koffein so spät abends nicht gewohnt.

»Die Jungs sind echt nett«, pflichtete Emily ihr bei.

Iris hob die Augenbrauen. »Vor allem Georg. Oder Paul?«

»Was denn? Die sind doch beide voll in Ordnung?«

»Ja, so sehr, dass du mit *beiden gleichzeitig* geflirtet hast!« Iris lachte und schüttelte den Kopf. »Ich kann nicht glauben, dass du dich das getraut hast.«

Emily hatte den Anstand, ein bisschen schuldbewusst dreinzublicken.

»Na ja, Georg ist sehr clever. Er hat eine App entwickelt und gründet gerade mit ein paar Freunden eine Firma. Es war so interessant, ihm zuzuhören. Und Paul war richtig witzig, und er hat mir in Risiko geholfen. Wie soll ich mich da entscheiden?«

Sie gingen die Treppen nach unten und traten aus dem Institut. Die Frühlingsnacht war kühl, und Iris zog ihren Mantel fester um sich.

»Willst du meinen Schal?«, bot Lukas an.

»Nein, ist schon okay«, sagte Iris. »Aber danke.«

Sie machten sich auf den Weg zur S-Bahn. Lukas erzählte, dass er sich mit einigen anderen Studenten unterhalten und sich entschieden hatte, im Master Computational Neuroscience zu studieren.

»Wir haben ihn infiziert!«, sagte Emily lachend. »Jetzt muss er auch mit Gehirnen arbeiten!«

»Mit Computermodellen von Gehirnen«, korrigierte er.

In diesem Moment erregte etwas Iris' Aufmerksamkeit. Im höchsten Stockwerk des Gebäudes neben ihnen brannte ein Licht. Es war das Fenster oben in der Ecke, wo Professor Adlers Büro lag.

Hatte sie das Licht angelassen? Nein, die Reinigungskräfte hätten es ausgeschaltet. Also war Professor Adler immer noch hier. Was hielt sie so spät noch wach?

Iris wünschte, sie wüsste, was in Carolin vor sich ging. Ob sie tatsächlich so selbstbewusst war, oder ob sie Zweifel und Sorgen empfand wie Iris. Sie wünschte, sie würde mit ihr darüber reden.

Aber das war lächerlich. Professor Adler würde so etwas niemals einer unbedeutenden Studentin anvertrauen.

Trotzdem blickte Iris über ihre Schulter, als sie zur S-Bahn gingen, und warf einen letzten Blick auf das einsame Fenster ganz oben.

Daheim machte Lukas noch einen Tee, während Emily schon duschen ging.

»Weißt du«, sagte Lukas. »Es war schön, dass du heute Abend mitgekommen bist.«

»Ja. Danke, dass du mich gezwungen hast.« Sie lächelte. »Das wäre sonst ein deprimierender Abend geworden.«

»Ich möchte nicht, dass du unglücklich bist.«

Etwas an der Art, wie er es sagte, ließ sie aufblicken.

»Du bist ein toller Mensch, Iris. Klug, aufmerksam, rücksichtsvoll, eine großartige Freundin. Und außerdem wunderschön. Und du hast es verdient, glücklich zu sein.«

Ein Knoten bildete sich in Iris' Magen. Das konnte er doch nicht so meinen, oder?

»Lukas…ich weiß nicht…«

»Ich wollte dir das schon länger sagen. Ich würde dich gern glücklich machen. Ich mag dich wirklich sehr, Iris. Und deswegen wollte ich dich fragen, ob du vielleicht…ob du vielleicht auf ein Date gehen willst? Nur du und ich?«

Iris starrte auf die Tasse in ihrer Hand herab. Sie brachte kein Wort heraus. Sie mochte Lukas gern, er war ihr bester Freund. Dass er so für sie empfand, traf sie völlig unvorbereitet. Sie erwiderte seine Gefühle nicht, nicht im Geringsten. Aber sie wollte ihm nicht wehtun, ihn nicht enttäuschen. Und ihn nicht als Freund verlieren.

»Lukas…ich…«, stammelte sie.

Seine Schultern sanken herab.

»Oh. In Ordnung.«

Da war sie, die Enttäuschung, vor der sie sich so gefürchtet hatte.

»Nein!«, platzte sie heraus. »Bitte, sei nicht…ich meine…Ich mag dich sehr! Aber ich weiß nicht…«

Warum konnte sie keinen einzigen vernünftigen Satz zustande bringen? Sie sah ihn verzweifelt an. Sie sah schon vor sich, wie er sich von ihr abwandte. Oder ihr Vorwürfe machte.

Doch stattdessen war da ein kleines, trauriges Lächeln.

»Schon okay, Iris.«

»Du darfst das nicht falsch verstehen! Du bist wunderbar, Lukas. Es ist nicht deine Schuld. Es ist nur…ich habe mich noch nie für Männer interessiert. Sonst wärst du bestimmt ganz oben auf der Liste.«

Er lachte leise. »Das ist sehr nett von dir. Gut für mein Ego. Aber das ist doch Quatsch.«

»Bist du nicht…wütend oder so?«

Er schüttelte den Kopf. »Natürlich nicht. Lass es uns einfach vergessen, ok?«

»Okay«, sagte Iris leise.

Er trank einen Schluck Tee. Stille herrschte zwischen ihnen. Iris fühlte sich furchtbar. Sie wollte ihm nicht wehtun, aber sie konnte ihm auch nicht geben, was er sich wünschte. Dieses Gefühl war einfach schrecklich.

Es war Lukas, der die Stille unterbrach. »Hey, du hast mir nicht erzählt, was aus deiner Idee geworden ist. Du wolltest doch diesen Trauma-Patienten mit ihren Träumen helfen.«

Iris zögerte und sah ihn an. Wollte er nur das Thema wechseln, um es Iris leichter zu machen? War es wirklich okay für ihn? Oder war er insgeheim verletzt und würde sie jetzt hassen?

»Also, was ist?«, fragte Lukas, als sie immer noch nicht antwortete. »Bist du bald Doktor Brain, Bezwingerin der Albträume?«

Iris lachte. Ihre Anspannung löste sich etwas. Er wollte ganz normal mit ihr reden, als Freunde, so wie vorher. Dankbar nahm sie das Angebot an.

»Das wäre schon genial«, sagte sie. »Alpträume zu besiegen. Aber ich weiß nicht, ob meine Idee etwas taugt.«

»Warum denn das? Hast du Studien gefunden, die den Ansatz widerlegen?«

»Nein. Meine Eltern waren aber ziemlich skeptisch.«

Lukas runzelte die Stirn. »Was haben sie gesagt?«

»Dass es das Problem nicht an der Wurzel packt. Mein Vater meinte, man solle nicht versuchen, die Alpträume zu lindern, wie ich es tun würde, sondern irgendwie tiefenpsychologisch eine Erklärung finden.«

Lukas zuckte mit den Schultern. »Na und?«

»Was, na und?«

»Sind deine Eltern Neurowissenschaftler oder Psychotherapeuten oder sowas?«

»Nein. Sie sind Ärzte.«

»Na dann ist es doch schnurzegal, was sie denken. Sie können es nicht einschätzen.«

»Okay, das stimmt.« Iris zögerte kurz und trank den letzten Rest ihres Tees. »Aber das heißt ja trotzdem nicht, dass meine Idee gut ist. Es gibt so viele Probleme. Vielleicht finde ich keine Probanden, die das ausprobieren wollen, oder sie haben zu viel Angst vor ihren Träumen. Oder sie schaffen es nicht, luzide zu werden. Oder ich mache es versehentlich noch schlimmer. Oder tausend andere Dinge.«

Sie stellte die Tasse weg und seufzte. »Ich will mir nicht Hoffnungen machen, wenn ich dann später doch versage.«

»Okay«, sagte Lukas. »Mal angenommen, du wärst total von dir überzeugt. Was würdest du dann tun?«

»Vermutlich würde ich anfangen, daran zu arbeiten.«

»Und was wäre der erste Schritt?«

»Vielleicht erst einmal die bestehende Literatur durchgehen.«

»Na dann ist doch alles klar«, sagte Lukas. »Morgen fängst du damit an. Tu einfach so, als seist du überzeugt. So macht Emily das auch immer, und die fliegt nächstes Semester in die USA!«

»Und wenn es nichts wird?«

»Dann gibt's du es eben auf und probierst was anderes. Aber du musst dir erst einmal eine Chance geben.«

Iris gab sich geschlagen. »Okay. Ich werde mir die Literatur anschauen. Aber du darfst nicht enttäuscht sein, wenn es sich als eine dumme Idee herausstellt.«

»Versprochen.«

KAPITEL 10

~ Carolin ~

Carolin nahm einen Schluck Kaffee aus dem To-Go-Becher und eilte über den Campus. Ihre Augen schmerzten vor Müdigkeit. Sie brauchte das Koffein dringend, wenn sie in der Übung mit den Masterstudenten konzentriert bleiben wollte.

Die letzte Nacht war die Hölle gewesen. Sie hatte ihren Laptop im Büro vergessen—das war ihr noch nie passiert—und war deshalb nach dem Abendessen nochmal zurück ans Institut gefahren, um dort weiterzuarbeiten. Sie musste die verlorene Zeit aufholen. Sie konnte ihren letzten Artikel nicht mehr einreichen, nachdem andere ihr zuvorgekommen waren. Also musste sie ein neues Konzept für ihre weitere Forschung erstellen. Das hatte bis in die frühen Morgenstunden gedauert, und danach waren ihr nur vier Stunden Schlaf geblieben. Die Kopfschmerzen, die sie deswegen plagten, hatte sie sich selbst zuzuschreiben.

Jetzt musste sie irgendwie den Rest dieses Tages überstehen.

Carolin erreichte das Schlaflabor, wo die begleitende Übung zur Vorlesung *Bildgebende Verfahren* stattfand. Die Gruppe Studenten, die dort warteten, war recht klein, denn einige hatten inzwischen die Vorlesung abgebrochen. Aber Iris und Emily waren noch dabei. Sie gaben wohl nicht so schnell auf.

Carolin war froh, dass der leitende Psychologe die Einführung übernahm.

»Hier im Schlaflabor behandeln wir Menschen mit Schlafstörungen. Außerdem führen wir natürlich Studien durch. Kommen Sie mit. Ich zeige Ihnen, wo die Patienten übernachten und welche Messgeräte wir verwenden.«

Carolin hatte schon in Schlaflaboren geforscht und wusste, wie alles ablief, also hörte sie nur mit halbem Ohr zu. Ihre Gedanken kreisten immer noch um den Artikel und darum, wie viel sie schaffen musste, um diesen Rückschlag aufzuholen. Aus dem Augenwinkel sah sie, dass Iris etwas länger zu ihr hinüberschaute. Als sie den Kopf drehte, sah Iris schnell weg.

Egal, wie erschöpft und schwach Carolin war, ihre Studenten durften nichts davon mitbekommen. Sie musste sich zusammenreißen. Carolin drückte den Rücken durch und verbannte alle Gedanken an ihren deprimierenden Rückschlag und an ihre weitere Arbeit. In den nächsten neunzig Minuten sollte ihre Aufmerksamkeit ausschließlich den Studenten gelten. Sie setzte einen neutralen und zugleich konzentrierten Blick auf.

Der Leiter des Labors führte die Studenten in einen Raum mit verdunkelten Fenstern. Er zeigte ihnen die Messgeräte für den Herzrhythmus, den Sauerstoffgehalt des Blutes, die Atmung und die Hirnströme. Dann überließ er es der Professorin, die praktische Übung durchzuführen.

»Wir schauen uns jetzt die Platzierung der EEG-Elektroden am Kopf an«, sagte Carolin. »Sie werden später meist medizinisch-technische Assistenten haben, die Ihnen zur Hand gehen, aber Sie sollten auch selbst vertraut mit der richtigen Positionierung sein. Wir benutzen diese Kappen.«

Sie öffnete einen Schrank und holte so etwas wie eine Gummi-Badekappe mit Kinnriemen heraus. In regelmäßigen Abständen waren Elektroden darauf angebracht. Mit Kabeln konnten die Sensoren mit einem Computer verbunden werden.

»Bilden Sie Paare«, instruierte Carolin.

Sofort begann ein leises Murmeln zwischen den Studenten, als sie sich zu Zweierteams zusammenfanden. Carolin schaute kurz zu Iris. Diese sagte leise etwas zu Emily, die darauf grinste, nickte und zu dem attraktiven Studenten trat, mit dem sie schon in der Vorlesung geflüstert hatte. Iris sah ihnen mit einem Lächeln zu, dann wandte sie sich ab, um ihrerseits einen Partner zu finden. Doch alle Studenten waren bereits vergeben.

Carolin seufzte innerlich. *Natürlich* musste Iris allen anderen den Vortritt lassen.

»Frau Lemberg, Sie können mit mir üben«, sagte sie.

Einer der Studenten fühlte sich unbeobachtet und warf Iris einen mitleidigen Blick zu. Iris trat zu Carolin, blieb aber etwas auf Distanz. Carolin setzte ihre Erklärungen fort.

»Wir verwenden zwei Messpunkte. Sie finden den ersten zwischen Nase und Stirn, den zweiten am Hinterkopf, wo Sie einen kleinen Vorsprung fühlen können.«

Die Studenten betasteten ihre Köpfe. Carolin erklärte, wie die Kappen aufgesetzt werden mussten. Sie ging zwischen den Studenten umher und kontrollierte, dass sie es richtig machten, dann trat sie vor Iris.

»Sie dürfen es bei mir probieren.«

»Okay«, sagte Iris und fuhr sich nervös mit der Zunge über die Lippen. Sie trat einen Schritt näher und stand nun ganz dicht vor Carolin. Sie konnte ihren Duft wahrnehmen—süß und zugleich tief und erdig, wie Waldhonig. Carolins Puls beschleunigte sich, und sie schloss unwillkürlich die Augen.

Vorsichtig legte Iris die Kappe auf Carolins Kopf. Ihre zarten Finger strichen dabei leicht über Carolins Stirn. Carolin zwang sich, ruhig zu atmen. Eine Strähne ihres

Haars verfing sich in einer der Elektroden. Iris zog unabsichtlich daran, und Carolin sog scharf die Luft ein.

»Entschuldigung!«, flüsterte Iris.

»Macht nichts.«

Mit äußerster Behutsamkeit löste Iris die Haarsträhne und brachte dann die Kappe in ihre finale Position. Dann trat sie zurück. Carolin vermied ihren Blick. Sie atmete zweimal tief ein und aus, ehe sie sicher war, dass sie ihrer Stimme wieder vertrauen konnte.

»Wenn alle fertig sind, schauen wir uns der Reihe nach an, wie Ihre Hirnsignale aussehen.«

Die Studenten versammelten sich. Die Hälfte trug nun eine Gummikappe.

»Frau Schönlein, wir fangen mit Ihnen an.«

Carolin verband die Kabel von Emilys Kappe mit dem Computer. Auf dem Bildschirm erschienen zackige Linien.

»Hier ganz oben sehen wir FP1, das steht für frontopolar, ist also diese Elektrode hier.«

Sie zeigte auf die Stelle an Emilys Stirn.

»Blinzeln Sie bitte einmal. Genau. Sehen Sie hier die Ausschläge? Das sind Störsignale durch ihre Augenbewegungen. Diese wollen wir in einem EEG vermeiden, weil sie die eigentliche Hirnaktivität überlagern.«

Dann wies sie Emily dazu an, zwei Minuten lang komplett still zu bleiben.

»Versuchen Sie, sich zu entspannen. Schließen Sie die Augen, und bewegen Sie sich nicht.«

Die Zeit verging langsam. Nach und nach zeigten sich auf den mittleren Graphen rhythmische Wellen.

»Sehen Sie das?«, sagte Carolin. »Diese kleinen, regelmäßigen Ausschläge? Wissen Sie, was das ist?«

Die meisten schüttelten den Kopf.

»Das ist Frau Schönlein, die sich langweilt«, sagte Carolin.

Ein paar der Studenten lachten.

»Es handelt sich um Wellen im Alpha-Frequenzbereich. Sie gehen mit Entspannung einher, vor allem, wenn die Konzentration nachlässt. Wenn Emily jetzt einschlafen würde, würden wir Delta-Wellen beobachten, wie wir das in der Vorlesung besprochen haben.«

Sie warf einen Blick in die Runde. »Und nun sind Sie an der Reihe. Messen Sie Ihre eigenen Hirnströme.«

Die Studenten verteilten sich im Raum und steckten die Kabel in die Computer. Carolin selbst verzichtete darauf. Ihr EEG würde nur ihre Anspannung und innere Unruhe verraten.

»Professor Adler?«, sagte plötzlich Iris neben ihr. »Wenn es Ihnen nichts ausmacht—ich würde auch gerne mal selbst sehen, wie es bei mir aussieht.«

»Oh, natürlich.«

Carolin streifte die Kappe ab. Iris trat vor sie und schloss die Augen, genau wie Carolin es getan hatte. Eine Sekunde lang erlaubte sich Carolin, einfach nur ihr Gesicht anzusehen. Die weichen, gerundeten Wangen, die dunklen Wimpern und diese hinreißende kleine Nase.

Doch dann riss sie sich zusammen. Sie hob die Hand und strich vorsichtig Iris' weiche Haare nach hinten. Dann platzierte sie die Kappe auf ihrem Kopf. Sie rückte sie in Position und schloss den Riemen unter ihrem Kinn.

»Ist es bequem?«, fragte sie leise. Gleich darauf wollte sie sich am liebsten auf die Zunge beißen. Seit wann war sie so sanftmütig? Das war überhaupt nicht ihre Art!

»Ja«, sagte Iris.

Dann verband sie die Kabel mit dem Computer. Carolin blieb hinter ihr stehen, während Iris austestete, wie sie blinzelte und dadurch Ausschläge auf dem Graphen produzierte. Dann blieb sie eine Weile ruhig sitzen und atmete gleichmäßig.

Doch auch nach zwei Minuten stellten sich keine Alpha-Wellen ein. Anscheinend gelang es Iris nicht, sich zu entspannen.

»Ich schätze, ich bin ein bisschen zu nervös«, sagte Iris entschuldigend.

Carolin beugte sich vor, um zu überprüfen, ob die Elektroden gut saßen, und streifte dabei versehentlich Iris' Hinterkopf. Ein dicker, zackiger Ausschlag schoss über ihren Graphen.

»Kein Problem«, sagte Carolin. »Wahrscheinlich sind Sie einfach nur hochkonzentriert.«

»Das wird es sein«, sagte Iris und lächelte verlegen.

Carolin spürte die Wärme der jungen Frau neben sich. Warum war Iris so angespannt? Doch nicht etwa ihretwegen? Carolin schluckte und konzentrierte sich wieder auf den Graphen. Doch ehe sie sich ganz gesammelt hatte, wurde sie von einer Stimme von hinten unterbrochen.

»Professor Adler, herzlichen Glückwunsch übrigens zu Ihrer Publikation!«

Carolin drehte sich um.

Emily stand hinter ihr, ein Smartphone in der Hand. »Ich habe gerade den Newsletter gesehen. Ihr Artikel—«

»Emily, das spielt jetzt keine Rolle«, sagte Carolin scharf.

Großartig. Das konnte sie jetzt überhaupt nicht gebrauchen. Warum nur hatte sie ihre Studenten dazu ermutigt, die aktuelle Forschung zu verfolgen? Und warum hatte ausgerechnet Emily auf sie gehört und das Journal abonniert?

»Aber das klingt so spannend! D. Adler—Gedächtnis, Schlaf und der Präfrontale Cortex.«

Einige der anderen Studenten schauten neugierig zu ihnen. Carolins Kiefer verkrampfte sich. Offensichtlich war Emily nicht bewusst, dass der Vorname ihrer Professorin nicht mit D begann. Sie dachte, die Publikation stamme von ihr. Ein verständlicher Fehler. Trotzdem war Carolin die Situation mehr als unangenehm.

»Dafür ist jetzt nicht der richtige Zeitpunkt«, sagte sie.

»Aber—«, begann Emily.

Iris schüttelte den Kopf, als wolle sie ihre Freundin dazu bringen, den Mund zu halten.

»Okay. Aber vielleicht können Sie uns in der Vorlesung davon erzählen«, sagte Emily.

»Ich denke, das wäre wenig angemessen. Es ist nicht meine Studie.«

Emily blickte verwirrt drein. »Aber hier steht—«

»Der Hauptautor trägt den gleichen Namen wie ich. Mehr nicht.«

»Wow. Echt? Das ist ja ein Zufall.«

Carolin biss die Zähne zusammen. »Ja. Ein außerordentlicher Zufall. Und jetzt zurück an die Arbeit.«

Sie drehte sich um. Ihre Selbstkontrolle war etwas ins Wanken geraten, und sie wollte nicht, dass die Studenten es merkten. Sie wandte sich wieder dem Bildschirm zu.

Auf Iris' EEG waren große, dunkle Zacken zu sehen, die über den ganzen Bildschirm verliefen. Ihre Augen waren geweitet, und sie sah Carolin fragend an.

Carolin schüttelte den Kopf. »Es ist nichts. Konzentrieren wir uns auf Ihre Messung.«

Die Übung ging schließlich zu Ende, und die Studenten packten ihre Sachen. Carolin blieb zurück, um die EEG-Kappen wegzuräumen und die Kabel ordentlich in den Schränken zu verstauen. Sie versuchte, den unangenehmen Zwischenfall aus ihrem Kopf zu verbannen. Emily hatte sie mit so unschuldiger Begeisterung angeschaut, mit einer Bewunderung, die Carolin *beinahe* verdient hatte—aber nur beinahe. Sie war so kurz davor gewesen, und doch nicht gut genug.

Erst als es um sie herum stiller wurde, merkte sie, dass auch Iris geblieben war.

»Das kommt hier rein, oder?«, sagte sie und deutete auf eine Schublade.

»Ja. Danke.«

Carolin wusste ihre Hilfsbereitschaft zu schätzen. Aber in diesem Moment wünschte sie sich, allein zu sein. Solange andere sie sehen konnten, musste sie Kraft aufbringen, um ihre Fassade aufrechtzuerhalten. Auf der anderen Seite war Iris vielleicht die Einzige, deren Gegenwart sie gerade ertragen konnte. Ein seltsamer Gedanke.

Eine Weile lang räumten sie schweigend die Messgeräte weg. In Carolins Kopf hämmerten immer noch die Kopfschmerzen.

»Sie haben auch an diesem Thema geforscht, oder?«, fragte Iris schließlich.

Carolin nickte.

»Das tut mir leid. Können Sie Ihre Studie trotzdem veröffentlichen?«

»Vermutlich schon irgendwo. Nur leider nicht in dem Journal, das wirklich zählt.«

Warum war sie einer Studentin gegenüber so offen? Vielleicht konnte man es als Lehrstunde auffassen. Sie demonstrierte der nächsten Generation, welche Hindernisse und Probleme ihnen bevorstanden.

Iris sah zu ihr hinüber. Ihre haselnussbraunen Augen sahen dunkler aus, wenn sie so nachdenklich war.

»Entschuldigung, wenn das zu persönlich ist, aber…Es muss schwierig sein, sich einen Namen zu machen, wenn jemand im gleichen Feld genauso heißt wie Sie.«

»Gut beobachtet«, sagte Carolin trocken. »Gelegentlich werden wir verwechselt. Aber die meisten machen den umgekehrten Fehler wie Emily. Sie nehmen an, dass meine Publikationen von ihm stammen. Es ist, ehrlich gesagt, frustrierend.«

Sie wusste nicht, warum sie ihr das sagte. Aber es fühlte sich gut an, Iris gegenüber offen zu sein.

»Oh. Das ist aber unfair Ihnen gegenüber.«

»Ja. Es war ein Fehler, seinen Namen anzunehmen.«

Kurz trafen sich ihre Blicke, und Iris Augen weiteten sich, als sie verstand. Carolin presste die Lippen zusammen. Nun hatte sie doch eindeutig zu viel verraten. Sie rieb sich über die Stirn.

»Nehmen Sie es als guten Rat. Behalten Sie auf jeden Fall Ihren eigenen Namen, wenn Sie in die Forschung gehen.«

»Können Sie…können Sie Ihren Geburtsnamen wieder annehmen?«, fragte Iris vorsichtig. »Also, falls Sie nicht mehr…«

»Wir sind geschieden«, sagte Carolin und kam damit direkt zum Punkt. »Aber ich habe jung geheiratet, und alle meine Publikationen sind unter dem Namen Adler verfasst. Sogar meine Promotion. Wenn ich jetzt den Namen wechsele, würde das alles nur noch schlimmer machen.«

»Ich verstehe«, sagte Iris leise.

Ihr Gesicht war voll Kummer. Aber Carolin wollte kein Mitleid. Sie hatte verloren, aber sie wollte nicht getröstet werden. Sie wollte gewinnen.

Abrupt wandte sie sich ab. Durch die plötzliche Bewegung kehrten ihre Kopfschmerzen zurück, stechender als zuvor. Carolin verzog das Gesicht und stieß scharf die Luft aus.

»Alles in Ordnung?«, fragte Iris alarmiert.

»Ja, schon gut«, sagte Carolin. »Nur…Kopfschmerzen.«

Es fühlte sich an, als würde jemand einen brennenden Dolch durch ihre Stirn bohren.

»Es ist nicht der Rede wert.«

Doch als sie einen Schritt machte, schwankte sie leicht.

»Vorsicht!«, rief Iris aus.

Plötzlich war sie neben Carolin. Ergriff ihren Arm.

»Setzen Sie sich lieber.«

Carolin gab widerstrebend nach und ließ sich auf einen Stuhl sinken. Iris ließ ihren Arm los und ging vor ihr in die Hocke. Sie sah sie besorgt an, ihre Augen geweitet. Carolin hasste den Gedanken, dass Iris sie für schwach hielt. Sie biss die Zähne zusammen.

»Es ist wirklich nichts. Nur Kopfschmerzen.«

»Wollen Sie eine Tablette? Warten Sie, ich habe welche.«

Ehe Carolin die Kraft aufbringen konnte, dagegen zu protestieren, war Iris aufgesprungen und verschwunden. Carolin vergrub den Kopf in den Händen. Die Kopfschmerzen machten es ihr schwer, einen klaren Gedanken zu fassen. Sie wusste nicht, ob nur wenige Sekunden oder mehrere Minuten vergangen waren, als Iris wieder auftauchte.

»Hier!«, sagte sie.

Sie drückte Carolin ein Glas kaltes Wasser und eine Tablette in die Hand. Sie musste irgendwo ein Badezimmer gefunden haben. Carolin schluckte die Tablette.

»Darf ich?«, fragte Iris.

Carolin sah auf und bemerkte jetzt erst, dass Iris einen feuchten Waschlappen in der Hand hielt. Ihr erster Impuls war Ärger, gefolgt von Verlegenheit.

»Hören Sie, Iris, das ist nett von Ihnen, aber Sie übertreiben maßlos.«

»Mir tut etwas Kühlung immer gut, wenn ich Kopfschmerzen habe«, sagte Iris. »Und ich werde auch niemandem davon erzählen.«

»Was soll das bitte heißen?«

Carolin warf ihr einen durchdringenden Blick zu, der Iris einen Schritt zurückweichen ließ.

»Nichts! Ich meine nur, dass es hilft.«

Ahnte sie, wie wichtig es Carolin war, nicht wie ein Schwächling zu erscheinen? War sie so leicht zu durchschauen? Die stechenden Schmerzen machten alle weiteren Überlegungen unmöglich.

»Na schön«, sagte Carolin.

Iris ging wieder vor ihr in die Hocke und drückte den Waschlappen gegen ihre Stirn. Die Kühle brachte sofort eine gewisse Erleichterung. Carolin schloss dankbar die Augen.

»Haben Sie so etwas öfter?«, fragte Iris.

»Nein. Ich bin nicht krank oder so«, sagte Carolin. »Ich habe nur in letzter Zeit etwas zu viel gearbeitet.«

»Ich verstehe.«

Iris hielt weiter den kühlen Lappen an Carolins Stirn. Der stechende Schmerz ließ etwas nach und verwandelte sich in ein dumpfes Pulsieren.

Carolin wurde plötzlich klar, dass der nasse Lappen vermutlich ihr Make-up ruinieren würde. Sie hatte zwar etwas dabei, um sich wieder herzurichten, doch vorher würde Iris sie sehen. Carolin hasste diesen Gedanken. Sie wollte nicht unattraktiv erscheinen, oder so, als habe sie keine Kontrolle über die Situation.

»Hilft es?«, fragte Iris.

»Etwas«, sagte Carolin. »Vielleicht wäre es besser, wenn Sie das grelle Licht ausschalten würden.«

»Natürlich.«

Carolin hielt den Waschlappen fest, und Iris stand auf und ging zum Lichtschalter. Die Leuchtstoffröhren erloschen, und es blieb nur der warme, etwas gedämpfte Schein einer winzigen Lampe in einer Ecke des Labors übrig.

Es war deutlich dunkler, als Carolin erwartet hatte. Sie konnte Iris' Gesicht kaum noch erkennen. Aber wenigstens ging ihr Plan auf, und Iris würde ihr verwischtes Make-up und ihre blasse Haut nicht zu sehen bekommen.

»Das ist fast wie in einem Horrorfilm«, sagte Iris und sah sich um. Die medizinischen Geräte warfen seltsame Schatten an die Wände.

»Wenn es Ihnen unangenehm ist, gehen Sie ruhig.«

»Nein, überhaupt nicht. Ich habe schon als Kind immer gerne Gruselfilme gesehen. Vor allem die Alten in schwarzweiß, die fand ich besonders schaurig.«

Das überraschte Carolin. Sie hätte Iris eher für einen sensiblen Menschen gehalten, der sich leicht erschreckte. Aber vielleicht steckte mehr in ihr, als man auf den ersten Blick sah.

»Haben Sie davon keine Albträume bekommen?«

»Schon, aber das war nicht schlimm. Ich fand das als Kind aufregend.«

Iris lachte kurz, als sei sie ein wenig verlegen, und trat wieder zu Carolin.

»Wie geht es Ihnen?«

»Etwas besser. Das Kühlen hat geholfen. Und die Dunkelheit.«

Iris trat hinter Carolin und nahm den Waschlappen weg. Dann legte sie ihre Hände auf Carolins Stirn und strich sanft darüber, von der Mitte bis hin zu den Schläfen. Carolin wurde beinahe schwindlig. Iris' Finger fühlten sich unglaublich zart auf ihrer Haut an.

Dann gewann ihre Vernunft wieder die Oberhand.

»Was soll das bitte werden?«

Iris zog erschrocken die Hand zurück. »Oh—ich dachte nur—Sie würden vielleicht gern die Stirn massiert bekommen.«

»Eine Massage?«, fragte Carolin.

Sie war immer noch zu perplex, um sich zu entscheiden, wie sie reagieren sollte. Iris Hände auf ihrer Stirn hatten sich wundervoll angefühlt, dabei mochte Carolin es normalerweise nicht, wenn jemand sie ungefragt berührte. Doch Iris brachte alles in ihr durcheinander.

»Ja. Wissen Sie, ich hatte eine Lehrerin, in der Grundschule, Frau Amsel«, erklärte Iris. »Die war sehr hübsch, und wenn sie Kopfschmerzen hatte, hat sie immer die Kinder gebeten, ihre Stirn zu massieren. Ich war furchtbar eifersüchtig, wenn sie ein anderes Kind gefragt hat. Sie hat gesagt, ich würde das gut machen.«

Carolin war einen Moment sprachlos.

»Ich weiß, vermutlich hat sie das nur gesagt, damit sich die zehnjährige Iris freut«, sagte Iris verlegen. »Tut mir leid, das war dumm von mir. Ich weiß nicht, was ich mir dabei gedacht habe.«

»Schon gut«, sagte Carolin. »Es ist…es war aufmerksam von Ihnen. Ich bin sicher, Ihre Hände können Wunder bewirken.«

Gleich darauf biss sie sich auf die Zunge. So etwas konnte sie doch nicht sagen!

»Aber ich denke nicht, dass es besonders professionell wirken würde. Sie und ich, in diesem schwach beleuchteten Raum. Wenn jemand etwas davon mitbekäme…«

»Oh, darüber müssen Sie sich keine Sorgen machen«, sagte Iris. »Von mir erfährt niemand etwas.«

Carolin fühlte sich hin- und hergerissen. Auf der einen Seite wollte sie nichts lieber, als die Augen zu schließen und das wundervolle Gefühl zu genießen, das Iris' Hände auf ihrer Stirn bewirkten. Auf der anderen Seite fürchtete sie die Konsequenzen. Was, wenn jemand davon erfuhr und Gerüchte über sie in Umlauf kämen? Oder, schlimmer noch, wenn Iris' Bild von ihr sich nachhaltig veränderte? Wenn sie keinen Respekt mehr vor ihr hatte, nachdem sie sie so schwach und verletzlich gesehen hatte?

»Ich verrate niemandem etwas, Professor Adler«, sagte Iris. Ihre Stimme klang ein wenig tiefer als vorher, und Carolin lief ein Schauder über den Rücken. Etwas daran, wie sie *Professor Adler* sagte, brachte ihre Haut zum Kribbeln.

Iris war die ganze Zeit so verständnisvoll gewesen. Sie hatte perfekt reagiert, Carolins Frustration nachempfunden, ohne ihr zu nahe zu treten. Vielleicht war das der Grund dafür, dass Carolins Widerstand bröckelte.

»Na gut«, sagte sie. »Fünf Minuten werden wohl nicht schaden.«

Iris legte ihre Hände auf Carolins Stirn. Die Kopfschmerzen waren inzwischen fast völlig verschwunden, vermutlich dank der Tablette. Doch das behielt Carolin für sich. Sie schloss die Augen. Iris' Finger strichen sanft über ihre Haut, massierten ihre Schläfen, glitten durch den Ansatz ihres Haars. Ihre Berührung war unglaublich zart und löste ein warmes Kribbeln in Carolin aus, das sich in ihr ausbreitete und sie erfüllte. Für einen Moment stellte sich Carolin vor, wie schön es wäre, sich gänzlich fallen lassen zu können. Sich jemandem wie Iris anzuvertrauen, ohne sich darum sorgen zu müssen, was dieser andere Mensch von ihr dachte.

Irgendwo weit weg im Gebäude fiel eine Tür ins Schloss. Das Geräusch hallte durch die Flure. Carolin zuckte zusammen, und auch Iris schreckte zurück.

»Das ist mehr als genug«, sagte Carolin. Sie rang darum, ihre Fassung zurückzuerlangen, und stand auf. Was hatte sie sich dabei gedacht, es so weit kommen zu lassen? Sie erkannte sich selbst nicht wieder. Was sie hier taten, war absurd, einfach undenkbar.

Sie griff nach ihrer Tasche. Im schwachen Licht der verbleibenden Lampe konnte sie Iris' Gesichtsausdruck nicht erkennen.

»Danke, Iris. Das war…sehr aufmerksam von Ihnen«, sagte sie. »Es geht mir wieder ausgezeichnet. Und ich wäre Ihnen sehr dankbar, wenn Sie—«

»Natürlich«, sagte Iris.

Sie verstanden sich ohne Worte. Sie würde mit niemandem darüber sprechen.

Carolin wollte sie nicht einfach so stehen lassen. Doch was sollte sie tun? Sie hatten sich beide viel zu weit vorgewagt. Jemand hätte sie sehen können! Carolins Herz pochte heftig. Sie unterdrückte den Impuls, völlig überstürzt die Flucht zu ergreifen.

»Sie kommen hier zurecht?«, sagte Carolin. »Wir haben alles aufgeräumt, soweit ich sehe.«

»Ja«, bestätigte Iris.

»Gut. Dann—auf Wiedersehen.«

Sie nickte Iris zu und brauchte alle Selbstkontrolle, um mit ruhigen, beherrschten Schritten nach draußen zu gehen.

Himmel, was ist in mich gefahren?

KAPITEL 11

~ Iris ~

Iris blieb allein im Schlaflabor zurück. Ihr Herz pochte heftig. Ihre Fingerspitzen kribbelten. Da war eine Spannung in der Luft zwischen ihnen gewesen. Eine unerklärliche Verbindung.

Oder hatte sie sich das nur eingebildet? Es hatte sich alles so surreal angefühlt. Sie sah auf ihre Hand herab, zählte ihre Finger und überprüfte, ob sie träumte. Aber nein—das alles war wirklich passiert.

Ein schwacher Hauch von Flieder lag in der Luft. Iris konnte immer noch fühlen, wie seidig und glatt Carolins Haut gewesen war. Allein der Gedanke ließ ihren Mund trocken werden.

Für einen Moment waren sie sich unfassbar nah gewesen. Nicht nur auf einer körperlichen Ebene. Es schien, als hätte Professor Adler ihr erlaubt, einen Blick hinter die Fassade zu werfen. Zu sehen, was in ihr vor sich ging.

Aber das war Wunschdenken.

Iris war keine Idiotin. Sie wusste, dass sie zu viel in die Situation hineininterpretierte. Warum sollte sich Professor Adler ausgerechnet ihr anvertrauen? Einer unbedeutenden Studentin, die ihr nichts zu bieten hatte. Nein, viel realistischer war, dass sie einfach nur höflich gewesen war.

Es war wie damals in der Grundschule. Sie hatte Iris gewähren lassen, um ihr die Illusion zu geben, dass sie gebraucht wurde.

Am Ende war sie froh gewesen, dass es vorbei war. Deswegen war sie auch so schnell gegangen. Sie konnte es nicht erwarten, der unangenehmen Situation zu entkommen.

Iris seufzte und packte ihre Sachen.

Am Freitagabend machte Emily sich fertig, zu einem Konzert in ihrem Lieblingsclub zu gehen.

»Komm schon, Iris, die *Heartbreakers* spielen! Fünf sexy Frauen, und die Bassistin ist lesbisch! Das muss dir doch gefallen!«

»Nein, schon gut«, sagte Iris. »Metal ist nicht so mein Ding.«

Das stimmte, außerdem hatte sie keine große Lust, mal wieder allein nach Hause zu fahren, während Emily sich mit ihrer neusten Eroberung vergnügte.

»Was ist mit dir, Lukas?«, fragte Emily.

»Heute nicht. Ich habe noch ein Coding-Projekt. Aber viel Spaß dir!«

»Werde ich haben«, sagte Emily. »Nicht so wie ihr Langweiler!«

Emily setzte ihre Kopfhörer auf und ging mit schwungvollen Schritten nach draußen. Die Tür fiel hinter ihr so laut ins Schloss, dass es durch das ganze Haus hallte.

»Komm, lass uns was essen«, schlug Lukas vor. Er ging in die Küche und machte sich daran, ihnen Spaghetti zu kochen. Iris wusch währenddessen das Geschirr ab, das sich neben der Spüle stapelte.

»Ist alles ok mit dir?«, fragte Lukas. »Du bist so still in letzter Zeit.«

»Ich weiß nicht. Kann ich dich etwas komisches fragen?«

»Klar.«

»Hattest du jemals Gefühle für jemanden, die überhaupt keinen Sinn ergeben?«

Lukas räusperte sich. »Ähm, Iris. Ich dachte, wir wollten nicht mehr darüber reden.«

»Was? Nein!«

Iris' Wangen wurden heiß. Sie hatte völlig vergessen, was zwischen ihnen beiden vorgefallen war. Wie rücksichtslos von ihr, ihn daran zu erinnern.

»Tut mir leid. Das habe ich nicht gemeint.«

»Schon okay, vergessen wir's«, sagte er, auch etwas verlegen. »Heißt das…du hast solche Gefühle?«

»Ich weiß nicht. Vielleicht schon.« Iris schrubbte einen Teller, der längst sauber war. »Es ist lächerlich. Ich sollte nichts für sie empfinden. Ich will es auch gar nicht. Es würde nie funktionieren.«

»Hm«, machte Lukas.

»Aber wenn sie in meiner Nähe ist, dann macht das etwas mit mir. Ich kann überhaupt nicht mehr klar denken.«

»Das kann passieren«, sagte Lukas. »Hormone spielen verrückt, das ist normal. Aber wenn du sie magst, was ist so schlimm daran?«

Iris stellte den Teller weg und seufzte. »Sie ist weit außerhalb meiner Liga. Und es ist, wie soll ich sagen…unangemessen.«

»Ohhh«, sagte Lukas und grinste. »Du schwärmst für eine Professorin!«

»Nein!«, rief Iris aus, dann verzog sie das Gesicht. »Na ja. Doch. Schon irgendwie. Das ist so peinlich.«

»Ich finde es süß. Iris steht auf die sexy, strenge Professor Adler!«

Iris glaubte, sie müsste vor Scham im Boden versinken.

»Was? Ich habe nicht gesagt, dass sie es ist!«

Er lachte. »Ich bitte dich. Du redest seit Wochen von ihr. Wie intelligent sie ist. Wie du ihre Arbeit bewunderst.

Außerdem ist sie doch die einzige Professorin bei euch, die nicht so viel älter ist. Und wenn ich Emily glauben darf, ist sie ziemlich attraktiv.«

Iris stöhnte und vergrub das Gesicht in den Händen. »Das ist so…peinlich.«

Er lachte. »Du musst dich nicht dafür schämen. Als ich in der elften Klasse war, hatte ich eine sexy Lateinlehrerin. Du glaubst nicht, wie schnell ich die Fälle gelernt habe!«

Iris lachte. »Du meinst, das ist normal?«

»Klar. Und das geht auch wieder vorbei. Du wirst darüber hinwegkommen.«

»Hoffentlich hast du recht. Bis dahin muss ich einfach versuchen, mich nicht völlig lächerlich zu machen.« Iris atmete tief durch. »Du darfst das niemanden erzählen, okay?«

»Meine Lippen sind versiegelt.«

Nach dem Gespräch mit Lukas und einer großen Portion Spaghetti fühlte Iris sich besser. Sie fand sogar die Kraft, sich auf ihr Projekt zu konzentrieren. Schließlich hatte sie Lukas versprochen, die Idee für ihre Promotion zumindest gründlich zu recherchieren, ehe sie sie aufgab.

Also suchte sie am nächsten Tag im Internet Literatur zu Therapien gegen Alpträume heraus und begann, sie durchzuarbeiten. Sie kam recht gut voran, bis sie von Geräuschen aus dem Nebenzimmer unterbrochen wurde. Durch die Wand drang gedämpftes Kichern, dann eine männliche Stimme. Offenbar hatte Emily Besuch.

Iris setzte also Kopfhörer auf und startete eine Playlist mit Klaviermusik.

Wenige Minuten später ließ ein heftiger Bass die Wände vibrieren. Iris zuckte zusammen und zog die Kopfhörer ab.

E-Gitarren drangen gedämpft, doch immer noch dröhnend durch die Wand.

Burn your tears in the fire of my hate!, sang eine Frauenstimme. Das musste Emilys neue Lieblingsband sein. Iris konnte sie bis in die Knochen spüren.

Sollte sie Emily bitten, es leiser zu machen? Aber sie wollte sie nicht bei ihrem Date stören.

Wenig später kam ein anderes Geräusch dazu. Ein unregelmäßiges Pochen. Es war erst langsam, dann wurde es schneller. Emilys Bett wackelte und stieß gegen die Wand zwischen ihren Zimmern.

»Okay, das reicht«, murmelte Iris.

Sie griff nach ihrem Laptop und ihrem Rucksack und machte sich auf den Weg in die Uni.

Es war ein strahlender Tag im Mai und die Prüfungen lagen noch Wochen in der Zukunft, also war die Bibliothek vergleichsweise leer. Iris sah nur eine Lerngruppe besonders fleißiger Erstsemester, zwei gestresste Doktoranden mit wackeligen Türmen von Fachliteratur, und einen Mathematikstudenten, der über seinem Lehrbuch eingeschlafen war.

Sein Gesicht war schlaff und der Mund leicht geöffnet. Seine Brust hob und senkte sich in einem langsamen Rhythmus. Iris konnte nicht verstehen, wie jemand hier schlafen konnte, wo alle ihn sehen konnten. Es war viel zu intim. Wenn man schlief, dann hatte man keine Kontrolle darüber, was man der Außenwelt zeigte. Man war ganz verletzlich und entblößt. Vielleicht murmelte man sogar vor sich hin, ohne es zu wissen. Meistens unsinniges Zeug, manchmal die tiefsten Geheimnisse, die man sonst niemals preisgeben würde.

Iris fand einen freien Platz ganz hinten im Lesesaal und machte sich an die Arbeit. Sie musste herausfinden, ob ihre Idee der Albtraumtherapie plausibel oder von vornherein zum Scheitern verurteilt war. Sicher waren schon viele vor ihr auf die gleiche Idee gekommen. Oder es war widerlegt worden, dass ihr Ansatz überhaupt funktionieren konnte. Aber sie fand nichts dergleichen.

Vielleicht hatte ihre Idee doch Potenzial?

Iris schüttelte den Kopf. Sie wollte sich lieber keine Hoffnungen machen. Sie glaubte, jeden Moment einen wissenschaftlichen Artikel zu entdecken, der zeigte, dass ihre Eltern recht hatten und ihre Idee keinen Sinn hatte. Aber so viele Bücher, Tagungsbände und Fachzeitschriften sie auch durchforstete—nichts.

Inzwischen waren schon fast vier Stunden vergangen und sie brauchte eine Pause. Sie ging zu dem nahegelegenen Café und stellte sich in die Schlange.

»So fleißig an einem Samstag?«, erklang eine leise, vertraute Stimme hinter ihr. Es war Professor Adler. Iris' Wangen wurden warm. Sie hatten sich seit der Begegnung im Schlaflabor nicht mehr gesehen, und diese Szene stand ihr nun wieder lebhaft vor Augen. Mit Mühe riss sie sich zusammen.

»Äh, ja. Ich recherchiere etwas. Für ein Projekt.«

Sie hoffte inständig, dass die Professorin sich nicht nach Details erkundigen würde. Also fragte sie lieber schnell etwas zurück.

»Sie auch?«

Kaum hatten die Worte ihren Mund verlassen, hätte sie sich am liebsten geohrfeigt.

Sehr clever, Iris.

Professor Adlers Lippen zuckten amüsiert.

»So etwas in der Art. Sie sind übrigens an der Reihe.«

Richtig, die Bestellung. Iris drehte sich zu dem Verkäufer.

»Ein Eiscafé, bitte.«

»Kommt sofort. Und für Sie?«

»Einen Kaffee, schwarz«, sagte Professor Adler.

Beide zahlten. Der Verkäufer stellte ihre Getränke gleichzeitig auf den Tresen. Iris nahm ihre Tasse und suchte nach einer Möglichkeit, sich auf lässige und natürliche Weise zu verabschieden. Doch Professor Adler kam ihr zuvor.

»Draußen ist noch ein Tisch frei. Sie dürfen sich gern dazusetzen.«

Damit ließ sie Iris stehen und ging in Richtung Außenbereich.

Iris' erster Impuls war es, die Flucht zu ergreifen. Aber wenn sie jetzt davonlief, würde sie sich für immer fragen, was sie verpasst hatte. Also gab sie sich einen Ruck und folgte ihr.

Draußen schien eine strahlende Maisonne. Professor Adler nahm an einem Holztisch Platz und setzte eine Sonnenbrille auf. Iris ließ sich ihr gegenüber nieder.

Das Licht der Sonne blendete sie, und in ihrem Wollpullover wurde ihr heiß. Carolin in ihrer lockeren Seidenbluse sah hingegen ganz kühl aus. Iris nippte an ihrem Eiscafé. Professor Adler schien sie zu beobachten, aber so genau konnte Iris das wegen der Sonnenbrille nicht sagen.

Erwartete sie etwas von ihr? Hatte sie ihr mit der Einladung irgendeine Chance gegeben? Iris versuchte, die peinliche Stille zu durchbrechen.

»Ziemlich voll hier draußen.«

»Stimmt«, sagte Professor Adler.

Hinter ihrer Sonnenbrille blieb ihr Gesichtsausdruck unergründlich.

»Es ist ja auch schönes Wetter«, sagte Iris.

Die Professorin verzichtete darauf, diese Nichtigkeit mit einer Antwort zu würdigen.

Verdammt, ich langweile sie.

»Und warum sind Sie heute hier?«

»Ich habe Arbeit zu tun.«

»Oh. Natürlich.«

Iris verstummte. Sie glaubte schon, dass damit die Konversation endgültig gestorben war. Doch Carolin ließ sich doch noch zu einer Antwort herab. »Ich habe heute einen Termin hier. Die Fakultät plant das Sommerfest, und ich soll mich daran beteiligen.«

Ihre Stimme klang neutral, aber Iris glaubte, einen winzigen Anflug Gereiztheit darin zu hören.

»Sie haben sicher noch jede Menge andere Dinge zu tun«, riet Iris.

Professor Adler nickte. »Kann man so sagen. Momentan korrigiere ich die Abgaben der Erstsemester in *Methodenlehre*. Das sind über hundert Gehirne, die sich standhaft meinen Versuchen widersetzen, ihnen Grundlagen der Statistik zu vermitteln.«

Ihr Tonfall war verärgert, doch ihr Mundwinkel zuckte leicht, was verriet, dass sie nicht allzu wütend auf die armen Erstsemester war.

Iris lächelte. »Okay, das klingt anstrengend. Haben Sie denn keine Mitarbeiter, die Ihnen bei der Korrektur helfen?«

»Nicht genug. Ich habe eine wissenschaftliche Mitarbeiterin und einen Doktoranden, aber das genügt nicht.« Carolin nahm einen Schluck von ihrem Eiscafé.

»Fähige Studenten, die sich als Hilfskräfte eignen würden, sind auch nicht leicht zu finden.«

Iris hätte liebend gern einen solchen Job angenommen. Sie konnte Geld sehr gut gebrauchen, und den Erstsemestern zu helfen könnte ihr sogar Spaß machen. Aber sie bezweifelte, dass Professor Adler sie für besonders fähig halten würde, denn sie hatte sie in der Vorlesung bisher sicher nicht beeindruckt.

»Verstehe«, sagte sie.

»Was ist mit Ihnen?«, fragte Professor Adler. »Was führt Sie an einem Samstag hierher?«

»Oh, nur ein paar Nachforschungen in der Bibliothek.«

Die Professorin hob die Augenbrauen. »Sie recherchieren doch hoffentlich online?«

»Natürlich, ich habe ja meinen Laptop dabei. Aber ich habe auch nach richtigen Büchern gesucht. Leider nicht gerade erfolgreich.«

»Wonach suchen Sie?«

Iris zögerte. Sie wollte Professor Adler auf keinen Fall ihre Idee verraten und sich damit ihrer Kritik oder schlimmer noch, ihrem Spott aussetzen. Aber sie hatte nach etwas gesucht, dass nur am Rande etwas mit ihrer eigentlichen Idee zu tun hatte. Vielleicht konnte sie es riskieren, danach zu fragen.

»Ich habe geschaut, was es so zu Tiefenpsychologie und Therapien gegen Albträume gibt. Zum Beispiel auch bei posttraumatischen Belastungsstörungen.«

Professor Adler runzelte die Stirn.

»Tiefenpsychologie«, sagte sie dann. »Ist das Ihr Interessengebiet?«

»Eigentlich nicht. Ich wollte nur etwas überprüfen, was ich anderswo gehört hatte. Aber ich konnte keine gute Übersicht über das Thema finden.«

»Verstehe«, sagte Professor Adler. »Nun, ich denke, ich habe da ein Buch für Sie.«

Sie öffnete ihre Tasche und nahm einen Notizblock heraus. Sorgfältige trennte sie eine Seite heraus, schrieb dann mit ihrem Füllfederhalter ein paar Worte darauf und schob Iris den Zettel zu.

»Das sollte Ihre Fragen beantworten.«

»Danke!«, sagte Iris überrascht. »Das hilft mir bestimmt!«

Die Professorin schüttelte leicht den Kopf. »Machen Sie sich nicht zu viele Hoffnungen.«

Sie trank ihren Kaffee aus und stand auf. »Ich muss weiter. Auf Wiedersehen. Und viel Erfolg mit Ihren Nachforschungen.«

»Ja! Bis bald.« Iris biss sich auf die Zunge. »In der Vorlesung, meine ich. Und danke nochmal!«

Professor Adler nickte kurz und ging.

Iris warf einen Blick auf den Zettel. In sorgfältiger Schreibschrift stand dort: *Albträume in der evidenzbasierten Psychotherapie*, darunter der Autor und das Jahr der Veröffentlichung.

Iris ging geradewegs zurück in die Bibliothek, den Zettel in der Hand. Sie tauchte in einen Gang zwischen den Bücherregalen ein. Nach nicht einmal fünf Minuten hatte sie das Buch gefunden. Es war ein schmaler, dunkelblauer Band, versteckt zwischen größeren und eindrucksvolleren Werken.

Iris nahm ihn heraus. Unwillkürlich begann ihr Herz, schneller zu schlagen. Würde sie gleich erfahren, dass ihre Eltern recht gehabt hatten und ihre Idee nutzlos war?

Sie blätterte in dem kleinen Buch, bis sie das Kapitel über Tiefenpsychologie fand. Ihre Augen flogen über die Zeilen. Der Traum als Hüter des Schlafes…der Ausdruck des Unterbewussten…und da, endlich, das Kapitel über psychoanalytische Therapieansätze. Iris hielt den Atem an, während sie las.

»Bisher konnte nicht wissenschaftlich belegt werden, dass die psychoanalytische Traumdeutung und Erarbeitung darunterliegender Konflikte zu einer Reduzierung von Albträumen führt.«

Iris' Herz machte einen freudigen Hüpfer, und ein Grinsen breitete sich auf ihrem Gesicht aus. Ihre Eltern hatten falsch gelegen! Von wegen man müsste nur die Probleme analysieren und die Alpträume würden von selbst verschwinden.

Sie nahm das Buch mit zu ihrem Arbeitsplatz und vertiefte sich in die anderen Kapitel. Was sie herausfand, bestätigte ihre Sicht. Therapeuten versuchten, Alpträume zu lindern und so zu beeinflussen, dass sie weniger belastend waren. Es gab verschiedene Ansätze dafür, und genau das war es auch, was Iris mit ihrer Idee einer Traum-Therapie zu erreichen versuchte. Also war es überhaupt nicht nutzlos, ganz im Gegenteil.

Iris nahm sich vor, Professor Adler eine Mail zu schreiben und ihr für den Hinweis zu danken. Und dann würde sie ein Konzept für ihre Promotion ausarbeiten! Zum ersten Mal seit langer Zeit fühlte Iris sich optimistisch und von Zuversicht erfüllt.

In dieser Nacht träumte sie vom Fliegen.

KAPITEL 12

~ Carolin ~

Carolin saß in ihrem Büro. Sie tippte ungeduldig mit einem Stift auf die Tischplatte. Gleich hatte sie ein Treffen mit ihrem Doktoranden. Doch statt sich auf Eriks Arbeit zu konzentrieren, kehrten ihre Gedanken immer wieder zurück zu Iris. Zu ihren nachdenklichen Augen, ihrer hinreißenden Verlegenheit, wenn sie Carolins Blick auswich, und zu der Art, wie ihr ganzes Gesicht sich erhellte, wenn sie lächelte, als sei ein Sonnenstrahl darauf gefallen.

Doch besonders beschäftigten Carolin Iris' kluge Fragen, mit denen sie zielsicher das traf, was Carolin gerade am meisten beschäftigte. Es war fast schon unheimlich.

Aber sie durfte sich von solchen Gedanken nicht ablenken lassen. Carolin warf einen Blick auf die Armbanduhr. Es war schon wieder fünf Minuten nach ihrer vereinbarten Zeit. Wenn Erik dieses Treffen ebenfalls versäumte, würde das Konsequenzen für ihn haben.

In diesem Moment klopfte es an der Tür.

»Herein«, sagte sie.

Erik trat ein. Carolin war erleichtert, dass er immerhin aufgetaucht war. Seine Unzuverlässigkeit raubte ihr den letzten Nerv, aber sie brauchte ihn dennoch als Hilfskraft an ihrem Lehrstuhl.

»Hallo, Erik«, sagte sie. »Gut, dass es diesmal geklappt hat.«

»Ja, tut mir leid wegen letztem Mal. Ich habe es irgendwie vergessen.«

Sie wischte seine Worte mit einer ungeduldigen Handbewegung beiseite. Dafür hatten sie jetzt keine Zeit.

»Setzen Sie sich.«

Erik nahm Platz. Er hatte weder einen Laptop noch irgendwelche Unterlagen mitgebracht. Sofern seine Ausarbeitung sich nicht in der Brusttasche seines Hemdes verbarg, war er mit leeren Händen gekommen. Kein gutes Zeichen.

»Wie sind Sie vorangekommen?«, fragte Carolin.

»Es geht so. Ich habe einige der Texte angeschaut, die Sie mir empfohlen haben.«

Das war fast sieben Wochen her. Er hätte inzwischen weit mehr tun müssen.

»Und?«, fragte Carolin.

»Na ja, ich hatte ein paar Schwierigkeiten, mir einen Überblick zu verschaffen. Die ganzen statistischen Verfahren, die da verwendet werden, kenne ich auch gar nicht.«

»Wenn Sie Schwierigkeiten haben, sollten Sie damit zu mir kommen. Es ist meine Aufgabe, Ihnen zu helfen.«

Er zuckte nur mit den Schultern.

»Was haben Sie denn ansonsten in der Zeit gemacht?«

»Nicht sehr viel.«

Carolin legte ihren Stift beiseite und sah ihm direkt in die Augen.

»Erik. Das geht so nicht. Sie sind hier am Institut angestellt, um wissenschaftliche Arbeit zu leisten. Sie haben fast zwei Monate vergehen lassen, ohne den geringsten Fortschritt vorweisen zu können!«

Er zuckte noch einmal mit den Schultern. »Ich habe ja noch Zeit. Ich weiß sowieso nicht, ob mir das wissenschaftliche Arbeiten so sehr liegt.«

Wie konnte er so unglaublich teilnahmslos klingen? Es ging hier um seine Zukunft!

»Erik, es ist höchste Zeit, dass Sie sich entscheiden, was Sie wollen. Und dann müssen Sie Ihr Ziel ernsthaft verfolgen. Wenn Sie in dem Tempo weiterarbeiten, dass Sie bisher an den Tag gelegt haben, werden Sie sich einen anderen Betreuer suchen müssen.«

»Ja, ich weiß ja, weil Sie nicht so lange warten wollen—«

»Weil ich längst tot und begraben sein werde, bevor Sie ihre Dissertation einreichen!«

Er zuckte zusammen.

Carolin atmete durch. Es hatte keinen Sinn, die Fassung zu verlieren.

Ruhiger sprach sie weiter. »Ich hätte ja Verständnis, wenn wenigstens Ihre Arbeit in der Lehre pünktlich erledigt wäre. Aber letzte Woche musste ich schon wieder den Großteil der Abgaben korrigieren, weil Sie nicht rechtzeitig fertig geworden sind. Wie soll das funktionieren?«

»Ich weiß nicht. Diese Korrekturen sind ziemlich anstrengend. Ich glaube, die Lehre ist nicht mein Ding.«

»Wenn Sie promovieren wollen, ist das ein Teil Ihrer Verpflichtungen.«

»Vielleicht will ich auch nicht promovieren.«

Carolin starrte ihn ungläubig an. Wie konnte er so etwas sagen?

»Ich denke, ich werde mir etwas anderes suchen«, sagte er. »Ich habe eine Stellenanzeige gefunden, die mich interessiert. Die suchen jemanden, der Fragebögen erstellt.«

»Fragebögen«, wiederholte Carolin.

»Ja, für die Bewerber. Damit die Personalabteilung sehen kann, wer von der Persönlichkeit her zur Firma passt. Ich dachte mir, ich versuch's mal.«

Carolin schüttelte den Kopf. »Ist das Ihr Ernst? Sie wollen Ihre wissenschaftliche Zukunft wegwerfen, um in einer *Personalabteilung* zu arbeiten?«

»Ich werde da auch besser bezahlt«, sagte er. »Ich glaube, das ist eine gute Sache für mich.«

Carolin schüttelte den Kopf. »Das heißt, Sie wollen Ihre Promotion aufgeben?«

Sie wusste, dass ihre Stimme missbilligend klang, aber sie konnte ihre Enttäuschung nicht verhehlen. Hatte er keinen Stolz? Keinen Drang, etwas Besseres aus seinem Leben zu machen?

Sie selbst hatte mit den harten Arbeitsbedingungen der akademischen Welt zu kämpfen. Aber sie war entschlossen, sich zu beweisen, dass sie erfolgreich sein würde. Wie wollte Erik jemals etwas erreichen, wenn er beim kleinsten Hindernis aufgab?

»Ja, ich schätze, das hat sich erledigt«, sagte Erik.

Carolin stand auf. »Dann sind wir hier wohl fertig.«

Dass Erik seine Promotion aufgab, war ein weiterer Rückschlag. Carolin versuchte, sich davon nicht aus der Bahn werfen zu lassen. Es hatte immerhin auch seine Vorteile. Ihr Doktorand hatte ihr definitiv mehr Arbeit gemacht, als er ihr abgenommen hatte. Aber dennoch ärgerte sie diese Enttäuschung.

Ihr erster Impuls war es, sich selbst noch tiefer in ihre Arbeit zu stürzen. Doch das ging nicht, denn an diesem Tag fand das Sommerfest des Instituts statt, und von ihr wurde erwartet, dabei zu sein.

Als Carolin den Innenhof erreichte, hatten sich schon zahlreiche Professoren, Mitarbeiter und Studenten eingefunden. Angeregte Unterhaltungen erfüllten die Luft.

An einem Pavillon wurde Sekt ausgeschenkt, daneben standen Aufsteller mit Postern, die die aktuellen Forschungsprojekte des Instituts illustrierten. Jemand heizte gerade den Grill an, neben dem schon stapelweise Steaks, Halloumi und vegane Würstchen bereitlagen.

Carolin kannte diese Art von Feier. Alle erzählten endlos von ihrer Arbeit, den Kindern und dem letzten Skiurlaub. Das zog sich bis in die Abendstunden hin. Carolin hatte so viel Wichtigeres zu tun!

Aber natürlich waren auch Ursula und andere Senior-Professoren anwesend, die später einmal über ihre Karriere entscheiden würden. Also musste Carolin freundlich sein und sich beliebt machen.

Sie trat zu dem Pavillon, wo Norbert und ein paar andere Kollegen standen. Sie beteiligte sich höflich an den Konversationen, nippte an dem Sekt und sah sich von Zeit zu Zeit um, um zu sehen, ob Iris vielleicht auch hier war. Ihr Anblick hätte diesen Nachmittag vielleicht noch gerettet.

»Hallo Carolin«, sagte Hana, ihre Mitarbeiterin, und stellte sich zu ihr. »Wie war das Treffen mit Erik?«

»Nicht gut. Er hat hingeschmissen.«

»Oh nein«, sagte Hana. »Warum das?«

»Er meint, die akademische Welt ist nichts für ihn.«

»Da hat er recht«, sagte Hana sofort. »Er hat nicht gern zu viel gearbeitet.«

Carolin warf ihr einen überraschten Blick zu. Das war ein ungewöhnlich hartes Urteil von der sonst sehr zurückhaltenden Hana.

Carolin seufzte. »Es gibt einfach wenige Masterstudenten, die fähig und ausdauernd genug sind. Und die es wirklich wollen.«

»Oh, es gibt ein paar«, sagte Hana. Sie zählte an ihren Fingern ab. »Emily ist sehr gut, Johannes hat auch gerade bei Professor Wagenbauer mit seiner Promotion begonnen, und Iris hat mir erst vorgestern eine sehr vielversprechende Idee gezeigt.«

»Iris?« Carolins Neugier war sofort geweckt. »Was hat sie dir erzählt?«

Hana schilderte ihr, was Iris ihr berichtet hatte, und Carolin hörte konzentriert zu. Mit jedem Wort wuchs ihre Aufregung. Der Ansatz klang tatsächlich vielversprechend.

»Ich wusste nicht mal, dass sie promovieren will! Warum ist sie damit zu dir gegangen, statt zu mir zu kommen?«

Hana legte nachdenklich den Kopf schief. »Sie war nicht sicher, ob ihre Idee gut genug ist. Sie hat mich gefragt, ob ich denke, dass Professor Wagenbauer sie nimmt.«

»Aber das fällt viel eher in mein Fachgebiet!«

Carolin spürte einen Stich der Empörung. Sie wollte, dass Iris ihre Gedanken mit ihr teilte.

»Vielleicht denkt sie, du hast zu hohe Ansprüche?«

Carolin schnaubte. »So ein Unsinn. Sie ist intelligent, sie wird das schon hinkriegen. Aber es ist offensichtlich, dass mein Lehrstuhl der richtige für sie ist.«

»Carolin! Die Steaks sind fertig!«, rief ein Kollege am Grill.

Carolin ignorierte ihn. Ihr war etwas eingefallen.

»Hat sie Ursula schon gefragt, ob sie ihre Promotion betreuen will?«

»Am Montag hatte sie das noch nicht«, sagte Hana. »Aber genauer weiß ich es nicht.«

Carolin presste die Lippen zusammen. Wenn sie Iris an ihrem Lehrstuhl wollte, musste sie verhindern, dass Ursula sie in die Finger bekam.

»Ich werde mit Iris reden. Sofort.«

»Sie wollten mich sprechen?«

Iris steckte den Kopf in Carolins Büro. An diesem warmen Tag im Mai trug sie eine leuchtend orangefarbene Bluse mit kurzen Ärmeln, die ein paar erste Sommersprossen auf ihren Wangen hervorhob. Doch so fröhlich ihre Farben, so angespannt war auch ihre Körperhaltung, und ein besorgter Ausdruck lag auf ihrem Gesicht.

Carolin fragte sich, was sie nur getan hatte, das Iris so nervös machte.

»Richtig«, sagte sie. »Es geht um Ihre Promotion. Ich habe gehört, dass Sie eine hochinteressante Idee entwickelt haben.«

Iris' Augen weiteten sich. Sie schüttelte leicht den Kopf.

»Oh, das…das ist«, stammelte sie. »Also, eigentlich ist es nichts Besonderes.«

Carolin wedelte ungeduldig mit der Hand.

»Schluss mit der Bescheidenheit. Glauben Sie, ich laufe normalerweise Studenten hinterher, weil mich ihre Arbeit so interessiert?«

»Nein?«

»Dann können Sie schlussfolgern, dass ich es sehr wohl für etwas Besonderes halte. Aber erklären Sie es mir, in Ihren eigenen Worten. Worum geht es bei Ihrer Idee?«

»Also…wiederkehrende Albträume sind ja für viele Menschen sehr schlimm…vor allem die mit posttraumatischen Belastungsstörungen…Und zufällig kenne ich mich aus mit luziden Träumen, das sind Träume, in denen man weiß, dass man träumt…«

»Ich kenne den Begriff, weiter.«

Iris musste sich kurz sammeln. Ihre Hände zitterten, und sie sah aus, als wäre die Situation die pure Hölle für sie.

Carolin verstand das nicht. Wo war Iris' Begeisterung für ihre eigene Idee?

»Ich dachte mir, wenn man den Trauma-Patienten beibringt, Kontrolle über ihre Träume zu bekommen, dann könnten sie selbst die schlimmsten Albträume verändern und weniger schrecklich machen.«

»Gut, und haben Sie einen Ansatz dafür?«

Iris nickte. Mit stockender Stimme beschrieb sie eine Idee für eine Studie. Carolin nickte nachdenklich. Alles, was Iris sagte, war solide und gut durchdacht. Trotzdem war der Kontrast zu ihrer ersten Begegnung geradezu schockierend. Wo war die junge Frau, die mit feurigem Eifer die Masterarbeit ihrer besten Freundin verteidigt hatte? Warum war sie jetzt so unsicher, obwohl sie doch offenbar einen guten Plan hatte?

»Das klingt hervorragend«, sagte Carolin. »Haben Sie schon eine Betreuung organisiert?«

»Nein. Ich dachte, ich frage Professor Wagenbauer.«

Carolin schüttelte ungläubig den Kopf. »Und wieso um Himmels willen fragen Sie nicht mich? Mein Lehrstuhl ist die perfekte Wahl für Ihr Thema.«

Iris wandte den Blick ab. Carolin konnte es kaum glauben, doch ihre Wangen färbten sich tatsächlich leicht rosa. Das konnte doch nicht wahr sein! Sie wurde rot!

»Ich dachte, Professor Wagenbauer hat viel Erfahrung in der Betreuung von Studenten. Und sie wird wohl nicht zu hohe Erwartungen haben…«

»Aber was ist mit Ihnen, Iris? *Sie* sollten hohe Erwartungen an sich haben!«

Iris sah sie überrascht an.

Carolin machte sich keine Mühe mehr, Gelassenheit vorzutäuschen. »Sie sind sich doch bewusst, was in Ihnen steckt, oder? Sie müssen alles geben, um dieses Potenzial zu nutzen.«

Carolin lehnte sich vor und sah Iris durchdringend an. »Professor Wagenbauer betreut Dutzende Studenten und investiert als Doktormutter nicht sehr viel Mühe. Wollen Sie alle Arbeit allein machen, nur damit sie sich dann mit Ihrer Arbeit schmückt, wie sie es bei Emily versucht hat?«

»Nein. Natürlich nicht.«

»Und erzählen Sie mir nicht, dass Sie Angst vor meinen angeblichen hohen Ansprüchen haben. Ich nehme Ihnen keine Sekunde ab, dass Sie wegen ein bisschen Nervosität Ihrer wissenschaftlichen Karriere derartig schaden würden.« Sie verschränkte die Arme. »Und vor allem lasse ich es nicht zu!«

Iris schluckte. »Heißt das, Sie wollen die Betreuung übernehmen?«

»Ich könnte mir das gut vorstellen. Aber erst, wenn Sie auch selbst zu einhundert Prozent dahinterstehen. Das alles natürlich vorausgesetzt, Sie wollen mich als Betreuerin?«

»Natürlich«, sagte Iris.

»Gut. Überzeugen Sie sich selbst, danach überzeugen Sie mich. Schreiben Sie ein Exposé und einen Zeitplan. Dann kommen Sie wieder und zeigen mir, was Sie haben. Bewerben Sie sich am besten auch gleich auf ein Promotionsstipendium. Ich kann Ihnen eine Empfehlung geben.«

Carolin öffnete ihren Kalender. »Wie passt es Ihnen in einer Woche? Hier in meinem Büro, zur gleichen Zeit?«

Iris nickte. »Ja. Das geht.«

Carolin warf ihr einen Blick zu. Sie sah immer noch blass aus und starrte auf ihre Hände.

Normalerweise betrachtete Carolin es nicht als ihre Aufgabe, ihre Studenten emotional zu unterstützen. Doch Iris brauchte offensichtlich ein wenig Ermutigung. Und Carolin konnte nicht zulassen, dass ihr Talent nur wegen lächerlicher Selbstzweifel nicht genutzt wurde.

Sie lehnte sich vor und schlug einen sanfteren Tonfall an.

»Iris, hören Sie. Sie haben gute Recherchearbeit geleistet und eine echte Lücke in der Forschung entdeckt. Wenn Sie weiter auf so hohem Niveau arbeiten, wird das eine exzellente Arbeit. Worüber machen Sie sich Sorgen?«

Iris hob den Blick.

»Ich habe Angst, dass Sie zu hohe Erwartungen an mich haben. Ich will Sie nicht enttäuschen. Was ist, wenn mein Ansatz überhaupt nicht funktioniert?«

Carolin folgte einem Impuls. Ohne nachzudenken, legte ihre Hand auf die von Iris. Einen Sekundenbruchteil später merkte sie, was sie getan hatte, und Hitze durchströmte sie, doch nun konnte sie auch keinen Rückzieher mehr machen.

»Dann haben Sie trotzdem Wissenschaft betrieben und eine Erkenntnis gewonnen. Und Sie suchen sich einen neuen Ansatz.«

Sie sah Iris in die Augen. »Ich werde nicht enttäuscht sein, falls die Idee nicht funktioniert. Aber es wäre sehr enttäuschend, wenn Sie nicht alles geben würden, das Beste daraus zu machen!«

Sie lächelte. Es war nicht ihre übliche Maske der Höflichkeit, sondern ein echtes Gefühl. Und es schien Wirkung zu zeigen, denn Iris erwiderte das Lächeln.

»Sie haben recht. Ich werde mein Bestes geben.«

KAPITEL 13

~ Iris ~

In der folgenden Woche verbrachte Iris jede freie Minute damit, an dem Exposé für Professor Adler zu arbeiten. Lukas und Emily mussten sie dazu ermahnen, zwischendurch auch etwas zu essen.

»Das ist mein Ende«, stöhnte sie am Freitagabend. Lukas schob ihr den Karton mit der Pizza hin, während Emily den billigen Wein aus dem Discounter öffnete und ihr ein Glas eingoss.

»Sie wird jeden dummen Fehler sehen, den ich mache. Sie wird mich für völlig inkompetent halten.«

»Das ist doch Blödsinn«, sagte Emily.

»Du hast leicht reden. Du weißt doch, wie kritisch sie ist. Sie wird alles analysieren, hinterfragen, mein ganzes Hirn durchleuchten.«

Sie schauderte.

»Ich bin sicher, dein Hirn wird ihr gefallen«, sagte Emily.

»Sieh es mal so«, sagte Lukas. »Du bist jetzt nervös, das ist klar. Aber es ist wie diese Konfrontationstherapie, von der du mal erzählt hast. Je mehr Zeit du mit ihr verbringst, desto weniger wird es dir ausmachen.«

Emily nahm sich ein Stück Pizza. »Ich versteh das nicht. Du warst es doch, die mutig in ihr Büro marschiert ist und sie überzeugt hast, mir eine Chance zu geben.«

»Das ist was anderes«, sagte Iris. »Da ging es um *deine* Forschung. Ich weiß, dass du gute Arbeit machst.«

»Du doch auch!«

»Ich bin mir da nicht so sicher.« Iris schob den Pizzakarton weg. »Es ist viel leichter, an andere zu glauben als an mich selbst. Ich habe immer diese nagende Befürchtung, dass ich insgeheim nicht gut genug bin, und es bloß noch niemand gemerkt hat. Dass alles ein riesiger Fehler ist. Und jeden Moment könnte es auffallen, dass ich gar keine Ahnung habe und nicht hierhergehöre.«

»Das ist ganz normal«, sagte Emily. »Das hat jeder mal.«

»Und du warst doch echt gut in den letzten Prüfungen«, sagte Lukas. »Das kann kein Fehler sein.«

»Wenn du Wissenschaftlerin werden willst, musst du sowieso damit klarkommen«, sagte Emily. »Leute werden ständig deine Arbeit kritisieren und überall nach den kleinsten Fehlern suchen. Und dann musst du auf Konferenzen sprechen und dich verteidigen!«

Iris stöhnte. »Wisst ihr, ich bin einfach im falschen Körper geboren. Ich hätte eine Muschel werden sollen. Irgendetwas mit einer harten Schale und maximal ein paar Tausend Neuronen. Dann müsste ich mich nicht mit solchen komplizierten Problemen herumschlagen.«

Emily tätschelte ihr den Rücken. »Es zwingt dich ja keiner. Du musst nicht promovieren, wenn du nicht willst.«

»Moment«, sagte Lukas. »Das sehe ich anders. Wenn du es nicht machst, wer soll dann deine Idee umsetzen? Du könntest so vielen Menschen helfen, wenn es klappt.«

»Ich weiß«, stöhnte Iris. »Ich will es ja wirklich tun. Das ist ja das Schlimme.«

Der Termin rückte näher. Am Montag würde Professor Adler entscheiden, ob Iris' Projekt gut genug war, um von ihr betreut zu werden. Iris versuchte, sich mit Klavierspielen abzulenken. Doch unter ihren angespannten Fingern klang Schuberts Träumerei eher wie ein militärischer Marsch.

In der Nacht merkte sie, dass sie träumte, weil ihre analoge Armbanduhr auf dreizehn zeigte. Iris kam auf die Idee, ihr Gespräch einfach im Traum zu proben. Sie flog zur Universität, direkt in Professor Adlers Büro. Die Professorin sah genauso aus wie im echten Leben, abgesehen von ihrer Körpergröße von etwa vier Metern. Iris überreichte ihr das Exposé. Doch als die Professorin die Mappe aufschlug, lag darin die Speisekarte des Sushi-Restaurants.

Iris versuchte, die Kontrolle über ihren Traum zurückzuerlangen. Doch plötzlich war sie selbst ein Stück Sushi. Carolin hielt Stäbchen in der Hand, hob sie hoch und führte sie an ihre dunkelroten Lippen. In diesem Moment wachte Iris schweißgebadet auf.

Sie stöhnte und drückte ihr Gesicht in das Kissen. Schon ewig war ihr ein luzider Traum nicht mehr derartig entglitten. Wenn die Trauma-Patienten ähnlich desaströse Erfahrungen machten, konnte sie ihr Projekt gleich in den Papierkorb werfen. Sie griff nach ihrem Traumtagebuch und kritzelte eine kleine Skizze von sich selbst als Sushi mit aufgerissenen Augen. Das brachte sie immerhin zum Schmunzeln.

Am Montag schickte sie Professor Adler ihr Exposé per Mail, druckte es sicherheitshalber aber auch noch einmal aus. Dann rief sie Emily zu Hilfe, um ein Outfit auszusuchen. Ihre bunten Pullover kamen ihr viel zu unprofessionell vor.

»So ein Quatsch, das ist doch kein Date«, sagte Emily. »Du musst mit deinem Aussehen nichts beweisen.«

»Bitte, Emily, hilf mir einfach!«

Emily erbarmte sich und fand in ihrem eigenen Kleiderschrank tatsächlich eine cremefarbene Bluse und einen schwarzen Rock. Danach quälte Iris sich mit dem Make-up herum, das ihre Künste weit überstieg. Doch als Emily das Resultat sah, stieß sie einen anerkennenden Pfiff aus.

»Du siehst nicht mehr aus wie ein Teenager!«

»Was soll das heißen? Ich bin siebenundzwanzig!«

»Weiß ich doch! Aber jetzt siehst du auch so aus! Du bist ziemlich heiß, wenn du dich schick machst, wusstest du das?«

Iris schüttelte verlegen den Kopf. Dann merkte sie, dass sie kurz davor war, die S-Bahn zu verpassen.

»Mist, ich muss los!«

Sie packte ihre Sachen, rannte zur Station und erreichte die Bahn im letzten Moment. Zu allem Überfluss hatte es zu regnen begonnen, sodass sie völlig verschwitzt und durchnässt in der Uni ankam.

Doch zum Umkehren war es zu spät. Sie musste Professor Adler gegenübertreten. Mit weichen Knien ging sie zum Büro und klopfte an.

»Herein!«, rief Professor Adler.

Iris trat ein. Als sie die Professorin sah, musste sie schlucken. Ihr Blazer schmiegte sich eng an ihre schlanke Taille. Die schmalen Finger hielten einen Füllfederhalter umfasst. Ihr Lippenstift war etwas dunkler als sonst. Sie hatte ihn doch nicht etwa für Iris aufgetragen? Und an sie gedacht, als sie ihre Lippen berührte?

Iris vertrieb den lächerlichen Gedanken.

»Ja, also, hier bin ich«, sagte sie. »Hatten Sie schon Gelegenheit, mein Exposé anzuschauen?«

»Natürlich. Ich habe es gelesen.« Die Stimme der Professorin ließ keine besondere Regung erkennen. »Und ich habe einige Anmerkungen. Setzen Sie sich.«

Professor Adler zog einen Notizblock hervor. Iris spähte darauf, doch überkopf konnte sie die Schreibschrift nicht lesen. Professor Adler tippte mit einem Stift auf den ersten Punkt.

»Überspringen wir die Einleitung und den Überblick über den Forschungsstand. Da gibt es nichts zu beanstanden.«

Iris atmete ein wenig auf.

»Das Studiendesign ist methodologisch gut gewählt. Die Probanden werden jede Nacht im Schlaflabor verbringen, richtig?«

»Genau. Damit wir ihre Hirnströme, den Herzrhythmus, Augenbewegungen und all das exakt messen können. Und außerdem schreiben sie Traumtagebücher und trainieren das luzide Träumen.«

»Richtig. Und die Kontrollgruppe erhält stattdessen konventionelle Therapie. Soweit gut, aber warum wollen Sie die EEG-Signale nur an sechs Elektroden auswerten?«

»Ich—ich dachte, das wäre einfacher, als wenn man noch mehr benutzt.«

Carolin schüttelte den Kopf. »Sie würden die parietalen und okzipitalen Elektroden überhaupt nicht einbeziehen.«

»Das stimmt. Wenn es in den posterioren Regionen zu lokalen Veränderungen kommt, könnten wir das nicht messen.«

»Ganz genau. Sie müssen so viele Daten wie möglich erfassen, Iris!«

»In Ordnung.«

Professor Adler ging weiter durch ihr Exposé. Sie hatte eine Handvoll kritischer Anmerkungen, doch insgesamt schien sie zufrieden zu sein. Dann kam sie zu Iris' Bewerbungsschreiben für ein Promotionsstipendium.

»Hier gibt es noch viel zu verbessern«, sagte sie. »Es fehlt mir hier grundsätzlich die Überzeugung. Wo ist der Eifer, der wissenschaftliche Ehrgeiz? Sie haben eine Stoßrichtung formuliert, aber es klingt eher wie eine Entschuldigung.«

»Tut mir leid«, sagte Iris.

»Genau das meine ich. Nichts soll Ihnen leidtun. Das ist ein häufiges Problem, vor allem bei jungen Frauen, die Angst haben, sich durchzusetzen. Aber Sie müssen zeigen, dass Sie von sich überzeugt sind, wenn Sie andere überzeugen wollen. Ich will, dass man Ihr Interesse, Ihre Begeisterung spürt. Sie sind dabei, die Grenzen unseres Faches zu überschreiten und neue Territorien zu erobern. Denken Sie weiter, und seien Sie stolz auf das, was Sie tun!«

Professor Adlers Worte sprühten Funken, und einer dieser Funken entzündete etwas in Iris—eine kleine Flamme der Hoffnung. Vielleicht war sie tatsächlich in der Lage, einen Beitrag zu leisten. Etwas richtig Großes zu schaffen.

»Ja«, sagte sie. »Ich glaube, ich verstehe, was Sie meinen.«

Professor Adler sah ihr in die Augen.

»Ich hoffe es! Ab jetzt wird es keine Zweifel und Entschuldigungen mehr geben.«

»Heißt das…?«

»Selbstverständlich werde ich Ihre Promotion betreuen.«

Iris spürte, wie sich ein Grinsen auf ihrem Gesicht ausbreitete. Auch Professor Adlers Lippen zuckten leicht. »Freuen Sie sich nicht zu früh! Das wird viele durchgearbeitete Nächte für Sie bedeuten.«

Iris nickte. Das war ihr klar. Sie würde absolut perfekt sein müssen, wenn sie Professor Adler nicht enttäuschen wollte. Aber sie war bereit, alles dafür zu geben. Wer brauchte schon Schlaf?

»Und Sie wollen sicherlich auch an meinem Lehrstuhl mitarbeiten, nicht wahr?«

»Ja, sehr gerne, wenn das möglich ist.«

Das Einkommen brauchte sie dringend. Professor Adler nickte. »Das trifft sich gut. Es ist gerade eine Stelle freigeworden, die ich dringend besetzen muss. Sie müssten die Abgaben der Studenten korrigieren, mir gewisse Zuarbeit leisten, vielleicht auch ein Tutorium übernehmen.«

»Kein Problem.«

»Gut.« Professor Adler nannte Iris einige Ansatzpunkte, mit denen sie sich als Vorbereitung auf ihre Promotion befassen sollte. Dann vereinbarten sie einen Besprechungstermin in zwei Wochen. Iris bedankte sich noch einmal und verabschiedete sich.

»Eins noch«, sagte Professor Adler, als sie schon halb aus er Tür war.

»Ja?«, sagte Iris.

»Lassen wir das mit der Förmlichkeit. Sie arbeiten jetzt an meinem Lehrstuhl. Ich heiße Carolin, und ein 'Du' reicht völlig.«

»In Ordnung. Ich bin Iris.«

»Ich weiß«, sagte Carolin. Ihre Blicke trafen sich, und sie lächelten.

KAPITEL 14

~ Carolin ~

Zwei Wochen später stand Iris in Carolins Büro.

»Ich habe eine Idee. Ich weiß nicht, ob sie verrückt ist, oder ob sie funktioniert.«

Sie wippte leicht auf und ab und bemühte sich offensichtlich darum, ein enthusiastisches Grinsen zu unterdrücken. Es war inzwischen Mitte Juni. Iris hatte ihr kastanienbraunes Haar hochgesteckt, wodurch ihr schön geformtes Gesicht viel besser zur Geltung kam.

»Dann schieß los«, sagte Carolin.

»Ich habe letzte Woche einiges über transkranielle Stimulation gelesen. Das ist diese Methode, wo man mit ganz schwachen Strömen das Hirn anregt, sodass…«

»Ist mir bekannt«, sagte Carolin.

»Natürlich«, sagte Iris, »Wenn man die richtige Frequenz benutzt, kann man damit offenbar die Aufmerksamkeit und das Bewusstsein beeinflussen.«

Carolin wusste sofort, was sie meinte. »Du willst damit den Probanden helfen, sich ihrer Träume bewusst zu werden.«

Iris nickte begeistert. »Genau! Wenn eine schlafende Person im Traum merkt, dass sie träumt, dann sieht man auf dem EEG mehr von den bewussten Frequenzen, die man sonst im Wachzustand hätte.«

»Das heißt, wenn man diese Frequenzbereiche stimulieren würde…«

»Könnten wir das Bewusstsein anregen! Dann wird es leichter, den Traum zu erkennen und zu hinterfragen. Was dazu führt, dass die Probanden luzide werden, die Kontrolle über den Albtraum bekommen und ihn damit überwinden können.«

Iris hielt inne und sah Carolin erwartungsvoll an. Carolin dachte darüber nach. Es war ein vielversprechender Ansatz.

Natürlich würde es nicht leicht werden, die Probanden davon zu überzeugen. Menschen hatten oft eine irrationale Angst davor, irgendetwas Elektrisches in die Nähe ihres Gehirns zu lassen, selbst wenn es völlig harmlos war und sie es nicht einmal spüren würden.

»Keine gute Idee?«, fragte Iris, die Carolins gerunzelte Stirn wohl falsch interpretierte.

»Doch, ich glaube schon. Falls es wirklich funktioniert, und du das mit einer statistisch aussagekräftigen Studie nachweisen kannst, könnte es eine große Sache sein.«

»Das hoffe ich auch! Vielleicht könnten wir damit Menschen helfen, die es sonst nicht schaffen, luzide zu werden! Vielleicht sogar fast allen, die unter Albträumen leiden.«

Iris strahlte. Carolin war froh, dass sie sich dieses Mal getraut hatte, mit ihrer Idee zu ihr zu kommen. Eine seltsame Wärme breitete sich in ihr aus. Am liebsten hätte sie Iris umarmt.

Doch sie unterdrückte den Impuls. Kein Grund, übertrieben emotional zu werden. Sie war einfach nur stolz auf den Forschergeist einer vielversprechenden jungen Wissenschaftlerin. Mehr nicht.

»Wenn wir die Studie noch im Spätsommer auf den Weg bringen, kannst du im Winter deine erste Publikation veröffentlichen.«

»So schnell?«, sagte Iris überrascht.

»Natürlich! Bevor jemand anders auf die gleiche Idee kommt. Machen wir uns an die Arbeit!«

Carolin schloss die Tür ihres Hauses auf.

»Süße, ich bin daheim!«

Cassandra kam mit freudig in die Höhe gestrecktem Schwanz auf sie zugelaufen und rieb sich an ihren Beinen. Dann stieß sie ein Maunzen aus. Ihre Nase zuckte, als sie an der Einkaufstasche schnupperte, die Carolin über der Schulter trug.

»Ja, das ist für dich«, sagte Carolin. »Heute war ein erfolgreicher Tag, und das wird gefeiert!«

Sie streifte ihre Schuhe ab, hängte ihren Mantel auf und ging in die Küche. Cassandra folgte ihr. »Ich habe Hühnerherzen, dein Lieblingsessen. Und etwas Leber.«

Carolin packte die Organe aus und schnitt sie klein. Sie gab noch einige Zutaten hinzu, die ihr Tierarzt empfohlen hatte, um eine perfekte Katzenmahlzeit zuzubereiten. Währenddessen erzählte sie Cassandra von ihrem Tag.

»Ich habe Iris getroffen. Sie ist immer noch ein bisschen nervös. Aber sie hat super Ideen.«

Cassandra stieß ein freudiges Maunzen aus, die Augen auf Carolins Schneidbrett geheftet.

»Finde ich auch!«, sagte Carolin. »Sie ist fantastisch.«

Sie teilte das Katzen-Festmahl in mehrere Portionen auf, richtete einen Teil auf einer Schale an und fror den Rest ein. Dann begann sie, ihr eigenes Abendessen zuzubereiten.

»Außerdem hat sie zugestimmt, in der Lehre mitzuarbeiten. Sie hat schon angefangen, Eriks Rückstand aufzuholen. Ich bin so froh, dass sie da ist. Wie würde ich sonst die Prüfungsphase überstehen?«

Das konnte Cassandra auch nicht sagen. Sie sah Carolin nur erwartungsvoll an.

»Ich muss über einhundert Klausuren korrigieren. Ohne sie würde ich wahnsinnig werden.«

Carolin hackte den frischen Koriander und mischte ihn in einer Schüssel mit Öl, Limettensaft, Knoblauch, Salz und Pfeffer. Dann legte sie ein Thunfischsteak hinein.

»Aber das ist nicht alles. Weißt du, mit Iris ist es anders als mit allen anderen Kollegen. Ich habe nicht das Gefühl, dass sie meine Konzentration stört und mich vom Arbeiten abhält. Ich freue mich tatsächlich darauf, sie zu treffen.«

Sie schnitt Gurke, Avocado und Tomaten für die Salsa klein. Dann briet sie das Thunfischfilet in der Pfanne, und ein köstlicher Duft stieg auf.

»Sie versteht, was ich meine, noch ehe ich überhaupt meinen Satz beendet habe. Sie ist so aufmerksam. Es ist, als wäre sie der erste Mensch, der mir richtig zuhört.«

Carolin stieß ein Seufzen aus. »Das klang nach Selbstmitleid, oder? Das habe ich nicht gemeint. Ich denke einfach nur, dass wir ein gutes Team sein könnten. So, und jetzt ist das Essen fertig!«

Sie schnitt etwas Katzengras von einem kleinen Topf ab und dekorierte mit den grünen Halmen Cassandras Futter, als sei es ein exquisites Gericht in einem Fünf-Sterne-Restaurant. Dann setzte sich an den Tisch und begann zu essen, und auch Cassandra machte sich über ihr Futter her.

Carolin lächelte. »Ab jetzt geht es aufwärts, du wirst sehen!«

Das Semester näherte sich dem Ende, und die Klausuren rückten näher. Iris war inzwischen nicht mehr so nervös, wenn sie mit Carolin sprach, und sagte öfter ihre Meinung. Als Carolin ihr einen Entwurf für die Klausur in *Methodenlehre* gab, hatte sie einige Bedenken.

»Die Zeit ist zu knapp für so viele Aufgaben.«

»Es sind genauso viele Aufgaben wie in der Probeklausur.«

»Ja, bei der wären mehr als fünfzig Prozent durchgefallen!«

Carolin verschränkte die Arme. »Dann sollten wir vielleicht nur die zur echten Prüfung zulassen, die die Probeklausur bestanden haben.«

Iris legte ihre Stirn in Falten. Sie sah dabei hinreißend konzentriert aus.

»Das wäre nicht fair gegenüber Studenten, die zwischendurch krank waren. Oder einen schlechten Tag hatten.«

»Das Leben ist nicht fair«, sagte Carolin. »Was ist dein Vorschlag?«

»Wir lassen alle zur Klausur zu, aber wir warnen sie, dass sie es nicht versuchen sollten, wenn sie die Probeklausur nicht geschafft haben.«

»Sie übernehmen also selbst die Verantwortung«, sagte Carolin.

»Und wir streichen eine von den Aufgaben«, fügte Iris hinzu.

Carolin schüttelte den Kopf. »Nein. Ich habe gewisse Standards. Und jede Aufgabe fragt eine wichtige Kompetenz ab.«

Iris hielt ihrem Blick stand. »Na gut, dann geben wir ihnen eben mehr Zeit.«

»Ich denke nicht, dass das nötig ist.«

»Doch«, beharrte Iris. »Ich habe es selbst gestern Abend durchgerechnet. Ich habe drei Minuten länger gebraucht, als ich eigentlich gehabt hätte.«

Carolin lag eine scharfe Bemerkung auf der Zunge, darüber, dass Iris wohl besser in den Bachelor zurückgehen und das Thema wiederholen sollte, wenn sie so lang brauchte.

Doch sie bremste sich. Das wäre unfair. Und außerdem wollte sie Iris nicht weh tun.

»Von mir aus«, sagte Carolin. »Wenn du dir deiner Sache so sicher bist. Wir geben ihnen fünfzehn Minuten extra. Einverstanden?«

»Absolut.«

»Und jetzt lass uns etwas essen. Ich sterbe vor Hunger.«

»Normalerweise vermeide ich die Mensa«, sagte Carolin, als sie die Treppe hinuntergingen. »Aber wir sind mit ein paar Kollegen verabredet, mit denen ich dich bekannt machen will.«

»Okay«, sagte Iris und blickte etwas besorgt drein. »Worüber soll ich mit ihnen reden?«

»Ach, was immer zur Sprache kommt. Zum Beispiel über dein Projekt.«

In der Mensa zog Carolin beim Anblick der weichgekochten Nudeln in einer undefinierbaren orangefarbenen Soße die Nase kraus. Stattdessen entschied sie sich für einen Salat. Dann setzten sie sich an den Tisch, an dem bereits Norbert, Ursula und einige andere Kollegen saßen.

Carolin stellte Iris vor. »Sie fängt im Sommer ihre Promotion an.«

»Sehr schön. Worum geht es denn?«, erkundigte sich Norbert freundlich.

Iris erklärte ihm kurz ihre Idee.

»Wie fantasievoll«, kommentierte Ursula. Mit aggressiven Bewegungen vermischte sie ihre Nudeln mit der Currysoße, wobei ihre Gabel immer wieder klirrend gegen den Teller stieß. »Eine recht gewagte Herangehensweise, meinst du nicht, Carolin?«

Carolin lächelte höflich. »Ich finde es völlig richtig, dass Iris sich große Ziele steckt. Denken Sie nicht?«

»Na, man muss auch realistisch bleiben. Dieser Doktor Alessandro Pereira, der hatte doch ein gutes Thema, das mit Schlafentzug und Kognition. Das ist auch gerade richtig international im Fokus. Warum macht Iris nicht etwas in der Richtung?«

Carolins Lächeln blieb ungetrübt. Aber innerlich baute sich Zorn auf. Ursula sagte ihr praktisch ins Gesicht, dass Iris sich lieber eine andere Betreuung suchen sollte, und das ausgerechnet bei diesem brasilianischen Doktor mit dem Zahnpasta-Grinsen, der es auf ihre Stelle abgesehen hatte.

»Was meinen Sie denn, Iris?«, fragt Norbert.

»Doktor Pereira ist sicher sehr gut«, sagte Iris diplomatisch. »Aber ich würde schon gern meine eigene Idee umsetzen.«

Carolin nickte ihr ermutigend zu.

»Na sicher. Ich rate Ihnen nur, passen Sie nur auf, dass Sie sich nicht zu viel vornehmen«, sagte Ursula. »Manchmal ist es besser für eine junge Studentin, erstmal bei einem erfahrenen Wissenschaftler mitzuarbeiten und zu lernen, wie es geht.«

Iris warf Carolin einen unsicheren Blick zu. Carolin hatte jetzt genug von Ursulas Herablassung.

»Im Gegenteil«, sagte sie. »Je früher ein Nachwuchsforscher lernt, eigenständig zu arbeiten, desto besser. Ich bin absolut überzeugt, dass Iris auf dem richtigen Weg ist.«

Ursula schürzte die Lippen. »Dann will ich ihr nicht im Weg stehen.« Sie sah Carolin durch ihre dicken Brillengläser hindurch durchdringend an. »Aber passen Sie auf, dass Sie da keine Luftschlösser bauen. Wenn die auseinanderfallen, wirft das auch auf Sie ein schlechtes Licht.«

Carolin hielt ihrem Blick stand. »Danke für den Rat. Aber ich weiß, was ich tue.«

Der Respekt ihrer Forscherkollegen bedeutete Carolin normalerweise mehr als alles andere. Sie wusste, dass sie sich mit Ursula gut stellen sollte.

Aber Iris hatte eine fantastische Idee, und sie verdiente Carolins Unterstützung. Auch wenn Carolin dafür ein Risiko eingehen musste. Sie glaubte an Iris.

KAPITEL 15

~ Iris ~

Bald darauf schrieb Iris ihre Klausur in *Bildgebende Verfahren*, der Vorlesung bei Carolin. Entgegen ihrer Befürchtung bewertete Carolin die Studenten äußerst fair, und Iris erreichte sogar eine eins. Doch sie hatte keine Zeit, sich auf dem Erfolg auszuruhen, sondern stürzte sich in die Arbeit für ihre Promotion. Sie wälzte Literatur, entwickelte einen Plan für das Experiment und schrieb ein erstes Konzept. Carolin hatte ihr einen enorm strengen Zeitplan auferlegt. Doch Iris war fest entschlossen, sie zu beeindrucken. Als sie das Lukas gegenüber erwähnte, hob er vielsagend die Augenbrauen.

»Das hat nichts mit der Schwärmerei zu tun! Im Gegenteil. Das ist besser geworden.«

»Ach ja?«

»Ja. Ich bin jetzt nicht mehr so nervös, wenn ich sie treffe.«

Dass sie trotzdem ein Kribbeln verspürte, wann immer Carolin sie ansah, verschwieg sie. Hoffentlich würden diese Gefühle verschwinden. Sie wollte Carolin nicht auf so lächerliche Weise anhimmeln. Lieber wollte sie von ihr respektiert und geschätzt, vielleicht sogar gemocht werden. Und dafür musste sie ihr beweisen, dass sie das auch wert war.

Der Gedanke war unglaublich motivierend. Sie merkte kaum, wie die Zeit verging, wenn sie sich in ihre Arbeit vertiefte. Eines Nachts schaute Emily um kurz nach eins in ihr Zimmer.

»Wolltest du nicht vor zwei Stunden schlafen gehen?«

Sie trug ein pinkes XXL-T-Shirt und Hasenpantoffeln und war offensichtlich selbst auf dem Weg ins Bett. Kritisch beäugte sie Iris, die mit ihrem Laptop im Bett saß. »Ich hoffe schwer, dass das eine heiße lesbische Sexgeschichte ist, die du da liest.«

»Nein«, sagte Iris, ohne den Blick zu heben. »Es ist ein Artikel über transkranielle Stimulation.«

»Ah, davon hat mir Lukas erzählt. Er fand das genial. Ich glaube, es erinnert ihn an Science-Fiction-Filme.«

»Hm«, machte Iris. Sie musste sich bemühen, ihre Augen offen zu halten.

»Ich finde es eher freaky. Ein Gehirn mit Strom stimulieren, das ist schon ziemlich krass. Hörst du mir eigentlich zu? Iris, es ist gleich halb zwei. Ehrlich, das ist unheimlich.«

Iris rieb sich die Augen. »Das ist nicht unheimlich. Transkranielle Stimulation ist harmlos. Die Probanden merken nicht mal etwas davon.«

»Ich rede von deinen Arbeitszeiten! Machst du nichts anderes mehr? Man kann nichts mehr mit dir unternehmen. Wir wollten am Samstag schwimmen gehen, oder nicht? Und ich fahre bald weg, schon vergessen?«

Iris seufzte. »Ich würde gern mitkommen. Aber ich habe ein Problem, das ich dringend lösen muss.«

»Was für ein Problem?«

»Ich brauche genug Teilnehmer für die Studie, damit ich ein aussagekräftiges Ergebnis bekomme. Ich kann die Trauma-Patienten fragen, die im Schlaflabor in Behandlung sind, aber das reicht einfach nicht.«

»Mach es doch wie alle anderen, und bezahle eine Horde armer Psychologiestudenten«, sagte Emily.

»Hm. Aber sie müssten auch unter Albträumen leiden.«

»Das ist einfach. Du fängst die Bachelorstudenten ab, die gerade eine Prüfung bei Professor Adler hatten. Ich wette, neunzig Prozent wachen jede Nacht schreiend auf.«

Iris lächelte. »So schlimm ist sie nicht!«

»Aber fast.« Emily grinste. »Hey, ich schlage dir einen Deal vor. Ich finde hundert willige Studienteilnehmer. Und dafür versprichst du mir, dass du Samstagabend Pause machst und mit mir schwimmen gehst.«

»Hundert Probanden? Ehrlich?«, fragte Iris. »Schaffst du das?«

»Na klar. Gib mir nur die Eckdaten, und ich kümmere mich drum.«

»Okay. Abgemacht.« Iris konnte es kaum glauben. »Danke, Emily, du hilfst mir damit enorm.«

»Für dich doch immer. Und jetzt geh schlafen!«

In dieser Nacht schlief Iris unruhig. Am nächsten Morgen lag ihr Traumtagebuch nicht an seinem Platz auf dem Klavier neben ihrem Bett, sondern unter ihrem Kopfkissen. Wie war es dahin gekommen? Verschwommen erinnerte sie sich, dass sie nachts aufgewacht war. Das Licht des vollen Mondes hatte hell durch ihr Fenster geschienen. Vielleicht hatte sie deshalb so schlecht geschlafen.

Sie schlug das Tagebuch auf und fand einen Eintrag in ihrer Handschrift von dieser Nacht.

Schwimmen vor der Küste. Leuchtturm im Dunkeln.

Iris erinnerte sich vage an diese Szene. Mitten in der Nacht war sie im Meer geschwommen, das groß und schwarz und unendlich tief war. Sie hatte versucht, einen Leuchtturm zu erreichen, dessen weißes Licht am Horizont aufflammte.

Ihre Haut kribbelte.

Kann nicht näherkommen, weil es der Mond ist, stand kaum lesbar in der nächsten Zeile. Richtig. Sie hatte den Leuchtturm nicht erreichen können. Im Traum war es ganz logisch gewesen.

Dann Gezeiten. Das Wasser trägt mich nach oben. Bis zum Mond. Wir schwimmen. Wir sind beide nackt. Ihre Haut leuchtet weiß.

Das Kribbeln wurde stärker. Iris' Kehle wurde trocken. Die Bilder kehrten zurück.

Sie war mitten in der Nacht hochgeschreckt, verschwitzt und erregt, die Szene aus dem Traum noch vor Augen. Den schlanken Körper der Frau, der silbrig glänzte. Sie hatte sich kühl angefühlt, als sie Iris an sich gezogen hatte. Sie hatte gesagt, dass Iris einen Wunsch frei hatte, weil sie sie gefunden hatte. Iris hatte den richtigen Wunsch nicht gewusst. Trotzdem hatten sie sich geküsst. Und dann noch so viel mehr. Dann war Iris erwacht, hatte eine zitternde Hand zwischen ihre Beine geschoben, und sich berührt, bis die Befriedigung wie eine Flutwelle über sie gekommen war. Dann hatte sie nach dem Traumtagebuch gegriffen und im Mondlicht ein paar Sätze festgehalten, damit sie diesen seltsamen und wundervollen Moment nicht vergessen würde.

Iris atmete tief durch. Sie schloss das Notizbuch.

Sie wollte nicht darüber nachdenken, was das bedeutete. Es war ein Traum, nicht mehr. Die seltsamsten Dinge konnten in Träumen geschehen. Es musste kein tieferer Sinn dahinterstecken.

Vielleicht hätte sie es nicht aufschreiben sollen. Dann hätte sie es vergessen und müsste jetzt nicht darüber nachdenken. Aber Iris wusste, dass sie schon in der Nacht einen ähnlichen Gedanken gehabt hatte. Deswegen hatte sie einen Teil verschwiegen: Die Identität der anderen Frau.

Doch es hatte nichts genützt, denn nun stand die Erinnerung ihr wieder klar vor Augen—und auch das Gesicht der schönen, kühlen Frau auf dem Mond.

Den ganzen Morgen über war Iris in einer seltsamen Stimmung. Der Traum war surreal gewesen, und doch hatten sich ihre Gefühle echt angefühlt. Und sie waren zu schön, um sie einfach zu vergessen. Iris war noch immer in die Erinnerung versunken, als sie zur Uni fuhr. Erst als sie den Eingangsbereich des Instituts betrat, wurde sie aus ihren Gedanken gerissen.

Emily stand dort, umringt von einem Dutzend Bachelorstudenten.

»Natürlich. Was immer du willst!«, sagte sie. »Sogar Sex!«

Die Studenten lachten. »Hey, ich weiß was ihr denkt«, sagte Emily und zeigte auf sich selbst. »Kann diese Traumfrau auch in meinen Träumen erscheinen? Aber natürlich! Eurer Fantasie sind keine Grenzen gesetzt.«

Oh nein.

Iris ging auf Emily zu. Was für eine verrückte Idee war das?

Einer der Studenten fragte etwas, doch Iris hörte nur Emilys Antwort.

»Klar—du könntest auch fliegen. Zu den Sternen reisen. Einen Star treffen, oder eine Romanfigur, und mit ihm reden. Du könntest dein persönliches Paradies erschaffen und darüber herrschen!«

Die Umstehenden murmelten beeindruckt. Emily verteilte einige Zettel.

»Also, sagt es all euren Freunden. Jeder, der Albträume hat, kann teilnehmen! Hier steht nochmal die Mailadresse…«

Iris erreichte die Gruppe.

»Emily! Was ist hier los?«

Emily blickte auf und grinste. »Ah, hier ist die sympathische Forscherin, die ich erwähnt habe: Iris, Bekämpferin der Albträume!«

Die Studenten lachten und applaudierten.

»Ich habe gerade von deiner Studie erzählt. Alle hier sind begeistert von der Idee. Sie können Abenteuer erleben, die Wissenschaft voranbringen, Menschen helfen, *und* sie werden sogar bezahlt!«

»Stimmt das?«, fragte einer.

»Ja, schon«, sagte Iris zögernd. Sie hätte es niemals so reißerisch formuliert.

»Aber wo ist der Haken?«

»Es gibt da eine Sache«, antwortete Emily. Sie schlug den dramatischen Tonfall an, wie ihn die Sprecher in Kinotrailern verwendeten. »Unsere Heldin hier wird geknechtet von einer schrecklichen Fürstin der Finsternis. Wenn ihr den Weg ins Land der Träume finden wollt, müsst ihr euch ihr stellen!«

Iris ahnte, wohin das führen würde. »Emily, hör auf damit -«

Doch Emily achtete nicht auf sie. »Ihr ahnt es schon: Es ist die schreckliche, gefürchtete, gnadenlose…Professor Adler!« Sie riss dramatisch die Augen auf. »Nur die Mutigsten wagen es, ihr gegenüberzutreten!«

Die Studenten lachten nervös.

»Ist sie echt so schlimm?«, fragte einer.

Seine Freunde neben ihm nickten und murmelten zustimmend.

»Du hast ja keine Ahnung.«

»Ich habe gehört, ein Mädchen hat sich nach der Prüfung bei ihr weinend im Klo eingeschlossen.«

Emily nickte. »Sie ist natürlich nicht *wirklich* eine finstere Zauberin—aber eine meisterhafte Psychologin. Sie erkennt sofort, was dein Schwachpunkt ist, und nutzt ihn gnadenlos aus. Manche verfolgt sie sogar bis in ihre Träume…«

»Okay, jetzt reicht es aber«, unterbrach Iris sie. »Emily übertreibt.« Sie konnte diese unfaire Darstellung nicht einfach so stehen lassen. »Professor Adler hat hohe Ansprüche, das stimmt. Aber das ist etwas Gutes! Sie will, dass wir uns anstrengen und unser Potenzial verwirklichen.«

Die Studenten sahen sie zweifelnd an.

»Sie hat keine Geduld für Leute, die in ihrer Vorlesung schlafen, nachdem sie die ganze Nacht daran gearbeitet hat, das Material vorzubereiten. Aber das ist ja auch verständlich, oder? Sie arbeitet sehr hart. Dafür muss man sie echt respektieren. Ich denke, sie versucht uns darauf vorzubereiten, dass Wissenschaft kein Zuckerschlecken ist. Aber sie will, dass wir erfolgreich sind!«

Emily blickte skeptisch. »Wetten, dass sie in *Methodenlehre* trotzdem die Hälfte durchfallen lässt?«

Ein paar der Studenten sahen ziemlich besorgt aus, als würden sie befürchten, zu dieser Hälfte zu gehören.

»Das glaube ich nicht«, sagte Iris. »Man lernt echt viel bei Professor Adler. Sie hat hohe Erwartungen, deswegen denkt man zuerst, man ist nicht gut genug. Aber ihre Bewertung ist fair. Ich wette, die meisten von euch haben bestanden!«

»Eine schöne Hypothese«, erklang es hinter ihr.

Iris fuhr erschrocken herum. Da stand Professor Adler in ihrem anthrazitgrauen Anzug. Ihre Miene war undurchschaubar.

»Wir werden gleich damit anfangen, sie zu überprüfen.«

Carolins Blick wanderte über die Studenten. »Iris und ich korrigieren in den nächsten Tagen Ihre Klausuren. Dann wird sich zeigen, ob meine Vorlesung einen signifikanten Einfluss auf Ihren Wissensstand hatte—oder ob es doch bei der Nullhypothese bleibt.«

Einige erbleichten sichtlich.

»Ein schönes Wochenende Ihnen allen«, sagte Carolin und wandte sich ab.

Iris lief ihr nach. Wie viel hatte Carolin gehört? Hatte sie mitbekommen, was Emily über sie gesagt hatte?

»Das muss man nicht persönlich nehmen«, sagte Iris. »Studenten reden immer so über Professoren.«

»Und du? Redest du auch immer so über mich?«

Carolin ging mit eiligen Schritten die Treppe hinauf, und Iris hastete ihr nach.

»Wie rede ich? Was meinst du?«

»So, als hättest du Mitleid mit mir.«

»Was? Nein!«

Professor Adler schnaubte und ahmte sie nach. »*Die arme Professor Adler. Sie arbeitet so hart.* Ist das dein Bild von mir?«

Iris wusste nicht, was sie dazu sagen sollte. Sie hatte Carolin irgendwie verletzt. Oder sie zumindest in eine Situation gebracht, die ihr unangenehm war. Aber sie hatte das nicht beabsichtigt.

»Ich dachte nur—die anderen hatten so eine schlechte Meinung von dir. Sie dachten, du seist eine Art Tyrannin. Und das ist Blödsinn. Ich wollte, dass sie das verstehen.«

»Sie müssen nichts verstehen«, schnappte Carolin. »Außer dem Stoff, den ich ihnen beibringe. Alles andere geht sie nichts an.«

»Aber ich wollte dich nur verteidigen!«

»Ich will nicht verteidigt werden! Dazu besteht kein Grund.«

Sie erreichten den Flur, der zu Carolins Büro führte. Carolin atmete einmal kurz durch und sprach dann gefasster weiter. »Es ist mir lieber, wenn die Studenten etwas Abstand von mir halten.«

Iris starrte sie an. Was sollte das bedeuten? Meinte Carolin einfach nur die anderen—oder bezog sie das auf Iris?

»Ich mache meine Arbeit, mehr nicht. Und das Gleiche erwarte ich von dir. Kannst du das akzeptieren?«

»Ja«, sagte Iris widerstrebend. Was blieb ihr anderes übrig?

Sie standen vor der Tür von Carolins Büro. »Wenn du mich entschuldigst—ich habe viel zu tun. Und um die Klausuren kümmere ich mich besser selbst.«

Damit ging sie hinein und zog die Tür mit Nachdruck hinter sich zu.

KAPITEL 16

~ Carolin ~

An diesem Abend saß Carolin mit ihrem Laptop im Wohnzimmer. Cassandra döste neben ihr auf dem Sofa. Draußen war es bereits dunkel und nur das goldene Licht einer Stehlampe und das Glühen des Monitors erhellten den Raum. Carolin beantwortete Emails und plante den nächsten Tag. Sie war ganz in ihre Arbeit versunken, bis Cassandra sich plötzlich regte. Sie streckte sich und leckte dann hingebungsvoll über ihr Hinterbein. Sie schien gar nicht mehr aufhören zu wollen.

»Alles in Ordnung mit dir, Süße?«, fragte Carolin und kraulte kurz den Kopf der Katze.

Cassandra blinzelte träge. Carolin wandte sich wieder ihrer Arbeit zu. Sie sollte wohl besser heute Abend noch anfangen, die Klausuren zu korrigieren. Sie hielt inne. Hatte sie die Klausuren überhaupt eingepackt?

Carolin stand auf und sah in ihrer Umhängetasche nach. Doch die Klausuren waren nicht zu finden. Nach dem ärgerlichen Zwischenfall mit den Studenten war sie so abgelenkt gewesen, dass sie sie in der Uni vergessen hatte. Carolin seufzte. Sie würde sie am nächsten Tag holen müssen.

Als sie zum Sofa zurückkehrte, leckte Cassandra schon wieder über ihre Pfote. Carolin runzelte die Stirn. Sie hockte sich vor Cassandra, streichelte sie und besah sich die Stelle genauer. Sie entdeckte, dass durch das heftige Lecken das Fell etwas dünner geworden war.

»Was ist nur los mit dir?«, fragte sie die Katze besorgt. »Das sieht gar nicht gut aus. Juckt es dich?«

Natürlich konnte Cassandra ihr nicht antworten. Aber Carolin behielt sie ganz genau im Auge. Den Abend über schien sie nie Ruhe zu finden. Manchmal zuckten ihre Ohren oder ihre Schwanzspitze. Und immer wieder leckte sie sich.

»Ich mache mir Sorgen um dich, Süße. Morgen früh geht es gleich zum Tierarzt!«

Sie streichelte Cassandra, in der Hoffnung, dass die Katze sich damit etwas wohler fühlen würde. Jetzt konnte sie sowieso nicht mehr viel Arbeit erledigen.

»Weißt du, ich hatte heute auch einen sehr irritierenden Tag«, erzählt sie, während sie immer wieder sanft über den Rücken der Katze strich. »Iris hat mit einer Horde Studenten über mich gesprochen. Sie hat es gut gemeint.«

Carolin kraulte Cassandra hinter den Ohren, wo sie es besonders mochte. »Aber was ich empfinde, geht niemanden etwas an. Sie sollen mich respektieren, kein Mitleid mit mir haben.«

Und das war nicht das einzige Problem. Iris hatte sie verteidigt, und Carolin war gerührt von ihrer Loyalität. Doch was, wenn sie zu viel für sie empfand? Wenn sie einander näherkamen, als gut für eine Professorin und eine Studentin war?

»Erinnerst du dich noch an Julia, hm?«, fragte sie. »Du warst noch ganz klein. Sie hatte manchmal Spielzeug für dich. Aber sie hatte eine laute Stimme. Wenn sie gelacht hat, hast du immer die Ohren angelegt.«

Julia war ein paar Jahre jünger als Carolin, doch mit ihrer Klugheit und Schönheit hatte sie Carolin in ihren Bann gezogen. Ganz ähnlich wie Iris es nun tat.

»Ich hätte auf dich hören sollen. Aber ich hätte nicht gedacht, dass es in so einer Katastrophe endet.«

Bei der Erinnerung zog sich ihr Magen zusammen. Das war die schlimmste Zeit ihres Lebens gewesen. Ihr Herz war gebrochen, und alle hatten sie gemieden und verachtet. Um all das hinter sich zu lassen, musste sie auf einen anderen Kontinent ziehen. Nur so hatte sie neu anfangen können, ohne dass hässliche Gerüchte sie auf Schritt und Tritt verfolgten.

Cassandra schnurrte leise. Ihr Körper vibrierte, während Carolin sie weiter streichelte.

Sie durfte auf keinen Fall Gefühle für Iris entwickeln. Sie konnte nicht ruinieren, was sie hier aufgebaut hatte. Eine weitere Chance würde es für sie nicht geben.

Am nächsten Morgen fuhr Carolin als Erstes mit Cassandra zum Tierarzt. Er untersuchte ihr Fell, ließ sich ganz genau beschreiben, wie sie sich verhalten hatte und ob sich irgendetwas in letzter Zeit geändert hatte. Schnell stellte sich heraus, dass Carolin vor zwei Wochen angefangen hatte, Cassandra eine neue Sorte Futter für ältere Katzen zu geben. Der Tierarzt vermutete, dass sie eine allergische Reaktion auf eine der Zutaten entwickelt hatte, und empfahl ihr eine andere Sorte. Carolin sollte Cassandra in der nächsten Zeit im Auge behalten und sehen, ob es sich besserte.

Das nahm Carolin sehr ernst. Sie fuhr auf dem Heimweg gleich an einem Tiermarkt vorbei und kaufte neues Futter. Obwohl sie wusste, dass die Allergie erst nach einigen Tagen oder Wochen nachlassen würde, war ihr nicht wohl dabei, Cassandra aus den Augen zu lassen—nur für den Fall, dass es doch etwas Ernsteres war.

Das bedeutete allerdings auch, dass sie nicht in die Uni fahren konnte, um die Klausuren zu holen. Also schrieb sie

Iris eine Mail. Sie erklärte kurz, dass sie mit den Korrekturen erst am Montag anfangen würde, da sie die Klausuren nicht bei sich hatte und momentan das Haus nicht verlassen konnte. Keine fünf Minuten später kam eine Antwort.

Sind die Klausuren im Konferenzraum, in dem großen Schrank? Ich kann sie holen und dir bringen.

Carolins erster Impuls war es, abzulehnen. Sie wollte nicht, dass Iris hierherkam, zu ihr nach Hause. Sie hatte nur selten Gäste, denn ihre Privatsphäre war ihr sehr wichtig. Und Iris schuldete ihr keinen Gefallen, erst recht nicht, nachdem Carolin am Vortag so unbeherrscht reagiert hatte.

Mach dir keine Mühe, schrieb sie. *Ich wohne zu weit außerhalb.*

Die Antwort kam prompt. *Macht nichts, bin mit dem Fahrrad unterwegs. Wohin soll ich sie bringen?*

Carolin zögerte. Iris ließ nicht locker, und das Angebot war verlockend. Sie würde arbeiten können, ohne Cassandra aus den Augen zu lassen…und könnte sich bei Iris entschuldigen.

Sie gab nach und schrieb Iris ihre Adresse.

Es würde eine Weile dauern, bis Iris hier war. Trotzdem spürte sie jetzt schon ein aufgeregtes und völlig unangemessenes Kribbeln im Magen. Sie sah noch einmal nach Cassandra, die in einem Katzenbett schlief. Dann ging sie ins Bad, überprüfte ihrMake-up und zog ihren Lippenstift nach. Nur sicherheitshalber.

Carolin trat ins Wohnzimmer. Durch das angekippte Fenster hörte sie das Zwitschern der Vögel draußen. Bis Iris die Klausuren gebracht hatte, würde sie sich auf nichts konzentrieren können. Einem Impuls folgend, setzte sie sich ans Klavier. Es war lange her, dass sie gespielt hatte—sie hatte neben der Arbeit nie Zeit dafür gefunden.

Sie versuchte es mit einem Stück von Beethoven, das ihr früher viel Spaß gemacht hatte. Sie erinnerte sich, wie nachdenklich und romantisch es eigentlich klingen sollte. Doch mit ihren ungeübten Fingern spielte sie unsicher und traf mehrmals falsche Töne. Sie kniff die Augen zusammen, starrte auf das Notenblatt und versuchte es noch einmal.

Ein Klopfen schreckte sie auf.

Iris stand auf der Terrasse und winkte ihr zu. Carolin zog die Hände vom Klavier zurück, als habe sie sich verbrannt. Ihr Herz pochte heftig.

Hatte Iris sie gehört und mitbekommen, wie miserabel sie spielte? Der Gedanke machte sie nervös, trotzdem lächelte sie, als sie zur Gartentür ging. Was machte Iris eigentlich auf dieser Seite des Hauses? Carolin fiel wieder ein, dass sie mit dem Fahrrad gekommen war und deswegen vermutlich den kleinen Weg hinter den Häusern genommen hatte.

»Hallo, Iris«, sagte sie. »Du warst schnell.«

»Ja, habe mich beeilt! Hier sind die Klausuren.«

Carolin nahm ihr den Stapel Blätter ab. Iris hatte ihre hellbraunen Haare zu einem Pferdeschwanz gebunden und trug ein ärmelloses Top in leuchtendem Türkis.

»Vielen Dank. Das wäre nicht nötig gewesen.«

»Ich habe es gern gemacht.«

Ihre Blicke trafen sich. Iris lächelte sie an, und das, obwohl Carolin sie am Vortag so angefaucht hatte, als Iris sie nur hatte verteidigen wollen. Carolin spürte einen Stich des Schuldbewusstseins. Plötzlich war sie froh, dass Iris hier war.

»Willst du etwas trinken?«, fragte sie.

Vielleicht konnte Iris noch etwas bleiben. Es war ein warmer Tag. Und es war nichts Verbotenes daran, einer Kollegin eine Erfrischung anzubieten.

»Oh, ja. Danke.«

Als Iris an ihr vorbei ins Wohnzimmer trat, konnte Carolin ihren Duft wahrnehmen. Ein leichter Hauch von Schweiß, gemischt mit einem blumigen Parfüm und dem vertrauten Duft von Waldhonig.

»Du hast ein schönes Haus«, sagte Iris beeindruckt.

Carolin versuchte, das Wohnzimmer mit ihren Augen zu sehen. Der große, offene Raum, die Fensterfronten, die moderne Küche, die Treppe hinauf zum ersten Stock—vermutlich wirkte all das ziemlich protzig, wenn man in einer Studenten-WG lebte.

»Es ist zu groß für mich«, sagte Carolin. »Ich habe es von meinen Eltern geerbt.«

»Und dein Klavier ist schön!« Iris ließ ihre Finger über den Lack gleiten. Dann sah sie auf. »War das vorhin die Mondscheinsonate?«

Carolin verzog das Gesicht. Also hatte Iris ihr stümperhaftes Spiel wirklich gehört. Wie peinlich.

»Nun, mein Geklimper wird Beethovens ursprünglicher Intention wohl kaum gerecht. Aber ja.«

Sie ging zum Kühlschrank, damit Iris nicht sah, dass ihre Wangen glühten, und goss eisgekühlte Minzlimonade in zwei Gläser.

»Kennst du die Geschichte hinter der Sonate?«, fragte Iris.

»Nein, ich glaube nicht.«

»Beethoven hatte eine Schülerin. Sie war wunderschön, und sie verliebten sich ineinander. Aber sie war nur halb so alt wie er, und von besserer Abstammung, deswegen durften sie nicht heiraten. Aber er hat ihr trotzdem die Sonate gewidmet. Es heißt, er wollte damit ausdrücken, dass seine Gefühle nicht von Regeln beschränkt werden konnten.«

»Wie poetisch«, sagte Carolin.

Hatte Iris nur eine interessante Anekdote erzählt, oder wollte sie mehr damit sagen?

Sie reichte Iris das Glas. Kurz streiften sich ihre Finger. Beide taten so, als hätten sie es nicht bemerkt, doch Carolin spürte die Berührung überdeutlich. Es kribbelte in ihren Fingerspitzen. Carolin musste den Impuls unterdrücken, ihre Hand auszustrecken und über Iris' Wange zu streicheln.

Sie schluckte und zwang sich dazu, den Blick abzuwenden. Was war in sie gefahren?

Als Neurowissenschaftlerin sollte sie das wissen. Ihr Hypothalamus schüttete massenweise Botenstoffe aus, die den Wunsch nach Nähe weckten. Und das völlig ungefragt.

Carolin war auf diese Flut von ungewohnten Gefühlen nicht vorbereitet. Vielleicht war es ein Fehler gewesen, Iris zu sich nach Hause zu holen. Sie musste dringend die Kontrolle zurückgewinnen. Doch das war leichter gesagt als getan.

KAPITEL 17

~ Iris ~

Es war unglaublich, wie Carolin selbst an einem Julitag bei fast dreißig Grad so kühl und perfekt aussehen konnte. Ihre Seidenbluse fiel wie Wasser an ihrem Körper herab, und ein leichter Duft von Flieder umgab sie.

Neben ihrer makellosen Eleganz kam Iris sich zerzaust, verschwitzt und überhaupt nicht attraktiv vor. Sie rechnete damit, sofort wieder weggeschickt zu werden. Doch stattdessen bat Carolin sie herein und sah sie auf diese eindringliche Weise an, die ihr einen Schauder über den Rücken laufen ließ.

»Spielst du auch?«, fragte Carolin.

Natürlich entdeckte sie gleich wieder einen wunden Punkt.

»Na ja. Ich habe viele Jahre Unterricht gehabt«, gestand Iris. »Manchmal spiele ich noch. Aber nicht so oft, wie ich sollte.«

»Spiel mir etwas vor.«

»Oh, oh nein«, wehrte Iris ab. »Ich habe überhaupt nichts geübt.«

Ein kleines Lächeln zuckte um Carolins Mundwinkel. »Aber es wäre nur fair. Du hast mich auch gehört, und das war nicht gerade ein Konzert. Jetzt bist du dran. Entweder du beeindruckst mich, oder du blamierst dich, und wir sind quitt. Beides ist mir recht.«

Dem hatte Iris nichts entgegenzusetzen.

Aber was konnte sie spielen, das nicht zu schwer war, aber auch kein Kinderkram? Zögernd setzte sie sich an den Klavierhocker.

»Ich spiele furchtbar, wenn mir jemand zuhört«, erklärte sie. »Allein in meinem Zimmer habe ich kein Problem, aber Vorspiele waren immer der pure Albtraum.«

»Keine Sorge, du hast nichts zu verlieren«, sagte Carolin. »Ich verspreche, Klavierspiel geht nicht in die Bewertung der Promotion mit ein. Sonst hätte ich meine wohl nie abgeschlossen.«

Iris musste darüber schmunzeln. »Na gut.«

Sie atmete tief durch. Dann begann sie zu spielen. Erst der Auftakt, dann ein melancholisches Thema aus perlenden, chromatischen Tönen. Sie musste sich mit ganzer Kraft konzentrieren, um nicht an Carolin zu denken, die hinter ihr stand und sie beobachtete. Bei einem besonders komplizierten Lauf hatte Iris so viel Angst, einen Fehler zu machen, dass sie es unweigerlich tat. Ihr Herz klopfte heftig. Doch sie fing sich und nahm die Melodie wieder auf.

Die sehnsuchtsvollen Töne wurden düsterer, bauten sich zu einem dramatischen Agitato auf. Schließlich fand sie zurück zum Hauptthema, und die letzten Noten verklangen. Iris ließ die Hände sinken. Ihr Herz pochte immer noch viel zu schnell. Sie fühlte sich seltsam entblößt.

»Eigentlich kann ich das besser«, sagte sie entschuldigend, »Ich war nur so nervös…«

Eine Hand berührte ihre Schulter. Sie drehte sich um und sah Carolin, deren sonst so kühle graue Augen von Wärme erfüllt waren.

»Es war wundervoll«, sagte sie. »War das Chopin?«

»Ja. Die Nocturne Nummer drei.«

»Spielst du gerne Chopin?«

»Ja. Aber auch Grieg und Dvořák.«

»Du bist also eine Romantikerin«, sagte Carolin mit einem Lächeln. »Jedenfalls hast du keinen Grund, nervös zu sein.

Du spielst großartig. Ich würde mich freuen, wenn du mir mal wieder etwas vorspielen würdest.«

Erleichterung erfasste Iris. Sie hatte sich nicht völlig blamiert.

»Vielleicht könnte ich das tun.«

Ihr Blick fiel auf einen Schrank hinter dem Klavier, in dem eine Sammlung Schallplatten stand. Einen Schallplattenspieler konnte sie allerdings nirgendwo sehen.

»Was sind das für Platten?«, fragte sie.

»Größtenteils Jazz«, sagte Carolin.

Iris nickte. Ihre Eltern hatten immer gemeint, dass Jazz und Klassik die Musikstile waren, die gebildete Personen bevorzugten.

»Magst du Jazz?«

Carolin lachte. »Nein. Ehrlich gesagt kann ich es nicht ausstehen.«

»Oh. Na ja, wahrscheinlich muss man einen gewissen Geschmack dafür entwickeln.«

Carolin schnaubte. »Ja, genau das hat—«

Sie unterbrach sich, hielt inne und schüttelte dann den Kopf. »Spielt keine Rolle.«

Iris nickte und fragte nicht weiter nach. Sie ging zum Couchtisch und griff nach ihrem Glas Limonade. Da bemerkte sie zum ersten Mal die große Katze, die neben dem Fenster auf dem Boden lag. Sie hatte ein wunderschön gezeichnetes Fell in Braun-, Grau- und Karamelltönen und eine weiße Brust. Die Spitzen ihrer Ohren waren dunkel und erinnerten an einen Luchs.

»Wow. Sie ist aber eine Schönheit!«, sagte Iris.

»Sie ist eine norwegische Waldkatze. Du kannst sie streicheln, wenn du willst.«

Iris ging in die Hocke und streckte ihre Hand aus. Die Katze blinzelte ihr mit ihren goldgelben Augen zu. Sie schnupperte an ihrem Finger und rieb dann ihren Kopf an Iris' Hand.

»Sie mag dich.«

Iris streichelte sie. Ihr Fell war unglaublich weich.

»Wie heißt sie?«

»Cassandra.«

»Wie die Seherin? Die das Ende von Troja vorhergesagt hat, und der niemand geglaubt hat?«

»Genau. Der Name stammt nicht von mir, ich habe sie adoptiert. Aber er passt zu ihr.«

»Wieso?«

»Sie hat einen guten Instinkt. Es gab schon Menschen, die sie von Anfang an nicht mochte. Ich konnte das nicht verstehen. Aber später wurde klar, dass sie völlig recht hatte.«

Am liebsten hätte Iris nachgehakt. Sie hatte ungefähr einhundert Fragen. Aber sie fürchtete, dass Carolin sich wieder vor ihr verschließen würde, wenn sie sich zu weit vorwagte.

»Wegen ihr wollte ich lieber daheimbleiben«, erklärte Carolin. »Sie hat eine Allergie, und ich will sie beobachten.«

Sie sah Cassandra mit einem sorgenvollen Ausdruck an. Diese Fürsorglichkeit hatte Iris noch nie bei ihr gesehen.

»Oh je. Ich hoffe, sie wird schnell wieder gesund.«

Iris streichelte die Katze noch etwas. Dann sah sie zu Carolin.

»Hast du immer noch vor, die Klausuren allein zu korrigieren? Eigentlich wäre das ja meine Aufgabe.«

Carolin seufzte. »Ich war gestern wohl etwas voreilig. Ich habe befürchtet, dass du den Studenten bessere Noten geben könntest, nur damit sie denken, dass ich freundlich zu ihnen bin. Das hat mich geärgert.«

»Das würde ich nicht tun!«

»Ich weiß. Du würdest sie fair bewerten. Ich war gestern gereizt und habe nicht klar gedacht. Das habe ich an dir ausgelassen.«

Die Entschuldigung kam unerwartet.

»Das ist okay«, sagte Iris. »Ich wollte mich auch entschuldigen. Ich hätte nicht mit anderen über dich reden sollen. Deine Privatsphäre geht niemanden etwas an.«

»Danke«, sagte Carolin.

»Also«, fragte Iris, »Korrigieren wir die Klausuren zusammen?«

»Es wäre wohl besser, sonst schaffe ich das nie. Komm. Mein Arbeitszimmer ist oben.«

Sie nahm Cassandra vorsichtig in die Arme, hob sie hoch, und führte Iris dann in den ersten Stock.

Carolins Arbeitszimmer war geräumig, ganz in dunklem Holz gehalten und natürlich genauso penibel aufgeräumt wie ihr Büro. Aber hier gab es mehr Zeichen ihrer Persönlichkeit. In einer Ecke stand ein großer Katzen-Kletterbaum. Carolin setzte Cassandra ab, die sich kurz streckte und dann hinaufkletterte und es sich auf einer Plattform gemütlich machte.

Eine Wand des Arbeitszimmers wurde völlig von einem deckenhohen Bücherregal eingenommen. In manchen Regalen entdeckte Iris aber statt Büchern Brocken aus Kalkstein mit versteinerten Fossilien.

»Was ist das?«, fragte Iris fasziniert.

»Nur ein Ammonit. Das hier ist interessanter.«

Sie deutete auf eine Vitrine. »Das ist ein Seeigel aus der Kreidezeit. Siehst du die kleinen Einkerbungen oben? Das sind Bissspuren. Ein Hai hat versucht, ihn zu knacken.«

Iris betrachtete das Fossil. »Sammelst du Fossilien?«

»Früher. Jetzt habe ich keine Zeit mehr dafür.«

Sie seufzte. »Wo wir davon sprechen—wir sollten anfangen.«

Sie stellte einen zweiten Stuhl an ihren großen Schreibtisch und legte den Stapel Klausuren sowie einige Rotstifte in die Mitte. Dann teilten sie die Aufgaben unter sich auf und begannen.

Der erste Student hatte eine furchtbare Handschrift, aber die Begriffe *Reliabilität* und *Signifikanz* richtig definiert. Iris schrieb '5/5' an den Rand des Blattes und malte einen kleinen Smiley dazu.

Sie arbeiteten in einträchtigem Schweigen. Ab und zu warf Iris einen heimlichen Blick auf Carolin. Sie sah ihr Gesicht im Profil—die sanfte Kurve ihrer Stirn, die gerade Nase, die leichte Neigung ihres Kopfes, der anmutige Hals. Ihre ruhigen grauen Augen waren unverwandt auf das Blatt vor ihr gerichtet. Von Zeit zu Zeit bewegte sich ihre Hand, lang und schmal und so elegant wie der Rest von ihr, und schrieb mit forschem Strich einen Kommentar unter eine der Aufgaben. Sie sah nur manchmal kurz auf, um einen Blick zu Cassandra hinüberzuwerfen. Iris passte auf, dass Carolin in diesen Momenten nicht merkte, dass Iris sie beobachtete. Carolin durfte ihre heimliche Faszination nicht bemerken, sonst würde sie vermutlichen über sie lachen. Also senkte sie rasch den Kopf und arbeitete weiter.

Langsam wurden die Schatten draußen im Garten länger. Carolin sah auf ihre Armbanduhr und legte den Stift weg.

»Ich denke, es ist Zeit fürs Abendessen. Willst du mir noch Gesellschaft leisten?«

»Gern!«

Natürlich wollte Iris. Carolin hatte sie unverhofft in ihr Leben gelassen, und nun musste sie die Gelegenheit so lange wie möglich auskosten.

Carolin ging in die Küche hinunter, gefolgt von Cassandra. Sie fütterte die Katze und begann dann mit dem Kochen. Sie gab Iris Kartoffeln, die sie schälen und in kleine Würfel schneiden sollte. Iris machte sich an die Arbeit und beobachtete währenddessen Carolin dabei, wie sie ihre Kochkünste demonstrierte. Sie schälte Knoblauchzehen, presste eine frische Zitrone und hackte Petersilie. Sie zauberte Forellen hervor, bestrich sie mit Zitronensaft und golden schimmerndem Olivenöl und schnitt pralle Tomaten in hauchdünne Scheiben. Iris verfolgte fasziniert ihre präzisen Bewegungen.

»Fertig mit den Kartoffeln?«, fragte Carolin.

Iris schreckte aus ihrer Versunkenheit hoch. »Oh, ja. Hier sind sie.«

Carolin legte den Fisch, die Kartoffeln und das Gemüse in eine Form und schob sie in den Ofen. Bald breitete sich ein verführerischer Duft in der Küche aus.

»Sollen wir draußen essen?«, fragte Carolin.

Iris war einverstanden. Sie deckten den Tisch auf der Terrasse. Iris hatte das tausendmal bei ihrer Familie getan, doch bei Carolin herrschte eine ganz andere Atmosphäre als in dem perfekt gepflegten und stolz vorgezeigten Garten ihrer Eltern. Hohe Büsche und ein knorriger Kirschbaum umrahmten die Terrasse und verbargen sie vor fremden Blicken. Die Pergola war von üppigen Kletterpflanzen bewachsen. Es war eine grüne Oase, abgeschirmt von der Außenwelt.

Die Sonne stand schon tief, als Carolin den Fisch aus dem Ofen holte. Er schmeckte köstlich und zerfiel bei der leichtesten Berührung von Iris' Zunge. Carolin schenkte ihr ein Glas Weißwein dazu ein. Iris nippte daran und schloss genießerisch die Augen.

»Das schmeckt wunderbar.«

Carolin lächelte. »Freut mich, dass es dir zusagt.«

Während sie aßen, stellte Carolin Iris einige Fragen—wo sie aufgewachsen war, ob sie auch gern kochte, welche Orte auf der Welt sie gern einmal sehen wollte. Obwohl Carolin sie aus ehrlichem Interesse zu fragen schien, fühlte Iris sich unwohl damit. Sie hatte keine Lust, über ihre Familie zu reden. Noch weniger wollte sie zugeben, dass sie nie Geld für hochwertige Zutaten hatte und eine Pizza-Bestellung der kulinarische Höhepunkt ihrer Woche war. Und auch die Urlaubsreisen ihrer Familie nach Mallorca erschienen ihr banal und uninteressant.

Was sollte sie schon von sich erzählen, dass eine Frau wie Carolin interessieren konnte? Sie versuchte, von sich abzulenken, in dem sie selbst Fragen stellte.

»Du hast eine Weile in den USA gelebt, oder? Wie war das?«

»Unglaublich anstrengend!«, sagte Carolin mit einem Lachen. »Ich war Postdoc und habe immer nur gearbeitet.«

»War es einsam, auf einem ganz anderen Kontinent?«

»Nein. Ich war ja nicht allein dort.«

Kurz schien etwas in Carolins Augen aufzuflackern. Wer war bei ihr gewesen? Vielleicht ein Partner? Doch der Moment ging vorbei, und Carolin sagte: »Cassandra war immer bei mir. Sie ist schon als junge Katze das erste Mal geflogen. Sie ist sehr mutig! Ich würde außerdem nicht jahrelang ohne sie leben wollen, also ist sie mitgekommen.«

Das bedeutete, dass sogar Cassandra schon mehr von der Welt gesehen hatte als Iris. Fantastisch.

»Hattest du wenigstens manchmal Urlaub?«, fragte Iris. »Oder konntest du gar nichts von dem Land sehen?«

»Urlaub kaum, aber ich war viel auf Konferenzen und habe dann immer ein paar Tage Freizeit drangehängt. Zum Beispiel in New York. Oder in Tahoe in Kalifornien, da haben wir eine Skitour durch die Berge gemacht.«

Iris hatte Kalifornien immer mit sonnigen Küsten, Palmen und Großstädten verbunden und gar nicht gewusst, dass dort auch Schnee fiel. Und da war wieder dieses 'Wir', diese schemenhafte Andeutung anderer Menschen an Carolins Seite, auf die sie nicht näher einging.

»Manchmal waren wir auch international unterwegs. Madrid, London, Montréal. Singapur war eindrucksvoll. Ganz anders als hier. Die Architektur, das Essen, die ganze Atmosphäre…Das muss man mal gesehen haben.«

Iris nickte zustimmend. Sie hatte Deutschland bisher kaum verlassen und kam sich neben der weltgewandten Carolin plötzlich sehr provinziell vor.

»Du erzählst so wenig von dir«, sagte Carolin. Sie hatte gemerkt, dass Iris still geworden war. Iris überlegte, was sie sagen konnte, dass jemanden wie Carolin interessierte, doch ihr fiel nichts ein.

Carolin half ihr aus. »Wenn du zwei Wochen verreisen könntest und Geld keine Rolle spielt, wohin würdest du gehen?«

Iris zögerte. Sie wollte nichts sagen, das zu banal klang. Schließlich rang sie sich zu einer Antwort durch.

»Ich würde gern ans Meer. Aber nicht, um bloß am Strand zu liegen. Ich würde gern erleben, wie es unter Wasser ist.«

»Ah, du willst tauchen lernen?«, fragte Carolin.

»Ja. Es sieht so wunderschön aus, wenn die Sonne weit oben über einem auf der Wasseroberfläche glitzert und unten diese unendliche Tiefe liegt. Es ist, als würde man schweben.«

»Oh, du hast es also schon mal gemacht?«

Iris sah verlegen zur Seite. »Ähm, nein. Ich habe das nur mal in einer Dokumentation gesehen.«

In Wahrheit waren es ihre eigenen Träume, in denen sie das erlebt hatte. Aber es hätte zu seltsam geklungen, das zuzugeben.

Sie beendeten das Essen. Inzwischen wurde es dunkel. Iris bot an, mit dem Abwasch zu helfen, doch Carolin winkte ab.

»Oh, mach dir keine Sorgen darüber. Du willst ja sicher auch bald nach Hause.«

Das hatte Iris fast vergessen. Aber natürlich, sie war schon viel länger geblieben als sie beide gedacht hatten. Inzwischen war Carolin ihrer Gesellschaft sicher auch überdrüssig.

Zum Abschied gaben sie sich nicht die Hand, das wäre zu förmlich. Carolin umarmte sie kurz, vermied es aber, Iris wirklich zu berühren. Trotzdem kam sie ihr so nah, dass Iris der dezente Duft ihres Fliederparfüms in die Nase stieg.

»Das war ein sehr schöner Nachmittag«, sagte Carolin. »Danke, dass du mir die Klausuren gebracht hast. Und für deine Hilfe.«

»Keine Ursache«, murmelte Iris. »Danke…für alles. Es war wundervoll.«

Auf dem Heimweg fühlten sich Iris' Gedanken an wie ein Schwarm aufgeregter Vögel. Sie war die ganze Zeit nervös gewesen, und doch fühlte sie sich von einer ungeheuren Energie durchströmt. Carolin hatte ihr so viel mehr von sich gezeigt als je zuvor. Nächste Woche war Iris' Geburtstag, und sie wusste schon jetzt, dass kein Geschenk sie so glücklich machen würde wie dieses.

Würde Carolin Iris in Zukunft wieder zu sich einladen? Ein Bild erschien vor Iris' innerem Auge. Carolin saß an ihrem Schreibtisch, in Arbeit versunken, und Iris trat hinter sie, um ihr die Schultern zu massieren. Carolin drehte den Kopf, nahm ihre Hand in ihre eigene und strich mit ihren langen, schlanken Fingern darüber, um ihr dann einen Kuss auf den Handrücken zu hauchen. Ein Kribbeln erfüllte Iris, als sie sich das vorstellte.

Natürlich war das nichts als ein lächerlicher Tagtraum, das war ihr klar. Carolin war unerreichbar für sie. Nicht nur, weil sie ihre Betreuerin war und ihr wissenschaftliches Abhängigkeitsverhältnis jede andere Art von Nähe unmöglich machte.

Und selbst, wenn man das außer Acht ließ, hätte Iris niemals irgendwelche Chancen bei Carolin. Sie spielte in einer gänzlich anderen Liga. Carolin war ehrgeizig, zielstrebig, hatte ihr Leben unter Kontrolle. Wieso sollte sie sich für eine verträumte junge Frau interessieren, die ziellos durchs Leben stolperte und keine Ahnung hatte, wo ihr Weg sie hinführen würde?

Iris wusste, dass ihre Vorstellung davon, Carolin für sich zu gewinnen, komplett unrealistisch waren. Aber das machte sie nur umso süßer. Was war schon dabei, sich dieser Fantasie hinzugeben? Niemand konnte ihr verbieten, zu träumen.

KAPITEL 18

~ Carolin ~

Die nächsten Wochen liefen so gut, wie Carolin es sich nur wünschen konnte. Cassandras Allergie verschwand und ihr wunderschönes Fell wuchs wieder dicht. Ein großer Teil der Bachelorstudenten hatte tatsächlich die Prüfung in *Methodenlehre* bestanden. Ihre neue Publikation über Oszillationen im Schlaf-EEG wurde in einem respektablen Journal veröffentlicht. Und Iris war es gelungen, eine große Zahl von Probanden zu rekrutieren.

Das einzige ernsthafte Hindernis waren die unzähligen Anträge, die Iris ausfüllen musste, um nachzuweisen, dass ihre Studie ethischen Richtlinien und Sicherheitsvorschriften entsprach. Als sie wieder einmal an einem Formular verzweifelte, warf Carolin einen Blick darauf und griff kurzerhand zum Telefon, um mit der zuständigen Mitarbeiterin der Ethikkommission zu sprechen.

»Sie haben hier sieben Anlagen geschickt, die nichts mit der Studie zu tun haben«, sagte sie. »Wir haben keine minderjährigen Probanden und wir führen auch keine DNA-Analysen durch. Und können Sie mir erklären, was es mit dem sogenannten *erweiterten Risikoformular* auf sich hat?«

»Sie müssen ihre Teilnehmer darüber aufklären, welchen Risiken sie durch die Aktivitäten in ihrem Experiment ausgesetzt werden. Dazu gehören Verbrennungen, Verätzungen, Vergiftungen, Stürze, Unfälle mit scharfen oder stumpfen Gegenständen—«

»Das wird kein Problem sein«, unterbrach Carolin sie ungeduldig. »Da unser Experiment darin besteht, dass die

Teilnehmer *schlafen*. Ach, und sie füllen auch ein Tagebuch aus. Ich verspreche, wir werden sie warnen, sich nicht am Papier zu schneiden.«

Dem musste die Sachbearbeiterin nachgeben. Sie erlaubte Iris, nur das vereinfachte Risikoformular auszufüllen. Von da an schritt auch die Planung der Studie wieder ungehindert voran. Iris führte Testläufe mit den EEG-Geräten durch, und im August versammelte sie die Probanden zu einem Einführungsgespräch. Die Teilnehmer waren sehr unterschiedlich—von gerade erst volljährigen Studenten über Berufstätige bis zu einer Handvoll Senioren. Aber sie alle litten auf ihre Weise unter Albträumen.

Carolin hatte darauf bestanden, dass Iris selbst die Einführung übernahm, schließlich war es ihr Projekt.

»Unsere Studie läuft über acht Wochen«, erklärte sie. »Sie werden in dieser Zeit hier im Schlaflabor ihre Nächte verbringen, damit wir Messungen vornehmen können. Aber keine Sorge, Sie können tagsüber wie gewohnt zur Arbeit gehen.«

»Und wenn ich nachts arbeite?«, fragte eine Frau. Sie lehnte mit verschränkten Armen an der Wand.

»Oh, ja, das ist natürlich…Wann arbeiten Sie denn?«

»Abends um acht bis früh um zwei. Ich mache die Security in einem Club. Türsteherin.«

Das glaubte Carolin ihr sofort, und das nicht nur wegen ihrer durchtrainierten Oberarme. Sie strahlte Selbstbewusstsein aus—und natürliche Skepsis.

Iris nickte. »In Ordnung. Ich rede mit den Mitarbeitern vom Schlaflabor. Wir finden eine Lösung für Sie.«

Carolin schüttelte den Kopf. Die Beschreibung der Studie hatte eindeutig von Übernachtungen gesprochen. Aber wenn Iris sich die Mühe machen wollte, für jede

Befindlichkeit eine Sonderlösung zu finden, würde Carolin sie nicht aufhalten.

»Alle Teilnehmer füllen ein Tagebuch aus«, erklärte Iris. »Sie schreiben Ihre Träume auf und schätzen sie nach bestimmten Kriterien ein, zum Beispiel, wie realistisch, detailliert oder beängstigend der Traum war.«

»Soll das heißen, Sie lesen, was wir träumen?«

Das war wieder die Türsteherin. Ihre Stimme klang defensiv, als sei diese Vorstellung ihr sehr unangenehm.

»Darüber müssen Sie sich keine Sorgen machen«, sagte Iris. »Das Tagebuch ist für Sie selbst da, um Ihre Erinnerungen an Träume zu verbessern. Wir werden nur die numerischen Daten auswerten, also zum Beispiel wie schlimm Ihre Träume auf einer Skala von eins bis zehn waren.«

Die Türsteherin nickte zögernd.

»Wenn Sie wollen, können Sie uns auch die Beschreibungen der Trauminhalte zur Verfügung stellen. Wir werden dann schauen, ob es interessante Muster gibt. Aber das ist freiwillig und außerdem anonymisiert. Niemand kann also herausfinden, dass Sie es waren, die von den bösen Riesen-Gummibärchen geträumt hat.«

Die Türsteherin schnaubte amüsiert und entspannte sich etwas.

Nach dem ersten klärenden Gespräch wurden die Teilnehmer zufällig in zwei Gruppen eingeteilt—eine Hälfte war die Kontrollgruppe, die reguläre Psychotherapie erhielt, die zweite Hälfte lernte luzides Träumen mit der Hilfe von transkranieller Stimulation.

Wie das funktionierte, erklärte Iris dieser Gruppe bei einem weiteren Treffen. Sie gab ihnen auch eine Einführung in luzide Träume und Realitätschecks.

»Wenn es etwas gibt, dass immer wieder in Ihren Träumen vorkommt, dann können Sie das als Traumzeichen benutzen«, erklärte sie. »Angenommen, ich hätte einen schlimmen Autounfall gehabt, der mich in meine Träume verfolgt. Dann würde ich zum Beispiel immer dann, wenn ich in ein Auto steige, einen Realitätstest machen. Dadurch wird es zur Gewohnheit, und man macht es auch im Traum.«

»Okay, und wie sollen wir ihn dann verändern?«

»Man könnte zum Beispiel im Traum den Zug nehmen. Oder das Auto in eine Pferdekutsche verwandeln. Oder in ein Raumschiff.«

Dann erklärte sie, wie man im Traum signalisieren konnte, dass man luzide geworden war, in dem man die Augen schnell hin und her bewegte. Die Teilnehmer hatten viele Fragen, doch Carolin fiel auf, dass Iris schon viel ruhiger und selbstsicherer wirkte.

»Wie soll es helfen, dass ich weiß, dass ich träume?«, fragte die Türsteherin, Lea. »Ich kann mir das nicht vorstellen.«

Zustimmendes Gemurmel erklang. Viele der Probanden fühlten sich unwohl mit dem Gedanken, ihre Albträume so direkt zu konfrontieren.

»Vielleicht hilft es, wenn ich erzähle, wie es bei mir war«, sagte Iris. »Als Kind, in den Sommerferien nach der Grundschule, hatte ich immer wieder diesen Traum. Ich war im Dunkeln, ganz allein. Unter mir war ein tiefer, bodenloser Abgrund. Ich konnte mich nicht davon abwenden. Er hat mich aufgesaugt.«

Es wurde still im Raum. Alle Blicke waren auf Iris gerichtet. Carolins Puls beschleunigte sich, obwohl es nicht sie selbst war, die dort vorne stand und ihre Geheimnisse preisgab.

»Ich wollte weg, aber ich konnte nicht. Ich fing an, immer tiefer in diesen Abgrund zu sinken. Es wurde dunkel und kalt. Und dann habe ich geschrien und bin aufgewacht. Das ging den ganzen Sommer lang so. Ich hatte Angst, schlafen zu gehen.«

Einige nickten. Sie kannten das. Gebannt warteten sie auf Iris' nächste Worte.

»Eines Abends kam im Fernsehen eine Dokumentation über das Great Barrier Reef. Sie haben die Korallen und die Fische gezeigt, und auch, wie es aussieht, wo das Korallenriff aufhört und das offene Meer beginnt. Das war genauso tief und dunkel. Das nächste Mal, als ich geträumt habe, dachte ich—vielleicht schwimme ich im Meer. Und dann fiel mir ein, dass ich ja normalerweise nicht unter Wasser atmen kann. So habe ich gemerkt, dass ich träume.«

Iris lächelte jetzt. »Und mir war irgendwie klar, dass im Traum alles möglich ist. Ich bin wieder in die Dunkelheit gesunken, aber diesmal kam ein Rochen herbei geschwommen. Ich bin auf seinem Rücken geritten, und er hat mich fortgetragen. Es war, als würde ich fliegen. Von da an hatte ich keine Angst mehr. Ich bin fast jede Nacht auf dem Rochen geritten. Und später habe ich auch andere luzide Träume gehabt.«

Für einen Augenblick herrschte Stille.

»Und Sie haben jetzt keine Albträume mehr?«

»Doch, manchmal schon. Aber ich habe keine große Angst davor, weil ich weiß, was ich dagegen tun kann. In letzter Zeit hatte ich mehr, vermutlich weil ich gestresst bin.«

Carolin konnte immer noch nicht glauben, wie offenherzig sie das zugab.

»Deswegen werde ich auch selbst an der Studie teilnehmen, und auch meine Träume aufzeichnen.«

Die Teilnehmer murmelten miteinander und diskutierten, was sie gesagt hatte. Die Stimmung im Raum war jetzt viel optimistischer.

»Also«, sagte Lea. »Wann können wir loslegen?«

»Wie hast du das gemacht?«, fragte Carolin später, als sie über den Campus gingen.

»Du meinst, wie ich sie überzeugt habe?«, fragte Iris. »Ich glaube, sie brauchten nur etwas Verständnis. Ich habe ihnen gezeigt, dass ich ihre Sorgen ernst nehme.«

»Ja, aber die meisten anderen hätten sie mit ein paar allgemeinen Phrasen beruhigt. Du hast von deinen Ängsten als Kind erzählt, als wäre…als wäre nichts dabei!«

»Ja, ich dachte, es würde ihnen gefallen«, sagte Iris. »Oder war das falsch? Ist das unangemessen oder so, für mich als Wissenschaftlerin?«

»Nein, überhaupt nicht. Ich meine nur…« Carolin suchte nach den passenden Worten. »Ich hätte das nicht über mich gebracht. Fremden so etwas anzuvertrauen. Das war sehr mutig von dir.«

»Ach, so schlimm war es nicht«, sagte Iris.

Sie warteten an der Ampel, und Carolin warf einen Blick zu Iris hinüber. Wie viel steckte noch in ihr, das sie bisher nicht gezeigt hatte?

»Du konntest also schon als Kind luzide träumen. Warum hast du das nie erzählt?«

»Ich dachte nicht, dass es besonders interessant wäre.«

Carolin schüttelte ungläubig den Kopf. »Natürlich ist es das!«

Sie fasste einen spontanen Entschluss. »Wie wär's mit einem Getränk dort drüben, jetzt gleich? Dann kannst du mir alles darüber erzählen.«

»Hast du denn Zeit dafür?«

»Natürlich!«

Für dich habe ich immer Zeit, wäre ihr beinahe herausgerutscht.

»Das ist ein Kernbereich unserer Forschung, oder?«, sagte sie stattdessen.

Iris lächelte. »In Ordnung.«

Sie gingen zu dem kleinen japanischen Imbiss und bestellten einen Avocado-Lassi und einen Kurkuma-Mango-Lassi. Dann setzen sie sich an den Tisch am Fenster, wo einige große Topfpflanzen sie vom Rest des Restaurants abschirmten. Kurz darauf brachte die Bedienung zwei große Gläser, eines hellgrün und eines leuchtend gelb.

»Was willst du wissen?«, fragte Iris.

»Was waren deine ungewöhnlichsten luziden Träume?«

Iris legte ihre Stirn in Falten und sah dabei hinreißend aus. »Einmal war ich in einem Land aus riesigen bunten Blasen. Wenn ich eine berührt habe, ist sie zerplatzt und es sind ganz viele kleine neue Blasen entstanden. Das war lustig.«

Carolin schmunzelte und trank einen Schluck.

»Manche waren auch realistischer. Als ich überlegt habe, mein Medizinstudium abzubrechen, habe ich immer wieder geträumt, ich sei auf dem Dach eines Wolkenkratzers. Um mich herum waren Nebel und Wolken, und ich konnte den Boden nicht sehen. Da war ein anderes Hochhaus, ein paar hundert Meter entfernt. Zwischen den beiden Dächern war ein Seil gespannt. Ich musste über das Seil auf die andere Seite balancieren. Aber ich bin jedes Mal heruntergefallen.«

»Das klingt sehr belastend.«

»Es war nicht gerade schön. Aber zu der Zeit wusste ich schon mehr über luzide Träume und habe einen Test gemacht und gemerkt, dass es ein Traum ist. Dann habe ich die Nebelwolken verändert, sodass sie fest und weich waren wie Kissen. Und bin einfach über die Wolken spaziert.«

»Kreativ!«

Iris lächelte. »Die Wolkenberge waren so etwas wie Inseln im Himmel. Ich bin höher und höher geklettert, und das war schön. Von oben hatte man eine fantastische Aussicht.«

Iris sog an ihrem Strohhalm. Ein kleiner Tropfen des cremigen Lassis blieb an ihrer Unterlippe hängen. Plötzlich stand Carolin das Bild vor Augen, wie sie sich vorbeugte und den Tropfen wegküsste. Mit ganzer Kraft schob sie den Gedanken beiseite. Iris leckte sich über die Lippe, und der Moment war vorbei.

»Manchmal frage ich mich, ob meine Träume einen bestimmten Grund haben«, sagte Iris. Sie strich sich das Haar zurück, wie sie es meist tat, wenn sie verlegen oder unsicher war. »Ich weiß, das ist eine alberne Frage.«

»Überhaupt nicht«, sagte Carolin. »Es ist eine wissenschaftliche Frage. Menschen haben sich schon seit jeher darüber den Kopf zerbrochen.«

»Na ja, wahrscheinlich sind es keine Dämonen oder Warnungen der Götter oder so.«

»Das ist auch nicht meine favorisierte Hypothese«, sagte Carolin mit einem Lächeln. »Aber was denkst du denn?«

Iris zögerte. »Ich bin mir nicht sicher. Es gibt eine Theorie, dass Träume zufällig entstehen, wenn der Cortex Erinnerung verarbeitet. Aber das glaube ich nicht. Dafür sind meine Träume zu lang und zu komplex.«

Iris biss sich auf die Lippe und überlegte einen Moment. »Ich habe eine andere Theorie gelesen, die mir gefällt. Ein

Traum ist so eine Art Selbsttherapie, mit dem man versucht, schwierige Situationen zu lösen. Das Hirn simuliert sozusagen die Gefahr und probiert verschiedene Strategien, um sie zu überwinden. Ich mag die Vorstellung, sie ist so optimistisch.«

Carolin hob die Augenbrauen. »Also übt dein Hirn schon mal für den Fall, dass du auf dem Planeten der bunten Blasen landest…«

Iris errötete. »Ja, ich gebe zu, das kann ich damit nicht erklären. Aber das war ja auch kein Albtraum. Aber bei dem Traum mit den Hochhäusern, da könnte es ja sein, dass die Hochhäuser für die beiden Studiengänge stehen. Und ich hatte Angst, dass ich beim Wechsel einen schrecklichen Fehler mache und abstürze.«

Carolin nickte. »Das könnte sein.«

Das Gespräch faszinierte sie. Das lag weniger an den Theorien und viel mehr daran, dass Iris so viel von sich erzählte. Carolin wollte unbedingt mehr erfahren. Sie wollte wissen, was in Iris vor sich ging und was für ein Mensch sie war. Aber sie achtete darauf, es wie wissenschaftliches Interesse klingen zu lassen.

»Und wenn du nun diese Hypothese auf deinen Albtraum als Kind anwendest? Den, in dem du in den Abgrund gefallen bist? Welche Schlussfolgerungen ziehst du?«

»Hm. Ich glaube, damals hatte ich Angst, dass ich nicht gut genug fürs Gymnasium bin.«

»Hattest du schlechte Noten?« Das konnte Carolin sich kaum vorstellen.

»Nein, in der Grundschule hatte ich nur Einsen. Aber meine Eltern haben mich an ein Spezialgymnasium geschickt und mich gewarnt, dass jetzt alles viel schwerer wird. Und dass ich von der Schule fliege und sie sehr enttäuscht sind, wenn ich nicht gut genug bin.«

»Das ist furchtbar!«

»Sie wollten mich nur anspornen.«

Das erklärte jedenfalls, warum Iris immer so an ihren eigenen Fähigkeiten zweifelte.

»So behandelt man doch kein Kind«, sagte Carolin empört.

»Sie haben es gut gemeint. Und sie haben mich auch wirklich geliebt. In manchen Dingen hatte ich echt Glück mit ihnen. Es hat sie überhaupt nicht gestört, dass ich mich nicht für Jungs interessiert habe—Schule war sowieso wichtiger—und als ich meine erste Freundin hatte, haben sie mich sehr unterstützt.«

Carolin verbarg ihre Überraschung, in dem sie noch einen Schluck Lassi trank. Ihr Herz pochte plötzlich schneller. Iris war also lesbisch! Oder zumindest klang es sehr danach.

Spielt keine Rolle, sagte sie sich. Es war nicht so, als könnte sie Iris jemals auf diese Weise näherkommen. Und doch…

Iris merkte nichts von dem, was in Carolin vor sich ging.

»Sie haben mich auch auf die Musikschule geschickt. Das wollte ich am Anfang nicht, aber später war ich froh darüber. Zumindest, wenn ich nichts vorspielen musste. Das war schrecklich.«

Sie lachte verlegen. »Aber das ist eine andere Geschichte. Entschuldige, ich bin vom Thema abgekommen. Das wolltest du ja alles gar nicht hören.«

»Nein, ist schon in Ordnung«, sagte Carolin. »Erzähl weiter.«

»Es ging ja eigentlich um den Traum. Ich habe ja nicht von der Schule geträumt. Ich glaube aber trotzdem, dass es darum ging, wovor ich Angst hatte. Was passiert, wenn…wenn ich alles falsch mache.«

Ihre Stimme war leiser geworden. Carolin wusste genau, was sie meinte. Die Angst, zu versagen. Nichts wert zu sein, nichts zu erreichen, weil man einfach nicht gut genug war.

»Das ist albern, ich weiß«, sagte Iris.

Carolin streckte die Hand aus und legte sie um die von Iris.

»Überhaupt nicht. Ich…kenne das Gefühl.«

Ihre Blicke trafen sich. Die Distanz zwischen ihnen schmolz dahin, und Carolin merkte, wie ihre Kehle trocken wurde. Sie hatte plötzlich das Bedürfnis, Iris über die Wange zu streichen, ihr zu sagen, dass sie wundervoll und klug war. Und so viel mehr.

Aber sie durfte das nicht einmal denken. Sie war Iris' Betreuerin. Die Beziehungen zwischen ihnen musste professionell bleiben. Sie musste diese Gedanken vertreiben, auch wenn es ihr immer schwerer fiel.

»Aber du hast es geschafft, oder?«, sagte sie. »Du bist auf dem Fisch davongeritten.«

»Auf einem Rochen«, sagte Iris mit einem Lächeln.

»Genau. Das heißt, dass du es schaffen kannst. Auch im echten Leben. Du musst dich nur selbst davon überzeugen. Es steckt in dir.«

KAPITEL 19

~ Iris ~

Iris startete den Videocall. Emilys Gesicht erschien auf dem Bildschirm, und sofort platzte sie heraus: »Du glaubst gar nicht, wie mega genial es hier ist!«

Iris konnte ihre Begeisterung so deutlich spüren, als stünde sie neben ihr. Sie hatte vor wenigen Tagen ihren Forschungsaufenthalt in den USA angetreten. Ihrem breiten Grinsen nach zu urteilen, waren ihre Erwartungen sogar noch übertroffen worden.

»Ich habe schon jede Menge neue Leute kennengelernt. Hier sind so viele kluge Menschen, und spannenden Projekte, es ist unglaublich!«

Emily erzählte von ihren neuen Kollegen, ihrer Unterkunft und davon, wie sie die besten Clubs und Bars in Madison ausfindig machen wollte.

»Und wie läuft's bei dir?«, fragte sie dann. »Immer noch in den Fängen des Haifischs?«

»Nenn sie nicht so«, wehrte Iris ab. »Aber ja, ich arbeite weiter mit Professor Adler.«

»Du tust mir so leid«, sagte Emily. »Das muss furchtbar sein.«

»Eigentlich nicht«, sagte Iris. »Sie ist sehr nett und hilft mir, wenn ich Probleme habe. Wir sind inzwischen ziemlich auf Augenhöhe.«

Sie dachte an ihr Gespräch über Träume. Zuerst hatte sie Angst gehabt, dass Carolin für ihre Theorien nur einen spöttischen Kommentar übrighaben würde. Doch Carolin hatte sie ernst genommen. Und dann—hatte sie sogar ihre

Hand berührt und ihr auf eine Weise in die Augen gesehen, die Iris den Atem stocken ließ.

Es war ihr so unwirklich vorgekommen, dass sie heimlich unter dem Tisch einen Realitätstest gemacht hatte. Aber es war eindeutig kein Traum gewesen.

»Das glaube ich nicht«, sagte Emily. »Das kann einfach nicht sein.«

»Was kann nicht sein?«

Emily hob ihre Finger vor die Kamera und zählte ab. »Schön, klug und sympathisch. Kein normaler Mensch hat mehr als zwei dieser Eigenschaften. Und da sie richtig heiß ist—versuch es gar nicht, das zu leugnen—und außerdem super intelligent, kann sie demzufolge nicht nett sein.«

Iris verdrehte die Augen. »Das ist deine Theorie? Klingt wissenschaftlich ja unglaublich solide.«

»Nein, das ist Intuition! Wenn etwas zu gut ist, um wahr zu sein, ist es das auch nicht. Vielleicht spielt sie dir was vor. Oder sie hat ein dunkles Geheimnis. Irgendwas stimmt da nicht.«

»Das ist doch Unsinn«, sagte Iris. Dann wechselte sie das Thema und erzählt+e, was Lukas gerade so machte.

Doch in ihr blieb ein Anflug von Zweifel zurück.

Sie wünschte sich so sehr, Carolin nahe zu sein. Bei ihrem letzten Gespräch hatte es sich so angefühlt, als würde Carolin sich für sie interessieren—nicht nur als halbwegs nützliche Doktorandin, sondern als Mensch. Und Iris wollte etwas Besonderes für sie sein. Jemand, der ihr tatsächlich etwas bedeutete.

War das noch Schwärmerei? Oder steigerte sie sich hier in etwas hinein, das nicht gut enden würde?

Vielleicht hatte sie sich die Wärme in Carolins Augen nur eingebildet. Sie hatte sich so sehr an ihre Traumvorstellung gewöhnt, dass sie viel mehr in ihre Begegnung hineininterpretierte, als wirklich da war. Vielleicht verlor sie langsam den Kontakt zur Wirklichkeit.

Sie musste es realistisch betrachten. Ihre Schwärmerei für Carolin war albern. Es gab keinen Grund, warum Carolin sich für sie interessieren sollte. Carolin war so weit außerhalb von Iris' Liga, dass es nicht mal mehr komisch war. Sie war erfolgreich, schön, zielstrebig und hatte ihr Leben unter Kontrolle. Und sie hatte keine Geduld für irgendwelche Ablenkungen. Warum sollte sie ihre kostbare Zeit mit Iris verschwenden? Es ergab keinen Sinn.

Emily hatte recht—es wäre zu schön, um wahr zu sein.

Der August kam. Iris versuchte, nicht so viel an Carolin zu denken und sich auf ihre Arbeit zu konzentrieren, denn nun begann die Studie wirklich.

Die Probanden, und damit auch Iris, schliefen jede Nacht im Schlaflabor. Abends legte eine technische Assistentin ihr eine Kappe mit Elektroden auf ihren Kopf, die ihre Schlafphasen und verschiedene Daten aufzeichnete. Wenn sie träumte, würde die Kappe ihr Hirn mit einer geringen Spannung einer ganz bestimmten Frequenz stimulieren. Wenn alles so lief, wie Iris es sich vorgestellt hatte, würde das helfen, die Kontrolle über ihre Träume zu gewinnen.

Iris versuchte, es sich in dem fremden Bett einigermaßen bequem zu machen. Zuerst fiel es ihr schwer, sich in der ungewohnten Umgebung zu entspannen. Daheim in ihrem eigenen Bett fühlte sie sich viel sicherer. Doch schließlich gewann die Erschöpfung eines langen Tages doch die Oberhand.

Gleich in der ersten Nacht träumte sie von Carolin.

Sie saßen zu zweit in einem Boot, das über einen nebligen See glitt. Carolin war gekleidet wie eine viktorianische Edeldame. Iris nahm die Ruder und tauchte sie in das von Seerosen bedeckte Wasser. Langsam glitten sie zu einer kleinen Insel. Sie stiegen ans Ufer und fanden ein verstecktes Haus, das ganz von Efeu bewachsen war.

»Hier sind wir allein«, sagte Carolin.

In dem Haus stand ein altes Klavier. Iris setzte sich daran und spielte. Im Traum war es ganz leicht, sie musste nicht einmal darüber nachdenken. Als sie auf ihre Finger schaute, waren sie verschwommen.

»Du spielst schön«, sagte Carolin. »Aber das Ende kommt so oder so.«

Als sie das sagte, befiel Iris ein unheimliches Gefühl. Sie ahnte, dass etwas hier nicht stimmte.

»Na und?«, sagte sie trotzdem. »Dann fange ich einfach von vorn an.«

Sie begann das Stück noch einmal. Doch Carolin packte sie an der Schulter und drehte sie herum.

»Es ist nicht echt. Du weißt es«, sagte sie.

»Das ist mir egal.«

Carolins Miene wurde streng. »Das sollte es aber nicht.«

Der Traum entglitt ihr. Iris versuchte, ihn festzuhalten, doch es gelang ihr nicht. Sie schreckte hoch, desorientiert und mit pochendem Herzen. Um sie herum war es dunkel. Es dauerte ein paar Sekunden, bis sie sich erinnerte, wo sie war.

Ein Assistent des Schlaflabors kam vorbei, um nach ihr zu sehen.

»Alles okay«, sagte Iris. »Nur ein Traum.«

Sie ließ sich zurück auf das Kissen sinken und griff nach ihrem Traumtagebuch.

Der Assistent überprüfte kurz, ob die Kabel alle noch an ihrem Platz waren, dann ließ er sie allein. Iris schrieb ein paar Stichpunkte auf. Sie hatte geahnt, dass es ein Traum war, aber sie wollte es nicht einsehen, damit sie länger mit Carolin zusammen sein konnte. Jetzt wünschte sie sich, sie hätte sich gar nicht daran erinnert.

Sie legte das Notizbuch weg und fiel bald wieder in einen unruhigen Schlaf.

Iris ging einmal pro Woche in Carolins Büro, um den Fortschritt der Studie zu besprechen. Carolin war immer höflich und hörte Iris aufmerksam zu. Doch stets trennte sie der kühle, harte Glastisch. Und Carolin verhielt sich in jeder Hinsicht korrekt, so wie eine Betreuerin mit einer Promotionsstudentin reden sollte. Von einer tieferen Vertrautheit war nichts zu spüren.

Iris kam zu dem Schluss, dass sie sich all die Andeutungen von Nähe wirklich nur eingeredet hatte.

Sie hat doch gesagt, dass es nicht echt ist, dachte sie. Natürlich war das nur die Carolin in ihrem Traum gewesen. Aber es stimmte. Sie sollte sich nicht etwas einreden, was gar nicht existieren konnte.

Neunzehn Teilnehmer der Studie hatten ihr Einverständnis dafür gegeben, ihre Tagebücher zur Auswertung bereitzustellen. Iris war jetzt froh, dass sie selbst sich dagegen entschieden hatte. Die Tagebücher wurden zwar anonymisiert, aber trotzdem war ihr der Traum peinlich.

Manchmal sah Iris Carolin auf dem Campus, meist mit schnellem Schritt unterwegs zu einer Vorlesung, einen Kaffeebecher in der Hand und die Tasche unter dem Arm. Carolin bemerkte Iris nicht, so fokussiert war sie auf ihr

Ziel. Wenn sie sich in einem Gang des Instituts begegneten, nickte Carolin ihr höflich zu. Gelegentlich erkundigte sie sich, wie Iris' Arbeit voranschritt. Das führte sie schnell in ein angeregtes Gespräch über die Literatur und mögliche offene Forschungsfragen. Nach diesen Diskussionen fühlte Iris sich von Energie erfüllt. Doch später, wenn sie darüber nachdachte, hatte sie das Gefühl, es würde etwas fehlen. Sie wünschte sich, dass Carolin mehr Interesse an ihr zeigte. Dass sie Iris nicht nur als ein Gehirn auf Beinen betrachtete, dass gelegentlich gute Ideen hervorbrachte, sondern als einen vollwertigen Menschen. Wie als sie in dem Sushi-Restaurant über ihre Träume gesprochen hatten.

Aber woher nahm sie überhaupt diese seltsame Erwartung? Sie wusste doch ganz genau, dass Carolin eben nur ihre Betreuerin war und nichts mehr als das.

Im Oktober wurde es kalt. Iris stand eines Nachmittags in der S-Bahn vom Institut in Richtung Zentrum und starrte gedankenverloren aus dem Fenster. Leuchtend gelbe Ahornblätter bedeckten die grauen Straßen. Es war jetzt schon ein halbes Jahr her, dass sie Lukas von ihrer Schwärmerei erzählt hatte. Er hatte gesagt, es würde irgendwann von selbst aufhören. Wie lange würde das dauern? Wie viele Beweise brauchte sie noch, bis sie einsah, dass es hoffnungslos war?

Sie wurde aus ihren Gedanken gerissen, als ein ausgezehrt aussehender Mann in schäbiger Kleidung den Wagen betrat. Mit müder, monotoner Stimme trug er seinen Text vor.

»Entschuldigen Sie die Störung, mein Name ist Steffen und leider bin ich derzeit wohnungslos…«

Iris kramte in ihrer Tasche und holte ein paar Münzen hervor. Als sie aufblickte, um sie in seinen Pappbecher zu werfen, sah sie direkt in ein Paar graue Augen, die sie überall wiedererkennen würde.

Carolin legte ihr Geld in den Becher des Obdachlosen, und Iris tat es ihr gleich. Der Mann murmelte etwas und ging weiter zum nächsten Wagen. Carolin sah ihm hinterher, ihr Gesichtsausdruck nachdenklich. Iris setzte sich ihr gegenüber auf einen Platz, der inzwischen frei geworden war.

»Ich habe dich gar nicht gesehen.«

Carolin wandte sich ihr zu und lächelte. »Ich dich schon. Aber ich wollte dich nicht in deinen Gedanken unterbrechen.«

»Oh, ich habe an nichts Wichtiges gedacht«, sagte Iris verlegen. Carolin hob leicht die Augenbrauen. War das Neugier in ihren grauen Augen? Oder bildete Iris sich das wieder nur ein?

»Nur, äh, an die Studie.« Iris wechselte das Thema. »Bist du heute nicht mit dem Auto unterwegs?«

»Nein. Im Stadtzentrum ist der Verkehr um diese Zeit unerträglich. Ich brauche auch nur ein paar Kleinigkeiten vom Wochenmarkt. Man bekommt dort die besten Zutaten.«

»Wirklich? Ich glaube, ich war noch nie auf einem Wochenmarkt.«

»Willst du mich begleiten?«, fragte Carolin. »Natürlich nur, wenn du sonst nichts Wichtiges vorhast.«

Selbst wenn dem so wäre, Iris hätte ihre Pläne sofort über den Haufen geworfen. Sie warf einen kurzen Blick auf ihre Hände. Fünf Finger. Kein Traum.

»Ich habe nichts vor! Ich komme gern mit.«

KAPITEL 20

~ Carolin ~

Der Wochenmarkt fand auf einem alten Marktplatz statt, erstreckte sich aber noch bis in die Nebenstraßen. An dutzenden Ständen wurden vor allem Obst und Gemüse angeboten, aber auch Blumen, Käse, türkische Süßigkeiten, griechische Aufstriche, Öle, Gewürze und Tee. Ein Stand hatte sich sogar auf Hanfprodukte spezialisiert. Carolin fand zielsicher ihren Weg durch das Gedränge, und Iris folgte ihr.

Sie hatte sie aus einem Impuls heraus eingeladen, sie zu begleiten. In den letzten Wochen verspürte sie immer, wenn sie Iris sah, den Drang, mehr Zeit mit ihr zu verbringen. Ihr nahe zu sein. Normalerweise unterdrückte sie diese Gedanken, doch heute war ihr das nicht gelungen. Es war ja nur ein harmloser Spaziergang. Was konnte daran verwerflich sein?

»Wow, das ist alles so günstig«, sagte Iris. »Vielleicht sollte ich meine WG überreden, dass wir hier einkaufen. Dann könnten wir unsere Nudeln mit Tomatensoße mit richtigen Tomaten machen.«

Carolin warf ihr einen Blick zu, um zu sehen, ob Iris nur einen Witz machte. Doch ihr Gesichtsausdruck verriet, dass ein Körnchen Wahrheit darin steckte.

Carolin musste einfach nachhaken. »Ich hoffe, das ist nicht zu persönlich. Aber sind deine Eltern nicht Ärzte? Am Geld sollte es doch nicht mangeln.«

»Das ist auch nicht das Problem. Als ich Medizin studiert habe, haben sie mich unterstützt. Aber sie waren ziemlich enttäuscht, dass ich das abgebrochen habe. Sie meinten, wenn ich was anderes studieren will, kann ich das machen, aber das ist dann mein eigenes Problem. Und dann musste ich auch noch aus meiner Wohnung raus.«

Carolin runzelte die Stirn. »Warum das? Hat es nicht mehr für die Miete gereicht?«

»Ich habe dort mit meiner Freundin gewohnt, also meiner Ex-Freundin. Christina. Ich hatte sie im Studium kennengelernt.« Iris schob die Hände in die Jackentaschen. »Sie war ziemlich beleidigt, dass ich Medizin aufgegeben habe. Sie meinte, wir hätten nicht mehr die gleichen Ziele. Damit war es dann vorbei mit uns.«

»Ein Fehler, den sie den Rest ihres Lebens bereuen wird, nehme ich an«, sagte Carolin.

Iris lächelte verlegen. Carolin wandte sich schnell ab und tat so, als sei sie fasziniert von einigen Zucchinis. Seit wann platzte sie einfach mit Komplimenten heraus, ohne darüber nachzudenken? Das war doch sonst nicht ihre Art.

»Und jetzt wohnst du mit deinen Freunden zusammen?«, fragte sie betont gelassen, als sie weiter spazierten.

»Genau, mit Emily und Lukas. Es ist das wahre Studentenleben. Ständig knapp bei Kasse, ein Speiseplan aus Spaghetti und Tiefkühlpizza, und am Samstagmorgen blockieren unerwartete Gäste das Badezimmer. Eigentlich wollte ich das mit siebenundzwanzig langsam hinter mir lassen.« Iris seufzte. »Aber das Stipendium reicht nicht, um allein eine Wohnung zu bezahlen. Also habe ich keine Alternative.«

Carolin blieb an einem Gewürzstand stehen. Sie hielt ihre Stimme sorgfältig neutral, als sie bemerkte: »Nun, du könntest mit einem Partner oder einer Partnerin zusammenziehen. Das habe ich damals gemacht.«

Aus dem Augenwinkel sah sie das neugierige Aufblitzen in Iris' Augen. Aber mehr würde sie ihr nicht verraten, nicht heute und hier. Vielleicht genügte die kleine Andeutung aber trotzdem, um Iris wiederum etwas zu entlocken. Und tatsächlich.

»Ich habe momentan niemanden«, sagte Iris. »Schon seit Christina nicht mehr.«

»Das überrascht mich.«

»Ich war immer so beschäftigt, mit Prüfungen, Facharbeiten, Forschungsprojekten…« Sie lächelte verlegen. »Ich habe mich stattdessen praktisch in die Wissenschaft verliebt.«

Carolin lachte. »Das kenne ich. Aber die Wissenschaft ist eine stolze und eifersüchtige Liebhaberin. Wenn du deine Aufmerksamkeit kurz auf etwas anderes richtest, ist sie beleidigt und wendet sich von dir ab.«

»Das sollte ich lieber nicht riskieren!«, sagte Iris. »Aber ganz ehrlich, ich habe praktisch keine Zeit für irgendetwas anderes. Ich lese Bücher und Artikel, sitze in Vorlesungen, schreibe Ausarbeitungen, und abends bin ich so erschöpft, als wäre ich einen Marathon gelaufen.«

Sie ließ den Blick über die Gewürze schweifen. »Aber es wird irgendwann besser, oder? Wenn man Professorin ist?«

Carolin hätte beinahe gelacht. *Besser? Wohl kaum.*

»Absolut—wenn es dein Traum ist, Anträge zu schreiben und in endlosen Institutsversammlungen zu sitzen.«

Sie verzog das Gesicht. »Die Bezahlung als Professor ist natürlich sehr anständig. Aber der Stress hört nie auf. Man muss Vorlesungen halten, Forschungsgelder einwerben, Projekte und Kooperationen starten, und gleichzeitig bahnbrechende Forschung machen. Wenn man nicht erfolgreicher als die zwei Dutzend Konkurrenten ist, die um die gleiche Professur kämpfen, steht man mit Ende dreißig mit leeren Händen da.« Sie sah zu Iris. »Wenn ich dir einen Rat geben darf: Überlege dir ganz genau, ob du das willst.«

Carolin nahm ein Päckchen Garam Masala und reichte dem Händler sein Geld. Dann schlug sie den Weg zurück in Richtung S-Bahn ein. In ihrer derzeitigen Stimmung fürchtete sie, zu viel zu verraten, was sie später bereuen würde.

»Und warum tust du dir das alles an?«, fragte Iris.

»Gute Frage«, sagte Carolin.

Ja, warum eigentlich?

»Ich wusste schon immer, dass ich mir etwas beweisen will. Ich komme aus einer Familie von Professoren, aber ich bin die erste Frau, die eine akademische Laufbahn eingeschlagen hat. Ich hatte schon immer das Bedürfnis, zu zeigen, was in mir steckt. Kluge Menschen dazu zu bringen, mich zu respektieren.«

Carolin dachte kurz nach. »Ich schätze, ich will Anerkennung. Aber sie muss verdient sein. Es muss etwas sein, woran ich hart arbeiten muss, und was nicht jeder erreicht. Wenn ich sportlich gewesen wäre, hätte ich es wohl mit Olympia versucht, aber so muss mein Hirn herhalten.«

Iris nickte.

»Was ist mit dir?«, fragte Carolin. Sie hatte so viel verraten, nun schuldete Iris ihr mindestens ebenso viel Offenheit. »Wehe, es ist nur, um deinen Eltern etwas zu beweisen.«

Iris sah verlegen zur Seite. »Ich hoffe nicht. Ich meine, es wäre super, wenn sie zufrieden mit mir wären und nicht mehr denken würden, dass ich alles falsch gemacht habe. Aber das ist es nicht.«

Sie überlegte kurz. »Es gibt so viel, was Menschen belastet. Ängste, Einsamkeit, Depressionen…Da draußen sind Menschen, denen es furchtbar geht. Und es könnte sein, dass es für all diese Probleme eine Lösung gibt. Wir kennen sie nur noch nicht, weil wir das Gehirn und die Psychologie noch nicht genug verstehen. Und solange das so bleibt, leiden Millionen Menschen. Also versuche ich alles, damit wir zumindest ein kleines Stück weiterkommen.«

Das brachte Carolin für einen Moment zum Schweigen. Eigentlich hatte sie es gewusst, vom ersten Tag an, als Iris in ihrem Büro gestanden hatte. Sie hatte das Feuer in ihren Augen gesehen, als sie sich für ihre beste Freundin einsetzte, und die gleiche Entschlossenheit stand ihr auch jetzt ins Gesicht geschrieben.

»Du bringst mich in Verlegenheit«, sagte Carolin. »Ich rede hier von meinem Ehrgeiz, und du willst nichts weiter, als jedem Menschen zu helfen. Ich komme mir richtig schäbig neben dir vor.«

Iris schüttelte den Kopf. »Überhaupt nicht! Ich finde es beeindruckend, wie hart du arbeitest und wie erfolgreich du bist. Das habe ich schon von Anfang an bewundert.«

Carolin nickte. Sie war froh, dass Iris es so sah. Ihr Erfolg war die eine Sache, auf die sie wirklich stolz sein konnte. Was sonst hatte sie zu bieten, womit sie Iris von sich überzeugen konnte?

»Und du hilfst doch auch Menschen mit deiner Forschung«, sagte Iris. »Darauf kommt es an, oder?«

Sie erreichten die S-Bahn-Station und stiegen die Treppen hinauf. Die nächste Bahn für Carolin kam in fünf Minuten. Sie wusste nicht, ob sie die Zeit beschleunigen wollte, um diesem heiklen Gespräch zu entgehen, oder doch lieber ausdehnen, um länger bei Iris zu sein.

»Vielleicht«, sagte Carolin. »Aber mir hat mal jemand gesagt, dass es so viel Konkurrenz gibt, dass meine Arbeit keinen Unterschied macht. Da sind so viele andere, die mir auf den Fersen sind, und die gleichen Erkenntnisse kurz nach mir entdecken. Oder kurz vor mir, wenn ich nicht aufpasse. Und wenn man nur einen Fehler macht, ist es vorbei.«

»Glaubst du das wirklich?«

Carolin sah es Iris an, dass ihr die Antwort wichtig war. Sie wählte ihre Worte sorgfältig.

»Ich weiß, dass man sich keine Fehler leisten darf. Man braucht die Kontakte und das Wohlwollen der Kollegen, sonst kommt man nie voran. Was den Rest angeht…ich weiß es nicht. Manchmal denke ich, dass alles, was ich tue, im Grunde ersetzbar ist.«

Etwas flackerte in Iris Gesicht auf. War es Empörung? Mitgefühl? Loyalität?

»Ich finde deine Arbeit nicht ersetzbar«, sagte Iris mit Nachdruck. »Ich habe deinen letzten Artikel gelesen, und er war großartig.«

»Das ist nett von dir.« Carolin lächelte, auch wenn ihr nicht danach zumute war. »Du musst dir darüber keine Sorgen machen. Bei dir ist das anders.«

Sie sah Iris in die Augen. Es war wichtig, dass sie verstand. »Du hast eine einzigartige Idee. Niemand auf der ganzen Welt arbeitet an dem gleichen Thema. Du bist also tatsächlich eine Entdeckerin auf unbekanntem Territorium. Dir steht eine großartige wissenschaftliche Karriere bevor.« Sie lächelte schief. »Also lass dich nicht von meinem Gejammer abschrecken.«

»Ich bin froh, dass du mir sagst, wie es ist. Dann kann ich mich darauf einstellen.«

»Also hat es dich nicht abgeschreckt?«

Iris überlegte kurz, dann schüttelte sie den Kopf. »Nein. Ich weiß, dass mir jede Menge harte Arbeit und Stress bevorsteht. Aber wenn ich etwas richtig Gutes bewirken kann, muss ich es einfach versuchen.«

»Sehr gut«, sagte Carolin leise. »Darauf kannst du stolz sein.«

Iris standen tausend Fragen ins Gesicht geschrieben. Doch nun fuhr die S-Bahn ein. Carolin zögerte nur einen Sekundenbruchteil, ehe sie einstieg. Der Signalton erklang, die Türen schlossen sich, und die Bahn setzte sich in Bewegung.

KAPITEL 21

~ Iris ~

Iris saß im Zug. Draußen zog eine herbstliche Landschaft vorbei. Dunkle Wolken ballten sich am Himmel zusammen. Carolin saß ihr gegenüber und sah aus dem Fenster. Iris betrachtete ihren dunkelroten Lippenstift. Sie fragte sich, wie es sich wohl anfühlen würde, diese Lippen zu küssen.

Plötzlich drehte Carolin den Kopf und sah sie an. »Woran denkst du gerade?«

»Ich weiß nicht.«

Carolin hob die Augenbrauen. »Ach wirklich?«

Ihr Blick war durchdringend, als könne sie Iris Gedanken lesen. Iris' Puls beschleunigte sich. Sie konnte den Blick nicht abwenden. Carolin beugte sich vor und hob die Hand. Ihre schlanken Finger näherten sich Iris' Gesicht. Sie fasste eine Strähne ihres Haares, das sich gelöst hatte, und schob sie hinter ihr Ohr.

Die Berührung war heiß auf Iris' Haut. Sie hielt den Atem an. Carolin war ihr jetzt ganz nahe. Ihr Finger glitt Iris Wange herab, fuhr unter ihr Kinn und hob es sanft an. Dann lächelte sie, wissend.

»Du hast an das hier gedacht«, sagte sie.

Sie küsste Iris auf die Lippen. Nur ganz sacht. Doch die Berührung genügte, um eine Explosion von Gefühlen in Iris auszulösen. Aufregung. Fassungslosigkeit. Begehren. Ihr Herz raste.

Carolin hob amüsiert die Augenbrauen.

»Du darfst wieder atmen. Du musst natürlich auch nicht.«

Ihre Hände glitten Iris' Hals herab, öffneten dann den obersten Knopf ihrer Bluse. Ein leichter Luftzug glitt über ihre Haut. Iris schluckte. Sie sehnte sich nach Carolins Berührung.

»Ich weiß, was du willst.«

Carolin beugte sich herab und küsste ihren Hals. Ihr Schlüsselbein. Die weiche Haut über ihrer Brust. Dann blickte sie auf.

»Bist du nervös?«

Iris schüttelte den Kopf.

»Gut. Es ist ja nur ein Traum.«

Ein Teil von Iris hatte es die ganze Zeit geahnt.

Eigentlich sollte sie jetzt die Augen nach links und rechts bewegen und damit demonstrieren, dass sie Luzidität erreicht hatte, wie die Studie es verlangte. Aber was, wenn sie Carolin damit beleidigte? Sie fühlte sich so echt an. Und sie wollte sie nicht verlieren.

»Keine Sorge«, sagte Carolin, die wieder ihre Gedanken gelesen hatte.

Iris wagte es. Sie schaute ganz nach links. Der Gang vor dem Abteil war leer. Dann ganz nach rechts. Draußen begann es zu regnen. Die Tropfen fielen auf die Fenster und wurden vom Fahrtwind über das Glas getrieben. Dann sah sie zurück zu Carolin.

»Ich bin immer noch hier«, sagte Carolin. Sie saß plötzlich neben ihr.

»Hör nicht auf«, sagte Iris.

Iris' Verlangen war zu stark. Sie musste ihm einfach nachgeben. Carolin hob die Hand, öffnete zwei weitere Knöpfe der Bluse und streifte den Stoff beiseite. Iris trug nichts darunter. Carolin beugte sich herab und küsste ihre Haut. Ihre Zunge umkreiste die zarte Spitze ihrer Brust. Ein wohliger Schauer durchfuhr Iris.

Nun ging alles schnell. Carolins Hände glitten nach unten, fanden den Knopf von Iris' Hose und öffneten ihn. Hitze durchflutete Iris. Sie spreizte die Beine. Carolin schob eine Hand in ihre Hose. Ihre Finger glitten über Iris' Slip, berührten sie durch den dünnen Stoff hindurch. Iris stöhnte auf. Sie hatte es gewollt, schon so lange. Ein heißes Pochen durchfuhr ihren ganzen Körper. Sie drängte sich der Berührung entgegen und lehnte zugleich den Kopf an Carolins Schulter.

Ein heftiger Ruck ging durch den Zug.

Iris schrak hoch. Sie trug wieder ihre Kleidung. Schon folgte sie Carolin aus dem Abteil. Sie eilten durch den menschenleeren Zug bis zur Spitze.

Die Lok fehlte. Stattdessen war da ein Loch, als hätte jemand das vordere Ende des Zuges einfach abgerissen. Der vorderste Wagen hing über einer tiefen Schlucht. Metall ächzte und knirschte.

»Wir fallen«, sagte Carolin.

Iris drehte sich zu ihr um. Der Zug wurde von seinem eigenen Gewicht in die Tiefe gezogen. Iris versuchte, nach Carolins Hand zu greifen, doch sie war zu weit weg. Und dann stürzte sie ab.

Iris schreckte hoch und keuchte.

»Entschuldigung«, flüsterte eine Stimme. Einer der Assistenten im Schlaflabor. Sie hatte ein Geräusch gehört, als er gegen ihr Bett gestoßen war. Es vermischte sich mit dem Krachen des Zuges, der in den Abgrund donnerte. Wo war Carolin? Hitze pulsierte in ihrem Körper und Angst, Erregung und Schock mischten sich zu einer verwirrenden Mixtur.

Es war ein Traum gewesen. Aber es hatte sich so intensiv angefühlt. Wenn sie gleich wieder einschlief, würde Carolin vielleicht zurückkommen, sie wieder berühren, sie küssen.

Doch wenn sie ihren Traum nicht aufschrieb, würde sie ihn vielleicht vergessen. Und die Nähe, die sie empfunden hatten, würde für immer verloren sein.

Der Assistent verließ den Raum. Iris lag im Dunkel und versuchte, eine Entscheidung zu treffen. Schließlich griff sie nach ihrem Traumtagebuch. Mit zitternden Händen machte sie ein paar Notizen. Dann legte sie das Tagebuch zur Seite und ließ sich in ihr Bett sinken. Noch immer war sie aufgewühlt und erregt. Unter der Bettdecke schob sie die Hand zwischen ihre Beine, um das hitzige Verlangen zu stillen. Dann schloss sie die Augen und wartete darauf, dass der Traum zurückkehrte.

Am nächsten Morgen wachte Iris viel zu früh auf. Draußen hing herbstlicher Nebel in der Luft. Sie packte ihr Tagebuch ein und machte sich auf den Weg zu einem kleinen Café auf dem Campus. Nur wenige Studenten waren so früh schon unterwegs, und sie war ganz allein. Mit einem großen Kaffee setzte sie sich in die hinterste Ecke.

Sie brauchte die Notizen nicht zu lesen, um sich an den Traum zu erinnern. Er stand ihr klar vor Augen. Das Abteil des Zuges, der Regen auf dem Fenster, Carolins halb geöffnete Lippen, das Gefühl ihrer Finger auf Iris' Haut...Selbst jetzt noch spürte sie die unstillbare Sehnsucht.

Carolin hatte sie verführt. Und Iris hatte sich ihr nur zu gern hingegeben.

Eigentlich war alles ihrer eigenen Vorstellungskraft entsprungen. Sie selbst hatte den Traum so geschehen lassen. Sie hätte jederzeit aufhören können. Stattdessen hatte sie sich noch tiefer in diese Fantasie gestürzt.

Ein kleiner Teil von ihr wünschte sich noch immer, in den Traum zurückzukehren. Statt sich die Lippen an heißem Kaffee zu verbrennen, könnte sie wieder in dem Zug sitzen, allein mit Carolin, sie küssen und ihr Begehren spüren. Doch sie war hier, in der Realität.

Carolin würde niemals einen solchen Fehler machen. Es würde sie ruinieren. Außerdem begehrte sie Iris nicht auf diese Weise. Was für einen Sinn hatte es, sich mit diesen Träumen zu quälen? Alles, was sie erträumte, war in Wirklichkeit unerreichbar.

KAPITEL 22

~ Carolin ~

Ende Oktober kam die letzte Nacht in Iris' Studie. Am Morgen danach machte Carolin sich früh auf den Weg zum Schlaflabor. Nun begann die eigentliche Arbeit—die Auswertung der Daten. Sie freute sich darauf und war auch ein wenig aufgeregt, wie sie sich widerstrebend eingestehen musste. Hatte Iris' Ansatz wirklich den erhofften Erfolg gebracht? Sie glaubte an ihre Idee, doch nun würde sich zeigen, ob Iris und sie richtig gelegen hatten.

Sie ging mit langen Schritten den Flur im Schlaflabor entlang und klopfte energisch an die Tür des Zimmers, in dem Iris untergebracht war.

»Hm…ja?«, kam von drinnen.

Sie trat ein. »Guten Morgen. Ich habe mit den Assistenten gesprochen. Wir können gleich mit der Auswertung der Daten anfangen.«

Iris saß in ihrem Bett. Ihre kastanienbraunen Haare waren zerzaust, und sie trug ein Tanktop mit einer verschnörkelten Aufschrift. *Folge deinen Träumen…zurück ins Bett!* Carolin konnte sich ein Lächeln nicht verkneifen.

Dann fielen ihr die rundlichen Wölbungen von Iris' Brüsten auf, die sich unter dem Stoff abzeichneten. Normalerweise trug Iris bunte, aber nicht sehr figurbetonte Kleidung—lockere Blusen und weite Pullover. Doch in diesem dünnen Shirt konnte Carolin viel mehr von ihrem zierlichen, wohlgeformten Körper erahnen als je zuvor. Ihre Kehle wurde trocken, und völlig unangemessene Bilder schossen ihr durch den Kopf. Entschieden wandte sie den Blick ab.

»Morgen«, sagte Iris und gähnte. Warum musste sie nur so unwiderstehlich aussehen?

»Wollten wir uns nicht erst in einer halben Stunde treffen?«

»Frühes Aufstehen korreliert mit beruflichem Erfolg«, sagte Carolin. »Behaupten zumindest ein paar dubiose Studien.«

»Korrelation impliziert noch lange keine Kausalität«, sagte Iris.

»Korrekt. Aber du wirst gleich ganz kausal an deinem Erfolg arbeiten«, sagte Carolin. »Ich warte mit einem extragroßen Kaffee auf dich.«

Iris' Gesicht erhellte sich. »Das klingt gut!«

Carolin verließ den Raum. Draußen rieb sie sich über die Stirn. Das Bild von Iris' schlankem Körper stand ihr immer noch vor Augen. Seit ihrem gemeinsamen Nachmittag auf dem Wochenmarkt waren Carolins Gefühle wieder stärker und unberechenbarer geworden.

Das muss aufhören.

Sie konnte so nicht weitermachen. So durfte sie nicht über eine Studentin denken. Sie musste die Kontrolle zurückgewinnen.

Die nächsten Stunden verbrachten sie damit, sich in Carolins Büro einen Überblick über die Daten zu verschaffen. Carolin konzentrierte sich ganz auf die Zahlen und achtete sorgfältig darauf, Iris nie länger als nötig anzusehen. Ihr Hypothalamus sollte keine Chance bekommen, den Rest ihres Hirns mit Hormonen zu fluten. Alles, was jetzt für sie existierte, waren Daten und Fakten. Und zwar jede Menge davon.

Acht Wochen lang hatten sie jede Nacht den Schlaf ihrer Probanden gemessen, hatten Herzfrequenz, EEG-Aktivität und Augenbewegungen aufgezeichnet. Das Wichtigste waren die Fragebögen, in denen die Teilnehmer aufzeichneten, ob sie Albträume gehabt hatten und wie real und bedrohlich sie gewesen waren.

»Fast alle sind bis zum Ende dabeigeblieben«, sagte Carolin. »Das ist eine hervorragende Quote.«

»Und wir haben neunzehn Traumtagebücher«, sagte Iris.

»Sehr gut. Wie sieht es mit den luziden Träumen aus?«

»Vielversprechend.«

Iris zeigte auf ihrem Laptop die Tabelle mit den Rohdaten. Carolins Blick flog über die Kolonnen von Zahlen. Ein guter Teil der Experimentalgruppe hatte es geschafft, mindestens einmal luzide zu träumen. Nun war es Iris' Aufgabe, zu berechnen, ob das auch geholfen hatte, ihre Albträume zu reduzieren, und dann ihre Ergebnisse in einem Artikel zusammenzufassen.

»Wenn die Ergebnisse gut sind und du bis Mitte November fertig bist, kannst du vielleicht die Deadline für ein wirklich gutes Journal schaffen«, sagte sie. »Das ist ambitioniert, aber es könnte sich lohnen. Dann könntest du im Februar zur Konferenz nach Berkeley fliegen und dort ein paar wichtige Kontakte knüpfen.«

»Meinst du wirklich?« Die Vorstellung war für Iris offenbar gleichermaßen überraschend wie einschüchternd. Aber Carolin hatte ein gutes Gefühl bei der Sache.

»Natürlich. Aber es ist viel Arbeit, also fang am besten gleich an!«

Carolin musste sich auf den Weg zu einer Vorlesung machen. Sie war schon halb zur Tür heraus, als Iris sie aufhielt.

»Carolin? Ich wollte nur sagen—Danke. Für alles. Du hast mir sehr geholfen.«

Carolin lächelte. »Das ist mein Job, oder?«

Doch Iris schüttelte den Kopf. Da war plötzlich eine Tiefe in ihren braunen Augen, die Carolin berührte. »Du hast mehr getan als nur deinen Job. Du hast an mich geglaubt, voll und ganz, auch als du noch keinen Grund dazu hattest. Und mich ermutigt. Das bedeutet mir sehr viel.«

Ihr offener Blick durchdrang mühelos Carolins Schutzmauern, und die Ehrlichkeit in ihrer Stimme raubte ihr die Fassung. Ihre Selbstkontrolle schmolz dahin wie Eis in der Sonne.

»Mehr als du dir vorstellen kannst«, fügte Iris leise hinzu.

Carolins Kehle schnürte sich zu. Sie ahnte, was Iris meinte, und fürchtete es ebenso sehr, wie sie es herbeisehnte.

Du bedeutest mir viel, hätte sie am liebsten gesagt. Und sie wusste, dass Iris sie verstanden hätte.

Aber sie konnte es nicht aussprechen. Sie durfte Iris nicht so nah an sich heranlassen.

Als ihre Betreuerin würde sie damit eine harte Grenze übertreten. Wenn auch nur die kleinsten Gerüchte über Iris und sie aufkamen, würde sie alles verlieren: Den Respekt ihrer Kollegen, ihre Chance auf eine Professur, alles, wofür sie gearbeitet hatte. Es durfte nicht sein, so sehr es Carolin auch zerriss.

Sie musste stark sein. Sie war die Ältere und Erfahrenere von ihnen, es war ihre Verantwortung. Sie kämpfte um ihre Selbstbeherrschung und zwang mit äußerster Anstrengung ein Lächeln auf ihr Gesicht.

»Es freut mich, dass ich dich ermutigen konnte. Wenn ich dir noch helfen kann, komm jederzeit zu mir.«

Sie nickte Iris zu und wandte sich ab. Als sie den Raum verließ, brannte Iris' Blick in ihrem Nacken. Es tat weh, sie so zurückzuweisen. Aber es war besser für sie beide.

Carolin wusste, dass sie etwas ändern musste. Etwas an Iris' Art, an ihrer aufmerksamen, einfühlsamen Neugier ging Carolin unter die Haut und ließ ihre Selbstkontrolle bröckeln. Jedes Mal, wenn sie zu zweit waren, hatte sie Iris näher an sich herangelassen, als sie beabsichtigt hatte. Und jedes Mal war ihr Verlangen stärker geworden. Irgendwann würde sie es nicht mehr verheimlichen können. Iris würde etwas merken, wenn sie es nicht schon längst ahnte. Oder schlimmer noch, ein aufmerksamer Kollege würde Verdacht schöpfen. Carolin erschauderte bei dem Gedanken. Sie konnte sich nicht erlauben, dass Gerüchte über sie entstanden. Vielleicht war sie paranoid—aber sie hatte genug schlechte Erfahrungen gemacht. Sie hatte gelernt, vorsichtig zu sein. Sie musste verhindern, dass es überhaupt so weit kam.

Aber jetzt hatte sie ihre Schwäche identifiziert. In der nächsten Zeit zwang sie sich, der Versuchung aus dem Weg zu gehen. Sie blieb auf Distanz zu Iris—freundlich, aber absolut professionell. Sie vermied es, sich zu zweit mit ihr zu treffen. Das fiel ihr schwer, denn sie dachte ständig an Iris und vermisste ihr Lächeln und ihre klugen Gedanken. Aber sie musste konsequent bleiben.

Iris zuliebe, sagte sie sich. Es ging schließlich auch um ihre Zukunft.

Es traf sich gut, dass Iris mit der Analyse der Daten sowieso völlig ausgelastet war. Die Ergebnisse belegten, dass die luziden Träume den Probanden sehr dabei geholfen hatten, ihre Albträume in den Griff zu bekommen. Also führte Iris Berechnungen durch, schrieb fieberhaft an ihrer Auswertung und schickte die Entwürfe per Mail an Carolin, die sie kritisch prüfte und mit dutzenden Verbesserungsvorschlägen zurücksandte. Sie war besonders penibel und ließ Iris keinen noch so kleinen Fehler durchgehen, denn sie wusste, dass die Peer-Reviewer ebenso gründlich sein würden. Bis zum letzten Moment der Deadline arbeitete Iris an ihrem Artikel, ehe sie ihn zur Publikation bei der Fachzeitschrift einreichte.

Nun hieß es warten.

Eine Woche später bekam Carolin eine Mail von Iris. Einer der Peer-Reviewer hatte Änderungswünsche geäußert. Carolin überflog die Liste. Es waren typische Beschwerden. Iris sollte ihre Arbeit mehr in den Forschungskontext eingliedern, außerdem den ganzen Bericht um zehn Prozent kürzen. Und das war noch nicht alles.

Um eine bessere Vorstellung von den qualitativen Aspekten der Studie zu erhalten, wäre es wünschenswert, wenn die zitierten Traumtagebücher den Fachkollegen zugänglich gemacht werden. Zwanzig Tagebücher sollten einen guten Eindruck von der Wirkung der Intervention bieten.

Carolin seufzte. Das könnte noch ein Problem werden.

Am nächsten Montag ging Carolin direkt nach ihrer Vorlesung in den Konferenzraum. Als sie die Tür öffnete, wehte ihr der intensive Geruch von frittiertem Hähnchen, Knoblauch und süß-saurer Chilisoße entgegen. Pappboxen mit koreanischer Schrift darauf standen auf dem Tisch. Iris und Hana unterhielten sich angeregt, während sie Hähnchenkeulen und Süßkartoffelpommes verspeisten.

»Was ist denn hier los?«, fragte Carolin verwundert.

»Die Mensa hat heute diese ekligen Ketchup-Nudeln«, sagte Hana. »Also haben wir was bestellt.«

»Willst du was?«, fragte Iris. »Das Sesam-Wasabi-Hähnchen ist großartig.«

Carolin zog die Nase kraus. Sie mochte klebrige Dinge nicht. »Nein danke. Kein Hunger. Aber wir müssen diese Revisionen diskutieren.«

»Oh, na klar.«

Iris leckte sich einen Tropfen Soße von ihrem Finger. Carolin musste einfach hinsehen. Sie starrte auf Iris' Lippen, die genüsslich über ihren Finger glitten, und musste schlucken. Wie schaffte Iris es nur, bei einer so ordinären Handlung so unfassbar hinreißend und verführerisch auszusehen?

Iris merkte nichts von ihrem Starren, sondern griff nach einer Serviette, wischte sich die Finger ab, schob die Pappschachteln beiseite und machte Platz auf dem Tisch. Carolin rief sich zur Ordnung. Wovon hatte sie sprechen wollen? *Ach ja.*

»Das größte Problem sind die Tagebücher«, sagte sie.

Iris nickte. »Ja. Sie wollen einen Einblick, um sicherzugehen, dass wir nicht nur ein paar gute Beispiele herausgepickt haben. Aber eigentlich geht es ja um die messbare Reduktion der Albträume. Unsere Zahlen sind das Ergebnis! Die Tagebücher dienen nur der Illustration.«

»Du liegst völlig richtig. Aber damit werden sie sich nicht zufriedengeben«, sagte Carolin. »Sie wollen zwanzig Tagebücher.«

»Aber nur neunzehn Teilnehmer haben überhaupt zugestimmt, dass wir sie lesen dürfen. Das geht also nicht. Wir können jetzt nicht nochmal versuchen, sie zu überreden, das wäre unfair.«

Carolin schwieg einen Moment. Dann sah sie Iris an.

»Du hast auch teilgenommen.«

Iris sah verwirrt aus. »Ja, und?«

»Du hast dein Traumtagebuch nicht zur Verfügung gestellt. Aber du könntest das Formular neu ausfüllen. Dann fügen wir dein Tagebuch den publizierten Daten hinzu, natürlich anonym. Und damit haben wir zwanzig, wie verlangt.«

»Was? Nein. Ich will das nicht öffentlich machen.«

Iris hatte aufgehört zu essen und war bleich geworden. Doch Carolin schüttelte ungeduldig den Kopf.

»Iris, niemand weiß, dass es zu dir gehört. Es ist anonym.«

Iris Gesicht verschloss sich noch weiter.

Carolin seufzte. Warum musste sie es so kompliziert machen?

»Iris, ich weiß, dass das unangenehm ist, aber der Reviewer entscheidet nun mal über die Annahme deines Artikels. Und wenn du im Februar zu der Konferenz willst, musst du ihn dieses Jahr noch veröffentlichen.«

»Aber—ich will das nicht«, wiederholte Iris.

Carolin klappte ihren Laptop zu und stand auf. Sie versuchte, sich ihre Frustration nicht anmerken zu lassen. Manchmal musste man ein paar persönliche Opfer bringen, wenn man vorankommen wollte!

»Niemand kann dich dazu zwingen«, sagte sie knapp. »Aber du solltest es dir gut überlegen.«

Und damit wandte sie sich ab und ging in ihr Büro.

KAPITEL 23

~ Iris ~

Iris hasste den enttäuschten Unterton in Carolins Stimme. Aber sie konnte unmöglich ihr Traumtagebuch bereitstellen. Sie hatte darin ihre geheimsten und intimsten Träume beschrieben. Und es half auch nichts, dass es anonym war. Niemand würde wissen, dass es zu ihr gehörte—außer Carolin. Sie hatte die anderen neunzehn Tagebücher bereits gesehen. Wenn nun ein weiteres dazu kam, war klar, dass es zu Iris gehörte. Es brauchte dann nur einen Funken Neugier von ihr, und sie würde Iris verwirrende und peinliche Fantasien sehen. Und das durfte nicht geschehen.

Ein paar Tage später war Iris gerade in der Uni, als sie eine Nachricht von Emily bekam.

Ich muss dir dringend was erzählen. Es geht um Professor Adler!

Das kam Iris seltsam vor. Aber Emily beharrte darauf, dass es wichtig war. Also machte Iris einen kleinen Spaziergang, und als sie sicher war, dass sie allein war, startete sie mit ihrem Handy einen Videocall.

Emily legte direkt los. »Wusstest du, dass deine Professor Adler früher mal hier gearbeitet hat? Hier, wo ich gerade bin, in Madison?«

»Ja, klar. Steht auf ihrer Website. Sie war Postdoc, es war ihre erste Stelle im Ausland.«

»Und wusstest du auch, dass sie in einen Skandal verwickelt war?«

»Was? Wovon redest du?«

»Es ist eine ganz verrückte Story. Sie ist hier mit ihrem Mann hergekommen, der hatte eine Stelle als Assistant Professor.«

Iris nickte. Das musste wohl der geheimnisvolle D. Adler sein, der vor einem halben Jahr einen Artikel veröffentlicht hatte, kurz bevor Carolin selbst einen zu genau dem gleichen Thema herausbringen konnte. Kein Wunder, dass Carolin damals so angespannt gewirkt hatte.

»Jetzt kommt's«, sagte Emily. »Während sie hier waren, hat Professor Adler—also damals Doktor Adler—eine Studentin kennengelernt. Und sich mit ihr eingelassen.«

Iris starrte den kleinen Bildschirm in ihrer Hand an. Das konnte nicht sein.

»Sie war ein paar Jahre jünger. Doktor Adler hat sie verführt, und dann hat sie ihr das Herz gebrochen. Alles hinter dem Rücken ihres Mannes.«

»Das—das kann ich mir nicht vorstellen«, sagte Iris. Ein kalter Schauer lief ihren Rücken herab.

Emily sah sie mitleidig an. »Das hat diese süße Studentin bestimmt auch gedacht. Aber Professor Adler kann ganz schön kaltherzig sein, oder? Ich schätze, sie hatte ein Spielzeug, und als es ihr langweilig wurde, hat sie es weggeworfen.«

Iris schüttelte den Kopf. Sie wollte das nicht glauben.

»Wer erzählt überhaupt solche Gerüchte?«

»Oh, ich habe hier eine gute Freundin gefunden, Lauren, und die arbeitet für jemanden, der immer mit der Dekanin Johnson essen geht. Sie hat sie darüber reden hören. Natürlich heimlich.«

»Vielleicht hat sie etwas falsch verstanden«, sagte Iris.

Sie wollte sich gar nicht vorstellen, wie es Carolin gehen würde, wenn sie erfuhr, dass auf der anderen Seite der Welt so über sie gesprochen wurde.

»Du solltest niemandem davon erzählen. Keine Gerüchte über sie verbreiten, okay?«

»Wofür hältst du mich, so eine Art Klatschtante? Ich wollte dich nur warnen, damit du nicht auch in ihren Krallen endest!«

»Ja. Danke für die Warnung. Ich passe schon auf mich auf.«

Damit beendete sie den Anruf. Emilys Worte hallten in ihren Gedanken nach. Natürlich wollte sie nicht Carolins Spielzeug sein, von ihr benutzt und dann weggeworfen werden. Aber war Carolin wirklich zu so etwas in der Lage? Sie hatte ihr nur ein paar wenige Einblicke hinter ihre Fassade gestattet, doch jedes Mal hatte Iris das Gefühl gehabt, dass sie aufrichtig und ehrlich war und sich selbst am härtesten kritisierte. Sie hatte mehr Rückgrat als die meisten Menschen, die Iris kannte. Sie würde niemals das Vertrauen einer jungen Frau ausnutzen, oder jemanden derartig hintergehen.

Oder etwa doch? Carolin hatte selbst eingestanden, dass sie Fehler gemacht hatte. Was wusste Iris wirklich von ihr? Und wie viel hielt sie geheim?

Iris ging die Geschichte nicht mehr aus dem Kopf. Sie musste mit Carolin darüber reden. Doch Carolin machte immer, wenn Iris sie traf, den Eindruck, als habe sie keine Zeit, mit ihr zu sprechen. Erst eine Woche später gelang es ihr, Carolin auf einen Kaffee zu treffen.

Das Café auf dem Campus hatte weihnachtliche Latte Macchiato mit Zimt und Kakao im Angebot. Iris bestellte ein großes Glas, Carolin begnügte sich jedoch wie immer mit einem schwarzen Kaffee.

»Emily ist ja gerade in Madison«, begann Iris. »Du hast auch mal an der Uni dort gearbeitet, oder?«

»Ja, vor Ewigkeiten. Ich war Postdoc dort«, bestätigte Carolin.

Iris Puls beschleunigte sich. Sie versuchte, sich ihre Nervosität nicht anmerken zu lassen.

»Warum bist du fortgegangen?«

Eine Sekunde lang glaubte sie Überraschung und Abneigung in Carolins Gesicht zu sehen. Doch dann war ihre Miene wieder neutral.

»Die Arbeitsatmosphäre hat nicht mehr so gut funktioniert wie am Anfang.«

»Was meinst du mit Atmosphäre?«, hakte Iris nach. »Hattest du Streit mit jemandem?«

»Wie kommst du darauf?«, fragte Carolin und starrte Iris durchdringend an.

Iris gab das Versteckspiel auf. Sie musste mit der Wahrheit herausrücken. Das war sie Carolin schuldig.

»Emily hat mir erzählt, dass du damals…in etwas verwickelt warst. Wahrscheinlich sind es dumme Gerüchte.«

Carolins Miene wurde starr.

»Und was beinhalten diese Gerüchte konkret?«, fragte sie eisig.

Iris schluckte hart. »Also…ich weiß es nicht genau. Dass du Streit mit deinem Ehemann hattest, glaube ich. Er hat auch dort gearbeitet.«

»Daniel und ich haben uns scheiden lassen. Das ist jetzt sechs Jahre her, und außerdem eine Privatangelegenheit. Sonst noch was?«

Iris biss sich auf die Lippen.

»War es wegen einer Frau?«, flüsterte sie.

Carolins Blick wurde hart wie Stahl.

»Das geht niemanden etwas an. Auch dich nicht.«

»Ich wollte nicht...tut mir leid«, stammelte Iris. »Ich wollte nur verstehen...«

»Es gibt Dinge, die musst du nicht verstehen.«

»Aber—«

»Das Thema ist erledigt«, sagte Carolin.

Iris starrte auf ihre Hände. Ihre Kehle schnürte sich zu, und sie brachte kein Wort heraus.

Carolin stand auf und verließ den Raum.

Die nächsten Tage waren erfüllt von Nieselregen und trüben grauen Wolken. Iris arbeitete in ihrem Zimmer an den Revisionen für ihren Artikel. Ihr wurde schnell kalt, und bald fand sie auch heraus, warum. Wenn sie die Hand an den Rahmen ihres Fensters hielt, spürte sie einen kalten Luftzug. Das Fenster war undicht. Aber da war nichts zu machen. Sie zog einen zweiten Pullover an und legte eine buntgemusterte Decke über ihre Schulter, dann arbeitete sie mit eiserner Disziplin weiter. Das war das einzig Sinnvolle, das sie tun konnte.

So sehr sie sich auch auf die Arbeit zu konzentrieren versuchte—sie musste immer wieder an das Gespräch mit Carolin denken.

Ich war so eine Idiotin.

Sie hatte Carolin mit ihren aufdringlichen Fragen vor den Kopf gestoßen, vielleicht sogar verletzt. Jetzt bereute sie das. Egal, wie viel sie für Carolin empfand, es gab ihr nicht das Recht, in ihrer Vergangenheit herumzuschnüffeln. Sie hatte Angst, dass sie das Vertrauen, das zwischen ihnen entstanden war, unwiderruflich zerstört hatte.

Schon vor ihrem katastrophalen Gespräch war Carolin distanziert gewesen, doch nun verhielt sie sich regelrecht kalt. Sie reagierte kurz angebunden auf alle Fragen. Wenn sie sich in der Uni über den Weg liefen, nickte sie ihr nur knapp zu und ging schnellen Schrittes weiter. Iris blieb nichts anderes übrig, als das zu akzeptieren.

Alles, was sie noch tun konnte, war zumindest mit ihrer Arbeit Carolins Respekt zu verdienen. Sie gönnte sich keine Pause. Auch am Wochenende saß sie die meiste Zeit hinter ihrem Laptop, arbeitete Referenzen ein und verbesserte Formulierungen. An manchen Stellen kam sie nur langsam voran. Carolin hätte ihr vielleicht helfen können. Aber Iris traute sich nicht, sie mit Kleinigkeiten zu behelligen. Also kämpfte sie allein weiter. So verging die ganze Woche, und langsam, aber sicher machte sie Fortschritte.

Unten auf der Straße vor ihrem Fenster begannen derweil Bauarbeiten an der Straßenbahnhaltestelle. Die Geräusche der Maschinen dröhnten durch das undichte Fenster. Iris klemmte einen ihrer dicken bunten Strickpullover unter den Fensterrahmen, setzte ihre Kopfhörer auf und machte beharrlich weiter.

Erst am nächsten Wochenende wurde sie endgültig gezwungen, ihre Arbeit zu unterbrechen. Ihre Eltern luden sie zu sich nach Hause ein und wollten keine Ausreden hören—sie sagten etwas von einer besonderen Überraschung. Iris buchte also widerstrebend einen teuren Zug und eine Rückfahrt gleich am nächsten Morgen. Während sie im Zug aus dem Fenster auf die Landschaft aus trockenem Gras, schlammigen Wegen und kahlen Bäumen blickte, dachte sie an eine ganz andere Zugfahrt. Der Platz ihr gegenüber war leer, aber das Bild von Carolin und ihrem dunkelroten Lippenstift, die dort saß und sie verführerisch anlächelte, stand ihr deutlich vor Augen.

Es war ein Traum. Und ich sollte ihn vergessen.

Wenn das nur so einfach wäre.

Im Nieselregen marschierte Iris die Straße zum Haus ihrer Eltern hinauf. Die Einfamilienhäuser um sie herum versuchten sich gegenseitig mit Weihnachtsdekorationen zu übertreffen. Doch das ihrer Eltern überstrahlte sie alle mit Lichterketten, leuchtenden Drahtsternen und einem ganzen Rentier aus LED-Lichtern. Iris war überhaupt nicht in festlicher Stimmung. Doch ihre Mutter begrüßte sie enthusiastisch.

»Iris! Komm rein! Philip ist schon da. Und er hat jemanden mitgebracht!«

Das Innere des Hauses erinnerte an ein Geschäft für Deko-Artikel. Girlanden aus künstlichem Tannengrün wanden sich um das Treppengeländer, und auf jeder verfügbaren Fläche standen kleine, dicke Engel aus Porzellan. Barbara schob Iris ungeduldig ins Wohnzimmer. Jens saß in seinem Lieblingssessel, ihr Bruder Philip auf dem Sofa. Neben ihm saß eine hübsche junge Frau, die Iris noch nie zuvor gesehen hatte. Sie hielt sich sehr aufrecht.

»Iris!«, sagte Philip. »Darf ich vorstellen—das ist Annika. Meine Verlobte!«

»Oh!«, machte Iris, völlig perplex von dieser Offenbarung. »Hallo!«

Sie schüttelte Annikas schmale Hand.

»Freut mich, dich kennenzulernen«, sagte Annika.

Philip hatte irgendwann eine Freundin erwähnt, aber Iris hatte sie nie getroffen. Sie hatte nicht gewusst, dass es so ernst mit den beiden war. Nun trug Annika einen filigranen, silbernen Ring an ihrer linken Hand.

Barbara strahlte. »Sind sie nicht ein wunderbares Paar? Ich habe mich vorhin mit Annika über die Pläne für den Rosengarten unterhalten. Wir verstehen uns prächtig, nicht wahr?«

»Natürlich«, sagte Annika und lächelte. »Danke, dass Sie mich eingeladen haben.«

»Aber bitte, du kannst mich doch duzen!«, sagte Barbara. »Da fällt mir ein, ihr müsst alle sterben vor Hunger. Das Essen ist gleich fertig. Iris, hilfst du mir mal?«

Iris folgte ihrer Mutter in die Küche, duckte sich unter den silbernen Weihnachtskugeln, die an der Deckenlampe hingen, hindurch und machte sich daran, die Kartoffeln zu stampfen.

»Ist sie nicht eine sympathische junge Dame?«, sagte Barbara. »Philip hat sie beim Volleyball kennengelernt.«

»Also keine Kommilitonin?«

»Nein, keine Medizinerin! Ich war ja erst etwas skeptisch. Aber dann habe ich erfahren, dass sie Jura studiert.«

»Hm«, machte Iris. Also gab es wohl doch andere Fachrichtungen, die in den Augen ihrer Eltern akzeptabel waren.

»Wie ist es eigentlich bei dir?«, fragte Barbara. »Hast du inzwischen jemanden gefunden?«

»Nicht wirklich.«

»Du solltest dich mal umsehen, du wirst ja auch nicht jünger!«, riet ihre Mutter. »Frauen sind da vielleicht nicht so wählerisch wie die Herren der Schöpfung, aber auch für dich wird es irgendwann zu spät sein.«

»Danke, ich werde dran denken«, sagte Iris.

»Ich meine ja nur. Du brauchst jemanden, der sich um dich kümmert. Am besten jemand, der schon gut verdient und mit beiden Beinen im Leben steht. Der dich unterstützen kann.«

»Ich studiere doch nicht, um Hausfrau zu werden!«

»Das sag ich ja nicht. Aber deine Karriere ist nicht so…gradlinig, wie man es sich wünschen würde. Da ist es gut, wenn man jemanden hat, der für ein stabiles Einkommen sorgt.«

Iris seufzte und schüttelte den Kopf. Ironischerweise traf die Wunschliste ihrer Mutter genau auf Carolin zu. Sie war reif, hatte ihr Leben unter Kontrolle, machte Karriere und hatte wahrscheinlich genug Geld, um Iris' Lebensunterhalt zu finanzieren. Zumindest zog Iris diesen Schluss aus ihrer eleganten Kleidung und dem großen Haus.

Aber wenn Iris ihrer Mutter verraten würde, dass sie in ihre Professorin verliebt war, würde Barbara wohl auf der Stelle einen Herzinfarkt erleiden. Ein solcher Skandal hätte alle bisherigen Enttäuschungen noch übertroffen.

»Ich habe durchaus vor, selbst für mich zu sorgen«, sagte sie. »Professor Adler sagt, dass meine Forschung sehr vielversprechend ist.«

»Soso«, sagte ihre Mutter. »Es ist aber schon etwas ungewöhnlich, oder? Der ganze Kram mit den Hirnströmen. Nicht gerade seriös.«

»Was? Das ist absurd!«, sagte Iris.

Ihre Mutter legte den Finger auf die Lippen und schüttelte den Kopf. Leiser, aber noch immer zornig, fügte Iris hinzu: »Neurologie ist eine anerkannte wissenschaftliche Disziplin, Mama. Transkranielle Gleichstromstimulation wird auch eingesetzt, um Depressionen zu behandeln. Und meine

Studie ist absolut seriös. Ich werde bald in einer anerkannten Fachzeitschrift publizieren.«

»Natürlich, Schatz«, sagte Barbara. »Würdest du die Schüsseln auf den Tisch stellen?«

Iris presste die Lippen zusammen. Sie würde keinen Streit vom Zaun brechen. Aber ihre Kehle brannte vor Frustration und unterdrücktem Kummer. Warum glaubten ihre Eltern nicht an sie? Warum unterstützten sie sie nicht?

Die Familie fand sich am Tisch zusammen und begann mit dem Abendessen. Doch Iris hatte keinen Appetit.

Jens stellte Annika einige wohlwollende Fragen zu ihrem Jura-Studium, die sie pflichtbewusst beantwortete. Sie gab überhaupt eine perfekte Schwiegertochter ab—höflich, freundlich, liebenswert und nicht übermäßig aus der Norm gefallen.

Was hatte sie, was Iris fehlte? Warum bemühten sich ihre Eltern so um Annika und sahen in Iris eine einzige Enttäuschung? Was hatte sie nur falsch gemacht?

Natürlich nahm sie es Annika nicht übel, erst recht nicht, nachdem sie merkte, wie Philip und Annika heimlich unter dem Tisch Händchen hielten. Aber sie verspürte keine Lust, mehr Zeit als nötig mit ihren Eltern zu verbringen. Nach dem Essen entschuldigte Iris sich, weil sie noch Arbeit zu erledigen hatte.

Sie ging hoch in ihr altes Kinderzimmer. Der Raum sah anders aus, als sie ihn in Erinnerung hatte. Ihre Kinderbücher über Tiere, Vulkane, die Tiefsee und das Weltall waren verschwunden, ebenso wie ihr bunter Turnanzug und die Kuscheltiere. Stattdessen war das Zimmer von einer ganzen Heerschar von Engeln aus Porzellan erobert worden.

Iris ging zu ihrem Rucksack und nahm einen Stapel Bücher heraus. Es waren Medizinbücher, die ihr Vater ihr zu Beginn ihres ersten Studiums geschenkt hatte. Inzwischen brauchte sie sie nicht mehr. Sie hatte sich entschieden, sie endlich loszuwerden.

Sie öffnete den Unterschrank ihres Schreibtischs, in dem sie früher ihre Schulbücher aufbewahrt hatte. Doch zu ihrer Überraschung war er nicht leer. Fotoalben lagen darin. Iris nahm eines heraus.

Auf den Fotos erkannte sie ihre Mutter als junge Frau und als Mädchen, bei ihrer Schuleinführung, im Urlaub am Meer, auf einer Geburtstagsfeier mit Freunden. Und immer wieder—Barbara mit Pferden. Iris runzelte die Stirn. Sie hatte gar nicht gewusst, dass ihre Mutter sich für Pferde interessiert hatte.

Doch da war sie, auf einem Reiterhof, ein Pony im Arm. Und hier waren Fotos, auf denen sie akrobatische Übungen auf dem Rücken eines Pferdes vollführte und stolz Urkunden und Medaillen präsentierte. Iris wunderte sich immer mehr darüber, warum ihre Mutter ihr nie davon erzählt hatte.

Dann hörten die Pferdefotos plötzlich auf. Stattdessen sah man Barbara mit einem jungen Jens vor dem Gebäude ihrer Uni.

Hatte ihre Mutter ihre Leidenschaft aufgegeben, als sie ihr Studium begonnen hatte? Und später nie wieder davon gesprochen?

Die Vorstellung machte Iris traurig. Sie klappte das Fotoalbum zu und legte es zurück. Einen Moment lang blieb sie still sitzen. Doch dann gab sie sich einen Ruck.

Sie würde ihre Träume nicht so leicht aufgeben, egal, ob ihre Eltern sie dabei unterstützten oder nicht. Sie hatte

Arbeit zu erledigen. Sie holte ihren Laptop aus dem Rucksack, setzte sich damit an den Schreibtisch und vertiefte sich in ihren Artikel. Sie würde ihnen beweisen, dass sie etwas Sinnvolles aus ihrem Leben machte. Und wenn sie erfolgreich war, würde sie vielleicht auch Carolin wieder näherkommen.

KAPITEL 24

~ Iris ~

Mitte Dezember kam Emily nach Deutschland. Sie wollte über Weihnachten ihre Familie besuchen, aber vorher noch mal bei ihren besten Freunden vorbeischauen, einen Abend mit Pizza und Videospielen verbringen und sich dann ins Berliner Nachtleben stürzen.

Ausgerechnet an diesem Wochenende wurde Iris krank. Die Erkältung erwischte sie so heftig, dass sie den ganzen Freitag im Bett verbrachte. Ihre Nasennebenhöhlen fühlten sich an, als habe jemand sie mit Kaugummi vollgestopft. Sie schniefte sich durch Berge von Taschentüchern und starrte mit trübem Blick auf ihre Arbeit, ohne ein Wort zu verstehen.

Am nächsten Morgen schlurfte sie gerade ins Bad, als Emily von ihrer Party nach Hause kam.

»Meine Güte, du siehst ja schlimmer aus als ich!«, sagte Emily.

Iris zuckte nur mit den Schultern und nahm sich eine Tablette.

Gegen Mittag ging es ihr etwas besser. Carolin hatte ihr eine neue Deadline für die Revisionen ihres Artikels gesetzt, und Iris war sich jeder verstreichenden Sekunde fast schmerzhaft bewusst. Wenn sie nicht bald Fortschritte machte, würde sie es nicht mehr schaffen. Also quälte sie sich an ihren Schreibtisch und versuchte zu arbeiten.

Sie brauchte einige Minuten, um sich Klarheit zu verschaffen, was als Nächstes zu tun war. Ihre Gedanken flossen zäh wie Sirup. Dann setzte ein ohrenbetäubender Lärm vor ihrem Fenster ein. Die Bauarbeiter draußen setzten dem Asphalt mit Presslufthämmern zu, und der Krach drang praktisch ungedämpft durch die Ritzen.

»Na super«, erklang Emilys Stimme gedämpft aus dem Nebenzimmer. Ein paar Sekunden später drehte sie ihre Musik auf. Ein dumpfer, treibender Bass drang durch die Wand und überlagerte das Baustellengeräusch. Dann heulten Gitarren auf. Das musste die lesbische Metal-Band sein, von der Emily immer so schwärmte. Iris hatte sie nicht gerade vermisst.

Gegen diesen geballten Angriff von zwei Seiten kamen ihre Kopfhörer nicht an. Sie suchte ihre Sachen zusammen und machte sich auf den Weg zur Uni.

Iris fand einen Platz im kleinen Café gegenüber der Bibliothek, packte ihren Laptop, Halsbonbons und einen Stapel Taschentücher aus. Hier war es ruhig. Vielleicht konnte sie etwas an der Formatierung arbeiten. Doch immer, wenn sie etwas änderte, rutschte die Tabelle mit den Daten auf eine neue Seite, sodass ihr Artikel zu lang war. Sie versuchte, eine Lösung zu finden, doch ihre Gedanken schleppten sich nur langsam voran. Iris beschlich der Verdacht, dass die graue Substanz in ihrem Hirn gar nicht aus Nervenzellen bestand. Gerade fühlte es sich eher wie Haferschleim an.

Aber es half nichts. Sie musste alle Revisionen in ihren Artikel einarbeiten und die neue Deadline einhalten. Iris ignorierte das Pochen in ihrem Schädel, kniff die Augen zusammen und starrte auf den Monitor. Da musste sie so heftig niesen, dass ihr ganzer Körper durchgeschüttelt wurde.

»Tss«, ertönte es.

Iris putzte sich die Nase und drehte sich um. Hinter ihr stand Carolin und blickte missbilligend auf sie herab.

»Willst du mir erklären, was du hier tust?«

Iris blinzelte verwirrt. »Ich…arbeite an meinem Artikel.«

»Du bist krank und offensichtlich nicht arbeitsfähig. Außerdem verbreitest du Viren unter deinen Kommilitonen. Geh nach Hause.«

Der letzte Satz klang wie ein Befehl.

Iris blickte zu ihr auf. »Aber ich kann nicht. Ich kann daheim nicht arbeiten.«

»Sollst du auch nicht. Du sollst schlafen, damit du deine Krankheit nicht verschleppst. Ich kann keine Doktorandin gebrauchen, die wochenlang vor sich hin kränkelt.«

»Aber ich muss bis Montag die Revisionen einarbeiten«, protestierte Iris. »Und Korrektur lesen. Und vor meinem Fenster ist eine Baustelle, und Emily versucht, mit Metal dagegen anzukommen.«

»Deine Mitbewohnerin?«, fragte Carolin irritiert. »Ich dachte, sie ist in Madison?«

Iris hoffte, dass die Erwähnung von Emily Carolin nicht an ihr missglücktes Gespräch erinnern würde.

»Ja, aber sie ist zu Besuch, wegen Weihnachten«, sagte sie schnell. »Gerade macht sie offenbar eine Feldstudie in den Berliner Clubs über die Auswirkungen von Alkohol auf Doktoranden, mit sich selbst als Testsubjekt.«

Carolins Mundwinkel zuckten. »Und wie sind die Ergebnisse?«

»Katastrophal. Aber hoch signifikant.«

Carolin schmunzelte. Es war das erste Mal seit ihrer Konfrontation, dass Iris sie so sah, und sie erwiderte das Lächeln zaghaft.

»Also kannst du daheim weder arbeiten noch schlafen?«, fragte Carolin.

»Ja. Aber das soll keine Ausrede sein! Ich versuche ehrlich…«

»Das sehe ich«, sagte Carolin. »Das Problem hat eine Lösung. Du kommst mit zu mir.«

»Was?«

»Ich habe genug Platz. Du kannst ein paar Stunden schlafen und später arbeiten, wenn du dich danach fühlst.«

»Aber—ich will dich nicht belasten.«

»Unsinn. Ich habe selbst genug Arbeit zu erledigen. Ich werde gar nicht auf dich achten. Es ist praktischer für uns beide, und außerdem verantwortungsvoller, als die ganze Uni zu infizieren. Also komm. Ich fahre dich.«

Iris blinzelte. Das konnte nicht sein, oder? Vermutlich war das nur ein fiebriger Wunschtraum. Sie blickte auf ihre Finger. Es waren fünf. Sie drehte ihre Hand um, machte eine Faust, streckte die Finger wieder, zählte noch einmal. Immer noch fünf.

»Was, wenn ich dich anstecke?«

»Ich vertraue auf mein Immunsystem. Ich war seit Jahren nicht krank.« Carolin sah sie auffordernd an. »Also, kommst du?«

»Okay.«

Als Carolin die Tür aufschloss, kam sofort ihre Katze Cassandra herbei und schmiegte sich an ihre Beine. Carolin streichelte sie kurz, dann führte sie Iris ins Gästezimmer. Es lag im ersten Stock neben dem Arbeitszimmer und hatte ebenfalls ein Fenster zum Garten. Über dem breiten Schlafsofa hingen an der Wand mehrere gerahmte Fotos.

Carolin brachte ihr eine weiche Daunendecke. Dann legte sie eine Packung Tabletten auf eine Kommode neben dem Sofa. »Gegen die Kopfschmerzen.«

»Danke.«

»Du solltest dich ausziehen.«

»Was?«

»Damit du es bequemer hast.«

Carolin öffnete einen Schrank voll ordentlich gestapelter Kleidung. Sie nahm einen bunt karierten Schlafanzug aus weichem Flanell und legte ihn auf das Sofa. »Zieh das an und leg dich hin. Ich mache dir gleich einen Kamillentee.«

Sie verließ den Raum. Iris folgte ihrem Rat. Ihr Kopf dröhnte noch immer, aber das Sofa war erstaunlich bequem, und die Decke duftete nach Lavendel.

Bald kam Carolin mit dem dampfenden Tee zurück. »Brauchst du noch etwas?«

Iris nickte schwach. »Meinen Laptop. In meinem Rucksack.«

Carolin verschränkte die Arme. »Ich denke nicht. Solang du zu schwach bist, um aufzustehen, bist du auch zu schwach, um zu arbeiten.«

»Aber…ich habe eine Deadline.«

»Na und? Wenn du nicht rechtzeitig fertig wirst, reichst du deine Arbeit eben später bei einem anderen Journal ein.«

Iris sah sie ungläubig an. War das wirklich Carolin?

»Und um ehrlich zu sein: Ich habe dir eine besonders enge Frist gesetzt, damit du noch Puffer für unvorhergesehene Zwischenfälle wie diesen hast. Es ist also alles in Ordnung. Ein oder zwei Tage Ruhe kannst du dir leisten.«

Erleichterung durchflutete Iris.

Carolins Stimme wurde sanfter. »Ich erwarte nichts anderes von dir, als dass du deinen Tee trinkst und ein paar Stunden schläfst. Schaffst du das?«

»Ich glaube schon.«

Es war ein seltsames Gefühl, als sei eine Last von ihren Schultern genommen. Sie hatte gedacht, dass sie perfekt funktionieren musste, um Carolin zufrieden zu stellen. Dass Carolin enttäuscht wäre, wenn sie Schwäche zeigte. Sie war davon ausgegangen, dass sie für Carolin nur so viel wert war, wie sie nützlich war.

Doch es musste mehr als das sein. Sie musste ihr etwas bedeuten. Sonst würde Carolin sich doch nicht so um sie bemühen, oder?

Carolin strich die Decke glatt. »Ich arbeite nebenan, aber ich lasse die Tür auf. Wenn du etwas brauchst, ruf mich.«

»Okay.«

Am liebsten hätte sie Carolin gebeten, bei ihr zu bleiben. Aber das war lächerlich. Carolin hatte besseres zu tun. Also sagte sie nichts, und Carolin verließ das Zimmer.

Iris richtete sich etwas auf, um durch das Fenster in den Garten zu sehen. Obwohl inzwischen alle Bäume und Sträucher ihre Blätter abgeworfen hatten, hatte er doch etwas von einer versteckten Lichtung, durch die dichten Zweige von der Außenwelt getrennt. Wie schön wäre es, die Zeit anzuhalten und für immer hier bei Carolin zu bleiben. Dann könnten keine der Probleme und Sorgen der Welt draußen sie erreichen.

Iris seufzte, lehnte sich zurück und schloss die Augen.

Als Iris aufwachte, war es bereits dunkel. Aus Gewohnheit fragte sie sich, was sie geträumt hatte, aber sie konnte sich an nichts erinnern. Vom Flur her fiel etwas Licht durch die angelehnte Tür. Ein leises Klappern drang aus der Küche unten herauf.

Wenig später kam Carolin in das Zimmer und brachte ihr eine Schüssel mit verführerisch duftender Hühnersuppe.

Iris wollte sich aufrichten, doch da spürte sie etwas Schweres auf ihren Beinen. Die Katze hatte sich auf ihr zusammengerollt.

»Cassandra, wie unhöflich von dir«, sagte Carolin. Sie stellte die Suppe ab und kraulte die Katze, die erwachte und gähnte. Carolin fasste sanft unter ihren Körper und setzte sie auf den Boden.

»Wie fühlst du dich?«, fragte sie Iris.

»Etwas besser. Mein Kopf tut nicht mehr so weh.«

»Sehr gut.«

Carolin reichte Iris die Suppe und setzte sich auf einen Sessel, um ihr Gesellschaft zu leisten.

Von der abweisenden Distanz der letzten Tage war nichts mehr zu spüren. Iris war sich nicht sicher, ob Carolin ihr schon völlig verziehen hatte. Aber sie wollte ihre gute Stimmung auskosten. Schließlich wusste sie nicht, ob sie je wieder die Chance bekommen würde, Carolin so nahe zu sein.

Ihr Blick fiel erneut auf die Fotos an der Wand. Sie war neugierig, aber wollte Carolin auch nicht wieder verärgern, in dem sie zu aufdringliche Fragen stellte.

Eines der Fotos schien harmlos zu sein. Eine junge Frau mit Sportjacke und Helm fuhr in einem knallgelben Kajak einen spritzenden und schäumenden Fluss herab.

»Bist du das?«, fragte Iris.

»Ja. Aber das ist schon viele Jahre her.«

Die jüngere Carolin auf dem Foto war ungeschminkt. Ihre Haare waren klitschnass und sie lachte aus vollem Hals. Diese Ausgelassenheit passte gar nicht zu der stets beherrschten und korrekten Professorin. Aber das Lachen gefiel Iris.

Etwas weiter hinten war ein zweites Boot zu sehen, doch der Mann darin war unscharf. Vielleicht ein Freund, oder ihr Ex. Iris hütete sich, nach ihm zu fragen.

»Du hast also viel Sport gemacht?«

»Früher? Ja, ich war oft klettern und wandern, in den Bergen. Als ich noch Zeit dazu hatte. Und du?«

»Ich war als Kind richtig gut im Turnen. Ich war sogar in einem Team und habe für Wettkämpfe trainiert. Einmal habe ich eine Silbermedaille gewonnen.«

Carolin lächelte. »Glückwunsch. Was ist daraus geworden?«

»Meine Eltern meinten, ich sollte mich mehr auf die Schule konzentrieren, also habe ich aufgehört. Ich wollte später wieder anfangen, aber ich war nie wieder so gut. Ich habe stattdessen mit dem Schwimmen angefangen. Das mache ich immer noch.«

»Verstehe. Das wird sicher nützlich, wenn du tauchen lernst.«

»Stimmt!« Iris hatte beinahe vergessen, dass sie Carolin davon erzählt hatte. Sie war überrascht, dass Carolin es sich gemerkt hatte.

»Möchtest du noch etwas schlafen?«, fragte Carolin.

»Nein. Ich fühle mich besser.«

»Dann vielleicht eine Tasse Tee unten im Wohnzimmer?«

Iris lächelte. »Sehr gern.«

Iris saß in eine Decke gewickelt auf dem Sofa, nippte an ihrem Ingwertee und unterhielt sich mit Carolin. Sie war nicht mehr so nervös wie im Sommer, und es fiel ihr leichter, Carolins Fragen zu beantworten, ohne an sich selbst zu zweifeln. Sie erzählte von ihren Freunden, ihrer Familie und, etwas zögerlich, von ihren Plänen für die

Zukunft. Von ihrer leisen Hoffnung, vielleicht wirklich als Wissenschaftlerin etwas erreichen zu können. Zu verstehen, wie Menschen funktionierten, und wie man ihnen helfen konnte. Ein Teil von ihr begann zu glauben, dass Carolin sich tatsächlich für sie interessierte—aus welchen mysteriösen Gründen auch immer. Dass sie sie mochte und sie gern um sich hatte.

Vielleicht war es auch nur das Fieber, dass ihr Urteilsvermögen trübte. Vielleicht wagte sie es deshalb auch, Carolin zu bitten: »Würdest du etwas auf dem Klavier spielen?«

Carolin zögerte. »Für dich?«

»Ja, das wäre schön.« Iris versuchte ein charmantes Lächeln. »Musik beschleunigt den Heilungsprozess.«

Carolin gluckste. »Wo hast du das her? Aus einer Studie mit fünf Teilnehmern und fünfzehn konfundierenden Faktoren?«

»Ich habe es mir einfach ausgedacht.«

Carolin lachte. »Immerhin gibst du es zu. Das ist wissenschaftliche Integrität.«

Sie trank noch einen Schluck Tee. »Aber ich glaube nicht, dass ich dich heilen könnte. Ich habe seit Jahren nicht geübt.«

»Das macht nichts.«

Iris stand auf. Ihre Kopfschmerzen hatten dank der Tablette nachgelassen, und das geschwollene Gefühl in ihrer Nase konnte sie ignorieren. Sie ging zum Klavier und schlug eines der Notenhefte auf, die darauf lagen. Darin waren mit Bleistift Markierungen und Fingersätze eingetragen.

»Schuberts Träumerei. Das hast du schon gespielt, oder?«

»Ja, aber das ist ewig her. Ich kann nur noch die rechte Hand.«

»Dann spiele ich die linke Hand dazu«, sagte Iris.

Sie zog den Klavierhocker unter dem Instrument hervor und setzte sich auf den linken Rand. Dann sah sie erwartungsvoll zu Carolin.

Auf Carolins Gesicht zeichneten sich widerstreitende Emotionen ab. Sie schien mit sich selbst zu kämpfen. Nach einem langen Moment des Zögerns stand sie auf.

»Aber nur ein Stück.«

Sie setzte sich neben Iris. Der Hocker bot nicht viel Platz. Iris spürte überdeutlich, wie nahe Carolin ihr war. Ihre Schultern berührten sich, und sie konnte ihre Körperwärme spüren. Oder war es das Fieber?

Worauf hatte sie sich hier nur eingelassen?

Carolin legte ihre rechte Hand auf die Klaviatur und spielte den Auftakt. Hastig schaute Iris auf das Notenblatt und suchte die richtigen Töne, um sie zu begleiten.

Schon im dritten Takt verspielte sich Carolin, aber Iris verpasste gleich darauf den Einsatz. Ein misstönendes Chaos war die Folge, und sie mussten beide lachen. Die Hände, die sie nicht zum Spielen benutzten, streiften einander. Ein warmes Kribbeln schoss durch Iris.

»Nochmal?«, fragte sie atemlos.

»Natürlich!«

Diesmal entlockten sie dem Instrument tatsächlich ein paar schöne Klänge. Iris hätte Carolin nur zu gern noch einmal berührt, vielleicht sogar ihre Hand gehalten. Doch sie wollte ihr Glück nicht auf die Probe stellen. Diese unglaubliche Nähe war schon mehr, als sie sich je erträumt hatte. Und schon endete das Stück.

Carolin stand auf und trat einen Schritt zurück, fast als müsse sie sich in Sicherheit bringen.

»Das war gar nicht so schlimm, wie ich es in Erinnerung hatte«, sagte Iris.

»Wieso sollte es schlimm sein?«

Iris schob sich verlegen eine Haarsträhne hinter das Ohr. »Das ist eine blöde Geschichte.«

»Erzähl sie mir.«

Sie setzten sich nebeneinander auf das Sofa.

»Manche Kinder müssen ja zu Weihnachten Gedichte aufsagen«, fing Iris an. »Mein Bruder und ich mussten ein Konzert auf dem Klavier geben. Ich sollte die Träumerei spielen, aber ich war damals ziemlich unkonzentriert und habe mich beim Üben gelangweilt. Als ich es dann am Weihnachtsabend vorspielen sollte, habe ich es absolut nicht hinbekommen. Meine Eltern waren sehr enttäuscht, und haben gesagt, dass ich keine Geschenke bekomme.«

»Wie bitte?«, fragte Carolin schockiert.

»Ich bin an dem Abend heulend ins Bett gegangen.«

Carolin legte ihre Hand auf Iris Bein, wie um sie zu trösten. »Sowas sollte man einem Kind nicht antun.«

»Am nächsten Tag waren sie etwas besänftigt, und ich habe meine Geschenke doch noch bekommen. Mein Vater hat mir erklärt, dass ich lernen müsse, dass man im Leben nur mit harter Arbeit zum Ziel kommt. Aber ich habe mich dann jahrelang geweigert, etwas vorzuspielen, und tue es immer noch ungern.« Sie lachte verlegen. »Na ja, außer bei dir, da ist es nicht so schlimm.«

Carolin nickte langsam. »Ich verstehe.«

Sie schwiegen für einen Moment. Iris atmete tief durch. Mit jeder Faser ihres Körpers fühlte sie Carolins Wärme und ihre Nähe, und sie versuchte, sich das Gefühl ganz genau einzuprägen, um es nie wieder zu vergessen.

»Danke, dass du es mir erzählt hast«, sagte Carolin leise.

Iris war sich jetzt sicher. Da war etwas zwischen ihnen, eine ganz besondere Nähe, die sie verband. Und Carolin spürte es auch. Egal, wie sehr Iris' Verstand behauptete, dass es unmöglich war—sie konnte es fühlen. Sie bedeutete Carolin etwas.

Iris lächelte. »Weißt du…ich glaube, ich habe meine Meinung geändert.«

»Worüber?«

»Das Traumtagebuch. Ich werde es für die Studie zur Verfügung stellen«, sagte Iris. »Dann haben wir zwanzig, wie der Reviewer es verlangt hat.«

»Das musst du nicht«, sagte Carolin.

Sie sahen sich an. Iris wusste, dass es um mehr ging als nur um ihre Forschung. Es ging um ihre geheimsten Gefühle, die sie mit niemandem teilen wollte, und all die Unsicherheiten und Ängste, die damit verbunden waren.

»Ich bin mir sicher«, sagte sie.

KAPITEL 25

~ Carolin ~

In der letzten Woche vor Weihnachten organisierten einige Lehrstühle eine gemeinsame Weihnachtsfeier, und natürlich musste Carolin erscheinen. Das Einzige, was sie dazu motivierte, war das Wissen, dass auch Iris kommen würde. Sie hatte sich von ihrer Erkältung erholt und es sogar geschafft, die neue Version ihres Artikels noch rechtzeitig einzureichen. Natürlich hatte das nichts mit Carolins Pflege zu tun, sondern war allein Iris' Verdienst.

Der Gedanke an sie erfüllte Carolin mit einem warmen Prickeln, eine Mischung aus Stolz und Zuneigung, die sich wundervoll anfühlte. Iris war voller Energie, und wenn sie etwas wirklich wollte, ließ sie sich durch nichts aufhalten.

Carolin hingegen war sich immer weniger sicher, was sie selbst wollte. Sie hatte versucht, Abstand von Iris zu gewinnen, doch dieser Zustand der Distanz war einfach unerträglich gewesen. Es war beängstigend, wie viel Macht dieses Verlangen über sie hatte. Dabei wusste sie nicht einmal, wonach genau sie sich sehnte.

Für die Weihnachtsfeier zog Carolin ein burgunderrotes Kleid an, das sie schon seit Jahren nicht mehr getragen hatte. Es passte ihr immer noch perfekt und schmiegte sich an ihren schlanken Körper. Der Ausschnitt war tief, aber nicht zu freizügig. Carolin trug ein dezentes Parfüm auf, warf noch einen letzten prüfenden Blick in den Spiegel.

Wenn sie ehrlich zu sich war, musste sie sich eingestehen, dass sie einzig und allein für Iris gut aussehen wollte.

Hoffentlich gefällt ihr mein Geschenk…

Sie hatte viel zu lange darüber nachgedacht, ob sie Iris etwas schenken durfte, und sich schließlich dafür entschieden. Sie musste ihr einfach ein Zeichen ihrer…ja, was? Zuneigung? Das klang unangemessen, selbst in ihren Gedanken. Carolin entschied sich für *Anerkennung*. Sie wollte Iris ein Zeichen ihrer Anerkennung geben. Etwas, um ihr zu sagen, wie viel sie ihr bedeutete. Als Mitarbeiterin, selbstverständlich.

Carolin seufzte und machte sich auf den Weg zur Universität.

Als sie ankam, waren Hana und Ursula gerade damit beschäftigt, den Glühwein zu erwärmen. Ein würziger Duft nach Zimt und Orangen erfüllte den Raum. Überall hingen Tannenzweige und Sternengirlanden, und irgendwo spielte eine Playlist mit Weihnachts-Klassikern.

»Ah, Carolin!«, rief Nobert und winkte sie zu sich. »Ho ho ho!«

Mit seinem weißen Bart und dem leuchtend roten Anzug sah er tatsächlich aus wie der Weihnachtsmann.

»Sehr überzeugend!«, sagte Carolin. »Ich verspreche, ich war dieses Jahr brav.«

Abgesehen von ein paar entschieden unanständigen Gedanken.

Eine Weile plauderte sie mit ihren Kollegen. Doch immer wieder warf sie einen Blick zur Tür. Und dann, endlich, entdeckte sie Iris.

Ihre Blicke trafen sich. Carolin erwischte Iris dabei, wie ihre Augen bewundernd über Carolins Körper wanderten. Offenbar gefiel ihr, was sie sah.

Iris war bei weitem nicht so elegant gekleidet. Sie trug einen gestrickten Weihnachtspullover mit einem Tannenbaum-Motiv, einen schwarzen Faltenrock und eine grüne Strumpfhose. Doch sie hatte ihre Haare, die ihr sonst vor das Gesicht fielen, hochgesteckt, und die Lichter glänzten in ihren Augen. Für Carolin war offensichtlich, dass sie die schönste Frau im Raum war.

»Frohe Weihnachten«, wünschte Iris. »Ich habe diese Zimtplätzchen mitgebracht, wo sollen die hin?«

»Oh, stell sie einfach auf den Tisch«, sagte Norbert, »Vielen Dank!«

Die Feier nahm ihren Lauf. Iris und Carolin unterhielten sich mit ihren Kollegen über die Forschung, die Erstsemester und die neuesten Gerüchte aus der akademischen Welt.

Bildete Carolin es sich nur ein, oder wanderte Iris' Blick immer wieder zu ihr hin? Lächelte sie besonders oft, wenn Carolin sprach? Empfand Iris eine ähnliche Faszination wie Carolin für sie?

Eine völlig übereilte Schlussfolgerung, wies Carolin sich selbst zurecht. Als Wissenschaftlerin sollte sie es besser wissen, als Muster in ihre Beobachtungen hineinzuinterpretieren, nur weil sie ein bestimmtes Resultat erhoffte. Es war genauso gut möglich, dass Iris sich einfach nur auf einer intellektuellen Ebene für sie interessierte. Dass sie sich zu der Professorin Dr. Adler hingezogen führte, und nicht zu dem Menschen Carolin.

Aber würde das diesen Glanz in ihren Augen erklären?

Ursula berichtete gerade, dass Alessandro Pereira mit seiner Arbeitsgruppe in Brasilien einen weithin beachteten Fachartikel veröffentlicht hatte. Carolin nutzte den Moment.

»Wir haben auch gute Neuigkeiten«, sagte sie. »Genauer gesagt, Iris.«

Die Blicke der Kollegen richteten sich auf sie.

»Oh, ja«, sagte Iris verlegen.

Carolin spürte, dass die Aufmerksamkeit sie nervös machte. Aber sie würde Iris nicht davonkommen lassen, ohne dass sie die Anerkennung bekam, die ihr zustand.

»Iris' Artikel wird publiziert«, sagte sie. »Und sie wurde persönlich eingeladen, im Februar auf der Konferenz in Berkeley ihre Forschungsergebnisse zu präsentieren.«

Ein Raunen ging durch die Umstehenden.

»Sie soll also ein Poster zeigen?«, fragte Ursula.

»Nein, viel besser.« Sie sah zu Iris.

»Ich halte einen Vortrag«, gestand Iris. »Sie haben mir einen Slot im Programm zugewiesen.«

»Sieh einer an. Herzlichen Glückwunsch!«, sagte ein Professor.

»Das ist ja eine Überraschung«, sagte ein anderer. »Ich wusste nicht, dass man da überhaupt eingeladen wird, bevor man seinen Doktor hat.«

»Es ist äußerst ungewöhnlich«, bestätigte Carolin. »Iris hat mit ihrer Arbeit großen Eindruck gemacht.«

Sie warf Ursula einen Blick zu. Der hatte die Enthüllung wohl die Sprache verschlagen. Carolin gestattete sich ein zufriedenes Lächeln. Diese neue Entwicklung war exzellent für Iris' Karriere, aber sie bestätigte auch Carolins Instinkte und war gut für ihren wissenschaftlichen Ruf, da sie von Anfang an auf Iris gesetzt hatte. Es war ein Sieg auf ganzer Linie.

»Na, dann stoßen wir auf Iris an!«, sagte Norbert.

Danach wurde Iris von Kollegen umlagert, die ihr Fragen zu ihrer Studie stellten. Carolin hielt sich im Hintergrund und beobachtete, wie Iris etwas verlegen lächelte, dann aber doch bereitwillig von ihren Ideen erzählte.

Schließlich war es Zeit für die Feuerzangenbowle. Alle versammelten sich um den Tisch, um zuzusehen. Hana platzierte sorgfältig den Zuckerhut auf dem kleinen Metallgestell, übergoss ihn mit Rum und entzündete ihn, sodass blau-rote Flammen emporzüngelten, was die Zuschauer mit einem zufriedenen *Ohh* quittierten.

Carolin setzte sich neben Iris. Sie aßen Lebkuchen und tranken den heißen Punsch. Bald erfüllte ein warmes Prickeln Carolin, das nicht nur von dem Alkohol herrührte, denn es wurde stärker, wann immer sie Iris ansah. Sie empfand Stolz und Bewunderung für die kluge junge Frau, aber es war mehr als das. Carolin wollte Iris lächeln sehen. Genauer gesagt, sie selbst wollte Iris zum Lächeln bringen.

Ihre warmen Gedanken wurden von Ursula unterbrochen. »Zeit für die Wichtelgeschenke!«

Ein großes Stühlerücken begann, als alle zu dem Tisch mit den Päckchen gingen. Carolin fand das kleine Paket mit ihrem Namen und darin eine Kaffeetasse mit der Aufschrift: *100% echte Studententränen.*

»Sehr witzig«, befand sie trocken und wandte sich Iris zu. »Was hast du bekommen?«

Iris hielt ein Set von Badekugeln hoch. »Ich habe keine Badewanne.«

»Mach dir nichts draus. Wichtelgeschenke sind immer enttäuschend. Deswegen habe ich dir noch was anderes mitgebracht.«

»Oh!« Iris' Augen leuchteten auf. »Ich habe auch etwas.« Sie biss sich auf die Lippe. »Ähm, sollen wir…sollen wir kurz rausgehen?«

»Klingt gut.«

In dem allgemeinen Trubel würde keiner sie vermissen, wenn sie für fünf Minuten verschwanden. Carolin holte ihr Geschenk aus dem Auto. Als sie die Treppe wieder heraufkam, wartete Iris schon auf sie. Aus dem

Konferenzraum drang entferntes Lachen und Weihnachtsmusik zu ihnen, doch hier im Flur war es still und sie waren ganz allein.

»Frohe Weihnachten«, sagte Iris. Sie tauschten ihre Geschenke aus.

Carolin konnte nicht verhindern, dass ihr Herz etwas schneller schlug. Sie betete, dass Iris ihr Geschenk nicht albern finden würde. Hoffentlich verstand sie die Geste…

Carolin löste das Geschenkpapier von ihrem eigenen Geschenk und fand ein Notenheft für Klavier zu vier Händen.

»Ich hatte gehofft, du hättest Lust darauf«, sagte Iris schnell. »Ich könnte vorbeikommen, und wir könnten zusammen spielen.«

Sie warf Carolin einen Blick zu, in dem eine versteckte Aufforderung lag.

»Das wirst du wohl müssen«, sagte Carolin. »Denn allein kann man nicht viel damit anfangen. Das hast du geschickt eingefädelt.«

Ihr Tonfall war unbekümmert, doch ihr Puls beschleunigte sich vor Aufregung. Iris wollte wieder zu ihr kommen! Unter anderen Umständen hätte Carolin sich vielleicht gefragt, ob das eine gute Idee war. Doch die wohlige Wärme der Feuerzangenbowle erfüllte sie mit einer angenehmen Sorglosigkeit. Und die Art, wie Iris sie anlächelte, wie sie ganz auf Carolin fokussiert war…so hatte sie schon lange niemand mehr angesehen. Vielleicht überhaupt noch nie.

»Jetzt mach deines auf!«, sagte Carolin.

Iris löste die Schleife und öffnete die kleine Schachtel.

»Ohh!«, rief sie begeistert, als sie das Plüschtier eines Rochens sah. »Wie süß! Jetzt werde ich jede Nacht davon träumen, auf ihm zu reiten.«

»Das ist sicher ein fantastisches Gefühl.«

Iris strahlte, und sie so glücklich zu sehen, war das beste Gefühl, das Carolin je erlebt hatte.

»Ich komme dich in deinen Träumen besuchen!«, sagte Iris. »Dann kannst du es auch mal versuchen.«

»Unwahrscheinlich. Ich träume fast nie. Oder kann mich nie daran erinnern.«

Eigentlich hatte Carolin nicht geplant, das zuzugeben. Es war ihr einfach so herausgerutscht.

»Wirklich? Nie?«, fragte Iris.

»Nicht, dass ich wüsste.«

Iris blickte bekümmert drein. »Wie schade! Das tut mir leid. War das schon immer so?«

»Nein. Als Kind hatte ich Träume. Irgendwann später hat es aufgehört. Ich habe mir keine Gedanken darüber gemacht. Es gibt so viel, dass ich im echten Leben erreichen will. Ich habe nie sonderlich auf meine Träume geachtet.«

Sie lächelte etwas wehmütig. »Aber seit ich dich kenne, frage ich mich, ob ich nicht doch etwas verpasse.«

»Hm«, sagte Iris nachdenklich. »Immerhin hast du dann auch keine Albträume, oder? Es hat also auch Vorteile. Manchmal träume ich Sachen, die ich lieber vergessen würde.«

»Ich dachte, du kannst deine Träume einfach ändern?«

»Ja, meistens klappt das.« Sie zögerte kurz. »Aber manchmal träume ich seltsame Dinge, die ich nicht ändern will, aber die mir peinlich sind. Die ich vielleicht nicht träumen sollte.«

»Wo liegt das Problem? Niemand kann deine Gedanken lesen.«

»Aber mein Traumtagebuch schon.«

Ihre Blicke trafen sich. Iris errötete. Erst verstand Carolin nicht, warum Iris wegsah. Doch dann setzten sich die Puzzleteile zusammen. Iris hatte widerstrebend ihre Tagebucheinträge für die Studie zur Verfügung gestellt. Niemand, der die anonymisierten Berichte las, würde wissen, dass sie zu Iris gehörten—Außer Carolin. Denn sie hatte bei der Analyse geholfen, dazu die anderen Tagebücher gelesen und wusste daher, welche Einträge vorher noch nicht dabei gewesen waren.

Also war Iris nervös, weil sie fürchtete, dass Carolin von ihren Träumen erfuhr. Von Träumen, die ihr zu wichtig waren, um sie zu vergessen…aber die sie erröten ließen, wenn sie davon sprach.

War es möglich, dass sie in diesen Träumen vorkam?

Carolin musste schlucken.

»Mach dir keine Sorgen deswegen«, sagte sie. »Niemand wird das lesen. Jedenfalls niemand, der weiß, dass du es geschrieben hast. Und überhaupt—wer würde wegen eines Traums schlechter von dir denken? Man kann ja nichts dafür, was man träumt.«

Iris blickte immer noch zweifelnd.

Carolin versuchte ein aufmunterndes Lächeln. »Wer weiß…vielleicht ist es ja bei mir ähnlich. Nur weil ich mich morgens an nichts erinnern kann, heißt das nicht…dass ich über solchen Dingen stehe.«

Sie räusperte sich, plötzlich etwas befangen. Aber nun gab es kein Zurück.

»Ich meine, vielleicht träume ich auch Dinge, die ich nicht träumen sollte.«

Iris' Augen weiteten sich, als sie verstand, was Carolin andeuten wollte.

Sie machte eine Bewegung, als wolle sie Carolin berühren, doch dann stoppte sie im letzten Moment und legte die Hand stattdessen auf das Rochen-Kuscheltier.

»Wenn du dich irgendwann mal an einen Traum erinnerst«, sagte sie. »Könntest du mir ja davon erzählen.«

»Natürlich«, sagte Carolin.

Einen Augenblick lang sahen sie sich an, und sie verstanden sich ohne Worte. Dann öffnete sich die Tür weiter hinten im Flur, und die Weihnachtsmusik wurde schlagartig lauter.

»Hier seid ihr!«, rief Ursula. »Norbert hat schon nach dir gefragt, Carolin!«

Sie kehrten zurück zur Weihnachtsfeier. Doch Carolin konnte den ganzen Abend an nichts anderes denken als an das, was Iris ihr anvertraut hatte. Und spielte es eine Rolle, dass Carolin sich an nichts erinnerte, was sie nachts im Schlaf erlebte? Sie wusste schließlich nur zu gut, wovon sie tagsüber träumte.

Über Weihnachten besuchte Carolin ihre Mutter, die in einer betreuten Wohnanlage für Senioren lebte. Ihre Mutter und ihre Mitbewohner hatten das Gemeinschaftszimmer liebevoll dekoriert, und Carolin durfte nun an der Weihnachtsfeier teilnehmen. Zum allgemeinen Entzücken las sie den Senioren die Weihnachtsgeschichte vor und spielte dann noch das Glockengeläut der Dresdner Frauenkirche auf ihrem Smartphone ab.

»So ein Ding muss ich mir auch mal zulegen«, kommentierte Hermann, ein rüstiger Rentner. »Das musst du mir mal erklären, wie das funktioniert, Carolin!«

Danach gab es Kaffee und Schokokuchen, den Carolins Mutter selbst gebacken hatte.

»Das war Wolfgangs liebster Kuchen!«, sagte sie. »Komm, wir stoßen auf deinen Papa an.«

Wolfgang Adler, ein erfolgreicher Biologe, Schachmeister und lebenslanger Genießer von Tabak und Whiskey, war schon mit Mitte fünfzig an Krebs gestorben. Carolin, das späte und einzige Kind ihrer Eltern, hatte damals gerade ihr Abitur gemacht.

»Dein Papa hat immer gewusst, dass aus dir mal was wird!«, sagte ihre Mutter, einen wehmütigen Glanz in den Augen. »Hat dir immer vorgelesen. Weißt du noch?«

»Ja, Papa war großartig. Er hat gesagt, ich soll auf jeden Fall studieren.«

»Und recht hatte er!«, sagte Hermann zu Carolins Mutter. »Kannst mächtig stolz auf dein Mädel sein!«

Carolin lächelte.

»Ich dachte noch, das ist nichts für Mädchen«, sagte ihre Mutter. »Keine von unseren Schwestern hat studiert. Aber dein Papa meinte, man muss seinen Träumen folgen. Und man darf sich von nichts in der Welt aufhalten lassen. Du musst wissen, was du wirklich willst. Und dann machst du es.«

Carolin nickte. Sie hatte plötzlich einen Kloß im Hals.

Es war nicht nur die Erinnerung an ihren Vater, die sie wehmütig machte. Sie fragte sich, was sie wirklich wollte. Die Festanstellung als Professorin war ihr großes Ziel, das sie antrieb, bis spät in die Nacht zu arbeiten und alles zu geben. Aber war es das, was sie mehr als alles andere ersehnte?

Spät am Abend fuhr sie nach Hause. Draußen zogen beleuchtete und reich geschmückte Häuser vorbei. Als sie auf den Parkplatz vor ihrem eigenen Haus einbog, fiel ihr zum ersten Mal auf, wie dunkel es bei ihr war. Da sie allein wohnte und fast ihre ganze Zeit mit Arbeit verbrachte, hatte sie nie viele Gedanken an Weihnachtsdekoration verschwendet. Doch nun kam ihr das dunkle Haus zum ersten Mal einsam vor.

Sie öffnete die Tür und wurde sogleich freudig von Cassandra begrüßt.

»Ich weiß, du bist immer für mich da«, sagte sie lächelnd und streichelte sie kurz. Dann setzte sie sich aufs Sofa, wo Cassandra sich neben ihr zusammenrollte. Ihr Blick fiel auf den Laptop, der auf ihrem Couchtisch lag. Sie müsste ihn nur aufklappen und die Datenbank mit den Tagebucheinträgen öffnen. Sie würde sofort erkennen, welche neu dazugekommen waren und zu Iris gehörten.

Was, wenn die Träume von ihr handelten? Wenn Iris tatsächlich Gefühle für sie hätte? Es wäre so leicht, es herauszufinden. Und niemand würde wissen, dass sie nachgeschaut hatte. Sie würde kein Risiko eingehen, ihre eigenen Gefühle nicht verraten, sich keine Blöße geben.

Und doch blieb Carolin sitzen, streichelte nachdenklich Cassandra, und rührte den Laptop nicht an.

Sie konnte sich einfach nicht dazu durchringen. Sie würde damit Iris' Vertrauen brechen. Sie würde die Situation ausnutzen, um sich einen Vorteil zu verschaffen.

Aber Iris hatte das Recht, auf Augenhöhe mit ihr zu stehen. Es war mutig von ihr, dass sie ihr Tagebuch herausgab, und Carolin wollte nicht, dass sie das bereute. Also würde sie nicht nachschauen.

Stattdessen schlug sie das Notenheft auf, das Iris ihr geschenkt hatte. Sie übte ein paar der Melodien und versuchte sich vorzustellen, wie es klingen würde, wenn Iris mitspielte.

Als sie später allein in ihrem Bett lag, wünschte sie sich, auch endlich wieder einmal zu träumen und sich daran zu erinnern. Dann könnte sie bei Iris sein, auf eine Weise, die in der Wirklichkeit undenkbar war. Doch als sie schließlich in einen tiefen Schlaf fiel, war er wie immer dunkel und ohne Bilder.

KAPITEL 26

~ Iris ~

Weihnachten und Silvester kamen und gingen. Iris verbrachte die Feiertage daheim und erzählte ihren Eltern von der Konferenz, zu der sie eingeladen worden war. Zu ihrer großen Überraschung und Freude waren ihre Eltern tatsächlich beeindruckt. Ihr Vater schlug sogar den Namen der Konferenz im Internet nach. Iris war stolz, dass sie endlich etwas erreicht hatte, das ihre Eltern als Erfolg erkannten. Trotzdem war sie auch froh, als sie wieder zurück nach Berlin fuhr. Dort konnte sie durchatmen und ganz sie selbst sein. Außerdem hatte sie noch viel Arbeit vor sich. Doch am meisten hatte sie natürlich Carolin vermisst.

Als sie sich das erste Mal im neuen Jahr begegneten, huschte sofort ein Lächeln über Carolins Gesicht. Sie plauderten unverbindlich darüber, wie ihre Feiertage gewesen waren, und über die Pläne für die Konferenz. Auch in den nächsten Wochen drehten sich ihre Gespräche immer um professionelle Themen. Und doch glaubte Iris, eine Wärme zu spüren, die vorher nicht da gewesen war.

Wenn sie sich über den Weg liefen, schaute Carolin sie länger an, und oft teilten sie ein Lächeln, das mehr zu bedeuten schien als bloße Freundlichkeit—zumindest hoffte Iris das. Sie konnte nicht sicher sein, was Carolin für sie empfand. Sie überlegte, ob sie Lukas davon erzählen sollte, doch sie entschied sich dagegen. Sie wollte nicht hören, wie unvernünftig ihre Gefühle waren.

Aber sie wusste auch nicht, wie sie sich Carolin gegenüber verhalten sollte. Im stressigen Alltag am Institut war es schwer, die Spannung zwischen ihnen für länger als nur ein paar Sekunden aufrecht zu erhalten, und Iris fand keine Worte, um auszusprechen, was sie wirklich fühlte. Wo sollte sie auch anfangen?

Der Januar verging, und der Februar rückte näher, und damit auch die Konferenz. Iris war gezwungen, sich weniger auf Carolin und mehr auf ihre Vorbereitung zu konzentrieren. Sie entwarf eine Präsentation, suchte Beispiele aus den Traumtagebüchern heraus und übte immer wieder ihren Vortrag.

Carolin bot ihr an, den Flug für sie beide zu buchen, und Iris nahm das Angebot dankbar an. Alle Kosten wurden zwar von der Universität erstattet, aber schon das winzige Zimmer, das sie für die vier Nächte gebucht hatte, war eine beträchtliche Ausgabe gewesen. Ein Transatlantikflug hätte ihr Konto definitiv ins Minus getrieben.

Die Tage vor dem Flug verbrachte sie damit, das Wetter in Kalifornien zu überprüfen, ihren Koffer immer wieder neu zu packen und den Vortrag vor dem Spiegel zu halten, bis auch Lukas ihn unfreiwillig auswendig konnte. Und endlich war es so weit.

Sie trafen sich am Flughafen. Carolin trug einen eleganten, taillierten Mantel, Handschuhe aus Leder, und eine Miene der kühlen Gelassenheit, als würde der ganze Trubel um sie herum an ihr abprallen. Doch als sie Iris sah, war es, als würde die Temperatur in ihren Augen plötzlich um ein paar Grad ansteigen, das Eis schmolz, und ein Lächeln breitete sich auf ihren Zügen aus.

Sie begrüßte Iris und gab ihr das Ticket. Iris bemerkte überrascht, dass Carolin Tickets für die Business Class gebucht hatte.

»Für einen derartig langen Flug wäre alles andere Folter«, kommentierte Carolin.

In der Business-Lounge waren sie umgeben von Geschäftsleuten in Anzügen, und Iris kam sich in ihrer Jeans und ihrem Pullover fehl am Platz vor. Schließlich durften sie an Bord gehen und fanden ihre Plätze. Iris dachte an die Konferenz, und an ihren Vortrag. Sollte sie ihn auf dem Flug lieber nochmal üben?

»Nervös?«, fragte Carolin, die ihre Anspannung bemerkte.

»Etwas«, gab Iris zu.

»Keine Sorge. Die Statistik ist auf unserer Seite. Auf jeden Flugzeugabsturz kommen grob drei Millionen sichere Flüge.«

»Oh, nicht deswegen. Ich fliege gerne!«, sagte Iris. »Es ist wegen der Konferenz. Ich frage mich, ob sie vielleicht einen Fehler gemacht haben, als sie mich eingeladen haben.«

»Was für ein Fehler sollte das sein?«

»Du hast doch das Programm gesehen. Alle anderen haben einen Doktortitel oder eine Professur und sind total bekannt. Was, wenn sie mich ansehen und sagen: Was macht die denn hier?«

»Ich versichere dir, man wird nicht versehentlich zu einer Konferenz eingeladen. Das ist ein rigoroser Prozess.«

»Aber warum ich? Liegt es daran, dass du meine Betreuerin bist, und sie deswegen denken, dass ich irgendwie brillant sein muss?«

»Natürlich nicht. Dein Artikel wurde anonym bewertet, um Fairness zu gewährleisten. Niemand wusste, wer du warst, bevor die Entscheidung getroffen wurde. Es kommt nur auf deine Arbeit an, und die ist nun einmal exzellent.«

Iris atmete tief durch. »Okay. Danke.«

Die Turbinen dröhnten, und das Flugzeug bewegte sich zu seiner Startposition. Für einen Moment schob Iris ihre Sorgen beiseite und konzentrierte sich auf den Start. Sie liebte das Gefühl, wenn die pure Kraft der Maschinen sie in ihren Sitz drückte und das Flugzeug dem Himmel entgegenschoss.

Nach einem Zwischenstopp in London traten sie ihre Reise über den Atlantik an.

Als sich ein Flugbegleiter näherte, schlug Carolin vor, dass sie Drinks bestellen sollten.

»Wirklich? Ist das hier nicht so etwas wie Arbeitszeit?«

Carolin lachte. »Es ist ein langer Flug. Wir dürfen uns ruhig etwas gönnen und die Zeit genießen. Aber nimm lieber etwas, das intensiv schmeckt.«

Sie erklärte Iris, dass der Kabinendruck im Flugzeug die sensorische Erfahrung einschränkte, sodass man Süßes und Salziges weniger gut wahrnahm. Iris fand es bewundernswert, dass Carolin solche Dinge wusste, und sie mochte es, wie sie von *sensorischen Erfahrungen* sprach, als würde sie dieses Thema sehr ernst nehmen.

»Außerdem ist es nur ein Vorgeschmack«, sagte Carolin. »Zur Konferenz gehören auch Abendveranstaltungen. Wir werden mit unseren Kollegen ausgehen und dabei auch etwas trinken—natürlich für die wissenschaftliche Vernetzung.«

»Oh«, sagte Iris. »Ja, ich schätze, das ergibt Sinn.«

»Du kommst doch hoffentlich dazu?«

Iris zögerte. »Partys sind nicht so mein Ding.«

»Das ist keine Party, das ist der Beginn deiner wissenschaftlichen Karriere! Natürlich wirst du kommen und alle davon überzeugen, wie brillant und charmant du bist. Sie werden begeistert von dir sein.«

»Du übertreibst«, sagte Iris verlegen und sah aus dem Fenster auf die Wolken herab.

»Fast gar nicht. Aber ich rate es dir sehr.«

»Wirst du auch kommen?«

»Natürlich. Ich lasse dich doch nicht allein. Außerdem muss ich selbst Kontakte knüpfen.«

»In Ordnung.« Iris atmete tief durch und lehnte sich in ihren Sitz.

Ich lasse dich doch nicht allein. Etwas an diesen Worten zauberte ein Lächeln auf ihr Gesicht. Mit Carolin an ihrer Seite hatte sie das Gefühl, jeder Herausforderung gewachsen zu sein.

Nach ihrer Landung setzten sie ihre Reise mit einem Mietwagen fort. Carolin nahm den vierspurigen Freeway mitten durch San Francisco und fuhr dann über die eindrucksvolle Bay Bridge, von der aus Iris einen Blick über die ganze Bucht hatte.

»Wow. Ich kann nicht glauben, dass ich wirklich hier bin«, sagte Iris, gleichermaßen erschöpft von dem langen Flug und aufgeputscht von einem extragroßen Kaffee.

Kurz darauf entdeckte sie das grüne Schild mit der weißen Schrift, das *University Ave* und *Berkeley* auswies. Carolin nahm die Ausfahrt, und Iris zog ihr Handy hervor, um die Adresse ihrer Unterkunft herauszusuchen.

»Mein Zimmer ist ein Stück nördlich von hier.«

»Hast du nicht das Hotel direkt an der Universität gebucht?«

»Nein. Ich…ich schätze, ich war mir nicht sicher, ob die Uni das auch erstatten würde. Es kam mir so teuer vor.«

Carolin runzelte dir Stirn. »Natürlich wird dir das erstattet. Praktisch alle Gäste der Konferenz schlafen dort.«

»Oh. Das wusste ich nicht.«

Carolin brachte Iris zu ihrer Unterkunft. Iris stieg aus und holte ihr Gepäck aus dem Kofferraum.

»Es geht zwar erst morgen richtig los«, sagte Carolin, »Aber heute Abend haben viele Kollegen ein informelles Treffen in einer Bar. Du solltest auch kommen. Keine Sorge, wir haben noch ein paar Stunden Zeit, du kannst dich also vorher ausruhen.«

Iris fühlte sich überhaupt nicht müde, eher aufgekratzt, nervös, voller Vorfreude und Anspannung.

»Okay. Muss ich irgendetwas beachten?«, fragte sie.

»Es ist nur ein Treffen unter Kollegen, nichts Ernstes. Ein Cocktailkleid wäre angemessen. Oder ein Hosenanzug.«

Iris hielt inne. Daran hatte sie überhaupt nicht gedacht. »Ich…ähm…habe kein Kleid dabei. Nur eine schwarze Jeans und ein paar Blusen. Ist das schlimm?«

»Es ist…«, Carolin suchte die passenden Worte, »nicht optimal. Aber niemand wird dich dafür verurteilen. Es geht am Ende immer um die wissenschaftliche Arbeit.«

Iris wollte schon aufatmen, doch Carolin war noch nicht fertig.

»Dennoch…wäre mir wohler dabei, wenn dein Auftritt ein stimmiges Gesamtkonzept hat. Du willst schließlich Professionalität ausstrahlen. Selbstbewusstsein. Zielstrebigkeit. Das wird nicht gut funktionieren, wenn du offensichtlich underdressed bist und deswegen nervös wirst.«

Iris senkte den Kopf. »Das tut mir leid. Ich hätte daran denken sollen.«

»Glücklicherweise ist das ein Problem, das sich leicht lösen lässt.«

»Lösen?«, fragte Iris verständnislos.

Carolin lachte. »Zum Glück findet unsere Konferenz nicht in der Antarktis statt, oder auf dem Mond. Schau dich um!

Wir sind in der San Francisco Bay. Wir werden schon etwas Passendes für dich finden.«

»Wir?«

»Natürlich. Ich werde dich beraten. Stell deine Sachen ab, mach dich kurz frisch. Ich hole dich in einer halben Stunde wieder hier ab.«

Carolin brachte sie ins Zentrum von San Francisco. Sie parkte den Mietwagen in einer der abschüssigen Straßen—quer zu der Richtung, in der es bergab ging—und steuerte dann zielstrebig den Union Square an. Im Schatten der gewaltigen Dattelpalmen und der hoch aufragenden, historischen Gebäude reihten sich Boutiquen, Restaurants, Theater und Luxuskaufhäuser aneinander. Dutzende Menschen kamen ihnen entgegen, und Iris bemühte sich, mit niemandem zusammenzustoßen und zugleich die Umgebung in sich aufzunehmen. San Francisco war ganz anders als Berlin. Die Straßen verliefen so schnurgerade, dass man weit voraus sehen konnte, bis sie unweigerlich steil aufwärts oder abwärts führten. Als Iris an einer Ecke aus dem Augenwinkel die berühmte rote Kabelstraßenbahn entdeckte, verdrehte sie den Hals, um einen besseren Blick zu erhaschen.

»Man sieht dir an, dass du nicht von hier bist«, sagte Carolin amüsiert. »Vielleicht sollte ich dir eine Sonnenbrille kaufen, dann sieht niemand, was für große Augen du machst.«

»Tut mir leid«, sagte Iris.

Aber Carolin lachte. »Nein, genieß es! Wir sind nicht jeden Tag auf einem anderen Kontinent.«

Carolin fand eine Boutique für gehobene Damenbekleidung, und Iris folgte ihr zögernd. Sie hatte noch nie besonders gerne Kleidung eingekauft. Ihre Mutter hatte immer etwas an den Dingen auszusetzen gehabt, die Iris als Kind gefallen hatten. Allerdings hatte sie die Regeln nie wirklich erklärt, und Iris hatte irgendwann aufgegeben und angenommen, dass ihr einfach der Sinn für Mode fehlte.

Zum Glück erwartete Carolin nicht, dass Iris etwas aussuchte. Sie bewegte sich zielstrebig durch die kleine, aber wohlsortierte Boutique. Die meisten Kleidungsstücke hier hingen nicht an Stangen, sondern wurden an Mannequins ausgestellt. Es waren gewagte Kreationen mit ungewöhnlichen Schnitten und Materialien. Iris war skeptisch, dass sie hier etwas finden konnten, das ihr gefiel. Da blieb ihr Blick an einem schwarzen Cocktailkleid hängen, das aus mehreren Schichten hauchzartem, halb transparentem Stoff gemacht war. Das Kleid besaß eine gewisse Eleganz, und das trotz seines tiefen Ausschnittes. Iris blieb bewundernd davor stehen.

»Ich bin sicher, du würdest atemberaubend darin aussehen«, sagte Carolin. Sie stand plötzlich dicht hinter Iris. »Probiere es an.«

»Ich…« Iris räusperte sich. »Ich glaube nicht, dass es für den Anlass passend ist.«

»Nein. Aber ich würde dich trotzdem gern darin sehen. Du kannst es ja als Letztes probieren.«

Iris' Wangen wurden warm. »In Ordnung.«

Sie wollte nur zu gern herausfinden, ob das Kleid auch an ihr so verführerisch aussah. Und vor allem wollte sie Carolin gefallen. Carolin hatte in der Zwischenzeit einige andere Stücke gefunden. Iris betrat die Umkleidekabine und zog ihren Pullover und ihre Jeans aus. Dann schob sich Carolins schlanke Hand durch den Spalt im Vorhang und hielt ihr ein graues Wickelkleid mit einem Gürtel hin. Iris zog es an und trat heraus, doch Carolin schüttelte den Kopf.

»Zu streng. Probiere das hier.«

Sie reichte Iris ein dunkelgrünes Kleid, in das glänzende florale Muster eingearbeitet waren. Iris verschwand in der Umkleidekabine und zog sich um. Diesmal nahm Carolin sich einen Moment, sie prüfend zu betrachten.

»Süß«, sagte Carolin. »Aber zu verspielt. Deine Kollegen sollen dich ernst nehmen. Versuch dieses.«

Iris zog sich erneut um. Als sie diesmal nach draußen trat, leuchteten Carolins Augen anerkennend auf. Iris trug nun ein dunkelblaues Kleid, das sich eng an ihren schlanken Körper schmiegte. Der Kragen war hochgeschlossen, doch ihre Arme blieben frei.

»Was hältst du davon?«, fragte Carolin.

»Es fühlt sich gut an«, sagte Iris.

»Gut, dann nehmen wir das.«

»Aber da war kein Preisschild. Ich weiß nicht, ob ich genug Geld dabeihabe.«

Oder ob ich mir das leisten kann.

»Keine Sorge, das übernehme ich«, sagte Carolin.

»Aber—«

»Es wird mich nicht ruinieren.« Sie lächelte. »War da nicht noch das schwarze Kleid?«

Iris verschwand wieder hinter dem Vorhang, zog sich aus und hielt das wundervolle schwarze Kleid vor sich. Der Ausschnitt war so tief, dass sie unmöglich einen BH darunter tragen konnte. Zum ersten Mal war sie froh über ihre eher kleinen, aber festen Brüste. Das Kleid glitt an eine perfekte Position und schmiegte sich eng an ihre Taille. Der Ausschnitt ging so tief nach unten, dass man den inneren Rand ihrer Brüste sehen konnte. Iris hatte noch nie etwas so Freizügiges getragen, doch sie fühlte sich überraschend wohl darin. Der hauchzarte, schwarze Stoff war voller Verheißung. Fast schon…sexy.

»Alles in Ordnung?«, fragte Carolin.

»Ja…ich habe es an…es ist…«

Ihr fehlten die Worte. Plötzlich schossen ihr Zweifel durch den Kopf. Würde Carolin das Kleid an ihr gefallen? Oder würde sie denken, dass es zu provokant für eine schüchterne Studentin war?

Carolin schob den Vorhang ein Stück beiseite. Im Spiegel trafen sich ihre Blicke. Carolins Augen weiteten sich und wanderten über Iris' Körper. Sie betrachtete sie so intensiv, dass Iris heiß wurde.

»Darf ich?«, sagte Carolin und streckte die Hand aus.

Iris nickte. Carolin nahm sie sanft am Arm und drehte sie leicht, um ihren Rücken zu sehen. Ihre Fingerspitzen strichen sacht über Iris' Arm, ehe sie den Kontakt löste und die Hand sinken ließ. Dort, wo sie sie berührt hatte, blieb eine glühende Spur zurück.

»Das ist…nicht, was ich erwarte hatte«, sagte Carolin leise.

Iris' Knie wurden weich. »Gefällt es dir?«

KAPITEL 27

~ Carolin ~

Carolin hatte schon vermutet, dass Iris in dem schwarzen Kleid gut aussehen würde. Doch nichts hatte sie auf diesen Anblick vorbereitet. Ihr Herz setzte aus und schlug dann mit doppelter Geschwindigkeit weiter. Ein heißes Prickeln breitete sich in ihrem Körper aus, als sie Iris betrachtete. Ihren schlanken Hals, die hinreißende Form ihres Schlüsselbeins und dann, weiter unten—Carolin hielt den Atem an, als sie einen Blick auf die Rundung ihrer entzückenden Brüste erhaschte, ehe sie nach Atem ringend den Blick abwandte.

»Du siehst atemberaubend aus«, brachte sie heraus.

Das war eine Untertreibung. Aber zu mehr war sie gerade nicht in der Lage. In ihrem Hirn spielte sich ein wahres Feuerwerk ab. Das visuelle System nahm den Stimulus auf und leitete die Botschaft an die Amygdala weiter, die den Reiz als allerhöchste Priorität einstufte und maximal verstärkte. Ihr Hypothalamus stellte derweil die Verbindung von Nervensystem und Hormonen her und flutete ihren ganzen Körper mit einem Cocktail des Verlangens. Nur der orbitofrontale Kortex, der eigentlich für Triebkontrolle und Selbstbeherrschung zuständig sein sollte, blieb verdächtig inaktiv.

Carolin konnte kaum atmen. Am liebsten hätte sie die Hände ausgestreckt, Iris an sich gezogen und sie auf der Stelle geküsst. Sie wollte diese wundervolle Frau berühren, ihre sinnlichen Lippen küssen, sie in den Armen halten, ihre Haut streicheln, sie zum Erbeben bringen…ihr ins Ohr flüstern, wie sehr sie sie begehrte.

»Carolin?«, fragte Iris.

Carolin blinzelte und versuchte, sich wieder in der Realität einzufinden.

»Ja«, sagte sie mit rauer Stimme. »Ich—also—wir…«

Jetzt fing sie an zu stottern. Das war überhaupt nicht ihre Art.

»Ich denke, wir sollten das Kleid unbedingt mitnehmen.«

Iris strahlte. »Wirklich?«

»Natürlich. Es ist wie für dich gemacht.«

Sie nahm ihre ganze Kraft zusammen, trat einen Schritt zurück und ließ den Vorhang zurückfallen.

Am Abend trafen sie ihre Kollegen in der Bar. Carolin rührte keinen Tropfen Alkohol an. Iris' Nähe genügte, um ihr Gehirn in einen wohligen Rausch zu versetzen. Sie plauderte mit Fachkollegen über Belanglosigkeiten, während ihr Blick immer wieder zu Iris hinüberglitt. Iris war anfangs angespannt—Carolin sah es an der Art, wie sie immer wieder ihr Haar zurückstrich. Kein Wunder, immerhin sprach sie mit so vielen wichtigen Professoren und bedeutenden Forschern wie nie zuvor. Immer, wenn Carolin Iris' Blick auffing, nickte sie ihr ermutigend zu. Und Iris schien sich nach und nach wohler zu fühlen. Sie lächelte mehr, hielt sich aufrechter.

Das war alles, woran sich Carolin nach diesem Abend erinnerte—der Anblick von Iris in ihrem dunkelblauen Kleid, der Glanz in ihren Augen. Was sonst auf der Welt hatte irgendeine Bedeutung?

Am nächsten Tag begann die Konferenz. Jeder Teilnehmer erhielt ein kleines Namensschild und eine Tüte mit dem Programmheft, einem Schlüsselband, einem USB-Stick sowie einer Reihe von unnützen Kleinigkeiten. Überall an den Wänden hingen wissenschaftliche Poster, mit denen die Forscher ihre Projekte vorstellten. Carolin fand ihren Weg durch die Grüppchen von händeschüttelnden Wissenschaftlern und betrat den großen Hörsaal, wo der Einführungsvortrag stattfinden sollte. Gleich neben dem Eingang traf sie auf Iris.

»Na, aufgeregt?«

»Ziemlich«, gestand Iris.

Ihr Vortrag war für den nächsten Slot um elf Uhr angesetzt. Iris betrachtete die Konferenzgäste, die in den Vorlesungssaal strömten. »Es sind so viele Leute hier.«

»Keine Sorge, die kommen nicht alle zu dir. Der Vortrag von Doktor Bright über den zirkadianen Rhythmus von Nagetieren ist zur gleichen Zeit. Viele werden dorthin gehen.«

»Das ist gut«, sagte Iris erleichtert.

Carolin wollte noch etwas sagen. Doch in diesem Moment betrat ein Mann den Raum, den sie nur zu gut kannte, und die Worte blieben ihr im Halse stecken. Sie machte einen Schritt rückwärts, sodass einer der Aufsteller mit dem Programm die Sichtlinie zwischen ihnen unterbrach.

»Alles in Ordnung?«, fragte Iris.

»Ja, natürlich«, sagte Carolin. Doch Iris' fragenden Blick konnte sie nicht so leicht abtun. Es hatte keinen Zweck, etwas vor ihr zu verheimlichen.

»Ich habe nur jemanden entdeckt, mit dem ich mich gerade wirklich nicht unterhalten möchte. Aber es ist kein Problem. Mach dir keine Sorgen.«

»Okay«, sagte Iris.

Carolin hätte damit rechnen sollen, ihren Ex-Mann hier zu sehen. Es war eine wichtige Konferenz des Fachbereichs der Neurowissenschaften, in dem sie beide forschten.

Natürlich kam er hierher. Sie wünschte nur, sie könnte ihm aus dem Weg gehen. Sie wollte nicht daran erinnert werden, was damals passiert war. Es lag hinter ihr.

Carolin und Iris suchten sich Plätze weiter hinten im Raum, und der Vortrag begann. Ein Vertreter der University of California begrüßte die Gäste der Konferenz und übergab dann an einen führenden Neurowissenschaftler, der den Eröffnungsvortrag hielt. Iris machte sich Notizen, während Carolin es vorzog, einfach nur konzentriert zuzuhören.

Carolin fiel auf, wie sehr sich ihre Rollen verändert hatten. Früher hatte sie vorn gestanden, und Iris war ihre Studentin gewesen. Nun saßen sie Seite an Seite, als Kolleginnen, die gemeinsam forschten. Es kam ihr so natürlich vor, als wäre es nie anders gewesen.

Nach zwei Stunden war die Einleitung vorbei, und sie verließen den Hörsaal.

»Wir sehen uns gleich«, sagte Carolin. »Raum 2'037, richtig?«

»Genau. Aber du musst nicht kommen. Du kennst meine Arbeit ja schon auswendig. Nicht, dass du wegen mir etwas Wichtiges verpasst.«

»Was sollte das sein? Doktor Brights Vortrag über den Schlafzyklus von alternden Mäusen? Da schlafe ich höchstens selbst ein. Nein, dein Thema ist viel spannender.«

Iris lächelte. Carolin besorgte sich noch schnell eine Erfrischung. Als sie ein paar Minuten später Iris' Raum betrat, waren die meisten Plätze noch leer. Iris kämpfte mit der Konfiguration des Beamers, bis er endlich ihre Folien anzeigte. Doch dann kamen mehr und mehr Zuhörer in den Raum und die Reihen füllten sich. Zwei Wissenschaftler hinter Carolin unterhielten sich leise.

»Wolltest du nicht zu Doktor Bright gehen?«

»Ja, aber ihr Vortrag wurde abgesagt, wegen Krankheit.«

»Was für ein Pech. Sie hat ein Jahr darauf hingearbeitet.«

»Ja. Ich an ihrer Stelle hätte mich mit Tabletten vollgestopft und es durchgezogen. So eine Gelegenheit kommt nicht wieder!«

Inzwischen waren alle Plätze besetzt, und einige Gäste stellten sich hinter die letzte Reihe, um im Stehen zuzuhören. Iris ließ den Blick über die Zuschauer gleiten. Ihre Finger spielten mit der Fernbedienung. Im grellen Licht des Beamers sah ihr Gesicht weiß aus.

Carolin war sicher, dass Iris so nervös war wie selten zuvor in ihrem Leben. Vermutlich schrie ihr limbisches System, dass sie die Flucht ergreifen sollte, als hätte ein Raubtier es auf sie abgesehen. Aber jetzt gab es kein Zurück. Sie musste den Sprung wagen und sich beweisen.

KAPITEL 28

~ Iris ~

Iris' Herz pochte heftig. Ihre Handflächen waren feucht von Schweiß. Sie hatte noch nie vor so vielen Zuhörern gesprochen. Ihr Blick schweifte über die Gesichter. Sie sah Neugier, Zurückhaltung, Skepsis, aber vor allem Erwartung. Sie waren neugierig zu sehen, ob Iris wirklich das Recht hatte, hier zu sein, unter all diesen erfahrenen und intelligenten Wissenschaftlern. Aber gehörte sie hierher?

Ihr wurde heiß. Die Gesichter der Menschen schienen ineinander zu fließen, als Iris vergeblich nach Halt suchte. Was, wenn alles ein Fehler war? Was, wenn die Zuhörer schon nach ein paar Sätzen merken würden, dass sie sich in Iris getäuscht hatten? Dass sie nichts als eine Hochstaplerin war, die glaubte, sie könnte irgendetwas beitragen? Sie hatte immer diesen Verdacht gehabt, dass alles, was sie tat, in Wahrheit wertlos war. Jetzt würden es auch alle anderen herausfinden.

Ein Schwindelgefühl breitete sich in ihr aus. Sie griff nach dem Pult, ihre Hände umschlossen das Holz krampfhaft. Sie blickte auf ihre Finger herab. Zählte sie. Fünf. Kein Traum, nur die unveränderliche Realität. Es gab keinen Ausweg.

Sie musste es tun. Sie musste das hier hinter sich bringen. Ein Blick zu Uhr verriet ihr, dass ihr Vortrag vor einer Minute hätte beginnen sollen. Sie konnte nicht länger zögern.

»Herzlich willkommen«, quetsche sie heraus.

Doch ihre Stimme klang leise und dünn. Die Leute im Raum murmelten miteinander, die meisten hatten sie nicht einmal gehört. In diesem Moment fand sie Carolin in der ersten Reihe.

Carolin sah sie an. Ihre grauen Augen waren voller Wärme. Sie lächelte zuversichtlich, als wüsste sie, dass alles gut werden würde. Sie hob die Augenbrauen und neigte den Kopf in einer stummen Aufforderung. *Zeig es ihnen.*

Carolin war hier und glaubte an sie. Sie war überzeugt, dass Iris hierhergehörte. Und Carolin konnte sich nicht völlig irren, oder?

Iris räusperte sich und sprach noch einmal, diesmal deutlich lauter. »Herzlich willkommen!«

Es wurde still im Raum.

»Ich freue mich über das große Interesse an meinem Vortrag zu luziden Träumen und Traumatherapie. Falls Sie gerade feststellen, dass dies der falsche Raum ist, ist jetzt die Gelegenheit, sich zu verabschieden.«

Ein leises, amüsiertes Lachen kam von den Zuschauern, doch niemand stand auf.

»Wundervoll. Dann erlauben Sie mir, Sie ins Reich der Träume zu entführen.«

Iris spürte das Wohlwollen der Zuhörer. Sie waren neugierig und bereit, ihr zuzuhören. Sie *wollten* beeindruckt werden.

Sie begann mit dem Vortrag, den sie tausendfach geübt hatte. Die Worte kamen wie von selbst heraus. Wenn sie ein Klavierstück lange übte, fanden ihre Finger die Noten ganz ohne nachzudenken, sogar wenn sie die Augen schloss. Offenbar war ihre Zunge ebenfalls dazu fähig.

Die ersten zwei Minuten des Vortrags vergingen praktisch wie von selbst. Langsam beruhigte sich Iris' Puls etwas, und auch ihre rasenden Gedanken formierten sich zu einem gleichmäßigen Strom. Von da an wurde es leichter.

Die Zuhörer hörten ihr aufmerksam zu. Manche lehnten sich vor, einige machten sich sogar Notizen. Natürlich waren da auch ein paar, die auf ihr Handy starrten. Aber die meisten schienen tatsächlich fasziniert zu sein. Sie teilten ihre Leidenschaft für die Fragen, die Iris untersuchte. Sie warteten gespannt auf ihre Ergebnisse, und sie verstanden die Hindernisse, mit denen sie zu kämpfen hatte.

Nicht alles lief glatt. Beim Wort *elektroenzephalographisch* stolperte Iris, und kurz darauf übersprang sie versehentlich eine Folie. Doch niemanden schien das zu stören. Es war ein seltsames Gefühl, als Iris Wahrnehmung sich nach und nach veränderte. Die anderen Wissenschaftler kamen ihr nicht mehr bedrohlich vor. Stattdessen waren sie normale Menschen, genau wie sie selbst, die ganz ähnliche Ziele hatten und die gleichen Schwierigkeiten zu überwinden versuchten. Euphorie durchströmte Iris. Sie gehörte hierher! Sie war keine Hochstaplerin, sie war eine echte Wissenschaftlerin, und sie konnte einen kleinen Beitrag zum Fortschritt der Menschheit leisten. Ihr Blick fand Carolin, deren Augen leuchteten, als sie ihr ermutigend zunickte.

Es war fast schade, dass ihr Vortrag so schnell vorbei war.

»Und das war alles zur Auswertung der Studie«, sagte Iris. »Ich glaube, ich war etwas zu schnell, wir haben noch fünf Minuten. Was wäre Ihnen lieber—sollen wir schon mit den Fragen beginnen, oder wollen Sie noch ein paar konkrete Fallbeispiele hören?«

Die Zuhörer entschieden sich einstimmig für die Beispiele. Iris war darauf vorbereitet. Sie hatte einen ganzen Satz von Zusatzfolien für diesen Fall vorbereitet. Sie verließ die akribisch berechneten Zahlen, die Signifikanzniveaus und Kontrollgruppen, und kam zu dem persönlicheren Teil ihrer Forschung.

Sie zeigte einige Ausschnitte aus den Traumtagebüchern und erzählte von den Erlebnissen der Probanden. Eine Frau träumte von einem Einbrecher, der in ihr Haus eindrang und vor dem sie sich verstecken musste. Manchmal hatte der Einbrecher ein Messer, und in besonders schlimmen Albträumen tat er ihr Gewalt an. Die Zuhörer lauschten atemlos Iris' Beschreibungen.

»In unserem Experiment hat die Probandin gelernt, den Traum wiederzuerkennen. Hier ist ihr neuer Eintrag, in der letzten Woche der Studie. *Ich höre, wie der Fremde die Tür aufbricht. Ich verstecke mich im Schlafzimmer. Als ich unter das Bett krieche, erinnere ich mich, dass ich das schon erlebt habe. Ich halte mir die Nase zu und mache den Atemtest, und da weiß ich, dass ich träume. Aber ich habe trotzdem Angst. Der Einbrecher kommt näher. Diesmal hat er ein großes, langes Messer. Ich will, dass mich jemand beschützt, also denke ich an einen Schäferhund. Und dann kommt der Hund herbeigelaufen. Er ist so groß wie ein Nilpferd. Der Einbrecher kriegt Angst und rennt weg. Später spiele ich mit dem Hund im Garten.*«

Ein leises Raunen ging durch den Raum. Iris sprang zur nächsten Folie.

»Das war nicht die einzige Teilnehmerin, die ihre Träume verändern konnte, um sie weniger beängstigend zu machen. Wir haben hier einen Mann in mittlerem Alter, der davon träumte, dass seine Kinder sich nachts im Wald verlaufen oder ihnen etwas Schlimmes zustößt. Auch er hat gelernt, seine Träume zu erkennen und luzide zu werden. In der nächsten Woche träumte er, dass seine Kinder von einem Boot ins Wasser fielen. Aber er wusste, dass er träumte, und konnte sich in einen Superhelden verwandeln, seine Kinder retten und mit ihnen davonfliegen.«

Iris lächelte. Als Wissenschaftlerin musste sie eine gewisse Distanz wahren, aber die Geschichten gingen ihr doch nahe. Die Albträume waren schrecklich, und es machte sie umso glücklicher, wenn sie sah, wie die Menschen sie überwinden konnten. Einer der Zuhörer hob die Hand. Iris nickte ihm zu, um ihn zum Sprechen aufzufordern.

»Das ist sehr beeindruckend. Konnten alle Patienten luzide werden?«

»Leider nicht, wie wir schon hier in der Analyse der Ergebnisse gezeigt haben. Aber bei fast allen sind die Albträume deutlich besser geworden. Hier ist noch ein anderes Beispiel. Ein junger Mann, der davon träumte, verfolgt zu werden, weil er eine schreckliche Tat begangen hatte, an die er sich aber nicht erinnern konnte. Er konnte den Traum nicht verändern, weil er nie ganz die Kontrolle darüber hatte, aber er hat durch unsere Techniken gelernt, ihn schnell zu erkennen, und ist dann von selbst aufgewacht, ehe es zu furchtbar wurde.«

»Verstehe«, sagte der Zuhörer.

Eine andere Wissenschaftlerin im Publikum, die die ganze Zeit auf ihren Laptop schaute, meldete sich.

»Ich habe Ihre Studie und die Daten hier vor mir. Da ist auch eine Frau, die immer wieder intime Träume mit einer anderen Person hatte. Diese Träume empfand sie als belastend. Im Verlauf der Studie wurden sie immer intensiver, obwohl die Probandin häufig Luzidität erreicht. Hat die Methode bei ihr nicht funktioniert?«

Iris zögerte kurz. Das war ihr eigenes Tagebuch. Aber natürlich konnte die Frau das nicht wissen. Aus dem Augenwinkel sah sie, dass Carolin sie unverwandt ansah.

»Ich weiß, welchen Fall Sie meinen. Wenn man sich ihre Antworten auf dem Fragebogen ansieht, stellt man fest, dass die Träume eindringlicher und komplexer wurden, aber die Probandin sie auch als weniger negativ eingeordnet hat. Letztendlich geht es uns ja darum, den negativen Einfluss der Albträume zu reduzieren, und am Ende hat die Teilnehmerin offenbar nicht darunter gelitten. Ich würde das also nicht als Misserfolg ansehen, im Gegenteil.«

»Danke sehr«, erwiderte die Wissenschaftlerin.

Iris nickte. Ihr Herz pochte schnell. Ob Carolin erraten hatte, dass das ihre Träume waren? Seltsamerweise machte der Gedanke ihr keine Angst mehr. Vielleicht war es nur das Adrenalin in ihren Adern, der Rausch des Moments, in dem sie vor all diesen Menschen sprach, aber sie fühlte sich, als könnte sie nichts mehr schrecken.

»Letztendlich dienen diese Tagebücher auch nur der Illustration«, erklärte Iris und fand zu ihrer professionellen Stimme zurück. »Der Kerninhalt der Studie liegt in der quantitativ messbaren Erleichterung der Albträume. Ich denke, damit können wir auch offiziell die Fragerunde eröffnen.«

Sofort schossen ein halbes Dutzend Hände empor.

Iris beantwortete ganze zwanzig Minuten lang Fragen, bis sie den Raum für den nächsten Vortrag freimachen musste. Selbst auf dem Gang folgten ihr noch einige Kollegen, die sich mit ihr über die Details austauschen wollten. Iris schüttelte Hände, tauschte ein Dutzend Mal Kontaktinformationen aus und versprach, zu anderen Vorträgen zu erscheinen. Sie erhielt sogar drei Angebote von Kollegen, die gemeinsam mit ihr weitere Studien durchführen und ihre Arbeit fortsetzen wollten. Iris strahlte übers ganze Gesicht. Sie konnte es kaum glauben, aber sie hatte es wirklich geschafft!

Schließlich verabschiedete sie sich höflich und fand ihren Weg zu Carolin, die geduldig auf sie wartete.

»Unten im Foyer gibt es Sandwiches. Lust auf eine Stärkung?«

»Unbedingt!«, sagte Iris. »Ich sterbe vor Hunger.«

Sie machten sich auf den Weg. Iris warf Carolin einen Seitenblick zu.

»Also, spann mich nicht auf die Folter«, sagte sie. »Was ist dein Feedback? Was hätte ich besser machen sollen?«

Carolin überlegte kurz. »Du warst etwas zu schnell. Du hast dich zweimal versprochen. Die Farben in deinen Diagrammen waren nicht sehr gut zu erkennen. Und die Beispiele am Ende waren etwas zu ausführlich.«

»Verstehe.« Carolin hatte natürlich mit jedem Punkt recht, wie immer.

»Das ist alles«, sagte Carolin.

»Was meinst du?«

»Das ist alles, was ich kritisieren könnte. Deine Zahlen und Analysen waren detailliert und korrekt. Du hast vernünftig über die Beschränkungen deiner Arbeit reflektiert und Ansatzpunkte für weiterführende Forschung hervorgehoben. Insgesamt war das ein exzellenter Vortrag.«

Iris fühlte sich plötzlich von einer Wärme erfüllt, und so leicht, als könnte sie schweben. »Wirklich?«

»Absolut«, sagte Carolin. Ihre Lippen zuckten. »Ich konnte dich praktisch schon sehen, mit deiner Professur und deinem eigenen Lehrstuhl, einen Stapel Publikationen auf deinem Tisch, Auszeichnungen hinter dir an der Wand.«

Iris lachte. »Jetzt übertreibst du.«

»Mit einem einzigen strengen Blick bringst du deine ehrfürchtigen Erstsemester-Studenten zum Verzweifeln. Du reformierst die Neurowissenschaften. Das Lemberg-

Areal wird nach dir benannt, und die bahnbrechende Lemberg-Methode. Nach deinem Tod werden führende Experten darum streiten, wer dein brillantes Hirn sezieren darf.«

»Brr!«, machte Iris und schüttelte sich in gespieltem Schaudern. »Du machst dich über mich lustig!«

»Na gut, ich habe mich etwas hinreißen lassen«, gab Carolin zu. »Aber ich meine es ernst. Dein Vortrag war großartig. Du hast deine Zuhörer beeindruckt. Jeden einzelnen, und das schließt mich mit ein.«

»So ein Glück«, sagte Iris. »Dich wollte ich am allermeisten beeindrucken!«

Sie sagte es als Scherz, aber etwas Wahres war daran. Es machte sie froh, zu sehen, wie zufrieden Carolin mit ihr war. Sie fühlte sich endlich nicht mehr, als wäre sie allen anderen unterlegen. Heute hatte sie bewiesen, was sie konnte.

Im Foyer versorgten sie sich mit Sandwiches und Orangensaft. Iris erinnerte sich an etwas und lachte leise.

»Weißt du noch, als du zur Verteidigung meiner Masterarbeit aufgetaucht bist?«, fragte sie.

Carolin lächelte. »Oh ja. Du sahst aus, als würdest du vor Schreck sterben.«

»Das wäre ich fast! Und du hättest mich auf dem Gewissen gehabt!«

»Hätte ich heute lieber nicht kommen sollen?«, fragte Carolin.

Iris schüttelte den Kopf. »Nein. Heute war es ganz anders. Damals hast du mich unglaublich nervös gemacht. Aber diesmal…diesmal habe ich mich sicherer gefühlt, weil du da warst.«

Carolins Züge wurden weich. Sie sah aus, als wolle sie etwas sagen, doch stattdessen lächelte sie nur.

»Es hätte eigentlich alles beängstigend sein müssen«, sagte Iris. »Aber irgendwie habe ich es überlebt. Und es war gar nicht so schlimm. Es ist so aufregend, zu wissen, dass all diese Leute mir zuhören wollen. Dass sie sich für die gleichen Dinge interessieren, die mich auch nachts wachhalten. Ich hätte nie gedacht, dass ich so einen Beitrag leisten könnte!«

»Ich schon«, sagte Carolin. »Das muss gefeiert werden. Lass uns heute Abend zu zweit essen gehen. Kontakte können wir auch morgen noch knüpfen. Was sagst du?«

Iris strahlte. »Das wäre fantastisch!«

KAPITEL 29

~ Carolin ~

Den Rest des Tages verbrachten Carolin und Iris damit, anderen Vorträgen zuzuhören. Einige waren interessant, doch Carolin konnte es nicht erwarten, endlich für eine Weile mit Iris allein zu sein.

Sie hatte nicht übertrieben, als sie Iris' Vortrag gelobt hatte. Iris' Begeisterung hatte den ganzen Raum erfüllt. Sie war intelligent. Wirklich brillant. Carolin hatte von Anfang an an Iris geglaubt, doch das hier war der unumstößliche Beweis.

Diesmal war sie noch etwas nervös gewesen, doch auch diese letzte Unsicherheit würde bald verschwinden. Wenn sie noch etwas mehr Erfahrung sammelte und weiter so hart arbeitete, würde sie bald auch Carolin übertreffen.

Während sie in einem langatmigen Vortrag saß, ließ Carolin diesen Gedanken auf sich einwirken. Sie hatte noch nie ein solches Gefühl bei jemandem gehabt, der jünger war als sie selbst. Aber es fühlte sich richtig an. Sie wusste, dass Iris eine fantastische Wissenschaftlerin war, und wenn sie Carolin irgendwann überflügelte, dann hatte sie es mehr als verdient.

Carolin wollte ihr dabei helfen, so gut sie nur konnte. Sie dachte an das, was Iris nach dem Vortrag gesagt hatte. *Diesmal habe ich mich sicherer gefühlt, weil du da warst.*

Ein warmes Gefühl breitete sich in ihr aus. Sie sah zu Iris, die neben ihr saß. Iris sah im selben Moment zu ihr, und sie lächelten sich kurz an. Carolin wünschte, sie könnte ihr sagen, wie viel sie ihr bedeutete.

Am Abend gingen sie in ein französisch-kalifornisches Restaurant nicht weit vom Campus. Die Wände waren mit dunklem Holz verkleidet, und auf den Tischen standen zahlreiche Kerzen, die den Raum in ein warmes, dezentes Licht tauchten. Auf den ersten Blick entdeckte Carolin keine Kollegen von der Konferenz.

»Ich hoffe, es ist dir nicht zu romantisch hier«, sagte Carolin.

»Überhaupt nicht.«

Eine Kellnerin, die Englisch mit einem leichten Akzent sprach, nahm ihre Bestellung entgegen. Carolin wählte den besten Wein auf der Karte, und als ihre Gläser gefüllt waren, prostete sie Iris zu.

»Auf Iris!«, sagte sie. »Den aufstrebenden Stern am Firmament der Neurowissenschaften.«

Iris errötete leicht und trank einen Schluck. Das Licht der Kerzen glänzte auf den Spitzen ihrer Haare.

Sie unterhielten sich über die Konferenz, über die interessantesten Vorträge und die Kollegen, mit denen sie vielleicht zusammenarbeiten konnten. Obwohl das Essen vorzüglich schmeckte, achtete Carolin kaum darauf. Ihre Aufmerksamkeit war ganz auf Iris gerichtet.

»Ich hoffe, ich kann heute Nacht einigermaßen schlafen und mich morgen konzentrieren«, sagte Iris.

»Zu aufgeregt?«, fragte Carolin.

»Das auch. Aber vor allem ist es mein Bett.« Iris lachte verlegen. »Es ist albern. Weißt du, ich habe dieses Zimmer, das ungefähr zwei Meter breit ist. Wenn ich die Arme ausstrecke, kann ich die Wände links und rechts berühren.« Sie schüttelte leicht den Kopf. »Das eigentliche Problem ist das Bett. Das Gestell ist aus Draht und quietscht dauernd, und die Matratze ist total unbequem. Na ja, es ist meine Schuld, ich hätte mehr auf die Rezensionen achten sollen.«

Carolin runzelte die Stirn. »Was für eine Art Unterkunft ist das überhaupt?«

»Ein privat vermietetes Zimmer. Habe ich in einem Online-Portal gefunden.«

Sie zeigte Carolin ein Foto des Zimmers auf ihrem Smartphone. Es war ein winziger, düsterer Raum. Die Farbe blätterte von den Wänden, und das Bett sah aus, als stammte es noch aus der Zeit des Kalten Krieges.

»Warum hast du nicht einfach ein Zimmer in einem Hotel gebucht?«

»Das war so teuer. Ich wusste nicht, ob die Uni so viel erstattet.« Iris zuckte mit den Schultern. »Aber es ist okay. Ich komme schon zurecht.«

Carolin schüttelte den Kopf. »Das ist doch absurd. Du kannst nicht vier Tage in Folge in einem schrecklichen Bett schlafen und dann völlig zerschlagen zur Konferenz gehen. Hast du die Vermieter kontaktiert?«

»Die sind gerade im Urlaub.«

Carolin schüttelte den Kopf. »Die Situation ist inakzeptabel.«

Aber ein neues Hotelzimmer zu buchen, würde so kurzfristig schwierig werden. Sie sah auf ihrem eigenen Smartphone nach und tatsächlich war praktisch alles im Umkreis von fünfzig Kilometern ausgebucht. Außerdem würde die Uni sowieso keine zweite Unterkunft für dieselbe Person zahlen…

Carolin kam ein Gedanke. Ihr erster Impuls war es, ihn von sich zu schieben.

Das geht nicht. Auf keinen Fall.

Doch nachdem die Idee sich einmal in ihr festgesetzt hatte, wurde sie sie nicht mehr los. Konnte sie das wirklich vorschlagen? Es war unangemessen. Völlig undenkbar. Aber sie musste Iris doch helfen! Daran führte kein Weg vorbei.

»Du könntest mit in meinem Zimmer schlafen«, sagte sie zögernd. »Es ist ein Doppelzimmer. Das Bett ist…breit genug für zwei.«

Iris sah sie völlig überrascht an. Ihr Blick huschte hinunter zu ihrer Hand und Carolin wusste genau, dass sie ihre Finger zählte. Sie fragte sich, ob sie gerade träumte.

Ob so etwas in ihren Träumen vorkam? Carolins Mund wurde trocken. Sie hätte zu gern gewusst, wie ein solcher Traum weiterging.

»Ich soll in deinem Zimmer übernachten?«, fragte Iris. »In deinem…Bett?«

Mehrere Impulse kämpften in Carolin um die Oberhand. Sie unterdrückte sie alle und riss mit Mühe ihre Selbstkontrolle wieder an sich. Sie schaffte es, ein unbekümmertes Lächeln auf ihr Gesicht zu zwingen.

»Ja. Natürlich als Kollegen. Es wäre nicht viel dabei.«

Sie zuckte leicht mit den Schultern, als wäre es keine große Sache. »Du müsstest mich morgens zuerst ins Bad lassen. Aber ich stehe sehr früh auf, das wird also kein Problem sein. Ich hoffe, du schläfst ruhig?«

Iris sah immer noch völlig verblüfft aus.

»Ja. Ich meine, ich träume wie verrückt, aber mein Körper liegt da wie ein Stein.«

»Gut«, sagte Carolin. »Dann ist die Sache klar.«

»Ist das nicht…verboten oder so?«

»Das Hotel merkt das nicht. Die sind sowieso völlig überfüllt mit Wissenschaftlern wie uns. Frühstück essen wir auswärts. Das fällt niemandem auf.«

»Ich meinte—geht das nicht gegen irgendeine Universitäts-Richtlinie? Dürfen wir im selben Zimmer übernachten?«

Carolin hatte es vermeiden wollen, darüber nachzudenken. Aber natürlich hatte Iris recht. Es gab zwar keine konkrete Regel, aber es wäre katastrophal, wenn jemand etwas davon mitbekam. Ihre Kollegen würden völlig falsche Schlüsse ziehen.

Oder genau die Richtigen.

Carolins Gefühle für Iris waren längst stärker, als angemessen wäre. Aber wenigstens waren sie bisher auch nur das—nichts als Gefühle. Sie hatte nichts falsch gemacht. Niemand konnte ihr irgendeinen Vorwurf machen. Noch nicht.

Aber jetzt war sie drauf und dran, eine Grenze zu übertreten.

Wenn sie in einer kompromittierenden Situation erwischt wurde, wäre ihr Ruf ruiniert. Es spielte keine Rolle, wie harmlos ihre Absichten gewesen waren.

Sind sie das denn?

Sie war sich nicht sicher, ob sie sich selbst noch trauen konnte. Wollte sie Iris nur helfen und sonst nichts? Oder war es der Vorwand, auf den sie schon lange gewartet hatte?

Sie warf einen Blick zu Iris, die sie erwartungsvoll und besorgt beobachtete, und wusste, dass sie jetzt keinen Rückzieher machen konnte. Also schob sie ihre Zweifel beiseite. Iris brauchte einen guten Schlafplatz. Es gab keine andere Option. Sie würde eben dafür sorgen müssen, dass niemand etwas davon erfuhr.

»Es wäre besser, wenn niemand uns beobachtet«, sagte sie. »Wir halten einfach etwas Abstand und achten darauf, dass niemand sieht, dass wir aus dem gleichen Zimmer kommen.«

»Na gut«, sagte Iris zögernd. »Bist du sicher, dass das in Ordnung für dich ist? Ich will dich nicht stören, oder es für dich schwierig machen.«

»Natürlich ist es in Ordnung. Es ist die einzig rationale Entscheidung.« Sie lächelte Iris aufmunternd zu. »Du musst gut erholt und voll einsatzfähig sein.«

»Kling vernünftig«, sagte Iris.

Nachdem das entschieden war, wandten sie sich wieder ihrem Essen zu. Aber Carolin hatte eine innere Unruhe gepackt, und sie brachte kaum einen Bissen herunter. War sie gerade dabei, einen großen Fehler zu machen?

Sie versuchte, sich zusammenzureißen. Es war nur eine kleine Geste der Hilfsbereitschaft. Niemand würde je davon erfahren. Trotzdem ließ das beklemmende Gefühl in ihrer Brust nicht nach.

Die Tür des Restaurants öffnete sich, und der Lautstärkepegel um sie herum stieg abrupt an, als eine sechsköpfige Gruppe Wissenschaftler hereinkam. Carolin spannte sich an. Zweifel packten sie. Sie saß hier zu zweit mit Iris an einem Tisch im Kerzenschein. Sah das schon verdächtig aus? War sie längst zu weit gegangen, ohne es zu merken? Sie konnte es nicht sagen. Es war, als sei ihr normalerweise so präziser Verstand völlig nutzlos, wenn es um Iris ging.

Glücklicherweise war das Restaurant groß, und eine Kellnerin führte die Gruppe der Neuankömmlinge weiter nach hinten. Für den Moment war die Gefahr gebannt. Aber Carolin wollte kein weiteres Risiko eingehen.

Sie waren inzwischen fertig mit dem Essen.

»Können wir gehen?«, fragte Carolin.

Iris nickte. Carolin winkte einen Kellner herbei und zahlte. Sie wollte weg von diesem Ort, der sich viel zu öffentlich und ungeschützt anfühlte.

Gerade nahm sie ihren Mantel von der Garderobe, als sie aus dem Gewirr der Gespräche um sich herum eine Stimme heraushörte, die sie nur zu gut kannte. Daniel. Sie warf einen schnellen Blick über die Schulter in Richtung Bar. Dort saß er auf einem Hocker, einen Drink in der Hand. Er sprach mit ein paar Freunden und hatte sie offenbar noch nicht entdeckt.

Das musste unbedingt so bleiben. Carolin konnte auf seine zynischen Kommentare gut verzichten. Außerdem würde er überall herumerzählen, dass er sie mit Iris gesehen hatte. Diese Katastrophe musste sie abwenden.

Iris zog gerade ihre Jacke an. Carolin wartete ungeduldig.

»Okay, lass uns verschwinden«, sagte Carolin dann und ging in Richtung Ausgang.

Die Tür zu den Toiletten öffnete sich, und eine ältere Frau trat heraus. Auf dem Weg zurück zu ihrem Tisch kam sie Carolin und Iris entgegen. Als ihr Blick auf Carolin fiel, weiteten sich ihre Augen.

»Doktor Adler! Sie sind hier?«

Carolin verfluchte ihr Pech. Das hatte ihr gerade noch gefehlt.

KAPITEL 30

~ Iris ~

Die Frau, die ihnen entgegenkam, war um die fünfzig. Sie trug eine Strickjacke aus Tweed, einen knielangen Rock und kleine goldene Ohrringe. Obwohl Iris sie noch nie gesehen hatte, hatte sie den Eindruck, dass sie irgendwie wichtig war.

»Doktor Johnson«, sagte Carolin. »Wie schön, Sie zu sehen.«

Carolins Stimme klang freundlich und kollegial, doch Iris spürte ihre Anspannung. Die Härchen in ihrem Nacken stellten sich auf.

»Das Vergnügen ist ganz meinerseits«, sagte Dr. Johnson. »Halten Sie auch einen Vortrag? Ich habe Ihren Namen im Programmheft gar nicht gesehen.«

»Nein, diesmal nicht«, sagte Carolin. »Aber meine Studentin, Iris Lemberg. Sie haben vielleicht von ihrem Thema gehört.«

Dr. Johnson sah Iris an. »Sie waren das mit den luziden Träumen, nicht wahr? Hochinteressant.«

Iris nickte und lächelte höflich. »Ja. Vielen Dank.«

Doch schon war Dr. Johnsons Aufmerksamkeit wieder zu Carolin zurückgekehrt. »Wollen Sie schon gehen? Sie haben Ihre ehemaligen Kollegen aus Madison noch gar nicht begrüßt.«

Sie deutete mit einem Nicken ihres Kopfes zu dem Tisch weiter hinten im Restaurant, wo sie vermutlich selbst saß.

»Es war ein langer Tag«, sagte Carolin. »Wir werden uns sicher auf der Konferenz sehen.«

Die Frau runzelte irritiert die Stirn. »Aber Daniel sitzt bei uns. Wollen Sie wirklich nicht—«

Sie brach ab und warf Iris einen schnellen Blick zu. »Oh. So ist das also. Ich verstehe.«

Sie presste die Lippen zusammen. Die Temperatur der Luft schien plötzlich einige Grad kälter zu werden.

Iris trat instinktiv näher an Carolin heran.

»Haben Sie eigentlich gar kein Taktgefühl?«, sagte Dr. Johnson. »Hier, vor Daniels Augen? Ich an Ihrer Stelle würde mich schämen.«

Carolins Tonfall wurde eisig. »Es gibt nichts in meinem Leben, wofür ich mich schämen müsste. Leider kann nicht jeder hier das Gleiche von sich behaupten.«

»Sie halten sich wohl für etwas Besseres, hm?«

»In mancher Hinsicht durchaus.«

Dr. Johnson schnaubte.

»Und sie glauben, deswegen können Sie sich alles erlauben?« Sie machte eine Geste hin zu Iris. Diese verstand überhaupt nicht, wovon hier die Rede war, und warf Carolin einen hilfesuchenden Blick zu. Doch Carolins stahlgraue Augen waren auf Dr. Johnson gerichtet.

»Glauben Sie bloß nicht, dass Sie damit durchkommen«, sagte diese. »Auch für Sie gelten gewisse Regeln, Dr. Adler! Ich werde dafür sorgen, dass Ihre Fakultät davon erfährt.«

»Machen Sie sich nicht lächerlich. Es gibt nichts, wovon sie erfahren könnte«, sagte Carolin. »Und ganz abgesehen davon rate ich Ihnen, keine weiteren Gerüchte über mich zu verbreiten. Das könnte sonst auch für Sie unangenehme Konsequenzen haben.«

Dr. Johnson schnappte nach Luft. »Was wollen Sie damit andeuten?«

»Ihr Artikel über Signalkoordination und Neurodynamik wurde viel zitiert, nicht wahr? Man könnte ihn als die Grundlage Ihrer akademischen Karriere betrachten.«

»Was wollen Sie—«

»Wenn ich mich richtig erinnere, hat Julia damals viel zu dem Thema geforscht. Kurz bevor Sie diesen Artikel herausgebracht haben. Dabei taucht sie nicht einmal in der Liste der Autoren auf. Ich frage mich, ob da ein Zusammenhang besteht.«

Das verschlug Dr. Johnson die Sprache. Carolin nutzte den Moment und griff nach Iris Arm. »Wir haben uns nichts zu sagen, Dr. Johnson. Auf Wiedersehen.«

Und damit traten sie durch die Tür des Restaurants nach draußen.

Carolin schlug den Weg zurück zum Hotel ein, das nur zehn Minuten Fußweg entfernt lag. Sie ging so schnell, dass Iris beinahe rennen musste, um mit ihr schrittzuhalten.

»Was war das?«

»Eine ehemalige Kollegin.«

Carolin warf einen Blick über die Schulter, wie um sicherzustellen, dass ihnen niemand folgte.

»Was wollte sie?«, fragte Iris. »Was solltest du gelernt haben? Wovon hat sie da geredet?«

»Von Dingen aus meiner Vergangenheit.«

»Was für Dingen?«

»Dingen, die vorbei sind!«

Iris stieß einen frustrierten Laut aus. Carolin blockte sie ab, und Iris hasste es, wenn sie das tat. Früher hätte sie geglaubt, dass Carolins Privatleben sie nichts anginge. Aber jetzt waren sie sich so viel näher. Carolin konnte jetzt nicht einfach so tun, als sei da nichts, und sich wieder in ihre Schale zurückziehen.

Iris war bereit, Carolin ihre geheimsten Gedanken anzuvertrauen. Aber sie wollte im Gegenzug auch endlich Carolin verstehen.

Iris streckte die Hand aus und griff nach Carolins Arm. »Sag mir, was los ist. Bitte.«

»Nichts Wichtiges. Zumindest nicht für dich.«

»*Du* bist wichtig für mich.«

Einen Augenblick lang starrten sie sich an. Carolin war es, die zuerst den Blick abwandte.

»Es ist schwer zu erklären.«

»Kannst du es nicht versuchen? Ich will verstehen, was passiert ist. Ich will dich verstehen.«

Carolin zögerte. Sie schien einen inneren Kampf auszufechten. Doch als sie den Blick hob, um Iris anzusehen, war da keine Abwehr mehr, nur Traurigkeit.

»Du hast recht. Du hast es verdient, dass ich ehrlich zu dir bin. Aber…nicht hier. Ich will nicht, dass jemand uns hört.«

Iris nickte. »In Ordnung.«

Seite an Seite gingen sie zum Hotel, schweigend und eilig. Carolin nannte Iris die Zimmernummer und nahm als Erste den Aufzug. Iris wartete einige Minuten und folgte ihr dann. Als niemand auf dem Flur zu sehen war, klopfte sie an die Tür, und Carolin ließ sie ein.

Das Zimmer war geräumig und komfortabel. Von den Fenstern aus konnte man die nächtliche Stadt mit ihren tausenden blinkenden Lichtern sehen. Aber Iris' ganze Aufmerksamkeit galt nur Carolin.

»Es ist nicht leicht, einen guten Anfang zu finden«, sagte Carolin, wie um Zeit zu gewinnen. Sie ließ sich auf das frisch gemachte Bett sinken. Ihre Schultern sackten herab, als sei sie unglaublich müde.

Iris trat vorsichtig näher. »Es muss kein guter Anfang sein.«

Carolins schönes Gesicht war ernst, ihre Lippen zusammengepresst, und in ihren Augen stand ein Ausdruck, den Iris noch nie zuvor gesehen hatte. War das etwa Angst?

»Ich habe noch nie jemandem davon erzählt«, sagte Carolin leise.

Iris nickte. Sie wollte etwas sagen, wusste aber nicht, was. Wovor konnte Carolin sich fürchten? Sie hatte nicht mit der Wimper gezuckt, als sie Dr. Johnson in der Bar konfrontiert hatte. Sie war immer furchtlos gewesen. Sie jetzt so unsicher zu sehen, verunsicherte Iris.

»Carolin. Kann ich mich zu dir setzen?«

Carolin nickte nur. Sie starrte auf ihre Hände herab.

Iris setzte sich neben ihr auf das Bett.

Carolin schwieg. Dann atmete sie tief durch, blickte auf und sah Iris ins Gesicht. »Es gibt keinen anderen Weg. Ich muss es dir erzählen, auch wenn…du danach vielleicht schlechter von mir denkst.«

»Das werde ich nicht«, versprach Iris.

Carolins Mundwinkel verzog sich zu einem traurigen und zugleich spöttischen Lächeln. »Warte damit, bis du es gehört hast.«

»Ich bin mir sicher«, sagte Iris. Sie legte eine Hand auf Carolins Arm. »Ich glaube an dich.«

Ein kleines Lächeln zuckte über Carolins Gesicht. »Wir werden sehen.«

KAPITEL 31

~ Carolin ~

Carolin versuchte, die richtigen Worte zu finden, doch sie brachte keinen Ton heraus. Warum war das so schwer? Sie hatte nie ein Problem damit gehabt, ihre Position klarzumachen. Sie hatte keine Angst, Dr. Johnson gegenüberzutreten, und wenn es sein musste, würde sie auch Daniel konfrontieren. Was solche Menschen von ihr dachten, war ihr egal.

Aber Iris alles zu erzählen, jagte ihr Angst ein. Sie fürchtete, dass Iris sich von ihr abwenden würde, wenn sie es erfuhr. Dass sie enttäuscht von ihr sein würde, ihren Respekt vor ihr verlieren würde, und damit auch alle positiven Gefühle, die sie—vielleicht? hoffentlich?—für sie hatte.

Und doch konnte Carolin ihre Vergangenheit nicht länger geheim halten. Sie schuldete Iris das gleiche Vertrauen, das Iris auch ihr entgegenbrachte.

Sie entschied sich, ganz am Anfang zu beginnen.

»Ich habe meinen Ex-Mann, Daniel, in Frankfurt kennengelernt. Ich habe meinen Master gemacht, er war ein paar Jahre älter und hat gerade promoviert. Ich war furchtbar verliebt. Er war klug, charmant, unglaublich clever und lustig. Alle Frauen sind ihm verfallen. Na ja, fast alle. Cassandra mochte ihn nie.«

Iris lächelte. Carolin wünschte, sie hätte damals auf den Instinkt des Kätzchens vertraut. Aber Daniels Ausstrahlung hatte sie geblendet.

»Als ich mit meiner Promotion angefangen habe, wurden wir ein Paar. Er war nicht nur mein romantischer Partner.

Er hat mir auch mit meinen Projekten geholfen. Und er hat mich angespornt. Ich dachte, er sei das Beste, was mir je passiert ist. Also habe ich ihn geheiratet.«

Iris nickte nachdenklich.

»Meine erste Publikation habe ich zusammen mit ihm veröffentlicht, und dann viele weitere. Natürlich war er immer der Erstautor, immerhin war er der Erfahrenere von uns beiden.«

Damals hatte sie das nicht in Frage gestellt. Sie war ihm dankbar gewesen, hatte gedacht, dass sie nicht mehr verdiente. Schließlich war er klüger und erfahrener und hatte daher das Recht, den Ruhm für sich zu beanspruchen.

»Drei Jahre später war ich fast mit meiner Promotion fertig. Daniel hatte eine Stelle als Assistant Professor in Madison in Aussicht. Ich war bereit, ihm in die USA zu folgen. Ich habe nur darauf bestanden, dass wir Cassandra mitnehmen. Das war, glaube ich, die einzige Sache, in der ich mich jemals durchgesetzt habe. Ansonsten hat er immer alle Pläne für uns gemacht.«

Iris lauschte ihr schweigend.

»In Madison begann eine ziemlich schwierige Zeit für mich. Ich hatte sehr viel Stress. Ich musste zum ersten Mal Vorlesungen geben, Vorträge vor größerem Publikum halten und mir einen Namen in der akademischen Welt machen. Ich hatte solche Angst, zu versagen. Ich konnte nicht gut schlafen.«

Ihr Puls beschleunigte sich, und ihre Muskeln verkrampften sich. Es war ein beängstigendes Gefühl, die schützenden Schichten um sich herum abzulegen. Sich zu entblößen. Iris diese Schwächen einzugestehen.

In diesem Moment streiften Iris' Finger Carolins Hand, die neben ihr auf dem Bett lag. Carolins erster Impuls war es, sich zurückzuziehen. Doch sie zwang sich, die Hand liegen zu lassen. Iris schob ihre Finger darüber und drückte sie sanft, als wolle sie sagen: *Ich bin für dich da.*

Carolin schluckte und erzählte weiter.

»Ich bin damals oft nachts hochgeschreckt. Tagsüber war ich dann sehr erschöpft. In der Zeit war Daniel mit wichtigen Projekten beschäftigt und hatte kaum Zeit für mich. Ich habe mich gefragt, was falsch mit mir ist. Warum ich nicht mehr so viel schaffe, wie ich sollte.«

Sie seufzte leise. »Ungefähr zur gleichen Zeit gab es eine Kampagne an der Uni. Es ging um Frauenrechte, bessere Arbeitszeiten und mehr Unterstützung für junge Forscher, die Familien gründen wollten. Ich habe einen Vortrag über Burnout gehalten. Ich habe von meinen eigenen Schwierigkeiten erzählt und andere gewarnt, ihre psychische Gesundheit ernst zu nehmen.«

Sie erinnerte sich gut daran. Für ein paar Wochen hatte sie das Gefühl gehabt, endlich nicht allein mit ihren Ängsten zu sein. Sie hatte geglaubt, dass andere sie verstehen konnten.

»Wow«, sagte Iris. »Das war sehr mutig von dir.«

Carolin lachte bitter. »Daniel sah das anders. Er sagte, die ganze Sache sei nichts als eine Publicity-Kampagne für unsere Uni. Dass offiziell alle sagen würden, dass ihnen mentale Gesundheit sehr wichtig sei, aber insgeheim jeder weiß, dass man sich gegen die Konkurrenz durchsetzen muss.«

Carolin spreizte ihre Finger leicht, sodass Iris' Finger dazwischen rutschten. Sie drückte sie und hielt sie fest.

»Daniel hielt meinen Vortrag für peinlich. Niemand will sowas hören, hat er gesagt. Und dass jetzt alle wüssten, dass ich nicht belastbar bin. Dass ich mir damit meine Karriere ruiniere.«

Iris sog scharf die Luft ein. »Aber er war dein Partner! Er hätte dich unterstützen sollen!«

»Ja, ich weiß. Aber ich dachte, dass er Recht hat. Also habe ich versucht, meine Schwäche nicht mehr zu zeigen. Und für eine Weile wurde es besser.«

Carolin atmete tief durch. Jetzt kam der schwierige Teil. Sie musste ihre Worte sorgfältig wählen, damit Iris sie nicht falsch verstand. Damit sie sie nicht verachtete, für das, was geschehen war.

»Wir hatten damals eine gute Freundin, eine PhD-Studentin, die gelegentlich zu Besuch kam. Ihr Name war Julia, und sie war brillant. Sie war vier Jahre jünger als ich, also damals siebenundzwanzig. Trotzdem hatte ich das Gefühl, dass ich mich ihr anvertrauen konnte. Sie hat mir zugehört.«

Carolin warf einen Blick zu Iris hinüber. Sie verstand es noch nicht, aber da war ein Hauch einer Ahnung in ihrem Gesicht. Carolin senkte den Blick. Sie zwang sich, weiterzusprechen.

»Ich…fing an, mich in Julia zu verlieben. Sie war intelligent, voller Energie. Und…natürlich war sie attraktiv.«

Sie warf Iris einen schnellen Blick zu. Sie hätte alles dafür gegeben, zu wissen, was sie jetzt dachte.

»Daniel konnte ich meine Schwäche nicht zeigen. Aber Julia hat mir zugehört. Mich verstanden. Und ich fing an, mich nach ihr zu sehnen. Ich wollte sie in den Armen halten. Und vor allem wohl auch selbst gehalten werden.«

Sie versuchte, ihre Gefühle zu beschreiben, sich zu erklären. Iris durfte nicht schlecht von ihr denken. »Ich wusste natürlich, dass das nicht ging! Ich war mit Daniel verheiratet. Ich hätte ihn niemals betrogen. Ich könnte ihn niemals hintergehen! Aber meine Gefühle waren immer noch da…Also habe ich entschieden, dass ich es ihm gestehen muss.«

»Wieso?«, fragte Iris. »Du hast nichts getan, oder?«

»Nein. Ich habe ihr nicht einmal gesagt, was ich empfinde. Aber immer, wenn sie bei uns zu Gast war, wenn wir zu dritt essen gingen, dann habe ich mir gewünscht, ihr nahe zu sein. Im Kino oder im Theater war ich enttäuscht, wenn Daniel in der Mitte saß. Und wegen dieser Gedanken habe ich mir Vorwürfe gemacht. Ich dachte mir, wenn ich es ihm nicht sage, betrüge ich ihn emotional.«

Noch immer fühlte sie einen Anflug von Schuld, selbst nach all der Zeit.

»Ich habe es nicht über mich gebracht, es ihm direkt zu sagen. Ich hatte Angst vor seiner Reaktion. Irgendwann war ich für ein Wochenende auf einer Konferenz. Im Hotelzimmer habe ich mich abends sehr allein gefühlt. Ich habe Julia vermisst, und Daniel noch mehr. Ich habe gedacht, dass ich es nicht länger aufschieben darf. Also habe ich ihm eine E-Mail geschrieben und alles erklärt.«

Iris hielt unwillkürlich den Atem an. »Was ist dann passiert? Wie hat er reagiert?«

»Gar nicht. Ich dachte zuerst, er wäre einfach zu beschäftigt und hätte die Mail nicht gesehen. Aber ein ganzer Tag verging, und von ihm kam nichts. Ich habe Angst bekommen, dass er mir nicht antwortet, weil er wütend auf mich ist. Er ist nicht ans Telefon gegangen. Ich habe mich die ganze Nacht im Hotelbett von einer Seite auf die andere gewälzt und schreckliche Bauchkrämpfe bekommen.«

Sie sah zu Iris. Sie fürchtete, Ablehnung in ihren Augen zu sehen. Dass Iris denken würde, dass sie die Angst verdient hatte, die sie damals durchgemacht hatte, weil sie ihren

Ehemann betrogen hatte—selbst, wenn es nur in ihren Gedanken gewesen war.

Doch Iris' Augen waren voller Wärme und Kummer. »Das muss schlimm gewesen sein«, sagte sie leise.

Carolin lehnte sich etwas zu ihr, und ihre Schultern berührten sich. Iris legte ihren Arm um Carolin und zog sie an sich. Mit der anderen Hand hielt sie noch immer die von Carolin. Ihre Nähe gab Carolin Halt.

»Am nächsten Tag habe ich mich entschieden, früher von der Konferenz nach Hause zu fahren. Ich war den ganzen Tag unterwegs und habe kein Wort von ihm gehört. Abends kam ich nach Hause.«

Sie atmete tief durch. »Und da habe ich ihn dann gefunden.« Die Worte blieben beinahe in ihrer Kehle stecken. Doch sie zwang sich, sie auszusprechen. »Ich fand ihn in unserem Schlafzimmer. Mit Julia.«

»Nein…«, entfuhr es Iris.

Carolin presste die Lippen zusammen und versuchte ein schwaches, ironisches Lächeln. Doch zugleich stiegen ihr die Tränen in die Augen. Sie versuchte, sie zurückzuhalten. Sie wollte nicht weinen. Sie biss sich auf die Unterlippe.

»Das Schlimmste in diesem Moment war nicht mal, dass Daniel mich betrogen hat. Das hätte ich ihm vielleicht verzeihen können. Ich hätte es vielleicht sogar verstanden, immerhin war ich in einer ähnlichen Situation.«

Sie holte zitternd Luft. Ihr Blick verschwamm.

»Aber…ich habe plötzlich realisiert, dass Julia nie meinetwegen zu uns gekommen ist. Sie hat sich nicht ehrlich für mich interessiert. Unsere Freundschaft war nichts weiter als praktische Ablenkung, um ihre Affäre zu verschleiern.«

Sie hatte die Erinnerung so lange von sich geschoben und gedacht, sie wäre darüber hinweg. Doch plötzlich tat es wieder so weh. Die beiden Menschen, die ihr damals am meisten bedeutet hatten, hatten sie nicht gewollt. Sie war nicht gut genug für sie gewesen. Eine Träne löste sich aus ihrem Augenwinkel und lief ihre Wange herunter.

»Das tut mir so leid«, hauchte Iris.

Sie hob vorsichtig eine Hand und strich sanft mit dem Finger über Carolins Wange.

Carolin presste die Lippen zusammen. Unwillkürlich drehte sie ihr Gesicht ein kleines Stück zur Seite, weg von Iris. Sie sollte sie nicht so sehen. Mit geröteten Augen, verwaschenem Make-up, erbärmlich und schwach.

Doch Iris beugte sich zu ihr. Ihr Gesicht war auf einmal ganz nahe. Und ehe Carolin realisierte, was geschah, küsste Iris sie sanft auf die Wange.

»Es tut mir so leid«, sagte sie noch einmal.

Carolin presste die Augen zusammen. Es war zu viel. Fast zu unerträglich schön. Iris' sanfte Zuneigung und das Verständnis in ihren Augen ließen Carolin beinahe völlig die Kontrolle verlieren. Sie brauchte Iris so sehr, dass es wehtat.

Sie lehnte sich an sie, schlang einen Arm um sie und hielt sich an ihr fest. Iris lehnte ihren Kopf an den von Carolin. Eine Weile schwiegen sie beide.

»Was ist dann passiert?«, fragte Iris schließlich.

»Daniel hat mir gesagt, ich soll vernünftig sein. Das war ich auch. Wir haben darüber geredet, was passiert ist.« Carolin sprach leise, ihre Stimme tonlos. Sie hatte nicht die Kraft, wütend zu sein. »Er hatte den Anstand, sich zu entschuldigen. Er hat gesagt, dass es alles sein Fehler war. Aber ich wusste, dass es nichts zu retten gab.«

Carolin atmete zitternd ein. »Ich glaube, ich habe ihn gelangweilt. Er hat mich nicht mehr respektiert. Vielleicht hatte er noch Mitleid mit mir. Aber das war alles. Es war klar, dass er mich nicht mehr geliebt hat.«

Iris schnaubte leise. »Was für ein Idiot.«

Carolin lächelte und drückte Iris an sich. Dann erzählte sie weiter. »Ich habe mich dann entschieden, das bisschen Würde zu bewahren, was mir noch blieb, und darauf bestanden, dass wir uns scheiden lassen. Ich dachte, damit sei alles vorbei.«

Langsam gehorchte ihre Stimme ihr wieder. Sie räusperte sich leise. »Dann habe ich gemerkt, wie immer mehr von unseren Freunden und Kollegen sich von mir distanziert haben. Mein Arbeitsvertrag als Postdoc sollte eigentlich noch einmal erneuert werden. Aber Megan Johnson, die Dekanin der Fakultät meinte plötzlich, das sei leider nicht möglich.«

»Das war diese unhöfliche Person vorhin in der Bar«, sagte Iris stirnrunzelnd.

Carolin nickte.

»Aber warum?«, fragte Iris. »Warum haben sie dich so behandelt? Wussten sie, was los war?«

»Nein. Daniel und ich hatten vereinbart, dass wir den Grund unserer Scheidung vertraulich behandeln. Nach außen wollten wir unser Ansehen bewahren. Wir haben gesagt, wir hätten uns einfach auseinandergelebt. Aber Daniel hat sich nicht daran gehalten. Er hat einigen Freunden mehr erzählt.«

»Aber—das verstehe ich nicht. Er hat dich betrogen! Du warst das Opfer!«

Carolin lächelte bitter. »Natürlich hat er nicht diesen Teil erzählt. Nein. Er hat ihnen nur meine E-Mail gezeigt. Die, in der ich ihm gestanden habe, dass ich Gefühle für Julia entwickelt habe.«

»Oh…«, hauchte Iris. »Oh nein.«

Ihre Finger gruben sich in Carolins Arm, als sie sie an sich drückte. »Wie konnte er nur?«

»Nach und nach ist das durchgesickert. Er hat allen gegenüber angedeutet, dass ich ihm nicht die ganze Wahrheit gestanden habe—dass da mehr wahr. Die Dekanin war empört, dass ich eine junge, leicht zu beeinflussende Studentin manipuliere. Und noch mehr, dass ich dabei Daniel hintergehe, der doch so beliebt und allseits bewundert war.«

Wieder schnürte sich ihre Kehle zu. Sie hatte sich so unglaublich allein gefühlt. Alle waren plötzlich ihre Feinde. Sie verachteten sie, redeten hinter ihrem Rücken über sie, gingen ihr aus dem Weg.

»Aber warum hast du nicht einfach allen die Wahrheit erzählt?«

Carolin schüttelte gequält den Kopf. »Ich war damals eine Idiotin. Ich wollte nicht noch mehr Aufmerksamkeit darauf lenken. Es wussten ja nur ein paar Kollegen in Madison davon. Ich wollte keinen größeren Skandal. Und…und ich wollte auch Julia keine Probleme machen. Ihr Leben nicht schwerer machen. Ich weiß, das klingt erbärmlich.«

»Nein, das tut es nicht«, sagte Iris leise.

Carolin atmete bebend aus. »Ich war nicht wütend auf sie, nur traurig. Darüber, wie wenig ich ihr bedeutete. Dass ich niemandem etwas bedeutet habe.«

Sie presste eine Hand gegen ihre Stirn. »Ich habe mich benutzen lassen und mich nicht einmal gewehrt. Ich war so schwach. So naiv. Wahrscheinlich habe ich es nicht besser verdient.«

»Nein!«, widersprach Iris. »Du hast so viel mehr verdient.« Sie griff nach Carolins Hand und zog sie weg. Carolin drehte den Kopf zu ihr.

Iris Gesicht war ihr ganz nahe, ihre Augen geweitet. Und ohne Vorwarnung küsste sie Carolin. Ihre Lippen berührten sich kurz. Doch der Kontakt sandte eine Welle der Energie durch Carolin, als hätte sie ein Blitz getroffen. Ihr Herz setzte kurz aus und schlug dann doppelt so heftig weiter. Sie starrte Iris an.

»Es—tut mir leid«, flüsterte Iris.

Carolin legte die Hand in Iris' Nacken und zog sie zu sich heran. Sie konnte nicht anders. Sie küsste sie voll verzweifeltem Verlangen. Für eine Sekunde war Iris wie erstarrt, noch überwältigt von ihrem eigenen Mut. Dann erwiderte sie den Kuss. Ihre Lippen waren unglaublich weich. Carolin wurde beinahe schwindlig vor Glück. Einen Moment lang waren alle Gedanken wie ausgelöscht. Iris seufzte leise. Ihre Zungenspitze glitt über Carolins Lippen. Ein heißer Schauder der Erregung durchfuhr Carolin.

Doch im selben Moment kehrte die Wirklichkeit zurück, als hätte jemand einen Eimer kaltes Wasser über ihr ausgekippt.

Was zum Teufel mache ich hier?

Mit größter Anstrengung riss Carolin sich los.

»Tut mir leid«, brachte sie schwer atmend hervor. »Das—ich darf nicht. Wir können nicht—«

»Ich weiß«, sagte Iris.

»Ich wollte nur—«

»Ich weiß.«

Sie starrten sich an. Iris' Augen glitzerten. Ihre Hand lag neben der von Carolin auf der Bettdecke. Carolin verspürte den unwiderstehlichen Drang, nach ihr zu greifen, sie an sich zu ziehen, sie wieder zu küssen…

Sie war so kurz davor, die Kontrolle zu verlieren.

»Iris, ich—ich brauche einen Moment.«

Sie stand auf. Kurz stand sie unentschlossen da, dann ging sie ins Bad. Sie drehte den Wasserhahn auf. Das Gesicht im Spiegel war ihr fremd. Sie sah blass aus. Ihre Augen waren gerötet. Und da war dieser seltsame Ausdruck, den Carolin nicht wiedererkannte. Sie wusch sich das Gesicht mit kaltem Wasser.

Das Verlangen nach Iris war einfach zu stark.

Es war nicht nur die körperliche Anziehung. Damit konnte sie umgehen. Es waren die anderen Dinge, die sie überwältigten. Iris' Zärtlichkeit. Das Verständnis in ihrem Blick. Ihre unendliche Zuneigung, gerade dann, wenn Carolin sie am meisten brauchte. Das war einfach zu viel. Es durchbrach all ihre Schutzmauern und machte sie völlig hilflos. Und doch wollte sie es, wollte sie Iris so sehr, wie sie noch nie etwas gewollt hatte.

Carolin nahm ein Handtuch und trocknete ihr Gesicht. Ihr Make-up war verlaufen und fleckig. Natürlich. Gerade in diesem Moment, in dem sie Iris nahekam, musste sie erbärmlich aussehen.

Aber sie konnte nicht ewig hier im Bad bleiben. Sie konnte Iris nicht im Ungewissen lassen. Carolin kämpfte Stolz und Angst gleichermaßen nieder und öffnete die Tür.

»Carolin?«, sagte Iris behutsam. »Ist alles…okay?«

Carolin trat einen Schritt in den Raum und blieb stehen. Besser, sie kam Iris nicht zu nahe, sonst würde sie wieder die Kontrolle verlieren. Sie räusperte sich, suchte nach Worten. »Es tut mir leid. Ich verlange viel zu viel von dir.

Das hier sollte dein großer Tag sein. Und ich sollte ihn nicht ruinieren.«

Sie konnte es nicht ertragen, Iris ins Gesicht zu sehen. Sie wandte sich ab, trat zum Fenster und schaute nach draußen auf die nächtlichen Lichter der Stadt. »Ich weiß nicht, was in mich gefahren ist. Erst belaste ich dich mit dieser alten Geschichte. Und dann…« Ihre Stimme versagte. Sie holte tief Luft. »Dann überfalle ich dich einfach so.«

Sie hörte nicht, wie Iris näherkam. Doch plötzlich war sie hinter ihr und legte eine Hand auf Carolins Rücken.

»Ich habe darauf bestanden«, sagte Iris. »Und ich habe dich zuerst geküsst.«

Carolin schluckte. Das stimmte. Iris hatte sie geküsst. Es war so schwer zu glauben. Begehrte Iris sie? Sehnte sie sich so sehr nach Carolin, wie Carolin nach ihr?

Sie durfte sich diese Hoffnung nicht machen.

Es ist unmöglich. Sie ist eine Studentin!

Carolins Magen verkrampfte sich. »Wir dürfen…das nicht tun«, sagte sie.

»Ich weiß«, sagte Iris. Sie umarmte Carolin von hinten, schlang die Arme um sie und legte den Kopf an ihren Rücken. »Aber jetzt gerade spielt das keine Rolle. Niemand ist hier, der uns sieht. Niemand kann dich verurteilen. Du brauchst nichts zu erklären.«

Carolin atmete tief durch. Iris' Worte beruhigten sie. Sie waren keine Lösung. Es würde einen Morgen geben, und ihre Probleme würden nicht einfach verschwinden.

»Niemand ist hier«, wiederholte Iris. »Nur wir.«

Sie hatte recht. Carolin schloss die Augen. Einen Moment lang standen sie einfach nur so da. Mehrmals versuchte Carolin, Worte zu finden. Erst dachte sie an eine Ansprache über Moral und darüber, dass sie sich an die Regeln halten mussten. Dann an ein verzweifeltes Geständnis ihrer Liebe. Doch nichts davon brachte sie über ihre Lippen. Sie war wie gelähmt. Nur das Gefühl von Iris' Armen, die sie hielten, gab ihr etwas Trost.

»Was ist dann passiert?«, fragte Iris. »Nachdem deine Stelle in Madison nicht verlängert wurde?«

Carolin zögerte.

»Du musst nicht davon reden, wenn du genug davon hast.«

»Das ist in Ordnung«, sagte Carolin. Sie wollte nicht, dass Iris sie losließ. Sie hätte über alles geredet, nur um den Moment noch etwas länger währen zu lassen.

»Ich bin aus Madison weggegangen, sobald ich konnte. Ich habe eine Stelle hier in Berkeley gefunden, habe meine Sachen gepackt, Cassandra genommen und bin umgezogen. Ich wollte alles hinter mir lassen. Das war nicht so leicht. Meine ganze Karriere war mit Daniel verknüpft. Wir hatten so viele gemeinsame Projekte. Ich hatte sogar seinen Nachnamen angenommen.«

Sie seufzte leise. »Das war alles ein riesiger Fehler. Ich war zu abhängig. Zu unsicher. Wenn ich damals stärker gewesen wäre, hätte ich Daniel nicht gebraucht. Und er hätte nie den Respekt und das Interesse an mir verloren. Aber ich konnte das nicht.«

Iris küsste sie leicht auf die Schulter. Die zärtliche Berührung löste ein Kribbeln in Carolin aus, und sie sog die Luft ein.

»Er hat dich im Stich gelassen«, flüsterte Iris. »Das war nicht deine Schuld.«

»Aber ich habe ihn betrogen. Zumindest in meinen Gedanken.«

»Das hast du nicht«, sagte Iris. »Man kann nichts dafür, welche Gefühle man entwickelt. Es kommt darauf an, wie man handelt. Und du warst ehrlich zu ihm.«

»Ich bin froh, dass du es so siehst«, sagte Carolin.

Trotzdem ließen die Schuldgefühle sie nicht los. Vielleicht hatte sie damals richtig gehandelt. Aber jetzt entwickelte sie wieder Gefühle, die sie eigentlich nicht empfinden durfte. Würde sie sich diesmal unter Kontrolle halten können? Oder war es dafür schon längst zu spät?

Damals hatte sie versucht, alles richtig zu machen. Sie hatte ihre Gefühle unterdrückt. Und trotzdem war es furchtbar für sie ausgegangen. Sie hatte nichts davon gehabt, außer einem reinen Gewissen. Nachdenklich starrte sie hinaus auf die Lichter der Stadt.

KAPITEL 32

~ Carolin ~

»Wir sollten ins Bett gehen«, sagte Iris. »Es ist spät.«

Carolin nickte. Sie lösten sich voneinander. Noch immer lag diese ungeheure Spannung zwischen ihnen in der Luft, die unerträglich auszuhalten und doch unerfüllbar war. Carolin zwang sich, sich abzuwenden. Sie ging ins Bad und zog sich um.

Als sie zurückkehrte, brannte nur noch eine kleine Nachttischlampe. Iris trug jetzt ein Top und Shorts aus Baumwolle, die ihre langen, schlanken Beine entblößten. Der Anblick sandte einen heißen Schauer durch Carolins Körper. Noch immer konnte sie das Echo des Kusses auf ihren Lippen spüren. Sie schluckte und senkte den Blick.

Iris ging ins Bad. Carolin legte sich in das Bett, rutschte ganz an die Seite und zog die Bettdecke bis zum Kinn. Sie fühlte sich nervös und überfordert, als müsste sie mit der schönsten Frau der Welt tanzen, während sie auf einem Drahtseil über einer tiefen Schlucht balancierte.

Iris kam zurück, schaltete das Licht aus und kroch auf der anderen Seite ins Bett. Obwohl sie mindestens zwanzig Zentimeter trennten, konnte Carolin die Wärme ihres Körpers spüren. Sie musste nur die Hand ausstrecken, um…

Sie unterdrückte den Gedanken und starrte nach oben an die dunkle Zimmerdecke. Sie wartete darauf, dass Iris' Atemgeräusche langsamer und regelmäßiger wurden.

»Kannst du auch nicht schlafen?«, fragte Iris nach einer Weile.

»Nein«, sagte Carolin. »Vielleicht will ich auch nicht.«

»Ja«, sagte Iris. Carolin wusste, dass sie verstand. Solange sie nicht einschlief, konnte sie den Moment noch etwas in die Länge ziehen, in denen es nur sie beide gab. Die ganze Welt dort draußen war weit weg. Sie schwebten in einer kleinen Blase in Raum und Zeit, in der nichts und niemand sie erreichen konnte. Doch morgen früh würde ihre Blase zerplatzen.

Das Bettlaken raschelte, als Iris sich zu Carolin drehte. Im Halbdunkel konnte Carolin die Umrisse ihres Gesichts ausmachen.

»Danke, dass du mir alles erzählt hast«, sagte Iris.

»Danke, dass du…so verständnisvoll bist«, sagte Carolin. »Hast du etwas davon geahnt?«

»Ein wenig. Emily hat mir von den Gerüchten erzählt. Es ist so ungerecht, dass sie über dich reden, obwohl sie keine Ahnung haben, was wirklich passiert ist!«

»Das Leben ist oft ungerecht«, sagte Carolin leise.

Iris rutschte etwas näher heran. Carolin konnte ihren Duft wahrnehmen—den leichten Hauch von Honig, der so süß und verlockend schien.

»Hast du es geglaubt?«, fragte sie.

»Es hat mich verunsichert. Aber ich konnte mir nicht vorstellen, dass du das könntest—jemanden verführen und dann einfach fallenlassen.«

»Das würde ich niemals tun.«

Carolin dachte nicht mehr an Julia. Sie meinte nur Iris. Und sie wusste, dass sie es verstand. Iris streckte im Dunkeln die Hand aus und berührte Carolins Hand. Ihre Finger schlossen sich umeinander.

»Ja. Und jetzt weiß ich, dass ich recht hatte«, sagte Iris. »Dass ich dir vertrauen kann.«

Ich würde dich niemals fallenlassen. Niemals.

Alles in Carolin schrie diese Worte, aber sie brachte sie nicht über die Lippen. Eine Weile lagen sie still. Carolin hielt Iris' fest und lauschte ihrem Atem.

»Jetzt bin ich an der Reihe, oder?«, sagte Iris dann. »Du hast mir ein Geheimnis anvertraut. Jetzt bin ich dran.«

»Iris…Du musst überhaupt nichts.«

Im Dunkeln konnte Carolin erahnen, dass Iris lächelte. »Doch. Das ist nur gerecht.«

Carolin war es schwergefallen, sich so verletzlich zu machen und Iris alles zu erzählen. Nun bot Iris ihr an, ebenfalls etwas von sich zu zeigen, dass sie verwundbar machte—und Carolin damit einen kleinen Teil ihrer Stärke zurückzugeben. Es war beinahe unheimlich, wie genau sie spürte, was Carolin brauchte.

»Also…Vielleicht ahnst du es schon. Es geht um meine Träume.«

Carolins Herz machte einen kleinen Satz. Wollte Iris damit wirklich andeuten, was sie vermutete?

»Ich träume…von dir. Das geht schon lange so. Schon seit ich dich kenne. Am Anfang war es echt unheimlich.«

»Was? Du hattest Albträume von mir?«

Iris lachte leise. »Keine Sorge. Es war nicht so schlimm, eher seltsam. Und dann wurden meine Träume immer schöner. Und immer…eindeutiger.«

Sie streckte ihre zweite Hand unter der Decke aus und umfasste die von Carolin. »Ich habe von uns geträumt. Davon, wie es wäre, wenn wir zusammen wären. Davon, dich zu küssen.«

Carolins Herz pochte schnell. »Das klingt wundervoll«, flüsterte sie.

Iris rückte etwas näher an sie heran. »Ich hatte gehofft, dass du das denken würdest.«

»Aber es war nur ein Traum«, sagte Carolin leise.

Konnte es jemals mehr sein?

Iris' Gesicht war Carolin jetzt ganz nahe. Ein Kribbeln breitete sich in Carolin aus. Sie wollte Iris an sich ziehen. Ihren Körper mit Küssen bedecken. Ihr ins Ohr flüstern, wie sehr sie sie begehrte. Sie glaubte fast, das gleiche Verlangen auch in ihrem Gesicht erahnen zu können.

»Vielleicht ist das hier nur ein Traum«, flüsterte Iris.

»Was meinst du?«

»Vielleicht ist das hier nicht die Wirklichkeit. Ich habe es nicht überprüft. Und…niemand kann uns vorwerfen, was wir träumen, oder?«

Iris streckte die Hand aus. Sie strich die Bettdecke von Carolins Schulter. Ihre Hand glitt sanft über Carolins Arm. Selbst durch den Seidenstoff ihres Oberteils spürte Carolin die Wärme ihrer Berührung.

»Und niemand wird es je erfahren. Schließlich kann niemand unsere Träume lesen, oder? Es ist unser Geheimnis.«

Carolin schluckte heftig. Ihr Widerstand schmolz dahin. Sie wusste, dass es verboten war. Dass sie alles riskierte, was sie sich aufgebaut hatte. Aber sie hatte sich bisher immer an die Regeln gehalten, und es hatte ihr nichts als ein gebrochenes Herz und die Verachtung dieser Leute eingebracht. Was schuldete sie ihnen? Hatte sie nicht auch das Recht, ein einziges Mal in ihrem Leben glücklich zu sein?

»Das…ist ein guter Traum«, flüsterte Carolin.

Iris richtete sich auf. Das schwache Licht der nächtlichen Stadt, das durch den Vorhang drang, genügte gerade, um Iris' Silhouette erkennbar zu machen, als sie sich aufrichtete und das Top über ihren Kopf zog.

Carolin hielt den Atem an. Sie konnte Iris' nackten Oberkörper nur erahnen, doch das genügte, um einen Schauder der Erregung durch ihren Körper zu jagen. Noch nie hatte sie einen Menschen so sehr begehrt. Und noch nie war sie dabei so nervös gewesen. Es fühlte sich so verboten, so unglaublich riskant an, dass ihr Herz wie verrückt pochte, und doch spürte Carolin tief in sich, dass es richtig war. Dann war Iris plötzlich über ihr und küsste sie. Erst auf die Wange, und dann, als sie im Dunkeln ihren Weg fand, Carolins Mund.

Ihre Lippen waren weich, ihr Kuss zärtlich und zugleich voll brodelndem Verlangen. Carolin erwiderte die Liebkosung. Sie öffnete ihre Lippen und begegnete Iris' Zunge mit ihrer eigenen. Sie spürte ihren heftig pochenden Puls in ihrem ganzen Körper.

Nichts hiervon war vernünftig. Nichts war rational. Doch Carolin bestand nur noch aus Verlangen. Es war zu spät für irgendwelche Einwände. Die Grenze war überschritten. Der Wunsch, sie ganz nahe bei sich zu spüren, wurde unbezwingbar.

Ihre Zungenspitzen spielten miteinander. Iris saugte sanft an Carolins Lippen, und Carolin stieß ein tiefes Stöhnen aus. Sie hatte nichts mehr zu verlieren. Sie ließ alle Zweifel fallen und ließ los, gab sich einfach nur dem Gefühl hin. Sie erwiderte den Kuss innig und tastete zugleich nach ihrem Oberteil. Sie wollte die Knöpfe öffnen, ohne auch nur für eine Sekunde aufzuhören, Iris zu küssen, ihren wundervollen Geschmack in sich aufzunehmen, jede Sekunde ihrer Nähe auszukosten. Plötzlich waren da Iris' Finger, die geschickt die Knöpfe lösten. Sie küssten sich weiter, während Carolin sich in eine halb sitzende Position aufrichtete und das Oberteil von ihren Schultern streifte. Sie griff nach Iris und zog sie an sich. Das Gefühl, als Iris' schlanker, straffer Körper sich an ihren schmiegte, war berauschend, vernebelte ihre Sinne und ließ die Leidenschaft noch höher auflodern. Iris' Brüste pressten sich gegen die von Carolin, ihre Finger glitten Carolins Rücken herab, während sie Küsse auf ihrem Hals und ihren Schultern verteilte.

Carolin sog scharf den Atem ein. Sie wollte Iris bis zur Morgendämmerung küssen, nein, besser noch, sie wollte, dass der Morgen niemals kam. Dass sie niemals aus diesem wundervollen Traum erwachen müsste.

Iris ließ sich wieder hinunter auf das Bett gleiten und zog Carolin mit sich. Ihre Finger strichen über Carolins Brust, dann beugte sie sich über Carolin und küsste die hoch aufgerichteten Knospen. Ein heißer Blitz durchschoss Carolin, und sie rang nach Atem. Ihre Lust wurde immer drängender, dabei hatte Iris sie noch nicht einmal dort berührt, wo diese Lust am heftigsten pochte.

»Du bist wunderschön«, flüsterte Iris. Ihre Stimme war voller Begehren.

»Und du erst«, erwiderte Carolin. Es spielte keine Rolle, dass sie fast nichts sehen konnte, denn sie konnte es fühlen. Iris' weiche, glatte, makellose Haut, ihre festen Brüste, der wunderbare Honigduft, der sie umgab—all das raubte ihr die Sinne.

»Du…bringst mich um den Verstand«, sagte sie.

»Ich hoffe nicht«, flüsterte Iris. »Es wäre doch sehr schade darum.«

Sie küsste sie erneut, und Carolin kam ihr Verstand plötzlich sehr überflüssig vor. Sie hätte ihn gern aufgegeben, wenn sie dafür diese Nacht niemals enden lassen könnte. Die Welt draußen könnte untergehen und es wäre ihr egal.

»Ich brauche nur dich«, flüsterte sie.

»Gut«, hauchte Iris. Sie schmiegte sich an Carolin und schob eines ihrer schlanken Beine zwischen die von Carolin. Ihre Finger glitten über Carolins nackte Brust, wanderten herab zu ihrem Bauchnabel und dann zum Rand ihrer seidenen Hose.

»Iris«, flüsterte Carolin. »Es gibt etwas, das du wissen solltest.«

Iris hielt inne. »Ja?«

Carolin atmete tief durch. Sie hatte sich so sehr geöffnet, hatte Iris so viel anvertraut. Nun musste sie nur noch einen kleinen Schritt weitergehen.

»Ich…ich war schon in Frauen verliebt. Aber ich hatte nie Gelegenheit…also, es ist nie dazu gekommen…«

»Du hast noch nie mit einer Frau geschlafen?«

»Das…kann man so sagen.«

Carolins Herz pochte heftig. Normalerweise war sie in allen Dingen die Erfahrene. Sie wollte, dass Iris zu ihr aufblickte, sie bewunderte. Doch nun begab sie sich auf unbekanntes Territorium. Was, wenn sie sich ungeschickt anstellte? Wenn Iris sie lächerlich fand?

Iris lachte leise. »Dann gebe ich dir sehr gerne eine Kostprobe.« Ihre Finger strichen erneut über den Saum, und ein heißes Prickeln durchfuhr Carolin. »Wenn ich darf.«

»Oh, bitte«, stieß Carolin hervor.

Iris' Finger glitt unter den Saum und strichen verspielt darunter entlang. Dann zog sie mit beiden Händen die Hose herab. Carolin erschauderte vor Erregung. Ein kühler Lufthauch berührte ihre erhitzte Haut.

Iris beugte sich über sie und küsste sie ganz sanft auf das kleine Dreieck nackter Haut über ihrer Scham. Carolin sog tief die Luft ein. Das hier war unglaublich, unwirklich, fast als würde sie wirklich träumen. Iris' Küsse wanderten tiefer, berührten die Innenseite von Carolins Oberschenkel, bis sie bereitwillig ihre Beine spreizte und sich öffnete. Zum allerersten Mal ließ sie sich komplett fallen und vertraute einfach.

Ganz sacht berührte Iris mit ihrer Zungenspitze Carolins Klitoris. Sie umspielte sie mit einer zärtlichen Berührung, die kaum mehr war als ein leichtes Streifen, und doch eine Explosion der Lust in Carolin auslöste. Plötzlich war da auch Iris' Hand, die über ihre Schamlippen strich. Ihre kundigen, schmalen Finger fanden ihren Eingang, während ihre Zunge sanft über die pochende Perle leckte.

Fiebrige Lust pulsierte durch Carolins Körper. Sie konnte nicht sprechen. Doch Iris wusste genau, was sie brauchte. Ganz langsam verstärkte sie den Druck und umkreiste immer wieder den sensiblen Punkt. Zugleich drang sie mit dem Finger in Carolins feuchte Tiefe, krümmte ihn leicht und entlockte ihr damit ein Stöhnen. Noch nie in ihrem Leben war Carolin so feucht gewesen, noch nie hatte ihr Blut derartig vor Verlangen gekocht. Ihr Herz hämmerte, und jeder heftige Atemzug trieb sie auf den Höhepunkt zu. Ihre Schenkel bebten. Mit beiden Händen griff sie in Iris Haar, nicht um sie zu leiten, sondern einfach nur, um sie zu berühren.

Iris intensivierte ihre Liebkosungen, saugte und leckte mit innigster Hingabe. Dann war es so weit. Ein Zittern erfasste Carolin, und der Höhepunkt traf sie mit all seiner Macht. Sie drückte den Rücken durch und stöhnte auf. Ihre Schenkel zuckten. Serotonin überflutete ihr Hirn in einer Woge der Lust und der Euphorie. Es war der Moment, auf den sie immer gewartet hatte, ohne es zu wissen. Noch nie hatte sie solche Befriedigung empfunden, solch reines, pures Glück.

Ihr Herz pochte heftig, und nur langsam beruhigte sich ihr Atem.

Iris hatte ihren Kopf mit der Wange auf Carolins Bein gelegt. Nun gab sie ihr einen kleinen Kuss.

»Und, wie hat es dir gefallen?«, flüsterte sie im Dunkeln.

Carolin suchte nach Worten, die ihren Gefühlen gerecht werden konnten.

»Besser…als ich es mir hätte erträumen können.«

KAPITEL 33

~ Iris ~

Iris hatte sich nichts mehr gewünscht, als Carolin endlich nahezukommen. In dieser Nacht wurde ihr Wunsch gleich zweimal erfüllt—das erste Mal, als Carolin alle Schutzschilde fallen ließ und ihr anvertraute, was sie durchgemacht hatte. Iris hatte mit Mühe ihren Zorn heruntergeschluckt. Am liebsten wäre sie sofort aufgesprungen, hätte Daniels Zimmer gesucht, ihn wachgerüttelt und zur Rede gestellt. Wie konnte er es wagen, eine wundervolle Frau wie Carolin so zu behandeln?

Aber jetzt verstand sie, warum Carolin stets darauf achtete, absolut professionell aufzutreten, und nie Schwäche oder Unsicherheit zeigte. Sie hatte gelernt, dass ihr das nur schaden würde. Iris fühlte sich geehrt, dass Carolin ihr dennoch diesen Einblick erlaubt hatte. Sie würde ihr Vertrauen nicht enttäuschen. Sie war entschlossen, Carolin die Zuneigung, Unterstützung und Loyalität zu geben, die sie verdiente. Sie würde absolut auf ihrer Seite stehen. Ihr konnte Carolin ihre wahren Gefühle zeigen, und sie würde es nicht bereuen.

Und schließlich hatte Carolin sie noch auf eine andere Weise an sich herangelassen. Sie hatte Iris erlaubt, sie zu berühren. Sie zu küssen. Mit ihr zu schlafen. Iris hatte entdeckt, dass sie ein Talent dafür besaß, Carolin Freude zu bereiten. Carolin reagierte mit heftiger Erregung auf jede ihrer Berührungen, und schon nach wenigen Minuten entlockte Iris ihr den ersten Höhepunkt. Sie war fast genauso euphorisch wie Carolin.

Ich bin wirklich gut darin!

Doch bei dieser ersten heißen und verzweifelten Begegnung blieb es nicht. Carolin drängte darauf, Iris die gleiche Lust zu bereiten. Was ihr an Erfahrung fehlte, machte sie mit konzentrierter Hingabe wett, und schnell fand sie heraus, wie sie Iris berühren musste, um sie zum Gipfel der Lust zu treiben. Dann lagen sie keuchend und breit lächelnd nebeneinander im Bett. Und noch immer wollte keine von ihnen schlafen und die Nacht vorbeigehen lassen. Also tat Iris es noch einmal, diesmal langsamer. Sie erkundete Carolins ganzen wundervollen Körper, küsste sie überall, und verbrachte eine sinnliche halbe Stunde mit sanften Berührungen und leise geflüsterten Zärtlichkeiten, bis Carolin schließlich noch einmal kam. Als sie in einen dämmrigen Schlaf glitten, wurde es draußen bereits hell.

Strahlendes Sonnenlicht fiel in das Hotelzimmer und drang durch Iris' geschlossene Augenlider. Ihr Bewusstsein trieb noch träge im Ozean des Schlafes dahin. Erst nach und nach stieg es an die Oberfläche auf. Die Bilder der Nacht spielten sich vor ihrem inneren Auge ab. War das alles ein Traum gewesen? Iris hatte zu Carolin gesagt, dass sie nur träumten, um ihnen beiden einen Vorwand zu geben, zu tun, was immer sie wollten. Sie war überzeugt gewesen, wach zu sein. Nun war sie sich nicht mehr so sicher.

Langsam kehrte ihr bewusstes Denken zurück. Aus dem Bad hörte sie das Rauschen der Dusche. Das musste Carolin sein. Iris öffnete die Augen, führte den Atemtest durch und zählte dann noch ihre Finger. Das hier war die Wirklichkeit.

Iris setzte sich auf. Die Bettdecke rutschte von ihrem nackten Oberkörper. Ihr Puls beschleunigte sich. Also war es kein Traum gewesen. Es war wirklich passiert. Freude, Aufregung und Nervosität stiegen in ihr auf.

Was würde Carolin dazu sagen, jetzt im Licht des neuen Tages? Würde sie sagen, dass sie einen Fehler gemacht hatten? Oder es vielleicht nicht einmal erwähnen? Aber sie hatten es beide so sehr gewollt…

Iris suchte nach ihrer Kleidung. Sie würde nachher nochmal in ihrem gemieteten Zimmer vorbeigehen und ihren Koffern holen müssen, um sich umzuziehen. Gerade hatte sie Slip und BH angezogen, als Carolin aus dem Bad kam. Sie sah fantastisch aus. Natürlich war sie schon fertig für den Tag. Sie trug eine maßgeschneiderte Hose, eine cremefarbene Bluse und einen taillierten Blazer. Ihr ganzes Erscheinungsbild strahlte Eleganz und Kontrolle aus. Doch als sie Iris in ihrem Slip und BH sah, blieb sie wie angewurzelt stehen.

»Guten Morgen«, sagte Iris verlegen.

»Guten Morgen«, sagte Carolin. Ihr Mundwinkel zuckte leicht. »Oder was auch immer es ist.«

Iris warf einen Blick auf ihr Handy, das auf dem Nachttisch lag. »Kurz nach elf«, sagte sie.

Sie hatten den kompletten ersten Block der Konferenz verschlafen. Aber Carolin, sonst so korrekt und pünktlich, schien das nicht zu kümmern.

Iris griff nach ihrem Pullover und zog ihn an. Sie merkte, dass Carolins Blick kurz über ihre nackten Beine glitt und dann wieder hinauf zu ihrem Gesicht wanderte.

»Weißt du…ich hatte letzte Nacht einen verrückten Traum«, sagte sie. Da war ein Funkeln in ihren Augen, das Iris gefiel.

»Wirklich?«, sagte sie. »Ich auch.«

»Ich weiß gar nicht, ob ich schon wach bin«, sagte Carolin. »Manchmal glaubt man doch, dass man aufwacht, und in Wahrheit träumt man immer noch, oder?«

Iris grinste und nickte. »Ja, das gibt es.«

Carolin kam einen Schritt näher. Sie lächelte und hielt ihre Hand hoch, alle fünf Finger ausgestreckt.

»Eins, zwei, drei, vier, fünf, sechs«, sagte sie.

»Das heißt, dass du träumst«, sagte Iris.

»So ein Glück«, sagte Carolin. Sie beugte sich zu Iris herab und küsste sie.

Im ersten Moment erstarrte Iris und hielt den Atem an. Doch dann entspannte sie sich und erwiderte den Kuss. Es fühlte sich so natürlich an, als hätte sie nie etwas anderes getan. Ihr Körper reagierte wie von selbst und schmiegte sich an Carolin, während ihre Lippen in einer zärtlichen Liebkosung verschmolzen.

Schließlich lösten sie sich voneinander und teilten ein Lächeln.

»Warst du schon mal im Traum auf einer Konferenz?«, fragte Carolin.

Iris runzelte die Stirn. »Ich habe manchmal diesen Traum, in dem ich vor lauter fremden Leuten einen Vortrag halte und vergesse, was ich sagen soll.«

»Das klingt nicht gerade angenehm«, sagte Carolin. Eine kurze Pause folgte. Dann sah sie Iris an, ihre grauen Augen durchdringend. »Lass uns etwas anderes träumen.«

»Was?«

»Lass uns woanders hingehen. Nur für diesen einen Tag. Die werden uns schon nicht vermissen. Die Konferenz geht noch bis Sonntag. Der beste Vortrag von heute ist sowieso schon vorbei. Was sagst du?«

Damit hatte Iris nicht gerechnet. »Und was machen wir?«

Carolins Blick war voller Tatendrang und Energie. »Wir gehen raus. Wir schauen uns etwas an. Genießen unsere

Zeit. Du bist das erste Mal auf einem anderen Kontinent, oder?«

Iris nickte.

»Na, dann sorgen wir dafür, dass du nicht nur Vorlesungssäle siehst. Bist du dabei?«

Iris brauchte keine Sekunde.

»Das klingt fantastisch! Ich mach mich schnell fertig.«

Iris ging ins Bad, während Carolin ihre Sachen zusammensuchte. Sie bürstete ihre Haare und grinste ihr Spiegelbild an. Carolin wollte mit ihr Zeit verbringen. Sie wollte sogar die Konferenz dafür verpassen. Das hätte sie sich niemals träumen lassen.

Als sie das Bad verließ, knurrte ihr Magen laut. Carolin lachte.

»Keine Sorge. Frühstück steht ganz oben auf dem Plan.«

Sie nahm ihren Mantel. Doch als Iris zur Tür ging, hielt Carolin sie zurück.

»Iris. Wir sollten vorsichtig sein.«

Richtig. Das hier war nicht wirklich ein Traum. Beinahe hätte Iris das vergessen. Auch Carolin sah kurz besorgt aus. Doch dann schenkte sie Iris ein beruhigendes Lächeln.

»Du zuerst. Geh nach draußen und nimm die Straße nach rechts, also weg vom Campus. Ich komme in fünf Minuten nach und hole dich ein.«

»Okay.«

Iris machte sich auf den Weg. Als sie aus der Hotellobby nach draußen trat, empfing sie gleißender Sonnenschein. Der venezianische Sather Tower, das Wahrzeichen der Universität, ragte wie ein mahnender Finger in den Himmel. Doch Iris kehrte ihm den Rücken zu und ging die Straße hinunter. Nach einer Weile warf sie einen Blick über die

Schulter. Wo blieb Carolin? Sie hatte es sich doch nicht anders überlegt?

Sie wollte schon stehenbleiben oder umkehren, als ein Wagen auf der Straße neben ihr langsamer wurde. Die Fensterscheibe fuhr herunter, und Carolin sagte: »Auf geht's!«

Iris stieg ein, und Carolin fuhr die Universitätsstraße herunter.

»In Berkeley gibt es einiges zu sehen, aber ich wette, hier ist alles voll von Neurowissenschaftlern. Lass uns lieber rüber nach San Francisco fahren. Da kann uns niemand in langweilige Gespräche über die neuronalen Korrelate des Bewusstseins verwickeln.«

Iris grinste. Das war das Thema von Carolins letztem Artikel gewesen, den sie keinesfalls langweilig fand. Aber heute hatten sie aufregendere Pläne.

Natürlich wusste sie, was Carolin wirklich meinte. In der Großstadt auf der anderen Seite der Bucht konnten sie in den Menschenmassen untertauchen. Niemand würde sie beobachten. Aber Iris hielt sich an die unausgesprochene Regel zwischen ihnen und erwähnte nicht, welches Risiko sie eingingen. Für eine kurze Zeit sollte das alles keine Rolle spielen. Dieser Tag gehörte nur ihnen.

»San Francisco klingt gut!«, sagte sie.

Carolin bog auf den Freeway ein und setzte ihre Sonnenbrille auf. Dann schaltete sie das Radio an und drückte das Gaspedal nach unten.

Ihr erstes Ziel war ein kleines Café, das Frühstück und Brunch servierte. Carolin bestellte einen großen Obstsalat, während Iris sich für einen Breakfast Burrito entschied.

Carolin warf einen skeptischen Blick auf den mit Rührei, Schinken, Tomaten und Avocado gefüllten Tortilla.

»Warum isst man sowas mit den Händen und nicht einfach auf einem Teller?«

»Weil es so mehr Spaß macht«, sagte Iris. »Man kann fühlen, wie voll es ist. Die ganze Erfahrung ist so viel...dreidimensionaler.«

Sie biss herzhaft hinein und seufzte genießerisch. Carolin schmunzelte und spießte eine Erdbeere mit ihrer Gabel auf.

»Ist dir mal aufgefallen, dass man die meisten richtig leckeren Dinge mit den Händen ist?«, sagte Iris.

»Bist du sicher?«

»Klar. Burger, Pizza, Waffeleis, Sushi...«

»Sushi isst man mit Stäbchen!«

Iris schüttelte den Kopf. »Kann man schon machen, aber eigentlich essen Japaner es mit den Händen.«

»Faszinierend. Also habe ich mich jahrelang kulturell blamiert.«

Zumindest über die Wahl ihres Getränks waren sie sich einig. Beide hatten eine große Tasse voll starkem, schwarzen Kaffee bestellt.

Nach dem Frühstück ging es hinauf auf den Telegraph Hill, wo sie den Coit Tower bestiegen. Carolin, die immerhin drei Jahre hier gelebt hatte, übernahm nur zu gern die Rolle der Fremdenführerin. Sie erzählte Iris Geschichten von den irischen Einwanderern, zeigte ihr die viktorianische Architektur und erklärte, wie die Semaphore funktioniert hatten. Von oben konnten sie sogar die Golden Gate Bridge sehen, die sich auf der anderen Seite der Stadt majestätisch über das Wasser spannte. Doch Iris' Aufmerksamkeit wurde von etwas ganz anderem gefesselt. Der Wind spielte mit Carolins blondem Haar, und in Iris' Augen sah sie in diesem

Moment so unwiderstehlich aus, dass sie nicht anders konnte, als ihr einen Kuss zu geben.

Carolin sah sie überrascht an.

»Ich—ich hoffe, das ist in Ordnung«, sagte Iris.

Carolin zögerte nur kurz, dann lächelte sie. »Natürlich. Ich bestehe sogar darauf.«

Und damit legte sie einen Arm um Iris, zog sie an sich heran und erwiderte den Kuss. Ihre Lippen begegneten sich mit einer Innigkeit, die keinen Zweifel daran ließ, dass Carolin ihre Gefühle erwiderte. Sie war genauso überwältigt von der Kraft ihrer Anziehung, genauso glücklich, sich ihr endlich hinzugeben, und sie versuchte nicht mehr, es zu verbergen oder zu unterdrücken.

Arm in Arm spazierten sie kurz darauf eine steile, enge Gasse in Richtung Hafen hinab, so vertraut, als wären sie ein Paar. Es fühlte sich einfach wundervoll an. Iris wusste, dass sie sich besser nicht daran gewöhnen sollte. Aber wie sollte sie jemals ohne Carolins Nähe auskommen? Ihre Gefühle gingen weit über diesen Moment hinaus.

Sie wählten den Weg am Hafen entlang. Dort lagen tausende Segelboote. Iris entdeckte sogar einige Seelöwen, die es sich auf den schwimmenden Stegen bequem gemacht hatten. Iris machte ein paar Fotos und zeigte Carolin eins, auf dem ein Seelöwe ein besonders lustiges Gesicht machte. Am liebsten hätte sie auch Fotos von Carolin und sich gemacht, um sich an diesen Tag zu erinnern.

Iris war klar, dass ihr gemeinsamer Traum nicht von Dauer sein konnte. Wahrscheinlich war dieser Ausflug, dieser kleine Ausbruch von Verrücktheit eine einmalige Sache. Irgendwann würde Carolin zu ihrer Rolle als distanzierte Professorin zurückkehren und diese Verrücktheit hinter sich lassen.

Wenn sie Fotos machten, müssten sie diese später geheim halten, und das wäre ein Risiko. Iris traute sich nicht, Carolin danach zu fragen, ob das für sie in Ordnung wäre. Sie wollte sie nicht an die Vergänglichkeit des Moments erinnern. Stattdessen prägte sie sich alles ganz besonders gut ein. Und in Träumen konnte sie schließlich auch keine Fotos machen, trotzdem standen ihr manche noch ganz klar und deutlich vor Augen.

»Bist du schon erschöpft?«, fragte Carolin.

»Kein bisschen.«

»Gut. Ich habe nämlich noch etwas geplant. Komm mit!«

Sie führte Iris ein paar Meter weiter, bis sie vor einem großen, weiß-blau gestrichenen Gebäude direkt am Wasser standen. Eine geschwungene Schrift verkündete: *Aquarium of the Bay*.

»Ein Aquarium?«, sagte Iris ungläubig, dann breitete sich ein Grinsen auf ihrem Gesicht aus.

»Ich dachte mir, das könnte dir gefallen«, sagte Carolin. »Du magst doch Aquarien?«

»Mag? Ich liebe sie!«

KAPITEL 34

~ Carolin ~

Carolin war mehr als zufrieden, denn sie hatte genau die richtige Wahl getroffen. Iris ging mit leuchtenden Augen von einem Tank zum nächsten und bewunderte die bunten Fische, die einander jagten oder sich zwischen den Wasserpflanzen versteckten. Ihr Gesicht strahlte vor Freude und Faszination, und das ließ Carolins Herz einen kleinen Hüpfer machen. Sie wollte nichts lieber, als Iris glücklich zu machen. Das Lächeln auf ihrem Gesicht war ein Anblick, den sie nie wieder hergeben wollte…auch wenn das vermutlich nicht gerade leicht werden würde.

»Carolin!«, rief Iris ihr zu und winkte sie herbei. Carolin trat näher und betrachtete Quallen in leuchtenden Farben, die einen langsamen, eleganten Tanz aufzuführen schienen. Als sie neben Iris trat, streiften sich kurz ihre Finger. Carolin folgte einer spontanen Regung und nahm Iris Hand. Sie berührte sie nur leicht, um ihr die Gelegenheit zu geben, sich ihr zu entziehen. Doch Iris drückte ihre Hand sanft und hielt sie fest.

»Was meinst du, welches Meerestier passt am besten zu dir?«, fragte Iris.

Sicherlich etwas mit Stacheln oder Zähnen.

»Vielleicht ein Seeigel«, sagte Carolin. »Oder ein Tigerhai.«

»Nein, auf keinen Fall«, sagte Iris. Hand in Hand gingen sie weiter. »Wie wäre es mit einem Oktopus!«

Sie hielten vor dem nächsten Aquarium, in dem ein großer, dunkelroter pazifischer Oktopus mit seinen langen Armen das Glas und die Seiten des Tanks erkundete.

»Die sind enorm intelligent. Und sehr soziale Tiere«, sagte Iris.

Carolin schmunzelte. »Wenn ich ein Oktopus wäre…«, sagte sie und ließ eine Hand an Iris Rücken heraufwandern, »…dann würde ich dich mit meinen Tentakeln einfangen und dich nie wieder loslassen.«

Sie schlang den Arm um Iris, zog sie an sich und gab ihr einen Kuss in den Nacken.

Iris kicherte. »Das würde mich überhaupt nicht stören.«

Sie lehnte sich an Carolin und schloss die Augen. Einen Moment standen sie so da, eng umschlungen. Carolin wurde warm ums Herz. Iris löste etwas in ihr aus, das sie schon fast vergessen hatte. Ein Gefühl der Geborgenheit, an das sie lange nicht mehr geglaubt hatte.

Langsam gingen sie weiter. Sie kamen zu einem gläsernen Tunnel, der mitten durch ein großes Aquarium führte. Das bläuliche Licht warf Reflexe über Iris' Gesicht. Sie sah sich um und legte den Kopf in den Nacken. Haie schwammen über ihnen durch das Wasser, ihre stromlinienförmigen Silhouetten ebenso anmutig wie gefährlich.

»Schau!«, sagte Iris, »Ein Rochen!«

Sie zeigte Carolin das Tier, das mit majestätischen Flügelschlägen durch die dunklen Fluten glitt.

»Ich kann verstehen, dass du im Traum auf ihnen reiten würdest«, sagte Carolin leise. »Sie sind fantastisch.«

Sie verbrachten lange Zeit in dem Tunnel und beobachteten die Rochen, ehe sie weitergingen. Später fanden sie eine Bank beim Ottergehege und setzten sich hin, um den Ottern beim Spielen zuzusehen.

»Ich bin wirklich froh, dass du mir gestern all diese Dinge erzählt hast«, sagte Iris. »Sonst hätte ich mich vermutlich nie getraut—du weißt schon.«

Sie drückte sanft Carolins Hand. Meinte sie ihr Geständnis über ihre Träume? Den ersten Kuss? Oder dass sie mit Carolin geschlafen hatte? Es spielte keine Rolle—alles hing miteinander zusammen.

»Ich hätte wirklich nie geglaubt, dass du dich für mich interessieren könntest. Ich dachte, ich wäre nur irgendeine Studentin für dich. Jemand, den du kaum bemerken würdest.«

Carolin schüttelte den Kopf. »Iris, du bist so viel mehr als das. Du bist jemand unglaublich…Besonderes für mich.«

Sie suchte vergeblich nach besseren Worten, um ihre Gefühle zu beschreiben. Iris war einzigartig. Niemand auf der ganzen Welt war mit ihr vergleichbar.

»Ja«, sagte Iris. »Aber sieh es mal aus meiner Perspektive. Du bist so schön und erfolgreich, und ich bin praktisch ein Niemand. Es kam mir einfach unwahrscheinlich vor.«

Carolin schüttelte den Kopf. »Ich konnte seit Monaten kaum die Augen von dir abwenden. Iris, du hast mich völlig um den Verstand gebracht. Ist dir das nicht aufgefallen?«

»Schon. Ich dachte, ich hätte gespürt, dass etwas zwischen in der Luft lag. Aber ich dachte, vielleicht bilde ich es mir nur ein. Wie jemand, der unbedingt ein bestimmtes Resultat sehen will und deswegen verzweifelt Muster in seine Daten hineininterpretiert, die nicht da sind. Ein falsch-positives Ergebnis.«

Carolin legte den Arm um sie. »Deine wissenschaftliche Skepsis ehrt dich. Aber das hier ist echt-positiv.«

Sie küsste Iris auf ihr Haar und schloss die Augen, um ihren wundervollen Duft einzuatmen.

So gerne sie auch die Zeit angehalten hätte, die Uhren bewegten sich unaufhaltsam weiter, und die Sonne sank tiefer. Iris und Carolin aßen am Hafen Fisch-Tacos, als die Wolkenkratzer hinter ihnen schon lange Schatten warfen. Und schließlich machten sie sich auf den Weg zurück zu ihrem Hotel in Berkeley.

»Es war wundervoll heute mit dir«, sagte Carolin, als sie zurück über die Bay Bridge fuhren. Sie zögerte, ehe sie weitersprach. »Aber wir können nicht so weiter machen.«

Iris nickte. Sie blickte auf ihre Hände, die in ihrem Schoß lagen. »Ich weiß. Ich dachte mir schon, dass du so etwas sagen würdest. Wenn du mich nicht mehr treffen willst, verstehe ich—«

»Nein!«, sagte Carolin, heftiger als beabsichtigt. »Nein, das meinte ich nicht. Ich will dich weiterhin sehen. Also, wenn du auch willst.«

Sie warf einen kurzen Blick zu Iris hinüber. Iris nickte sofort. Sie wussten beide, dass sie jetzt nicht mehr loslassen konnten. Es wäre unerträglich. Sie mussten einfach irgendeinen Weg finden, zusammen zu sein. Auch wenn Carolin noch keine Ahnung hatte, wie dieser Weg aussehen sollte.

»Ich meinte nur…ich muss morgen wieder zur Konferenz gehen. Und du solltest das auch tun. Wir haben noch zwei Tage vor uns, und eine ganze Reihe von wichtigen Vorträgen. Ich sollte dich einigen Kollegen vorstellen.«

»Ja«, sagte Iris. »Natürlich. Aber es ist schön, dass wir diesen Tag heute hatten.«

Carolin nickte. Es bedeutete ihr so viel, dass sie es nicht in Worte fassen konnte.

»Wir dürfen bloß niemandem davon erzählen«, sagte sie.

Iris lächelte. »Dass wir Sightseeing gemacht haben, statt auf fMRI-Scans zu starren? Besser nicht.«

»Richtig«, sagte Carolin. »Aber auch sonst nichts. Was zwischen uns passiert ist darf niemand wissen. Niemand. Sie würden denken, dass ich voreingenommen bin, wenn ich deine Arbeit bewerte. Oder dass du Gefallen von mir zu erschleichen versuchst. Oder schlimmer noch, dass ich dich ausnutze und manipuliere.«

Sie seufzte und starrte auf die Straße. Die Hügel hinter der Stadt lagen bereits in dunklen Schatten.

»Du könntest vielleicht damit davonkommen, wenn du ganz naiv tust und behauptest, ich hätte dich eingeschüchtert und meine Machtposition ausgenutzt. Dann würde alle Schuld mir zufallen.«

»Das würde ich niemals tun!«

»Ich meine nur, damit könntest du vielleicht deine Haut retten. Meine Karriere wäre so oder so ruiniert. Ich würde niemals eine Festanstellung als Professorin bekommen.«

Iris streckte die Hand aus und berührte sie zögernd am Bein.

»Carolin. Mach dir keine Sorgen. Niemand wird etwas davon erfahren. Du kannst dich auf mich verlassen.«

Carolin seufzte, dann lächelte sie. »Ja. Ich weiß. Ich vertraue dir.«

KAPITEL 35

~ Iris ~

»Die Konferenz war ein voller Erfolg!«, berichtete Iris eine Woche später ihren Eltern. »Es waren locker hundertfünfzig Leute bei meinem Vortrag, und ich habe jede Menge wichtige Kontakte geknüpft.«

»Das ist wunderbar, meine Liebe«, sagte Barbara und tat sich Fischstäbchen auf.

»Eine Arbeitsgruppe aus Montréal will versuchen, meine Studie zu replizieren und zu sehen, ob sie meine Ergebnisse bestätigen können. Carolin sagt, das sei sehr gut. Und ich habe drei Kooperationsangebote bekommen, so viel Zeit habe ich gar nicht!«

»Ich komm noch nicht ganz mit«, sagte Jens. »Wieso ist deine Arbeit nun auf einmal so eine große Sache?«

Iris überging den ungläubigen Ton in seiner Stimme und freute sich über sein Interesse.

»Ich habe euch doch von meiner Idee und von der Studie erzählt. Carolin war von Anfang an überzeugt davon. Wir benutzen die Stimulation, damit die Leute sich leichter bewusstwerden, dass sie träumen. Carolin hat gesagt, dass—«

»Du redest immer von dieser Carolin«, sagte ihre Mutter. »Das ist aber eine Professorin, oder?«

»Genau. Carolin Adler, meine Betreuerin«, sagte Iris. »Sie ist unglaublich intelligent. Jedenfalls meint sie, dass das eine geniale neue Möglichkeit zur Therapie sein könnte. Menschen, die von schlimmen Albträumen geplagt werden, können endlich die Kontrolle darüber zurückbekommen!«

Sie sah ihre Eltern erwartungsvoll an. Jens und Barbara schauten sich an, und Barbara hob die Augenbrauen, als wolle sie ihrem Mann ein Zeichen geben. Jens räusperte sich.

»Ja, also, Iris, wir haben da ein Buch gelesen. Über die Sache mit den Träumen.«

»Ein tiefenpsychologisches Fachwerk«, präzisierte Barbara.

»Genau. Und wir haben uns gefragt, ob das vielleicht etwas mit deinen Albträumen zu tun hat, die du als Kind hattest.«

Iris sah ihre Eltern irritiert an.

»Es geht doch gar nicht um mich«, sagte sie. »Ich will anderen Menschen helfen.«

Barbara fuhr unbeirrt fort. »In dem Buch stand jedenfalls, dass man die Träume zulassen muss, weil darin die tiefsten Bedürfnisse und Triebe zum Vorschein kommen. Wenn man es verdrängt, dann wird es nur noch schlimmer.«

»Das hat nichts mit irgendwelchen Trieben zu tun«, sagte Iris.

»Wir dachten uns, dass du den Kontrollverlust in deinen Träumen damals vielleicht als beängstigend empfunden hast, gerade so kurz vor der Pubertät, und das immer noch nicht richtig verarbeitet hast. Und jetzt hast du diese innere Abwehr und versuchst verzweifelt, die Kontrolle zurückzuerlangen…«

»Jetzt hör aber auf!«, sagte Iris, lauter als beabsichtigt. Normalerweise war sie viel zu wohlerzogen, um ihre Eltern zu unterbrechen, aber das ging zu weit. »Ihr scheint es noch nicht ganz verstanden zu haben. Ich verfolge hier ein wissenschaftliches Projekt, mit echten, belastbaren Daten und Ergebnissen. Das hat nichts mit Geschwurbel von unterdrückten Bedürfnissen zu tun.«

»Aber wir dachten…vielleicht hätten wir damals anders damit umgehen sollen.«

»Das kann schon sein!«, sagte Iris aufgebracht. »Aber hier geht es nicht um euch! Und auch nicht um mich. Es geht um Resultate, die die Forschung voranbringen. Und Menschen helfen!«

Zum ersten Mal, seit Iris sich erinnern konnte, fiel ihrer Mutter keine passende Erwiderung ein. Sie sah Iris nur sprachlos an. Als die Stille unangenehm wurde, räusperte Jens sich.

»Ja, also. Du bist ja ziemlich optimistisch, dass das funktioniert, hm?«

»Ja«, sagte Iris mit Nachdruck. »Ich bin mir sicher!«

»Tja, na gut. Also, diese Professor Adler würde ich ja auch gern mal treffen und hören, was sie dazu sagt. Warum lädst du sie nicht mal ein?«

Damit hatte Iris nicht gerechnet. »Mal sehen«, erwiderte sie. »Sie hat sehr viel zu tun. Und sie müsste extra hierher fahren.«

Die Vorstellung, dass ihre Eltern Carolin begegnen könnten, fühlte sich seltsam an. Als würden zwei Welten kollidieren, die nichts miteinander verband. Aber wahrscheinlich würde es sowieso nie dazu kommen. Also beschloss Iris, nicht weiter darüber nachzudenken.

Zurück in Berlin vergrub Iris sich direkt wieder in ihrer Arbeit. Die Erinnerung an die wundervollen Stunden mit Carolin erfüllten sie mit unerschöpflicher Energie. Wenn Carolin sie auf wichtige Publikationen hinwies, die sie lesen sollte, stürzte Iris sich darauf, als seien sie ein persönliches

Geschenk. Und jede Zeile ihrer eigenen Arbeit, die sie schrieb, fühlte sich an wie ein Liebesbrief. Sie war so produktiv, dass sie nun schon zwei Mal pro Woche zu Carolins Büro kam, um ihr von ihrem Fortschritt zu berichten, und diese Minuten mit ihr waren alle Mühe tausendfach wert.

»Wir sollten das genauer besprechen«, sagte Carolin bei einem dieser Treffen. »Aber ich habe gleich noch meine Vorlesung.«

Ihre Blicke trafen sich über den Schreibtisch hinweg.

»Wie wäre es, wenn du am Wochenende bei mir auf einen Kaffee vorbeikommst? Dann können wir alles in Ruhe durchgehen.«

Iris konnte nur mit Mühe ein Grinsen unterdrücken. So kompliziert war ihre Problemstellung nun auch wieder nicht, und sie und Carolin blieben sowieso abends noch lange im Institut. Sie hätten problemlos auch an der Uni über alles reden können. Aber dass Carolin sie zu sich einlud, bedeutete, dass es ihr nicht um die Arbeit ging—sondern um Iris.

Sie nickte. »Sehr gern! Ich habe Zeit.«

»Exzellent. Dann sehen wir uns am Samstag um drei.«

Carolin stand auf und griff nach ihrer Tasche. Als sie an Iris vorbei ging, griff diese nach ihrem Arm. Ganz schnell gab sie ihr einen Kuss auf den Mund. Carolin erstarrte kurz vor Überraschung, dann jedoch entspannte sie sich und erwiderte den Kuss. Ein heißes Kribbeln der Vorfreude durchfuhr Iris. Sie lächelte, als sie sich voneinander lösten. »Ich kann es gar nicht erwarten.«

Das alles kam ihr wie ein Traum vor. Sicherheitshalber überprüfte sie das auch, gleich nachdem die Tür hinter

Carolin zufiel. Doch das hier war die Wirklichkeit, kein Produkt ihrer Fantasie.

Iris hatte fast nicht zu hoffen gewagt, dass Carolin sie weiterhin treffen wollte. Doch in ihren Blicken und Berührungen entdeckte sie die gleiche Sehnsucht, die sie selbst empfand. Es war ein atemberaubendes Gefühl.

Zum ersten Mal, seit sie sich erinnern konnte, fühlte Iris sich begehrenswert. Sie sah sich selbst durch Carolins Augen mit einem völlig neuen Blick. Das gab ihr Selbstvertrauen. Es war, als könnte nichts sie aufhalten.

Natürlich wusste sie tief in sich, dass sie dieses geheime Spiel nicht ewig spielen konnten. Doch daran wollte sie nicht denken. Als sie Carolin geküsst hatte, hatte sie pures Glück geschmeckt, und nun würde sie es auskosten, solange sie konnte.

An diesem Tag blieb Iris noch lange am Institut. Erst kurz nach Mitternacht kam sie nach Hause. Im Wohnzimmer fand sie Lukas, der im bläulichen Schein seines Laptopmonitors an seinem eigenen Projekt arbeitete. Neben ihm stand eine leere Mate-Flasche.

»Iris? Wo warst du denn so spät?«, fragte er.

»An der Uni. Ich habe an meinem Artikel gearbeitet.«

»Boah, deine Betreuerin lässt dich echt schuften wie eine Leibeigene«, sagte Lukas. »Willst du dich nicht mal dagegen wehren? Egal was sie dir androht, sie kann dich nicht zwingen, die Nacht durchzuarbeiten.«

»Was? Quatsch, sie zwingt mich doch nicht dazu.« Iris lachte. »Es ist unglaublich spannend! Wir schauen uns Phasensynchronisation in subkortikalen Neuronennetzen an und versuchen, über die Konnektivität dieser Netzwerke die Schlafqualität zu bestimmen. Wenn man eine dynamische…«

»Schon gut, schon gut, Doktor Brain«, sagte Lukas und hob die Hände, als wolle er sich ergeben. »Hab's verstanden, du bist völlig hingerissen von deinem Job.«

Eher von Carolin, dachte Iris, aber das behielt sie für sich.

Natürlich faszinierte sie die Forschung. Aber würde sie wirklich so spät nachts noch arbeiten, wenn sie dabei nicht bei Carolin sein konnte? Vielleicht nicht. Sie musste aufpassen, dass Lukas keinen Verdacht schöpfte. Niemand durfte von ihren Gefühlen erfahren.

»Ist ja nicht, als wärst du viel besser«, sagte sie und deutete auf den Laptop vor ihm. »Du bist kein Psychologe, aber du hast sicher schon mal gehört, dass es nicht gut ist, so spät noch auf einen Bildschirm zu starren.«

»Ach, wer braucht Schlaf«, erwiderte Lukas leichthin. »Jedenfalls nicht diese simulierten Neuronen hier, so wie's aussieht. Die feuern permanent und ich weiß nicht, warum. Ich muss bis morgen früh um 12 damit fertig sein, die Simulation unter Kontrolle zu bekommen, sonst ruiniere ich meine Note.«

»*Früh* um zwölf«, wiederholte Iris belustigt. »Ich hoffe, du bringst sie dazu, sich zu benehmen.«

Sie setzte sich neben Lukas auf das Sofa. Eine Weile lang sah sie dabei zu, wie er stirnrunzelnd auf seinen Monitor starrte, gelegentlich ein paar Zeilen Programmcode veränderte und sich am Kopf kratzte. Auf dem Bildschirm tanzten bunte Punkte, die durch zahlreiche feine Linien miteinander verbunden waren, und immer wieder grelle Lichtimpulse ausstießen.

»Oh! Ich bin ein Idiot!«, rief er plötzlich aus. »Warte, ich muss nur ein paar Parameter anpassen…und…na also.«

Er tippte etwas, dann klickte er ein paar Mal, und eine neue Grafik öffnete sich. Die bunten Lichter pulsierten nun gedämpft und gleichmäßig. Lukas nickte zufrieden. »Jetzt ist es ganz gechillt. Wäre super, wenn man das mit seinem echten Gehirn auch machen könnte, oder?«

»Genau das versuche ich ja«, sagte Iris. »Du weißt schon, in meiner Studie.«

»Klar. Das freakige Sci-Fi-Experiment mit den Elektroden am Kopf.«

»Das wäre ein genialer Titel für den Artikel gewesen.« Iris grinste. »Weißt du, ich wollte dich etwas fragen. Wir mussten die Teilnehmer ja ins Schlaflabor holen, damit wir ihnen die Kappe mit den Elektroden aufsetzten und sie mit den Geräten verkabeln können.«

Er nickte. »Klar. Du wirst es nicht glauben, aber mir ist tatsächlich aufgefallen, dass du acht Wochen anderswo geschlafen hast. Ich hatte niemanden, um abends noch eine Runde zu spielen!«

»Sorry«, sagte Iris.

»Kein Ding. Alles für den Fortschritt der Menschheit. Wenigstens war das Bad morgens frei. Also, was war die Frage?«

»Das mit dem Schlaflabor ist sehr umständlich für die Leute. Wenn es eine echte Therapie werden soll, muss es praktischer werden. Ich habe überlegt, ob man vielleicht so eine Art Stirnband entwickeln könnte. Etwas Leichteres, das die Probanden auch daheim benutzen können. Und ich wollte deine Meinung dazu hören.«

Das weckte offenbar Lukas' Interesse. »Hm, ja. Irgendwo müssen aber auch die Daten verarbeitet werden, oder?«

»Stimmt. Im Schlaflabor gibt es Kabel, die zu den Computern führen.«

»Das ist unpraktisch. Wi-Fi wäre besser. Wo müssen die Elektroden sitzen?«

Iris erklärte ihm, was die Anforderungen waren. Sie diskutierten eine Weile über die technischen Schwierigkeiten und über mögliche Lösungen. Während Iris langsam müde wurde, schien Lukas mit jeder Minute wacher und begeisterter zu werden.

»Weißt du was? Ich glaube, das könnte klappen«, sagte er. »Ich bastele dir einen Prototyp.«

»Bist du sicher? Hast du nicht zu viel zu tun?«

»Nein, das klingt nach einem coolen Projekt. Verlass dich ganz auf mich, Doktor Brain.«

»*Master of Science* Brain«, korrigierte Iris schmunzelnd. »Noch habe ich keinen Doktor.«

»Dann wohl eher Mistress of Science!«

Iris lachte. »Okay. Danke, das ist wirklich cool von dir.«

Dann gähnte sie heftig.

Lukas hob die Augenbrauen. »Königin der Träume, dein Reich verlangt nach dir.«

Er hatte völlig recht. Iris ging schlafen. Das letzte, woran sie dachte, ehe sie einschlief, war Carolin. Wann würde Iris sie wiedersehen? Und was würde sie von ihrer Idee halten?

KAPITEL 36

~ Carolin ~

Seit dem gemeinsamen Tag in San Francisco war für Carolin nichts mehr wie zuvor. Nach außen gab sie weiterhin die hoch konzentrierte Professorin. Doch innerlich erlebte sie eine Achterbahn der Gefühle. Sie genoss jede Sekunde, die sie mit Iris verbrachte, und sehnte sich zugleich so sehr nach mehr, dass es fast nicht zu ertragen war.

Sie traf Iris fast täglich am Institut, und oft gingen sie Mittagessen oder trafen sich in Carolins Büro. Manchmal musste Carolin einen Impuls unterdrücken, ihre Hand auszustrecken und Iris zu berühren, sie an sich zu ziehen oder zu küssen. Aber sie durfte sich nicht dazu hinreißen lassen—nicht, wenn jemand sie beobachten konnte. Sie musste es irgendwie schaffen, diese Gedanken unter Kontrolle zu halten, zumindest bis sie wieder mit Iris allein war.

Am Samstag würde Iris sie besuchen. Die Tage bis dahin erschienen Carolin wie eine Ewigkeit. Und was danach geschehen würde, wusste sie nicht. Sie hatte keine Ahnung, was die Zukunft bringen würde, keine Antworten auf all die Fragen. Sie wusste nur, dass sie bei Iris sein wollte.

Am Freitag erhielt sie einen Brief vom Fakultätsrat, der sie förmlich dazu aufforderte, ihren Selbstbericht einzureichen, in dem sie darlegte, welche Leistungen sie in den ersten drei Jahren als Juniorprofessorin erbracht hatte. Ihre ganze weitere Karriere hing davon ab, sich gut zu präsentieren und all ihre Publikationen, ihre Lehrkonzepte und ihre Forschungsvorhaben eindrucksvoll darzustellen. Also machte Carolin sich an die Arbeit. Doch während sie an ihrem Laptop saß und ihre Vorträge auf Konferenzen auflistete oder versuchte, eine perfekte Formulierung zu finden, wanderten ihre Gedanken immer wieder zu Iris. Sie stellte sich vor, dass Iris durch die Tür ihres Büros trat, die Arme um sie schlang und sie küsste. Sie sah ihr Lächeln vor sich, und überlegte, wie es wäre, mit Iris durchzubrennen und all die sinnlose Arbeit hinter sich zu lassen.

Carolin seufzte.

Was hast du nur mit mir gemacht?

Endlich war es Samstag, und Iris kam zu Carolin. Zuerst tranken sie ganz harmlos eine Tasse Kaffee im Wohnzimmer. Cassandra sprang auf das Sofa und streckte sich wohlig neben Iris aus, die sie streichelte, während sie Carolin von ihren Ideen zu einem tragbaren Stirnband mit Elektroden erzählte.

»Lukas meint, er könnte in zwei Wochen einen Prototyp entwickeln. Er hat Freunde im *Innovator Incubator*, oder so ähnlich. Die arbeiten immer an neuen Projekten.«

»Klingt gut«, sagte Carolin. »Wir könnten im Schlaflabor testen, ob die Stirnbänder funktionieren. Und wenn wir bis Mai fertig sind, könnte die Arbeitsgruppe in Montréal sie verwenden. Die wollten doch sowieso ihre Studie bei den Probanden daheim durchführen, weil sie so mehr Teilnehmer bekommen.«

»Genau. Das wäre super!«

»Diesen Lukas sollte ich auf jeden Fall bald mal treffen«, sagte Carolin. »Lade ihn doch mal ans Institut ein. Dann können wir das näher besprechen.«

Sie unterhielten sich noch etwas über die Details. Schließlich hatte Carolin jedoch genug von den

Diskussionen über ihre Arbeit. Das konnten sie auch im Büro besprechen. Jetzt, da Iris hier bei ihr war, wollte sie ihre gemeinsame Zeit genießen. Am liebsten hätte sie Iris an sich gezogen und sie heftig geküsst. Doch wie machte man das? Wie wechselte man souverän von einem freundlichen Gespräch zu drängendem, wildem Sex? Carolin hatte keine Ahnung—woher auch. Sie war überhaupt nicht der Typ für heiße Affären, sie war keine ruchlose Verführerin. Das war alles andere als ihr Spezialgebiet.

»Hast du Lust, etwas am Klavier zu probieren?«, fragte sie stattdessen.

Iris strahlte. »Du meinst vierhändig? Immer!«

Sie setzten sich nebeneinander auf den Klavierhocker. Es war ein wundervolles Gefühl, Iris so nahe bei sich zu spüren. Die Lust, Iris einfach an sich zu ziehen und zu küssen, wurde beinahe übermächtig. Doch Carolin atmete tief durch und hielt sich zurück. Iris sollte nicht denken, dass sie nur körperliches Begehren für sie empfand.

Sie schlug das Notenheft auf, das Iris ihr zu Weihnachten geschenkt hatte, und blätterte durch die Seiten. Sie tat so, als würde sie praktisch zufällig etwas auswählen, dabei hatte sie eins der Stücke geübt, um sich bei Iris nicht zu blamieren.

»Wie wäre es damit: Tschaikowskys Walzer aus dem Dornröschen-Ballett.«

Iris lächelte. »Ja, das Arrangement sieht nicht allzu schwer aus.«

Sie begannen in einem langsamen Tempo. Iris war erstaunlich gut im Blattspiel und fand ihre Töne schnell. Carolin merkte plötzlich, dass es einfach war, allein und in Ruhe vor dem Instrument zu sitzen und gut zu spielen, aber viel schwieriger, wenn Iris direkt neben ihr saß und Carolins

Herz viel zu heftig pochte. Sie verspielte sich dauernd und das Stück endete in heillosem Chaos.

Doch zu ihrer Überraschung störte es sie kaum, und sie stimmte in Iris' Lachen mit ein. Nach einigen Versuchen gelang es ihnen besser.

»Wundervoll!«, sagte Iris und küsste Carolin spontan auf die Wange.

Carolin lachte. »Du bist so unglaublich gut«, sagte sie. »Ist das die jahrelange Übung? Oder hast du irgendwelche Gene für besonders geschickte Finger?«

»Übung, glaube ich«, sagte Iris. »Aber andererseits…ich kann so einige Dinge mit meinen Fingern anstellen.«

Sie ließ ihre Fingerspitzen über Carolins Arm gleiten, bis sie ihren Nacken erreichten. Ein wohliger Schauder lief Carolin über den Rücken. Sie hatte sich so sehr nach dieser Berührung gesehnt. Jetzt konnte sie sich nicht mehr zurückhalten. Sie zog Iris zu sich heran und küsste sie. Ihre weichen Lippen schmeckten nach Minze und Honig und nach ihrem eigenen, unwiderstehlichen Duft. Carolin schloss die Augen und verlor sich in dem Kuss. Sie ließ ihre Hände Iris' Rücken hinaufwandern, vergrub sie in ihren weichen Haaren und zog sie noch näher an sich. Selbst durch die Schichten ihrer Kleidung konnte sie Iris' schlanken Körper an ihrem spüren.

Atemlos löste sich Carolin. »Wie wäre es, wenn wir das oben fortsetzen.«

Iris' Augen leuchteten auf. »Heißt das, ich bekomme dein Schlafzimmer zu sehen?«

Carolin lächelte. »Natürlich, was sonst? Oder ist dein geheimer Fetisch, dass ich es auf meinem Schreibtisch mit dir treibe?«

»Ohh, Professor!«, seufzte Iris in gespielter Verzückung. »Aber nein. Dein Bett klingt sehr einladend.«

»Dann komm!«

Carolin nahm Iris' Hand und führte sie hinauf in ihr Schlafzimmer. Eine weitere Grenze, die sie überschritt. Die Carolin von vor einem Jahr hätte sich niemals zu etwas so Unmoralischem hinreißen lassen. Aber Iris hatte sie verändert, so sehr, dass sie sich kaum wiedererkannte.

Nur—war das wirklich so schlecht? Konnte es wirklich unmoralisch sein, wenn sie beide einfach nur versuchten, glücklich zu sein? Sie verjagte alle Zweifel und Schuldgefühle und verbannte sie in den hintersten Winkel ihres Bewusstseins. Hier, in diesem Moment, war sie mit Iris zusammen, und das war alles, was zählte.

»Hallo Iris. Und schön, Sie kennenzulernen, Herr Weidel«, sagte Carolin und streckte die Hand aus.

»Lukas reicht völlig. Alles andere fühlt sich komisch an«, sagte der junge Mann vor ihr und ergriff ihre Hand. Er trug ein schwarzes T-Shirt, auf das irgendein Videospiel-Monster gedruckt war. Seine Haare waren unordentlich und seine Haltung konnte man bestenfalls mit locker und schlimmstenfalls mit nachlässig bezeichnen. Aber er sah Carolin neugierig an, als sie sich die Hände schüttelten. »Iris hat mir schon viel von Ihnen erzählt.«

Hoffentlich nichts Schlechtes—und auch nichts allzu Gutes, das zu viel über sie verriet. Carolin lächelte höflich. »Das kann ich auch von Ihnen behaupten. Wie ich höre, haben Sie einen richtigen Erfindergeist.«

Er winkte ab. »Das ist übertrieben. Aber ich bin ganz geschickt mit elektronischen Basteleien.«

»Dann setzen wir uns doch alle, und Sie zeigen uns Ihre Idee.«

Sie schloss die Bürotür hinter ihnen. Lukas holte aus seinem Rucksack eine Box, öffnete sie und nahm etwas heraus, das auf den ersten Blick wie eine Art Mischung aus Schlafmaske und Stirnband aussah. Es war aus dunklem Stoff gemacht, in den die Elektroden eingearbeitet waren.

»Ich präsentiere: Das Schlaflabor für daheim«, sagte Lukas und legte das Gerät auf den Tisch. Carolin griff danach und hob es hoch, um es von allen Seiten zu betrachten. »Interessant. Und Laien könnten das benutzen?«

»Das ist die Idee. Die Elektroden sollten durch die Gurte an der richtigen Stelle sitzen. Damit können wir Hirnströme messen und auch stimulieren, genau wie in Iris' Experiment.«

»Es ist erstaunlich handlich«, sagte Carolin und wog die Maske in einer Hand. »Aber ich sehe hier nur vier Elektroden. Es wäre besser, einige auch im parietalen und okzipitalen Bereich anzubringen.«

Iris deutete hilfsbereit auf die Stellen. Lukas nickte und rieb sich nachdenklich über das Kinn. »Vielleicht können wir das einrichten, aber dafür bräuchten wir zusätzliche Akkukapazität. Aber es wäre machbar.«

Sie diskutierten eine Weile über mögliche Verbesserungen. Das Gerät würde auch Daten über den Schlaf der Nutzer aufzeichnen, und Lukas erklärte, wie eine App die Informationen auf ein Smartphone übertragen würde.

»Das sind sensible Daten«, gab Iris zu bedenken.

»Natürlich«, sagte Lukas. Er erklärte, wie die Daten verschlüsselt und lokal gespeichert wurden, sodass nur der Nutzer selbst darauf zugreifen konnte. Carolins anfängliche Skepsis gegenüber Lukas machte einem wachsenden

Respekt Platz. Er wusste offensichtlich, wovon er sprach, und er hatte sich das ganze Projekt sehr gut überlegt. Schneller, als sie gedacht hatte, war die Stunde vorbei, die sie sich für das Treffen freigehalten hatte.

»Wollen Sie uns noch zum Mittagessen begleiten?«, bot sie an.

»Oh, wenn Sie die Zeit dafür noch haben, Professor Adler? Sehr gern.«

Carolin stand auf und lächelte. »Ich denke, wir können zum Du übergehen. Ich heiße Carolin.«

In der Mensa setzten sie ihre Diskussion fort. Sie kamen an Ursula Wagenbauer und zwei ihrer Mitarbeiter vorbei, an deren Tisch noch ein Platz frei war, doch Carolin war so angeregt in das Gespräch mit Iris und Lukas vertieft, dass sie nicht darauf achtete.

»Wir sollten mit den Forschern in Montréal sprechen«, sagte sie. »Sie haben sich schon erkundigt, ob es auch eine praktikablere Möglichkeit gibt, die Studie zu replizieren. Sie werden die Stirnbänder benutzen wollen!«

Sie diskutierten weiter über die möglichen Anwendungen. Schließlich war es Zeit für ihre nächste Vorlesung, und Carolin verabschiedete sich. Als sie den Weg zum Hörsaal einschlug, tauchte Ursula neben ihr auf.

»Hallo Carolin. Warum hast du dich nicht zu uns gesetzt?«

»Ich hatte etwas zu besprechen.«

»Ach so? Mit diesem Jungen?«

»Ja. Er studiert im Master Computational Neuroscience. Wir werden gemeinsam an einem Projekt arbeiten.«

Ursula runzelte die Stirn und sah sie von der Seite her skeptisch an. Da sie ein gutes Stück kleiner war, musste sie viel schneller laufen, um mit ihr schrittzuhalten, und ihre goldenen Ohrringe schwangen im Takt.

»Was für eine Art von Projekt?«, fragte sie.

»Es geht um die konkrete Anwendung von Iris' Forschungsergebnissen.«

»Hältst du das für eine gute Verwendung deiner Zeit?«

»Natürlich«, sagte Carolin. »Wir könnten maßgebliche Fortschritte für die Therapie von Albträumen erzielen.«

»Ja, aber du bist keine Therapeutin. Deine Aufgabe ist es, die wissenschaftlichen Grundlagen zu legen und deine Theorien zu verfeinern. Nicht, mit Informatikern an Spielzeugen zu basteln.«

Carolin sah das Zucken ihrer Nase und hörte die Herablassung in ihrer Stimme. Offensichtlich hielt Ursula es für unter Carolins Würde, sich mit jemandem wie Lukas abzugeben, der aus einer anderen Fachrichtung kam und noch nicht einmal einen Doktortitel hatte.

Carolin setzte ein kühles Lächeln auf. »Dein Rat ist wie immer unschätzbar. Aber mach dir keine Sorgen. Ich werde in den nächsten sechs Monaten voraussichtlich noch zwei Publikationen zu den Grundlagen herausbringen.«

Sie sagte es so leicht dahin, als wäre das nichts für sie. In Wahrheit kamen einige harte Monate auf sie zu. Aber sie würde Ursula gegenüber keine Schwäche zeigen, und sie würde sich erst recht nicht von Iris' Projekt zurückziehen. Das war ihr inzwischen wichtiger als aller akademischer Erfolg.

»Das freut mich«, sagte Ursula. »Ich habe eine Nachricht von deiner Evaluationskommission bekommen. Sie haben mich zur Gutachterin berufen. Ich dachte, du solltest das wissen.«

Carolin nickte. Sie hatte damit gerechnet, dass Ursula Wagenbauer irgendwann über ihre Karriere entscheiden würde. Aber offensichtlich hielt Ursula es für nötig, ihr das noch einmal ganz direkt zu sagen—um sie daran zu erinnern, dass sie sich bei ihr besser nicht unbeliebt machte.

»Warum essen wir nicht morgen zusammen?«, schlug Carolin vor. »Aber wenn du mich jetzt entschuldigen würdest—die Studenten warten auf mich.«

Sie schenkte Ursula ein letztes höfliches Lächeln, nickte ihr zu und trat durch die Tür in den Vorlesungssaal.

KAPITEL 37

~ Iris ~

Es wurde April, und das neue Semester begann. Emily kehrte von ihrem Auslandsaufenthalt zurück. In Madison hatte sie nicht nur wissenschaftliche Kontakte geknüpft und Erfahrungen gesammelt, sie hatte sich auch ein neues Hobby zugelegt. In der kleinen WG-Küche mixte sie abenteuerliche Cocktail-Kreationen, meist bunt und sehr süß, die Lukas und Iris dann ausprobieren mussten. Die Zutaten konnte sie sich geradeso leisten, denn sie hatte eine Stelle an Ursulas Lehrstuhl angenommen. Gleich in der ersten Woche gab Ursula ihr einen gewaltigen Stapel von Literatur, die sie für sie durcharbeiten sollte, um bei einem Artikel zu helfen.

»Aber ich beschwere mich nicht«, sagte Emily, als sie beide in der S-Bahn zur Uni saßen. »Ich mach so viel, wie realistisch ist, und das war's dann auch.«

»Und wenn Ursula sich aufregt?«, fragte Iris.

»Ach, seit ich in Madison war, macht mir das nichts aus. Wenn sie meint, dass sie mich ausbeuten kann, flieg ich eben zurück in die USA.« Sie sah Iris an. »Wenigstens habe ich nicht deinen Job. Boah, ich beneide dich echt nicht. Sich mit hundert Erstsemestern herumschlagen und ihre Händchen halten, wenn die sich schon beim bloßen Gedanken an *Methodenlehre* in die Hose machen…«

»Sie sind jetzt Zweitsemester. Und so schlimm ist das gar nicht«, sagte Iris. »Die meisten geben sich echt Mühe. Bei einigen sind es nur die Nerven. Sie könnten viel mehr, wenn sie es sich nur zutrauen würden.«

»Woher kenne ich das bloß«, sagte Emily.

In der Uni angekommen, ging Iris zu dem kleinen Konferenzraum am Ende des Flurs von Carolins Lehrstuhl. Wie jeden Morgen fand dort die Besprechung der Übungsaufgaben statt, die die Studenten in der nächsten Woche lösen mussten. Während Iris und Hana über die Aufgaben diskutierten, hörte Carolin zu und schrieb gelegentlich mit energischem Schwung Anmerkungen an den Rand des Blattes.

Iris sah immer wieder zu Carolin hinüber. Früher hatte sie dieser konzentrierte Blick eingeschüchtert. Jetzt liebte sie es, Carolin anzusehen—ihre wunderschönen schlanken Hände, ihr ernstes Gesicht, ihre ausdrucksvollen grauen Augen.

Zwischen ihnen hatte sich viel verändert. Iris dachte daran, wie sie noch im letzten Sommer darum gerungen hatte, Carolin von ihrer Meinung über eine Klausur zu überzeugen. Jetzt machte sie Vorschläge, über die Carolin kurz nachdachte, ehe sie ihr mit einem knappen Nicken zustimmte. Carolin vertraute ihrem Urteil, und das war ein gutes Gefühl.

Als sie fertig waren, verabschiedete sich Hana.

»Kann ich noch etwas mit dir besprechen?«, fragte Iris an Carolin gewandt.

»Natürlich. Komm einfach kurz mit in mein Büro.«

Iris folgte Carolin und schloss die Tür hinter ihnen. Endlich waren sie allein. Carolin drehte sich zu Iris um.

»Also, worüber wolltest du reden?«

Iris lächelte. »Darüber, wie unglaublich heiß du in diesem Kleid aussiehst?«

Carolin trug ein ärmelloses schwarzes Etuikleid, das sich so perfekt an ihren schlanken Körper schmiegte, als sei es nur für sie entworfen worden.

Carolin lächelte. »Ich hatte gehofft, du würdest es bemerken.«

»Bemerken? Ich konnte mich kaum konzentrieren.«

Sie machte einen Schritt auf Carolin zu und schlang die Arme um sie.

»Vorsicht, mein—«, begann Carolin, doch da zog Iris sie schon zu sich heran und küsste sie.

Sie hatte das Gefühl so sehr vermisst, und nun fühlte es sich so gut an, sie endlich wieder zu spüren. Carolins Lippen waren warm und so wunderbar weich. Sie erwiderte den Kuss und vertiefte ihn. Ein heißes Kribbeln durchfuhr Iris. Sie wollte Carolin überall küssen, sie spüren lassen, wie sehr sie sie begehrte. Ein leises Stöhnen entrang sich Carolins Kehle. Sie machte einen Schritt zurück und stieß gegen ihren Schreibtisch. Ein Buch rutschte herab und fiel zu Boden, doch sie achtete nicht darauf.

Iris unterbrach den Kuss und rang nach Atem. Carolins Lippenstift war ein wenig verwischt, doch sie lächelte. Gerade wollte sie etwas sagen, da klopfte es an der Tür.

Der sinnliche Ausdruck in Carolins Augen verschwand schlagartig. Sie schob Iris von sich.

»Da hin!«, flüsterte sie und deutete auf die Ecke hinter einem großen Aktenschrank, die von der Tür nicht einsehbar war. Iris tat, was sie sagte. Carolin griff nach einem Taschentuch und wischte hastig über ihren Mund.

»Herein!«, sagte sie dann.

Die Tür öffnete sich. »Hallo, Carolin. Ich wollte nur fragen, ob du Alessandro schon begrüßt hast.«

Es war die Stimme eines älteren Professors.

»Alessandro?«, fragte Carolin. Iris konnte hören, wie atemlos sie war. Hoffentlich fiel es dem Professor nicht auf.

»Unser Kollege aus Brasilien. Er ist unten im Foyer. Er ist doch jetzt für ein Semester hier am Institut.«

»Oh, richtig. Ich werde gleich runterkommen.«

»Gut, gut. Na dann—Huch, was ist denn das?«

»Nur das Lexikon der klinischen Neuroanatomie. Ist mir gerade heruntergefallen.«

»Ah. Na gut. Wir sehen uns gleich.«

»Danke, Norbert.«

Die Tür schloss sich wieder. Carolin atmete sichtlich auf. Iris trat hinter dem Schrank hervor.

»Warum musste ich mich verstecken?«, fragte sie. »Du bist meine Betreuerin. Wir sind doch dauernd zu zweit hier.«

Statt einer Antwort ging Carolin um den Schreibtisch herum, zog eine Schublade auf und reichte Iris einen kleinen Handspiegel. Im Spiegelbild erkannte Iris, dass Spuren von Carolins Lippenstift ihre eigenen Lippen bedeckten.

»Oh. Das hätte…nicht gut ausgesehen.«

»Nein. Ganz und gar nicht.« Carolins Stimme klang gepresst. »Das geht so nicht. Wir können nicht derartig die Kontrolle verlieren. Nicht hier. Wenn jemand uns sieht…«

»Ich weiß«, sagte Iris. »Es tut mir leid.«

»Nein. Mir tut es leid. Ich hätte dich stoppen sollen.«

Carolin seufzte. »Ich gehe besser runter und rede mit meinen Kollegen. Wir sehen uns Freitag bei mir, in Ordnung? Dann sind wir allein.«

Iris nickte. Enttäuschung und Sorge ballten sich in ihr zusammen, aber Carolin zuliebe versuchte sie ein Lächeln aufzusetzen. »Na klar. Bis dann.«

Am Freitagnachmittag wollte Iris gerade zu Carolin aufbrechen, als ihr Handy vibrierte. Carolins Name stand auf dem Display. Rasch schloss Iris die Tür ihres Zimmers, ehe sie den Anruf annahm.

»Hallo«, sagte Carolin. »Ich…Es tut mir leid, Iris.«

Sie zögerte, ihre Stimme klang unsicher, was völlig untypisch für die Carolin war, die Iris kannte.

»Mir ist etwas dazwischengekommen. Ich muss heute Abend noch etwas Arbeit erledigen.«

»Verstehe«, sagte Iris.

Ihr Herz wurde schwer. Sie hatte sich sehr auf ihr Treffen gefreut. Aber Carolin hatte Wichtigeres zu tun. »Also soll ich nicht kommen.«

»Doch!«, sagte Carolin. »Doch, bitte! Ich brauche—ich meine, ich wäre sehr froh, wenn wir uns sehen könnten.«

Carolin hielt kurz inne, ehe sie fortfuhr. »Ich dachte nur…vielleicht könntest du etwas später herkommen. Um neun wäre gut. Wenn dir das recht ist? Du könntest auch länger bleiben. Vielleicht auch hier übernachten.«

Iris hielt den Atem an. Hatte sie das gerade richtig verstanden?

»Ich verstehe, wenn du das nicht—«, setzte Carolin an.

»Doch, ja! Ja!«, platzte Iris heraus. »Auf jeden Fall.«

»Okay«, sagte Carolin erleichtert. »Das freut mich.«

Iris konnte das Lächeln in ihrer Stimme hören. »Vielleicht isst du besser schon eine Kleinigkeit, es wird spät, wenn ich um neun erst mit Kochen anfange.«

»Ich habe eine bessere Idee«, sagte Iris. »Wie wäre es, wenn ich dieses Mal für dich koche? Dann kannst du währenddessen noch arbeiten.«

»Bist du sicher?«

»Unbedingt. Das wird wundervoll! Ich kümmere mich um das Essen, du musst es nur noch genießen.«

»Einverstanden. Dann komm doch vielleicht schon um acht.«

»Wird gemacht!«

»Danke, Iris. Du bist wunderbar.«

Iris beendete den Anruf, ein breites Grinsen auf dem Gesicht. Sie konnte es kaum glauben. Sie würde bei Carolin übernachten! Ihr Herz klopfte jetzt schon aufgeregt.

Selbst mit Christina, ihrer früheren Partnerin, hatte sie nur selten im gleichen Bett geschlafen. Sie mochte die Vorstellung nicht, dass sie im Traum vor sich hinmurmelte und etwas von sich preisgab, das ihr peinlich war. Oder schlimmer noch, auf das Kissen sabberte.

Aber mit Carolin war das anders. In ihrem Hotelzimmer in Berkeley hatte sie keine Sekunde an so etwas gedacht. Sie wollte ihr einfach nur so nahe wie möglich sein. Und zu wissen, dass Carolin sie auch wollte, vertrieb all ihre Befürchtungen.

Es war nicht in Worte zu fassen, aber sie wusste, dass Carolin etwas Besonderes war, und dass es sich immer richtig anfühlen würde, bei ihr zu sein.

Iris nutzte die zwei zusätzlichen Stunden, um Zutaten zu kaufen. Lukas schrieb sie, dass sie ihre Eltern besuchte. Dann schwang sie sich auf ihr Fahrrad und fuhr zu Carolin.

Carolin ließ sie durch die Gartentür herein und begrüßte sie mit einem Kuss auf die Wange.

»Danke, dass du trotzdem gekommen bist«, sagte Carolin. Als sie Iris' große Beutel sah, hob sie verwundert die Augenbrauen. »Was wirst du denn für uns zaubern?«

»Wirst du schon sehen. Ich werde dich nicht enttäuschen!«

»Natürlich nicht«, sagte Carolin und küsste sie auf die Wange. »Ich bin so froh, dass du hier bist, dass nichts mich enttäuschen kann.«

Iris grinste und packte ihre Sachen aus.

»Wolltest du nicht arbeiten?«, fragte sie.

»Ja, leider«, erwiderte Carolin, riss sich widerstrebend los und setzte sich im Wohnzimmer an ihren Laptop.

Alles in Carolins Küche war aus edlem Holz und glänzendem Stahl gefertigt. Sie setzte einen Topf auf den Herd und begann, Reis zu kochen. Mit Carolins unglaublich scharfen Messern schnitt sie Avocado, Gurke und Fisch in kleine Stückchen. Sie gab sich ganz besondere Mühe, jeden Handgriff mit äußerster Präzision auszuführen. Carolin sollte sehen, dass sie nicht nur Chicken Wings und Pizza mochte, sondern auch erlesene Speisen wertschätzen konnte.

Beim Kochen warf sie manchmal einen Blick zu Carolin hinüber, die im Wohnzimmer saß und konzentriert auf ihrem Laptop tippte. Iris war nur allzu bewusst, wie kostbar ihre Zeit war. Für jede Stunde, die sie zusammen genossen, musste Carolin irgendwo anders Abstriche machen oder weniger schlafen, um all ihren Verpflichtungen nachzukommen. Carolin versicherte Iris, dass sie es wert war, doch Iris war klar, welche Opfer Carolin für sie erbrachte. Und sie war entschlossen, dafür zu sorgen, dass sich das für Carolin lohnte und sie die Zeit mit ihr genoss.

Sie verteilte den Reis auf Noriblättern, legte sorgfältig die Füllung darauf und rollte ihn auf. Dann schnitt sie die Rollen behutsam mit dem Messer in Stücke. Zuletzt füllte sie kleine Schälchen mit Wasabi und Sojasoße.

»Fertig!«, rief sie dann.

Carolin blickte zum ersten Mal auf. Als sie sah, was Iris gekocht hatte, leuchtete ihr Gesicht auf. »Du hast Sushi gemacht? Ich wusste nicht, dass du das kannst!«

Iris gefiel es, wie viel weicher und wärmer ihre Züge wurden, wenn sie lächelte. Es war wie ein kleines Wunder, und es machte Spaß, Carolin zum Lächeln zu bringen.

»Es ist eigentlich gar nicht so schwer«, sagte Iris. »Das hier ist mit Gurke, dieses mit Avocado, das ist Lachs und das hier ist Krabbe.«

»Ich bin beeindruckt!«

Iris hatte für ihre Verhältnisse absurd viel Geld für die Zutaten ausgegeben, doch Carolins begeisterter Blick belohnte sie dafür.

»Warte erst noch, wie es schmeckt.«

Sie stellte das Sushi auf den großen Wohnzimmertisch, und sie setzten sich. Carolin öffnete eine Flasche Wein und stieß mit Iris an. »Auf dich!«

»Auf uns!«

Dann probierte Carolin das Sushi. Iris hielt den Atem an. Doch ihre Anspannung verflüchtigte sich, als Carolin ein leises, zufriedenes Seufzen ausstieß. »Wirklich exzellent!«

Iris' Brust platzte beinahe vor Stolz. Einen Feinschmecker wie Carolin zufriedenzustellen, war keine Kleinigkeit.

Sie genossen das Essen und sprachen über alles Mögliche. Carolin erzählte von Cassandras neu entdeckter Faszination für fließendes Wasser, Iris erzählte von Lukas' Fortschritten mit dem Elektroden-Stirnband und von einem Notenheft mit Filmmusik, das sie unbedingt mit Carolin ausprobieren wollte. Ihre Unterhaltung war entspannt und Carolin hörte Iris aufmerksam zu, aber Iris spürte trotzdem, dass etwas sie beschäftigte.

»Woran denkst du?«, fragte Iris. »Du siehst so nachdenklich aus.«

Carolin winkte ab. »Ich habe einfach viel zu tun. Und jetzt ist auch noch dieser Alessandro Pereira wieder bei uns.«

Iris erinnerte sich dunkel an den Gastvortrag, den er vor einem Jahr gehalten hatte. Irgendetwas über Schlafmangel, Kaffee und kognitiven Fähigkeiten. Der charmante Brasilianer hatte das Publikum mit Leichtigkeit für sich gewonnen. Carolin schien über seine Gegenwart nicht gerade erfreut zu sein.

»Was ist das Problem?«, fragte Iris.

»An unserem Institut soll bald eine neue Professur auf Lebenszeit ausgeschrieben werden. Mir wurde gesagt, dass ich gute Chancen darauf habe, wenn ich mich als Juniorprofessorin beweise. Aber die Konkurrenz ist groß, und er gehört dazu. Ich schätze, er will schon mal ein paar Kontakte hier knüpfen. Eine clevere Strategie.«

»Verstehe.«

Eine Weile lang aßen sie schweigend. Iris wünschte sich, sie könnte Carolins Sorgen einfach verschwinden lassen. Sie wollte sie nicht so müde und bedrückt sehen. Doch gerade, als sie etwas sagen wollte, um Carolin aufzumuntern, kam diese ihr zuvor.

»Ich habe über uns nachgedacht. Wir müssen ein paar Dinge festlegen, wenn wir uns weiter treffen wollen.«

Iris Magen zog sich besorgt zusammen. »Was meinst du?«

»Wir dürfen nicht zulassen, dass jemand etwas merkt. Es darf nicht den kleinsten Anlass für einen Verdacht geben. Ich werde deine Arbeit besonders hart kritisieren müssen, damit niemand denkt, ich würde dich bevorzugen.«

»Noch härter?«, sagte Iris und hob die Augenbrauen. Carolin schmunzelte kurz. »Keine Sorge, viel gibt es da gar nicht zu finden.«

Ihre Züge wurden wieder ernst. »Aber wir sollten uns in der Uni nicht mehr zu zweit treffen. Irgendwann wird jemand uns erwischen, und das darf nicht passieren.

Deshalb sollte immer jemand anderes dabei sein, der sieht, dass wir uns professionell verhalten.«

Iris nickte. »Ja. Ich verstehe.«

Es tat etwas weh, zu wissen, dass sie sich nie irgendwo offen mit Carolin zeigen konnte. Sie konnte niemandem davon erzählen, wie fantastisch sie war, oder wie glücklich es sie machte, bei Carolin zu sein. Sie konnte ihr nicht einmal ihre Unterstützung zeigen, in dem sie ihr an einem harten Tag einen kleinen Kuss gab. Aber all das war nun mal nicht zu ändern.

»Was wäre, wenn ich einen anderen Betreuer finden würde?«, fragte Iris zögerlich. Sie wollte mit niemand anderem zusammenarbeiten, aber vielleicht mussten sie darüber nachdenken.

»Ich fürchte, es wäre nicht leicht, jemanden zu finden, der dazu bereit wäre. Dein Thema liegt nun einmal genau in meinem Spezialgebiet. Es könnte dich mindestens ein halbes Jahr zurückwerfen.«

»Das macht nichts. Ich will nicht, dass du wegen mir in Schwierigkeiten kommst.«

Carolin lächelte. »Das weiß ich zu schätzen. Aber es würde kaum helfen. Selbst wenn wir offiziell kein Betreuungsverhältnis mehr haben, würden meine Kollegen mich dafür verurteilen, mich mit einer Studentin eingelassen zu haben. Es gibt Dutzende, vielleicht hunderte Bewerber auf die Professur, die keine derartigen moralischen Fehltritte begangen haben.«

Iris seufzte. Sie verstand das nur zu gut. Sie war dabei, Carolins ganzes Lebenswerk in Gefahr zu bringen. Jedes Mal, wenn sie sich trafen, riskierte Carolin ihre Karriere.

Eigentlich wäre es für Carolin vernünftiger, die Sache mit Iris zu beenden. Doch Iris traute sich nicht, das auszusprechen. Sie konnte Carolin nicht verlieren.

»Ich werde mir nichts anmerken lassen«, sagte Iris. »Ich werde dich nicht mal mehr länger als drei Sekunden anschauen, auch wenn es mir schwerfällt. Von mir aus kannst du auch vor den anderen sagen, dass meine Arbeit uninspiriert und mittelmäßig ist. Es ist mir egal. Solange ich dich trotzdem noch manchmal sehen kann.«

Carolin lächelte. »Ich denke nicht, dass wir so weit gehen müssen. Ich bin völlig unbeeinflusst und rational, wenn ich sage, dass deine Arbeit brillant ist.« Kurz schwieg sie. Dann fuhr sie leiser fort: »Und ich…will mir auch nicht vorstellen, dich nicht mehr bei mir zu haben.«

Sie seufzte. Dann streckte sie die Hand aus und berührte die von Iris. »Wir müssen irgendeine Lösung finden.«

Iris drückte ihre Hand. Ein kleiner Funke Hoffnung flammte in ihr auf. Sie musste Carolin wirklich viel bedeuten. Wenn Carolin bereit war, alles zu riskieren, dann war sie es auch. Und wenn jemand einen Weg finden konnte, war es Carolin.

Carolin sah sie nachdenklich an. »Wünschst du dir eigentlich manchmal, du hättest dich nicht ausgerechnet mit einer Professorin eingelassen?«

Iris schüttelte entschieden den Kopf. »Niemals. Dann wäre ich ja jetzt nicht hier bei dir. Ich weiß, es ist schwierig, aber das ist es wert.«

Sie versuchte, Carolin auf bessere Gedanken zu bringen, und lächelte sie vielsagend an. »Außerdem stehe ich auf sexy Professorinnen. Auf eine, um genau zu sein. Wenn sie mich so über ihre Brille hinweg ansieht, werde ich ganz schwach.«

Carolin lachte. »Dann habe ich wohl mit meiner Berufswahl richtig gelegen. Wer weiß, ob du mich sonst überhaupt bemerkt hättest!«

»Lass uns einen Film schauen«, schlug Carolin später vor. »Du hast die freie Wahl.«

Iris überlegte kurz. »Wirklich völlig frei?«

»Absolut. Ich schaue, was immer du willst.«

»Dann Nosferatu, den von 1922.«

Carolin hob die Augenbrauen. »Das ist ein Stummfilm, oder?«

»Ja. Ich mag die Atmosphäre. Es ist so unwirklich, mit den Lichtern und Schatten und den gruseligen Gesichtern, die sie machen. Das fand ich schon als Kind großartig.«

»Gut, du hast mich überzeugt.«

Carolin suchte den Film heraus, und sie kuschelten sich mit einer Decke aufs Sofa. Carolin stimmte Iris zu—Graf Orlok in seinem schwarzen Mantel, den dunklen Ringen um die Augen und den langen, dünnen Fingern war wirklich schaurig.

»Ich hoffe, du träumst jetzt nicht von ihm«, sagte Carolin schmunzelnd, als der Film vorbei war.

»Ach, das wäre lustig«, sagte Iris, »So mit Zwischentiteln. Im Traum sehe ich Graf Orlok, dann wird es plötzlich schwarz, und da steht in Schnörkelschrift: *Iris, was für einen schönen Hals du hast!*«

Carolin lachte. »Und wie recht er hat. Zum Anbeißen.«

Sie neigte ihren Kopf und küsste Iris knapp unterhalb ihres Ohrläppchens. Die zarte Berührung löste eine Gänsehaut in Iris aus. Sie seufzte leise, drehte sich zu Carolin und ihre Lippen trafen sich.

Es war ein wundervolles Gefühl. Ihre Lippen waren warm und sinnlich, und sie schmeckten noch nach dem exquisiten Wein. Carolin erwiderte den Kuss und öffnete ein wenig ihren Mund, sodass sich ihre Zungenspitzen trafen. Das Signal ermutigte Iris. Sie lehnte sich an sie und legte einen Arm um sie. Ihre Hand glitt an Carolins Hals herab und legte sich wie von selbst auf ihre Brust. Durch den Seidenstoff ihrer Bluse spürte Iris die fest aufgerichtete Knospe. Carolin sog scharf die Luft ein und unterbrach den Kuss.

»Vielleicht…sollten wir das oben fortsetzen. Sollen wir langsam schlafen gehen?«

Iris nickte. Ihr Herz pochte heftig. Nur mit Mühe konnte sie sich losreißen. Was, wenn Carolin Zweifel kamen, sobald die Magie des Moments verflog?

Doch Carolin stand auf und schenkte Iris ein verführerisches Lächeln. Sie räumte die Weingläser fort, dann ging sie Iris voraus ins obere Stockwerk.

»Falls du noch ins Bad möchtest, das ist hier.«

»Ja, nur ganz kurz.«

Sie trat in das Badezimmer. Das Licht glänzte auf den dunkel marmorierten Fliesen. In den Regalen war eine umfangreiche Sammlung von Cremes, Lotionen und Pflegeprodukten aufgereiht. Iris entdeckte sogar das Parfüm mit dem vertrauten lieblichen Lavendelduft, der für sie inzwischen untrennbar mit Carolin verbunden war. Sie schnupperte heimlich daran, und es kribbelte in ihrem Bauch. Als sie zurück ins Schlafzimmer kam, ging Carolin an ihr vorbei.

»Ich brauche nicht lange«, versprach sie, ehe sie ins Bad ging.

Iris ging ins Schlafzimmer. Das Fenster stand offen, und von draußen kam eine sanfte Frühlingsbrise herein. Iris zog alles bis auf ihren Slip aus, stieg ins Bett und zog die leichte Decke über sich. Sie wartete auf Carolin. Noch immer pochte ihr Herz schnell. Sie begehrte sie, doch es war nicht nur körperliche Sehnsucht, die sie verspürte.

Sie wollte Carolin zeigen, dass ihr gemeinsames Glück stärker war als alle Sorgen und Probleme. Sie wusste, dass ihre Beziehung riskant war, und wie viele Gründe dagegensprachen. Also musste sie Carolin beweisen, dass sie das Risiko wert war. Iris griff nach ihrem Rucksack neben dem Bett, holte etwas heraus und schob es unter ein Kopfkissen.

Als Carolin aus dem Bad zurückkam, trug sie eine seidene Robe, die nur um ihre Taille mit einem Gürtel zusammengehalten wurde. Der Ausschnitt offenbarte den oberen Ansatz ihrer Brüste, und Iris' Kehle wurde trocken. Unverhohlen betrachtete sie die schlanke Gestalt, als sie sich neben sie auf das Bett niederließ. Iris richtete sich auf, sodass die Bettdecke herabrutschte und ihren nackten Oberkörper entblößte. Carolins Blick glitt über ihren Körper, und Iris spürte das Verlangen auf ihrer Haut brennen.

»Ich habe mich so danach gesehnt«, sagte Carolin. »Dich hier bei mir zu haben.«

»Ich mich auch«, flüsterte Iris. Sie konnte ihre Gefühle nicht besser beschreiben. Verführte sie Carolin, oder war es längst umgekehrt?

Carolin legte ihre Arme um Iris, zog sie an sich und küsste sie. Diesmal wurden ihre Küsse heftiger und intensiver, und sie lösten einen Wirbelsturm der Emotionen in Iris aus—Sehnsucht, Begehren und ein fast verzweifeltes Bedürfnis,

Carolin ganz nahe zu sein. Mit sanfter Innigkeit drückte Carolin Iris hinab auf das Kissen und beugte sich über sie. Doch nun ergriff Iris die Initiative. Sie fand den Seidengürtel und löste ihn. Kurz hielten sie in ihren Küssen inne, und Iris streifte den Stoff von Carolins Oberkörper. Sie hielt einen Augenblick lang den Atem an und bewunderte ihren Anblick. Die schlanken Schultern, die wunderschön geformten Brüste, ihre makellose, glatte Haut. Dann sah sie auf in Carolins Augen, und sie wusste, dass sie ihr völlig verfallen war. Ihr ganzes Sein drehte sich nur noch um sie.

Sie schlang die Arme um Carolin und rollte sie herum, sodass sie über ihr lag.

»Oh«, stieß Carolin aus, überrascht von Iris' Energie. Iris saß nun rittlings auf Carolin. Sie platzierte ihre Hände rechts und links von ihr, beugte sich herab und küsste sie. Ihre Brüste streiften Carolins weiche, warme Haut. Ihr Atem wurde heftiger, und zugleich wuchs Iris' Verlangen. Carolin drängte sich ihr entgegen. Iris ließ ihre Lippen ihren Körper hinabwandern, küsste eine Spur bis zu ihren Brüsten und umschloss einen Nippel mit den Lippen. Sie zog sinnliche Kreise mit ihrer Zungenspitze, saugte und knabberte daran, bis Carolin aufstöhnte.

»Was machst du mit mir«, murmelte sie. Iris warf einen schnellen Blick in ihr Gesicht. Carolin hatte die Augen geschlossen, den Mund halb geöffnet.

Iris schob die Hand unter das Kopfkissen und griff nach dem schlanken Vibrator, den sie dort versteckt hatte. Dann rutschte sie etwas weiter an Carolins Körper herab. Sie küsste ihren Bauch, dann den Hügel über ihrer Scham, und sie spreizte instinktiv die Beine. Sie trug keinen Slip. Iris ließ ihren Finger über die Innenseite ihrer Schenkel wandern, dann beugte sie sich herab und küsste sie, direkt in die Mitte. Carolin seufzte auf. Sie war feucht. Ihr unglaublich erotisches Aroma betörte Iris' Sinne. Sie liebkoste mit der Zungenspitze Carolins Perle, während sie eine Hand zur Hilfe nahm und sanft ihre Schamlippen spreizte. Iris hob den Kopf.

»Hör nicht auf«, sagte Carolin. »Das fühlt sich so gut an.«

Iris küsste sanft ihre Klitoris. Dann ertastete sie den kleinen Knopf an der Seite des Vibrators und schaltete ihn ein. Mit einem leisen Summen erwachte er zum Leben. Sie berührte sanft Carolins Schamlippen, schob ihn ein Stück dazwischen, und Carolin schnappte nach Luft.

»Was tust du?«

Iris lächelte. »Ich dachte mir, ich heize das Spiel ein wenig an. Magst du Vibratoren?«

Carolin keuchte. »…Offenbar.«

Iris grinste. Sie senkte den Kopf hinab und leckte über Carolins Mitte, während sie den schlanken Vibrator etwas tiefer in sie hineindrückte, genau in dem Winkel, der ihr selbst am meisten Befriedigung verschaffte. Carolins Schenkel zuckten leicht, und ihr Atem ging schneller. Sie so erregt zu sehen, steigerte Iris' eigenes Verlangen ins Unermessliche. Sie verwöhnte Carolin, bereitete ihr die größtmögliche Lust. Sie wollte, dass Carolin an nichts anderes mehr denken konnte als an sie, dass sie nur noch puren Genuss empfand. Sie legte nun den Vibrator auf Carolins Klitoris, drückte sanft gegen die geschwollene Perle und erhöhte die Intensität um eine Stufe. Carolin stöhnte auf und krallte ihre Hand ins Bettlaken.

»Oh«, stieß sie hervor, ihre Stimme höher als sonst.

Iris ließ die andere Hand über ihre nassen Schamlippen gleiten, dann tauchte sie mit einem Finger in ihre heiße, feuchte Öffnung ein.

»Oh ja«, keuchte Carolin.

Iris vollführte mit dem Vibrator kleine Kreisbewegungen, ließ ihn auf Carolins Klitoris tanzen. Zugleich schob sie einen zweiten Finger in sie, krümmte sie leicht und begann, Carolin von innen zu massieren.

»Iris…das ist…ich…«

Iris glaubte fast, das heiße Pochen von Carolins Puls zu spüren. Sie reagierte auf die kleinsten Signale, um ihr genau das zu geben, was sie begehrte. Sie verschmolz mit Carolin, atmete im gleichen Rhythmus, spürte ihre Erregung wie ihre eigene, während sie immer weiter auf den Höhepunkt zusteuerte. Dann plötzlich spannten sich alle Muskeln in Carolins Körper an. Sie stieß ein Keuchen aus. Ihr Becken zitterte. Iris spürte das Zucken, das Carolin durchlief. Dann stieß sie einen kleinen, hohen Schrei aus, der zu einem heftigen Keuchen wurde. Und es war vorbei. Völlig erschöpft fiel Carolin zurück in die Kissen.

Iris schmiegte sich an sie und streichelte sacht über ihren Bauch. Sie hatte alles gegeben. Carolin würde das nie vergessen können. Sie würde Iris niemals vergessen. Das sagte sie sich, und der Gedanke gab ihr Sicherheit.

Nach einer kleinen Weile kam Carolin wieder zu Atem.

»Iris…das…habe ich nicht erwartet.«

»Ich wollte dich überraschen.«

»Das ist dir gelungen. Ich hätte nicht gedacht, dass sich das so…intensiv anfühlen kann.«

»Der Vibrator?«

Iris wurde plötzlich klar, dass Carolin vielleicht noch nie einen Vibrator benutzt hatte. Sie hatte nie zuvor eine lesbische Beziehung gehabt, ihr Ex-Ehemann schien sich nicht sonderlich um ihre Bedürfnisse gekümmert zu haben, und natürlich verschwendete sie allein keine Zeit auf ihre eigene Lust. Doch die Erfahrung schien ihr sehr gut gefallen zu haben.

»Der ist gut, oder?«, sagte Iris.

Carolin zog sie an sich. »Vor allem in solch geschickten Händen.«

Sie küsste Iris auf die Wange, dann auf den Mund. Ihr Tonfall wurde verheißungsvoll. »Was meinst du…ob ich damit auch so gut umgehen kann?«

Sie ließ ihre Hand über Iris' Arm nach unten gleiten und nahm den Vibrator. Iris rutschte noch näher an sie heran. Das heiße Prickeln zwischen ihren Beinen wurde wieder stärker. »Wenn du es ausprobieren möchtest…ich stelle mich gern als Testperson zur Verfügung.«

Carolin lachte leise und küsste sie. Dann ließ sie die Hand nach unten wandern und fand den Weg zwischen Iris' Beine. Iris schloss die Augen und gab sich ihr hin. Und für eine Weile gab es nichts anderes auf der Welt als sie und Carolin.

Irgendwann in den frühen Morgenstunden schreckte Iris hoch. Draußen war es noch dunkel. Ihr Herz klopfte schnell. Ein seltsames Gefühl der Angst hatte sie befallen. Da waren Menschen gewesen, die sie anstarrten. Dutzende Augen hatten sie beobachtet. Erwartungsvoll. Kritisch. Kalt.

Iris' Magen krampfte sich zusammen. Sie starrte in die Dunkelheit und schüttelte den Kopf, vertrieb die Erinnerung. *Es war nur ein Traum. Ich bin hier, bei Carolin. Alles ist gut.*

Das sagte sie sich immer wieder. Sie kuschelte sich an Carolin, atmete ihren vertrauten Duft ein und glitt schließlich wieder in den Schlaf hinüber.

Als Iris das nächste Mal erwachte, spürte sie die Wärme der Sonne auf ihrem Gesicht.

Sie öffnete die Augen—und sah direkt in Carolins Gesicht. Ihre Augen waren ganz nah. Iris erschrak und setzte sich hastig auf.

»Was…?«, brachte sie heraus. Sie blinzelte und versuchte, den Dunst des Schlafes abzuschütteln. Erinnerungsfetzen vermischten sich mit der Wirklichkeit. »Was ist los? Was machst du da?«

»Nichts«, sagte Carolin. Sie lächelte. »Ich habe dich nur angeschaut.«

»Angeschaut? Aber warum?«

Der Gedanke machte sie nervös, auch wenn sie nicht genau sagen konnte, warum. Ein unbestimmtes, beklemmendes Gefühl hatte sie gepackt.

Carolin ahnte nichts davon. Sie lachte leise, beugte sich zu Iris und küsste sie auf die Stirn. »Warum? Weil du wunderschön bist, wenn du schläfst.«

»Oh«, sagte Iris, verlegen und ein wenig überrascht.

Carolins Lächeln war voller Wärme. Das Licht der Sonne erfüllte das Zimmer, und die Nebel des Traumes verflüchtigten sich. Iris konnte sich schon nicht mehr daran erinnern.

Die Wirklichkeit war schön, und das war alles, was zählte.

KAPITEL 38

~ Carolin ~

In den nächsten Tagen und Wochen dachte Carolin oft an Iris' Besuch, und sie wünschte sich nichts mehr, als sie bald wieder bei sich zu haben. Doch es war einfach unmöglich. Sie musste Vorlesungen vorbereiten, Artikel schreiben und einen Vortrag für eine Konferenz ausarbeiten. Sie wollte Iris und Lukas bei der Entwicklung des Stirnbands zum luziden Träumen helfen. Und dazu kam der Selbstbericht über ihre Leistungen als Professorin, von dem ihre ganze Karriere abhing.

Einmal suchte sie spät nachts noch nach einem Hefter mit Dokumenten über ihre Lehrtätigkeit. Sie konnte ihn nirgends finden und zweifelte schon an ihrem Verstand. Doch dann entdeckte sie ihn auf einem Sessel. Cassandra hatte sich darauf zusammengerollt und schlummerte.

»Hey, Süße«, sagte Carolin sanft und streichelte die Katze. »Ich brauche das.«

Cassandra blinzelte und gähnte. Carolin hob sie vorsichtig hoch und zog den Hefter unter ihren Pfoten hervor. Sie strich ein paar Katzenhaare davon herunter. Cassandra warf ihr einen vorwurfsvollen Blick zu.

»Ich weiß, es ist spät. Aber ich habe nur noch zwei Monate«, erklärte sie. »Ich muss jetzt echt vorankommen.«

Sie setzte sich mit den Dokumenten an ihren Schreibtisch und seufzte. »Ich frage mich, ob ich genug geleistet habe. Ich habe seit meiner Promotion keinen einzigen Preis mehr gewonnen. Und in den letzten zwei Jahren auch keine Wirtschaftskooperation gestartet. Und Ursula hält meine Forschung sicher für irrelevant.«

Sie warf einen Blick auf die Uhr. Es war schon nach ein Uhr morgens. Aber sie musste vorankommen. In letzter Zeit schaffte sie es kaum, mehr als sechs Stunden zu schlafen. Aber sie hatte keine Wahl, als sich mit eiserner Disziplin weiterzukämpfen.

»Es wird auch wieder besser«, murmelte sie, halb zu Cassandra und halb zu sich selbst. Wenn sie mit der Evaluation fertig war…oder vielleicht in den Semesterferien. Dann würde sie auch wieder mehr Zeit mit Iris verbringen können. Bis dahin musste sie einfach durchhalten.

Im Mai stand auch das Sommerfest des Instituts auf dem Plan. Carolin hatte ungefähr eintausend dringendere Dinge zu tun, aber natürlich war ihre Teilnahme verpflichtend. Sie würde Ursula und den anderen Professoren demonstrieren müssen, was für eine gute Kollegin sie war.

Der einzige Lichtblick war, dass sie Iris sehen würde.

Als Carolin im Innenhof des Instituts ankam, unterhielt Iris sich bereits mit einigen Kollegen. Sie trug ein tailliertes Kleid in einem dezenten Olivgrün, das wunderbar zu ihrer Haut passte, und dazu einen Blazer. Bei jedem anderen hätte Carolin nur am Rande das geschmackvolle Outfit registriert. Doch Iris zauberte ihr ein Lächeln auf die Lippen. Am liebsten wäre Carolin zu ihr gegangen, hätte den Arm um ihre Taille gelegt, sie geküsst und ihr gesagt, wie wundervoll sie aussah.

Sie erlaubte sich für einen Moment, diese Vorstellung zu genießen. Wenn Iris und sie offiziell als Paar hier wären, könnte sie ihre Hand halten und allen sagen: Ist sie nicht wundervoll? Sie könnten sich küssen, wann immer sie wollten. Sie könnte Iris gleich hier und jetzt sagen, wie froh sie war, sie kennengelernt zu haben und wie glücklich Iris sie machte.

Aber das war nichts als ein Wunschtraum. Es würde niemals funktionieren. Ihre Kollegen würden eine derartige Beziehung nicht akzeptieren. Also schluckte Carolin die liebevollen Worte herunter, die ihr schon fast auf den Lippen lagen, und zwang sich dazu, den Blick abzuwenden.

Heute fiel es ihr besonders schwer. Sie war nicht sicher, ob sie ihre professionelle Fassade wahren konnte, wenn sie jetzt zu ihr ging. Also riskierte sie es lieber nicht. Stattdessen trat sie zu dem Tisch mit den Getränken, nahm sich ein Mineralwasser und begann eine Unterhaltung mit Norbert.

Es war ihr immer leichtgefallen, mit ihrem ehemaligen Betreuer ins Gespräch zu kommen. Sie plauderten über seine Enkel, über Carolins aktuelle wissenschaftliche Projekte, dann über Cassandra, die er schon manchmal gefüttert hatte, wenn Carolin zu einer Konferenz verreisen musste. Es war ein angenehmes Gespräch, und Carolin schaffte es, nur ungefähr alle fünf Minuten zu Iris hinüberzusehen.

Als Carolin das nächste Mal unauffällig ihre Position wechselte, um einen Blick zu Iris zu werfen, sah sie einen Mann neben ihr stehen. Er war nicht viel größer als Iris, hatte lockiges schwarzes Haar und ein strahlendes Lächeln. Alessandro. Gerade lachte er schallend und legte wie beiläufig die Hand auf Iris' Rücken. Wut ballte sich in Carolins Magen zusammen. Genau in diesem Moment sah Iris zu Carolin hinüber, einen Ausdruck des Unbehagens im Gesicht.

»Entschuldige mich, Norbert«, sagte Carolin. »Ich glaube, ich habe da einen Kollegen entdeckt, den ich begrüßen sollte.«

Norbert folgte ihrem Blick. »Ah, Doktor Pereira. Ja, da schließe ich mich doch gleich an.«

Carolin nickte, stellte ihr Glas beiseite und marschierte auf die kleine Gruppe zu. Alessandro sah sie kommen und wandte sich ihr zu, um sie mit seinem Zahnpastagrinsen zu begrüßen.

»Carolin! Ich habe mich schon gefragt, ob du hier bist!«

Carolin konnte sich nicht erinnern, ihm das Du angeboten zu haben.

»Doktor Pereira. Schön, Sie zu sehen«, erwiderte sie frostig. »Ich sehe, Sie haben meine Doktorandin bereits kennengelernt.«

»Oh ja! Ihre Arbeit hat mich sehr beeindruckt. Ich wusste schon, dass sie sehr klug sein muss, aber natürlich habe ich nicht damit gerechnet, dass sie auch so charmant ist!«

Widerwärtiger Schleimer.

Alessandro grinste Iris an, die halbherzig lächelte.

»Doktor Pereira übertreibt«, sagte sie.

»Keineswegs«, sagte Alessandro. »Du hast mir tief imponiert. Dein Forschergeist, deine Ideen—einfach fantastisch.«

»Ganz meine Meinung«, sagte Carolin trocken und ging zum Angriff über. Sie schenkte ihm ein glattes Lächeln. »Sagen Sie, so unter Kollegen, was hat Sie besonders an Iris' Arbeit fasziniert?«

»Außer der brillanten jungen Wissenschaftlerin, die dahinter steht, meinen Sie?«, erwiderte Alessandro, und grinste Iris an. Doch Carolin ließ sich nicht beirren. Sie starrte ihn an, ohne auch nur zu blinzeln. »Richtig, abgesehen davon. Gab es vielleicht etwas an ihrer Arbeit, dass Sie besonders gut in Erinnerung haben?«

»Ja, also…« Alessandro zögerte und suchte nach Worten.

Unglaublich. Carolins Zorn wuchs. Dieser schamlose Schleimbeutel konnte sich nicht einmal an Iris' Arbeit erinnern. Hatte er sie überhaupt gelesen? Natürlich nicht. Er versuchte nur, Iris mit Komplimenten um den Finger zu wickeln. Offenbar dachte er, sie sei so hungrig nach dem kleinsten bisschen Anerkennung, dass sie auf ein solch billiges Spiel hereinfallen würde. Aber da hatte er sich getäuscht.

Carolin trat demonstrativ neben Iris und verschränkte die Arme.

Alessandro versuchte, die Situation mit Improvisation zu retten. »Also…die Sache mit den Träumen ist unheimlich spannend. Und hast du nicht eine Studie gemacht? Die war richtig gut. Ich war verblüfft, als ich die Ergebnisse gelesen habe.«

Natürlich. Das hatte er offensichtlich geraten. Carolin starrte ihn weiter direkt an. Sein Blick wurde unruhig, und seine Hand rutschte endlich von Iris' Rücken. Iris atmete sichtlich auf.

»Ja. Also…was hast du nochmal angewandt?«, wandte sich Alessandro an sie.

»Transkranielle Wechselstrom-Stimulation«, antwortete sie knapp.

Schade. Jetzt hatte sie es verraten. Carolin hätte ihn gern noch etwas zappeln lassen.

»Richtig!«, sagte Alessandro. »Genau, das war es. Um Träume zu induzieren, nicht wahr? Eine geniale Idee. Hat es funktioniert? Könnte man damit süße Träume auslösen? Wenn ja, stelle ich mich gerne zur Verfügung.«

Er grinste Iris an. »Oder ist dieses Experiment gefährlich?«

»Natürlich nicht«, sagte Carolin.

»Man spürt nichts«, erklärte Iris. »Ich habe auch selbst daran teilgenommen. Es ist harmlos.«

»Dann bin ich ja beruhigt.« Alessandro lachte. Er setzte sein charmantestes Lächeln auf. »Und, wovon hast du so geträumt? Davon, deinen Doktor abzuschließen? Vom Urlaub in der Karibik? Oder…vielleicht von mir?«

»Das würde mich nicht wundern«, sagte Carolin. »Immerhin ging es um Albträume.«

Er erstarrte eine Sekunde, als müsste er erst verarbeiten, was sie gesagt hatte. Norbert gluckste amüsiert, und auch Iris' Mundwinkel zuckten.

Alessandros Grinsen verschwand, und seine Miene verfinsterte sich. »Was soll das heißen?«

»Nichts. Nur sollten Sie vielleicht nicht über Arbeiten reden, die Sie nicht einmal gelesen haben.«

»Was ist das für eine Unterstellung?«, fing Alessandro an.

Doch ehe er sich richtig ereifern konnte, ergriff Norbert das Wort. »Iris, Carolin, da fällt mir ein: Ich wollte noch einmal mit euch über die Vorlesung reden. Die für die Erstsemester. Doktor Pereira, entschuldigen Sie uns.«

Er ging davon. Iris und Carolin folgten ihm und ließen Alessandro stehen. Dann plauderten sie kurz mit Norbert. Natürlich war die Vorlesung nur ein Vorwand gewesen, und nach ein paar Minuten verabschiedete er sich und ging zum Grill hinüber.

»Danke für die Rettung«, sagte Iris zu Carolin. »Ich habe versucht, mich höflich zu verabschieden, aber er wollte nicht lockerlassen.«

»Du musst es nicht jedem recht machen. Sag das nächste Mal einfach, dass du Besseres zu tun hast.«

»Wahrscheinlich hast du recht. Und das habe ich ja auch.« Sie lächelte Carolin an. »Ich würde lieber mit dir reden als mit all den anderen Leuten hier.«

Carolin lächelte, doch sie konnte sich nicht richtig über ihre Worte freuen. Nicht hier, wo alle sie beobachteten. Wo eine falsche Geste oder ein verräterischer Blick gefährliche Gerüchte auslösen konnten.

»Ich weiß«, sagte sie. »Ich auch. Aber…du solltest mit den Kollegen vom Institut sprechen.«

»Ja«, sagte Iris. »Das habe ich ja. Und ich mache auch gleich weiter. Aber ich wollte dir noch etwas geben. Kommst du kurz?«

Carolin runzelte die Stirn. Aber sie folgte Iris zu der Tür, die nach drinnen ins Foyer des Institutsgebäudes führte. Dort hatte Iris in einer Ecke ihren Rucksack abgestellt. Sie hockte sich daneben, öffnete ihn und schob ihre Hand hinein. Dabei warf sie rasch einen Blick über die Schulter, um zu sehen, ob sie allein waren. Das Treppenhaus war leer, und gerade war niemand in den Gängen unterwegs. Alle Gäste des Sommerfestes waren draußen.

Iris warf Carolin ein verschwörerisches Lächeln zu. »Wir hatten letztes Mal so viel Spaß…Und ich dachte, du willst das vielleicht noch mal wiederholen.«

»Was meinst du—Oh.«

Plötzlich verstand Carolin, worum es hier ging.

Sie machte einen Schritt zurück. »Nein. Auf keinen Fall!«

Iris hatte den Vibrator mitgebracht. Und wollte ihn Carolin geben. Carolin schüttelte heftig den Kopf.

Nicht hier, was, wenn jemand uns sieht, wollte sie herausplatzen, doch im letzten Moment hielt sie sich zurück. Genau solche Worte durfte niemand aus ihrem Mund hören.

»Das…ist keine gute Herangehensweise«, presste sie heraus. »Nicht in diesem…Kontext.«

Iris' Schultern sanken herab. Enttäuschung zeichnete sich auf ihrem Gesicht ab.

»Und außerdem«, fügte Carolin hinzu und suchte verzweifelt nach den richtigen Worten. »Muss ich momentan meine Aufmerksamkeit sowieso auf andere Projekte richten.«

Sie hoffte, dass Iris sie verstand. Sie hatte gerade wirklich keine Zeit, sich mit ihrer Lust zu befassen. Wenn sie nachts um zwei endlich ihren Laptop ausschaltete, war sie so erschöpft, dass sie froh sein konnte, nicht schon beim Zähneputzen einzuschlafen. Es gab so viel Wichtigeres, an das sie denken musste.

Iris nickte. Sie zog den Reißverschluss ihres Rucksacks wieder zu. Carolin warf noch einmal einen Blick über die Schulter. Es konnte jederzeit jemand hier vorbeikommen. Wie konnte Iris nur so leichtsinnig sein?

»Tut mir leid«, sagte Iris. »Es war nur so eine Idee.«

»Leider nicht unbedingt deine Beste.«

Als sie den verletzten Blick in Iris' Augen sah, hätte sie sich am liebsten auf die Zunge gebissen.

»Tut mir leid. Ich weiß das sehr zu schätzen«, sagte sie. »Aber du solltest jetzt besser gehen.«

Iris nickte und stand auf.

»Und du?«, fragte sie.

»Ich werde mich wohl bei Ursula beliebt machen müssen. Vielleicht lobe ich ihren Nudelsalat.«

Das entlockte Iris zumindest ein kleines, trauriges Lächeln. Sie wandte sich ab und ging. Carolin wartete etwas, um Abstand zwischen ihnen zu lassen, ehe auch sie in den Innenhof zurückkehrte.

Es sollte nicht so aussehen, als hätten sie sich zu zweit zurückgezogen. Es brauchte nur die kleinste Anschuldigung, und alles, wofür Carolin jemals gearbeitet hatte, wäre zerstört. Sie durften nicht aussehen, als würden sie sich zu nahestehen, und sie durften um Himmels willen keine Sexspielzeuge austauschen! Ihr Herz klopfte immer noch unangenehm schnell, als sie zum Tisch mit den Getränken ging.

Ich bin einfach nicht für eine Affäre gemacht.

Andere würden vielleicht den Kick einer verbotenen Beziehung genießen. Aber Carolin wollte nicht ständig in Angst leben. Ihre Nerven hielten das einfach nicht aus.

Sie nahm sich ein Glas Sekt und trank einen Schluck. Sie konnten unmöglich so weitermachen. Aber was sollte sie tun?

Wenn alles gut lief, könnte sie in drei Jahren eine Professur auf Lebenszeit bekommen. Dann wäre es zumindest schwer, ihr zu kündigen. Wenn sie ihre Beziehung bis dahin geheim hielten, könnten sie so tun, als würden sie erst ein Paar werden, nachdem Iris ihre Promotion abgeschlossen hatte und Carolin nicht mehr ihre Betreuerin war.

Aber wer würde ihnen das glauben? Ihre Kollegen würden sicherlich ahnen, was tatsächlich passiert war, und sie dafür verachten. Und es würde bedeuten, dass sie noch über Jahre im Geheimen leben mussten. Carolin bezweifelte, dass sie das Zeug dazu hatte. Irgendwann würde sie einen Fehler machen.

Doch das war nicht das größte Problem.

Warum sollte eine kluge, schöne, liebenswerte Frau wie Iris drei Jahre warten, ehe sie offiziell ein Paar werden konnten? Das war zu viel verlangt. Sicher würde sie in der Zwischenzeit jemand anderen finden. Vielleicht eine jüngere Frau, die besser zu ihr passte. Vielleicht hatte Iris' einfach nur eine Schwäche für kühle, strenge Professorinnen, und nur deswegen hatte sie sich in Carolin verliebt. Sie schwärmte für sie wegen ihres Erfolges, ihrer Ausstrahlung, ihrer Position. Wer könnte es ihr verübeln?

Aber das bedeutete noch lange nicht, dass Carolin sie glücklich machen konnte. Solche Schwärmereien waren selten vernünftige Ratgeber. Iris verdiente eine Partnerin, mit der sie sich nicht verstecken musste und die stolz zu ihr stand.

Carolin nippte an dem Sekt, doch er konnte den bitteren Geschmack in ihrem Mund nicht vertreiben. Sie hasste all das. Sie hasste die Regeln, die Zwänge, die sie voneinander trennten. Aber sie konnte nichts daran ändern. Sie war machtlos.

Sie konnte Iris nicht geben, was sie eigentlich verdiente.

Carolin fühlte sich unglaublich erschöpft. Ihre Arme schmerzten. Ihre Schultern, die sie stets so aufrecht hielt, sackten herab. Aber sie musste sich zusammenreißen. Sie musste professionell und selbstbewusst auftreten, egal, wie sehr sie dieses Spiel inzwischen verabscheute.

Sie mobilisierte ihre letzten Kräfte, zwang sich zu einem Lächeln, und ging zu Ursula.

Carolin schreckte hoch. Ihr Herz raste. Es war mitten in der Nacht, und sie lag in ihrem Bett. Ihr Rücken war nass von Schweiß. Sie starrte mit aufgerissenen Augen in die Dunkelheit und kämpfte darum, die unerklärliche Angst zu beherrschen, die sie überkommen hatte.

Es ist nichts passiert. Alles ist gut, sagte sie sich.

Langsam normalisierte sich ihr Puls. Die Furcht war immer noch da. Sie wusste nicht, wovor sie sich fürchtete, aber es war unerträglich gewesen. Carolin versuchte, gleichmäßig zu atmen und konzentrierte sich mit ganzer Kraft darauf, dass die Gefahr nicht real war.

Das schwache Licht des Mondes fiel durch das Fenster in ihr Schlafzimmer. Carolin sah eine Bewegung und hielt erschrocken den Atem an. Doch dann erkannte sie Cassandra, die durch die angelehnte Tür hereinkam. Ihre Katzenaugen fingen das spärliche Licht auf und leuchteten im Dunkeln.

»Oh, du bist es, Süße«, sagte Carolin. Sie richtete sich auf und klopfte mit der Hand sanft auf die Bettdecke. Cassandra reckte ihren Schwanz in die Höhe, kam zum Bett und sprang hinauf. Carolin streichelte sie.

»Ich bin froh, dass du auf mich aufpasst.«

Cassandra sah sie an und blinzelte langsam.

»Ich weiß nicht, was es war«, sagte Carolin. »Ich erinnere mich nicht. Aber es war schrecklich.«

Immer noch spürte sie die diffuse, unerklärliche Furcht, als hätte sie sich tief in ihrem Körper eingenistet. Es war nicht das erste Mal, dass ihr so etwas passierte. Vor Jahren, als sie mit Daniel in Madison gearbeitet hatte, war sie nachts voller Angst hochgeschreckt. Er hatte gesagt, dass es lächerlich war, dass eine erwachsene Frau sich vor Albträumen fürchtete, an die sie sich nicht einmal erinnern konnte.

Nachdem Carolin ihn und Julia in ihrem Ehebett erwischt hatte, hatte sie wochenlang kaum eine Nacht durchschlafen können. Doch schließlich war es besser geworden, und in letzter Zeit war ihr das fast gar nicht mehr passiert. Warum fing es jetzt wieder an?

»Es ist der Stress«, erklärte sie Cassandra. »Die Evaluation, und die Sache mit Iris. Ich kann überhaupt nicht mehr klar denken.«

Sie stöhnte und drückte ihr Gesicht ihr Cassandras weiches Fell. Cassandra schnupperte an ihrer Wange. Ihre weiche Katzennase stupse Carolin an.

»Ja, ich weiß. Ich sollte mich nicht so gehen lassen.« Sie rollte sich auf den Rücken, die linke Hand kraulte noch immer Cassandra. Mit der rechten tastete sie nach ihrem Smartphone. Es war drei Uhr. Gestern Abend hatte sie noch eine Mail von Iris bekommen.

Tut mir leid, dass es gestern ein schlechter Zeitpunkt war. Aber dieses Notenheft könnte dir wirklich gefallen. Kann ich es in dein Büro legen?

Carolin stöhnte. Iris hatte nicht vorgehabt, ihr einen Vibrator zu geben, sondern nur ein paar Klaviernoten. Ihre überspannten Nerven beeinträchtigten Carolins Denkvermögen offenbar ernsthaft.

Cassandras weiche Nase stupste ihre Wange an.

»Du hast ja recht«, sagte Carolin. »Ich muss schlafen. Ich brauche jedes bisschen Kraft.«

Sie legte das Smartphone weg und ließ sich in die Kissen sinken. Cassandra rollte sich neben ihr zusammen. Es dauerte noch lange, doch schließlich trug das leise Schnurren der Katze sie wieder in den Schlaf.

KAPITEL 39

~ Iris ~

Iris trat auf das Podium. Der Saal war voller Menschen, die sie erwartungsvoll anstarrten. Iris' Magen verkrampfte sich, aber sie wusste, dass sie das hier schaffen musste. Es gab keinen anderen Weg.

Sie ging mit weichen Knien auf das Rednerpult zu. Die grellen Lampen waren zu heiß und brachten sie zum Schwitzen. Dann hatte sie das Pult erreicht und hielt sich daran fest. Sie wagte einen Blick ins Publikum. Da saßen Studenten, Kollegen und Professoren. Vorne in der ersten Reihe sah sie ihre Eltern. Alle starrten sie an und warteten, dass sie etwas sagte.

Iris merkte, dass sie nicht wusste, was sie sagen sollte. Sie hatte keine Ahnung, was ihr Thema war und was all diese Leute von ihr hören wollten. Ihre Kehle schnürte sich zu. Sie blickte auf die Notizen vor ihr auf dem Pult, suchte verzweifelt nach einem Hinweis. Doch da standen nur kryptische Symbole, die keinen Sinn ergaben.

Das Publikum wurde unruhig und begann zu murmeln. Sie warteten, dass sie endlich ihren Vortrag begann. Iris machte die Augen zu und wieder auf, doch noch immer konnte sie kein Wort entziffern. Sie ahnte, was gleich geschehen würde. Sie hatte es schon einmal durchgemacht.

Das Murmeln wurde lauter und wütender.

»Was für eine Zeitverschwendung!«, rief einer der Zuschauer.

Eine Frau weiter hinten stand auf. »Warum sind wir hier? Sie hat nichts zu sagen.«

Iris stand wie erstarrt auf dem Podium. Ihre Zunge war schwer wie Blei. Sie wusste, dass eine unausweichliche Katastrophe ihren Lauf nahm, und konnte doch nichts dagegen tun.

»Was kann sie überhaupt?«, verlangte einer der Zuschauer zu wissen. »Das ist doch lächerlich.«

»Betrug!«, empörte sich ein anderer. »Sie hat uns angelogen!«

Noch mehr Leute standen auf. Sie starrten Iris zornig an.

»Wir hätten gar nicht erst kommen sollen. Was für eine Enttäuschung!«

»Das ist eine Schande!«

Da war Professor Norbert Riedmann. Er schüttelte bedauernd den Kopf und wandte sich ab. Und da waren ihre Eltern, die vor Scham im Boden versinken wollten.

»Warten Sie!«, wollte Iris sagen. Sie wollte sich entschuldigen, erklären, dass sie niemanden mit Absicht betrügen wollte. Doch sie brachte kein Wort heraus. Sie wusste, dass sie träumte. Eigentlich hätte sie die Kontrolle zurückerlangen müssen. Doch das Gefühl der Hilflosigkeit und des Versagens durchdrang sie und lähmte ihre Gedanken. Die Vorstellung, einen Rochen herbeizurufen, der sie rettete, war lächerlich und kindisch. Das würde auch nichts daran ändern, dass sie alle enttäuscht hatte.

Verzweifelt suchte sie die Menge ab, suchte nach einem einzigen freundlichen Gesicht. War hier niemand, der mit ihr fühlte?

Dann sah sie es—das Gesicht, nachdem sie gesucht hatte. Doch darin stand kein Verständnis, nur -

Von einem Moment auf den anderen war Iris hellwach. Ihr war übel. Sie riss die Bettdecke zur Seite, kam auf die Beine, stolperte über den dunklen Flur und erreichte gerade noch rechtzeitig das Bad. Sie übergab sich. Zitternd starrte sie auf die Kloschüssel herab. Nach ein paar Minuten hatte sie sich so weit gefangen, dass sie ihr Gesicht waschen und ihren Mund ausspülen konnte. Dann kehrte sie zurück in ihr Zimmer.

Sie schaltete die kleine Lampe auf dem Klavier ein, griff nach dem Traumtagebuch, blätterte zur nächsten leeren Seite, vorbei an den anderen Albträumen der letzten Wochen. Da war der, in dem sie so schnell sie konnte einen riesigen, blattlosen Baum hinaufkletterte, während ein zischelndes Wesen nach ihren Fußgelenken griff. Und ein anderer, in dem sie nachts in einem leeren und verlassenen Supermarkt etwas suchte. Sie wusste nicht, wonach, doch sie fürchtete, dass jemand sie entdeckte. Aber in diesen Träumen hatte sie schließlich die Kontrolle zurückgewonnen. Heute Nacht war es anders. Es hatte sich so real angefühlt. Und sie hatte tief in sich gespürt, dass sie wehrlos war. Dass sie keine Chance hatte.

Iris schluckte den widerlichen Geschmack in ihrem Mund herunter und zwang sich, ein paar Notizen zu machen. Das Podium, das Publikum, die unlesbaren Notizen. Und dann, am Ende—am Ende war etwas geschehen, dass sie richtig mitgenommen hatte. Das so furchtbar gewesen war, dass sie davon aufgewacht war. Doch sie konnte sich nicht daran erinnern. Konnte den Gedanken nicht fassen.

Was war nur los mit ihr?

Iris vergrub das Gesicht in den Händen. Vielleicht war es besser so. Vielleicht wollte sie es gar nicht wissen. Sie klappte das Tagebuch zu und schaltete das Licht aus.

Einige Tage später saß Iris in ihrem Büro und starrte auf ihren Laptop. Die Worte verschwammen vor ihren Augen, aber es hatte nichts mit einem Traum zu tun. Sie war einfach nur müde.

Auf dem Schreibtisch stapelten sich die Abgaben der Studenten, die sie korrigieren sollte. Außerdem musste sie den Fachartikel, an dem sie gerade arbeitete, noch einmal durchgehen, dann sollte sie die neuesten Veröffentlichungen anderer Forscher in ihrem Gebiet lesen, und mit Lukas an ihrem Prototyp arbeiten. Sie fragte sich mal wieder, wie Carolin die Zeit für all das fand.

Der Gedanke an Carolin versetzte ihr einen wehmütigen Stich. Ihr letztes richtiges Gespräch war schon mehr als zwei Wochen her. In der Uni ging Carolin ihr aus dem Weg, um keinen Verdacht zu erregen. Manchmal ertappte Iris sie dabei, wie sie zu ihr schaute, doch immer, wenn Carolin ihren Blick bemerkte, legte sich eine neutrale Maske über ihr Gesicht. Iris wusste, dass es keinen anderen Weg gab. Trotzdem tat es weh.

Als sie allein gewesen waren, war Carolin ganz anders gewesen. Sie hatte gelächelt, Iris geküsst und ihr gesagt, wie unglaublich wichtig sie ihr war. In diesen Momenten war Iris glücklich gewesen. Doch nun war da wieder diese steinerne Fassade, die sie einfach nicht durchdringen konnte. Und offenbar fand Carolin keine Zeit für sie.

Iris wusste, dass Selbstmitleid ihr nicht helfen würde. Sie musste sich zusammenreißen, den Artikel auf ihrem Laptop lesen, und verstehen, was die Ergebnisse der Forscher für ihre eigene Arbeit bedeuteten. Sie starrte einige Minuten lang auf den Text, las die Worte, ohne sie zu verstehen. Immer wieder kehrten ihre Gedanken zu Carolin zurück. Sie wurde erst aus dieser trübsinnigen Spirale gerissen, als eine Benachrichtigung sie informierte, dass sie eine neue E-Mail hatte.

Iris öffnete die Nachricht, die von einem Professor der Universität Frankfurt stammte. Er lud Iris ein, zu einer Konferenz im Juni zu kommen und einen Vortrag zu halten.

Iris sollte sich eigentlich darüber freuen—es war eine Ehre, und es würde ihre Karriere voranbringen. Doch Iris starrte unschlüssig auf die Mail. Es würde stressig sein, vor so vielen Menschen einen Vortrag über ihre Arbeit zu halten. Außerdem musste sie ein ganzes Wochenende opfern, und die Vorbereitung würde zusätzliche Zeit verschlingen. Andererseits konnte sie diese Gelegenheit vermutlich nicht ausschlagen.

Iris beschloss, Carolin um Rat zu fragen.

Sie trat aus ihrem Büro. Es war schon spät, und der Flur lag im Halbdunkel. Die wissenschaftlichen Poster an den Wänden waren nichts als dunkle Flecken, die Topfpflanzen schemenhafte Formen, doch ganz am Ende des Korridors markierte ein Lichtstreifen die Tür zu Carolins Büro.

Iris klopfte an. Es dauerte lange, doch schließlich kam eine Reaktion.

»Herein.«

Iris trat ein. Carolin saß an ihrem Schreibtisch. Sie stützte ihr Kinn mit der Hand, während sie den Stapel Dokumente vor sich studierte.

»Hast du einen Moment Zeit?«, fragte Iris.

Carolin lächelte schwach und sparte sich die Antwort. Natürlich hatte sie keine Zeit, das wussten sie beide. Aber sie würde Iris auch nicht wegschicken. Iris spürte einen Stich von Schuldgefühlen, weil sie Carolin behelligte.

»Ich habe eine Mail bekommen. Ich soll auf der Konferenz in Frankfurt sprechen.«

»Gut.«

»Ich müsste wieder einen Vortrag halten. Es wäre viel Arbeit, das vorzubereiten. Ich weiß nicht, ob ich das schaffe.«

»Natürlich schaffst du das«, sagte Carolin ohne eine Spur von Zweifel. Ihr Blick war auf das Blatt vor ihr gerichtet. Sie strich etwas durch und machte eine Notiz am Rand. »Es ist eine gute Gelegenheit, mit einigen wichtigen Wissenschaftlern in Kontakt zu kommen und deine Arbeit bekannter zu machen.«

»Dann werde ich es wohl tun müssen«, sagte Iris. Sie wollte die Erwartungen nicht enttäuschen, die alle in sie setzten. »Aber es wäre ein weiteres Wochenende, an dem ich keine Zeit habe.«

Ein Wochenende, an dem wir uns nicht sehen können.

Sie hatten sich auch an den letzten zwei Wochenenden nicht getroffen, und sie ging nicht davon aus, dass es diesmal anders sein würde, und dennoch…

»Ich bin auch eingeladen«, sagte Carolin. »Ich soll einen der Eröffnungsvorträge halten.«

Das änderte alles. Hoffnung keimte in Iris auf.

»Wirklich? Das ist toll!«, sagte sie. »Dann können wir zusammen hinfahren. Wir können uns ein Hotelzimmer teilen!«

Erinnerungen an ihre Zeit in Berkeley und San Francisco tauchten vor ihrem inneren Auge auf. An ihren gemeinsamen Tag im Sonnenschein, die Nacht im Hotel, in der sie die Außenwelt vergessen hatten. Vielleicht könnten sie einander wieder so nahe sein?

Carolin sah auf. »Das ist keine gute Idee. Wir sollten nicht zusammen gesehen werden.«

»Ja«, sagte Iris. Ihre Hoffnung zerplatzte wie ein Luftballon.

»Es ist momentan sehr schwierig«, sagte Carolin. Sie sah unglaublich müde aus. Da waren dunkle Ringe unter ihren Augen, die Iris noch nie zuvor gesehen hatte. »Ich habe sehr viel Arbeit. Verstehst du das.«

»Natürlich. Ich dachte nur…ich weiß auch nicht.«

Dass ich mehr bin als eine Komplikation in deinem Terminkalender. Dass ich wichtiger bin als Studien und Publikationen.

Das sprach sie nicht aus. Es war nicht fair. Sie wollte Carolin nicht verletzen. Und sie hatte von Anfang an gewusst, wie hart Carolin arbeitete, und sie sogar dafür bewundert. Jetzt konnte sie schlecht erwarten, dass Carolin alles, was sie ausmachte, fortwarf.

Noch immer stand sie vor Carolins Schreibtisch. Die Stille wurde erdrückend.

»Iris«, sagte Carolin. »Ich muss diese Bachelorarbeit korrigieren. Und solltest du nicht an deinen Revisionen arbeiten?«

Sie klang wieder wie ihre Betreuerin, und nicht wie ihre…ja, was? Ihre Geliebte? Ihre Affäre? Sie hatten nie definiert, was sie waren, aber Iris wusste, was sie sich wünschte: Eine echte Beziehung, die sie nicht verheimlichen mussten.

Aber sie konnte nicht Carolins Leben ruinieren, nur um ihre selbstsüchtigen Träume wahr zu machen. Also blieb ihr nichts anderes übrig, als sich zusammenzureißen. Vernünftig zu sein.

»Es tut mir leid, dass ich dich gestört habe«, sagte sie.

»Das hast du nicht«, sagte Carolin. Ihre Stimme klang belegt. »Iris, ich freue mich immer, dich zu sehen. Ich…ich kann nur einfach nicht…«

Sie machte eine hilflose Geste, die ihre Arbeit, ihr Büro und die ganze Universität einschloss.

»Ich weiß«, sagte Iris. Sie verließ das Büro und zog die Tür hinter sich zu.

Als sie zwei Stunden später nach Hause ging, merkten Lukas und Emily sofort, dass etwas mit ihr nicht stimmte.

»Ist es wegen Carolin?«, fragte er.

»Hat sie dir Stress gemacht?«, wollte Emily wissen.

Iris schüttelte den Kopf, hängte ihre Jacke an den Haken und ging zu ihrem Zimmer.

»Ich habe einfach nur viel Arbeit«, sagte sie. »Es ist nichts.«

Sie würde einfach irgendwie weitermachen müssen. Sie sollte Carolin nicht noch mehr Probleme machen, in dem sie etwas von ihr verlangte, was einfach nicht möglich war.

KAPITEL 40

~ Carolin ~

Die nächsten Tage über fühlte Carolin sich unwohl. Sie befürchtete, dass sie sich Iris gegenüber falsch verhalten hatte, dabei hatte sie eigentlich keine andere Wahl gehabt. Norbert bemerkte ihre Anspannung und lud sie ein, sich nach dem Mittagessen mit ihm zu einem Spaziergang zu treffen. Carolin hatte zu viel zu tun, doch sie wusste, dass sie in ihrem Zustand nicht sonderlich produktiv sein würde. Also stimmte sie zu.

»Ein prächtiger Tag heute«, sagte Norbert. Wie immer trug er eine Tweed-Weste über seinem Hemd und sah aus, als sei er soeben einer schwarzweiß-Fotografie einer Bibliothek im 19. Jahrhundert entstiegen. Es fehlte nur die Pfeife.

Carolin nickte ihm zu, und sie schlugen den Weg zum Landschaftspark ein. Zunächst plauderten sie ein wenig über Belanglosigkeiten, doch schließlich warf Norbert ihr einen forschenden Blick zu.

»Carolin, wie geht es dir? Du siehst etwas erschöpft aus, wenn ich das so sagen darf.«

»Das bin ich auch«, sagte Carolin seufzend. Sie erzählte von all ihren Aufgaben.

»Das ist in der Tat allerhand«, sagte er. »Vielleicht musst du deine Verantwortungen reduzieren. Die Entwicklung dieses Prototyps zum Beispiel.«

Carolin schüttelte den Kopf. »Nein. Ich glaube an das Projekt.«

»Verstehe.« Er rieb sich über den Bart. »Aber es ist alles gerade zu viel für dich, nicht wahr?«

Carolin zögerte. Wie viel konnte sie ihm anvertrauen? Sie wollte so gern mit jemandem sprechen, der sie verstehen konnte. Jemandem, der nicht Cassandra war und ihr auch antworten konnte. Aber sie musste vorsichtig bleiben.

»Es ist nicht nur die Arbeit. Es gibt noch etwas, das mich belastet. Aber es ist…privat.«

»Hm«, sagte Norbert. Seine klaren Augen blickten sie forschend an.

»Da ist jemand, der mir sehr wichtig ist.« Carolin wählte ihre Worte sorgfältig und vermied weibliche Pronomen. »Aber dieser Mensch…ich kann nicht für ihn da sein, ohne dass ich damit meine wissenschaftliche Karriere ruiniere.«

Norbert nickte. »Würde es vielleicht helfen, wenn du dir eine Auszeit nimmst? Ein Semester, um die Sache zu regeln? Oder, falls es ein geographisches Problem ist, wenn du eine Weile ins Ausland gehst?«

»Nein, das hilft leider nicht«, sagte Carolin. »Es ist ein grundsätzlicheres Problem. Ich müsste praktisch alles aufgeben.«

Sie gingen weiter. Norbert stellte keine Fragen, sondern wartete geduldig, bis Carolin von sich aus weitersprach.

»Vielleicht würde es sowieso nicht funktionieren. Wer bin ich denn noch, wenn ich meine Karriere aufgebe? Dann gibt es sowieso keinen Grund, warum sich jemand für mich interessieren sollte. Ich hätte nichts mehr zu bieten.«

Norbert schüttelte den Kopf. »Mal langsam, Carolin. Das stimmt doch nicht.«

»Ich habe so viel für meine Arbeit geopfert. Manchmal weiß ich nicht, was sonst noch von mir übrig ist. Was sollte man sonst an mir…«

Sie unterbrach sich, ehe sie *lieben* sagen konnte.

»…schätzen?«, beendete sie den Satz.

»Du bist eine charmante, freundliche, intelligente Frau, Carolin. Und das sollte dir klar sein, auch unabhängig von diesem einen Menschen.«

Der Wind frischte auf und rauschte in den Kiefern und Birken, die den Weg säumten. Carolin fröstelte.

»Wie hast du es geschafft?«, fragte sie. »Du bist ein angesehener Wissenschaftler, hast eine glückliche Familie und gehst sogar Bergsteigen. Wie ist das möglich?«

»Ganz ehrlich? Das meiste davon habe ich meiner Frau zu verdanken. Sie ist Biologin, sie weiß, wie es ist, an der Uni zu arbeiten. Und sie hat mich immer unterstützt. Auch als es mir nicht so gut ging.«

Davon wusste Carolin noch nichts. »Was ist passiert?«

»Ach, das ist lange her. Ich war jünger als du jetzt! Ich war krank. Die Ärzte haben gesagt, es ist eine Neurasthenie oder Nervenschwäche. Heute nennt man sowas Burnout. Ich konnte ein halbes Jahr gar nichts mehr arbeiten. Selbst der Gedanke, morgens aufzustehen, war unerträglich.«

Das konnte sich Carolin kaum vorstellen. Seit sie Norbert kannte, war er unerschütterlich gewesen. »Wie…wie bist du darüber hinweggekommen?«

»Meine Frau hat mich gepflegt. Sie war für mich da. Schließlich wurde es besser, und ich habe gelernt, es etwas langsamer anzugehen. Auch ihr zuliebe. Man könnte sagen, die Liebe hat mich geheilt.«

Er lachte leise. Doch der Blick, den er Carolin schenkte, war voller Verständnis, und sie hatte plötzlich das Gefühl, dass er mehr ahnte, als sie ihm hatte verraten wollen.

»Das freut mich zu hören«, sagte sie, etwas steif.

Sie wünschte, sie könnte Iris zuliebe einfach weniger hart arbeiten. Das Leben mit ihr genießen. Aber was Norbert nicht ahnte, war, dass ihre Lage ganz anders war als seine damals. Seine Frau hatte in einer anderen Disziplin gearbeitet, er war nicht ihr Betreuer, und niemand konnte ihre Beziehung beanstanden. Was sie und Iris taten, war jedoch verboten.

Der Wind trieb bleigraue Wolken über den Himmel. Ein leises Donnergrollen aus der Ferne kündigte ein Gewitter an. Norbert blickte sorgenvoll nach oben. »Ich habe meinen Hut nicht dabei.«

»Dann machen wir uns besser auf den Rückweg«, sagte Carolin.

Sie gingen schweigend zurück zur Universität. Carolin war in ihre Gedanken versunken.

Sie konnte nicht mit Iris zusammen sein und zugleich ihre wissenschaftliche Karriere vorantreiben. Aber selbst, wenn sie alles für Iris aufgab, konnte sie sich kein gutes Ende für sie vorstellen. Was war sie ohne ihre Karriere? Würde Iris sie noch respektieren, wenn sie nicht mehr ihre Intelligenz und ihren Ehrgeiz unter Beweis stellte? Vielleicht würde sie eine Weile bei Carolin bleiben. Aber was wäre dann noch interessant an Carolin? Sie wäre eine gescheiterte Frau Mitte dreißig, ohne Ziel und ohne Sinn im Leben. Sie konnte sich kaum etwas weniger Attraktives vorstellen. Wie sie es auch drehte und wendete, sie sah keinen Ausweg.

Sie erreichten die Universität, als die ersten Regentropfen zu fallen begannen.

KAPITEL 41

~ Iris ~

Mit einem Seufzen klappte Iris ihr Traumtagebuch zu. Schon wieder hatte sie einen Albtraum gehabt und es nicht geschafft, die Kontrolle darüber zu erlangen. Langsam zehrte das wirklich an ihren Nerven.

Sie ging in die Küche, um sich einen Kaffee zu machen. Emily schlief noch, doch Lukas war schon wach und offensichtlich voller Energie.

»Guten Morgen! Ich habe gute Nachrichten!«, platze er heraus.

»Morgen«, sagte Iris. »Worum geht's?«

»Wir haben endlich Mitarbeiter! Ich habe Andy für die Quality Control und die Website gewonnen, und Kim hilft mir beim Programmieren des Backends.«

»Oh. Ja, das ist gut.«

Das EEG-Stirnband zu entwickeln, war keine einfache Aufgabe. Sie mussten den Prototyp so weit verfeinern, dass er auch für Laien daheim einfach zu bedienen und bequem zu benutzen war. Nur dann konnte ihr Start-up tatsächlich ein erfolgreiches Unternehmen werden.

»Danke, dass du dich darum kümmerst«, sagte sie. Eigentlich sollte sie begeistert sein. Doch in der letzten Zeit fiel es ihr schwer, sich wirklich über etwas zu freuen. Seit Carolin ihr klargemacht hatte, dass sie besser kein Zimmer in Frankfurt teilten, hatten sie nicht mehr miteinander gesprochen…

Lukas riss sie aus ihren Gedanken. »Ich wollte auch mit dir über den Namen reden. Was hältst du von *Dream Catcher*?

Fang deine Träume, besiege deine Albträume, tauche in neue Welten ein!«

»Ja, das klingt ganz gut.«

»Dachte ich mir! Wir brauchen auch einen Zeitplan. Von jetzt bis zum Product Launch. Mit Kim zusammen kann ich in acht Wochen die App fertigstellen. Schau mal.«

Er schob den Wasserkocher beiseite, stellte seinen Laptop auf die Küchentheke und rief seine Notizen auf. Dann erklärte er, wie er sich die nächsten Schritte vorstellte. Iris zwang sich dazu, sich zu konzentrieren.

Sie besprachen die Aufgaben, die sie erledigen mussten, und überlegten, wie sie am besten die Rollen in ihrem Team verteilen sollten.

»Bist du sicher, dass du nicht in Vollzeit bei uns einsteigen willst?«, fragte Lukas. »Du könntest Head of Research sein und die wissenschaftliche Leitung übernehmen. Immerhin basiert das alles auf deiner Idee!«

»Danke, aber…das geht nicht. Ich muss mich auf meine Promotion konzentrieren. Ich kann nicht noch einen Job nebenbei machen, oder ich falle tot um. Außerdem sollte der Head of Research jemand sein, der mindestens einen Doktor vorzuweisen hat.«

»Stimmt. Aber niemand sonst kennt sich so gut aus wie du.«

»Ich bin ja dabei«, sagte Iris. »Nur eben nicht hauptberuflich. Apropos, wie bezahlen wir eigentlich Andy und Kim?«

»Ganz wichtiger Punkt«, sagte Lukas und nickte ernst. »Wir müssen Investoren gewinnen. Um sie zu überzeugen, brauchen wir drei Dinge. Erstens natürlich Studien, die beweisen, dass unsere Idee funktioniert. Du hast schon mal gut vorgelegt, und hoffentlich werden deine Kollegen in Kanada deine Ergebnisse bestätigen.«

Iris nickte. Das hoffte sie auch. Wenn nicht, würde das heißen, dass all ihre Arbeit umsonst war.

»Zweitens müssen wir zeigen, dass wir einen Mehrwert bieten. Das ist leicht. Eine moderne Albtraumtherapie ganz ohne Medikamente, für jeden zuhause anwendbar—das ist genial. Wenn wir erstmal bekannt sind, wird die Nachfrage gigantisch sein. Fehlt nur noch eins.«

»Und zwar?«

»Ein sympathisches Gesicht. Jemand, der mit den Investoren spricht, unsere Idee präsentiert und sie überzeugt, uns mit Geld zu bewerfen. Hier setze ich auf dich.«

Iris verschluckte sich an ihrem Kaffee. »Mich?«

»Natürlich«, sagte Lukas. »Du bist genial, du hattest die Idee, und ganz ehrlich: du bist attraktiv, was auch nicht schaden kann. Wer sonst sollte es machen?«

Iris schüttelte den Kopf. »Aber ich rede nicht gern vor Leuten. Ich glaube nicht, dass ich geeignet dafür bin.«

»Ach was. Im Vergleich zu der Konferenz ist das eine Kleinigkeit für dich. Und du hast noch ein paar Wochen Zeit zum Üben, bis es so weit ist.«

»Bist du sicher?«

»Absolut sicher.«

Er klopfte ihr ermutigend auf den Rücken. »Du wirst das großartig machen. Bloß schade, dass deine Promotion noch nicht fertig ist. Ein 'Doktor' vor deinem Namen würde mega gut auf unserer Website aussehen.«

Iris verzog das Gesicht.

»Hey, kein Stress, so habe ich das nicht gemeint«, sagte Lukas rasch. »Ich weiß ja, wie fähig du bist. Aber nach außen hin brauchen wir eine Autorität, die uns den Rücken stärkt. Am besten jemand mit viel Erfahrung.«

Er überlegte kurz. »Hey, wie wär's, wenn du Carolin fragst, ob sie uns ihren Namen leiht? Dann schreiben wir auf unsere Website: Führende Neurowissenschaftler sind überzeugt!«

Die Erwähnung von Carolin versetzte Iris einen Stich.

»Vielleicht«, sagte sie. »Ich kann sie fragen. Aber ich weiß nicht, wann ich sie das nächste Mal sehe.«

Carolin verhielt sich noch immer distanziert. Iris wollte sie nicht bedrängen und damit alles noch komplizierter machen. Sie musste ihr Raum geben, auch wenn es sich furchtbar anfühlte.

»Wieso das? Ich dachte, ihr seid das perfekte Team?«

»Das dachte ich auch. Aber es ist nicht so einfach.«

Sie wich seinem Blick aus und starrte auf ihre Kaffeetasse herab. Sie versuchte, ihre Gefühle in den Griff zu bekommen.

»Ist sie nicht zufrieden mit deiner Arbeit?«, fragte Lukas. »Oder hat sie nicht genug Zeit für dich?«

»Sowas in der Art«, sagte Iris.

Ihre Kehle schnürte sich plötzlich zu, und sie kämpfte um ihre Selbstkontrolle. Sie konnte jetzt nicht vor Lukas in Tränen ausbrechen.

»Iris? Alles okay mit dir?«

Sie nickte und presste die Lippen zusammen. »Ja. Es ist…okay. Es ist nichts. Tut mir leid.«

Sein Blick wurde weich. »Oh nein. Iris.«

Lukas klappte den Laptop zu, trat neben sie und legte ihr eine Hand auf den Arm. Er senkte seine Stimme, nur für den Fall, dass Emily im Nebenzimmer doch schon aufgewacht war.

»Du bist doch nicht immer noch verliebt in sie?«

Iris schüttelte den Kopf, dann nickte sie, dann schüttelte sie wieder den Kopf.

»Es ist mehr als das«, brachte sie heraus.

»Was meinst du?«

»Du darfst es niemandem erzählen«, sagte Iris. Ihre Kehle brannte, und jetzt traten ihr doch die Tränen in die Augen. »Auch nicht Emily. Schwör es mir!«

»Ich schwöre es. Ich bin doch kein Idiot! Komm mit.«

Er nahm ihre Hand und zog sie mit sich ins Wohnzimmer auf das Sofa.

»Und jetzt erzähl' mal, was ist los?«

Iris unterdrückte ein Schluchzen. Es war einfach alles zu viel. Die Albträume und der Stress waren schlimm genug. Doch Carolins Distanz und die unerträgliche Sehnsucht konnte sie nicht länger stumm ertragen. Sie musste wenigstens einem Menschen davon erzählen.

»Ich bin nicht nur in sie verliebt. Sie…will mich auch. Sie wollte mich.«

»Heißt das…ihr habt…?«

Iris nickte. »Ja. Ich habe mit ihr geschlafen. Es war wundervoll. Sie war wundervoll. Aber jetzt…weiß ich einfach nicht mehr…was ich tun soll.«

»Oh, Iris«, sagte Lukas. Er strich ihr sanft über den Rücken. »Das war vielleicht…keine gute Idee.«

»Ich weiß!«, sagte Iris. Wieder schossen ihr Tränen in die Augen. »Aber sie ist einfach wunderbar, weißt du? Und sie hat gesagt, dass ich etwas Besonderes für sie bin. Aber jetzt hält sie sich fern von mir. Ich habe Angst, dass sie mich nicht mehr will.«

Lukas schüttelte bekümmert den Kopf. »Iris. Wie hast du dir das vorgestellt? Mit einer Professorin? Das kann doch nicht funktionieren.«

Iris schüttelte den Kopf. »Aber warum nicht? Wir sind beide erwachsen, oder?«

»Ja. Aber sie ist, wie viel, neun Jahre älter als du? Und sie riskiert damit ihre ganze Karriere. Das passt überhaupt nicht zu ihr. Ich hätte nie gedacht, dass sie das zulassen würde.«

»Ich auch nicht. Ich konnte es gar nicht glauben. Es war mehr, als ich mir erträumt hatte. Aber es hat sich so richtig angefühlt.«

Sie schluckte hart. »Vielleicht habe ich mir auch nur etwas vorgemacht. In letzter Zeit redet sie nicht mal mehr mit mir, weil sie Angst hat, dass jemand es herausfindet.«

»Natürlich. Sie hat völlig recht.« Lukas seufzte. »Es tut mir leid, das zu sagen, aber…sie ist wohl einfach zur Vernunft gekommen. Vermutlich hat sie eingesehen, dass ihr keine Zukunft miteinander habt.«

Iris schluchzte auf und vergrub ihr Gesicht an seiner Schulter. Sie wollte das nicht hören. Das konnte nicht die Wahrheit sein.

»Aber sie hat gesagt, dass sie sich nicht vorstellen kann, ohne mich zu leben.«

»Was erwartest du denn von ihr?«, fragte Lukas. »Willst du, dass sie ihre Karriere für dich aufgibt?«

»Ich weiß nicht«, sagte Iris mit einem Schniefen. »Nein, natürlich nicht. Aber ich dachte, wir könnten etwas Besonderes haben. Trotz allem. Ich dachte, wir könnten es schaffen.«

KAPITEL 42

~ Carolin ~

Klack, klack, klack, klack…

Der Klang von Absatzschuhen drang in Carolins Bewusstsein. Doch sie konnte das Geräusch nicht zuordnen. Ihre Gedanken kamen nur langsam in Bewegung. Ihr Mund war trocken. Wo war sie eigentlich? Sie spürte eine harte Fläche unter ihren Händen. Ihr Schreibtisch? Sie blinzelte und hob den Kopf.

In diesem Moment flog die Tür auf.

»Carolin«, sagte eine laute Frauenstimme, »Ich habe die Mail von Norbert weitergeleitet—«

Verschwommen erkannte Carolin Ursula. Was war passiert? Eben war sie noch damit beschäftigt gewesen, die Aufgaben der Studenten zu korrigieren, und dann -

Mist. Ich bin eingeschlafen.

Das war ihr noch nie passiert. Das *durfte* ihr nicht passieren. Sie konnte nicht einfach so zusammenklappen!

»Alles in Ordnung?«, fragte Ursula. »Hast du gerade geschlafen?«

Brennende Scham durchfuhr Carolin. Sie konnte es nicht leugnen. Aber sie musste die Kontrolle über die Situation zurückgewinnen.

»Ja, das habe ich«, sagte sie und hielt Ursulas Blick stand. »Ich…wollte eine Hypothese überprüfen.«

Ursulas Augenbrauen wanderten nach oben. »Ach ja?«

»Hast du die Studie zu leistungssteigernden Effekten von sogenannten Power Naps gelesen? Offenbar wirkt sich eine kurze Schlafperiode während des Tages positiv auf die körperliche Leistungsfähigkeit und die Konzentration aus.«

»Ist das so?«, sagte Ursula. »Ich hatte mir schon Sorgen gemacht, dass die ganze Arbeit vielleicht in letzter Zeit etwas zu viel für dich sein könnte.«

Sie starrte Carolin durchdringend an, als wollten sie sie durchleuchten. Genau das hatte Carolin befürchtet. Ursula zweifelte daran, dass sie das Zeug dazu hatte, Professorin zu werden. Sie hielt sie für schwach.

Und sie hatte recht. Carolin schlief kaum noch eine Nacht ruhig durch. Die Angst, dass jemand ihr und Iris auf die Schliche kommen würde, verfolgte sie ständig. Zugleich vermisste sie Iris so sehr, dass es fast körperlich wehtat. All das raubte ihr die Kraft, die sie eigentlich für ihre Arbeit brauchte. Doch Ursula durfte von all dem nichts erfahren.

»Das ist sehr aufmerksam von dir«, sagte Carolin. »Aber mir geht es wunderbar.«

»Das freut mich zu hören«, sagte Ursula, aber sie klang nicht überzeugt. Sie zögerte einen Moment, dann schloss sie die Tür hinter sich und trat einen Schritt näher an den Schreibtisch heran. »Carolin…du musst mir nichts vormachen. So unter Kollegen—ich weiß, was vor sich geht.«

Carolins Herz setzte einen Schlag aus.

»Wie bitte?«

»Ach, Carolin. Du hast doch nicht geglaubt, dass niemand es merken würde?«

Carolin wurde eiskalt. Sie brachte kein Wort heraus. Das war unmöglich. Ursula konnte nichts davon wissen. Oder etwa doch?

»Ich habe dich beobachtet«, sagte Ursula. »Du bist nicht mehr dieselbe. Ich sehe, wie es dich belastet. Es verfolgt dich. Du kannst kaum noch ruhig schlafen, nicht wahr?«

Sie weiß es.

Das durfte nicht sein. Auf keinen Fall. Carolins Gedanken überschlugen sich. Sie versuchte, irgendeinen Ausweg aus dieser Situation zu finden, doch ihr fiel nichts ein.

»Ich weiß, dass du zu Iris gegangen bist. Sie war für dich da. Erst habe ich nicht verstanden, warum du dich so für ihr Projekt interessierst. Warum du mit ein paar Studenten arbeiten würdest. Du hast doch Besseres zu tun. Aber jetzt ergibt alles Sinn.«

»Es ist nicht—«, begann Carolin

Ursula hob die Hand. »Schh«, machte sie, wie um ein Kind zu beruhigen. »Ich weiß. Du hast es getan, weil Iris dir Hoffnung gegeben hat. Aber du wolltest nicht, dass jemand weiß, wie es um dich steht. Du konntest niemandem die Wahrheit sagen.«

Sie griff nach Carolins Händen. Carolin konnte sie nicht einmal zurückziehen. Sie rang nach Worten. War das das Ende? Gab es keine Rettung mehr?

»Ich—es ist nicht«, begann sie. »Ich wollte nicht—«

»Natürlich nicht. Du musst dich nicht dafür schämen.«

Wie bitte?

Das ergab keinen Sinn. Warum sah Ursula sie mit diesem Ausdruck milder Sorge an? Sie müsste entsetzt und schockiert sein. Stattdessen spielte sie die weise Ratgeberin, die wusste, was gut für Carolin war. Das passte einfach nicht.

Ursula drückte ihre Hände und sah ihr tief in die Augen. »Carolin, du brauchst jemanden, der dich behandeln kann.«

»Der mich—was?«

Ursula lächelte milde.

»Einen Experten für deine Albträume, meine Liebe!«

Und auf einmal ergab alles Sinn. Carolin wäre vor Erleichterung beinahe in Tränen ausgebrochen. Ursula wusste nichts von Iris. Sie glaubte einfach nur, dass Carolin Schlafprobleme hatte. Und dass sie deswegen so interessiert an Iris' Projekt war.

»Das ist unglaublich aufmerksam von dir, Ursula«, sagte Carolin. »Ich…ich weiß es sehr zu schätzen.«

Noch immer pochte ihr Herz heftig. Sie war sich so sicher gewesen, dass die absolute Katastrophe über sie hereinbrechen würde, und nun war sie doch an ihr vorübergezogen. Aber das hier war die letzte Warnung. Ein Weckruf, der ihr vor Augen führte, wie sehr sie mit dem Feuer spielte. Sie hatte gerade noch einmal Glück gehabt.

Was Ursula tatsächlich zu wissen glaubte, war allerdings auch nicht optimal. Wenn Ursula sie für psychisch angeschlagen hielt und ihr dringend eine Behandlung nahelegte, würde sie Carolin auch nicht als geeignete Kandidatin für die Professur betrachten.

»Es besteht kein Grund zur Sorge«, sagte Carolin. Sie zwang sich zu einem Lächeln. »Es ist so…Ich habe eine neue Kaffeesorte ausprobiert, und die hat vorübergehend meinen Schlafrhythmus durcheinandergebracht. Aber das wird sich schnell wieder einpegeln. Deswegen auch das Experiment mit dem Power Nap.«

»Bist du sicher?«

»Absolut sicher. Ich hatte seit Jahren keine Albträume mehr.« Das war sogar die Wahrheit, wenn man ihre diffusen Angstgefühle und das nächtliche Hochschrecken nicht zählte. »Es ist wundervoll, dass du an mich denkst. Aber mir geht es gut.«

Sanft, aber bestimmt zog sie ihre Hände zurück. »Was war das für eine Mail, über die du mit mir sprechen wolltest?«

Das gesamte Gespräch über fühlte Carolin sich, als würde etwas ihre Lungen zusammenpressen und sie am Atmen hindern. Als Ursula endlich ging, atmete sie tief durch und vergrub das Gesicht in den Händen. Ihr ganzer Körper bebte, und sie wusste nur zu genau, warum. Die Nervenzellen ihres limbischen Systems hatten im Angesicht der gefährlichen Situation Alarm geschlagen, um eine Stressreaktion auszulösen. Nun durchflutete Adrenalin ihr Blut, Herzschlag und Atmung beschleunigten sich. Ihr Körper war bereit, der Gefahr zu entkommen. Nur konnte Carolin vor ihrem Problem nicht davonlaufen.

So kann es nicht weitergehen.

Sie war der Entdeckung nur um Haaresbreite entgangen. Wenn Ursula nur den kleinsten Hinweis fand, würde sie eins und eins zusammenzählen und erraten, was vor sich ging. Es war nur eine Frage der Zeit, bis alles in einer Katastrophe enden würde.

Vielleicht musste Carolin wirklich die Betreuung von Iris' Promotion aufgeben. Und aufhören, sie bei ihrem Projekt mit den EEG-Stirnbändern zu unterstützen. Ihre enge Zusammenarbeit erregte einfach zu viel Aufmerksamkeit.

Dabei war daran nichts Unangemessenes—Carolin liebte es, mit Iris zu arbeiten, weil sie klug und voller Ideen war, und weil sie an ihr Projekt glaubte. In den letzten Monaten hatte die Arbeit mit Iris ihr mehr Spaß gemacht als all ihre restliche Forschung. Der Gedanke, all das aufgeben zu müssen, war fast unerträglich. Aber was für eine Wahl hatte sie?

Carolin stand auf. Sie hielt den Anblick ihres Büros nicht länger aus. Nach dem Schreck, den sie gerade durchgestanden hatte, wollte sie einfach nur nach Hause. Es war sowieso schon lange nach fünf, und sie konnte auch daheim arbeiten. Sie griff nach ihrer Jacke, schob rasch ein paar Dokumente und ihren Laptop in ihre Tasche und ging nach draußen.

Im Flur kam ihr jemand entgegen.

»Carolin!«

Es war Lukas. Sie hatten kein Gespräch verabredet, und das hier war nicht seine Fakultät. Was trieb er hier?

»Kann ich kurz mit dir reden?«, fragte er.

»Nicht jetzt«, sagte Carolin. »Tut mir leid.«

Und damit ging sie an ihm vorbei zum Treppenhaus.

»Carolin, nur einen Augenblick. Ich brauche nur fünf—«

Doch Carolin ignorierte ihn und eilte die Stufen hinab. Sie erreichte das Erdgeschoss und ging zum Parkplatz. Die letzte Vorlesung hatte schon vor mehr als einer halben Stunde geendet, und nur noch wenige Autos standen hier. Als Carolin ihren Wagen aufschloss, tauchte Lukas wieder neben ihr auf.

»Carolin. Ich mache es kurz.«

»Ich habe leider keine Zeit«, sagte Carolin und stieg ein. Doch er legte seine Hand auf die Autotür, ehe sie sie zuziehen konnte, und beugte sich herunter. Sein sonst so offenes und freundliches Gesicht war plötzlich erschreckend ernst.

»Hör zu«, sagte er, leise, aber bestimmt. »Es geht mich nichts an, was du mit deinem Leben machst. Aber ich mache mir Sorgen um Iris.«

»Ich—«

Er ließ ihr keine Zeit für eine Reaktion. »Ich weiß, dass das zwischen euch nicht gut enden wird. Also bitte mach ihr keine Versprechen, die du nicht halten kannst.«

»Ich mache keine—«

»Sie hat es verdient, dass du ehrlich zu ihr bist. Brich ihr nicht das Herz.«

Carolin suchte nach Worten. Sie trieb keine Spiele mit Iris, sie versuchte doch nur, in dieser unmöglichen Situation einen Kompromiss zu finden. War es das, was Iris von ihr dachte? Hatte sie deshalb Lukas davon erzählt? Und was würde er jetzt tun?

Als habe er ihren letzten Gedanken erraten, schüttelte er den Kopf, ließ die Tür los und trat zurück. »Keine Sorge. Von mir erfährt niemand etwas. Iris zuliebe.«

Carolin nickte nur. Es hatte ihr die Sprache verschlagen. Sie zog die Autotür zu und startete den Wagen. Als sie vom Parkplatz fuhr, sah sie ihn im Rückspiegel, wie er ihr nachsah.

KAPITEL 43

~ Iris ~

Iris ging mit einem flauen Gefühl über den Flur zu Carolins Büro. Vor mehr als einem Jahr hatte sie das erste Mal an diese Tür geklopft. Damals war sie nervös gewesen. Doch nun spürte sie eine ganz andere Art von Furcht, die viel tiefer ging.

»Herein«, sagte Carolin.

Iris trat ein. Trotz all der Sorge bemerkte sie, wie gut Carolin aussah. Sie hatte ihr Haar hochgesteckt und trug einen grauen Nadelstreifenanzug und ein dunkles Shirt. Ihr Blick war auf ein Dokument auf ihrem Schreibtisch gerichtet, und in ihrem ernsten Gesicht war nichts als Konzentration zu lesen.

»Carolin«, sagte Iris.

Beim Klang ihrer Stimme zuckte Carolin unmerklich zusammen. Sie blickte auf. Iris registrierte die winzigen Veränderungen: Wie sich Carolins Augen weiteten, ihre Haltung an Spannung verlor und ein Hauch von Verletzlichkeit plötzlich in ihren Zügen stand. Wenn man sie nicht kannte, hätte man die Zeichen nicht bemerkt, doch für Iris waren sie mehr als deutlich. Carolin sah erschöpft aus, defensiv, beinahe ängstlich.

Ist das meine Schuld? Tue ich ihr das an?

»Iris«, sagte sie. »Kann ich dir helfen?«

Iris schluckte. Ungewollte Gedanken schossen durch ihren Kopf.

Sag mir, wie es dir geht. Nimm mich in den Arm. Sag mir, dass alles gut wird. Dass wir zusammen sein werden.

Doch sie sprach sie nicht aus. Nicht hier. Das würde Carolin nur noch mehr unter Druck setzen. Stattdessen räusperte sie sich und bemühte sich um einen normalen Tonfall.

»Es geht um das Start-up. Wir haben zwei Mitarbeiter gefunden. Lukas meint, wir können bald die formelle Gründung durchführen. Er will auch mit Investoren sprechen.«

»Klingt vernünftig.«

»Wir haben eine Bitte an dich. Wir möchten, dass du unser Projekt offiziell unterstützt. Du könntest ein Interview geben und bestätigen, dass das Stirnband auf solider Forschung basiert und tatsächlich funktioniert.«

Carolin schüttelte sofort den Kopf. »Ich fürchte, ich habe momentan keine Zeit für so etwas.«

»Aber es ist wichtig. Wir brauchen eine richtige Autorität, jemanden, den die Leute respektieren. Du bist eine angesehene Professorin für Neurowissenschaften. Die Investoren würden unser Projekt viel ernster nehmen, wenn du für uns eintrittst. Bitte.«

Carolin schüttelte den Kopf. »Nein. Ich denke nicht, dass das eine gute Idee wäre.«

»Das verstehe ich nicht. Was spricht denn dagegen?«

Carolin warf die Hände in die Luft. »Alles spricht dagegen! Denk doch mal eine Sekunde nach!«

Sie stieß die Luft aus. »Zum Beispiel, dass meine Gutachterin denkt, dass ich meine Karriere vernachlässige, um mich mit zweifelhaften Hobbies zu beschäftigen. Oder dass es ein wenig verdächtigt wirkt, wenn ich nur für meine Doktorandin derartig viel Mühe in eine Nebensache investiere. Dass es so aussehen könnte, als würde ich dich bevorzugt behandeln. Aber daran denkst du ja nicht. Du denkst nur daran, wie nützlich mein Professorentitel für euch ist.«

»Das stimmt nicht…«

»Und weißt du, wie viele Start-ups scheitern? Mehr als achtzig Prozent. Was, wenn euer Projekt ebenso zusammenbricht? Dann ist mein guter Name, der dir ja so wichtig ist, genauso ruiniert.«

Iris starrte sie an. »Aber—ich dachte, du glaubst an uns.«

Carolins zuckte unmerklich zurück. Sie konnte den Schmerz in ihren Augen nicht ganz verbergen.

»Das tue ich, Iris. Ich will dich unterstützen. Aber…ich kann nicht alles dafür aufgeben.«

Sprach sie noch von dem Start-up, oder ging es hier um viel mehr?

»Ich dachte…ich wollte das mit dir zusammen machen«, sagte sie. Ihre Stimme zitterte. »Ich dachte, du wärst stolz darauf.«

»Das bin ich auch!«

»Warum stehst du dann nicht dazu?«

In diesem Moment fiel auf dem Flur eine Tür zu. Carolin und Iris zuckten zusammen, und Carolins Blick huschte hinüber zur Tür. Sie war geschlossen, doch durch den Spalt unten konnten Stimmen hindurchdringen. Konnte man sie draußen hören? Beide blieben für einen Moment stumm. Doch sie hörten kein weiteres Geräusch von draußen.

Carolin stützte sich an ihrem Schreibtisch ab und atmete tief durch.

»Iris—es tut mir leid. Ich hätte nicht so aus der Haut fahren sollen. Ich weiß, dass euer Projekt eine fantastische Sache ist. Und ihr werdet vielen Menschen damit helfen. Aber ich kann euch einfach nicht unterstützen. Es geht nicht.«

Ihr Gesicht sah grau und erschöpft aus. Ihr Blick schien Iris um Verständnis zu bitten. Iris sah weg.

»Ich verstehe«, sagte sie.

Sie würde gern glauben, was Carolin sagte. Aber vielleicht war sie einfach nicht gut genug für sie. Vielleicht passte ihr lächerliches Projekt einfach nicht in Carolins Karriere. Und genauso wenig Iris selbst.

»Ich wünschte, es wäre anders«, sagte Carolin.

Ihre Stimme klang belegt. Und Iris wusste, dass sie nicht nur das Projekt meinte, sondern ihre Beziehung, die nie richtig begonnen hatte und schon keine Zukunft mehr hatte.

»Ich auch.«

Iris schluckte hart. Wenn sie noch länger hierblieb, würde sie in Tränen ausbrechen. Und damit würde sie alles nur noch schlimmer machen. Das konnte sie Carolin nicht antun.

»Ich hatte einfach nur gehofft, dass…«

Sie konnte nicht weitersprechen. Ihre Kehle schnürte sich zu.

»Ich muss gehen«, sagte sie mit erstickter Stimme, wandte sich ab und verließ das Büro.

In dieser Nacht hatte Iris wieder den gleichen Albtraum. Sie stand auf einer Bühne vor einem großen Publikum. Mikrophone und Kameras waren auf sie gerichtet. Sie wusste, dass sie in Frankfurt war, auf der Konferenz. Trotzdem waren da ihre Eltern im Publikum. Und die Start-up-Investoren, Männer und Frauen in grauen Anzügen, die sie kritisch musterten. Alle wollten sehen, was wirklich in ihr steckte. Und sie würden Zeugen werden, wie sie versagte.

Es ist ein Traum, dachte sie, in dem verzweifelten Versuch, sich zu beruhigen und die Kontrolle zurückzugewinnen. *Mir kann nichts passieren.*

Doch es half nichts. Das Publikum begann, unruhig zu murren und zu murmeln. Iris versuchte, sich vorzustellen, wie sie alle beeindruckte und der Traum ein gutes Ende fand. Doch sie konnte sich nicht davon überzeugen, konnte nicht ehrlich daran glauben. Als sie auf ihre Notizen blickte, waren da nur komplizierte Formeln und komplexe Graphen. Sie war zu dumm, sie zu verstehen. Sie gehörte nicht hierher. Sie war nicht gut genug. Kalter Schweiß lief ihren Rücken herab. Noch immer brachte sie kein Wort heraus. Sie suchte verzweifelt nach Halt. Doch da waren nur kalte Augen, die sie verächtlich anstarrten.

Iris schreckte hoch. Sie lag in ihrem Bett. Ihr Herz pochte heftig, doch sie war allein.

Es war nur ein Traum, sagte sie sich, immer wieder, bis ihr Puls sich beruhigte.

Von draußen fiel blasses, graues Licht herein. Die Sonne war noch nicht aufgegangen. Iris tastete nach ihrem Handy und warf einen Blick auf die Uhrzeit. Es war kurz vor sechs. Sie legte es zurück und ihre Hand streifte das Traumtagebuch.

Eigentlich sollte sie aufschreiben, was sie geträumt hatte. Doch etwas in ihr scheute davor zurück. Sie wollte nicht darüber nachdenken. Sie fühlte sich schon erbärmlich genug, sie musste es nicht noch einmal durchmachen. Lieber wollte sie einfach vergessen. Nicht mehr daran denken. Den schrecklichen kalten Knoten in ihrem Inneren ignorieren, bis er hoffentlich verschwand.

Sollte sie wieder schlafen gehen? Dann würde der Traum vielleicht zurückkehren. Iris erschauderte. Sie griff nach ihrem Laptop, legte ihn auf ihre Knie und suchte einen ihrer Lieblingsfilme heraus, einen Horrorklassiker in Schwarz-Weiß. Das war genau, was sie jetzt brauchte. Sie rutschte tiefer zwischen die Decken und sah den flackernden Bildern auf dem Monitor zu. Der Film lenkte sie ab und hielt sie wach, bis es endlich acht Uhr war.

Schließlich stand Iris auf und zog sich an. In der Küche traf sie auf Emily und Lukas.

»Alles okay mit dir?«, fragte Emily. »Du siehst so blass aus.«

»Nicht gut geschlafen«, sagte Iris.

Sie fühlte sich immer noch beklommen und jetzt auch erschöpft.

»Schlechte Träume?«, fragte Lukas.

Iris vermied jeden Gedanken daran und zuckte mit den Schultern. »Wahrscheinlich. Kann mich nicht erinnern.«

»Du solltest etwas essen«, sagte Lukas, ehe er in sein Zimmer ging.

Iris nickte und machte sich Frühstück. Aber sie bekam kaum einen Bissen herunter. Sie hatte die schemenhafte Welt der Träume hinter sich gelassen, doch die Realität war auf eine ganz andere Weise bedrückend. Sie dachte an Carolin und an ihre unmögliche Lage. Es stand einfach zu viel auf dem Spiel. Iris wollte nicht daran schuld sein, dass alles, woran Carolin gearbeitet hatte, zusammenbrach. Vielleicht sollte sie aufhören, sich in ihr Leben zu drängen, oder sie würde alles ruinieren.

Iris schob ihren Teller weg. Ihre Augen schmerzten und sie fühlte sich matt und erschöpft. Am liebsten wäre sie zurück ins Bett gekrochen. Aber das konnte sie sich nicht leisten. Sie hatte zu viel zu tun. Korrekturen, Datenauswertung, und natürlich der Vortrag für die

Konferenz in Frankfurt. Sie sollte eine Präsentation über ihre aktuelle Forschung zeigen und dann Fragen beantworten. Doch bei dem Gedanken daran zog sich ihr Magen zusammen. Bilder schossen ihr durch den Kopf—wie sie sich krampfhaft am Pult festklammerte und kein Wort herausbrachte. Ihr wurde übel. Sie stütze die Ellenbogen auf den Küchentisch und vergrub das Gesicht in den Händen.

Ich schaffe das nicht.

Sie hatte einfach keine Kraft dafür. Sie fühlte sich einsam. Hoffnungslos.

Warum kann ich mich nicht einfach irgendwo verkriechen und nie wieder herauskommen?

KAPITEL 44

~ Carolin ~

Carolin kämpfte sich mit zusammengebissenen Zähnen durch die nächste Woche. In den Vorlesungen spielte sie weiterhin die Rolle der kühlen, selbstbewussten Professorin, auch wenn sie sich nicht im Entferntesten als solche fühlte. Als sie Iris von Weitem auf dem Campus sah, musste sie ihre ganze Selbstkontrolle aufbringen, um nicht zu ihr zu gehen.

Am Donnerstag musste Carolin an einer Sitzung des Institutsrats teilnehmen. Sie achtete nicht darauf, worüber ihre Kollegen sprachen. Alle paar Minuten warf sie unauffällig einen Blick auf ihre Armbanduhr. Sie wollte einfach nur nach Hause, wo sie abgesehen von Cassandra allein war und nicht so tun müsste, als sei alles in Ordnung.

Endlich war die Sitzung vorbei. Carolin griff nach ihrer Tasche und war schon draußen auf dem Flur, als ihr jemand nachrief. »Professor Adler?«

Sie drehte sich um. Es war Alessandro. Sein strahlendes Lächeln war das Letzte, was sie jetzt sehen wollte.

Sie zwang sich zu einem höflichen Nicken. »Ja, Doktor Pereira? Was kann ich für Sie tun?«

»Ich dachte nur, Sie hätten vielleicht Lust auf einen Kaffee. Nach unserem kleinen Missverständnis beim Sommerfest hatte ich den Eindruck, da hängt so etwas zwischen uns in der Luft. Und das muss doch nicht sein.«

Es war siebzehn Uhr dreißig, und Carolin hatte nicht die geringste Lust auf Kaffee, schon gar nicht mit ihm. Aber ihre Kollegen waren in Hörweite, und sie wollte nicht abweisend erscheinen. Widerstrebend stimmte sie zu.

Sie gingen in das nahe Café. Alessandro begann ein Gespräch über belanglose Kleinigkeiten. Carolin fragte sich, ob er sie hergebeten hatte, nur um ihre Zeit zu verschwenden. Doch da kam er auch schon zum eigentlichen Kern der Sache.

»Sagen Sie, Carolin, darf ich Ihnen eine persönliche Frage stellen?«

Natürlich nicht. Aber Carolin biss die Zähne zusammen. Sie musste höflich bleiben. »Schießen Sie los.«

»Ich habe mich gefragt—geht da etwas vor sich, zwischen Ihnen und Iris? Ich meine, Frau Lemberg. Ich hatte den Eindruck, ihr Verhältnis ist…«

Carolin warf ihm einen scharfen Blick zu. »Ist *was*?«

»Etwas angespannt«, sagte er mit einem entschuldigenden Lächeln und breitete die Hände aus. »Ich habe Sie beide kürzlich reden hören. Keine Absicht, versteht sich, ich war nur zufällig auf ihrem Flur. Es klang wie eine…emotional geführte Debatte.«

Verflucht.

Warum musste er seine Nase in Dinge stecken, die ihn nichts angingen. Carolin hielt ihre Miene sorgsam neutral, während sie überlegte, was genau Iris und sie gesagt hatten. Konnte man daraus irgendeine Schlussfolgerung ziehen? Sie war sich nicht mehr sicher. Vielleicht hatte er etwas gehört…

»Das ist sehr aufmerksam«, sagte sie mit einem dünnen Lächeln. »Wie sehr Sie sich um Iris sorgen.«

Er konnte ruhig wissen, dass sie nicht vergessen hatte, wie er versucht hatte, sich an Iris heranzumachen.

»Aber keine Sorge, das war nichts von Bedeutung«, fügte sie hinzu. »Nur eine fachliche Meinungsverschiedenheit.«

»Verstehe«, sagte er. »Nun, ich hatte den Eindruck, Sie beide hätten eine besonders vertrauensvolle Beziehung.«

Die Art, wie er das letzte Wort aussprach, gefiel Carolin gar nicht. Wollte er andeuten, dass er etwas ahnte? Sie sah ihm direkt in die Augen.

»Natürlich haben wir ein Vertrauensverhältnis«, sagte sie kühl. »Ich betreue ihre Doktorarbeit.«

»Sicher«, sagte er. »Ich wollte nur sagen, falls Sie irgendwelche Schwierigkeiten haben, vielleicht eine kleine Unstimmigkeit—ich biete gern meine Hilfe an. Ich kann ja mal mit Iris reden, sehen, was man tun kann.«

Carolin konnte kaum glauben, dass er die Frechheit besaß, so etwas vorzuschlagen. Das fehlte noch, dass er sich zwischen sie drängte.

»Das ist sehr aufmerksam von Ihnen, aber nein, danke.« Sie stand auf. »Ich habe heute Abend noch Arbeit zu erledigen. Wenn Sie mich entschuldigen würden.«

Sie nickte ihm knapp zu und verließ das Café. Sie marschierte zu ihrem Wagen, stieg ein und fuhr nach Hause. Erst als sie die Haustür hinter sich zugezogen hatte, sackten ihre Schultern herab. Sie ließ sich auf das Sofa fallen und vergrub das Gesicht in den Händen.

Was mache ich nur?

Ihr Spiel wurde immer gefährlicher. Alessandro wusste nicht, was vor sich ging, sonst hätte er sie sicher direkt beim Dekanat angeschwärzt. Aber vielleicht hegte er einen Verdacht und wollte sehen, wie sie reagierte. Hoffentlich hatte sie sich nicht verraten.

Cassandra kam herbeigelaufen. Sie maunzte und rieb sich an Carolins Bein. Carolin stand seufzend auf und bereitete ihr Futter zu.

Erst Ursula, dann Alessandro. Wie lange noch, bis jemand ihr auf die Schliche kam? Wenn jemand sie ertappte, würde das ihren Ruf ruinieren. Alle würden sie verachten. Sie konnte sich die empört geschürzten Lippen von Ursula geradezu bildlich vorstellen. Selbst Norbert wäre vermutlich enttäuscht von ihr. Ihre Stelle würde dann an einen anderen aufstrebenden Wissenschaftler gehen, der frei von moralischen Fehltritten war.

Ihre Beziehung mit Iris war ein gewaltiges Risiko. Ein Fehler. Sie hatte das von Anfang an gewusst.

Warum habe ich es trotzdem getan?

Weil es sich so verdammt richtig angefühlt hatte.

Ihr Smartphone vibrierte. Es war eine neue Mail—von Iris. Carolins Herz machte einen kleinen Hüpfer, doch gleich darauf schalt sie sich für diese lächerliche Anwandlung. Sie öffnete die Mail.

Sehr geehrte Professor Adler,

Leider kann ich aus persönlichen Gründen in zwei Wochen nicht an der Konferenz in Frankfurt teilnehmen und dort auch keinen Vortrag halten.

Viele Grüße, Iris

Carolin schüttelte ungläubig den Kopf. Sie las die Nachricht noch einmal. Iris' Worte waren knapp, beinahe kalt. Sie erklärten nichts. Was waren das für persönliche Gründe? Warum sagte sie Carolin nicht, was los war?

Carolin stieß ein frustriertes Stöhnen aus und ließ sich rücklings auf das Sofa fallen. Cassandra schreckte von ihrem Fressnapf hoch und sah zu ihr.

»Tut mir leid, Süße«, sagte Carolin. »Ich habe einen schlechten Tag.«

Sie seufzte. »Iris hat abgesagt. Wahrscheinlich wegen mir. Ich hätte sie ermutigen sollen. Jetzt denkt sie, dass ich sie nicht unterstütze, und zweifelt an sich.«

Sie starrte einen Moment lang ins Leere. »Es sollte ihr egal sein, was ich denke. In ihr steckt alles, was eine fantastische Wissenschaftlerin ausmacht. Dafür braucht sie mich nicht. Sie braucht mich nicht.«

Cassandra war mit ihrem Futter fertig und kam zu ihr herüber. Sie sprang neben ihr auf das Sofa, und Carolin streichelte sie. »Vielleicht hat Lukas recht«, sagte Carolin. »Es kann nicht gut enden. Aber ich wollte doch nur, dass jemand mich versteht.«

Cassandra maunzte leise. Carolin lächelte traurig.

»Außer dir, Süße. Tut mir leid, aber ich brauche nun mal menschliche Gesellschaft.«

Sie kraulte die Katze am Kopf. »Ich habe mich seit Jahren nicht mehr so gut gefühlt wie mit ihr. Noch nie. Aber das ist egoistisch. Ich habe nicht daran gedacht, was ich anrichte. Wie sehr ich ihr wehtue.«

Cassandra rieb ihren Kopf an Carolins Schulter.

»Ich kann ihr nicht geben, was sie verdient. Ich bin schuld an allem, was passiert ist. Ich hätte es verhindern müssen. Sie ist zu sanft, sie würde niemals eine Grenze ziehen. Das ist meine Pflicht.«

Sie griff in ihre Tasche und holte ihren Laptop heraus.

»Ich darf sie nicht mit meinen Problemen belasten. Sie hat eine Betreuerin verdient, die fachlich hinter ihr steht und ihr Leben leichter macht, nicht schwerer.«

Carolin öffnete ihr Mailprogramm. Sie wollte etwas tippen, hielt dann aber inne. Sie sah zu Cassandra.

»Am liebsten würde ich ihr mein Herz ausschütten. Ihr sagen, wie sehr ich sie vermisse. Aber das kann ich ihr nicht antun. Wenn ich das mache…dann…dann musst du mich aufhalten, okay? Setz dich auf die Tastatur.«

Cassandra blinzelte und legte den Kopf schief.

Carolin lächelte traurig. »Irgendwie habe ich nicht das Gefühl, dass ich mich auf dich verlassen kann!«

Sie sah wieder auf ihren Bildschirm und atmete noch einmal tief durch. »Ich will ihr nicht ihre Zukunft ruinieren. Ich muss stark bleiben. Für uns beide.«

Später an diesem Abend setzte sie sich an das Klavier und versuchte, auf andere Gedanken zu kommen. Doch alle Stücke, die sie spielen wollte, waren vierhändig. Ohne Iris klangen sie traurig und leer.

KAPITEL 45

~ Iris ~

Ich habe sie enttäuscht.

Iris lag auf ihrem Bett. Sie starrte seit Minuten auf das Poster an der Wand. Eigentlich mochte sie die Unterwasserwelt in ihren leuchtenden Grün- und Blautönen, die ihre Fantasie immer beflügelt hatte. Doch jetzt wanderten ihre Augen wie von selbst zu den dunklen Tiefen herab. Es wäre schön, darin zu versinken. Sie wollte schlafen, ohne von schlimmen Träumen geplagt zu werden. All die Erwartungen und Verpflichtungen hinter sich lassen.

Sie wusste, dass Carolin enttäuscht von ihr war, weil sie nicht zur Konferenz nach Frankfurt fuhr. Es war so eine wichtige Chance für sie, und Carolin hatte ihr in einer Mail dringend geraten, es sich noch einmal zu überlegen.

Doch Iris fühlte sich nicht in der Lage, auf eine Bühne zu treten und einen Vortrag zu halten. Und selbst, wenn ihr das gelang—es wäre unerträglich, mit Carolin dorthin zu fahren. Sie wären sich für drei Tage so nahe und müssten doch tun, als sei da nichts zwischen ihnen. Carolin würde sie mit diesem regungslosen, neutralen Gesichtsausdruck ansehen, der sie warnte, ihr nicht zu nahe zu kommen. Iris hatte nicht die Kraft, diese Scharade aufrecht zu erhalten. Irgendwann würde jemand sie bei einer unbedachten Berührung oder einem sehnsuchtsvollen Blick ertappen. Oder sie würde einfach vor lauter Anspannung einen Zusammenbruch haben. Damit würde sie alles ruinieren.

Sie konnte nicht nach Frankfurt fahren. Doch natürlich war Carolin bitter enttäuscht davon, dass sie sich nicht zusammenriss und mehr Stärke bewies. Sie formulierte es in ihrer Mail freundlicher, doch Iris wusste, was Carolin darüber dachte.

Lukas klopfte an ihre Zimmertüre.

»Ja?«

Er kam herein. »Hey. Hast du schon Pläne fürs Essen heute?«

Iris schüttelte den Kopf. Er sah sie sorgenvoll an.

»Wie wär's, wenn wir ausnahmsweise was bestellen? Zum Beispiel Sushi?«

Er hielt einen Flyer hoch. Doch der Gedanke an Sushi erinnerte Iris an Carolin. Sie schüttelte erneut den Kopf. »Irgendetwas anderes«, sagte sie.

»Okay, dann Pizza?«

Iris nickte. »Eine Margherita für mich.«

»Alles klar. Ich kümmere mich drum.«

Vorsichtig zog er die Zimmertür wieder zu. Iris drehte sich zur Seite und zog ihre Beine an.

Wie hatte sie jemals glauben können, dass ihre Beziehung zu Carolin eine Zukunft hatte? Es war von Anfang an eine absurde Vorstellung gewesen. Warum würde Carolin sich überhaupt darauf einlassen? Sie hatte so viel zu verlieren und so wenig zu gewinnen. Es war nichts als ein unsinniger Traum gewesen. Wie hatte sie so naiv sein können?

Ein leises *Pling* ertönte von ihrem Laptop. Iris wollte die Nachricht am liebsten ignorieren. Aber es war möglich, dass sie von Carolin kam...Sofort schossen ihr wilde Gedanken durch den Kopf, Fantasien darüber, wie Carolin ihr von ihren tiefsten Emotionen berichtete, ihr ihr Herz ausschüttete und erklärte, dass sie sie jetzt sofort sehen musste. Natürlich wusste Iris, dass das lächerlich war, doch sie richtete sich auf und sah nach.

Die E-Mail stammte wirklich von Carolin. Iris schluckte. Doch in der Betreffzeile stand nur ein einziges Wort: *Promotion.*

Iris' Magen zog sich zusammen.

Ihr war klar, dass Carolin enttäuscht war. Sie hielt sie vermutlich für feige, weil sie nicht zur Konferenz fuhr. Doch dieser Titel verhieß nichts Gutes. Hatte Carolin beschlossen, dass Iris es nicht mehr wert war, von ihr betreut zu werden? Oder fand sie, dass Iris ihre Promotion am besten ganz aufgeben sollte?

Plötzlich wollte Iris die Nachricht lieber nicht lesen. Sie klappte den Laptop zu. Sie konnte sich auch später noch damit befassen.

Auf der Suche nach irgendeiner Ablenkung setzte sie sich an das Klavier. Sie spielte ein paar Sonatinen und dann eine Nocturne von Chopin, deren Satz in Moll sie besonders mochte. Doch auf ihrem verstimmten Instrument klangen die Stücke nicht so volltönend und harmonisch wie auf Carolins.

Denk nicht an sie, versuchte sie sich zu sagen.

Sie spielte weiter, bis ihr Telefon klingelte. Iris erstarrte. War das Carolin, die ihr erklärte, wie enttäuscht sie von ihr war? Sie beäugte aus der Distanz das Display und atmete auf. Es war nur ihre Mutter.

»Iris, mein Schatz, wie geht es dir?«

»Oh, es geht so«, erwiderte Iris vage. Was sollte sie auch sonst sagen?

Meine Professorin hat mir das Herz gebrochen, und es ist meine eigene Schuld, danke der Nachfrage?

»Was macht die Promotion?«

»Viel zu tun, wie immer.«

»Hm, ja. Sag mal, meine Liebe, du kommst doch sicher am Wochenende, nicht wahr?«

Iris brauchte einen Moment, um sich daran zu erinnern, wovon sie sprach. Richtig, sie hatte eine Einladungskarte bekommen. Ihre Eltern feierten ihre Perlenhochzeit, ihren dreißigsten Hochzeitstag. Eigentlich hatte Iris wegen der Konferenz in Frankfurt absagen wollen, aber nun hatte sie keine Ausrede mehr.

»Ja, natürlich«, sagte sie.

Sie hoffte, dass ihre Stimme nicht erkennen ließ, wie leer und hoffnungslos sie sich fühlte. Doch zum Glück war ihre Mutter zu sehr mit den organisatorischen Fragen beschäftigt, um etwas zu bemerken. Sie instruierte Iris genau, um welche Uhrzeit sie ankommen sollte.

»Und wir dachten, es wäre doch schön, wenn du etwas für uns spielen könntest«, fügte sie noch hinzu. »Einen flotten Walzer oder so.«

»Ich weiß nicht«, sagte Iris zögernd. »Ich habe überhaupt nichts Passendes geübt.«

»Ach, Unsinn, das schaffst du doch mit links. Wir bestehen darauf.«

Sie ignorierte alle weiteren Proteste, bis Iris schließlich nichts anderes übrigblieb, als zuzustimmen.

Ein paar Minuten später klingelte es an der Tür, und kurz darauf klopfte Lukas.

»Deine Pizza ist da. Willst du ins Wohnzimmer kommen?«

»Wir schauen Alice im Wunderland!«, rief Emily von irgendwo hinter ihm. »Und ich mach uns Erdbeerinhas!«

»Erdbeer-Caipirinhas«, erklärte Lukas. »Bist du dabei?«

Iris schüttelte den Kopf. »Das ist lieb. Aber ich bin ziemlich müde. Ich esse einfach hier.«

»Na gut.«

Er legte den Pizzakarton auf den Rand ihres Schreibtischs und ließ sie allein. Iris wollte sich gerade ein Stück nehmen, als ihr Handy schon wieder piepste. Sie hatte eine neue Mail.

Der Absender war eine Universitätsadresse aus Montréal. Iris' Puls beschleunigte sich augenblicklich. Die Mail kam von den Forschern, die versucht hatten, die Resultate aus Iris' Studie zu replizieren. Dies hier waren ihre Ergebnisse, genauer gesagt, die Rohdaten. Jetzt würde sich zeigen, ob alles, woran Iris gearbeitet hatte, bestätigt wurde—oder ob es völlig nutzlos war.

Sie schob den Pizzakarton beiseite und überflog die Mail. Dann lud sie die Datensätze herunter. Einige der Anmerkungen und Beschriftungen waren auf Französisch, doch Iris fand sich schnell in den Tabellen zurecht. Offenbar hatten die Kanadier eine deutlich größere Zahl Probanden gewonnen. Die Studie war ähnlich aufgebaut wie die von Iris. Der größte Unterschied war, dass die Kanadier die *Dream-Catcher*-Stirnbänder benutzten, die Iris und Lukas entwickelt hatten. Somit mussten ihre Probanden nicht im Schlaflabor übernachten, sondern konnten daheim in ihren eigenen Betten das luzide Träumen lernen.

Die kanadischen Forscher hatten ihre eigene numerische Skala verwendet, um die Häufigkeit und Schwere der Albträume zu klassifizieren. Mit dem bloßen Auge konnte Iris in den Zahlenkolonnen natürlich keine Muster erkennen, also öffnete sie ihre Statistiksoftware und schrieb etwas Code, um die Daten auszuwerten.

Das war die Stunde der Wahrheit. Iris Herz pochte so heftig, als müsste sie gleich auf eine Bühne treten. Was, wenn ihre ganze Arbeit sich als nichts als heiße Luft erwies?

Vielleicht hatte sie sich geirrt oder verrechnet. Sie hatte ihre Daten tausendmal überprüft, aber sie könnte etwas übersehen haben. Vielleicht waren alle ihre Theorien falsch, ihr Ansatz aussichtslos.

Dann würden alle ihre Kollegen denken, dass sie eine Idiotin war, oder schlimmer noch, eine Hochstaplerin und Betrügerin, die sich Ruhm erschleichen wollte, der ihr nicht zustand.

Iris schob den Gedanken beiseite und konzentrierte sich auf die Daten vor ihr. Sie führte eine Varianzanalyse durch, die ihr zeigen sollte, ob die transkranielle Stimulation den Probanden geholfen hatte, und wenn ja, wie sehr.

Das Ergebnis war nicht, was sie erwartet hatte.

Sie starrte auf die Zahlen. Ihr wurde schwindlig. Das war eindeutig eine signifikante Korrelation. Aber die Probanden mit dem Stirnband hatten ihre Albträume nicht reduzieren können. Im Gegenteil. Es hatte alles schlimmer gemacht.

Iris' Finger fühlten sich taub an. Trotzdem ließ sie die Analyse noch einmal durchlaufen. Sie überprüfte alle ihre Eingaben, doch das Ergebnis war das gleiche. Die Zahlen waren eindeutig und erbarmungslos.

Die Gruppe, die das Stirnband benutzte, um ihre Träume zu steuern, hatte am Ende die schlechtesten Werte. Sie litten unter stärkeren Albträumen als vorher, verspürten mehr Angst und fühlten sich im Alltag mehr belastet.

Es war eine Katastrophe. Iris starrte die Zahlen an, während die furchtbare Erkenntnis sich langsam in ihr ausbreitete.

Ich habe diesen Menschen geschadet. Ich habe es schlimmer gemacht.

Sie klappte den Laptop zu, warf sich auf das Bett und drückte ihr Gesicht ins Kissen.

Alles war gescheitert. Sie war zu nichts zu gebrauchen. Ihre Eltern hatten recht gehabt—sie hätte doch Dermatologin werden sollen, oder lieber Sprechstundenhilfe in der Praxis ihres Bruders. Mehr konnte sie nicht erreichen. Ihr zwischenzeitlicher Erfolg war nichts als ein dummer Fehler in ihren Daten.

Was würde Carolin sagen, wenn sie davon hörte?

Iris krümmte sich zusammen. Carolin würde so unglaublich enttäuscht sein. Sie würde sich dafür schämen, dass sie Iris' Projekt unterstützt hatte, und nichts mehr mit ihr zu tun haben wollen.

Alles, was ich tue, endet in einer Katastrophe. Ich bin eine Versagerin.

Vermutlich war Carolin jetzt heilfroh, dass sie ihren Namen nicht mit dem Start-up assoziiert hatte. Wahrscheinlich würde sie Iris' Promotion auch nicht länger betreuen wollen.

Iris kam ein furchtbarer Gedanke. Was, wenn die Forscher aus Kanada ihre Daten auch an Carolin geschickt hatten? Vielleicht wusste sie schon längst davon. Und das stand sicher auch in ihrer Mail, die Iris noch nicht zu öffnen gewagt hatte—dass sie es nicht verantworten konnte, mit Iris in Verbindung gebracht zu werden. Dass sie mit einer Versagerin ohne Hoffnung auf wissenschaftlichen Erfolg nicht länger zusammenarbeiten konnte, und dass Iris sich eine neue Betreuung suchen sollte.

Oder vielleicht riet sie ihr auch, ihre Promotion gänzlich aufzugeben.

Iris' Kehle brannte, und Tränen stiegen ihr in die Augen. Sie rollte sich zusammen und drückte ihr Gesicht in das Kissen, dann schluchzte sie auf. Lukas sollte nicht hören, wie sie weinte.

Irgendwann musste sie ihm gestehen, was passiert war. Auch er hatte sich auf sie verlassen. Er hatte monatelang für ein Projekt gearbeitet, das auf ihrer Forschung basierte, und jetzt war alles umsonst.

Iris' Körper wurde von Schluchzern geschüttelt. Blindlings tastete sie nach einem Taschentuch.

Was sollte sie jetzt nur tun?

Alles war sinnlos. Ihre Promotion konnte sie genauso gut hinschmeißen. Sobald die kanadischen Wissenschaftler ihre Ergebnisse publizierten, würde alle Welt wissen, dass Iris' Arbeit nichts wert war. Es war aus und vorbei. Ihre Beziehung mit Carolin, ihre wissenschaftliche Karriere, die Hoffnung, dass sie Menschen helfen konnte—alles war nichts als ein lächerlicher Wunschtraum gewesen. Wie hatte sie je daran glauben können?

Irgendwann versiegten ihre Tränen, und aus purer Erschöpfung hörte sie auf, zu weinen. Sie richtete sich auf. Die Pizza war inzwischen kalt geworden, aber Iris hätte sowieso keinen Bissen essen können. Sie griff nach ihrem Laptop, legte ihn auf ihren Schoß und öffnete ihre eigenen Daten.

Sie wollte wenigstens wissen, was sie falsch gemacht hatte. Welcher dumme Fehler ihr die Illusion gegeben hatte, dass sie etwas erreichen könnte. Mehr als eine Stunde lang suchte sie in ihrem Code nach irgendeiner verdächtigen Stelle. Als sie nichts fand, grübelte sie noch einmal über das Studiendesign und über die statistischen Modelle, die sie verwendet hatte. Aber sie fand einfach keine Erklärung.

Trotzdem waren ihre Ergebnisse durch die kanadische Arbeit gründlich widerlegt, und die Forscher aus Montréal hatten viel mehr Erfahrung und mehr Studienteilnehmer.

Das musste heißen, dass Iris etwas so fundamental falsch verstanden hatte, dass sie blind für ihren eigenen Fehler war.

Sie stöhnte. Hoffentlich würde niemand denken, dass sie ihre Ergebnisse irgendwie gefälscht hätte. Schon die Vorstellung, dass alle sie für ahnungslos hielten, war schlimm genug, aber wenn sie ihr Absicht unterstellten, konnte sie ihre wissenschaftliche Karriere vergessen.

Iris fühlte sich leer. Hilflos. So schwach wie noch nie zuvor.

Vielleicht sollte sie einfach alles hinschmeißen. Ihre Promotion aufgeben, der Wissenschaft den Rücken kehren.

Eine kleine Stimme meldete sich in ihr zu Wort.

Vielleicht könnte ich dann wenigstens mit Carolin zusammen sein.

Immerhin gäbe es keinen Interessenkonflikt mehr.

Aber natürlich war das Unsinn. Carolin interessierte sich nicht für eine Versagerin. Sie hatte Besseres zu tun.

Iris seufzte und schloss die Augen. Ihre Gedanken drehten sich im Kreis, von ihrem eigenen Versagen über ihre gescheiterten Pläne zu Carolin und wieder zurück. Nur langsam glitt sie in einen Dämmerzustand hinüber, der irgendwo zwischen Wachsein und Schlafen lag. Sie sah Carolins Augen vor sich. Sah, wie sich ihr Blick verhärtete, wie ihre Züge eisig kalt wurden und sie sich verächtlich schnaubend abwandte. Iris wusste, dass sie nicht gut genug war. Dass sie versagt hatte. Dass sie nie gut genug für Carolin sein würde. Es tat weh. Und doch war es das Letzte, woran sie dachte, ehe sie in einen unruhigen Schlaf glitt.

KAPITEL 46

~ Carolin ~

Carolin stieg in ihren Wagen, legte die Hände auf das Lenkrad und atmete tief durch. Hatte sie auch nichts vergessen? Es wäre peinlich, in Frankfurt plötzlich ohne ihre Vortragsfolien dazustehen. Und sie würde es sich zutrauen, so erschöpft, wie sie in letzter Zeit war.

Aber sie hatte ihren Laptop mit den Dokumenten dabei. Und das Make-up, das ihre dunklen Augenringe kaschieren würde, die formelle Kleidung, die ihr helfen sollte, in die professionelle Rolle zu schlüpfen, und die Kopfhörer, um im Hotelzimmer zur Beruhigung etwas Musik zu hören.

Trotzdem hatte sie das Gefühl, dass etwas nicht stimmte, das etwas fehlte. Dieses Gefühl verfolgte sie schon seit Tagen und ließ sie einfach nicht los. Carolin warf einen Blick auf den leeren Beifahrersitz. Sie wusste genau, was sie vermisste. Doch Iris würde nicht mit ihr kommen, bei ihr sein, sich auf der Fahrt über alles Mögliche unterhalten, lachen und vielleicht sogar ihre Hand nehmen.

Stattdessen musste Carolin sich allein auf den Weg machen. Früher wäre das normal für sie gewesen. Himmel, sie hatte die letzten sechs Jahre praktisch völlig allein verbracht und es hatte ihr nichts ausgemacht! Doch jetzt war alles anders.

Sie hatte seit einer Woche keinen Kontakt mit Iris. Sie hatte nicht einmal Carolins Mails beantwortet. Es tat weh. Aber sie konnte es verstehen—Iris musste ihr eigenes Herz beschützen. Das konnte sie ihr nicht übelnehmen.

Seufzend startete Carolin den Wagen und machte sich auf die Reise.

Sie fuhr nach Süden, einer Front dunkelgrauer Wolken entgegen. Als sie am Schönefelder Kreuz auf die A10 einbog, begann es zu regnen. Das regelmäßige Trommeln auf dem Dach ihres Autos vermischte sich mit dem rhythmischen Geräusch der Scheibenwischer. Draußen zogen triste Ackerflächen vorbei.

Carolin versuchte, in Gedanken ihren Einführungsvortrag durchzugehen. Früher hatte sie oft im Auto ihre Vorträge geprobt. Aber jetzt gelang es ihr nicht, sich darauf zu konzentrieren. Ihre Gedanken kehrten unweigerlich immer wieder zu Iris zurück.

Sie wusste, dass es keinen Sinn hatte. Das einzig Vernünftige wäre es, einen Schlussstrich unter alles zu ziehen und ihre Beziehung zu beenden. Dann konnte sie ihre eigene Karriere vielleicht noch retten. Sie sollte auch die Betreuung ihrer Promotion aufgeben und sie nicht wiedersehen, um nicht in Versuchung geführt zu werden. Nur, wenn sie sich von ihr fernhielt, hatte sie den Hauch einer Chance, die Kontrolle zurückzugewinnen.

Dieser Plan war vernünftig und richtig. Und Carolin hasste ihn mit jeder Faser ihres Körpers.

Sie wollte Iris nicht aufgeben. Sie wollte ihr so nahe sein wie nur möglich, wollte jede kostbare Minute mit ihr verbringen. Sie wollte Anteil haben an Iris' Erfolgen, sie trösten, wenn sie Rückschläge erlebte, und ihr sagen, wie stolz sie auf sie war.

Das Leben ohne Iris erschien Carolin so eintönig und grau wie die Autobahn vor ihr—gradlinig auf ein fernes Ziel zustrebend, ohne es jemals zu erreichen. So sollte ihre Zukunft nicht aussehen. Was hatte es für einen Sinn, mit vierzig Professorin zu werden und mit fünfzig eine international anerkannte Wissenschaftlerin, wenn sie ihre Abende allein vor ihrem Laptop verbrachte?

Sie kam zum Dreieck Potsdam. Kurz überkam sie ein Impuls, einfach umzukehren und nach Berlin zurückzufahren. Zurück zu Iris. Sie umklammerte das Lenkrad. Sie sehnte sich einfach so sehr nach ihr.

Aber das konnte sie nicht tun. Es gab keine wundersame Lösung, die alle Probleme verpuffen ließ. Sie würde ihnen beiden nur noch mehr wehtun.

Resigniert bog sie also auf die A9 nach Süden ein. Verächtlich verzog sie das Gesicht. Sie nahm den Weg, der von ihr erwartet wurde—wie sie es immer getan hatte.

Was hatte es ihr jemals gebracht? Sie hatte immer das Richtige getan, sich immer an die Spielregeln gehalten, und es hatte ihr nichts genützt. Mit Iris hatte sie die Regeln gebrochen und war das erste Mal glücklich gewesen.

Als sie am Nachmittag in ihrem Hotel in Frankfurt ankam, fühlte Carolin sich elend. Sie dachte an Cassandra. Am liebsten würde sie jetzt ihr Gesicht in ihr weiches Fell drücken und ihr davon erzählen, wie miserabel es ihr ging. Aber heute Abend würde eine Nachbarin die Katze füttern.

Sonst hatte Norbert das oft getan, doch er war auch auf der Konferenz. Carolin verspürte aber keinen großen Drang, ihn zu treffen. Stattdessen versuchte sie es mit einem Spaziergang. Nachdem sie ziellos einige Straßen entlang geirrt war, betrat sie spontan einen kleinen Buchladen. Sie betrachtete die Regale und entdeckte ein Buch über das urzeitliche Meer. Schon als Kind hatten Fossilien sie fasziniert. Sie dachte gern darüber nach, wie die Kreaturen einer anderen Zeit wohl ausgesehen hatten.

Ob Iris das Buch mögen würde? Immerhin interessierte sie sich auch für Meereslebewesen. Der Gedanke versetzte Carolin einen Stich. Aber sie kaufte das Buch trotzdem und nahm es mit ins Hotel. Dort blätterte sie es durch und betrachtete die gezeichneten Abbildungen von Ammoniten, Kopffüßern und vier Meter langen Meeresschildkröten. Es lenkte sie eine Weile ab, bis ihr Smartphone vibrierte. Es war eine Nachricht von einem ihrer früheren Professoren aus Frankfurt, der die Konferenz organisierte.

Hallo Carolin, hoffe, du bist gut angekommen. Wir freuen uns auf deine Keynote! Dein Slot wurde auf 9:40 verschoben, sei am besten schon um neun da.

Carolin seufzte. Eigentlich sollte sie ihren Einführungsvortrag noch einmal üben. Immerhin würde sie vor hunderten Wissenschaftlern sprechen und musste einen guten Eindruck machen. Der Gedanke erfüllte sie mit Widerwillen.

Sie ging ins Bad und starrte in den Spiegel. Das Gesicht in der Reflektion war ihr fremd. Es wirkte müde und geschlagen.

Was hatte es alles für einen Sinn? Was wollte sie überhaupt hier? War das hier wirklich, was sie sich für ihr Leben erträumte?

Natürlich nicht.

Aber ich habe nichts anderes.

Sie konnte Iris nicht geben, was sie verdiente. Selbst wenn sie jetzt für Iris alles andere aufgeben würde, hätte sie nichts mehr zu bieten. Seit Jahren hatte sie nichts anderes getan, als zu arbeiten. Ohne ihre Karriere war sie nichts. Eine gescheiterte Wissenschaftlerin. Eine Frau Mitte dreißig ohne jede Perspektive. Was sollte daran anziehend sein?

Carolin öffnete ihre Waschtasche und nahm das Fläschchen Make-up-Entferner und einige Wattepads heraus. Sorgfältig wischte sie über ihre Augen. Auf dem Pad blieben schwarze Spuren zurück.

Iris wäre viel besser dran, wenn sie eine Frau in ihrem Alter fand, voller Lebensfreude und ohne die Komplikationen, die Carolin mit sich brachte. Jemand, der stolz auf sie war.

Carolin drehte den Wasserhahn auf und wusch sich das Gesicht. Egal, ob sie an ihrer Karriere festhielt, oder ob sie alles aufgab—sie sah keine Hoffnung. Sie konnte nicht mit Iris zusammen sein. Sie wünschte sich beinahe, sie hätte Iris nie getroffen, dann wüsste sie jetzt nicht, was ihr so schrecklich fehlte.

Sie knöpfte ihre Bluse auf, löste ihren Gürtel und zog sich aus. Dann setzte sie sich auf das Hotelbett und schlüpfte in ihren seidenen Schlafanzug.

Iris hatte eben diese Knöpfe geöffnet, in einem anderen Hotel, auf der anderen Seite der Welt. Sie hatte sanft über Carolins Haut gestreichelt, sie geküsst…

Carolins Kehle schnürte sich zu. Jeder Moment mit Iris war pures Glück gewesen. Sie hatte sie wirklich verstanden. Aber das würde sie nie wieder erleben. Sie wünschte, es gäbe irgendeinen Weg. Irgendeine Perspektive. Ihre Gedanken drehten sich im Kreis, und ihr Kopf begann zu pochen.

Was zum Teufel ist los mit mir?

Sie ließ sich auf den Rücken sinken und starrte an die Decke, bis die Welt aufhörte, sich zu drehen. Woher kam diese Schwäche?

»Ganz einfach«, zitierte sie aus dem Vortrag, den sie vor über sechs Jahren gehalten hatte. »Anhaltender Stress sorgt für eine veränderte Konzentration von Zytokinen, wodurch chronische Entzündungen ausgelöst werden und das Immunsystem beeinträchtigt wird. Zudem wird das Parenchym geschädigt und es kommt zum Absterben von Neuronen, in schweren Fällen von chronischem Stress auch zu einer strukturellen Veränderung des Gehirns…und so weiter und so fort.«

Sie schnaubte. Großartig, dass sie das immer noch aufsagen konnte. Aber was nützte ihr all das Wissen jetzt?

»Das alles hat doch keinen Sinn«, murmelte sie.

Sie stand auf, ging zu einem kleinen Tisch und goss sich ein Glas Mineralwasser ein. Sie stürzte es herunter und rieb sich über die Stirn.

Wem machte sie etwas vor? Sie war körperlich und emotional völlig am Ende. So konnte sie keinen Vortrag halten. Und sie verspürte auch nicht den geringsten Wunsch danach. Sie wollte keine Menschen sehen, niemanden, außer Iris.

Doch Iris hatte einfach abgesagt. Carolin wünschte, sie könnte das Gleiche tun.

Kann ich?

Sie hielt inne.

Seit Jahren fühlte sie sich, als sei ihr Leben eine Straße, die nur in eine einzige Richtung führte. Sie durfte nicht zurückblicken, nicht anhalten, nicht langsamer werden. Sie saß zwar am Steuer, aber sie hatte nicht die geringste Kontrolle. Ihr Ziel war vorprogrammiert.

Doch sie hatte genug davon. Sie wollte nicht mehr mitmachen. Es war Zeit für eine Vollbremsung. Und für einen langen, gründlichen Blick auf die Landkarte. Vielleicht würde sie dann herausfinden, wohin sie eigentlich wollte.

Sie griff nach ihrem Handy.

Ich bin gut angekommen, danke. Leider muss ich den Vortrag morgen krankheitsbedingt absagen. Ich habe mir offenbar einen Virus eingefangen—eine unangenehme Sache. Aber ich bin sicher, Dr. Berger und Dr. Vogt werden das fantastisch machen. Bitte grüße sie von mir.

Sie schickte die Nachricht ab, ehe sie es sich anders überlegen konnte. Sofort fühlte sie sich seltsam leicht. Sie hatte noch nie zuvor eine Verpflichtung einfach so sausen lassen. Nicht einmal, als es ihr ernsthaft schlecht ging. Nun konnte sie sich entscheiden, ob sie noch Vorträge sehen wollte, oder einfach im Hotel blieb. Sie war frei.

Eine Mischung aus Schuldgefühlen und Erleichterung erfüllte sie.

Was sollte sie jetzt tun? Nun, da sie den Vortrag erst einmal aus ihren Gedanken streichen konnte, blieb nur noch eine Sache, die sie beschäftigte: Iris.

Carolins erster Impuls war es, Iris anzurufen. Sie sehnte sich danach, ihre Stimme zu hören, und sie wollte ihr sagen, wie sehr sie sie vermisste. Doch sie wollte Iris nicht bedrängen. Sie wollte ihr die Wahl lassen, ihr zu antworten oder es nicht zu tun.

Und was, wenn ich nicht die richtigen Worte finde? Oder wenn ich am Telefon anfange zu heulen.

Das wäre Iris gegenüber nicht fair.

Also holte sie ihren Laptop heraus und begann, eine Mail zu schreiben. Sie wusste nicht, was sie sagen wollte oder was sie sich erhoffte, doch die Worte flossen wie von selbst. Sie erzählte, wie falsch sich alles hier anfühlte, wie schwach und leer sie sich vorkam, und dass sie nicht so weitermachen wollte.

Während sie schrieb, löste sich ihre Anspannung. Sie verheimlichte nichts mehr. Keine Zweifel, keine Ängste. Es fühlte sich gut an, Iris gegenüber alles offenzulegen, obwohl sie nicht einmal wusste, ob Iris es lesen würde.

Alles, woran ich denken kann, bist du. Nichts in meinem Leben bedeutet mir so viel. Der Gedanke, ohne dich zu sein, ist unerträglich.

Ich hätte dich von Anfang an besser behandeln sollen. Es tut mir leid, wie schwer es alles für dich war. Das ist meine Schuld. Ich habe dich verletzt.

Ich will dir nie wieder wehtun.

Als sie fertig war, atmete sie tief durch. Kurz zögerte sie, den Cursor auf dem Senden-Button. Sie wusste, dass sie sich mit dieser Nachricht bloßstellte. Sie gestand all ihre Gefühle und alle Schwächen ein. Wenn Iris auch nur irgendjemandem diese Worte zeigte, dann wäre sie ruiniert.

Und war es überhaupt fair, Iris diese Nachricht zu schreiben? Sie mit ihren Gefühlen zu belasten, obwohl sie doch keine Lösung parat hatte und nicht den Hauch einer Ahnung, was die Zukunft bringen konnte? Kurz überkam Carolin der alte Drang, sich allein ihren Problemen zu stellen.

Doch das durfte nicht so weitergehen. Iris hatte es verdient, dass Carolin ihr vertraute. Dass sie ehrlich zu ihr war. Carolin konnte Iris nicht bevormunden, nicht einmal, um sie zu schützen. Iris konnte nur dann eine echte Entscheidung treffen, wenn sie wusste, was wirklich in Carolin vor sich ging.

Sie nahm ihren ganzen Mut zusammen, kniff die Augen zu und drückte auf *Senden.*

Jetzt war es getan.

Sie konnte es nicht mehr zurücknehmen. Sie riskierte ihr Herz und legte es in Iris' Hände.

Noch immer war alles ungewiss. Es war, als hätte sie weniger Kontrolle als je zuvor. Wohin würde ihr Weg sie führen? Sie wusste es nicht. Aber wenigstens hatte sie Iris alles gesagt. Es war ein kleiner Schritt, doch er fühlte sich richtig an.

Sie hoffte nur, dass Iris genauso empfand.

KAPITEL 47

~ Iris ~

»Iris, meine Liebe, wie schön dich zu sehen!«

Großtante Ute zog Iris zu sich heran und gab ihr einen Kuss auf die Wange. Ihr Parfüm umhüllte Iris wie eine Wolke aus gasförmiger Zuckerwatte. Iris wurde schwindlig. Sie murmelte eine höfliche Erwiderung und machte sich los. Doch kaum war sie Ute entronnen, kam schon der nächste Verwandte auf sie zu.

Das Letzte, was sie jetzt wollte, war zu lächeln und Hände zu schütteln. Aber es wurde von ihr erwartet, dass sie die wohlgeratene Tochter spielte. Sie musste vorgeben, dass es nichts Schöneres gab, als Onkel Harald dabei zuzuhören, wie er von seiner schwierigen Hüft-Operation erzählte, und ihrer Cousine Karin beizupflichten, wenn sie mit ihren hochbegabten Kindern prahlte.

Inmitten all des Trubels saßen ihre Mutter und ihr Vater wie ein Königspaar auf der Veranda, von der aus sie den gesamten Garten überblicken konnten. Sie hielten dort Hofstaat und nahmen huldvoll ihre Geschenke und Glückwünsche entgegen. Neben ihnen stapelten sich in Folien gewickelte Blumensträuße, wie die Beute aus einem Feldzug.

Am liebsten hätte Iris sich irgendwo im Haus versteckt, wo es dunkel und still war und sie sich in Ruhe ihren deprimierenden Gedanken hingeben konnte. Doch die Adleraugen ihrer Mutter Barbara schossen immer wieder zu ihr hinüber, um sicherzustellen, dass sie brav lächelte und Hände schüttelte.

Vor ein paar Wochen hätte Iris vielleicht dagegen aufbegehrt. Hätte erklärt, dass sie eine erwachsene Frau war und ihr eigenes Leben lebte, und sich von ihren Eltern nicht mehr vorschreiben ließ, was sie zu tun und zu lassen hatte.

Ihr Leben war ein Schiff gewesen, das zu neuen Ufern aufbrach, und sie war die Kapitänin. Doch ihre Ambitionen waren mit dem Eisberg der Realität kollidiert und spektakulär gesunken.

Hatte sie ernsthaft geglaubt, dass sie in der Lage wäre, sich eine Zukunft als Wissenschaftlerin aufzubauen? Dass sie aus eigener Kraft etwas erreichen konnte? Sie war so naiv gewesen.

»Und im Kindergarten haben sie jetzt diese Fremdsprachenkurse für junge Sprachtalente…«, erzählte Karin.

»Ach, tatsächlich«, sagte Iris. In Gedanken war sie weit weg.

Ob die Stiftung ihr das Stipendium entziehen würde, wenn herauskam, dass Iris' Forschungsarbeit komplett widerlegt worden war? War sowas überhaupt möglich? Auf jeden Fall würden sie nichts mehr mit ihr zu tun haben wollen. Genau wie Carolin. Sie hatte den richtigen Instinkt gehabt, als sie sich von Iris distanzierte. So würde Iris' erbärmliches Scheitern nicht allzu sehr auf sie abfärben.

Das hieß auch, dass Iris im nächsten Semester sicherlich nicht noch einmal eine Stelle an Carolins Lehrstuhl bekommen würde. Ihre Hilfskraftstelle war immer auf ein halbes Jahr befristet, doch wer würde sie jetzt noch einstellen?

Sie würde irgendeinen Job außerhalb der Wissenschaft annehmen und in eine billigere Wohnung ziehen müssen. Und trotzdem würde das vermutlich heißen, dass sie auf die

Unterstützung ihrer Eltern angewiesen war. Sie hasste den Gedanken. Sie hatte so hart daran gearbeitet, unabhängig zu sein, hatte all ihre Energie in ihre wissenschaftliche Arbeit investiert. Doch jetzt war alles umsonst und sie stand mit leeren Händen da. Sie musste sich eingestehen, dass es von Anfang an hoffnungslos gewesen war. Dass sie es nie zu etwas bringen würde.

Also schluckte Iris ihren Stolz herunter und spielte die brave Tochter. Sie nickte und lächelte höflich, als ein älterer Verwandter von der Textilfabrik erzählte, die ihn reich gemacht hatte. Er sprach davon, wie weit man es bringen konnte, wenn man nur die richtige Arbeitsethik hatte. Ein paar Schweißtropfen sammelten sich auf seiner von der Sonne beschienenen Glatze.

»Wirklich beeindruckend«, sagte Iris und nippte an ihrem Glas Sekt.

»Und du, meine Liebe, was machst du beruflich?«, fragte er. »Bist du schon mit dem Studium fertig?«

Na toll.

Ihre Promotion war das letzte, worüber sie jetzt sprechen wollte. Es würden schon noch früh genug alle erfahren, was für eine Enttäuschung sie war.

»Ja, schon, aber ich glaube, meine Mutter will mich gerade sprechen. Entschuldige mich.«

Der Rückzug gelang ihr.

»Hallo, Schatz! Du kannst gleich beim Tischdecken helfen«, sagte Ursula.

Iris ließ sich nur zu gern darauf ein. Sie nahm das Silberbesteck aus einem Fach.

»Wo ist eigentlich Philipp?«, erkundigte sie sich. Sie hatte ihren Bruder noch gar nicht gesehen.

»Oh, Annika ist wohl krank geworden, und er pflegt sie, der gute Junge.«

Iris nickte. Sie beneidete ihn beinahe. Er hatte eine geschickte Ausrede gefunden, um das Familientreffen zu versäumen. Für Iris war es zu spät. Sie fing an, den Tisch zu decken. Immerhin erlaubte ihr diese Tätigkeit, weiteren unangenehmen Gesprächen aus dem Weg zu gehen.

Nach dem Abendessen war es an der Zeit, sich ins Innere des Hauses zurückzuziehen. Die älteren Herren der Familie gingen noch kurz zum Rauchen auf die Veranda und redeten dabei vermutlich über Sport, Investitionen und was sie sonst noch so für Männerthemen hielten. Iris wurde für fast eine Stunde in ein Gespräch mit zwei Tanten verwickelt, was auch nicht angenehmer war, denn sie verglichen, welche von ihnen ihre Kinder auf eine bessere Schule schickte, und versuchten beide, Iris auf ihre Seite zu ziehen.

Der Abend schleppte sich dahin. Es war fast zehn, als ihre Mutter anfing, Iris quer durch den Raum bedeutungsvolle Blicke zuzuwerfen. Barbara plauderte immer noch mit einer Cousine, bewegte sich dabei aber Stück für Stück durch den Raum, hin zu dem weißen Flügel, der in der Mitte des Wohnzimmers stand. Immer wieder sah sie dabei zu Iris hin.

Iris' Herz sank ihr bis in die Magengrube.

Natürlich. Es wurde von ihr erwartet, dass sie ein Klavierkonzert gab. Da sie sonst nicht viel vorzuweisen hatte, womit ihre Eltern prahlen konnten, musste sie demonstrieren, was für ein wohlerzogenes Mädchen sie war. Doch ihr ganzer Körper war verkrampft und sie fühlte sich elend. Sie wusste, dass sie heute Abend nicht mal ihre liebste Nocturne ohne Fehler spielen würde.

Iris trat den Rückzug hinter eine große, tropische Topfpflanze an. Sie tat so, als würde sie gespannt dem Gespräch zweier Tanten folgen, um dem Blick ihrer Mutter auszuweichen. Als die Tanten einen Schritt beiseitetraten, huschte sie an ihnen vorbei zur Toilette.

Sie zog die Tür hinter sich zu und atmete tief durch. Die Ruhe hier war geradezu paradiesisch. Iris lehnte die Wange an die kühlen Fliesen und schloss die Augen. Am liebsten hätte sie sich Wasser ins Gesicht gespritzt, aber damit hätte sie ihren kläglichen Versuch von Make-up ruiniert. Also seufzte sie nur leise und versuchte, etwas zur Ruhe zu kommen. Wie lange sie wohl hierbleiben konnte, ohne in Schwierigkeiten zu geraten? Am liebsten würde sie eine Magenverstimmung vortäuschen und sich zurückziehen. Aber mit zwei Ärzten als Eltern hatten solche Tricks noch nie funktioniert.

In ihrer Tasche vibrierte es. Iris zog ihr Handy heraus und fand eine neue Mail von Norbert Riedmann. Sie runzelte die Stirn. Warum würde er ihr schreiben? Sie mochte Carolins ehemaligen Doktorvater und er war immer freundlich zu ihr gewesen, doch sie arbeiteten nicht zusammen und hatten wenig miteinander zu tun. Sie öffnete die Mail.

Iris, entschuldige, dass ich mich so an dich wende, aber ich mache mir Sorgen um Carolin. Hast du etwas von ihr gehört oder weißt, wie es ihr geht? Sie hat ihren Vortrag abgesagt und sich seitdem nicht gemeldet. Verzeih meine Aufdringlichkeit, ich möchte nur sichergehen, dass alles in Ordnung ist, und ich hatte den Eindruck, ihr steht euch nahe.

Viele Grüße, Norbert.

Iris starrte die Nachricht an.

Carolin hatte ihren Vortrag abgesagt? Das war undenkbar. Unvorstellbar. Es passte nicht zu ihr. Natürlich machte

Norbert sich Sorgen. Das musste bedeuten, dass es Carolin ernsthaft schlecht ging. Iris' Magen krampfte sich zusammen.

Sie dachte an die Mails von Carolin, die sie immer noch nicht gelesen hatte. Sie hatte den Gedanken daran fortgeschoben, weil sie einfach zu viel Angst gehabt hatte. Angst davor, wie enttäuscht Carolin von ihr sein würde. Aber was, wenn in den Mails etwas Wichtiges stand? Und wenn das etwas damit zu tun hatte, wie es Carolin ging?

Sie öffnete ihren Posteingang. Die erste ungelesene Mail stammte vom Anfang der Woche und trug den Betreff *Promotion.*

Iris schluckte hart, dann nahm sie ihren ganzen Mut zusammen und öffnete sie.

Iris. Wir sind in einer schwierigen Lage. Ich weiß, dass ich einige Fehler gemacht habe. Das war nicht fair dir gegenüber. Wir sollten…

Die Tür zum Badezimmer ging auf, und Barbara kam herein.

»Iris! Hier steckst du also! Komm schon, unsere Gäste freuen sich schon auf dich.«

Iris zuckte heftig zusammen und ließ das Handy sinken.

»Ich kann jetzt nicht.«

»Unsinn«, sagte Barbara. »Komm, alle warten!«

»Das hier ist wichtig!«

»Das kannst du später machen, meine Liebe.«

Ihre Mutter griff Iris an der Hand und zog sie hinter sich her in Richtung des Wohnzimmers. Iris war so überrumpelt, dass sie sich ein paar Schritte weit mitziehen ließ. Barbaras Griff um ihr Handgelenk war überraschend fest.

»Nein, du verstehst nicht, ich muss—«

Doch Barbara überhörte ihren Protest. Schon standen sie in der Tür zum Wohnzimmer. Barbara erhob die Stimme und wandte sich an die versammelten Gäste.

»Meine liebe Tochter, Iris, wird uns heute Abend besonders erfreuen—«

Doch jetzt hatte Iris genug.

»Wird sie nicht«, sagte sie mit Nachdruck und befreite ihren Arm aus dem Griff ihrer Mutter. »Tut mir leid, aber ich kann jetzt nicht. Ich muss dringend etwas klären.«

»Iris, das ist—«

»Ich habe Nein gesagt.«

Iris drehte sich um und ließ sie einfach stehen.

»Iris! Komm sofort zurück!«, rief ihre Mutter.

Iris nahm zwei Stufen auf einmal die Treppe hinauf. Sie ging in ihr altes Zimmer und zog die Tür hinter sich zu. Es waren keine Schritte zu hören, die ihr folgten. Vermutlich wollte Barbara vor den Gästen keine Szene machen. Umso besser.

Iris war es leid, sich darum zu kümmern, was ihre Mutter von ihr erwartete. Sie dachte nur an eins: Carolin.

Sie holte ihr Handy heraus und öffnete mit klopfendem Herzen die Mails.

Ihre Augen flogen über die Zeilen.

Carolin schrieb nicht, dass sie enttäuscht von ihr war. Sie erwähnte die kanadische Studie nicht einmal. Das bedeutete, dass sie noch wusste, dass Iris versagt hatte.

Stattdessen schrieb sie über ihre Gefühle für Iris.

Ich habe in den letzten Monaten viel falsch gemacht, Iris. Ich erkenne mich selbst kaum wieder.

Was zwischen uns passiert ist, ist meine Schuld. Ich habe dich verletzt. Ich habe dich in diese schreckliche Lage gebracht. Es wäre meine Verantwortung gewesen, es zu beenden, bevor es zu spät ist.

Aber ich konnte nicht. Ich war nicht stark genug. Es tut mir so leid, Iris.

Wir können so nicht weitermachen. Ich kann das nicht mehr. Ich ertrage es nicht. Und ich kann dir das nicht länger antun.

Ein kalter Schauer überlief Iris. Sie fühlte Carolins Hoffnungslosigkeit in ihren Worten, so deutlich wie ihre eigene. Ihre Kehle schnürte sich zu, und der Text verschwamm vor ihren Augen.

War dies das Ende? War damit alles vorbei? War alles nichts als ein großer Fehler?

Fast wünschte sie sich, dass Carolin so getan hätte, als würde Iris ihr nichts bedeuten. Dann wäre es für Iris leichter gewesen, loszulassen. Aufzugeben. Zu akzeptieren, dass sie nie zusammen sein würden.

Aber sie wusste, wie zerrissen Carolin sich fühlte. Sie konnte ihren Schmerz in den Zeilen lesen. Und das machte es so unerträglich.

Am Ende der Mail schrieb Carolin, dass Iris sich nach einem anderen Betreuer umsehen sollte. Iris schluchzte auf. Sie wollte nichts davon hören. Was hatte es überhaupt für einen Sinn? Ihre wissenschaftliche Karriere war sowieso gescheitert, bevor sie überhaupt richtig begonnen hatte.

Wütend wischte sie ihre Tränen fort.

Da war noch eine zweite Mail. Sie war gestern kurz vor Mitternacht verschickt worden. Da hatte Carolin ihren Vortrag bereits abgesagt. Iris' Finger bebte, als sie die Nachricht öffnete.

Iris. Ich weiß, dass ich das hier eigentlich nicht schreiben sollte. Aber ich kann nicht anders. Ich halte es nicht mehr aus. Ich muss ehrlich zu dir sein.

Ich habe über alles nachgedacht. Darüber, was du mir bedeutest. Über alles, was zwischen uns passiert ist…Würdest du mich für verrückt erklären, wenn ich sage, dass es kein Fehler war?

Iris' wurde schwindlig. Sie ließ sich auf den Boden sinken und lehnte den Rücken an die Wand.

»Kein Fehler«, murmelte sie.

Nichts bedeutet mir so viel wie du. Du hast alles verändert. Und jetzt kann ich mir nicht mehr vorstellen, dich zu verlieren.

Iris' Herz pochte so heftig, dass ihre Brust schmerzte. Was bedeutete das? Was wollte Carolin damit andeuten? Gab es doch noch eine Chance für sie beide?

Hoffnung flammte in Iris auf, doch sie unterdrückte das Gefühl.

Sei nicht naiv. Sie durfte sich nicht irgendeiner Illusion hingeben, nicht schon wieder auf ihre eigenen Träume hereinfallen.

War das hier überhaupt real? Sie hob ihre Hände und zählte ihre Finger. Fünf. Und nochmal Fünf. Trotzdem wollte sie es nicht glauben. Sie hielt sich die Nase zu und versuchte zu atmen, bis ihr Sterne vor den Augen tanzten und sie keuchen die Hand wegreißen musste, um nach Luft zu schnappen.

Kein Traum. Sie war wach. Carolins Worte waren echt.

Noch immer klopfte ihr das Herz bis zum Hals, als sie nach ihrem Handy griff und weiterlas.

Es macht mir riesige Angst, das hier zu schreiben. Ich habe keine Ahnung, was du denkst, und ob du genauso empfindest wie ich. Aber ich muss es riskieren. Ich habe so viel zu verlieren. Aber dich zu verlieren, wäre das Einzige, was ich nicht ertragen könnte.

Iris' Augen flogen über die Zeilen, sie sog jedes Wort auf. Konnte es wirklich sein? Die verrückte Hoffnung in ihr wuchs und wurde größer.

Wenn du all das nicht willst, verstehe ich das. Ich weiß, wie unmöglich unsere Beziehung ist. Sag nur ein Wort, und ich werde nie wieder davon sprechen.

Was immer deine Antwort ist—ich werde dich unterstützen. Ich hoffe nur, dass du verstehst, dass ich es dir sagen musste. Ich kann und will es nicht länger leugnen. Ich denke nur an dich, Iris. Wenn du das auch nur ein wenig erwidern kannst, dann bitte, melde dich.

Damit endete die Mail.

Carolin hatte sie vor fast zwanzig Stunden geschrieben. Sie war allein in Frankfurt, hatte ihren Vortrag abgesagt und wartete auf eine Antwort.

Iris hätte bei ihr sein können. Doch statt zur Konferenz zu fahren, hatte sie sich daheim verkrochen, war in Selbstmitleid versunken und hatte nicht einmal die Mail gelesen. Ihr Magen zog sich zusammen.

So schnell sie konnte, tippte sie eine Nachricht.

Bist du noch in Frankfurt?

Nur Sekunden später kam die Antwort. *Ja.*

Ich habe eben erst deine Mail gelesen. Kann ich zu dir kommen?

Ohne auf die Antwort zu warten, begann Iris, nach einer Zugverbindung zu suchen. Kurz vor Mitternacht fuhr der letzte ICE in Richtung Frankfurt. Den konnte sie noch schaffen, wenn sie sich beeilte.

Das musst du nicht tun, schrieb Carolin.

Sie schrieb nicht, dass sie Iris nicht sehen wollte. Oder dass Iris sich fernhalten sollte.

Und das hieß, dass sie sich genauso nach ihr sehnte, trotz der Unmöglichkeit, trotz allem, was zwischen ihnen stand.

Iris schrieb: *Ich komme.*

Sie zog ihre Jacke an und warf sich den Rucksack über die Schultern. Dann eilte sie die Treppe hinab. Als sie das Wohnzimmer erreichte, starrten Dutzende Gäste sie an. Die

Gespräche im Raum verstummten. Iris hatte die Perlenhochzeit komplett vergessen. Aber das war jetzt auch egal. Sie ging in Richtung der Wohnungstür.

»Iris!«, sagte ihr Vater. »Was machst du?«

»Ich muss dringend etwas regeln. Ich kann nicht bleiben.«

»Aber dein Klavierkonzert!«, protestierte Barbara.

»Ist abgesagt. Tut mir leid, Mama, Papa. Alles Gute zum Hochzeitstag. Ich habe euch lieb, aber ich muss jetzt gehen.«

Und schon war sie aus der Tür heraus und lief in Richtung Bahnhof.

Es war weder Mut noch Stolz, der sie vorantrieb, eher eine verzweifelte Entschlossenheit. Sie hatte keinen Plan, keine Vorstellung, wie all das enden sollte. Alles, was sie wusste, war, dass sie zu Carolin gelangen musste. Nur wenn sie zusammen waren, hatten sie irgendeine Chance.

Die Welt um sie herum war düster und unberechenbar. Sie trieb über ein nächtliches, vom Sturm aufgewühltes Meer. Ihr kleines Boot war leckgeschlagen und drohte zu sinken. Aber da war ein Licht in der Ferne, wie ein Leuchtturm, auf den sie zusteuerte. Das war Carolin, die auf sie wartete, inmitten dieses finsteren Meeres. Und Iris musste sie erreichen, bevor das Licht erlosch.

KAPITEL 48

~ Carolin ~

Carolin überquerte den Bahnhofsvorplatz. Das Licht der Laternen glänzte auf den regennassen Gleisen der Straßenbahn. Ein Windstoß ließ sie frösteln, und sie zog ihren Mantel fester um sich. Aber egal, wie kalt und feindselig die Welt war, sie war bereit, ihr zu trotzen. Denn sie würde Iris treffen.

Sie glaubte es immer noch nicht ganz. War Iris wirklich so spät noch in einen Zug gestiegen, um spontan nach Frankfurt zu kommen? Nur für Carolin?

Sie trat durch das Eingangsportal in den Bahnhof. Unter der gewaltigen Halle aus Stahl und Glas kam sie sich klein und unbedeutend vor. Gerade fuhr ein ICE aus Hamburg ein, und die Fahrgäste strömten auf den Bahnsteig. Koffer ratterten über den Boden. Eine monotone Ansage verkündete die nächsten Anschlusszüge. Carolin bemerkte eine blonde Frau in einem leuchtend roten Mantel, die aus dem Zug stieg und den Blick suchend über die Menge schweifen ließ. Dann strahlte sie. Zwei kleine Kinder rannten jubelnd auf sie zu und umarmten sie. Ihnen folgte ein Mann, der die Frau auf die Wange küsste und ihr den Koffer abnahm. Die pure Wiedersehensfreude dort mitten im Gedränge war so herzerwärmend, dass Carolin lächeln musste. Doch es mischte sich auch etwas Wehmut hinein. Diese Menschen dort durften ihre Liebe zeigen. Sie mussten sich nicht verstecken, brauchten nicht zu verheimlichen, was ihnen am Herzen lag. Carolin wünschte, sie könnte die gleiche, unschuldige, ungetrübte Sehnsucht empfinden. Frei von Schuldgefühlen sein.

Sie ging weiter, fand das Gleis, an dem Iris' Zug ankommen würde, und setzte sie sich auf eine Bank. Sie fühlte sich angespannt, aufgeregt und erschöpft zugleich. Den ganzen Tag über hatte sie auf eine Antwort von Iris gewartet. Ihre Gedanken hatten sich immer wieder im Kreis gedreht. Um sich abzulenken, hatte sie in dem Buch über Urzeitkreaturen gelesen und dann versucht, an ihrem Artikel zu arbeiten, war aber kein bisschen vorangekommen. Immer wieder hatte sie ihre Mails überprüft. Aber es kam nur eine besorgte Nachricht von Norbert, der sich nach ihrer Gesundheit erkundigte, und später die Ankündigung einer Vortragsreihe in ihrem Fachbereich. Angesehene Wissenschaftler von verschiedenen anderen Unis würden nach Berlin kommen. Unter ihnen auch Professor Daniel Adler. Carolin hatte die Ankündigung überflogen und sich entschlossen, dass sie sich damit später befassen konnte. Sie wollte jetzt nicht an ihren Ex denken. Alles, was zählte, war Iris.

Und dann, endlich, hatte Iris sich gemeldet. Sie hatte nicht viel gesagt. Nur, dass sie herkommen wollte. Das war ein gutes Zeichen, oder?

Ein weiterer Zug fuhr ein. Die Reisenden eilten durch die Bahnhofshalle, ihren eigenen Zielen entgegen. Nur Carolin saß hier und konnte nichts tun, als zu warten. Noch nie hatte sie sich so verloren gefühlt.

Immer wieder starrte sie zu der großen Uhr, die zwischen den Anzeigetafeln der beiden Bahnsteige hing. Die Zeiger bewegten sich mit quälender Langsamkeit. Carolin sehnte sich nach Iris, nach ihrer Nähe, nach der Wärme in ihren Augen. Sie konnte nicht erwarten, sie endlich in die Arme zu schließen.

Doch zugleich war da auch ein erdrückendes Gefühl der Angst in ihrer Magengrube. Was konnte sie Iris sagen? Was konnte sie ihr bieten? Wie sollte sie Iris davon überzeugen, dass sie eine Zukunft haben konnten, wenn sie selbst nicht einmal wusste, wie das funktionieren sollte?

Sie hatte keine Ahnung.

Eine blecherne Ansage schallte durch die Bahnhofshalle.

»Gleis 11 fährt ein: ICE 619 Richtung München Hauptbahnhof.«

Das war Iris' Zug. Carolin sprang auf. Der Zug fuhr ein, hielt zischend an, und die Türen öffneten sich. Carolins Blick wanderte über die Gesichter, suchte überall nach dem einen, das sie so sehr zu finden hoffte. Dann endlich entdeckte sie Iris' kastanienbraunes Haar. Unwillkürlich machte ihr Herz einen Satz, als sie sie sah.

Sie ist wirklich gekommen!

Trotz all der Ängste und Zweifel strömte pure, ungehinderte Freude durch ihre Adern. Sie eilte auf Iris zu, die sie im gleichen Moment entdeckte und ihr entgegenkam. Im letzten Moment packte Carolin die Unsicherheit, und sie wollte innehalten. Doch Iris fiel ihr in die Arme. Und Carolin zog sie an sich. Mitten auf dem Bahnsteig standen sie eng umschlungen.

Selbst hier, zwischen all den fremden Menschen, konnte Carolin Iris' warmen Duft wahrnehmen. Den leichten Hauch von Honig, der ihr so vertraut war. Für einen kleinen Moment glaubte sie, dass vielleicht doch irgendwie alles gut werden könnte.

»Du bist hier!«, sagte sie.

»Natürlich«, sagte Iris.

Carolin konnte nicht in Worte fassen, was sie empfand. Wie sehr Iris ihr gefehlt hatte. Wie sehr sie bereute, dass sie auf Distanz gegangen war. Wie richtig es sich anfühlte, sie hier ganz nah bei sich zu spüren…

»Können wir reden?«, fragte Iris.

»Ja.« Es kostete sie Überwindung, sich aus der Umarmung zu lösen. »Komm. Mein Hotel ist in der Nähe.«

Carolin griff nach Iris Hand, und Iris hielt sie fest. Sie gingen in Richtung des Ausgangs. Heimlich warf Carolin einen Blick hinunter auf ihre Hände, die ineinander verschränkt waren, und zählte ihre Finger. Fünf an jeder Hand.

Das bedeutete, dass sie nicht träumte, oder? Sie hatte nie zuvor einen Realitätscheck gemacht. Warum auch? Sie träumte nie, oder erinnerte sich zumindest nicht daran, es hatte also keinen Sinn.

Doch jetzt war es anders. Jetzt musste sie ganz sicher gehen, dass das hier die Wirklichkeit war und Iris tatsächlich bei ihr war.

Um diese Zeit waren die Flure des Hotels leer, und sie erreichten Carolins Zimmer unbemerkt. Carolin schloss die Tür hinter ihnen und verriegelte sie. Iris zog ihre Jacke aus. Es gab nur einen kleinen Stuhl, also setzte sie sich auf das Bett.

Sie sah ernst und erschöpft aus. Lag es daran, wie spät es war? Oder zweifelte sie daran, ob es eine gute Idee gewesen war, hierherzukommen? Carolin wünschte, sie könnte Iris' Gedanken lesen.

»Möchtest du etwas trinken?«, fragte sie.

Iris schüttelte den Kopf.

»Wie hast du es geschafft, so schnell hierherzukommen?«

»Ich bin nicht aus Berlin gekommen. Ich war bei meinen Eltern, bei einer Familienfeier.«

»Verstehe.« Carolin zögerte kurz. »War das für sie in Ordnung?«

Iris lächelte schief. »Keine Ahnung. Ich habe nicht gefragt. Aber sie werden es sicher überleben. Das hier ist wichtiger.«

Wärme erfüllte Carolins Herz. Sie setzte sich neben Iris aufs Bett und griff nach ihrer Hand.

»Danke, dass du gekommen bist. Du kannst dir nicht vorstellen, wie viel mir das bedeutet. Wie sehr du mir gefehlt hast.«

»Doch«, sagte Iris leise. »Das kann ich mir sehr gut vorstellen.«

Sie legte ihren Arm um Carolin und zog sie an sich. Carolin schloss instinktiv die Augen. Es fühlte sich so gut an, Iris so nah bei sich zu haben. Ihre Körper berührten einander, und sie konnte Iris' Wärme fühlen, die weichen Rundungen ihrer Brüste durch den Stoff hindurch spüren. Ihr Herzschlag beschleunigte sich. Sie schluckte und blieb ganz still, atmete nur den vertrauten Duft ein und genoss ihre Nähe.

Bitte geh nie wieder fort, dachte sie.

Schließlich ließ Iris sie los.

»Es tut mir leid, dass ich deine Mail erst so spät gelesen habe«, sagte sie.

»Es spielt keine Rolle. Jetzt bist du hier.«

Sie sahen sich an. Ihre Blicke hielten einander fest, und sie wussten, was nun kommen musste. Die unausgesprochene Frage hing zwischen ihnen in der Luft und füllte die Stille mit ohrenbetäubender Unausweichlichkeit. Und doch musste Carolin sie irgendwie aussprechen. Sie musste die richtigen Worte finden. Ihr Magen krampfte sich vor Nervosität zusammen.

»Iris…Ich habe mich gefragt«, setzte sie an, zögerte, und versuchte es dann noch einmal. »Was hast du gedacht, als du es gelesen hast?«

Sie hatte in der Mail all ihre Gefühle und Ängste offengelegt. Nun fühlte sie sich so verletzlich wie nie zuvor in ihrem Leben.

»Ehrlich gesagt…ich konnte es nicht glauben«, sagte Iris leise. »Ich dachte, du empfindest nichts für mich. Nicht mehr. Ich dachte, du hast dich dagegen entschieden und willst nichts mehr mit mir zu tun haben.

»Das könnte ich nicht«, sagte Carolin mit bebender Stimme. Sie sah herab auf ihre Hände. »Es tut mir so leid, Iris. Ich hätte nicht zulassen dürfen, dass du das denkst.«

»Also hast du alles ernst gemeint? Was du letzte Nacht geschrieben hast?«

»Jedes Wort. Ich will bei dir sein. Mehr als alles andere. Das heißt…wenn du das auch willst.«

»Ja«, flüsterte Iris. »Deswegen bin ich hergekommen. Weil ich…sehr viel für dich empfinde.«

Carolins Herz pochte heftig. Bedeutete das, was sie erhoffte?

Sie drehte den Kopf zu Iris, wollte in ihren Augen die Wärme finden, nach der sie sich so sehr sehnte. Und plötzlich war Iris' Gesicht ganz dicht vor ihrem, kam ihr entgegen. Und ihre Lippen berührten sich.

Der Kuss war sanft und doch unendlich tief. Carolin kostete ihn mit allen Sinnen aus, wie eine exquisite Kostbarkeit von unschätzbarem Wert. Iris' Zungenspitze strich sacht über Carolins Lippen. Sie schmeckte süß, wie das pure Glück, wie Wasser einem beinahe Verdurstendem schmecken würde. Carolin schloss die Augen und ließ sich fallen. Sie liebkoste ihre weichen Lippen, sog ihren Duft ein, und verstärkte ihren Kuss, bis Iris ein leises Seufzen entfuhr.

Als sie sich voneinander lösten, waren Iris' Wangen leicht gerötet. Sie lächelte.

»Ich bin froh, dass du mir das gesagt hast«, sagte sie.

»Ich auch.«

Carolin wollte Iris wieder küssen, wollte sich tiefer in diesem wunderbaren Gefühl verlieren. Doch Iris' Miene wurde nachdenklich.

»Aber was bedeutet das jetzt…für uns?«, fragte Iris. »Was werden wir tun?«

Carolin wünschte, Iris hätte die Frage nicht gestellt.

Nun stand sie im Raum wie ein ungebetener Gast, ein mahnender Botschafter der verhassten Außenwelt, die alles Glück zu zerstören drohte. Carolin hatte keine Antworten. Sie wusste nichts, fühlte sich ganz genauso ratlos wie Iris.

»Wie wäre es damit«, sagte sie, und versuchte, ihre aufkommende Nervosität zu überspielen. »Wir bleiben einfach hier. In diesem Zimmer, nur wir beide, für immer. Wir haben ein Bett und ein Bad, was brauchen wir sonst noch?«

Iris lächelte. »Ich gebe zu, das klingt verlockend.«

Sie küsste Carolin erneut. Sofort kehrte die süße Glückseligkeit zurück.

»Vergiss alles andere«, murmelte Carolin zwischen den Küssen. Iris schmiegte sich an sie. Carolin spürte die gleiche Sehnsucht in Iris, den gleichen Hunger nach Nähe, den sie selbst empfand. Iris lehnte sich an sie, und schon sank Carolin rücklings auf die Matratze, Iris eng umschlungen. Ihr schlanker Körper in ihren Armen fühlte sich einfach atemberaubend an. Sie konnte nicht fassen, wie wunderschön Iris war, und in welch perfektem Einklang sie einander küssten und liebkosten.

Ich will nicht mehr als das. Lass mich nur das haben, und ich bin glücklich.

Carolin wollte nicht mehr denken, nur noch spüren. Die Welt konnte ihretwegen in Flammen aufgehen, solange sie nur bei Iris sein konnte. Sie küsste Iris' Wange, den Winkel ihrer Augen, ihren Hals. Ihre Hand glitt über Iris' Bluse und fand den obersten Knopf. Doch als sie ihn öffnen wollte, hörte Iris auf, sie zu küssen, und wurde still.

»Was ist?«, fragte Carolin.

Iris schüttelte den Kopf. Ein gequälter Ausdruck trat in ihr Gesicht.

»Ich…ich kann das nicht.«

Carolins Leidenschaft erlosch wie eine Kerze in einem kalten Windhauch. Sie ließ Iris los, die sich etwas aufrichtete. Ihre Augen waren dunkel vor Schmerz, aber sie hielt Carolins Blick stand.

»Das hier…das geht nicht«, sagte sie.

»Was meinst du damit?«

»Ich kann nicht mit dir schlafen. Nicht so, nicht wenn ich die ganze Zeit denke, dass es das letzte Mal sein wird. Dass es morgen vorbei ist.«

»Nein«, sagte Carolin. »Ich will nicht, dass es jemals aufhört.«

»Ich auch nicht. Aber wir können nicht für immer so tun, als würde die Realität nicht existieren. Wie soll es weitergehen?«

Carolin fiel keine Antwort ein. Die Worte hingen schwer über ihnen. Ein Schauder überlief sie, und plötzlich ballte sich Angst in ihr zusammen. Angst, dass sie Iris wirklich und wahrhaftig verlieren würde.

Iris sah Carolin in die Augen. »Ich will bei dir sein«, sagte sie. »Aber ich habe nachgedacht. Ich kann mich nicht mein ganzes Leben lang verstecken. Ich will nicht für immer mit der Angst leben, dass es jederzeit enden könnte.«

In diesem Moment erkannte Carolin, dass Iris sich verändert hatte. Da war nichts mehr zu sehen von der schüchternen Studentin, die zu ihr aufblickte und versuchte, ihr zu gefallen. Keine Spur mehr von ihrer Unsicherheit. Iris Stimme klang fest, und ihr Blick war von trauriger Entschlossenheit erfüllt. In diesem Augenblick war sie stärker als Carolin. Wenn es sein musste, würde sie die Kraft finden, die Carolin fehlte.

»Du hast recht«, sagte Carolin leise. »Du hast eine bessere Zukunft verdient als das.«

Iris widersprach ihr nicht

Carolin wusste, sie musste eine Lösung finden—oder sie würde Iris verlieren. Aber sie hatte keine Ahnung, was sie tun sollte. Sie fühlte sich hilflos, wie gelähmt.

»Ich will, dass du glücklich bist, Iris. Ich will einen Weg für uns finden.«

Iris legte einen Arm um sie und zog sie an sich. »Ich weiß. Das will ich auch.«

Carolin versuchte, die Tränen zurückzuhalten, die sich in ihren Augen sammelten. »Ich weiß nur nicht, was ich tun soll. Wie sollen wir zusammen sein, ohne alles zu zerstören, woran wir gearbeitet haben?«

»Ich weiß es auch nicht«, sagte Iris. »Aber so kann es nicht weitergehen. Etwas muss sich ändern.«

Carolin nickte. Sie vertraute ihrer eigenen Stimme nicht mehr. Sie drehte sich auf die Seite, weg von Iris. Doch Iris rückte näher an sie heran und legte einen Arm um sie.

»Wenn es einen Weg gibt…dann werden wir ihn finden«, sagte Iris. Sie küsste Carolin sanft in den Nacken, streichelte ihren Arm und schmiegte sich an sie. Carolin konnte nichts sagen, ihre Kehle war wie zugeschnürt. Was, wenn es keinen Ausweg gab? Wenn sie keine Lösung fand?

KAPITEL 49

~ Iris ~

Helles Licht fiel auf die Bühne. Die Gesichter des Publikums starrten zu Iris hinauf.

Der Traum war wie ein Film, der sich vor ihren Augen abspielte. Sie wusste, was geschehen würde. Sie würde versagen, alle enttäuschen. Sie ging ihrem Untergang entgegen und konnte nichts dagegen tun. Die Furcht in ihr wuchs, wurde übermächtig, lähmte sie.

Ihr Blick glitt über die empörten, enttäuschten und verächtlichen Gesichter. Und in diesem Moment sah sie Carolin. Sie stand ganz hinten im Saal, neben der Tür.

»Hilf mir«, wollte Iris sagen, doch sie brachte keinen Ton heraus.

Carolin sah sie direkt an. Doch ihr Gesicht war kalt.

»Was hast du dir dabei gedacht?«, sagte sie.

Ihre Worte schnitten durch die Luft, durchdrangen mühelos die Unruhe des Publikums.

»Du hast mir etwas vorgemacht«, sagte Carolin. »Aber ich habe mich in dir getäuscht. Du bist zu nichts zu gebrauchen. Wer würde dich wollen?«

Ihr kalter Blick durchbohrte Iris wie ein Dolch aus Eis.

»Du verschwendest meine Zeit.«

Sie wandte sich ab und ging.

»Warte!«, rief Iris. Vergeblich streckte sie die Hand nach ihr aus. Sie wusste, dass es keinen Zweck hatte. Carolin würde gehen, sie verlassen, wie sie es jedes Mal getan hatte…

Doch plötzlich drehte Carolin sich zu ihr.

Und schrie.

Iris fuhr hoch.

»Carolin!«, stieß sie hervor. »Wo bist du?«

Sie tastete in der Dunkelheit und fand ihren Körper neben sich.

»Hier«, kam Carolins raue Stimme.

Sie hat geschrien. War das Traum oder Wirklichkeit?

Iris konnte Carolins Silhouette im Dunkeln ausmachen. Sie hatte sich aufgesetzt und lehnte am Kopfende des Bettes. Ihr Atem ging heftig.

»Geht es dir gut?«, flüsterte Iris.

Carolin atmete tief ein. »Ich…ja.«

Sie klang überhaupt nicht gut. Iris streckte die Hand aus und tastete nach ihr. Carolin zuckte zusammen, doch sie entzog sich ihr nicht. Iris strich über ihre Wange. Carolins Haar war zerzaust und verschwitzt.

»Hattest du einen Albtraum?«, fragte Iris.

»Nein. Ja.« Carolin sog tief die Luft ein und stieß sie zitternd aus. »Ich bin nur hochgeschreckt. Das passiert manchmal. Tut mir leid. Ich wollte dich nicht wecken.«

»Okay«, sagte Iris. Einen Moment lang schwiegen sie. Iris griff nach Carolins Hand, und Carolin erwiderte ihren Druck. Langsam beruhigte sich Iris' Puls. Ihre Gedanken kehrten wieder zu ihrem eigenen Albtraum zurück. Sie erschauderte. Es hatte sich so echt angefühlt. Die Angst, die Verzweiflung, als Carolin sich von ihr abgewandt hatte…

In diesem Moment wurde ihr klar, dass sie sich erinnern konnte. An alles.

»Carolin«, flüsterte sie. »Ich habe etwas geträumt. Von uns.«

»Was? Was war es?«

Iris beschrieb ihren Traum. Erst kamen die Worte nur stockend heraus, doch dann brach alles hervor. Carolin hörte ihr aufmerksam zu, aber unterbrach sie kein einziges Mal.

»Ich habe es immer wieder geträumt. Seit Wochen. Aber ich konnte mich nie erinnern, wie es ausging. Ich dachte, es hätte etwas mit der Uni zu tun, oder damit, dass meine Eltern nicht stolz auf mich sind. Aber das war es nicht.«

Carolin drückte ihre Hand. Iris wusste, dass sie es aussprechen musste. Doch es war schwer, sich dazu durchzuringen.

»Das Schlimme kam erst ganz zum Schluss. Es war so furchtbar, dass ich nicht daran denken wollte. Ich wollte es einfach nur vergessen. Ich habe es nie aufgeschrieben. Und es hat funktioniert.«

»Iris«, flüsterte Carolin. Sie streckte zögerlich die Hand aus, und ihre Fingerspitzen berührten Iris' Wange. Iris schloss die Augen. Sie wünschte noch immer, sie könnte vor diesem Gefühl davonlaufen, es für immer aus ihrem Kopf verbannen.

»Ich weiß, das war dumm von mir«, sagte Iris. »Wie soll ich den Traum überwinden, wenn ich ihn immer wieder vergesse? Wenn einer unserer Versuchsteilnehmer das gemacht hätte, dann hätten wir gesagt, dass man sich mit den Träumen auseinandersetzen muss, um sie…«

»Iris«, unterbrach Carolin sie sanft, aber mit Nachdruck. »Erzähl es mir. Was ist passiert?«

Iris hielt inne. Sie merkte, dass sie es wieder tat. Sie versuchte, den Gedanken zu vermeiden, ihn nicht auszusprechen, in der Hoffnung, dass es dann verschwinden würde. Aber es hatte keinen Zweck. Sie musste es Carolin erzählen. Musste es endlich konfrontieren. Ihre Brust verkrampfte sich. Aber es gab keinen anderen Weg. Sie suchte im Dunkeln nach Carolins Gesicht.

»Ich habe dich gesehen. Du warst dort…aber du warst enttäuscht von mir. Du hast dich von mir abgewandt und bist einfach gegangen.«

Carolin sog die Luft ein, und sie drückte Iris' Hand fester. Iris sprach weiter, auch wenn jedes Wort ihr die Kehle zuschnürte. »Ich war dir egal. Du hast mich so angeschaut…so kalt. Ich habe dir nichts bedeutet. Ich war wertlos für dich.«

Hier in der Dunkelheit schien die Grenze zwischen Albtraum und Realität nur eine dünne Linie zu sein. Sie konnte Carolins Gesicht nicht sehen. Der Traum war vorbei, doch das Gefühl der Verzweiflung war echt, und es hatte sich tief in ihr eingenistet.

Aber Iris konnte nicht weiter mit dieser Angst leben, die ihr Herz zerfraß. Sie musste ein für alle Mal sicher sein können. Sicher, dass Carolin sich nicht von ihr abwenden würde. Sie musste es wissen.

Und wenn Carolin ihr das nicht geben konnte…dann würde Iris gehen müssen, um sich selbst zu retten.

»Iris…«, flüsterte Carolin.

Iris schluckte hart. »Ich konnte den Gedanken nicht ertragen. Also habe ich versucht, den Traum zu vergessen. Weil ich Angst hatte…dass du mich nicht liebst.«

Nun waren die Worte heraus. Iris hielt den Atem an. In der Dunkelheit hörte sie das Pochen ihres eigenen Herzens, das in ihren Ohren dröhnte.

Carolin legte beide Hände um die von Iris.

»Aber ich liebe dich«, sagte sie. »Ich liebe dich, und ich werde dich nie verlassen.«

KAPITEL 50

~ Carolin ~

In dem Moment, in dem sie es aussprach, wusste Carolin, dass es die Wahrheit war.

Ich liebe dich.

Die Worte waren ungewohnt. Seit Jahren hatte sie sie nicht benutzt, nicht einmal gedacht. Doch es fühlte sich richtig an. Sie liebte Iris.

Das Gewicht auf ihren Schultern wurde leichter. Alles fiel an seinen Platz. Iris bedeutete ihr mehr als alles andere auf der Welt. Es war so gewaltig und doch so einfach.

»Carolin…ich…«, flüsterte Iris. »Ich liebe dich auch. Schon lange.«

Carolin lächelte im Dunkeln. Sie beugte sich zu ihr und küsste sie, nur ganz sacht.

»Die Carolin in deinem Traum—das war nicht ich. Es ist das Gegenteil von allem, was ich für dich empfinde. Du bist mir unendlich wichtig. Ich könnte mich niemals von dir abwenden, Iris. Niemals.«

»Gut«, flüsterte Iris.

Carolin legte die Arme um sie und zog Iris eng an sich.

»Ich liebe dich«, sagte sie noch einmal.

Die Worte waren wie ein Versprechen, ein Schwur. Sie wusste noch nicht, was genau er bedeutete, doch sie meinte ihn ernst. Etwas würde sich fundamental verändern. Nach dieser Nacht würde sie nicht mehr die Gleiche sein.

Carolin spürte, wie Iris sich langsam entspannte. Eine Weile waren sie still, genossen es einfach nur, beisammen zu sein und dieses kostbare Band zwischen sich zu spüren.

»Das hier ist real, oder?«, flüsterte Iris.

Sie bewegte sich leicht. Vielleicht tastete sie im Dunkeln nach ihrer Hand, um ihre Finger zu zählen.

»Hast du jemals hiervon geträumt?«, fragte Carolin.

»Nein. Nicht einmal in meinen schönsten Träumen.«

Carolin lächelte und küsste Iris' Haar. Iris seufzte leise. Nach und nach wurde ihr Atem langsamer, als sie in Carolins Armen in den Schlaf hinüberglitt.

Draußen war es noch immer dunkel. Doch Carolin war hellwach. Ihre Gedanken kamen nicht zur Ruhe.

Iris' Alptraum hatte sie erschüttert. Es war ihre Schuld, dass Iris diese Ängste durchmachte. Carolin hatte ihr Zärtlichkeit und Nähe gegeben, aber nie ein echtes Versprechen. Immer hatte Iris damit rechnen müssen, alles zu verlieren.

Carolin starrte in die Dunkelheit des Hotelzimmers und versuchte, ihre Gedanken zu sortieren.

Nach ihrer Scheidung hatte sie sich geschworen, dass sie nie wieder so schwach und abhängig sein wollte. Sie musste sich selbst an die erste Stelle setzen, denn sonst würde es niemand tun.

Und wenn sie schon nicht als Partner geliebt wurde, konnte sie immer noch als Wissenschaftlerin Respekt und Anerkennung verdienen. Ihre Karriere war alles, was ihr blieb. Also hatte sie alles dafür gegeben, erfolgreich zu sein. Und sie war stolz, etwas zum Fortschritt der Wissenschaft beizutragen und etwas zu erreichen, das fast niemand sonst schaffte.

Aber all das verblasste im Vergleich zu dem, was Iris in ihr auslöste. Es war, als hätte sie einen Schalter umgelegt und Carolins Leben in Schwarzweiß plötzlich mit Farbe gefüllt. Ihr Lachen erfüllte Carolin mit Wärme, sie verstand Carolin mühelos, wie es noch nie ein Mensch getan hatte. Iris war wundervoll. Einfühlsam. Intelligent. Liebenswürdig. Und noch dazu wunderschön. Viele Frauen würden sich glücklich schätzen, mit ihr zusammen zu sein. Und ihre bloße Nähe zu spüren, gab Carolin ein Gefühl von Geborgenheit, dass sie nie wieder verlieren wollte.

Sie wollte Iris jede Nacht bei sich haben. Sie wollte die Frau sein, die Iris glücklich machte.

Aber dafür musste sie ihr beweisen, dass Iris auf sie vertrauen konnte. Dass sie sich für sie entscheiden würde, jetzt und für immer.

Langsam wurde es draußen heller. Irgendwo hinter grauen Wolken war die Sonne aufgegangen.

Carolin lag immer noch wach. Sie wusste noch immer nicht, wohin ihr Weg sie führen würde. Doch sie hatte einen Entschluss gefasst. Einen ersten Schritt. Behutsam zog sie einen Arm unter Iris' Körper hervor. Iris seufzte leise, ohne die Augen zu öffnen, drehte sich um und schlief weiter.

Carolin griff nach ihrem Handy und ging auf Zehenspitzen ins Bad. Es war sechs Uhr dreißig. Sie schrieb eine Nachricht an Norbert. Hoffentlich war er immer noch ein Frühaufsteher.

Dann putzte sie sich die Zähne und wusch sich das Gesicht. Auf Make-up verzichtete sie das erste Mal seit Jahren. Es spielte keine Rolle.

Ihr Handy leuchtete auf. Sie las die Nachricht von Norbert, dann hinterließ sie auf dem Hotel-Notizblock ein paar Worte für Iris, zog sich leise an und verließ das Zimmer.

Als sie bei Norbert klopfte, öffnete er ihr sofort.

»Carolin!«, sagte er. »Was ist los?«

»Ich muss mit dir reden. Kann ich reinkommen?«

»Natürlich. Was ist passiert? Geht es dir gut?«

Carolin nickte. »Ich bin nicht krank. Es ist etwas anderes. Ich brauche deine Hilfe.«

Carolin wappnete sich. Es hatte keinen Sinn, das Unvermeidliche hinauszuzögern. Sie musste es hinter sich bringen. »Ich habe etwas getan, das…gravierende Konsequenzen haben wird.«

Sie sah ihm direkt in die Augen. »Ich habe mich in eine Studentin verliebt.«

»Oh, Carolin«, sagte er.

Ihre Knie wurden weich. Ihre Brust verkrampfte sich. Noch immer fürchtete sie seine Reaktion. Doch sie hatte ihren Entschluss gefasst, und sie würde dazu stehen. Sie zwang sich dazu, ruhig zu atmen und ihre Panik herunterzukämpfen.

»Es ist Iris, nicht wahr?«, fragte er.

»Ja. Ist es so offensichtlich?«

»Nur, wenn man dich gut kennt. Da ist dieser Ausdruck in deinem Gesicht, wenn du sie ansiehst…«

Carolin schloss kurz die Augen. »Und ich dachte, ich wäre diskret gewesen.« Sie schüttelte den Kopf. »Egal. Jetzt spielt es keine Rolle mehr. Mit der Heimlichtuerei ist es vorbei. Das war von Anfang an falsch.«

»Was soll das heißen?«, fragte Norbert. »Was hast du vor?«

»Ich werde offen sein. Es der Dekanin mitteilen. Und die Betreuung von Iris' Arbeit abgeben.«

»Carolin!« Norbert war offenkundig erschüttert. »Bist du sicher, dass du das tun willst? Dein Ehrgefühl ist bewundernswert, kein Zweifel, aber—du riskierst deine Professur!«

»Ich weiß. Ich habe viel darüber nachgedacht.« Sie lachte leise. »Und glaub mir, ich habe mich nicht aufgrund von Anstand und Moral dazu entschlossen.«

Sie schluckte kurz, und ihre Stimme wurde belegt. »Ich tue es für sie.«

Er seufzte leise. »Ah. Ich hätte es ahnen sollen. Das heißt, ihr beide…?«

»Ja. Wir lieben uns.«

Er stieß mit einem Seufzen die Luft aus und setzte sich auf das Bett. Carolin setzte sich neben ihn.

»Liebe, das ist ein großes Wort.«

»Es ist so. Sie ist mir unglaublich wichtig, weißt du—wichtiger als alles andere. Es ist eine völlig neue Perspektive. Du weißt, wovon ich spreche, oder?«

»Ja, Ich kenne das Gefühl. Wenn man bereit ist, alles hinzuwerfen und Astronaut zu werden, nur um ihr die Sterne vom Himmel zu holen.«

Carolin lächelte. »Ganz genau!«

Er nickte nachdenklich. »Wie lange geht das schon? Solche Entscheidungen sollte man nicht überstürzt treffen.«

»Das muss unter uns bleiben, aber—fast ein halbes Jahr.«

Er stieß einen leisen Pfiff aus. »Dann ist es wohl ernst.«

»Absolut. Mir ist es hundertprozentig ernst mit ihr. Aber ich habe ihr nicht gegeben, was sie wirklich verdient. So wie jetzt kann es nicht weitergehen. Ich will nicht, dass sie sich mit mir verstecken muss. Dass sie an zweiter Stelle hinter meiner Arbeit steht, und das über Jahre hinweg—nur damit ich eine kleine Chance auf einen Posten habe, den ich vielleicht nie bekomme, und der mich nicht halb so glücklich machen wird, wie Iris es jeden Tag tut.«

Norbert strich sich über den Bart. Er überlegte einen Moment, ehe er sprach. »Carolin, ich kenne dich, seit du damals im ersten Semester in meiner Vorlesung gesessen hast. Du warst damals schon eine der Besten. Immer ehrgeizig, intelligent, zielstrebig. Ich dachte, du wirst einmal so etwas wie meine Nachfolgerin.«

Carolin lächelte. Sie bekam einen Kloß im Hals. »Danke, Norbert. Das bedeutet mir sehr viel.«

»Und deshalb muss ich dich fragen—willst du all das aufgeben? All das, was du dir aufgebaut hast? Du bist so kurz davor. Noch ein paar Jahre, und du hast die Professur.«

Carolin nickte. Sie versuchte, die richtigen Worte zu finden. »Du hast mich immer unterstützt. Und ich bin dir unglaublich dankbar. Und ich hoffe, du bist jetzt nicht enttäuscht von mir.« Sie schluckte. »Es ist nur so…ich weiß nicht, ob die Wissenschaft wirklich das ist, was ich will.«

»Ich verstehe. Und was ist mit deinem Ehrgeiz?«

»Ich will immer noch etwas Großes erreichen! Aber nur, wenn ich dabei bei ihr sein kann.«

»Und sie ist das alles wert? Das Risiko, alles aufzugeben?«

»Ja«, sagte Carolin mit fester Stimme. »Das ist sie.«

Er nickte und schwieg. Er versuchte nicht, sie davon abzubringen. Carolin hätte damit gerechnet, dass er sie eine Närrin nannte, die sich von ihren Gefühlen den Kopf verdrehen ließ. Stattdessen sah er sie nur nachdenklich an.

»Ich hoffe, du liegst richtig. Und ich hoffe, sie macht dich sehr glücklich.«

Carolin nickte. Sie traute ihrer Stimme nicht.

»Und das andere, na, das ist doch albern. Wie könnte ich enttäuscht von dir sein? Wenn man dich so anschaut, hat die große Liebe dich schwer erwischt. Da müsste man schon ein Herz aus Stein haben, sich nicht für dich zu freuen.«

Carolin lächelte. Sie umarmte ihn, damit er nicht sah, dass ihr Tränen der Rührung in die Augen stiegen. Er lachte leise und klopfte ihr auf den Rücken.

»Also nun—du hast gesagt, dass du meine Hilfe brauchst«, sagte Norbert dann. »Ich glaube nicht, dass ich die Gutachter umstimmen kann, wenn es das ist, woran du denkst.«

Carolin räusperte sich. »Nein. Meine Professur spielt keine Rolle. Ich weiß, dass ich das vergessen kann. Es geht um Iris' Promotion. Ich hatte gehofft, dass du sie vielleicht übernehmen könntest. Ich weiß, du bist praktisch kurz vor dem Ruhestand. Aber du bist der Einzige an unserem Lehrstuhl, der unser Thema so gut beherrscht.«

»Ich wollte eigentlich keine Doktoranden mehr annehmen. Aber wenn ich von dem ausgehe, was du mir von ihr erzählt hast, macht sie ja praktisch im Alleingang fantastische Entdeckungen.«

»Und ich habe noch untertrieben! Sie ist unglaublich motiviert und eigenständig.«

Er schmunzelte. »Hm. Ja, ich denke, ich könnte noch eine Ausnahme machen. Ihr Thema ist auch hochinteressant. Ich werde die Betreuung übernehmen, wenn sie das möchte.«

Carolin fiel ein Stein vom Herzen. »Danke, Norbert. Vielen Dank.«

Einer spontanen Regung folgend umarmte sie ihn. Er klopfte ihr sanft auf den Rücken.

»Es freut mich, dass ich ein wenig helfen kann.«

Carolin löste sich. »Bitte behalte es erst einmal für dich. Ich muss noch mit Iris sprechen. Herausfinden, was wir als nächstes tun.«

»Natürlich.«

Carolin atmete tief durch. Die erste Hürde war genommen.

KAPITEL 51

~ Iris ~

Als Iris erwachte, spürte sie sofort, dass Carolin nicht mehr neben ihr lag. Sie öffnete die Augen und richtete sich auf.

Ist sie gegangen?, durchfuhr es sie. Doch Carolins Tasche war noch da. Vielleicht brauchte sie etwas Zeit zum Nachdenken. Oder sie wollte Abstand. Ehe Iris sich in diese Fragen vertiefen konnte, öffnete sich die Tür, und Carolin kam herein. Sie sah blass aus.

»Carolin…ist alles in Ordnung?«, fragte Iris.

Carolin sah sie mit einem seltsamen Ausdruck im Gesicht an—Wehmut und Erleichterung wechselten einander ab.

»Ich werde auf die Professur verzichten.«

»Was?«

Schlagartig war Iris hellwach.

Carolin kam zu ihr und setzte sich neben sie auf das Bett. »Ich habe Norbert die Wahrheit gesagt. Dass ich mit dir zusammen sein will. Auch wenn das heißt, dass ich die Professur nicht bekomme.«

Iris konnte es nicht glauben. »Aber du hast so hart dafür gearbeitet! Niemand hat die Stelle mehr verdient als du.«

Carolin zuckte mit den Schultern und lächelte. »Das würde ich gern glauben, aber seien wir ehrlich: da draußen sind dutzende talentierte junge Wissenschaftler, die genauso viel Anrecht darauf hätten.«

»Aber du wolltest das! Mehr als alles andere.«

»Nicht mehr als dich.«

Iris Kehle schnürte sich zusammen. Sie brachte kein Wort heraus. Carolin konnte das nicht tun. Sie konnte nicht so ein Opfer für sie bringen!

»Iris. Ich will, dass du weißt, dass mir nichts wichtiger ist als du. Ich entscheide mich für dich.«

Tränen traten Iris in die Augen. Sie blinzelte heftig. Damit hatte sie nicht gerechnet.

»Carolin…ich…«

»Vorausgesetzt natürlich, es war nicht in Wahrheit nur die sexy Professorin, die du wolltest.«

Sie lächelte, aber da war eine Spur Unsicherheit in ihren Augen. Das versetzte Iris einen Stich mitten ins Herz. Konnte Carolin wirklich so etwas denken?

»Wie kommst du darauf? Ich will dich, alles andere ist mir egal!«

Sie schlang die Arme um Carolin und zog sie an sich.

»Gut«, sagte Carolin mit erstickter Stimme.

Tausende Gedanken wirbelten durch Iris' Kopf.

»Was heißt das?«, fragte sie. »Was hast du jetzt vor?«

»Ich will mit dir zusammen sein. Also werde ich der Dekanin mitteilen, dass wir eine Beziehung führen wollen. Sie wird empört und wütend sein, aber mehr nicht. Ich habe dir keinen Vorteil verschafft und meine Position nicht ausgenutzt.«

»Okay«, sagte Iris. »Ich hoffe, du hast recht.«

Sie konnte es immer noch kaum glauben.

»Ich werde die Betreuung deiner Promotion abgeben müssen. Und ich schätze, dann muss ich mir einen neuen Job suchen.«

»Dann werfe ich auch hin. Wir kündigen beide. Und dann fangen wir irgendwo anders ganz von vorne an.«

Carolin starrte sie entgeistert an. »Was? Wie kommst du darauf? Du musst nicht kündigen. Du hast eine großartige Zukunft vor dir.«

Iris schüttelte den Kopf. Carolin wusste noch nicht, dass sie versagt hatte. Aber es war höchste Zeit, ihr die Wahrheit zu sagen.

»Carolin, ich…Ich bin nicht so gut, wie du denkst.«

Sie schluckte. Was, wenn Carolin es sich unter diesen Umständen anders überlegte? Vielleicht würde sie nicht mehr mit Iris zusammen sein wollen, wenn sie hörte, wie nutzlos sie war.

Aber schließlich war es auch Carolins Recht, diese Entscheidung für sich selbst zu treffen. Iris blickte herab auf ihre Hände und nahm ihren Mut zusammen.

»Die kanadischen Forscher, die meine Studie zu replizieren versucht haben…Sie haben mir vor ein paar Tagen ihre Rohdaten geschickt.«

»Und?«, fragte Carolin erwartungsvoll.

»Es ist eine Katastrophe.«

Carolin runzelte die Stirn. »Du meinst, die transkranielle Stimulation hat gar nicht geholfen?«

»Schlimmer noch. Es hat sogar geschadet. Die Probanden hatten häufigere und schlimmere Albträume. Es ist schrecklich. Ein absoluter Reinfall.«

Carolin schwieg kurz. Iris machte sich auf das Schlimmste gefasst. Sie rechnete damit, dass Carolin sich von ihr abwenden würde, dass Enttäuschung und Ablehnung in ihrem Gesicht stehen würden, ehe sie sich wegdrehte.

»Ich verstehe nicht so ganz«, sagte Carolin. »Was hat das mit allem anderen zu tun?«

»Alles, was ich gemacht habe, ist sinnlos!«, sagte Iris. »Meine wissenschaftliche Arbeit ist völlig nutzlos. Da kann ich auch genauso gut hinschmeißen.«

»Unsinn! Deine erste Publikation ist nicht der große Durchbruch, den du dir erhofft hast. Na und? So funktioniert Wissenschaft. Man stellt Hypothesen auf, testet sie, und meistens funktioniert es nicht. Das gehört dazu. Ich hatte mindestens ein halbes Dutzend Ideen, aus denen nie etwas geworden ist.«

»Wirklich?«

»Natürlich. Du musst jetzt in Ruhe die Daten analysieren und herausfinden, wo der Fehler war. Dann planst du deine nächsten Schritte. Du stehst erst ganz am Anfang.«

Iris sah sie forschend an, suchte in ihrem Gesicht nach einem Zeichen von Ablehnung. »Meinst du das ernst? Ich dachte, du wärst enttäuscht.«

Carolin lächelte. »Natürlich ist sowas enttäuschend. Aber damit muss man als Wissenschaftler leben. Ich weiß, dass du noch unglaublich viel erreichen kannst. Also wage es ja nicht, jetzt aufzugeben!«

Iris lächelte. Sie konnte nicht in Worte fassen, wie viel ihr das bedeutete. Sie hatte völlig versagt, war katastrophal gescheitert, und ihr einziger großer Erfolg hatte sich in Luft aufgelöst. Trotzdem stand Carolin auf ihrer Seite und glaubte an sie. Das war das größte Geschenk, das sie sich vorstellen konnte.

»Iris alles in Ordnung?«, fragte Carolin.

Erst jetzt merkte Iris, dass ihr eine Träne die Wange herablief.

»Ja«, sagte sie mit belegter Stimme und nickte. »Ich…es ist nur alles…so überwältigend.«

Sie sah zu Carolin, blinzelte zweimal, um den Schleier vor ihren Augen loszuwerden. »Deine Professur aufgeben…bist du dir wirklich sicher, dass du das tun willst?«

»Ja«, sagte Carolin. »Ehrlich gesagt habe ich die Nase voll davon. Und von mir aus können alle wissen, wie fantastisch du bist.«

Iris lachte leise. Carolin beugte sich vor und küsste sie. Und in diesem Moment war es, als würde tief in Iris ein hässlicher Knoten, der ihr die Luft abgeschnürt hatte, endlich durchtrennt. Sie konnte wieder richtig atmen. Hatte sie vorher überhaupt gewusst, wie sich das anfühlte?

Sie presste ihre Lippen auf Carolins, küsste sie voll wilder Leidenschaft und lachte und weinte zugleich. Alles um sie herum verschwamm, und sie sah nur noch Carolin. Ihre Küsse schmeckten berauschend, befreiend, und ehe sie wusste, wie ihr geschah, fiel sie nach hinten auf das Bett und zog Carolin mit sich. Es gab nur noch sie beide. Und zum ersten Mal hatte Iris keine Angst vor der Zukunft.

Stunden später trieb der Hunger sie aus dem Bett. Carolin zog sich widerstrebend an und holte beim Bäcker gegenüber etwas zu Essen für sie beide. Iris wartete auf sie und entdeckte ein Buch über frühzeitliche Meereskreaturen auf dem Nachttisch.

»Gefallen sie dir?«, fragte Carolin, als sie mit zwei Tüten in der Hand zurückkam.

»Und wie!«

Sie blätterten durch das Buch, während sie sich stärkten, und bewunderten die seltsamen und faszinierenden Lebensformen. Ein *Cyclobatis* mit fast kreisförmigen Flossen sah sogar fast aus wie ein Rochen. Doch schließlich schloss Iris das Buch.

»Was machen wir jetzt?«, fragte sie. »Alles wird sich verändern, das weiß ich. Aber—was ist der nächste Schritt?«

»Gute Frage«, sagte Carolin. »Ich werde erst in Berlin mit der Dekanin reden. In der Zwischenzeit könnten wir einen Blick auf deine Daten werfen und sehen, wo das Problem ist.«

Iris verzog das Gesicht. »Ich weiß nicht.«

Sie wollte sich lieber nicht damit befassen, was genau sie falsch gemacht hatte. Carolin würde sicher schnell herausfinden, wie ahnungslos sie sich angestellt hatte.

»Du wirst es sowieso konfrontieren müssen«, sagte Carolin.

»Vermutlich hast du recht.«

»Haben die Kanadier denn irgendetwas gesagt?«

»Nein, sie sind noch mit der Auswertung beschäftigt. Sie haben mir nur inoffiziell die Rohdaten geschickt.«

»Na gut. Dann zeig mal her.«

Iris zog ihren Laptop heraus, klappte ihn auf und öffnete das Statistik-Programm. Sie zeigte Carolin den Datensatz. Carolin sah sich ihren Code an und stellte ein paar Fragen zum Versuchsdesign der Forscher aus Montréal. Wie sie die Fragebögen gestaltet hatten, mit denen sie die Intensität der Albträume abfragten. Welche Anweisungen sie den Teilnehmern gegeben hatten. Ob die Probanden daheim das Gerät auch richtig bedienten, oder ob es zu Fehlfunktionen gekommen war. Aber all das lieferte keinen Hinweis, warum ihr Ergebnis praktisch das Gegenteil von Iris' Resultaten war.

»Vielleicht war unser Studiendesign einfach schlecht«, sagte Iris.

»Unsinn«, sagte Carolin. »Das war es nicht. Zeig mir noch mal deine Daten.«

Iris öffnete die Ergebnisse ihres eigenen Experiments. Carolin brütete eine halbe Stunde darüber, überprüfte jeden einzelnen Schritt, und konnte doch keinen Fehler finden.

»Das ergibt einfach keinen Sinn. Wieso sollte deine Intervention, die vorher geholfen hat, plötzlich so konsistent alles schlimmer machen? Das kann doch nicht sein.«

Sie rieb sich über die Stirn. »Vielleicht haben sie irgendeine konfundierende Variable.«

»Aber sie haben auf alle Faktoren kontrolliert, die wir auch berücksichtigt haben.«

»Was für eine Skala benutzen sie?«

»Eine Likert-Skala mit sieben Stufen«, sagte Iris. »Wie bei uns. Hier geht es zum Beispiel von 0, also überhaupt keine Albträume, bis 7, praktisch jede Nacht. Genauso bei der Belastung durch die Träume. Sie haben einen signifikanten Effekt—«

Sie brach ab, als Carolin plötzlich die Hand hob.

»Moment mal«, sagte Carolin. Ihre grauen Augen blitzten auf. »Wie ist die Skala codiert?«

Iris runzelte die Stirn. »Na ja, von 0 bis 7 eben. Das müsste hier in der Datei stehen…« Sie scrollte hoch zum Anfang der Tabelle. »Die Variablennamen sind französisch, deswegen…oh. Oh nein.«

Sie beide starrten auf die Kopfzeile. Dann sahen sie sich an. Und grinsten.

»Die Skala ist invertiert!«, rief Iris aus. »Die Werte sind genau umgekehrt!«

»Das heißt, 0 ist das schlechteste und 7 der beste Wert«, sagte Carolin. »Und damit…«

»…ist der Effekt doch positiv!«

Iris konnte es nicht glauben. War das möglich? War das die Erklärung für alles?

Sie hatte einfach angenommen, dass die kanadischen Forscher die Skala genauso benutzten, wie sie es getan hatte. Und als sie die niederschmetternden Ergebnisse gesehen hatte, hatte sie sofort geglaubt, dass ihre schlimmsten Ängste wahr geworden waren. Auf die Idee, dass sie die Daten nur falsch herum interpretiert hatte, war sie überhaupt nicht gekommen.

»Na also«, sagte Carolin und grinste hochzufrieden. »Es hätte mich auch gewundert, wenn sie dir eine komplette Widerlegung deiner Studie ohne jeden Kommentar schicken würden.«

»Also hat es funktioniert!«

»Definitiv! Und hier, bei den Probanden, die die transkranielle Stimulation zu Hause durchgeführt haben, ist die Effektstärke sogar nochmal besser als in deiner Studie.«

»Ja«, sagte Iris. Erleichterung durchströmte sie. Sie fühlte sich, als schwebe sie auf einer Wolke. »Also kann ich damit weitermachen, oder?«

»Natürlich! Du hattest recht, Iris. Ich will ja nicht sagen, dass ich es immer gewusst habe…«

Carolin grinste und küsste Iris. »Aber ich habe es immer gewusst.«

Iris strahlte. Sie fühlte sich, als könne sie gleich vom Boden abheben und schweben.

»Und du solltest Lukas Bescheid sagen«, fügte Carolin hinzu. »Euer Start-up-Idee ist jetzt von zwei unabhängigen Forscherteams untermauert worden. Damit ist der Weg für euch frei!«

KAPITEL 52

~ Carolin ~

Am nächsten Tag fuhren sie zurück nach Berlin. Die ganze Fahrt über musste Carolin den Impuls unterdrücken, zu Iris zu schauen, um sich zu vergewissern, dass sie noch immer da war und wirklich und wahrhaftig neben ihr saß. Es kam ihr alles so unglaublich vor. Sie waren auf dem Weg in eine völlig neue Zukunft.

Sie verbrachten den Nachmittag bei Carolin. Cassandra war hoch erfreut, Carolin wiederzusehen, und rieb sich schnurrend abwechselnd an ihr und an Iris. Carolin jedoch konnte den Blick kaum von Iris abwenden. Sie fürchtete beinahe, wenn sie Iris nur kurz aus den Augen verlor, würde sich alles als Traum herausstellen. Aber es war die Wirklichkeit.

Es wurde schon Abend, als Iris eine Nachricht von Emily bekam. Sie zeigte sie Carolin.

Hey, Lukas sagte, du wolltest inzwischen zurück sein. Ist dein Zug ausgefallen, oder haben deine Eltern dich endgültig gefressen?

»Ich sollte besser nach Hause gehen«, sagte Iris. »Ich habe auch überhaupt nichts mehr zum Anziehen. Und ich muss noch ein paar Übungsblätter korrigieren, die die Studenten morgen zurückbekommen sollen.«

Carolin zögerte. Am liebsten hätte sie Iris nicht gehen gelassen. Sie hatte auch hier Kleidung, die sie ihr borgen konnte—wenn sie überhaupt welche brauchten! Iris konnte bei ihr bleiben, und was kümmerte sie die Welt da draußen?

Carolin unterbrach den Gedankengang. Das hier, ihre Beziehung, war kein Spiel mehr. Kein Weglaufen vor der Realität. Statt in einem Traum zu leben, würden sie sich endlich der Wirklichkeit stellen, sie erobern und ihr das Glück abringen, von dem sie so lange nur träumen konnten.

Iris würde sich nicht plötzlich in Luft auflösen, nur weil sie für ein paar Stunden anderswo war. Sie würde wiederkommen. Und dann würden sie ihre gemeinsame Zukunft in Angriff nehmen.

»Du hast recht«, sagte Carolin, stand auf und griff nach dem Autoschlüssel. »Ich bringe dich heim. Aber morgen sehen wir uns wieder.«

»Natürlich! Alles andere würde ich nicht aushalten.«

»Hier ist es. Nummer Sieben«, sagte Iris und deutete aus dem Fenster.

Hier wohnte Iris also. Das Mehrfamilienhaus war ein Altbau aus der Gründerzeit, wie er für diese Gegend typisch war, und sah von außen mit seiner hellgrauen Stuckfassade recht schick aus. Doch Carolin wusste aus Iris' Erzählungen, dass die Wände dünn und die Fenster zugig waren, und die Miete trotzdem überteuert.

Iris stieg aus dem Wagen und warf ihren Rucksack über die Schultern.

»Ich würde dich echt gern reinbitten«, sagte sie. »Aber Emily und Lukas sind da, und na ja…«

Carolin nickte. »Lieber ein anderes Mal. Wenn wir alles geregelt haben.«

Carolin wollte lieber vermeiden, Emily und Lukas über den Weg zu laufen, bevor sie alles offiziell geklärt hatten. Sie mochte Iris' Freunde, aber sie war sich nicht sicher, ob sie Emilys Fähigkeit vertraute, ein Geheimnis für sich zu behalten.

Die korrekte Professor Adler, die alle Regeln von Anstand und Moral gebrochen und eine Studentin verführt hatte!

Wenn Emily irgendwo ein Wort darüber verlor, würde es nach vierundzwanzig Stunden der ganze Campus wissen, und das würde für sie beide unangenehm werden.

»In Ordnung«, sagte Iris. »Dann... bis später.«

Ihre Verabschiedung fühlte sich seltsam an. Am liebsten hätte Carolin Iris in die Arme geschlossen und geküsst, aber sie stand schon neben dem Auto. Also winkten sie sich nur kurz zu und lächelten verlegen.

»Ich schreib dir«, sagte Carolin.

»Unbedingt«, sagte Iris.

Dann fuhr Carolin nach Hause.

Als sie die Tür aufschloss, begrüßte Cassandra sie maunzend.

»Ja, ich bin wieder da, Süße«, sagte Carolin und beugte sich hinab, um ihr über den Rücken zu streicheln. »Und ab jetzt wird alles anders«, sagte sie leise.

In dieser Nacht schreckte Carolin zweimal aus dem Schlaf hoch. Beim zweiten Mal war draußen schon ein heller Lichtstreif am Horizont zu sehen. Es hatte keinen Zweck, noch einmal zu versuchen, einzuschlafen. Also duschte sie, zog sich an und las eine Weile. Doch sie konnte sich kaum konzentrieren.

Kein Grund, nervös zu sein, sagte sie sich. *Ich habe alles unter Kontrolle. Es ist meine Entscheidung, und ich ziehe das durch.*

Schließlich war es Zeit, in die Uni zu fahren. Sie ging in ihr Büro, beantwortete ein paar E-Mails vom Wochenende, dann machte sie sich an die eigentliche Arbeit. Sie musste alle Absprachen, die sie mit Iris wegen ihrer Promotion getroffen hatte, heraussuchen und an Norbert weiterleiten, damit er sich ein Bild von ihrem aktuellen Fortschritt machen konnte. Carolin lächelte. Er würde zweifellos beeindruckt von Iris' Arbeit sein.

Als es auf ein Uhr zuging, warf sie immer wieder einen Blick auf die Uhr. Ihre Anspannung stieg. Carolin hatte keinen Kaffee getrunken und saß bloß an ihrem Schreibtisch, und doch raste ihr Herz. Kurz vor eins schrieb sie Iris.

So, ich gehe jetzt zur Dekanin. Wünsch mir Glück.

Bist du dir ganz sicher?

Ja. Absolut, antwortete sie.

Okay. Ich denke an dich. Du schaffst das.

Carolin lächelte. Dann stand sie auf und trat auf den Flur. Sie ging zum Büro der Dekanin ihrer Fakultät. So nervös war sie zuletzt in der Uni gewesen, als sie vor Jahren ihre allererste mündliche Prüfung abgelegt hatte. Am liebsten wäre sie gleich wieder umgekehrt. Aber das war natürlich lächerlich. Sie würde das hier durchziehen. Für sich selbst, und vor allem für Iris.

Sie klopfte an der Tür und wurde hineingerufen.

»Hallo, Professor Adler, setzen Sie sich doch«, sagte die Dekanin.

Sie war eine ältere Frau mit Kurzhaarschnitt und Rechteckbrille. Carolin hatte sie bisher noch nicht oft getroffen, abgesehen von Sitzungen des Institutsrats.

»Danke, dass Sie so schnell Zeit für mich gefunden haben.«

»Keine Ursache. Was kann ich für Sie tun?«

Carolin hatte sich ihre Worte bereits zurechtgelegt. Sie richtete sich kerzengerade auf und kam direkt zum Punkt.

»Ich bin hier, um Sie über einen potenziellen Interessenkonflikt zu informieren. Es geht um mich und eine Studentin, Iris Lemberg. Ich betreue Frau Lembergs

Promotion. Allerdings möchten wir eine Beziehung eingehen. Daher kann ich das Betreuungsverhältnis nicht länger aufrechterhalten.«

Die Dekanin war sprachlos. Sie nahm ihre Brille ab.

»Das…Sie wollen sagen…ja, da können Sie in der Tat nicht.«

»Wir haben bereits einen anderen Betreuer gefunden«, fuhr Carolin fort. »Ich melde Ihnen die Sache, damit es nicht zu irgendwelchen Missverständnissen kommt. Sie können sich in meinen Unterlagen über die Betreuung und den Protokollen unserer bisherigen Gespräche vergewissern, dass ich Frau Lemberg in keiner Weise einen Vorteil verschafft oder auf sie Einfluss genommen habe.«

»Das…ist gut«, sagte die Dekanin, die das offensichtlich erst einmal verarbeiten musste. »Wir werden das mit der Personalabteilung besprechen müssen. So ein Fall ist mir noch nicht untergekommen.«

»Ich stehe jederzeit für Nachfragen zur Verfügung.«

»Gut. Ja, das ist gut. Wir werden das natürlich genaustens prüfen müssen. Aber wenn wir zu dem Schluss kommen, dass kein unangemessenes Verhalten vorliegt…«

Sie unterbrach sich. »Dennoch könnte das ein gewisses Licht auf ihre Professionalität werfen. Verstehen Sie mich nicht falsch, ich schätze es sehr, dass Sie von sich aus zu mir gekommen sind. Aber Ihre Kollegen…«

»Das wird kein Problem sein«, sagte Carolin. »Ich plane, meinen Vertrag zu kündigen.«

Zum zweiten Mal innerhalb von fünf Minuten war die Dekanin sprachlos.

Insgesamt lief das Gespräch viel besser, als Carolin befürchtet hatte. Sie klärten einige Formalitäten, dann verabschiedete Carolin sich höflich und verließ das Büro. Draußen atmete sie einmal tief durch. Dann lächelte sie.

Wovor hatte sie Angst gehabt? Sie hatte schließlich kein Gesetz gebrochen. Iris und sie waren beide erwachsene Menschen, die über ihr Privatleben selbst entscheiden konnten. Sie konnte kaum glauben, wie wichtig ihr die Meinung ihrer Kollegen gewesen war.

Carolin beschloss, eine kleine Pause einzulegen. Sie ging zurück zu den Räumen ihres Instituts und machte sich in der Mitarbeiterküche einen Tee. Dann lehnte sie sich an die Fensterbank, schaute nach unten auf die Straße und sah den kleinen Studenten unten zu, während sie an dem heißen Getränk nippte. Ihre Anspannung ließ nach, und sie atmete tief durch.

Sie hatte mit Norbert gesprochen, und nun mit der Dekanin. Es hatte keine Katastrophe gegeben, und jetzt konnte nichts Schlimmes mehr passieren.

Geschafft!, schrieb sie Iris.

Wie ist es gelaufen?

Absolut reibungslos. Sie war überraschend nett.

Iris antwortete mit einem fröhlichen Smiley.

Bin gerade in der S-Bahn, schrieb sie dann. *Gleich in der Uni.*

Carolin beschloss, ihren Tee zu trinken und Iris dann entgegenzugehen. Gemeinsam konnten sie überlegen, was sie jetzt tun wollten.

Carolin musste auf jeden Fall noch ihre Kollegen informieren, dass sie kündigen würde. Sie überlegte, wie sie es am besten angehen konnte, ohne zu viel Aufhebens darum zu machen. Natürlich würde sie es Hana zuerst sagen.

Ihre Gedanken wurden unterbrochen, als sie hörte, wie im Treppenhaus der Fahrstuhl hielt, die Türen aufgingen und sich Schritte und Stimmen näherten. Vom Treppenhaus gelangte man in den Aufenthaltsraum, und von dort führte eine Tür die Küche, wo Carolin ihren Tee trank. Diese Tür war nur angelehnt, und Carolin konnte die Stimmen deutlich verstehen.

»...sie schon begrüßt?«, fragte Ursula gerade.

»Nein. Und ich glaube auch nicht, dass das eine gute Idee wäre.«

Carolin erstarrte. Das war Daniel, ihr Ex-Mann.

Beim Klang seiner Stimme machte sich ein bitterer Geschmack in ihrem Mund breit. Was zur Hölle machte er hier? Sollte er nicht auf der anderen Seite des Globus sein?

Da fiel es ihr wieder ein. Die Vortragsreihe. Sie hatte im Hotel die Ankündigung gelesen. Er war hier, um eine Gastvorlesung zu geben. Das hatte sie völlig vergessen.

Das Letzte, was sie wollte, war eine hässliche Konfrontation mit Daniel. Aber wie sollte sie ihm aus dem Weg gehen? Der einzige Weg aus der Küche führte in den Pausenraum, den Daniel und Ursula gerade betraten. Carolin blieb einfach still und hoffte, dass sie schnell weitergehen würden.

»Aber wieso denn nicht?«, fragte Ursula gerade.

Das Geräusch rückender Stühle erklang.

Daniel seufzte theatralisch. »Um ganz ehrlich zu sein: Wir sind nicht gerade im Guten auseinandergegangen. Sie war damals emotional—und psychisch—nicht sehr stabil. Wenn du verstehst, was ich meine.«

Es dauerte eine Sekunde, ehe Carolin realisierte, dass sie über sie sprachen. Ihre Hand schloss sich fester um die Teetasse.

»Tatsächlich?«, sagte Ursula. »Nun, ich habe gehört, dass sie damals kurz vor dem Burnout stand.«

»Das war nicht alles«, sagte Daniel. »Ich will nicht indiskret sein, aber—sie konnte mit dem Druck nicht umgehen. Sie war neurotisch und…wie soll ich sagen…labil. Und das hat letztendlich auch unsere Ehe zerstört.«

Carolin starrte auf die Tür. Ihr wurde kalt vor Wut. Wie konnte er es wagen? Was gab ihm das Recht, hinter ihrem Rücken so über sie zu sprechen? Der Drang überkam sie, einfach dorthin zu marschieren und Daniel ins Gesicht zu sagen, was sie von ihm hielt. Nur mit Mühe hielt sie sich zurück und biss die Zähne zusammen.

»Das tut mir ja *so* leid«, sagte Ursula. »Und jetzt noch die Sache mit Julia Sanders. Eine hässliche Geschichte.«

Julia. Carolin wandte sich von der Tür ab. Sie wollte nichts von ihr hören. Sie wollte nicht daran erinnert werden, wie sehr Daniel und Julia ihr weh getan hatten. Und doch fragte sich ein Teil von ihr, worauf Ursula anspielte. Hatte Julia ihn verlassen? Oder ihn sogar betrogen?

»Ich dachte, ich könnte ihr vertrauen«, sagte Daniel. »Aber so kann man sich täuschen.«

»Das muss sehr schwer für Sie sein.«

Ursulas Stimme triefte vor süßlichem Mitgefühl.

Daniel seufzte erneut. Carolin konnte nicht sagen, ob sein Leid echt oder gespielt war.

»Wissen Sie…es war nicht das erste Mal.«

Carolin erstarrte.

Nein. Er würde nicht so weit gehen. So tief würde nicht einmal er sinken.

»Was? Sie wollen doch nicht sagen—dass Julia Sie schon länger…?«

»Nein, nein. Nicht Julia.«

»Sie meinen…« Ursula keuchte auf. »Carolin?«

Eine Sekunde der Stille folgte.

»Das hätte ich ihr nicht zugetraut!«

Da war sie wieder. Die alte Lüge, mit der er Carolin den Ehebruch unterschob, den er selbst begangen hatte. Zorn floss wie Eiswasser durch ihre Adern. Konnte er niemals aufhören? Musste er sie selbst auf einen anderen Kontinent verfolgen, um ihr Leben zu ruinieren?

Wieder öffneten sich im Treppenhaus die Türen des Fahrstuhls.

»Ich war damals auch völlig schockiert«, sagte Daniel noch. »Es war eine Frau. Eine Studentin, jünger. Ich hätte nie geglaubt…«

Carolin knallte die Teetasse neben die Spüle und drehte sich um. Es reichte. Er hatte genug Lügen über sie verbreitet. Das würde jetzt enden.

»…dass ihre sexuellen Präferenzen…«

Carolin war schon halb durch die Küche, als der Geräuschpegel auf der anderen Seite plötzlich anstieg. Eine ganze Gruppe kam in den Aufenthaltsraum.

»Was für Präferenzen?«, wollte jemand wissen. Es klang wie Frank, ein Mitarbeiter an Norberts Lehrstuhl.

»Stören wir gerade?«, fragte Norbert selbst.

»Oh, nein«, sagte Ursula, »Wir sprachen nur gerade von einer Kollegin, die möglicherweise für eine Position infrage kommt. Oder, wenn ich es recht bedenken, auch nicht. Darüber sollten wir nachher unter vier Augen sprechen, Norbert.«

Es war nicht Norbert, der darauf antwortete—sondern eine jüngere Stimme, mit der Carolin nicht gerechnet hatte.

»Ne, *echt jetzt*?«

Das war Emily Schönlein.

»Sie reden hier über Professor Adler? Mit dem da? Ist der nicht ihr Ex? Das ist—sowas von nicht cool!«

Kurz herrschte Schweigen.

Dann antwortete Ursula, hörbar pikiert. »Das ist nichts, was Sie betrifft. Wir sprachen über fachliche Themen.«

»Ist klar. Seit wann ist denn Sexualpsychologie Ihr Fachgebiet?«, erwiderte Emily. »Im Ernst, gibt es da nicht irgendwelche Regeln dagegen? Sowas mit Privatsphäre?«

»Was wir besprechen, hat Sie nicht zu interessieren.«

»Wow. Das ist sowas von creepy. Wenn Professor Adler das wüsste…«

Carolin trat durch die Türe. »…wäre sie sicher nicht erfreut. Danke, Emily.«

Alle Augen richteten sich auf sie. Norbert, Frank, Emily und Ursula starrten sie überrascht an. Aber es war Daniel, dem alle Farbe aus dem Gesicht wich, als er sie sah.

»Carolin—ich—ich wusste nicht, dass du hier bist«, brachte er heraus.

»Das ist offensichtlich«, sagte Carolin.

Sie hob die Augenbrauen und blickte in die Runde. »Aber nun, da wir alle hier versammelt sind, warum beginnen wir die ganze Geschichte nicht von vorn? Wo sie doch so spannend ist, dass du sie jedem erzählen musst.«

»Ich…also…«, stotterte er.

Carolin betrachtete ihn, seine vertrauten Gesichtszüge, den breiten Kiefer, das ständig verstrubbelte Haar. Früher hatte sie ihn geliebt. Dann hatte sie sich eingeredet, dass sie ihn hasste. Doch jetzt empfand sie nur noch Verachtung.

»Carolin, wir müssen das hier doch nicht ausbreiten…«, sagte Daniel.

»Ach nein? Das klang eben aber noch ganz anders.«

»Was soll das jetzt heißen?«, fragte Ursula. »Kann mir jemand erklären, was hier los ist?«

Daniel presste die Lippen zusammen und fand offenbar keine Worte.

»Gerne«, sagte Carolin. »Wenn du nicht willst, mache ich den Anfang. Wir haben in Deutschland geheiratet, du bist als Postdoc nach Madison gegangen, und ich bin dir brav nachgelaufen. Ist das so korrekt?«

»Ja«, sagte er tonlos.

»Und in Madison haben wir Julia kennengelernt, nicht wahr? Du hast sie im Sommer mit auf die Konferenz genommen. Und wann war unsere Scheidung?«

»Im November«, presste er heraus.

»Carolin, was tut das alles zur Sache?«, unterbrach Ursula sie. »Daniel sagt, dass du ihm untreu warst. Ein unangemessenes Verhältnis zu einer Studentin. Das ist, wovon wir hier sprechen, oder nicht?«

»Es stimmt, ich war in eine Studentin verlieb«, sagte Carolin. »Als ich noch mit Daniel verheiratet war. Aber ich habe nichts zu ihr gesagt. Sie nie berührt. Und was Daniel ganz zufällig ausgelassen hat, war ihr Name.«

Sie starrte Daniel an. »Wärst du so freundlich, uns diesen Namen zu nennen?«

Daniel presste den Kiefer zusammen und wich ihrem Blick aus.

Emily schlug die Hände vor den Mund. »Heilige Schei…«, flüsterte sie. »Nicht sein Ernst.«

Auch auf Ursulas Gesicht zeichnete sich ab, dass ihr dämmerte, was vor sich ging, und ihr empörter Blick wandte sich nun Daniel zu.

»Gut, ich gebe es zu. Es war Julia!«, brach es aus Daniel heraus. »Carolin hat nichts mit ihr angefangen. Ich hatte eine Beziehung zu ihr. Aber es war eine schwere Zeit, für uns alle. Nicht wahr, Carolin?«

Carolin starrte ihn nur an und antwortete nicht.

»Wir haben damals hart gearbeitet, und es war nicht leicht für uns. Ich habe viel für die Wissenschaft geopfert. Und dazu gehörte auch…meine Ehe.«

Carolin schnaubte.

»Du hast nichts geopfert. Nur *mein* Glück«, sagte Carolin. »Du hast so getan, als hätte ich dich betrogen, um deinen eigenen Ruf zu retten.«

»Das war ein Missverständnis«, sagte er. Er streckte die Hand aus und kam einen Schritt auf sie zu. »Carolin, bitte«, flehte er. »Ich bin nicht mehr mit Julia zusammen. Sie hat mich gerade sitzen lassen. Vor zwei Wochen. Sie ist einfach ausgezogen.«

Als Carolin nicht mit Mitleid reagierte, fuhr er fort: »Sie war es doch, die uns damals auseinandergebracht hat, oder? Und jetzt hat sie uns beide verletzt. Ich weiß, es war hart für dich. Aber auch ich habe einiges durchgemacht.«

Carolins schwieg und musterte ihn. Seit Jahren hatte sie ihn nicht angesehen, doch jetzt fiel ihr auf, dass er viel älter aussah als Anfang vierzig. Nur in seinen Augen stand immer noch der gleiche Hunger nach Anerkennung und Bewunderung, den er immer schon gehabt hatte. Wie hatte sie das jemals übersehen können?

Ihr Schweigen machte ihn offensichtlich nervös.

»Caro, bitte versteh mich«, sagte er. »Es war schlimm, was damals passiert ist. Aber können wir das nicht hinter uns lassen? Vielleicht treffen wir uns mal bei einem Kaffee und reden. Wie damals.«

Er versuchte ein halbherziges Lächeln. »Ich habe gehört, du bist drauf und dran, eine Professur zu bekommen! Wer hätte das gedacht?«

Da war immer noch, trotz allem, die alte Herablassung in seiner Stimme. Als könnte er kaum glauben, dass sie auch erreichen würde, was er schon längst geschafft hatte.

»Komm schon«, sagte er. »Lass uns reden, wie früher. Wir könnten uns versöhnen. Wir stehen doch über solchen Dingen, oder? Wir waren ein gutes Team!«

Aus den Augenwinkeln warf er einen raschen Blick zu den Umstehenden, als wolle er sich vergewissern, dass er sie auf seine Seite bringen konnte. Dann sah er zurück zu Carolin. »Vielleicht finden wir ja wieder eine Verbindung. Schau, ich mache auch den ersten Schritt.«

Er streckte die Hand aus. »Hast du mich nicht auch ein bisschen vermisst?«

Carolin starrte ihn kühl an.

»Nicht im Geringsten«, sagte sie. »Und es gibt keine Verbindung. Zu deiner Information, ich bin anderweitig vergeben, und selbst wenn ich es nicht wäre, wärst du der letzte Mensch auf diesem Planeten, den ich freiwillig in meine Nähe lassen würde.«

Emily schnappte nach Luft.

»Anderweitig vergeben?«, wiederholte Daniel. Das Lächeln wich aus seinem Gesicht. Er sah tatsächlich schockiert aus. Hatte er geglaubt, sie würde ihm immer noch nachtrauern?

Nun war die Wahrheit schon halb heraus, dachte Carolin, also konnte sie es gleich hinter sich bringen. Irgendwann würden sie es sowieso erfahren, warum nicht jetzt? Sie sah in die Runde und straffte sich.

»Ihr habt richtig gehört. Ich bin in einer Beziehung. Mit Iris Lemberg.«

Emily stieß ein Kreischen aus.

Ursulas Augen wurden groß und schienen beinahe aus ihrem Schädel zu quellen.

Norbert hingegen blickte gelassen drein. Und Frank war einfach nur verwirrt.

»Iris Lemberg?«, rief Ursula. Sie hyperventilierte fast. »Deine Doktorandin?«

»Meine ehemalige Doktorandin«, präzisierte Carolin. »Norbert hat sich freundlicherweise bereit erklärt, ihre Betreuung zu übernehmen.«

»Norbert? Wie—egal. Das ist inakzeptabel! Völlig unerhört!« Ursula schüttelte den Kopf, und ihre goldenen Ohrringe wackelten. »Carolin, schämst du dich nicht? Eine Studentin so auszunutzen?«

Carolin lachte. Es war ein seltsam befreiendes Gefühl. »Nein, eigentlich nicht. Immerhin beute ich sie nicht aus, oder schmücke mich mit ihren Ergebnissen, als wären sie meine eigenen. Das wäre *wirklich* inakzeptabel, nicht wahr?«

Ursula machte den Mund auf und wieder zu, ohne, dass ein Ton herauskam. Emily machte sich nicht die geringste Mühe, ihr Grinsen zu unterdrücken.

Daniel hatte sich inzwischen etwas gefangen.

»Denkst du, du kannst mich lächerlich machen?«, grollte er. »Ist das deine Art, Dankbarkeit zu zeigen? Du wärst niemals da, wo du jetzt bist, wenn ich nicht gewesen wäre.«

Carolin lachte. »Ich habe die ganze Zeit deine Drecksarbeit gemacht. Ich habe für dich recherchiert, Publikationen gelesen, Studien überwacht, alles nur, damit du Zeit hattest, deine glänzenden Erfolge zu präsentieren. Ich habe es eher *trotz* als dank dir so weit gebracht.«

»Und jetzt hältst du dich für was Besseres, ja?«, schnappte Daniel. »Wahrscheinlich hast du dieser kleinen Studentin alles genau vorgeschrieben und ihr Händchen gehalten. Sonst hätte sie nie den Vortrag in Berkeley bekommen.«

Carolin durchbohrte ihn mit ihrem Blick. »Iris hat mehr Talent und Intelligenz, als du dir in deinen kühnsten Träumen vorstellen kannst. Mehr als ich, mehr als alle hier im Raum. Sie wird uns schon bald alle übertreffen, und dafür hat sie meine Hilfe nicht gebraucht.«

Das verschlug ihm die Sprache. Kurz herrschte Stille.

Dann ergriff Norbert das Wort. »Vielen Dank, Carolin. Ich denke, jetzt ist uns allen einiges klarer.«

Er blickte in die Runde. »Damit wäre dann auch alles gesagt, nicht wahr?«

Ursula schüttelte fassungslos den Kopf. »Das wird Folgen haben!« Sie sah Daniel an. »Ich bin schwer enttäuscht von Ihnen. Eine solche Charakterschwäche hätte ich Ihnen nicht zugetraut.«

Dann musterte sie Carolin. »Und Sie, Carolin! Sie wissen, dass ich das der Dekanin melden muss. Ein solches Fehlverhalten kann nicht akzeptiert werden.«

»Ach, sparen Sie sich den Weg, Ursula. Ich komme gerade von der Dekanin, sie weiß bereits Bescheid.«

»Ach…tatsächlich? Nun, glauben Sie nicht, dass das den Schaden von Ihrer Reputation abwenden wird. Sie werden diesen Fehltritt noch bereuen. Auf einer moralischen Ebene kann ich…«

»Sie können davon halten, was Sie möchten«, sagte Carolin. »Aber es ist mir herzlich egal. Ich kündige zum Ende des Semesters.«

Einen Moment lang genoss Carolin den verdutzten Ausdruck auf Ursulas Gesicht. Dann wandte sie sich ab, um zu gehen—und sah Iris, die in der Tür zum Flur stand.

»Iris! Wie lang bist du schon hier?«

Emily lachte. »Lang genug, um die Show mitzubekommen.«

Iris sagte nichts. Ihre Augen waren feucht. Sie trat auf Carolin zu und schloss sie fest in die Arme. Carolin kümmerte es nicht, dass die Professoren ihnen zusahen. Sie küsste Iris. Und sie wusste, dass sie die richtige Entscheidung getroffen hatte.

KAPITEL 53

~ Iris ~

Iris schloss die Tür zu ihrer Wohnung auf und trat ein.

»Komm ruhig rein!«, sagte sie über ihre Schultern.

Carolin folgte ihr zögernd. Sie sah sich in dem schmalen Flur um. Ihr Blick wanderte über die Poster von Emilys Lieblingsband und die Pinnwand mit Flyern von verschiedenen Lieferdiensten.

»Möchtest du einen Kaffee?«, fragte Iris.

»Das klingt gut, danke.«

Iris führte Carolin in die Küche und setzte Wasser auf. Sie versuchte, den Raum mit Carolins Augen zu sehen. Im Vergleich mit Carolins moderner und blitzsauberer Küche war dies hier ein vollgestopftes, chaotisches Durcheinander. Kleine Schraubgläser mit Gewürzen drängten sich auf den Regalen neben Cornflakes-Packungen, um den Toaster herum lagen Krümel verstreut. Aber immerhin stand ein prächtiger Busch Basilikum im Fenster. Iris wollte sich für die Unordnung entschuldigen, doch Carolin kam ihr zuvor.

»Ihr habt es aber gemütlich hier.«

»So kann man es auch nennen!«

Sie reichte Carolin eine Tasse Kaffee. In diesem Moment kam Lukas herein.

»Oh, hallo, Professor Adler. Carolin, meine ich.«

»Schön, dich zu sehen. Iris war so freundlich, mich einzuladen.«

»Lukas, ich habe großartigen Neuigkeiten«, sagte Iris. Sie grinste breit. »Wir haben endlich jemanden, der unser Head of Research und wissenschaftlicher Experte für *Dream Catcher* werden kann!«

»Oh, machst du es doch?«, fragte Lukas. »Ich dachte, du wolltest dich auf deine Promotion konzentrieren.«

»Nein, nicht ich. Carolin! Ich meine natürlich Professor Adler, angesehene Expertin für Neurowissenschaft und Schlafforschung!«

Sie musste sich zurückhalten, vor Begeisterung nicht einen kleinen Luftsprung zu machen.

»Wow! Ehrlich? Sie wollen, ich meine, du willst bei uns einsteigen?«

Carolin nickte. »Das ist der Plan, ja.«

»Das ist ja mega genial! Moment, heißt das, dass Emilys Story wahr ist? Du hast allen ins Gesicht gesagt, was Sache ist? Und du kündigst deine Professur?«

»Ja. Ich habe lange darüber nachgedacht. Ich will Besseres mit meinem Leben anfangen, als Anträge auszufüllen, um Forschungsgelder zu betteln und um meine nächste Publikation zu kämpfen, nur um meinen Kollegen eine Haaresbreite voraus zu sein.«

»Kling logisch«, sagte Lukas. »Aber warum kommst du zu uns?«

Carolin sah zu Iris. Ihre Blicke trafen sich, und Carolin lächelte.

»Weil ich glaube, dass Iris' Idee großartig ist. Und weil ich immer noch etwas erreichen will, etwas, was die Menschheit richtig voranbringt. Ich will mehr als nur einen Platz am Tisch der ergrauten Professoren. Ich will erfolgreich sein, einen Unterschied machen! Etwas schaffen, was es vorher nicht gab.«

Iris sah das Funkeln in Carolins Augen.

»Yeah!«, sagte Lukas. »Und genau das werden wir tun!«

In diesem Moment flog die Tür auf, und Emily platzte herein.

»Wow! Ich habe also richtig gehört! Professor Episch ist hier!«

Carolin schmunzelte. »Wer? Sie müssen mich diesem Professor vorstellen.«

»Ich meine Sie! Das war ja so *legendär*. Wie Sie Professor Wagenbauer die Meinung gesagt haben. Und Ihrem Ex. Der wäre fast in Ohnmacht gefallen!«

Emily lachte so heftig, dass sie sich verschluckte und nach Luft schnappen musste. »Lukas, du hättest das sehen müssen! Sein Ego war wie so ein praller Luftballon, und dann hat sie einfach losgelassen, und zisch! Weg war es.«

»Ich habe ja echt was verpasst.«

Iris grinste. Carolin war natürlich zu beherrscht, um sich offen über Daniel lustig zu machen. Aber ihre Mundwinkel zuckten amüsiert.

»Und wie er geguckt hat, als sie ihm gesagt hat, dass sie mit Iris zusammen ist, und wie viel besser sie—«

Emily unterbrach sich und riss eine Hand vor den Mund. »Hätte…hätte ich das nicht sagen sollen?«

»Keine Sorge, es gibt keine Geheimnisse«, beruhigte sie Iris. »Lukas weiß schon lange über uns Bescheid.«

»Jep«, bestätigte Lukas. »Iris hat es mir erzählt.«

»Boah, aber mir nicht?« Emily boxte Iris gespielt gegen den Arm. »Sei froh, dass ich nicht nachtragend bin!«

»Ich dachte nicht, dass es jemals funktionieren würde«, sagte Iris.

»Ich auch nicht«, gab Lukas zu. »Aber ich bin froh, dass ich voll daneben lag.«

Carolin lächelte, aber Iris spürte, dass sie auch ein wenig angespannt war.

»Ich bin froh, dass Iris' beste Freunde mit mir einverstanden sind«, sagte sie, als wolle sie ganz sicher gehen.

Emily zerstreute ihre Bedenken. »Einverstanden? Ich bin Ihr größter Fan!«

»Und ich bin einfach nur froh, dass es Iris wieder besser geht«, sagte Lukas. »Sie war in letzter Zeit nicht sie selbst.«

»Ich fürchte, daran war ich schuld«, sagte Carolin und verzog das Gesicht.

Iris griff nach ihrer Hand. »Aber du bist auch schuld, dass ich jetzt sehr glücklich bin.«

Carolin lächelte. »Das hoffe ich!«

Sie unterhielten sich noch eine Weile mit Lukas und Emily. Später machte Carolin sich auf den Heimweg, und Iris ging mit, um bei ihr zu übernachten.

»Ich bin froh, dass die beiden so gut auf unsere Beziehung reagiert haben«, sagte Carolin, als sie im Auto saßen.

»Ich auch«, stimmte Iris zu. Sie blickte aus dem Fenster auf die vorbeiziehenden Häuser. »Ich hoffe nur, dass meine Eltern es auch verstehen werden.«

Sie hatte keine große Hoffnung, was dieses Thema anging. Wann hatten ihre Eltern jemals etwas verstanden, was ihr etwas bedeutete? Und eine Beziehung mit einer älteren Frau war sicher nicht das, was sie sich für ihre Tochter vorgestellt hatten. Ihre Mutter würde schockiert sein.

»Wann willst du es ihnen sagen?«, fragte Carolin.

»Bald. Es hat keinen Sinn, es geheim zu halten.«

Sie sah zu Carolin hinüber. Carolins Blick war auf die Straße gerichtet, aber sie sah sehr ernst aus.

»Keine Sorge«, sagte Iris. Sie legte ihre Hand auf Carolins Oberschenkel. »Du bist das Beste, was mir je passiert ist.

Egal, was sie sagen, ich werde mich nicht davon abbringen lassen.«

»Gut«, sagte Carolin.

»Ich glaube, ich möchte es ihnen lieber persönlich sagen. Nicht am Telefon oder so. Wäre es…in Ordnung für dich, wenn du dabei wärst?«

»Natürlich!«

»Danke. Das würde mir sehr helfen.«

In den nächsten Wochen wurde es richtig Sommer, und die Temperaturen stiegen. Die Studenten saßen schwitzend und erschöpft in Carolins letzter Vorlesung und quälten sich mit roten Gesichtern durch die Prüfung. Dann korrigierte Carolin gemeinsam mit Iris ein letztes Mal die Klausuren. Im nächsten Semester würde ein anderer Dozent die Vorlesung in *Methodenlehre* geben. Aber Iris' Stelle als Tutorin war verlängert worden, und sie freute sich sogar darauf, im nächsten Jahr wieder den neuen Erstsemestern zu helfen.

»Ich kann die Armen ja nicht im Stich lassen«, sagte sie.

Zwischen all der Arbeit hatte sie noch kein freies Wochenende gefunden, an dem sie zu ihren Eltern fahren und mit ihnen reden konnte. Vielleicht schob sie es auch noch etwas auf.

Dann begannen die Semesterferien. Carolin verließ die Universität und begann ihre Arbeit für das *Dream-Catcher*-Projekt. Sie arbeitete vor allem mit Lukas, Kim und Andy zusammen, denn Iris musste sich auf ihre Promotion konzentrieren. Sie traf sich regelmäßig mit Norbert. Sie verstanden sich ausgezeichnet, und Iris plante schon ihre nächste Studie. Trotzdem verpasste sie natürlich kein

Treffen des Teams, bei dem sie ihren Fortschritt besprachen und die nächsten Schritte planten.

Einmal waren Lukas und Iris ein paar Minuten vor den anderen da, und Iris nutzte die Gelegenheit, ihn kurz allein sprechen zu können.

»Sag mal, Lukas…wie ist es so mit Carolin?«

Sie machte sich Sorgen, wie gut sich die ehemalige Professorin in das kleine Team aus Studenten einfügte.

»Ehrlich gesagt—Sie ist mega krass«, sagte Lukas. »Sie arbeitet unfassbar effizient. Ich meine, sie ist nicht mal einen Monat dabei, und sie hat schon drei Schwachpunkte ausfindig gemacht und ein neues Design gefordert. Sie sagt, wir brauchen mehr Elektroden, um die Stimulation besser zu steuern.«

»Das klingt gut!«, sagte Iris.

»Ja. Aber sie hat ziemlich heftige Vorstellungen. Kim muss wegen ihr einen ganz neuen Algorithmus implementieren, um die Daten in Echtzeit auszuwerten und die Stimulation anzupassen. Carolin sagt, weniger als das wäre einfach *inakzeptabel*.«

Iris musste lächeln. »Klingt ganz nach ihr. Ich habe doch gesagt, sie ist anspruchsvoll.«

»Das kann man so sagen! Aber ich glaube, das ist genau das, was wir brauchen. Kim ist richtig versessen darauf, ihr zu zeigen, was sie draufhat. Und wenn wir das alles schaffen, werden die Investoren echt beeindruckt sein.«

In diesem Moment öffnete sich die Tür, und Carolin, Andy und Kim traten ein.

»Habe ich da Investoren gehört?«, fragte Kim. »Heißt das, wir kriegen endlich ein anständiges Gehalt?«

»Ganz genau«, sagte Lukas. »Ich habe einen Termin für August vereinbart. Bis dahin muss alles laufen. Und Andy, du musst alles auf die Website packen. Verlink die Studie aus Kanada, damit man sieht, wie wissenschaftlich solide unsere Arbeit ist.«

Lukas kam jetzt richtig in Fahrt. »Das Wichtigste ist jetzt das Investorengespräch. Wir brauchen eine absolut geniale Präsentation. Wir müssen sie richtig umhauen.«

Carolin nickte. Ihre grauen Augen funkelten vor Tatendrang. »Lukas hat recht. Der Vortrag muss perfekt sein. Und dafür brauchen wir Iris.«

»Ganz genau«, sagte Lukas. »Doktor Brain, das ist dein Auftritt.«

Iris biss sich auf die Lippen. »Ich weiß, wir haben schon darüber geredet, Lukas. Aber seid ihr alle sicher, dass ich das machen soll?«

»Absolut«, sagte Carolin.

»Todsicher«, sagte Lukas.

Die anderen beiden nickten heftig.

»Na gut.« Iris seufzte und versuchte, tapfer zu lächeln. »Dann bleibt mir wohl nichts anderes übrig, als mein Bestes zu geben.«

An diesem Abend saßen Iris und Carolin auf der Terrasse vor Carolins Haus. Iris verbrachte inzwischen fast die Hälfte ihrer Zeit hier und schlief nur noch selten in der WG.

Die Sonne ging bereits unter. Über ihnen schossen noch einige Schwalben durch die Luft und machten Jagd auf Mücken. Eigentlich war es ein wunderschöner Abend, und Iris wollte die Zeit mit Carolin genießen. Doch ihre Gedanken kehrten immer wieder zu der Präsentation zurück. Sie musste alles richtig machen, sonst würden ihre Freunde furchtbar enttäuscht sein und ihr Projekt scheitern. Und selbst wenn sie den Gedanken verbannte, fiel ihr sofort wieder ein, dass sie ja auch noch ihren Eltern gegenübertreten musste. Sie hatte keine Ahnung, wie sie reagieren würden, wenn sie von der Beziehung mit Carolin erfuhren…

»Iris…alles in Ordnung?«, fragte Carolin.

Iris nickte. »Ja, schon. Wieso?«

»Weil du seit zehn Minuten auf dein Weinglas starrst und noch keinen Schluck getrunken hast.«

»Oh. Ja…ich…war in Gedanken.«

»Das kann ich mir vorstellen.« Carolin legte ihre Hand auf die von Iris. »Weißt du, ich habe mir auch Gedanken gemacht. Was hältst du davon, wenn wir eine kleine Pause einschieben? Einen Ausflug. Ich dachte, wir könnten ein Wochenende wegfahren, vielleicht irgendwo in die Natur. Und vorher schauen wir bei deinen Eltern vorbei und bringen die Sache hinter uns.«

Iris blickte Carolin überrascht an. »Meinst du das ernst?«

»Natürlich. Ich glaube, du musst mal durchatmen. Du hattest in letzter Zeit sehr viel Stress.«

Iris schüttelte ungläubig den Kopf. »Professor Carolin Adler sagt mir, dass ich Urlaub machen soll? Träume ich?«

Sie lachte, aber sicherheitshalber warf sie trotzdem schnell einen Blick auf ihre Finger. Fünf. Gut.

»Und hast du nicht auch nächste Woche Geburtstag?«, fragte Carolin.

»Stimmt«, sagte Iris. Das hatte sie fast vergessen.

»Noch ein guter Grund. Wir nehmen Urlaub, wenigstens zwei oder drei Tage. Das wird unsere Arbeit nicht zu sehr zurückwerfen. Und du kannst mal auf andere Gedanken kommen. Was meinst du?«

»Das…das klingt großartig!«

Iris lächelte. Urlaub mit Carolin, daran hatte sie noch gar nicht gedacht. Die Vorstellung gefiel ihr. Vielleicht würden sie in Zukunft häufig zusammen verreisen. All die fernen Orte sehen, die Carolin schon erkundet hatte, und sogar solche, an denen selbst Carolin noch nie gewesen war.

»Wo möchtest du hin?«, fragte Carolin.

»Überall!«

Carolin schmunzelte. »Einverstanden. Aber wenn ich für, sagen wir, nächstes Wochenende eine Unterkunft buchen soll, musst du etwas konkreter werden.«

»Vielleicht ans Meer. An die Nordsee. Und…wäre es wirklich okay für dich, wenn wir vorher meine Eltern besuchen?«

»Natürlich.«

Iris lächelte. Sie schrieb ihrer Mutter eine Nachricht, die auch prompt antwortete. Carolin suchte ein Hotel für sie heraus. Schon eine Viertelstunde später war alles organisiert.

»Es ist beschlossen. Wir fahren ans Meer.«

Iris strahlte. Sie stieß mit Carolin an und trank einen Schluck Wein. Die Sonne war schon längst verschwunden, doch ein letztes oranges Glühen erhellte noch den Horizont. Kondensstreifen zogen sich als zarte, ausgefranste Bänder über den dunkelblauen Himmel. Iris lächelte. Sie konnte geradeso die winzige Form eines Flugzeugs hoch oben ausmachen und fragte sich, wohin es wohl unterwegs war.

»Carolin, ich…ich wollte mich bedanken. Dafür, dass du mich verteidigt hast. Gegenüber Professor Wagenbauer und Daniel. Das bedeutet mir sehr viel.«

Carolin lächelte. »Ich habe jedes Wort gemeint.«

Etwas beschäftigte Iris, aber sie war nicht sicher, wie sie es genau formulieren sollte. »Weißt du, ich verstehe nicht, warum Daniel damals alles ruiniert hat. Er hätte so glücklich mit dir sein können. Warum hat er dich so furchtbar behandelt?«

Carolin nahm einen kleinen Schluck von ihrem Wein und überlegte einen Moment. »Das ist eine gute Frage. Ich habe viel darüber nachgedacht, weißt du? Ich glaube, er hat den Respekt vor mir verloren. Er hat erlebt, wie schwach ich war. Deswegen war er auch so wütend, dass ich diesen Vortrag über Burnout gehalten habe. Er konnte mich nicht mehr ernst nehmen. Er hat auf mich herabgeblickt. Und das hat auch seine Liebe zu mir zerstört.«

Carolin sah zu Iris. »Ehrlich gesagt hatte ich Angst, dass es auch bei dir passieren würde. Ich habe befürchtet, dass du nur die starke, selbstbewusste Professorin begehrst. Und, dass meine unsicheren Seiten…nicht gerade anziehend wären.«

Iris schüttelte den Kopf. »Es ist genau andersherum!«

»Wie meinst du das?«

»Na ja, also…ich gebe zu, als ich dich nur als Professorin kannte, habe ich schon ziemlich für dich geschwärmt. Aber erst, als ich dich richtig kennengelernt habe, habe ich angefangen, mich in dich zu verlieben. Du hast mir gezeigt, wer du wirklich bist, als Mensch.«

»Oh, Iris.«

Carolin lehnte sich zu ihr und küsste sie. Iris schloss die Augen und genoss die zarte Berührung ihrer Lippen, als sie sich vereinigten. Sie konnte immer noch nicht glauben, dass dies hier die Wirklichkeit war. Als sie die Augen wieder öffnete, entdeckte sie ein verschmitztes Funkeln in Carolins Blick.

»Du hast also für deine Professorin geschwärmt, ja? Darf ich fragen, wie lange schon?«

Iris' Wangen wurden warm vor Verlegenheit. »Ich glaube, schon seit ich das erste Mal in dein Büro gekommen bin. Ich kann nichts dafür. Du sahst einfach unwiderstehlich aus.«

Carolin lachte und küsste sie noch einmal.

»Und du?«, fragte Iris. »Seit wann…empfindest du schon etwas für mich?«

»Ich glaube, wie sehr ich dich liebe, habe ich erst erkannt, als du in Frankfurt zu mir gekommen bist. Aber es war schon viel länger da. Ich habe es nur nicht richtig verstanden. Es hat schon angefangen…« Sie dachte kurz nach. »Als wir damals im Schlaflabor allein waren. Weißt du noch?«

Iris lachte leise. »Wie unanständig, Frau Professorin.«

Carolin küsste zärtlich ihre Wange. »Ich hatte nicht vor, dich zu verführen! Ich habe einfach gespürt, dass du ein ganz besonderer Mensch bist. Jemand, der mich versteht, wie es sonst niemand tut.«

Sie küsste Iris auf die Lippen, dann auf die Wange, auf ihren Hals. Iris schloss die Augen. Sie genoss die sachten Berührungen. Ein warmes Kribbeln breitete sich auf ihrer Haut aus.

»Du hast mich völlig in deinen Bann geschlagen, Iris«, sagte Carolin leise. »Du hast mich vom rechten Weg abgebracht.«

Sie sagte es leichthin, mit einem verführerischen Unterton. Doch Iris musste ganz sicher gehen. Sie öffnete die Augen und sah Carolin an.

»Du bereust es doch nicht, oder? Ich will nicht, dass du meinetwegen unglücklich bist. Weil du so viel für mich aufgegeben hast.«

Carolin schüttelte den Kopf. »Ich gebe nichts auf. Ich hätte vor langer Zeit schon diesen Schritt wagen sollen. Aber ich dachte, ich hätte nur meine Karriere, und sonst nichts im Leben. Du hast das geändert. Du hast mir den Mut gegeben, zu tun, was wirklich gut für mich ist.«

»Bist du sicher?«

»Absolut sicher. Du hast mich vielleicht vom Weg abgebracht, aber der neue Weg gefällt mir viel besser.«

Iris schlang die Arme um Carolins Hals. Sie zog sie an sich und küsste sie. Carolin erwiderte ihre Küsse leidenschaftlich. Ihr Geschmack, ihr Atem ganz dicht an ihrem Ohr, ihr vertrauter Duft berauschten Iris. Es war fast zu schön, um wahr zu sein. Wie ein Traum, und doch so greifbar und real.

»Ich will dich«, flüsterte sie.

KAPITEL 54

~ Carolin ~

»Du siehst fantastisch aus«, sagte Iris und küsste Carolin zur Begrüßung, ehe sie ihren Rucksack im Kofferraum verstaute.

»Ich hoffe, das ist angemessen«, sagte Carolin und blickte an sich herab. Sie hatte ewig überlegt, was für ein Outfit sie wählen sollte. Etwas Buntes und Modernes, um zu zeigen, dass sie zu Iris passte? Oder doch lieber einen Anzug, um Iris' Eltern zu zeigen, dass sie eine erfolgreiche Frau war, bei der Iris…ja, was? In guten Händen war? Schließlich hatte sie sich für eine ziemlich klassische Kombination aus Bluse und Anzughose entschieden.

»Natürlich. Du bist umwerfend.«

Sie stiegen ein und Carolin startete den Wagen. Sie würden einige Stunden unterwegs sein, bei Iris' Eltern vorbeischauen, und danach weiter an die Nordsee fahren. Iris hatte den Besuch absichtlich kurz geplant, nur für den Fall, dass die Reaktion ihrer Eltern weniger gut ausfiel, als sie hoffte.

Auf der Fahrt unterhielten sie sich über alle möglichen Themen, und Carolin bemühte sich, optimistisch und gut gelaunt zu klingen. Die Aussicht, Iris' Familie gegenüberzutreten, machte sie nervös, aber sie wusste, dass es für Iris noch viel nervenaufreibender war, und wollte sie nicht zusätzlich verunsichern.

Iris schien allerdings ihre Anspannung zu bemerken.

»Keine Sorge«, sagte sie, als sie von der Autobahn abfuhren. »Ich weiß, ich habe nicht gerade das Beste von ihnen erzählt. Aber Barbara und Jens sind nette Menschen.

Wenn sie nur einen Funken Verstand haben, werden sie dich mögen.«

»Ich hoffe, du hast recht.«

»Und ich habe sie vorgewarnt. Ich habe mit Philip telefoniert—er hat es übrigens ziemlich locker genommen—und er meinte, das wäre besser. Also habe ich ihnen einen Brief geschrieben.«

»Gute Idee«, sagte Carolin.

»Es sollte also kein furchtbarer Schock für sie sein.«

Carolin nickte. »Gibt es irgendetwas, das ich tun kann?«

»Sei einfach bei mir. Das reicht schon.«

Kurz darauf parkten sie in der Einfahrt der Familie Lemberg. Das Einfamilienhaus war von einem äußerst akkurat gepflegten Garten umgeben. Zur Straße hin gab es keine Hecke, als würden die Lembergs stolz zeigen, dass sie nichts zu verbergen hatten, nicht einmal einen einzigen abgeknickten Grashalm.

Iris drückte den Klingelknopf, und ihre Mutter öffnete die Tür.

»Iris, meine Liebe!«, sagte sie. »Und Sie müssen…«

»Ich bin Carolin«, sagte Carolin rasch, lächelte und reichte Iris' Mutter die Hand. Sie wollte nicht mit ihrem Nachnamen, oder schlimmer noch, als *Professor* angesprochen werden. Das lag hinter ihr.

»Wie schön. Ich bin Barbara, Iris' Mutter. Kommen Sie doch herein, wir haben Apfelkuchen da!«

Das Haus war hell und lichtdurchflutet, und wohin Carolin auch blickte, nirgendwo war das kleinste Staubkorn zu sehen. Carolin begrüßte Iris' Vater, und gleich darauf schob Barbara sie förmlich ins Esszimmer, wo auf einer weißen Tischdecke bereits das Kaffeegeschirr und ein Kuchen bereitstanden.

»Ich habe doch gesagt, wir bleiben nicht zum Essen«, sagte Iris. »Wir wollten nur ganz kurz vorbeischauen.«

»Sicher, meine Liebe«, sagte Barbara. »Aber ihr trinkt doch einen Kaffee, oder? Wie bevorzugen Sie ihn, Carolin? Schwarz?«

»Ja, danke.«

Iris und Carolin tauschten einen Blick und kamen stumm zu der Übereinkunft, die Einladung anzunehmen. Barbara führte Carolin zum Tisch und setzte sich gleich neben sie, sodass Iris nur der Platz ihr gegenüber blieb. Jens erkundigte sich nach Carolins Arbeit, und sie beantwortete seine Fragen. Ihr Herz pochte heftig. Trotzdem bemühte sie sich, ganz entspannt zu wirken und höfliche Konversation zu betreiben.

»Es ist wundervoll, dass Iris und Sie so gut zusammenarbeiten«, sagte Jens.

Wie sollte sie darauf reagieren? Carolin warf rasch einen Blick zu Iris. Iris holte tief Luft.

»Mama, Papa—ich muss etwas klarstellen. Carolin ist nicht mehr meine Betreuerin. Wir sind ein Paar.«

Ihre Mutter und ihr Vater warfen sich einen schnellen Blick zu, sagten aber nichts.

»Ihr habt meinen Brief bekommen, oder?«, fragte Iris.

Ihr Vater räusperte sich. »Ähm, ja. Es war…eine Überraschung.«

Sein Blick streifte Carolin, und er sah rasch zur Seite.

»Ich weiß«, sagte Iris. »Aber es ist mir wichtig, dass ihr es wisst. Und es versteht.«

»Iris, bitte«, sagte Barbara. Ihre Stimme klang angespannt. »Das ist kein Thema für eine Konversation am Tisch.«

»Was soll das heißen? Wann sollen wir sonst darüber reden?« Iris' Blick schoss zu ihrem Vater, dann wieder zu ihrer Mutter. »Es ist nichts, wofür man sich schämen müsste.«

Sie griff über den Tisch hinweg nach Carolins Hand. »Wir lieben uns. Das ist alles.«

Carolin drückte ihre Hand, wagte es aber nicht, in dieser angespannten Situation etwas zu sagen.

»Natürlich, mein Schatz«, sagte Barbara. Sie legte ihre Serviette beiseite. »Ich hoffe jedenfalls, der Kuchen hat dir geschmeckt. Da fällt mir ein, dein Vater will dir etwas zeigen. Oben in deinem alten Zimmer.«

Sie warf ihrem Ehemann einen bedeutungsvollen Blick zu. Mit etwas Verspätung reagierte dieser und stand auf.

»Ach, ja, genau.«

Iris runzelte die Stirn. »Ist das jetzt wichtig?«

»Es ist nur eine Kleinigkeit. Kommst du kurz mit?«

Iris warf Carolin einen irritierten Blick zu. Carolin nickte leicht, um anzudeuten, dass sie ruhig gehen konnte. *Ich komme schon zurecht.* Also folgte Iris ihrem Vater, und Carolin blieb mit Barbara zurück.

Eine unangenehme Stille hing zwischen ihnen in der Luft.

»Danke für den Kaffee«, sagte Carolin. »Kann ich vielleicht beim Abräumen helfen?«

»Nicht nötig«, sagte Barbara. »Eigentlich wollte ich mit Ihnen persönlich sprechen.«

Carolin nickte. »Gerne.«

Jetzt wurde es also ernst. Ihr Herz pochte heftig, und sie bemühte sich, sich ihre Nervosität nicht anmerken zu lassen.

»Ich muss Sie bitten, die Sache mit Iris noch einmal zu überdenken«, sagte Barbara.

Das klingt nicht gut.

»Was genau wollen Sie damit sagen?«

»Ich weiß, Sie sind eine erfolgreiche Wissenschaftlerin«, sagte Barbara. »Ich habe Ihren Lebenslauf gelesen. Sie müssen wissen, dass ich nichts gegen Sie habe, im Gegenteil, ich respektiere Sie sehr. Aber ich glaube nicht, dass Sie die Richtige für Iris sind. Oder Iris für Sie.«

Carolin wählte ihre Worte sorgfältig. »Es ist verständlich, dass Sie sich Sorgen machen. Aber denken Sie nicht, dass das unsere Entscheidung ist?«

»Seien Sie doch realistisch!«, sagte Barbara. »Sie wären doch sicher glücklicher mit jemandem in Ihrem -«

Sie unterbrach sich, »Ich meine, jemandem der Ihnen ähnlicher ist!«

»Jemand in meinem Alter, wollten Sie sagen?« Carolin schüttelte den Kopf. »Wenn Sie meinen Lebenslauf gelesen haben, wissen Sie ja, dass ich neun Jahre älter als Iris bin. Ist das so schlimm? Und wir sind uns in vielen Dingen ähnlich. Zum Beispiel lieben wir romantische Klaviermusik. Und Sushi. Und wir sind fasziniert von der Funktion des Gehirns.«

Sie versuchte es mit einem ermutigenden Lächeln. »Das ist keine Affäre oder etwas in der Art. Iris und ich haben viel darüber nachgedacht. Und ich kann Ihnen versprechen, dass ich es absolut ernst mit ihr meine.«

Barbara schien nicht überzeugt. »Na schön, aber…Sie müssen doch verstehen, dass wir uns etwas anderes für Iris gewünscht haben. Vielleicht ist es ja gut für Sie, aber denken Sie nicht, dass Iris mit jemand anderem glücklicher sein könnte? Können Sie es verantworten, ihr diese Chance zu nehmen?«

Carolin sah sie stirnrunzelnd an. »Das ist ja wohl Iris' Entscheidung!«

»Nicht immer trifft man die richtigen Entscheidungen. Manchmal ist es besser, wenn jemand einen stoppt, bevor man sich kopflos in etwas…hineinstürzt. Sie sind doch eine vernünftige Frau, Carolin. Es ist Ihre Verantwortung, sie aufzuhalten. Ihr selbst zuliebe.«

Carolin schüttelte den Kopf. »Ich werde sie nicht bevormunden. So funktioniert das nicht.«

Sie verschränkte die Arme. »Was für ein Bild haben Sie eigentlich von Ihrer Tochter? Iris würde sich niemals in etwas stürzen. Sie ist klug, vernünftig, und vor allem ist sie ein erwachsener Mensch. Sie kann selbst über ihr Leben bestimmen.«

Barbara machte den Mund auf, um etwas zu erwidern. Doch in diesem Moment flog oben eine Tür auf, und Iris stürmte die Treppe hinab ins Wohnzimmer. Ihr Vater folgte ihr. Er sah überrumpelt aus, als hätte Iris ihn gerade mit einem Eimer Wasser übergossen.

Iris blieb zwischen ihren Eltern stehen und funkelte sie beide abwechselnd an.

»Ich hätte es wissen müssen«, sagte sie. »Natürlich könnt ihr mich nicht ernst nehmen. Habt ihr mir überhaupt zugehört? Habt ihr ein Wort von dem verstanden, was ich gesagt habe?«

Das läuft überhaupt nicht gut.

Sie sagte nichts, um die Situation nicht noch weiter eskalieren zu lassen.

»Iris, was ist passiert?«

»Mein Vater hat mir Geld angeboten. Falls ich allein nicht zurechtkomme.«

Sie schoss einen zornigen Blick in seine Richtung. »Das hätte ich in den letzten Jahren übrigens gut gebrauchen können, vielen Dank! Aber ich bin irgendwie klargekommen.«

»Iris, bitte«, sagte Jens und hob beschwichtigend die Hände.

»Ich verstehe nicht ganz…«, begann Carolin.

Iris schnaubte. »Er denkt offenbar, ich brauche dringend Geld. Und ich bin so verzweifelt, dass ich mir eine reiche Gönnerin gesucht habe.«

Oh nein.

Iris' Eltern hielten sie für hilflos, unfähig, auf eigenen Beinen zu stehen, und unterstellten ihr, dass ihre Beziehung nicht auf echten Gefühlen basierte. Kein Wunder, dass sie vor Zorn kochte.

Jens und Barbara warfen sich einen nervösen Blick zu, dann schauten sie zu Carolin, um ihre Reaktion abzuschätzen. Carolin folgte ihrer jahrelang antrainierten Gewohnheit und setzte ein kühles Lächeln auf.

»Ich fasse das wohl als eine Art Kompliment auf. Es freut mich, dass Sie meine finanzielle Situation so gut einschätzen. Aber die Beziehung zwischen Iris und mir hat nichts mit materiellen Dingen zu tun.« Sie trat einen Schritt zu Iris und legte einen Arm um sie. »Ich bin mit Iris zusammen, weil ich sie liebe. Weil sie eine wunderbare Frau ist. Ist das so schwer zu glauben?«

Iris' Eltern hatten den Anstand, einigermaßen beschämt auszusehen.

»Iris, es tut mir leid«, sagte Jens. »Ich wollte dich nicht vor den Kopf stoßen. Wir machen uns nur Sorgen. Ob du dir das gut überlegt hast.«

Iris nickte entschlossen. Sie legte ebenfalls einen Arm um Carolin. »Ja. Ich bin mir sicher.«

Jens nickte.

Doch Barbara stieß ein Schnauben aus.

»Man kann nicht immer machen, was man *will!*«, brach es aus ihr heraus. »Aber sowas willst du ja nicht hören. Du warst noch nie sonderlich vernünftig. Immer mit dem Kopf in den Wolken. Immer diese absurden Träume!«

Sie warf in einer hilflosen Geste die Hände in die Luft. »Wir dachten, wenn wir dich anständig erziehen, dann wird etwas Vernünftiges aus dir. Aber nein, immer muss alles nach deinem Kopf gehen. Immer musst du alles *anders* machen.«

»Barbara«, setzte Iris' Vater an, doch ihre Mutter ließ sich nicht aufhalten.

»Wir waren wirklich tolerant! Wir haben dich unterstützt, als du uns gesagt hast, dass du lesbisch bist. Wir haben Verständnis gezeigt, als du dein Studium weggeworfen und damit Christina verjagt hast. Aber das hier geht zu weit. Das Leben ist nicht immer so, wie man es sich wünscht, Iris!«

Ihrem Ausbruch folgte Stille. Carolin sah besorgt zu Iris. Sie fürchtete, dass der Druck zu viel für sie wäre. Doch Iris war ganz ruhig. Sie sah ihre Mutter nachdenklich an.

»Mama. Hat das irgendetwas damit zu tun, dass du das Reiten aufgegeben hast?«

»Bitte…was?«

Barbara war so schockiert, dass sie einen kleinen Schritt nach hinten machte. Und Carolin war mindestens genauso überrascht.

»Ich habe die Fotoalben gesehen«, sagte Iris. »Du hast früher so etwas wie Kunstreiten gemacht, oder?«

»Voltigieren«, sagte Barbara mit gepresster Stimme.

»Und du warst richtig gut darin«, sagte Iris. »Ich habe die Medaillen gesehen. Warum hast du nie davon erzählt? Und warum hast du aufgehört?«

Barbaras Miene verschloss sich. »Was glaubst du wohl? Weil ich erwachsen geworden bin. Etwas, was du mit achtundzwanzig immer noch nicht geschafft hast!« Für einen Augenblick war da Verletzlichkeit in ihrem Gesicht gewesen, doch nun lag wieder eine Maske des Zorns auf ihren Zügen.

»Weil ich weiß, dass man irgendwann aufhören muss, in einer Traumwelt zu leben. Weil man sich mit der Realität auseinandersetzen muss. Mit dem echten Leben. Also habe ich einen respektablen Beruf erlernt. Das hätte ich mir für dich auch gewünscht. Ist das zu viel verlangt?«

Iris' Stimme war leise, aber fest. »Es tut mir leid, dass du deinen Traum aufgegeben hast. Aber das heißt nicht, dass ich das Gleiche tun muss.«

Carolin drückte stumm ihre Hand.

»Ich habe mein ganzes Leben lang versucht, es euch recht zu machen. Damit ist es jetzt vorbei. Ich lebe mein Leben so, wie es mich glücklich macht.«

Barbara starrte sie an. Iris erwiderte ihren Blick. Und dann, plötzlich, schluchzte ihre Mutter auf.

»Du bist…bist…unmöglich!«

Und damit stürmte sie davon.

Iris machte eine Bewegung, als ob sie ihr folgen wollte, hielt dann aber doch inne.

»Ich, ähm, schaue nach ihr«, sagte Jens, versuchte eine Art entschuldigendes Schulterzucken zu Carolin, und folgte seiner Ehefrau.

Carolin und Iris blieben im Wohnzimmer zurück. Sie atmeten tief durch. Dann drehte sich Iris zu Carolin und drückte sich an sie. Carolin legte die Arme um sie und hielt sie fest.

»Das…war hart«, sagte Iris. Ihre Stimme zitterte. Carolin küsste ihr Haar.

Es war viel schlimmer gelaufen, als sie erwartet hatte. Aber sie war trotzdem froh, dass sie dieses Gespräch geführt hatten, und unglaublich stolz auf Iris.

»Ich habe noch nie so mit meinen Eltern gestritten«, sagte Iris. Ihre Stimme klang belegt. »Ich war immer eine brave Tochter. Und jetzt—ist alles anders.«

»Du hast nichts falsch gemacht«, sagte Carolin leise und strich ihr sanft über den Rücken. »Ich bin froh, dass du ihnen gesagt hast, was du denkst. Du warst fantastisch.«

»Ich bin auch froh, glaube ich.«

Sie blieben eine Weile so stehen, eng umschlungen, und suchten Halt beieinander. Carolin konnte sich vorstellen, wie schwer das für sie sein musste. Sie hatte immer Angst gehabt, dass ihre Eltern enttäuscht von ihr waren. Mit dieser Konfrontation riskierte sie alles. Das machte sie nur umso mutiger.

Schließlich löste Iris sich von Carolin und trank einen Schluck Wasser. Kurz darauf kam Jens zurück ins Wohnzimmer. Carolin spannte sich augenblicklich an, doch er hob die Hände in einer Geste, die wohl sagen sollte, dass er nicht hier war, um zu streiten.

»Das war ein ziemlicher Schock für Barbara«, sagte er und griff ebenfalls nach einem Wasserglas. »Und ehrlich gesagt, auch für mich.« Er hielt kurz inne, dann lächelte er. »Ich wusste nicht, dass ihr die Pferde so viel bedeutet haben. Sie hat fast nie davon gesprochen.«

Er schüttelte nachdenklich den Kopf. »Ich werde sie danach fragen, wenn sich alles etwas beruhigt hat.«

»Okay.«

Kurz lächelten sie alle drei. Dann sah Iris ihren Vater ernst an. »Und was denkst du von allem? Von unserer Beziehung?«

Ihr Vater stellte das Glas ab. Er runzelte die Stirn und dachte nach. »Das ist wirklich schwierig.«

Er schaute zu Carolin. »Ihnen ist es ernst mit Iris?«

»Selbstverständlich.«

Carolin hatte das Gefühl, dass sie ihren Punkt deutlicher machen musste. Natürlich brauchte sie das Wohlwollen der Lembergs nicht wirklich. Aber es war ihr trotzdem wichtig. Carolin wollte, dass Iris' Eltern wussten, dass sie alles für Iris tun würde.

»Iris ist der wunderbarste Mensch, der mir je begegnet ist. Es gibt niemanden, für den ich jemals das empfinden könnte, was ich für sie empfinde. Und Sie können sich sicher sein, dass ich alles daransetzen werde, sie glücklich zu machen.«

Er nickte ernst und sah sie mit einem Anflug von Respekt an. »Das erleichtert mich. Nun ja, Iris hat uns allen ja schon klargemacht, dass unsere Erlaubnis keine Rolle spielt. Aber selbst, wenn es so wäre—ich schätze, ich würde mich nicht der Liebe in den Weg stellen.«

Iris lächelte und umarmte ihn. »Danke. Das bedeutet mir echt viel.«

Er klopfte ihr sanft auf den Rücken.

»Und was deine Mutter angeht…Ich soll euch ausrichten, dass ihr ruhig schon aufbrechen könnt, sie fühlt sich nicht so ganz wohl. Sie ist gerade ein wenig überwältigt, aber ich glaube, sie wird sich auch wieder fangen.«

Er sah Iris an. »Weißt du, an dem Abend, als dein Bruder sich verlobt hat, war sie auch den Tränen nahe. Es fällt ihr nicht leicht, loszulassen. Sie braucht etwas Zeit.«

KAPITEL 55

~ Iris ~

Es war ein windiges und kühles Wochenende an der Nordsee, aber das störte Iris nicht im Geringsten. Es war ihr erster gemeinsamer Urlaub mit Carolin, und sie war entschlossen, ihn zu genießen. Sie hatten ihre Laptops in Berlin und damit auch jeden Gedanken an Arbeit hinter sich zurückgelassen. Stattdessen spazierten sie am Strand entlang oder folgten gewundenen, sandigen Wanderwegen durch die Küstenheide. Sie sprachen über alles, was ihnen in den Sinn kam, und Iris griff nach Carolins Hand, nur um zu fühlen, dass sie wirklich hier war.

In einem kleinen Ort kauften sie sich ein Eis und gingen dann zum Strand.

»Niemand beachtet uns«, sagte Carolin mit einer Spur Verwunderung.

»Wieso sollten sie?«, fragte Iris. Sie strich ihr Haar beiseite, das der frische Wind immer wieder in ihr Gesicht wehte.

»Ich dachte, sie würden uns anstarren, wenn wir Hand in Hand gehen«, sagte Carolin. »Aber scheinbar stört es niemanden.«

»Du meinst, weil wir zwei Frauen sind? Das sind doch nicht mehr die Fünfziger. Sowas schockiert die Leute nicht.«

»Und der Altersunterschied?«

»Die paar Jahre merken die doch gar nicht. Und wenn schon, wen kümmert das?«

Sie drehte sich zu Carolin und gab ihr einen Kuss auf die Wange.

»Du hast recht«, sagte Carolin. Sie atmete tief die Meeresluft ein. »Es ist alles einfacher, als ich gedacht hätte.«

Später suchte Iris Muscheln und legte sie am Strand zu Bildern zusammen. Carolin sah ihr dabei zu. Sie konnte sich nicht erinnern, wann sie sich jemals so ruhig und zufrieden gefühlt hatte.

Am Sonntag wurde das Wetter schöner. Sie besuchten eine kleine Buchhandlung, in der Iris sich einen Roman von Jules Verne aussuchte, den Carolin ihr zum Geburtstag schenkte. Carolin selbst entdeckte einen Klassiker von Patricia Highsmith für sich. Dann gingen sie zum Strand und breiteten ihre Decke aus. Sie cremten sich gegenseitig mit Sonnencreme ein und lasen in ihren Büchern. Irgendwann döste Iris ein.

Als sie erwachte, blinzelte sie ins Licht der Sonne.

»Wie lange habe ich geschlafen?«

»Nur eine halbe Stunde.«

»Gut. Ich will nicht das ganze Wochenende verpassen!«

Sie richtete sich auf und strich sich etwas Sand von der Schulter. »Aber ich habe etwas ziemlich Verrücktes geträumt! Da war ein sprechender Vogel. Ich glaube, aus irgendeinem Kinderfilm. Und er hat gesagt, dass ihn immer alle für einen Hubschrauber halten. Er war sehr beleidigt.«

Carolin lachte. »Wie kommt dein Gehirn nur auf diese Gedanken?«

»Keine Ahnung. Es passiert einfach so.«

»Ich bin fast ein bisschen neidisch. Was war das Seltsamste, was du je geträumt hast?«

Iris überlegte kurz. »Ich glaube, einmal habe ich geträumt, ich könnte die Farbe pink schmecken. Es war so ähnlich wie Kaugummi oder vielleicht Zuckerwatte. Sehr süß.«

Dann fiel ihr noch etwas Besseres ein. »Oh, und einmal war ich luzide und habe damit experimentiert, mich in verschiedene Tiere zu verwandeln. In eine Giraffe, einen

Kolibri, und in ein Chamäleon. Das war lustig! Ich konnte die Farbe wechseln und dreihundertsechzig Grad um mich herum sehen.«

»So etwas geht?«

»Warum nicht? Es ist ja nur ein Traum. Alles, was man sich nur vorstellen kann, ist möglich.«

Carolin ließ sich auf der Decke zurücksinken und blickte hinauf zum Himmel. »Das würde ich gern erleben.«

Iris legte sich neben ihr auf die Seite und stützte ihr Kinn in einer Hand. »Was hält dich davon ab?«

»Ich erinnere mich doch nie an meine Träume. Da sind nur so ganz vage Fetzen, eher so Eindrücke. Und nach ein paar Minuten sind sie auch verschwunden.« Sie verzog das Gesicht. »Vermutlich ist mein Hirn zu sehr auf die echte Welt fokussiert.«

»Das macht doch nichts«, sagte Iris. »So geht es am Anfang vielen Leuten. Aber du kannst trotzdem luzid werden. Du musst einfach nur ein Traumtagebuch führen und jeden Morgen aufschreiben, woran du dich noch erinnern kannst. Selbst wenn es nur ein Gefühl ist. Mit der Zeit erinnert man sich immer genauer und das Gehirn lernt, darauf zu achten.«

»Interessant«, sagte Carolin. Sie schaute hinauf zu den Wolken, die über ihnen dahinzogen. »Ich frage mich, ob das auch gegen das helfen würde…was auch immer es ist, was mich aufwachen lässt.«

»Du meinst, es könnten Albträume sein?«

»Ich habe nie so sehr darüber nachgedacht, aber jetzt glaube ich das schon. Meinst du…«

Carolin zögerte etwas. »Meinst du, ich könnte einen der *Dream Catcher* benutzen? Ich meine, vielleicht hilft es ja.

Aber nur, wenn wir die Prototypen nicht für etwas Wichtigeres brauchen.«

»Klar!« Iris nickte enthusiastisch.

Später besuchten sie ein Fischrestaurant direkt am Meer. Sie saßen draußen auf der Terrasse, nippten an ihrem Wein und sahen zu, wie die Sonne im Meer versank. Iris seufzte glücklich.

In diesem Moment ertönte in ihrem Rucksack ein leises Piepen. Iris holte ihr Handy heraus und fand eine Nachricht von ihrem Vater.

Ich hoffe, ihr habt einen schönen Urlaub. Mama lässt dich grüßen. Sie fragt, ob ihr mal wieder zum Kaffee vorbeikommt. Vielleicht, wenn Philipp und Annika auch zu Besuch kommen?

Dein Papa

Iris lächelte.

»Was gibt es?«, fragte Carolin.

»Ich glaube, meine Mutter hat den Schock überstanden.«

KAPITEL 56

~ Carolin ~

Es war ein heißer Sommertag. Carolin folgte dem Fußweg zwischen den Wohngebäuden. Die jungen Buchen, die zu beiden Seiten in Reih und Glied standen, waren noch zu klein, um Schatten zu spenden. Carolin trat in einen Hauseingang und klingelte. Doch niemand antwortete ihr.

Sie runzelte die Stirn. Normalerweise war in der Senioren-WG ihrer Mutter immer jemand daheim. Carolin ging den Block entlang und bog um eine Ecke. Der Weg führte zu einem sandigen Platz mit einem Springbrunnen in der Mitte. Eine Gruppe älterer Leute hatten sich dort versammelt.

»Ha! Das soll mir mal einer übertreffen!«, rief ein Herr in einem karierten Hemd.

»Verflixt! Dir werd' ich's zeigen!«

Das war Carolins Mutter. Sie griff nach einem kleinen Ball aus Kunststoff und ließ ihn über den Sand rollen. Er prallte gegen die anderen Bälle, die bereits dort lagen, sodass sie in alle Richtungen davon kullerten.

»Ha! Ich sag's ja. Leg dich nicht mit mir an!«

Carolin trat hinzu.

»Hallo, Mama.«

»Ah, Carolin! Wie schön, dass du mich besuchst. Willst du eine Runde Boccia mitspielen? Aber ich warne dich, keiner hier hat eine Chance gegen mich.«

Carolin schmunzelte. »Das sehe ich. Ich wollte dich eigentlich auf ein Eis einladen.«

»Na, wenn das so ist!«

Carolin reichte ihrer Mutter den Arm, und sie verabschiedete sich von den anderen Senioren. Gemeinsam spazierten sie den Weg entlang.

»Und, wie geht es so bei dir, Carolin? Alles gut in der Universität?«

»Das wollte ich dir erzählen. Ich habe gekündigt.«

»Nein? Du machst dir doch einen Spaß mit mir!«

Carolin schüttelte den Kopf. »Nein, es ist mein Ernst. Weißt du, es ist eine lange Geschichte. Ich habe jemanden kennengelernt. Eine wundervolle Frau.« Sie erzählte von Iris, davon, wie klug und lustig und einfühlsam sie war. »Aber sie ist, das heißt, sie war meine Studentin. Deswegen durften wir keine Beziehung führen.«

»Ach wirklich?«, sagte ihre Mutter. »Damals, als dein Papa an der Uni war, da war das ganz normal. Sein bester Freund hat auch eine Studentin geheiratet, eine richtige Einserkandidatin, wie deine Iris. Na, so ändern sich die Zeiten.«

Carolin nickte. »Ja. Und wegen Iris habe ich nachgedacht. Ich bin zu dem Schluss gekommen, dass ich etwas anderes im Leben will, als Professorin zu werden.«

Sie beschrieb ihrer Mutter den Konflikt, den sie empfunden hatte. Den Wunsch nach Anerkennung, nach Erfolg in etwas, was niemand ihr so leicht nachmachen konnte. Aber auch die Einsamkeit, die ewigen Stunden erdrückender bürokratischer Arbeit.

»Jetzt arbeite ich mit Iris an ihrem Projekt. Und es ist so viel besser. Ich fühle mich frei, ich kann am Wochenende manchmal Dinge unternehmen, und gleichzeitig bringen wir auch die Forschung voran.«

Ihre Mutter nickte enthusiastisch. »Das Traum-Projekt, richtig? Hermann hat so etwas im Internet gelesen.«

»Im Internet?«, wiederholte Carolin perplex. Sie hatte nicht gedacht, dass der Mitbewohner ihrer Mutter, der sicher schon über achtzig war, mit moderner Technik vertraut war.

»Ja, sein Enkel hat ihm doch jetzt so ein Ding eingerichtet, so ein Tablett.«

»Ein Tablet?«

»Genau das. Und er hat gelesen, dass sie jetzt schon bald in den Kopf der Leute schauen können, wenn sie schlafen, und dann sieht man, was sie gerade träumen.«

Carolin lächelte. »Ganz so weit sind wir noch nicht.« Sie erklärte in groben Zügen, wie das Stirnband funktionierte.

»Und wir haben es auch getestet, und es hat den Versuchspersonen sehr geholfen.«

»Na, das ist ja famos«, sagte ihre Mutter. »Was heutzutage alles möglich ist. Wolfgang wäre begeistert gewesen, dass du sowas machst.«

Carolin zögerte. »Bist du sicher?«, fragte sie.

Ihr Vater war früh gestorben, aber er hatte Carolin ihre ganze Kindheit und Jugend über ermutigt. Er hatte an sie geglaubt, als sie als erstes Mädchen in der Familie studiert hatte. Carolin fühlte sich fast schon schuldig, dass sie ihre Karriere an der Universität nun aufgab.

»Wäre er nicht enttäuscht, dass ich nicht mehr Professorin werde?«

»Nun mach mal halblang«, sagte ihre Mutter. »Du hast deinen Doktor gemacht, er würde platzen vor Stolz, wenn er das wüsste. Und du weißt doch, was er immer gesagt hat.«

Carolin nickte. »Man darf sein Leben nicht verschlafen, sondern muss seine Träume wahr machen.«

»Und man darf sich von nichts aufhalten lassen«, ergänzte ihre Mutter.

Ein warmes Gefühl erfüllte Carolin. Zum ersten Mal wusste sie wirklich, was sie im Leben wollte—und war voller Zuversicht, dass sie es auch erreichen konnte. Zusammen mit Iris würde alles gut werden.

»Apropos, ich träume gerade von einem Erdbeereis«, sagte ihre Mutter. Und ich glaube, das geht gleich in Erfüllung.«

Sie hatten das kleine Eiscafé erreicht. Carolin und ihre Mutter traten ein. Drinnen war es angenehm kühl. Sie bestellten zwei Eisbecher und setzen sich auf einen Platz am Fenster.

»Du siehst übrigens gut aus, Carolin«, sagte ihre Mutter. »Viel frischer.«

»Ich schlafe auch besser. Weißt du, ich habe das Stirnband auch ausprobiert. Und ich kann es gar nicht beschreiben, aber—es fühlt sich gut an. Wenn ich schlafe, bin ich nicht mehr so unruhig. Es ist ein ganz anderes Gefühl.«

Ihre Mutter nickte. »Das ist schön zu hören. Deine Iris muss ja ein echtes Genie sein, dass sie sich so ein Wunderding ausgedacht hat.«

»Oh, das ist sie. Das ist sie wirklich.«

»Warum habe ich sie dann noch nicht kennengelernt?«

In diesem Moment kam die Bedienung und stellte die Eisbecher vor ihnen auf den Tisch. Carolins Mutter hatte einen riesigen Becher mit Früchten bestellt. Carolins Mokka-Eis wurde in einer Kaffeetasse serviert.

»Also, wenn du Iris treffen möchtest, kann ich sie sicherlich einladen. Gerade hat sie nur sehr viel zu tun.«

»Ich bestehe darauf! Dann backe ich euch vielleicht einen Kuchen.«

»In Ordnung. Erst müssen wir die Präsentation mit den Investoren überstehen. Aber dann bringe ich sie mal mit.«

»Abgemacht.«

KAPITEL 57

~ Iris ~

Die Sommertage vergingen wie im Flug. Iris genoss jede Sekunde mit Carolin—es war immer noch unglaublich, dass sie jetzt wirklich ein Paar waren! Sie konnten gemeinsam einkaufen gehen, durch die Stadt spazieren und tun, was auch immer sie wollten, ohne sich verstecken zu müssen. Trotzdem verbrachten sie einen großen Teil der Zeit daheim bei Carolin und genossen es einfach nur, zusammen zu sein.

Aber Iris hatte auch viel zu tun. Sie arbeitete an ihrer Promotion und bereitete ihre nächste Studie vor. Dazu traf sie sich regelmäßig mit Norbert, der sich als sehr entspannter Betreuer herausstellte. Oft ging er mit Iris spazieren und diskutierte mit ihr über ihre Pläne. Dank seiner fast fünfzigjährigen Karriere in der Wissenschaft hatte er einen reichen Schatz von Erfahrungen, die er Iris in Form von Ratschlägen und kleinen Anekdoten weitergab. Iris hatte so viel Spaß daran, dass es ihr überhaupt nicht wie Arbeit vorkam.

Doch natürlich war da auch noch die Präsentation für die Investoren. Der Tag der Entscheidung rückte näher, und Iris wurde immer angespannter. Sie bereitete sich gründlich vor. Andy ging immer wieder mit ihr den Vortrag durch, und Lukas übte mit ihr, welche kritischen Fragen sie vielleicht beantworten musste. Trotzdem wurde Iris flau im Magen, wenn sie nur daran dachte. Alle vertrauten auf sie. Die Zukunft ihres kleinen Start-ups hing davon ab, wie überzeugend sie war.

Dann war der große Tag gekommen. Das ganze Team traf sich am Institut für Informatik, wo Lukas ihnen einen Raum mit Beamer organisiert hatte. Iris trug das dunkelblaue Kleid, das Carolin ihr in San Francisco gekauft hatte, und das zufälligerweise genau zum Farbschema ihres Start-ups passte. Im Spiegel daheim hatte sie viel selbstbewusster ausgesehen, als sie sich fühlte.

»Du schaffst das«, sagte Carolin und gab ihr einen raschen Kuss auf die Wange.

Iris nickte nur. Ihr Herz klopfte heftig. Sie warf einen schnellen Blick auf ihre Hand. Kein Traum. Diesmal musste sie es wirklich schaffen.

Sie ging nach vorn. Alle Augen waren auf sie gerichtet. Es waren nur fünf Investoren, die ihr zuhören würden, doch Iris fühlte sich mindestens so nervös, als müsste sie vor hunderten Menschen sprechen. Auf ihren Gesichtern standen Neugier, Erwartung, aber auch eine gewisse reservierte Skepsis. Es würde nicht leicht sein, sie zu überzeugen.

Iris Blick schoss zu Carolin, die ganz hinten stand. Sie lächelte ihr zu und nickte. Und plötzlich erinnerte sich Iris an einen Traum, den sie letzte Nacht gehabt hatte.

Sie stand wieder auf der Bühne. Sie wusste, dass es ein Traum war, ohne überhaupt einen Test zu machen. Sie sah das Pult mit den Notizen, die Gesichter der Zuschauer. Es war der gleiche Traum, den sie so oft gehabt hatte. Doch diesmal war es anders.

Sie fand Carolin in der Menge und ging auf sie zu. Carolin wandte sich nicht ab. Ihr Blick war nicht kalt, sondern voller Zuneigung. Sie lächelte.

»Musst du nicht einen Vortrag halten?«, sagte irgendjemand.

»Nein«, sagte Iris. »Ich muss gar nichts. Das ist mein Traum.«

Nun hatte sie Carolin erreicht.

»Ein Traum also?«, fragte Carolin. »Wenn das so ist, was würdest du gern tun?«

»Wie wäre es mit fliegen?«

Iris nahm ihre Hand und stieß sich vom Boden ab. Carolin folgte ihr. Sie glitten nach oben. Das Dach war verschwunden, und sie stiegen weiter hinauf, dem Himmel entgegen, immer höher, bis sie die Wolkendecke durchbrachen und um sie herum die Sterne glitzerten. Sie schwebten in der Schwerelosigkeit. Iris sah Carolin an, deren Augen funkelten wie ferne Galaxien. Sie zog sie an sich, und…

Iris lächelte. Diese Erinnerung hob sie sich besser für später auf.

Sie wandte den Blick den Investoren zu und begann.

»Stellen Sie sich vor, Sie wären in einer Welt, in der alles möglich ist. In der Sie die völlige Kontrolle darüber haben, was passiert. Und in der Sie sich jeden Wunsch erfüllen können. Klingt fantastisch? Ist es auch!« Sie lächelte. »Ich spreche aus Erfahrung.«

Zwei der Investoren lehnten sich fasziniert nach vorne. Sie hatte ihr Interesse geweckt.

In knappen, wohlgewählten Worten erklärte sie, wie luzides Träumen funktionierte. Dann beschrieb sie, wie wichtig die Qualität des Schlafes und der Träume für das Wohlbefinden von Menschen war. Und schließlich präsentierte sie ihr Produkt—das Stirnband, das so vielen

Menschen dabei helfen könnte, ihre Träume selbst zu gestalten.

Dann kam der schwierige Teil. Sie erklärte die Marktanalyse und den Finanzplan des Start-ups. Die Gesichter der Zuschauer waren unmöglich zu entschlüsseln. Sie ließen sich mit keiner Regung anmerken, ob sie überzeugt waren oder das Ganze für blanken Unsinn hielten. Aber Iris schaute zu Carolin, die sie unverwandt ansah und ermutigend anlächelte.

Du kannst das.

Zuversicht durchströmte Iris. Sie machte weiter. Und schließlich war auch dieser Teil des Vortrags geschafft. Mit einer Punktladung beendete sie ihre Präsentation.

»Ich freue mich auf Ihre Fragen!«

Die Investoren hatten tatsächlich viele Fragen. Iris beantwortete mühelos alles zu den wissenschaftlichen Grundlagen. Bei den Themen Marketing und Produktion sprang ihr glücklicherweise Lukas zur Seite und erklärte die Details. Doch insgesamt hatte sie ein gutes Gefühl.

Eine der Investoren war eine Frau mit kantigem schwarzen Bob-Haarschnitt und durchdringendem Blick. »Würden Sie sagen, dass Ihr Produkt eher in Richtung Lifestyle- und Experience geht, oder dient es eher der Therapie?«

Auf diese Frage war Iris vorbereitet.

»Beides«, sagte sie. »In unserer Studie haben wir den *Dream Catcher* sehr erfolgreich als Hilfsmittel bei der Therapie eingesetzt. Aber natürlich kann man auch einfach Spaß mit luziden Träumen haben und fantastische Abenteuer erleben.«

»Verstehe. Und haben Sie in Ihrem Team persönliche Erfahrungen mit beiden Aspekten?«, hakte die Frau nach.

Iris zögerte kurz. War das eine Voraussetzung?

»Ich persönlich habe sehr positive Erlebnisse gehabt«, sagte sie. »Aber ich hatte keine Therapie. Die Probanden in unserem Experiment hatten aber sehr gute Ergebnisse, wie ich schon erklärt habe.«

Die potenzielle Investorin blickte skeptisch drein. »Also hat niemand von Ihnen die therapeutischen Vorteile aus erster Hand erlebt?«

Was erwartete sie denn? Iris überlegte fieberhaft, wie sie das geschickt beantworten konnte. Da meldete Carolin sich zu Wort.

»Doch, durchaus. Ich.«

Sie trat neben Iris nach vorn.

Das war kein Teil ihres Plans. Iris bemühte sich, ihre Überraschung zu verbergen und ganz locker zu bleiben. »Können Sie das genauer erklären?«, sagte die Frau.

»Natürlich«, sagte Carolin. »Sie wissen ja, dass ich Juniorprofessorin für Neuropsychologie war. Eine recht anspruchsvolle Tätigkeit, wie Sie sich denken können.«

Die Investoren nickten.

»Ich habe mir keine Pause gegönnt, hatte viel Stress und wenig Schlaf. Das hatte Konsequenzen. Ich konnte nicht mehr durchschlafen, bekam Albträume.«

Iris hielt den Atem an. Carolin sprach sonst nie so offen über persönliche Schwächen! Erst recht nicht vor völlig Fremden. Iris warf Carolin einen raschen Blick zu, und Carolin nickte unmerklich mit dem Kopf, wie um ihr zu sagen: *Mach dir keine Sorgen. Ich weiß, was ich tue.*

»Diese Träume waren…schwer zu beschreiben. Es ist nicht viel passiert. Es waren eher Emotionen. Verzweiflung. Angst. Ein Gefühl, als müsste ich sterben. Das hat mich aus dem Schlaf gerissen, mich verfolgt, und natürlich sehr beeinträchtigt. Aber mir ist nicht einmal in den Sinn gekommen, dass man etwas dagegen tun könnte—bis vor Kurzem.«

Die Investoren hörten ihr gespannt zu. Auch Iris war wie gebannt.

»Letztendlich haben zwei Dinge mir geholfen. Zum einen eine persönliche Veränderung in meinem Leben«, sie lächelte Iris kurz an, »durch die ich meine Prioritäten neu evaluiert habe. Und zum anderen«, sie deutete auf das Elektroden-Stirnband, das vor ihnen auf einem kleinen Tisch lag, »Das hier. Vor drei Wochen habe ich angefangen, es zu benutzen. Und meine Träume haben sich verändert. Dieses Gefühl der Machtlosigkeit ist verschwunden. Ich war bewusster, sozusagen wacher. Ein Teil von mir wusste, dass ich träume, und ich hatte keine Angst mehr. Ich habe sogar angefangen, richtige Bilder zu sehen.«

Carolin schmunzelte. »Letzte Woche hatte ich das erste Mal einen ganz normalen, harmlosen Traum. Das heißt, wenn man ein Flugzeug voller Pinguine als normal bezeichnen kann.«

Mehrere Investoren lachten.

»Wenn Sie mich fragen«, sagte Carolin, »Sollten Sie unseren Statistiken und kontrollierten Experimenten mehr Aufmerksamkeit schenken als dieser Geschichte. Aber das ist meine Erfahrung mit dem *Dream Catcher*. Hat er mir geholfen? Absolut. Er hat mir nicht nur einen ruhigen Schlaf zurückgegeben, sondern vor allem Kontrolle über mein Leben. Und ich glaube, jeder Mensch verdient es, ohne Angst schlafen zu gehen. Beantwortet das Ihre Frage?«

Die Investorin mit dem kurzen schwarzen Haar nickte. »Es beantwortet sie völlig. Vielen Dank.«

Drei andere hoben ihre Stifte. »Noch eine Frage an Frau Lemberg!«

»Wir haben es geschafft!«, jubelte Lukas wenig später.

»Echt?«, fragte Emily.

»Finanzierung für 24 Monate! Und noch ein Zuschuss, wenn wir das verbesserte Modell mit den Extra-Sensoren serienreif machen!«

Er hob die Hand und klatschte mit Iris ab. Das ganze Team sowie Emily drängten sich in dem engen Wohnzimmer der WG und feierte den Erfolg.

»Das haben wir alles dir und Carolin zu verdanken«, sagte Andy.

»Dein Pitch war super, Iris!«, stimmte Kim zu. »Du warst echt voll dabei!«

»Das hätte ich nie hingekriegt«, sagte Andy.

»Danke.« Iris strahlte.

»Und deine Story, Carolin!«, sagte Lukas. »Da habe ich eine mega Gänsehaut bekommen. War das alles echt?«

Carolin nickte. »Natürlich.«

Iris griff nach ihrer Hand und drückte sie. »Danke«, sagte sie.

»Darauf müssen wir anstoßen!«, sagte Lukas.

Während er im Kühlschrank nach kalten Getränken suchte, trat Iris einen Schritt in den Flur. Sie senkte die Stimme, sodass nur Carolin sie hören konnte. »Das war großartig von dir. Ich bin unglaublich stolz auf dich.«

»Ich habe es für uns getan.«

Sie lächelten sich an.

»Das Beste war das Flugzeug voller Pinguine!«, sagte Lukas laut. »Wie kommt dein Hirn auf sowas, Carolin?«

»Das ist doch ganz logisch«, sagte Carolin schmunzeln. »Pinguine wollen eben wissen, was die Evolution ihnen vorenthalten hat. Und wenn man sich ihren Dresscode ansieht, fliegen sie bestimmt First Class.«

Emily prustete in ihren Drink und schnappte nach Luft.

»Okay, wie wär's, wenn wir etwas zu essen bestellen?«, schlug Lukas vor. »Worauf habt ihr Lust?«

»Sushi!«, sagten Carolin und Iris einstimmig.

Sie feierten noch bis spät in den Abend hinein. Gegen Mitternacht kam Lukas auf die Idee, dass sie auf seiner Konsole spielen könnten. Andy, Kim und Emily waren begeistert. Da es nur vier Controller gab, nutzten Iris und Carolin die Gelegenheit, sich zu verabschieden.

»Es war ein langer Tag«, sagte Iris. »Wir sehen uns!«

Lukas und Emily umarmten sie, und Emily flüsterte ihr ins Ohr: »Ich weiß genau, was du vorhast. Du willst die Nacht lieber mit deiner heißen Freundin verbringen als mit uns!«

Iris grinste und widersprach nicht.

Carolin schloss die Tür auf, und sie traten ein. Iris konnte sich gerade so lange zurückhalten, bis sie ihre Schuhe ausgezogen und Carolin ihre Jacke an die Garderobe gehängt hatte. Dann schlang sie ihre Arme um sie.

»Danke für alles.«

Carolin legte ihrerseits die Arme um Iris. »Was meinst du? Du warst heute der Star. Du hast die Investoren überzeugt.«

Sie gingen eng umschlungen ins Wohnzimmer, wo Cassandra in einem Sessel schlummerte und nur kurz die Augen öffnete.

»Ja, aber ich hätte es nicht ohne dich geschafft«, sagte Iris. »Du warst die ganze Zeit bei mir. Du hast keine Sekunde weggeschaut.«

»Oh«, sagte Carolin. »Also, was das angeht…«

Iris traute ihren Augen kaum. War das tatsächlich eine leichte Röte, die Carolins Wangen überzog?

»Vielleicht sollte ich dir ein kleines Geständnis machen. Ich habe dich nicht wegen des Vortrags so angesehen. Ich meine, er war fantastisch, *du* warst fantastisch. Aber den Inhalt kenne ich ja schon.«

»Was war es dann?«

Jetzt bestand kein Zweifel mehr—Carolin errötete.

»Du natürlich. Muss ich dir erklären, wie unwiderstehlich du in diesem Kleid aussiehst? Ich meine, es ist professionell, geradezu seriös, aber…«

Sie ließ die Hände über Iris' Rücken herabgleiten, bis sie an ihrer Taille zum Liegen kamen. »Die Art, wie es sich an deinen Körper schmiegt…verbunden mit der Vorstellung, was darunter liegt…sagen wir, mir wurde plötzlich ziemlich heiß.«

Iris grinste. »Wie unanständig von dir.«

Sie küsste Carolin, ließ ihre Zunge verspielt über ihre Lippen gleiten und kostete ihren süßen und so vertrauten Geschmack. Ein heißes Kribbeln fuhr durch Iris, und Carolin entwich ein leises Seufzen.

Nur widerstrebend löste Iris sich von ihr.

»Ich muss auch etwas gestehen. Ich bin auch nicht ganz unschuldig«, flüsterte sie. »Kurz vor der Präsentation musste ich an einen Traum denken, den ich letzte Nacht hatte. Es war der, in dem ich auf der Bühne stehe. Aber diesmal ging er anders aus. Viel besser.«

Sie küsste Carolin noch einmal. Carolins Hände wanderten ihren Rücken hinauf und fanden den Reißverschluss, der das Kleid geschlossen hielt.

»Du warst da«, sagte Iris. »Wir sind zusammen davongeflogen, ganz weit weg. Wir sind durchs Weltall geschwebt. Dann haben wir uns geküsst…und damit war es noch lange nicht vorbei.«

»Erstaunlich«, sagte Carolin. »Dass du dich trotzdem noch konzentrieren konntest.«

Sie zog den Reißverschluss langsam herab. Iris löste sich einen Augenblick von ihr und streifte das Kleid herunter. Carolin schluckte sichtlich, als ihr Blick über Iris Oberkörper glitt.

»Wollen wir hoch gehen?«, fragte Iris.

Sie standen immer noch im Flur. Carolin nickte. »Gute Idee. Aber…ich sollte noch schnell duschen gehen. Als ich gesagt habe, dass mir heiß geworden ist, war das durchaus ernst gemeint.«

»Gut. Aber dann komme ich mit.«

»Ich bestehe darauf.«

Carolin ging ins Bad und zog Iris hinter sich her. Iris zog ihre Strumpfhose aus, dann ihren BH und den Slip. Die Fliesen unter ihren nackten Füßen fühlten sich warm an. Sie sah zu, wie Carolin ihre Brille abnahm, ihre Bluse aufknöpfte und ordentlich beiseitelegte. Dann schob sie den Rock über ihre schmale Hüfte. Iris' Herz pochte schneller. Sie ließ den Blick über Carolins schlanken Körper wandern, bewunderte ihre langen Beine, den flachen Bauch und ihre unglaublich zarte Haut. Alles an Carolin war unfassbar elegant, selbst die Rundung ihrer perfekten Brüste erinnerte Iris an eine griechische Marmorstatue.

In diesem Moment zog sie die Haarspange heraus, die den festen Knoten hielt. Ihr Haar löste sich, fiel offen über ihre Schultern. Sie sah plötzlich jünger aus, unbeschwerter. Ihre kühle, unerreichbare Schönheit verwandelte sich in etwas

Greifbareres. Sie sah zu Iris und ihre Augen funkelten verführerisch.

»Wir könnten nacheinander duschen—aber das wäre sehr ineffizient, meinst du nicht?«

»Absolut«, stimmte Iris zu.

Carolin streifte ihren Slip herab. Dann drehte sie Iris den Rücken zu. »Könntest du mir kurz helfen?«

Iris tat es nur zu gerne. Sie löste die Häkchen von Carolins BH und streifte die Träger über ihre Schultern. Sie konnte nicht widerstehen und küsste die makellose Haut. Carolin seufzte und legte den Kopf zurück. Sie drehte sich zu Iris und ihre Lippen fanden einander. Plötzlich spürte Iris Carolins nackte Brüste, die sich an sie drückten. Hitze schoss durch ihren Körper. Sie küssten sich heftig und leidenschaftlich.

Iris rang nach Atem, und nur mit Mühe gelang es ihr, sich von Carolin zu lösen.

»Duschen, oder?«

»Genau«, sagte Carolin atemlos.

Sie drehte das Wasser auf und traten unter den Strahl. Die Dusche war geräumig und bot problemlos Platz für beide. Iris sah zu, wie das Wasser über Carolins Körper lief, kleine Sturzbäche bildete, um ihre Brüste herum strömte und von den Knospen perlte.

»Würdest du mir den Rücken waschen?«, fragte Carolin.

»Unbedingt.«

Carolin griff nach einer dunklen Flasche mit goldener Schrift darauf und öffnete sie.

»Gib mir deine Hände.«

Iris hielt ihre Hände hin, und Carolin drückte duftendes Duschgel in ihre Handflächen. Dann drehte sie sich um. Iris ließ ihre Hände über Carolins nackte Haut gleiten. Sie strich über ihre Schultern, die sich unter ihrem Griff entspannten und locker wurden, dann den Rücken herab, bis sie zu Carolins festem Po kam. Sie massierte ihre Pobacken, und Carolin stöhnte genüsslich auf. Ein sehnsuchtsvolles Kribbeln erfasste Iris' ganzen Körper.

Dann drehte Carolin sich um. Sie strich sich das nasse Haar aus dem Gesicht. Ein verführerisches Lächeln lag auf ihren Lippen.

»Jetzt bist du dran.«

Sie nahm selbst etwas Duschgel zur Hand und verrieb es zwischen ihren Händen, bis sich Schaum bildete. Dann strich sie damit über Iris Oberkörper und umfasste ihre Brüste. Iris schloss unwillkürlich die Augen und stöhnte. Ihr wurde heißer, und das hatte nichts mit der Temperatur des Wassers zu tun. Carolins von Schaum glitschige Hände glitten über ihren Körper, weiter nach unten, über Iris' Schenkel.

»Dreh dich um«, sagte Carolin leise.

Iris tat es. Ihre Knie wurden weich, und sie stützte sich mit beiden Händen an der gefliesten Wand ab. Carolin strich über ihren Rücken und dann weiter herab, streichelte ihren Po und massierte ihn. Heiße Schauer durchschossen Iris' Körper. Erwartungsvoll spreizte sie die Beine.

»Lass bloß keine Stelle aus«, keuchte sie leise. »Du weißt schon, wegen all der schmutzigen Gedanken, die wir heute hatten…«

Carolin lachte leise. »Keine Sorge.«

Langsam wanderten ihre Finger über die Innenseite von Iris Schenkeln, wo ihre Haut unglaublich sensibel war. Iris erzitterte. Carolin trat noch näher an sie heran, und Iris konnte spüren, wie sich Carolins nackten Brüste gegen ihren

Rücken pressten. Dann endlich schob Carolin ihre Hand zwischen Iris' Beine.

Ihre Finger fuhren sanft über ihre Schamlippen, dann schoben sie sich dazwischen. Iris keuchte auf.

»Na so etwas«, flüsterte Carolin in Iris' Ohr. »Du bist ja schon ganz feucht.«

Iris lehnte die Stirn an die Fliesen. Sie konnte nicht mehr denken. Ihr ganzes Fühlen konzentrierte sich auf Carolins Berührungen. Ihre Finger, die unglaublich zärtlich in sie eindrangen, sie dort berührten, wo sie sich so sehr nach ihr sehnte. Sie drängte ihre Hüfte nach hinten, Carolin entgegen, und spreizte ihre Beine so weit sie konnte. Carolin ließ einen Finger in sie gleiten und berührte zugleich mit dem Daumen ihre tropfnasse Klitoris. Mit sanften Kreisbewegungen massierte sie die empfindsame Perle, und ein heißer Schauer des Verlangens erfasste Iris. Vor ihrem inneren Auge tanzten Funken.

»Oh...ja«, stöhnte sie.

Das warme Wasser prasselte auf sie herab. Carolin küsste sie in den Nacken, schmiegte ihren Körper an sie und verwöhnte sie mit meisterlicher Präzision. Sie rieb über Iris' Klitoris, stimulierte sie mit genau dem richtigen Druck, um Iris' Leidenschaft auf die Spitze zu treiben. Schon keuchte Iris und schnappte nach Luft. Ihre Beine begannen zu zittern. Sie stützte sich gegen die Wand, und wenn Carolin sie nicht mit dem freien Arm umfasst hätte, wäre sie vielleicht in die Knie gesunken. Doch so wuchs ihre Lust immer mehr, jagte unaufhörlich dem Höhepunkt entgegen.

Und schon war es soweit. Alle Anspannung und Erregung entlud sich in einer gewaltigen Explosion, als pure, sinnliche Ekstase sie erfasste. Ihre Schenkel zuckten, und sie stieß ein langgezogenes Stöhnen aus. Dann wurde ihr schwindlig.

Carolin hielt sie fest. Iris lehnte sich an die Wand und legte den Kopf in den Nacken. Warmes Wasser prasselte auf ihr Gesicht.

»Wow«, sagte sie. »Das war…unglaublich.«

Sie öffnete die Augen, drehte sich um und sah Carolin dicht vor sich. Ihre Wangen waren gerötet, nasses Haar hing ihr im Gesicht, und ihre Augen funkelten.

»Ich liebe dich«, sagte sie, und zog Carolin an sich. Sie küssten sich leidenschaftlich. Ihre Körper berührten sich. Carolins glatte, nasse Haut schmiegte sich an die von Iris, und ihre Kraft kehrte zurück. Sie tastete nach der Armatur und schaltete das Wasser ab.

»Komm«, sagte sie atemlos.

Sie stiegen aus der Dusche, trockneten sich hastig ab und liefen dann, nackt wie sie waren, ins Schlafzimmer. Iris zog Carolin mit sich auf das Bett. Carolins feuchte Haare lagen um sie herum auf dem Kissen ausgebreitet. Iris kletterte auf sie, beugte sich über sie und küsste sie. Carolin legte die Hände um Iris' Nacken und zog sie näher zu sich. Ihre Zungen vollführten ein wildes Spiel miteinander, bis Iris sich keuchend von ihr löste und begann, ihren Hals entlang zu küssen. Sie erreichte ihre Brust, nahm die Spitzen zwischen die Lippen und saugte daran. Carolin stöhnte lustvoll auf. Iris konnte fühlen, wie die Erregung ihren ganzen Körper erbeben ließ.

»Iris«, keuchte Carolin. Iris blickte auf und sah, dass Carolin auf den Nachttischschrank deutete. Iris lehnte sich über sie und zog die Schublade auf. Darin lagen zwei Bücher—und ein Vibrator.

»Ohh«, machte Iris. Das war nicht der, den sie einmal mitgebracht hatte, sondern ein anderes Modell mit einer schwarz glänzenden Oberfläche. Sie nahm ihn heraus. Er fühlte sich schwer in ihrer Hand an.

»Ist der neu?«

Carolin lächelte. »Brandneu. Du hast mich dazu inspiriert.«

»Hast du ihn schon ausprobiert?«

»Ich bin noch nicht dazu gekommen. Willst du?«

»Mit dem größten Vergnügen!«

Iris schaltete den Vibrator ein. Ein heftiges, tiefes Summen erklang, und er kribbelte in ihrer Handfläche.

»Der hat ziemlich Power«, bemerkte Iris beeindruckt. Sie kam wieder zu Carolin und setzte sich rittlings auf sie. Dann ließ sie das Spielzeug über Carolins Haut gleiten. Sie strich damit über ihre Brust und berührte ihre empfindlichen, aufgerichteten Brustwarzen. Carolin sog scharf die Luft ein. Iris genoss es, ein wenig mit ihr zu spielen, die Erwartung steigen zu lassen, ehe sie den Vibrator über ihren Bauch nach unten gleiten ließ.

Sie rutschte zwischen Carolins Schenkel. Carolin zog die Beine an und stellte sie gespreizt auf. Iris tauchte dazwischen ab. Mit der abgerundeten Spitze des Vibrators fuhr sie an der Innenseite von Carolins Schenkeln entlang und näherte sich immer weiter ihrer Mitte. Carolin stöhnte auf. Sie grub die Finger in die Bettdecke und ballte sie zur Faust.

»Iris…mach schon.«

Iris grinste. Sie beugte sich vor und hauchte einen Kuss genau in die Mitte, wo Carolin am empfindlichsten war. Ihre Lippen berührten Carolins Klitoris. Zugleich drückte sie den Vibrator sanft in sie hinein.

»Ohhh!«

Carolin keuchte auf. Iris ließ das Sexspielzeug langsam weiter hinein gleiten. Zugleich liebkoste sie Carolins Perle mit ihrer Zunge und saugte sanft daran. Carolin begann zu keuchen. Iris umfasste den Vibrator fester und bemerkte dabei einen kleinen Regler. Sie schob ihn hoch. Das Summen veränderte die Tonhöhe, als die Vibrationen noch stärker wurden. Carolin schnappte nach Luft. Sie drückte den Rücken durch und drängte sich Iris entgegen. Iris bewegte den Vibrator, drückte ihn tiefer dorthin, wo es sich für Carolin am besten anfühlte. Zugleich intensivierte sie das Spiel ihrer Zunge, saugte und leckte über Carolins Klit.

»Das ist…Iris, du bist unglaublich«, presste Carolin heraus. Ihre Hände tasteten nach Iris und vergruben sich in ihrem Haar, und sie spreizte die Beine noch weiter.

Iris drückte ihr Gesicht zwischen Carolins Beine. Das Aroma ihrer Lust vernebelte ihren Verstand. Zugleich feuerte ihr Stöhnen sie an. Sie ließ ihre Zunge über Carolins Klitoris wirbeln, immer schneller, immer intensiver. Dann bäumte Carolin sich auf. Sie stieß einen Schrei aus, und ihr ganzer Körper erzitterte, als die Wellen der Lust sie erfassten.

Schließlich erschlaffte Carolin. Erschöpft fielen ihre Arme herab. Iris richtete sich auf. Sie zog den Vibrator heraus und schaltete ihn aus. Dann rutschte sich nach oben und schmiegte sich an Carolin, die sie in ihre Arme zog.

»Du bist wirklich und wahrhaftig…eine Traumfrau«, flüsterte Carolin. »Ich liebe dich so unglaublich.«

»Ich liebe dich auch«, sagte Iris. Sie schloss die Augen. Ihr Herz platzte beinahe vor Glück. Alles war genau so, wie es sein sollte.

Iris erwachte, als die Strahlen der Sonne auf ihr Gesicht fielen. Es war ein Samstag. Carolin schlief ruhig und friedlich neben ihr. Sie hatte den Wecker ausgeschaltet— eine neue Angewohnheit von ihr. Früher war sie selbst am Wochenende immer früh aufgestanden, um zu arbeiten. Nun hatte Iris das erste Mal die Gelegenheit, sie schlafend zu beobachten.

Ihr Gesicht war ganz friedlich und entspannt. Ohne den durchdringenden Blick in ihren grauen Augen sah sie fast ein wenig verletzlich aus. Iris hätte am liebsten mit dem Finger die Konturen dieses geliebten Gesichtes nachgezeichnet. Doch sie wollte Carolin nicht wecken, und so begnügte sie sich damit, sie anzusehen.

Draußen zwitscherten die Vögel. Carolins Augenlider bewegten sich leicht, und sie drehte den Kopf zu Iris, ohne dabei aufzuwachen. Iris lächelte. Sie konnte dem Drang nicht widerstehen. Sie streckte ihre Hand aus und streichelte ganz sanft über Carolins Wange.

Carolins Lider zuckten. Sie seufzte leise, blinzelte, und ihre Augen öffneten sich.

»Iris«, sagte sie. Dann lächelte sie. »Ich glaube, ich habe von dir geträumt.«

NACHWORT

Die Wissenschaft des luziden Träumens

Als Autorin hatte ich unglaublich viel Spaß, die Details und Hintergründe für diese Geschichte zu recherchieren. Luzide Träume (auch Klarträume genannt) funktionieren ziemlich genau so, wie ich sie in der Geschichte beschreibe. Wenn man genug übt, regelmäßig Realitätschecks macht und ein Traumtagebuch führt, kann praktisch jeder lernen, luzide zu träumen. Ist das nicht fantastisch?

Viele träumen gern vom Fliegen oder von romantischen Begegnungen, aber der Fantasie sind keine Grenzen gesetzt. Mehr über luzides Träumen, die verschiedenen Methoden und Ratschläge findest du hier:
https://www.opend.org/read/luzide-traeume
https://www.wikihow.com/Lucid-Dream
https://en.wikibooks.org/wiki/Lucid_Dreaming
Die neurowissenschaftlichen Hintergründe beschreibt dieses Paper: *The cognitive neuroscience of lucid dreaming*
https://www.ncbi.nlm.nih.gov/pmc/articles/PMC6451677

Luzide Träume werden tatsächlich auch als Therapie gegen Albträume eingesetzt, auch wenn diese Therapieform bisher eher selten ist. Es gibt auch erste Studien, die eine positive Wirkung feststellen, z.B. diese:
https://pubmed.ncbi.nlm.nih.gov/17053341/
Hier ist ein Überblick über den aktuellen Stand der Forschung: https://www.frontiersin.org/articles/10.3389/fpsyg.2019.02618/full
Für die Geschichte habe ich die Wirkung ein klein wenig stärker und eindeutiger dargestellt, als sie in Wirklichkeit ist.

Im Buch ist auch die Rede davon, dass Stimulation mit Gamma-Wellen helfen kann, beim Träumen bewusst zu werden. Dazu gibt es tatsächlich Experimente, in denen Menschen durch transkranielle Stimulation von Wellen bei 25 Hertz Klarträume erlebt haben. Hier das Paper: *Induction of self awareness in dreams through frontal low current stimulation of gamma activity*, https://www.nature.com/articles/nn.3719

Und hier ist ein Artikel auf wissenschaft.de, der das Experiment beschreibt: *Klarträumen für alle,*
https://www.wissenschaft.de/gesundheit-medizin/klartraeumen-fuer-alle/

Es gibt allerdings auch Kritik und Vorbehalte an den Grundlagen dieses Experiments, und weitere Studien müssen durchgeführt werden, um zu ermitteln, ob diese Technik tatsächlich zuverlässig funktioniert. Für *Ein Traum für zwei* habe ich entschieden, dass es klappt und Iris den Ansatz in ihrer Studie mit großem Erfolg verwendet.

Auch der *Dream Catcher*, den Iris, Lukas und ihr Team gemeinsam entwickeln, basiert auf realen Erfindungen. Die ersten Geräte, mit denen luzides Träumen ermöglicht werden sollte, wurden in den 1980ern entwickelt (*Dream Light*), und basierten auf flackernden Lichtern, die im Schlaf eine bewusste Reaktion auslösen sollten. Später wurden diese weiterentwickelt *(Remee, Nova Dreamer)* und auch durch Geräusche und Vibrationen ergänzt, die dem Schlafenden einen Hinweis geben sollen, um Klarheit zu erreichen – zum Beispiel die Stimme des Besitzers, der aufgenommen wurde, wie er „Ich träume gerade“ sagt *(Aurora, ZMax, REM-Dreamer).*
In den letzten Jahren wurden auch neue Prototypen entwickelt, die Hirnwellen messen und teilweise auch elektromagnetische Stimulation verwenden. Ganz genau wie das Projekt im Buch haben sie die Form von Stirnbändern mit Elektroden und werden im Schlaf

getragen (*Neuroon, iBand, Lucid Catcher, Aladdin*). Einige dieser Geräte machen große Versprechen, die sie dann leider nicht halten können. Manche wurden angekündigt, jedoch immer wieder verschoben und sie nie erschienen, bei anderen ist die Wirkung eher enttäuschend. Hier ist eine wissenschaftliche Auswertung der existierenden Geräte.
https://www.frontiersin.org/articles/10.3389/fnins.2019.00428/full

Für *Ein Traum für zwei* habe ich einfach angenommen, dass ein solches Gerät so gut funktioniert, wie es sich Klartraum-Enthusiasten wünschen. Und wer weiß, vielleicht werden bessere Studien, technologischer Fortschritt und ein paar kreative Ideen das auch in naher Zukunft möglich machen. Man kann ja zumindest davon träumen. ;-)

ÜBER DIE AUTORIN

Leonora Herzberg schreibt Liebesromane, in denen Frauen die Hauptrollen spielen. Am meisten Spaß macht es ihr, ihre Protagonistinnen ganz genau kennenzulernen—mit allen ihren Stärken und Schwächen, Ängsten und Hoffnungen.

Die besten Ideen für ihre Geschichten kommen ihr in Gesprächen mit ihrer Partnerin, die ihr außerdem unschätzbare Hilfe und wertvolles Feedback gibt.

Im Internet findet man sie unter:
www.leonoraherzberg.com
www.facebook.com/LeonoraHerzberg

Fragen, Anregungen und Kommentare an
mail@leonoraherzberg.com
sind immer sehr willkommen!

Über neue Bücher von Leonora Herzberg informiert der Newsletter unter

www.leonoraherzberg.com/newsletter

TÜRKISBLAUE TRÄUME

~ Auszug aus der Kurzgeschichte ~

Das Geräusch der Meeresbrise in den Palmen vermischte sich mit dem Rauschen der Wellen, die sich an schwarzen Felsen brachen. Sie folgten dem Weg bis zu einer kleinen Bucht. Gut versteckt zwischen den vulkanischen Gesteinsformationen lag ein kurzer Streifen Strand. Iris zog ihre Schuhe aus und ging barfuß hinunter, und Carolin folgte ihrem Beispiel. Der weiche, feine, schwarze Sand fühlte sich warm unter ihren Füßen an. Sie setzten sich nebeneinander und lauschten für einen Moment dem Geräusch des Ozeans.

»Es ist wundervoll hier«, sagte Iris. »Die Sterne, das Meer…«

Sie sah zu Carolin und lächelte. »Ich bin so froh, dass wir zusammen hier sind.«

Carolin beugte sich zu ihr hinüber und küsste sie. Ihre Lippen waren warm und wunderbar weich. Sie erwiderte ihren Kuss voller Zärtlichkeit. Carolin versuchte, sich den Moment genau einzuprägen. Dieses Gefühl wollte sie nie wieder vergessen.

Schließlich löste Iris sich von ihr.

»Danke für dein Geschenk«, sagte sie. »Das Schnorcheln war einfach fantastisch.«

Carolin lachte leise. »Das war nicht mein Geschenk.«

»Nicht?«

»Ich habe noch etwas viel Besseres mit dir vor.«

Printed in Germany
by Amazon Distribution
GmbH, Leipzig

27156530R00309